曹操 三

王暁磊
後藤裕也 —— 監訳・訳
東條智恵 —— 訳

卑劣なる聖人

曹操社

目次

※訳注は〔　〕内に記した。

第一章　董卓《とうたく》入京

都の騒乱

中平《ちゅうへい》六年（西暦一八九年）、後漢の霊帝《れいてい》劉宏《りゅうこう》が崩御し、十七歳になる上の皇子の劉弁《りゅうべん》が皇位を継承すると、大《だい》将軍の何進《かしん》と太傅《たいふ》の袁隗《えんかい》が輔弼《ほひつ》の任に当たった。

宦官《かんがん》による政治干渉の問題を一挙に片づけるため、袁紹《えんしょう》に急《せ》かされた何進は四方の兵馬を都に向けて攻め込む形を作り、十常侍《じゅうじょうじ》に対して立ち上がった。結果、張譲《ちょうじょう》らは先手を打って政変を起こし、何進を殺して新帝と陳留《ちんりゅう》王の劉協《りゅうきょう》を連れ去ったため、宮廷は大混乱に陥った。

相前後して、曹操、袁術《えんじゅつ》、袁紹らが兵を率いて皇宮《こうぐう》に攻め入り、宦官らを殺戮《さつりく》したことによって、外戚《がいせき》と宦官の二大勢力はともに甚大な被害を受け、滅び去ったのだった。

ようやく群臣らが皇帝劉弁と陳留王の劉協を見つけ出し、大喜びで邙山《ぼうざん》から都へ帰還しようとしていたとき、董卓《とうたく》が突如、西涼《せいりょう》兵を率いて現れ、皇帝の護衛を名目に、兵を従えて洛陽《らくよう》へと入った。目先の利に目をくらませ、禍《わざわい》を招き寄せてしまったのである。思いも寄らなかったことに、この猛々しい武人が、一連の政変の最終的な勝者となった。

曹操は百官や将兵たちとともに陛下を皇宮へ送り届けたあと、半日も諸事の対応に忙殺されてから、ようやく屋敷に戻って布団に潜り込んだ。そして翌日、日が高くなってからふらふらと寝台から這《は》いずるように出てきた。まず頭に浮かんだのは、ずっと己の脳裏を離れず、繰り返し自分に言い聞かせていたことだった――これは一夜の悪夢に過ぎない――

曹操は平素のごとく適当に着替えを済ませ、側女《そばめ》の環《かん》が運んできたうどんを平らげ、手ずから大宛《だいえん》の千里馬［汗血馬］の鞍の腹帯を締めた……そういつものように振る舞っていたが、屋敷の門を出るころには、どんなに己を偽って気を休めようとしても、すべて虚しい嘘だと認めざるをえなかった。

大漢の都洛陽は、すでに上を下への大騒ぎであった。涼《りょう》州軍と并《へい》州軍の旗が公然とはためき、城内守備の実権は彼らの手に渡り、幕舎《ばくしゃ》が好き勝手に平陽街《へいようがい》の大通りに設置されて御道《ぎょどう》［皇帝専用の道］まで塞《ふさ》いでいた。さらに腹立たしいのは、何進によって引き立てられた腹心の将兵までが、この機に乗じて入城していることである。各地から従軍してきたこの粗野な男たちは、愚かにも涼州の兵らと大酒を食らい、やかましく騒いでいた。羌《きょう》族、匈奴《きょうど》、屠各《とかく》［匈奴の一部族］、湟中義従《こうちゅうぎじゅう》［漢に帰順した河湟《かこう》地域（青海省東部）の少数民族］、さらにはごろつきまでが一緒になって篝火《かがりび》を焚いているため、洛陽城内にはもうもうと黒煙が立ち込めていた。まるで金持ちの屋敷に強盗が押し寄せたようなありさまである。

昨日は劉弁を皇宮へ送り届けたあと、曹操、馮芳《ふうほう》ら西園校尉《せいえんこうい》［霊帝が創設した皇帝直属の常備軍の指揮官］は平城《へいじょう》門外に部下を集めた。すると一晩の混乱を経て、九竜《きゅうりゅう》門外で陣没した者、皇宮に突入した際に誤って殺された者が多くいた。涼州軍に痛めつけられた者や、邙山ではぐれた者までいる。なかには戦乱を予期して手当たり次第に軍営の食糧や武器を持ち去り、己の生活のために故郷に帰ってしまった者もいた。残った兵士はまばらで、誰もが闘鶏で負けた鶏のごとく意気消沈している。反撃中に傷を負った者も多く、どの隊も半数以上の兵を失い、軍馬に至ってはほとんどが涼州軍と并州軍に奪われていた。一刻［二時間］あまりを費やして、なんとか各隊を立て直したが、駐屯兵が拠点にしている都亭駅《とていえき》［洛陽城外約四キロメートルの宿駅］は、丁原《ていげん》の并州部隊に占拠されていた。屠各や匈奴の連中が居座って西園軍の幕舎と糧秣《りょうまつ》を奪い、官軍である曹操らのほうがかえって野良犬同然であった。

曹操たち校尉は、この野蛮人らと一戦交えたかったが、相手の強暴そうな軍馬、ぎらりと光る刃物などを目にしたあとで自分たちの疲弊した兵に目を遣ると、いま手を出すことは自殺行為に等しいと悟らざるをえなかった。

西園校尉たちは代わる代わる丁原と交渉したが、丁原は鼻息荒くこう言いのけるのだった。「わが兵はみな北方の州郡で死線をくぐり抜けてきた猛者《もさ》たちだ。はるばる帝室にお仕えするため参上したのだから、朝廷は当然われわれをねぎらうべきなのに、いまだわずかな褒美ももらえんので、武器と糧秣をほんの少し分けてもらったに過ぎん。それなのに、なぜこれほどしつこくつきまとうのだ。兵士を失望させては、同僚のよしみさえ損ないかねん」

一同は悔しがり、朝廷の規則を持ち出して何度も咎めたが、丁原は一切取り合わなかった。ただ西園軍に天幕と糧秣の半分を返すことを承諾したのみで、都亭駅からは出て行かず、そちらがほかに駐屯地を探せと言い放つ始末であった。麾下《きか》の兵士が城外の荒れ地に座して命《めい》を待ち続けていたので、校尉らも一昼夜にわたって骨を折ったが、それ以上は丁原と争う気力が失せてしまい、不本意ながら承諾するよりほかなかった。それぞれ適当に幕舎を張って兵らを休ませると、あとは事態の好転と、連中ができるだけ早く河南尹《かなんいん》から去ってくれることを夢見るのだった……

しかし、翌日になっても転機が訪れるどころか、事態はますますひどくなっていった。わずか一日しか経っていないというのに、涼州の大軍が再び都に押し寄せてきたのである。みな鎧をまとい軍馬に跨がり、そこらじゅうで民の生活をかき乱し、洛陽の市場の品すら彼らに根こそぎ奪い取られてしまった。いま内には董卓の涼州軍、外には丁原の并州軍がいて、何進の側近の部隊も無法者の集団と化し、さらには呉匡《ごきょう》、張璋《ちょうしょう》があちこちで好き勝手に騒ぎを起こし、洛陽内外の治安はもはや手の施しようがなかった。

曹操は馬を牽《ひ》いて、夢遊病者のようにふらふらと大通りをさまよい、往来の兵士や胡人をぼんやり眺めているうちに、ようやく自分がどこにも行くところがないことに思い至った。何進が死んで西園軍を統率する者がいなくなったうえ、都亭駅の本営は占領されてしまっている。残った曹操、淳于瓊《じゅんうけい》、趙融《ちょうゆう》、夏牟《かぼう》ら五人の校尉もすでに散り散りだ。けれどもすぐ、兵権さえ手放さなければ現状を打開する望みはあると思い直し、拳を固く握り締めた。袁紹の司隷《しれい》軍、袁術の虎賁《こほん》軍、それに北軍《ほくぐん》［都を防衛する五営《ごえい》］の残兵を合わせれば、涼州軍の勢力にも対抗できる。

目標が明確になると、曹操はためらうことなく馬に乗り、各地に四散した兵に連絡するべく城外へ出ようとした。ところがいくらも進まぬうちに、前方の通りで何やら騒ぎがあり、鉄の鎧をまとった涼州兵が大勢で取り囲んでいるのが見えてきた。

曹操は、これもきっと強盗の類いだろうと思って馬を急がせたが、野次馬たちの頭の向こうを見やると、人垣のなかで、二人の漢族の将と五人の幷州兵が殴り合いの末、膠着状態に陥っていた。野次馬の涼州兵たちは手を出さず、懐手《ふところで》して笑いながら喧嘩を眺めている。

曹操はすぐに、漢族の将が鮑信《ほうしん》と鮑韜《ほうとう》の兄弟だとわかった。彼らは二人で五人を相手にし、劣勢に立たされていた。曹操は急いで「やめよ」と叫んだが、あたりは騒然としているうえ、野次馬に隔てられて近づくことすらかなわず、鮑信たちに曹操の声が届くはずもなかった。

「さっさとどけ、俺を通せ！　俺は典軍《てんぐん》校尉［西園八校尉の一つ］であるぞ！　早く乱闘をやめさせろ！」

この涼州兵たちは、董卓以外の人間には一切頭を下げず、皇帝すらも蔑《ないがし》ろにするような連中である。一介の校尉ごときに気を留めるはずがない。じろっと睨んだだけで、押し合いへし合いの大騒ぎを続け、誰一人として曹操にかまう者はいなかった。曹操はかっとなったが、機転を利かせると、青釭《せいこう》の剣を抜いて叫んだ。「愚か者め、全員失せろ！　本官は大漢の典軍校尉であるぞ。あの董卓すら俺には一目置いているのだ。どかぬ者は、この剣で容赦なく斬り捨てる。まず貴様らの首を落としてから董卓に抗議し、一族郎党を根絶やしにしてくれよう」

むろん、これは相手を威嚇するためのほらに過ぎない。実際、一介の校尉でしかない曹操には、董卓の面前で威勢を示す資格も度胸もまったくなかった。しかし、涼州兵たちは誰も曹操の正体を知らない。曹操が武官の出《い》で立《た》ちで威風堂々たる馬に跨がり、鋭い剣を掲げる姿を目にし、さらには絶対的存在の董卓すら一目置いていると聞いて、この典軍校尉はかなりの手練《てだ》れらしいと思い込み、おずおずと曹操に道を譲った。

鮑兄弟と五人の并州兵はそんなことにはかまわず、また取っ組み合いをはじめ、顔はすっかり腫れ上がっていた。気づけば野次馬の輪がしだいに大きくなっていたので、鮑兄弟と并州兵はやっと腕が振るえるとばかりに、期せずして一斉に剣を抜いた。

「全員やめよ！」

彼らは一瞬はっとし、曹操が人垣をかき分けて近づいてきたことにようやく気づいた。

「貴様らは并州のどの部隊の兵だ」

顔面が血まみれになった兵士が曹操を睨みつけ、うろたえることもなく怒鳴り返した。「俺は并州従事《じゅうじ》である張遼《ちょうりょう》さまの斥候《せっこう》兵長だ。いまからこのぼんくら二人をぶっ殺すんだよ！」鮑信が言い返そうとしたが、曹操は手を挙げてそれを遮り、冷ややかな笑みを浮かべた。「ほう？　遠くで貴様の喚《わめ》き声を聞きつけ、どれほど立派なお役人がおいでかと思いきや、何の官位も持たぬただの下っ端か」

「官位がどうした。俺は命《めい》を受けて東の門の守備をしているんだ。将官は出入りするときに名を名乗る決まり、従わなけりゃ殺してもかまわねえのさ。このくそったれどもは道理ってもんを知らねえ。でけえ面《つら》して門に入ってきて、俺を無視しやがった。殺《や》ってやる！」

曹操は馬上で体を伏せ、せせら笑いながら再び尋ねた。「よく聞こえなかったな、お前を無視したから、どうするって？　もう一度言ってくれ」

「殺ってや……」

「ぶしゅっ」斥候兵長が言うが早いか、青釭の剣がずぶりと斥候兵長の胸に入り、鋭い切っ先は背中まで突き抜けた。曹操が剣を引き抜くと、鮮血が体の前後から噴き出した。周りで騒いでいた者たちはしんと静まり返り、次々に後ずさりした。

「き、貴様……」残った四人の并州兵はすっかり取り乱している。

「この方が何者か、知りたいか」曹操は鮑信を指さしながら四人に向かって告げた。「教えてやろう。この方は大将軍の命を受け、泰山《たいざん》郡より兵を率いて来られた騎都尉《きとい》、秩《ちつ》二千石《せき》の高官である。貴様らの上官なんぞとは比べ物にならぬわ。さっきはこいつがぬけぬけと大口を叩き、重臣の前で偉そうにしていたから、俺が貴様らの主人に代わってこの不遜な輩を片づけてやったのだ。不服とあらば、この青釭の剣の切れ味を試しに来るがいい」四人は顔を見合わせた。四人とも色を失い、足はじりじりと後退していたが、なお意地を張った。「な、名前を言い残す度胸があるなら、俺たちが張大人《たいじん》に報告してやる」

「いいだろう。よく聞け、俺は典軍校尉の曹操だ。ゆめゆめ忘れるでないぞ。俺には千人あまりの部下がいる。不服があるならばいつでも相手になってやろう。とっとと去れ!」四人は屍《しかばね》を担ぎ、慌てて立ち去った。曹操はようやく胸をなで下ろし、馬を下りて鮑兄弟と話を交わした。鮑信はあごをなでながら、血の混じった唾を吐き捨てた。「まったく、ついてないぜ。どこの犬畜生だか……孟徳《もうとく》、俺たちは二月《ふたつき》都を離れただけなのに、ひどいありさまではないか。いったいどうなっている。大将軍はどうした?」

曹操は長いため息をつくと、ここ数日のうちに起こった変事を話して聞かせた。鮑信はびっくり仰天した。もとはと言えば、鮑信は何進の親書による指示に従い、泰山で兵を集めて勢力の拡大を図っていた。しかし、何進がいつまでもぐずぐずと決断しないので、兄弟で千人あまりの部下を引き連れ、昼夜兼行で都に馳せ参じたのであった。ただ、都亭駅に涼州軍と并州軍の旗指物がはためくのを目にして事態が飲み込めず、鮑信と鮑韜は弟の鮑忠《ほうちゅう》にひとまず兵を任せ、城内の大将軍府へ消息を尋ねに行くことにした。東の門を入るところで并州の斥候の検問を受けたが、その服装が官軍のものではないので、力ずくで城内に入ろうとすると、五人の兵がしつこく追いかけて来て、先ほどの騒ぎになってしまったのである。

三人が話をしていると、蹄《ひづめ》の音が響いてきた。袁紹が白旄《はくぼう》［旄牛《からうし》の毛を飾りにした旗で、皇帝の使節などの象徴］を携え、十数騎の騎兵を従えて街を巡邏《じゅんら》してきたのである。早朝から袁紹は忙しく駆け回っていた。洛陽城内では、涼州兵が不安に怯《おび》える民の家を襲い狼藉を働いている。袁紹は仮節《かせつ》［「節」とは皇帝より授けられた使者や将軍の印《しるし》。仮節を授けられると、主に軍令違反者を上奏せずに処罰できる］の権限を授かり、白旄を掲げ、その鎮圧のために駆け回っているのだ。いかんせん西涼の野蛮人たちは、白旄などまったく眼中にないため、袁紹はしばしば部下の兵を駆り出して、やっと騒ぎを鎮めるありさまであった。

曹操はともかく味方を見つけたので、すぐさま袁紹の馬の轡《くつわ》を引いて訴えた。「本初《ほんしょ》殿、賊どもをこれ以上のさばらせるわけにはいきません。急いで兵馬を集め、野蛮人どもを追い出さねば。馮芳と趙融、それに夏牟はどこなのです？　早くみなを召集してください」袁紹は青ざめて視線を泳がせ、大きくかぶりを振ると、おもむろに口を開いた。「孟徳はまだ知らぬだろうが、夏牟は死んだ……」

「何ですと。いったい何があったのです」

「昨晩、呉匡が大将軍の侍衛《じえい》を従えて、夏牟に幕舎をよこせと迫った。しかし、夏牟がそれを断ると、荒くれ者どもが幕舎のなかで斬り合いをはじめ、夏牟を殺したのだ。夏牟の兵はおおかた四散し、呉匡は残った兵を引き連れて董卓に身を寄せた」袁紹はそこで息を継いだ。「ついさっきは、張璋と董卓の弟の董旻《とうびん》も手下を連れて趙融の幕舎に押しかけ、わが物顔で飲み食いしていた。大将軍の部下ゆえ、趙融も嫌な顔をするわけにはいかぬのだ。おそらくいまもまだ居座っているだろう。それからわたしの営司馬《えいしば》の劉勳《りゅうくん》も、涼州軍に兵糧を奪われ……」

曹操は聞いているうちに、背筋にすうっと寒気が走るのを感じた。董卓は着々と西園軍の勢力を削っている、それもきわめて入念にだ。そしていま、自分にもその危険が及んでいる……そこまで考えると、曹操は馬に飛び乗った。「まずい、急いで典軍の兵営に戻らねば。いまもし兵権を失ったら、本当に何もかも分捕られてしまう」

「くそっ、俺は信じねえぞ」鮑信が怒鳴った。「董卓の野郎は二心《ふたごころ》を抱いているに決まっている、取り除かねば必ず禍を生むだろう。やつはまだ洛陽に到着したばかりで、人馬とも疲弊している。いまのうちに速《すみ》やかに手を打とう、先手必勝だ。俺はいまから戻って兵を動かします。本初殿らもおのおの精鋭を率いてきてください。あの野蛮人どもに目にもの見せてやるんです！」

袁紹は鮑信を押しとどめた。「それは断じてならぬ。北軍と西園軍が散り散りなうえ、今朝また涼州の大軍が押し寄せたのだ。いまや兵の数でもやつらに及ばぬかもしれぬ。それに董卓と丁原の兵は百戦錬磨の凶暴な輩ばかりだ。いま盾突いたところで、われらでは歯が立たぬ」

「ふん！」鮑信は怒りを露わにしてから、馬鹿にしたような笑いを浮かべた。

「袁本初殿、いまやつらに太刀打ちできないと言ったが、二月前になんでそれが予測できなかったのです。いったい何をしていたのです？　軍を都に呼び寄せて、宦官どもを脅迫する。なぜあんなくだらん考えを思いついたのですか」

袁紹は面目次第もなかった。深刻な過ちを眼前に突きつけられ、弁解の余地もなく、ため息をついた。「こうなるとわかっていたならば、あんなことはしていまい。世の中とは測りがたいものよ……」

曹操は袁紹を責めるどころではなかった。わからないのは、董卓が明らかに三千人しか従えていないのに、なぜたった一夜で後続部隊が進軍してきたかである。洛陽城内がいかに混乱しているとはいえ、三輔《さんぽ》［長安を囲む京兆尹《けいちょういん》、左馮翊《さひょうよく》、右扶風《ゆうふふう》］の地には間諜もいる。涼州の後続部隊は、なぜほんのわずかな兆しも見せず、いきなり現れたのか……曹操が思案していると、鮑信が袁紹の帯をつかんで怒鳴った。「何ですと、補給物資がないですと。ちくしょう！　俺の部隊は新兵ばかりなんです。糧秣がなけりゃ、三日もしないうちに反乱が起きちまう」

「話を聞け、まず手を放せ……」袁紹はもがいた。「官軍からの補給はすべて涼州兵に奪われてしまった。いったいどうやって千人分もの兵糧を用意しろというのだ」鮑信の目は血走っていた。そのまま腕にぐっと力を込めると、なんと袁紹を地面に引き倒して押さえつけた。それを目にした司隷兵たちは、馬上でそれぞれの刀や槍を構えたが、袁紹はそれを手で制して言った。「殴られても当然なのだ。鮑殿を煩わせるでない」

「本初殿よ、始末は自分でつけるんですな」鮑信は袁紹の謝罪ともつかぬ言葉を聞いてやや落ち着いたのか、手を緩めて語った。「まったく……俺はこれから兵を率いて、泰山へ糧秣を調達しに行くとしよう。それから兵馬を集めて戻り、董卓や丁原とやり合ってやる！　そなたらがそれぞれの兵権を維持して内から呼応できれば一番いいのだが、もし兵権を失いそうになったら早めに洛陽を出ることだ。そして各地で兵を募り、時を待ってともに賊どもを討伐しようではないか。天がわが大漢をお救いくださるならば、われらが勢力を挽回することも可能かもしれぬ……」鮑信は身を翻して立ち去りかけたが、数歩進んだところでくるりと振り返った。「孟徳、おぬしの身は常に危険にさらされている。くれぐれも用心するのだぞ」

「安心しろ。たとえ兵を失っても、脱出の手立てならある」曹操は蓄えはじめたばかりの髭をなでた。「賊を討伐する計画が漏れてはいかん。おぬしこそ急いで兵を連れて行け。それから、さっき幷州兵とやり合ったばかりだ。東の門は通らぬほうがいいぞ」

「ふん、男たるもの、心の赴くまま進むのみよ。東の門から入ったのだから東の門から出るさ。雑魚数匹ごとき、俺の敵ではない。じゃあな」鮑信は気性が荒い質《たち》である。この日も頭に血が上ると、危険などまるで顧みず、鮑韜を連れて来た道を駆け戻っていった。

「まったく仕様がないやつだな」曹操は笑うに笑えなかった。振り向くと袁紹が膝に傷を負っていたので、曹操はなんとか助け起こした。曹操にも袁紹を責めたい気持ちはあったが、良心に端を発したことでもあり、その困り果てている姿には同情した。「本初殿、大丈夫ですか」袁紹は痛みをこらえて答えた。「平気だ……おぬしもわたしにかまわず、早く軍営に戻って兵を掌握しろ。そして固く軍門を閉ざし、決して外に出すな……」そう口にしながら袁紹は馬に跨がろうとしたが、膝が痛んで馬の背から転がり落ちてしまった。騒ぎに引き寄せられて涼州兵が再び四方を取り囲んでおり、衣冠を整えた高官が二度も落馬する様を見て、げらげらと笑い出した。袁紹は憤慨しきりで、白旄を拾い上げるとそれを振り回して怒鳴った。「貴様ら全員失せい、この旗はわしが天子の使いであることの証しだ。どかなければ貴様ら全員を処刑する！」

「はっはっは……」涼州兵たちはその場から一歩も動かず、袁紹をあざ笑った。この武人たちにとっては、天子の御旗など布を巻きつけた棒きれに過ぎない。自分たちが腰に佩《は》いている鋼の刀に比べれば、恐るるに足りないのである。袁紹はますます憤りを露わにした。「どかなければ、わしは、わしは……」

そこで、袁紹もようやく思い知った。いまはわずか十数騎の部下しかおらず、この大勢の賊徒をどうすることもできないのである。

「笑うな！」曹操は目を見開き、青釭の剣を抜いた。「さっきの幷州兵がどんな目に遭ったか見ていなかったのか。さっさと己の陣営に帰れ」兵たちから笑いが消えた。さっきこの男が幷州兵を突き殺したこと、さらに董卓とよしみがあるらしいことなどを思い出すと、兵たちは三々五々立ち去っていった。曹操は剣を鞘《さや》に収め、落胆を隠さずに嘆いた。「本初殿よ、符節《ふせつ》だの印綬だのが幅を利かせる時代は終わったらしい。これからはこの手に握った剣がものを言うようになりましょう……」

袁紹は手中の白旄を見つめ、長いこと黙りこくっていた。そして、側近に抱えられてやっと馬に跨がった。

「怪我をしているのです。屋敷まで護衛しましょう」

「必要ない。おぬしは急ぎ軍営に戻って事に当たれ」

曹操は苦笑した。「夏牟も趙融もやられました。わたしのところもどうなっているかわかりません。

本初殿を送っていくついでに、自分の屋敷に寄って腹心の兵を連れて行きます。もし危険な状況に陥っても逃げおおせるように」

袁紹は目を伏せて語った。「一つだけ、希望はある」

「ほう」

「丁原と董卓の足並みは揃《そろ》っておらん。涼州兵は城内、并州兵は城外に駐屯しているが、やつらはしょっちゅう衝突している。最良の方策は、丁原と董卓を仲間割れさせ、われらが漁夫の利を得ることだ」

曹操は苦笑した。「言うは易く行うは難しでしょうな……」

希望を見いだせずうなだれたまま、二人は無言で馬を駆った。頭上には真っ黒な雲がどんよりと垂れ込めている。この先に待ち受ける運命など誰にもわからないが、いまは一歩ずつ進むしかない。だが、好機を待って行動に出るとしても、皇帝と皇太后の安全をいかに確保すべきか……袁紹の屋敷が近づいたところで、突然袁紹の名を呼ぶ声が聞こえた。

一同はその声の主を見て唖然《あぜん》とした――なんとそれはぼさぼさの髪に垢《あか》まみれの顔、ぼろぼろの衣をまとった物乞いだった。

「本初殿！　本初殿かい？」物乞いは裸足で駆け寄ってきたが、袁紹に近づく前に護衛兵らに大刀で遮られた。袁紹はすこぶる驚いたが、その物乞いをしばし子細に眺めると、信じがたいといった様子で尋ねた。「あなたは、張……張景明《ちょうけいめい》殿ですか」その男は袁紹の口から自分の名が出たのを聞くと、重い荷から解放されたように地面に倒れ伏し、おいおいと泣きはじめた。袁紹は急いで馬から下り、よろよろと近づいて物乞いを抱え起こすと、驚きを露わにして尋ねた。「景明殿、いったい何があったのです。なにゆえこのような姿に？」

張景明という名を耳にして、曹操も愕然とした。面識はなかったが、張景明すなわち張導《ちょうどう》が、河《か》北《ほく》［黄河の北］の名士にして袁家の門生《もんせい》でもあり、その弁舌の巧みさで名を馳せていることは知っていたからである。数年前、張導は袁紹の姉の夫で蜀《しょく》郡太守の高躬《こうきゅう》に召され、従事として高躬とともに益《えき》州へ赴任したはずであった。その張導が突如として洛陽に現れ、しかも物乞いに身を落としているのはなにゆえか。

「本初殿」張導は顔じゅうを涙で濡らして告げた。「高太守が亡くなりました」

「義兄《あに》が死んだですと……」袁紹は張導が全身垢だらけであるのにもかまわず、ぐっと彼の手をつかんで尋ねた。「いったいどういうことです」

「すべては劉焉《りゅうえん》という人の皮をかぶった畜生が引き起こした禍です。やつは益州牧《しゅうぼく》の官職を手に入れると、烏合の衆を引き連れて益州に入りました。そして治所《ちしょ》を綿竹《めんちく》［四川省中部］に移し、黄巾《こうきん》軍の残党や地方の匪賊などを招き寄せたのです。劉焉に付き従っている趙韙《ちょうい》、董扶《とうふ》、孟佗《もうた》らが要職を占め、漢中の五斗米道《ごとべいどう》［原始道教の教団］と結託して、敵対する者を殺戮《さつりく》しています。蜀の王権《おうけん》、李咸《りかん》といった名士らはみな殺されてしまいました。高躬さまは蜀郡太守の地位をやつらに剝奪され、怒りのあまり体を壊して憤死されたのです」張導は歯ぎしりした。「いまや益州は劉焉の天下です。上から下まですべてがやつの一手に握られています。これは明らかに謀反です」

曹操は驚愕した。才徳兼備と称され、真面目で近寄りがたい宗室《そうしつ》のあの人物が、そのような悪心を隠し持っていたとは。しかし、曹操らもまた危機に瀕し、益州のことまで顧みる余裕はなかった。

張導は涙をぬぐった。「益州からの道のりは遠く、高太守のご遺体は蜀の地に手厚く葬らせていただきました。心残りは、奥方さまが河北の墓地に眠っておられることです。お二人に泉下《せんか》で再会を遂げさせられぬこと、どうかお許しください」

「そんなことにかまっていられる事態ではないでしょう」袁紹は悲痛な面持ちで慰めた。「わたしも高躬殿も、あなたに感謝してしかるべきです」

「わたしは劉焉の魔の手が若君に及ばぬように、ご家族と使用人を連れて若君をお守りしつつ、貴殿のところへ身を寄せようと考えました。まさか三輔の地に差しかかったところで、涼州兵の略奪に遭い、お家の方々まで殺されてしまうとは……」

袁紹は地団駄を踏んだ。「何ですと。では、甥っ子の高幹《こうかん》は？」

「若君はわたしが命がけで救い出しました。わたしと若君は万難辛苦の末に、何とか生きて洛陽にたどり着くことができたのです……」張導は道端を指さした。そこにうずくまっているぼろぼろの衣を着た子供は、十一、二歳くらいで、両の眼《まなこ》を大きく見開き、ひどく怯えている様子だった。

「幹《かん》、おいで。お前の叔父さんだよ。幹」袁紹は手を差し伸べて呼びかけた。

高幹はやはり幼い子供である。何年も会っていない叔父のことを覚えてはいなかったし、恐ろしい目に遭いすぎて呆然としていた。しかし、長らく考え込んでようやく袁紹の言葉を理解すると、その腕のなかに飛び込んで泣きはじめた。

「かわいそうに。幼くして父を亡くし、母も喪うとは。これからは叔父さんが可愛がってやるからな」三人はたちまち声を上げて泣いた。

曹操もひどく胸を痛めていた。そういえば、劉焉は腹に野心を抱えた男、やつが益州に入ってしまえば、蜀は大漢の地ではなくなると予言した者がいたな……いまそれが的中したわけだ。張導は高幹を連れ、千里の道のりを越えて親戚のもとへやって来たが、それとて虎口を逃れて竜穴に入《い》ったに過ぎない。洛陽が益州より安全だなどとは到底言えないのである。

そう考えると、曹操はぐずぐずしてはおれず、袁紹らの邪魔をする気もないので、馬を走らせて屋敷に戻ることにした。曹操は家の門をくぐると楼異《ろうい》を呼び、家のなかから精鋭を三十人集め、それぞれ刀や棍棒を持たせて中庭で待機させるよう命じた。奥にいる卞《べん》氏に話をするべく客間を抜けると、誰かとまともにぶつかった――黄門侍郎《こうもんじろう》の曹純《そうじゅん》である。

「宮中で護衛の任に当たっているのではなかったのか」

曹純は苦笑した。「護衛ですって？　ふん、わたしの出る幕などありませんよ。董卓が腹心に命じて、宮中の守備を交代させてしまったのです。さらに李儒《りじゅ》を郎中令《ろうちゅうれい》に任命し、命知らずの者らを使って陛下、皇太后、陳留王を軟禁しました」

曹操はいよいよ不吉なものを感じた。「いま宮中に、まだわれらの味方はいるのか」

「もはや敵も味方もありませんよ。自分の命は自分で守るしかないのです。袁術はとっくに皇宮から追い出され、虎賁軍の衛士を連れて馮芳の陣営に身を隠しています」

「では、陛下はどうなるというのだ」

「あなたが出て行ったあと、袁隗《えんかい》と馬日磾《ばじつてい》が重臣らを引き連れて、董卓の主簿《しゅぼ》［庶務を統轄する属官］

である田儀《でんぎ》と言い争い、道理を蔑《ないがし》ろにせぬよう訴えました。けれどもそれも時間の無駄だったようです」曹純はかぶりを振った。「終わりです。董卓は十中八九王莽《おうもう》を真似して、自分が皇帝になるつもりですよ」

「馬鹿を言うな」曹操は曹純の推測に同意しなかった。「董卓はあれでも官界で苦労してのし上がった男だぞ。そんな危険を冒すはずがあるまい。それに皇帝と名乗れば皇帝になれるわけでもなかろう。王莽になぞらえるのは言いすぎだ」

「では、董卓は何をしようとしていると?」

「知ったことか」曹操は大股で数歩進んだ。「一寸先は闇だ。とにかく慎重に動くとしよう。のちほど俺は供を連れて軍営に向かうが、事態が落ち着くまでここには帰れぬかもしれん。お前が宮中へ勤めに行かぬのなら、屋敷のことは全面的にお前に託そう。くれぐれも慎重を期すのだぞ」

「ご安心ください」曹純は冗談めかして答えた。「このわたくしめが責任を負ったからには、たとえ千軍万馬の敵が相手であろうと、命を懸けて奥方と若君をお守りいたします」

曹純は朝飯前とばかりに、にっと笑って見せた。曹操は安心して卞氏のもとへ行こうとすると、楼異が何やら大声で叫びながら駆け込んできた。「旦那さま！　表に兵士の一群が現れました。将校もいます。応対をお願いします」曹操は一瞬で闇に呑まれた気がした。まずい、董卓が俺を始末しに来たのかもしれぬ。曹操はなんとか落ち着くと尋ねた。「董卓の兵は何人だ」

楼異は声を上げて笑った。「涼州兵ではありません。服の色からして并州軍の者たちでしょう。十数人来ていますが、言葉遣いは丁寧です」

「ほう」曹操は訝《いぶか》しみ、内心つぶやいた――まさか、俺が殺した并州兵の仇を討ちに来たわけではあるまい。しかし、もしそうなら逃げ場はないぞ――曹操はしばし考えてから、楼異に命じた。「三十人の精鋭を門前に整列させておけ。俺が自ら出迎える」曹操は覚悟を決めると、すぐに衣冠を脱いで鎧兜に着替えた。

左右に並ばせた三十人の腹心たちのあいだを抜け、曹操は落ち着いた足取りで屋敷の門を出た。十数人の并州兵たちは皮の鎧をまとい、そのなかにひときわ堂々とした風采の将校がいる。年は二十にも満たぬほどで、身の丈は八尺［約百八十四センチ］あまり、肩と腰はがっしりとして鮮やかな鎧をまとっている。乾燥した顔には、大きな額と整った鼻と口、あごは十能《じゅうのう》のようにしゃくれていて、豊かな髭を蓄えている。とりわけ目を引くのは、一対の切れ長の目である。それが男の厳《いか》つい容貌に特別な風格を添えていた。曹操は礼儀を欠かぬように石段を下りて出迎え、拱手《きょうしゅ》の礼をした。「わたくしに何用でございましょう。まずはなかのほうへ」

「いえ」将校は手を振って辞した。「それがしは卑しい身分ゆえ、曹大人の貴地《きち》を汚すことはできかねます」

「武人のあいだで貴賤などございますまい。それがしを兄弟と思ってくださるなら、どうぞなかへお入りください」曹操はこういった武人の習性を熟知している。親しみを込めて兄弟と呼べば、彼らは喜び、本当の兄弟だと思うのである。ところが、この将校は拱手すると笑って断った。「それがしは公務が多忙を極め、お邪魔することはかないません。ここで立ち話をさせていただいてもかまいませんか」

「失礼ですが、何とお呼びすれば……」

「それがしは弁州従事の張遼です」

曹操は目を見張った。たしか、さっき殺したのは張遼の斥候兵長だ。どうやら本当に仇討ちをしに来たらしい。曹操は気まずくなったが、急に態度を変えては失礼だと思い、慌てて拱手の礼をとった。

「張殿、今日のことは……」

「みなまで仰る必要はありません」張遼は曹操の言葉を遮り、振り向いて背後にいる兵に目で合図した。兵が馬上から大きな風呂敷包みを下ろして一振りすると、たちまち真っ赤な飛沫とともに、血まみれの首が四つ転がり出てきた。曹操と三十人の部下たちはみな呆気にとられた。

「はっはっは……曹大人、悪く思わないでください」張遼は腰に手を当ててからからと笑った。「それがしは粗暴の輩ではございますが、軍令が絶対であることくらいは存じています。それがしが今日、五人の部下を東の門の検問に行かせたのは、賊徒が混乱に乗じて洛陽城内に入り込むのを防ぐためだったのです。まさか部下が愚かにもつけ上がり、大通りまで鮑信さまと鮑韜さまを追いかけ、公衆の面前で殴り合いをしたうえ、朝廷の重臣である曹大人らに無礼を働くとは。やつを処罰してくださったことに感謝いたします。軍令に背く者は誅殺されて当然です。曹大人が一人始末してくださいましたので、それがしが残り四人の首を斬ってお届けにあがりました。どうかご無礼をお許しください」張遼はそう述べると深々と頭を下げた。

曹操は一瞬たじろいだ。慌てて張遼の肩をつかみ、頭を上げさせようと力を込めたが、張遼の体はびくともせず、曹操は張遼がその力の強さを見せつけるために、わざとこんなことをしているのだと気づいた。張遼は曹操を十分に驚かせたとわかると、ようやく身を起こした。「曹大人の度量の広さは、やはり噂どおりでございました。小官にはまだ公務がございますので、ここで失礼させていただきます」

「張殿、お気をつけて」

「お見送りは結構です」張遼は馬上の人となると、また振り返って口を開いた。「曹大人、もうひと言申し上げておきます。本日の件は、こちらに非がございました。ですが、もし他日ゆえなくわが部下を傷つけたなら、それがしも今日のように慇懃には振る舞えません」張遼は部下の手から長柄の矛をさっと奪うと、くるりと返して力いっぱい地面に突き刺した。一尺［約二十三センチ］あまりもある矛の先が、深々と地面に突き刺さっている。曹操はまた度肝を抜かれた。

「それではまた。乱世ゆえ、くれぐれもご用心を……」張遼は微笑むと、部下を従えて悠々と立ち去っていった。楼異は曹操とともに幾度となく死線をくぐり抜け、腕力には自信があった。力を振り絞り、門前を遮る矛を抜こうとしたが、すぐには抜けず、幾度も力を込めてようやく引き抜いたときには、すっかり息切れしていた。

「あの男こそまことの壮士よ」曹操は遠ざかっていく張遼の後ろ姿に向かって、しきりに賛嘆した。幷州軍のなかにもあれほどの傑物がいるのだ。もし張遼のような人物を配下にすることができれば、必ずや朝廷のために尽力できる。曹操はふとそう思ったが、振り返ると、恐ろしい四つの首がまだ地面に転がっていた。残酷な現実は依然として消えていない。曹操はそれ以上考えるのをやめ、馬に跨がると、武装を整えた三十人の精鋭を従え、自らの軍営へとひた走った。

いまは兵権こそが命綱である。それを失うことは、すべてを失うことに等しい。

董卓《とうたく》の宴

劉弁《りゅうべん》と何《か》太后が軟禁されたことで、士人《しじん》たちは思うように身動きがとれず、反対に涼州軍はいよいよ大胆に振る舞うようになっていた。皇宮《こうぐう》を警護する南軍《なんぐん》と都を防衛する北軍《ほくぐん》、ならびに西園《せいえん》軍は、わずか一月《ひとつき》のあいだに兵を削られ、何進《かしん》の部下は殺されるか、買収されるか、あるいは脅されて大半が董卓《とうたく》の麾下《きか》に入った。それ以外の者も命の危険を感じながら気の休まらぬ日々を過ごしていた。

曹操や馮芳《ふうほう》らが自分の軍営をなんとか死守して勢力を保とうとしているなか、董卓は地位と金を使って丁原《ていげん》の主簿《しゅぼ》の呂布《りょふ》を手なずけ、呂布をそそのかして丁原を刺殺した。こうして、并《へい》州軍の呂布と張遼《ちょうりょう》らの部隊も董卓に帰順した。ほどなくして、董卓は何か月も雨が降らないことを理由に司空《しくう》の劉弘《りゅうこう》を罷免させ、自らこれに取って代わった。こうして三公《さんこう》の位を手に入れ、さらに兵権を握り、河《か》南尹《なんいん》で董卓に対抗できる者はもはや誰一人としていなかった。

曹操らどうにか生き延びた校尉らは、朝廷内の動きからは目をそらし、しばしほっと息をついて、自宅に戻りぐっすりと眠った。并州軍の呂布の造反は、都における董卓の勢力を絶対的に優位なものとし、さらに皇帝を手中に収めることによって、董卓は大義名分も得た。いまや指を一つ鳴らすだけで、曹操らの抱える兵などいとも簡単に退けることができるのである。もはや自分を脅《おびや》かす存在ではないとみて、董卓は曹操や馮芳らを相手にしなくなった。

一切が平穏に過ぎゆくかに見えた。ただ以前と違うのは、朝議の日に皇帝と皇太后の姿はなく、政務を執る宦官と外戚もおらず、董卓だけが玉座の階《きざはし》の下で威勢を示し、専横を極めていることであった。

董卓自身は粗暴な男だが、腹心の田儀《でんぎ》の策によって、かつて宦官に排斥された名士たちが取り立てられ、董卓の陣営を彩っていた。長らく出仕を拒み続けてきた蔡邕《さいよう》は、董卓の使者の脅迫に耐えかね、強制的に出仕させられた。まず侍御史《じぎょし》になり、あくる日には尚書《しょうしょ》となり、さらに次の日には侍中《じちゅう》に昇進した。三日で三つの役職を歴任し、在野の身から秩《ちつ》二千石《せき》の高官に昇進するなど、まさしく前代未聞である。蔡邕以外にも、高潔の士として知られる周毖《しゅうひ》、伍孚《ごふ》、韓馥《かんふく》、張邈《ちょうばく》、孔伷《こうちゅう》、張咨《ちょうし》らが属官として辟召《へきしょう》された。董卓はさらに遠大な計画を練っていた。在野の大学者鄭玄《じょうげん》と荀爽《じゅんそう》も招聘して、さらに朝廷に花を添えようというのである。

居並ぶ群臣たちはこの現状をどうすることもできず、董卓の横暴にただ耐えるしかなかった。幸い太傅《たいふ》の袁隗《えんかい》や司徒の丁宮《ていきゅう》らが国政に当たり、政《まつりごと》そのものは何とか機能していたので、漢の朝廷はまだかろうじて持ちこたえていた。悲惨なのは洛陽の民である。いつ并州兵と涼州兵の略奪に遭うとも知れず、司隷校尉《しれいこうい》の袁紹《えんしょう》と河南尹の王允《おういん》はいわば名ばかりの存在で、野蛮な侵入者に対してまったくなす術がなかった。

朝廷では大きな変事もなく、穏やかな日々が二月《ふたつき》あまり続いた。董卓にはもはや兵権を奪う意志はないように見え、曹操もそんな日々に慣れてしまっていた。唯一心配なのは、泰山《たいざん》へ兵を募りに行った鮑信《ほうしん》のことである。かりに挙兵しても、董卓が天子の名のもとに「反乱軍を鎮圧せよ」と命じたならば、結果は目に見えている。皇帝こそが絶対的権威であることを、曹操は身にしみてわかっていた。

その日の夕刻、曹操が食事前に家で寛《くつろ》いでいると、突然董卓の使いがやって来て、宴に招くという。曹操はうろたえた。「酒に好《よ》い酒はなく、宴に好い宴はなし」と知りつつも、いまや自分はまな板の鯉である。凶暴な涼州兵が武器を構えて門の外で待ち受けている。嫌だとひと言口にした途端、一巻の終わりであろう。致し方なく、曹操は礼服に着替えて衣冠を整えた。屋敷を出る前、卞《べん》氏の部屋を訪れて息子の曹丕《そうひ》を抱き上げると、本当に生きて帰れないかもしれぬという不安がこみ上げてきた。

卞氏は曹操があまりに深刻そうなので、努めて笑ってみせた。「安心して行ってらっしゃい。わたし一人でこの子を育てることになったら、この子にあなたの仇を討たせるから」

「おい、鴻門《こうもん》の会［項羽《こうう》と漢の高祖劉邦《りゅうほう》は鴻門で会見したが、項羽の将軍范増《はんぞう》はその機会に劉邦を殺そうとした］に向かう夫を心配しない妻があるか」

二人は声を上げて笑った。曹操が一歩家を出ると、表には大勢の西涼兵が武器を持って待ち構えていた。曹操は体がすくみ、おぼつかない足取りで車に乗り込んだ。

董卓はいま司空の職についているが、洛陽の南東にある司空府に住んで執務しているわけではなく、屋敷は洛陽城の東の永和里《えいわり》にあった。皇帝と皇太后を軟禁している永安宮《えいあん》は通りを隔てた向かい側にあり、ここに董卓の用心深さが窺い知れる。兵も権力も手に入れ、いまや何ごとも思いのままである。その董卓は永和里一帯の顕官《けんかん》貴人を残らず追い出すと、数軒の邸宅をぶち抜いて巨大な敷地を造った。その周囲は西涼軍が日夜交代で護衛し、十歩を歩けば見張り台、五歩も歩けば歩哨《ほしょう》にぶつかるほどの用心ぶりで、敷地内にも大勢の腹心の兵が詰めている。

かくも周到な布陣であれば、権力を手中に収めているいまは言うに及ばず、たとえ洛陽城が陥落したとしても、この拠点だけでしばらくは持ちこたえることができるであろう。

何もかもが洛陽城の東に集中している。曹操の屋敷から董卓の屋敷まではわずかな距離しかなく、曹操は追い詰められていた。この二月あまりの自分の行動を残らず振り返り、董卓の機嫌を損ねるようなことがなかったか幾度も確かめたが、結局答えは一つも出なかった。まさか、鮑信たちの企てが漏れてしまったのか。

ほどなくして永和里に到着した。曹操は、礼儀を欠いて禍《わざわい》を招くことだけは避けようと、門からかなり離れたところで車を降り、恭《うやうや》しく頭《こうべ》を垂れて歩いた。すると、董卓の弟で奉車都尉《ほうしゃとい》の董旻《とうびん》が衣冠を整え、にこにこと満面の笑みを浮かべながら正門の前に立っていた。

外見は兄ほど凶悪ではないが、その笑みの裏に刃物を隠し持っているような人間で、誰もが忌み嫌っていた。はじめは袁紹が宦官を誅殺するのに協力するふりをして周囲を欺きながら、裏では董卓のために監視の目を光らせていたのである。何進が殺された夜、董卓が図ったかのように邙山《ぼうざん》へ「皇帝を救出」しに現れたのは、董旻が密かに情報を流していたためであった。

「孟徳《もうとく》殿、ご無沙汰いたしております。ご挨拶申し上げます」

董旻はそう口にしてお辞儀をした。人の下にいるからには下手に出るしかない。曹操はこの男が嫌いであったが、相手が型どおりの挨拶をするので、こちらも満面の笑みを浮かべ、拱手《きょうしゅ》して親しげに挨拶した。「不徳のそれがしにかようなお心遣い、痛み入ります」すると董旻は曹操の手を握って尋ねた。「孟徳殿、貴殿の軍営には何も問題はございませんかな」

なんたる皮肉だ。曹操は唾を呑み込み、無理に笑顔を浮かべて答えた。「お国の安全は董司空と董都尉のご兄弟が担ってくださっていますので、わたくしなどが出しゃばる必要もなく、その日暮らしを決め込んでいます」

「はっはっは」董旻は笑い転げた。「謙遜しすぎではありませんか。もし必要なものがあれば、遠慮なく仰ってください。糧秣《りょうまつ》でも武器でも手配いたします」

「ありがたき幸せ」曹操ははっきりとわかっていた。そんなものは社交辞令に過ぎず、決して真に受けてはならないと。

「孟徳殿、どうぞ」董旻が優しく促した。

「叔穎《しゅくえい》殿がお先に」

「今日は貴殿が賓客ですよ」

「客は出すぎた真似をしてはならないと申します」

「はっはっは……それでは、手を取り合って行くとしましょう」董旻は笑って、曹操の手を柔らかく握った。

曹操は緊張しながら、わざと半歩遅れて歩き、董旻への敬意を示した。

正門をくぐると、そこは別世界だった。屋敷の外観となかの様子はまるで違う。正門をくぐってすぐの外庭でも並の屋敷ほどの広さがある。栗、漆《うるし》、梓《あずさ》、桐の四種の樹木が植えられているほか、簡易な幕舎《ばくしゃ》が多数並んでいることから、屋敷の警備が厳重であることがわかる。董旻は大声で命じた。「これ、急ぎ幕舎を撤去せよ。まもなく客人方がお見えになるのだぞ。車馬をお停めする場所を用意せねば」

曹操はようやく安心した。自分一人が呼ばれたわけではなかったようだ。人が多ければやはり心強い。しかし、二の門を過ぎて中庭に入ると、再び緊張が走った。

すでに西涼兵が、武器を持って警備に当たっていたからである。揃《そろ》いも揃って立派ながたい、恐ろしい顔つきで、明らかに漢人とは異なっていた。曹操は懸命に気を鎮め、董旻のあとについて刀剣の森をくぐり抜け、ようやく大きな広間に到着した。董越《とうえつ》、胡軫《こしん》、徐栄《じょえい》、楊定《ようてい》ら西涼軍の主力の将たちが入り口で出迎えた。今日は全員が鎧を脱いで揃いの深衣《しんい》［上流階級の衣服］に身を包み、冠や長衣、履き物などの着こなしも申し分なく、日ごろの傲岸《ごうがん》不《ふ》遜《そん》な彼らとはまるで別人である。曹操が慌てて拱手の礼をして回ると、無骨者たちも競うように品良く礼を返し、恭しく曹操を広間へと案内した。

広間の造りは実に見事だった。仕切りを取り払って左右の部屋をひと続きにし、梁《はり》は金蒔絵《きんまきえ》と深紅の絵をあしらうなど彫りや彩りを凝らしたもので、何進の大《だい》将軍府とは比べ物にならない。

主賓席の後ろには竜と鳳凰の描かれた衝立《ついたて》が飾られている。その几帳面な篆文《てんぶん》は、著名な書家、梁鵠《りょうこく》の手によるものだった。階の下には犀《さい》をかたどった精緻な青銅の燭台が置かれ、五尺［約百十五センチ］ほどもある紋様のついた香炉からは煙がゆらゆらと立ち上っている。曹操はすぐに、これらの装飾品は民間で入手できる代物ではなく、董卓が宮中から掠《かす》め取ってきたに違いないと気づき、思わずぞっとした。

曹操のほかには誰もいなかった。董旻に西側［賓客側］の上座へと案内され、曹操は再三固辞したが、結局断りきれずにそこに掛けることになった。腰を下ろして間もなく、外で誰かが挨拶を交わす声が聞こえ、助軍右校尉《じょぐんゆうこうい》［西園八校尉の一つ］の馮芳も、董越に案内されて入ってきた。二人は目を見合わせて警戒を促したが、なんと言うべきかわからず、ただ互いに黙ってお辞儀をした。馮芳の席は曹操に次ぐ位置である。董旻と董越が広間から出て行くと、馮芳は声を潜めて尋ねた。「董卓は何を企んでいるのだ。俺たちをまるごと料理するつもりか」

「さてな……」曹操はため息をついた。「俺たちはまな板の鯉だ。ともかく様子を見るしかあるまい」

「おぬしはもうあの悪党に会ったのか」

「まだだ。いったい何様のつもりだろうな。客を招待しておきながら顔も見せんとは」

馮芳は怯《おび》えた表情を浮かべ、小声で続けた。「酒に好《よ》い酒はなく、宴に好い宴はなしというが、董卓は首切り役でも連れてくるのではあるまいな」

「ふん、やつは大軍を従えているのだぞ。俺たちを殺そうと思えば造作もないのに、わざわざこんな大掛かりなことをするか。あるいは俺たちに何か相談があるのかもしれんぞ」

「俺たちに相談？」馮芳は頭をひねった。「いまや董卓はやりたい放題なのに、いったい俺たちに何を相談するというのだ」

あれこれ考えてみても宴の意図はさっぱりわからず、二人は俯《うつむ》いて話をやめた。しばらくすると外が騒がしくなり、助軍左校尉《じょぐんさこうい》の趙融《ちょうゆう》、右《ゆう》校尉の淳于瓊《じゅんうけい》、中軍《ちゅうぐん》の司馬《しば》［西園八校尉の一つである中軍校尉の幕僚］の劉勲《りゅうくん》、城門《じょうもん》校尉の伍孚、北軍中侯《ちゅうこう》の劉表《りゅうひょう》、および北軍の沮儁《そしゅん》や魏傑《ぎけつ》ら、諸校尉が続々と詰めかけてきた。みな京畿《けいき》に多少の兵馬を有している者ばかりである。一人入ってくるごとに、曹操の心臓はびくりと跳ねた。西園軍と北軍の校尉が出揃ったころには、口から心臓が飛び出しそうだった。

まさかこの宴は本当に鴻門の会で、俺たちを一網打尽にするつもりなのだろうか。

曹操は生きた心地がしなかった。最後に入ってきたのは、董卓によって取り立てられた周毖である。周毖はへりくだって末席についた。兵も権力も持たない周毖がこの場に呼ばれたのは意外であった。みなよく知った間柄であるが、鬼が出るか蛇《じゃ》が出るかわからないこの状況では、互いに挨拶を交わす気すら起こらず、大きな広間はしんと静まり返った。

突然、鐘と楽器の音が鳴り響き、広間の衝立の裏から二十人の美しい娘が出てきた。娘たちは虹のように輝く裳《も》を穿き、化粧は華やかで美しく、長い袖をひらひらと舞わせながら、歓迎の舞いを披露した。演奏も舞いも素晴らしく、校尉たちもだんだんと緊張が解けて姿勢を崩しはじめた。

曲と舞いが山場に差しかかったとき、突然野太い声が轟いた。「ご着席のみなさま方、お気に召しましたかな」誰も気づかなかったが、董卓がいつの間にか奥の間から出てきていた。

みな次々に立ち上がって挨拶をしようとしたが、董卓は手を振って制した。「どうぞお掛けになったままで。立った者はわしの先祖を愚弄したものとみなしますぞ」校尉らは一様に驚いた。そんな席の勧め方は聞いたこともないが、おとなしく席について微動だにしなかった。董卓の先祖を愚弄するのが申し訳ないからではなく、もしそんなことをすればろくな目に遭わないからである。

董卓はすでに五十を過ぎている。身の丈は八尺［約百八十四センチ］もあり、かなりの肥満で、手足も太くでっぷり肥えているため、席に座るのでさえいささか骨が折れた。錦の長衣や玉帯《ぎょくたい》は董卓に高貴さを添えるどころか、かえって凶暴さを際立たせている。なかでも鷹のように鋭い目と、八の字に曲がった大きな口、白髪交じりの反り返ったあご髭から、董卓の恐ろしさがにじみ出ていた。上座に座る董卓が、曹操たちには衣をまとった猛獣に見えた。そしてその後ろには、左右に一人ずつ、人目を引く男たちが侍立《じりつ》していた。

右の男は若い武人である。身の丈は九尺［約二メートル七センチ］もあり、顔は玉のように白く、凛々しい目に立派な眉、高い鼻に赤い唇をしていた。やや茶色がかった黒い髪の髷《まげ》は、大きな翡翠の簪《かんざし》で留められている。鋭くも麗しい両の眼《まなこ》は、かすかに青みがかっていて、深い海のように美しい。全身を覆う鎧兜は特注の品らしく、少しも重たげな印象を与えず、胸や腕にぴったり合い、男のがっしりとして均整のとれた体を完全無欠にしていた――本物の天下無双の英傑である。左手は佩《は》いた剣の柄《つか》に添え、右手には一丈［約二・三メートル］あまりもある方天画戟《ほうてんがげき》を持ち、その鋭い切っ先はぎらりと冷たい光を放っている。

曹操は知っていた。この男こそ、丁原を刺し殺した呂布、字《あざな》は奉先《ほうせん》である。外見は端麗だが、その内面は実に恐ろしい。地位と金に目がくらんで、自分を取り立ててくれた恩人を殺害し、董卓に易々と并州軍を掌握させたのだ。ほどなくして一介の小吏から騎都尉《きとい》にまで上り詰めたが、呂布はさらにおぞましい行動に出た。董卓の息子は夭逝していたので、呂布は進んでその養子になり、正真正銘の賊徒を父としたのである。

董卓の左側には、貧乏書生のような風貌の男が侍っていた。背丈は曹操よりも低いくらいで、顔立ちは卑しく、唇はややゆがんでいるように見える。顔色は黒ずみ、頬は痩せこけ、風に吹かれただけでも倒れてしまいそうである。華やかな深衣はぶかぶかで、左肩がやや上がり右肩が下がっているため、思いがけず上等な衣装を着せられた農夫のような印象を与える。しかし、よく見ればわかるのだが、実際にはそれほど老けてはおらず、せいぜい三十といったところである。曹操は、人は見かけによらぬものだとつくづく思った。この男こそ董卓の知恵袋、田儀である。聞いた話によれば、この零落した読書人はかつて羌《きょう》族の俘虜《ふりょ》となり、奴隷として使われ、心身ともにずいぶんとむごい仕打ちを受けたという。のちに董卓が羌族の反乱を鎮圧したことにより、田儀は再び自由を取り戻した。以来、董卓に絶対の忠誠を誓い、あらゆる知略を授けるようになった。董卓が洛陽に入城する前に澠池《べんち》［河南省西部］から上奏した書簡は、典故を引いて洗練されていたが、あれはおそらくこの男の代筆によるものだろう。

曹操は呂布と田儀をじっと眺め、感心しきっていた。単細胞の董卓が権力を握ることができたのは幸運というべきだが、この男は兵の扱いが上手く、人を見る目があり、思い切って人を抜擢する度胸もある。この一点だけは、自分もよくよく見習わなければならない。

演奏が終わり、舞姫たちはしずしずと退室していった。董卓は笑って声をかけた。「うちの者たちはどこじゃ。早く入って酒を飲まんか」董卓のひと声に、客の出迎え役をしていた董旻が、西涼の諸将を連れ嬉々として入ってきた。最後尾は、かつて何進の配下だった呉匡《ごきょう》、張璋《ちょうしょう》、伍宕《ごとう》、許涼《きょりょう》の四人である。四人は勝手に東側の席［主人側］に座り、わが物顔で無作法に振る舞った。

すでに従僕《じゅうぼく》たちが色とりどりの料理を運びはじめている。炒め物、煮付け、羹《あつもの》、山の幸、川の幸などあらゆるものが並び、さらに一人につき一つずつ酒甕《さけがめ》が置かれた。近ごろはひどい干ばつが続いている。そもそも董卓は長らく雨が降らず穀物が不作であることにかこつけ、劉弘を罷免させて司空の位についたのだ。国がいま酒を造ることを厳格に禁じているにもかかわらず、董卓が率先して禁令を破り、私邸で大酒を食らうとは、なんということであろう。

董卓はそんなこともおかまいなしに、自ら杯《さかずき》になみなみと酒を注《つ》ぐと、何の気兼ねもなく一気に飲み干し、口をぬぐって嫌味を言った。「本日ご列席の方々は、それぞれ一軍を率いる強者《つわもの》ばかり。まさに武人の集いでございますな……」言い終わらぬうちに、東側の諸将たちのあいだからげらげらと笑いが起こり、西側の校尉たちはみな苦虫を噛みつぶした。曹操は董卓に皮肉を言われて頭に血が上りかけたが、下を向いてじっと耐えた。何が強者だ。俺と沮儁、魏傑、劉勲らは戦《いくさ》に出たこともあるが、劉表や趙融などは名声と家柄によって職を得た儒者に過ぎぬではないか。いまにして思えば、朝廷はこんな連中に兵権を握らせていたのだから、尻込みして後れを取り、董卓につけ込まれるのも無理はない。この点は深く反省しなければならない。

董卓は手を挙げて笑うのをやめさせた。「戦の経験の有無に関係なく、本日は兵権のある方々をお招きした」董卓は再び杯を手に取って続けた。「さあ、飲みましょう」東側の諸将は大声を上げて酒を呷《あお》りはじめた。しかし、曹操たちは不安でとても飲む気になれず、唇をほんの少し湿らせるのが関の山だった。董卓はそれが気にくわないらしかった。「ふん、なにゆえ楽しんでくださらぬのですかな。わしの酒が飲めんとは見くびられたものよ。奉先！」

「はっ！」呂布はよく響く声で答えた。

「わしの代わりに、ご列席のみなさんに酒をお勧めせよ。存分に味わっていただくのだぞ！」

「御意！」呂布は下知を受けたが、董卓の酒器には手をつけず、董越の卓から杯を一つ取って、西側の席へつかつかと歩み寄った。「義父《ちち》に代わりまして、ご列席のみなさまに酒をお注ぎいたします。

どうかわたくしの顔を立て、固辞されることのなきよう」呂布はそう口にしながら曹操の前に進み出てきた。「曹大人《たいじん》、どうぞ」

曹操が見上げると、馬ほども上背のある呂布が、両の眼をぎらつかせて自分を見据えていた。左手は杯を掲げているが、右手にはあの恐ろしい画戟を握ったままである。曹操はつかの間恐怖を感じたが、勇気を奮い起こし、立ち上がって敬意を表した。「かたじけなくも奉先殿の献杯をお受けします。では、お先に失礼」曹操は体の震えを抑えつけ、何とか落ち着いて杯を持つと、ひと息に飲み干した——あまりの緊張に酒の味などまったくわからなかった。

呂布もあとに続いて酒を呷った。二番目は馮芳である。馮芳は懸命にさっきの曹操の動きを真似したが、杯を掲げるとき、震えて少しこぼしてしまった。

従僕が酒甕を抱えて控えているので、呂布は杯を空けるたび、酒をいっぱいに注いだ。次は三番目の席である。「子璜《しこう》殿、お召し上がりください」中軍の司馬の劉勲は、袁紹の腹心の猛将である。袁紹はもと中軍校尉であり、宦官誅殺の命を受ける際に司隷校尉に昇進したので、中軍のことは全面的に劉勲に委任していた。劉勲は杯を持ったまま口をつけず、呂布におざなりに答えた。「それがしは地位も低く、代理で中軍を預かっているだけで兵権などありませぬ。この酒は、わが主《あるじ》の袁校尉にお勧めくださいませ」

呂布はそんな言い訳は受けつけず、生真面目に答えた。「袁本初《ほんしょ》殿の名を出す必要はありません。いま中軍を率いているのは貴殿でございましょう。『上官も現場の将には及ばず』というではありませんか。官位の順ではなく、兵馬の数で席次が決められているのにお気づきでないのですか」曹操は、今日の奇妙な席次にようやく合点がいった。劉勲はそれでも杯に口をつけなかった。「それがしはやはり飲めません」

「子璜殿。客人としてこの場におられる以上は、主人の意向に従うのが筋というものでしょう」呂布は冷たく言い放った。劉勲がまだ言い返そうとすると、呂布の色白の顔に殺気がみなぎり、鋭い眼光が劉勲を射すくめ、右手の方天画戟がわずかに浮き上がった。再び飲まぬと口にしようものなら、たちまちひと突きにされるだろう。

劉勲はそれ以上何も言えなくなり、急いで立ち上がると杯を呷った。

次の趙融は肝の小さい男なので、何ら反発することもなく、恐る恐る酒を飲み干すと、ふうっと息をついた。呂布が五番目の席に進むと、曹操たちに緊張が走った。

五番目は右校尉の淳于瓊である。西園軍の諸将は教養のある人物ばかりだが、この男だけはすこぶる怒りっぽい性格で、平素からしょっちゅう酒の席でいざこざを起こしていた。董卓の入京以来、淳于瓊は糧秣を奪われて幾度も涼州軍とやりあっていたが、圧倒的な戦力の差によりことごとく惨敗を喫していた。それでも引き下がらずに争い続けるので、ついには兵の心が離れてしまい、いまでは二、三百人しか残っておらず、淳于瓊の軍営は西園軍のなかでも最弱であった。淳于瓊はさっきまでふてくされていたのだが、さすがはこの男である。ぱっと立ち上がると、不敵な笑みを浮かべた。「堅苦しいのはよしましょうや。さあ、一緒に飲みましょう」そう言いながら右手で青銅の杯を掲げると、呂布の杯にがつんとぶつけた。ぶつかった二つの杯から酒が大きく跳ねた。

一同が固唾を呑んで見守るなか、二人は微動だにせず、杯を押し合っている。呂布も淳于瓊も力いっぱい押しているので、まさに力比べである。はじめは力が拮抗していたが、しばらくすると淳于瓊の顔が真っ赤になった。ついにこらえきれずよろけてしまい、危うく尻もちをつくところであった。一方の呂布は顔色一つ変えず、息も乱れていなかった。東側の諸将はこぞって大笑いした。淳于瓊は体にかかった酒を拭《ふ》くと、大声で怒鳴った。「くそっ、何を笑っていやがる！　腕に自信があるならこいつとやり合ってみろ！　どうせ俺にも及ばねえくせに」そう吐き捨てると、周りにはかまわず手酌でぐいぐいと呷りはじめた。

　東側の荒くれ者たちは野次に慣れているので、淳于瓊を相手にする者はなく、いつまでも笑い続けていた。曹操はひやりとしたが、黙ってやり過ごした。続いて劉表、沮儁らも次々と杯を呷り、なんとか心を落ち着かせると、すぐに箸を取って料理を口に運びはじめた。呂布は西側の席を一巡して、酒甕一つ半ほども飲んだ。顔が赤く染まってますます美男子になり、しかも足元はしっかりとしていて少しも酔ったそぶりを見せず、董卓のそばに戻ると恭しく構えた。

「どうです、わしの息子は。なかなかいけるでしょう」董卓は笑った。

　つまり、酒を勧めていたのではなく、呂布の力を見せつけていたのである。一同は口々に呂布を褒め称えた。

　董卓は手を振って制してから、にやりと笑った。「酒は、人それぞれ飲める量が異なる。まして兵を率いるとなれば、必ずそれだけの度量が必要。度量があってはじめて人望を得ることができるのです。わしがここまで上り詰めることができたのは、わしを手助けしてくれるこの兄弟たちのおかげというわけです」董卓は東側の席を指さした。諸将はみな拱手の礼をして微笑んだ。

董卓は曹操たち一人ひとりを見据えながら、ゆっくりと語った。「ですが、今後は古参の者だけでなく、ご列席のあなた方にも、わが兄弟となり政の手助けをしていただきたい。胸襟を開いて力を合わせ、ともに天下を治めましょうぞ」

曹操は何か裏があるはずだと思っていたが、董卓はずいぶんと上機嫌で、本音を語っているように見えた。

だが、話の矛先は突然変わった。「しかし、天下でもっとも肝心なのは、名君に仕えるべきということ。桓《かん》帝、霊《れい》帝のように、宦官を侍らせ小人《しょうじん》を重用する暗君のもとでは、安穏な日々など永久に訪れん」

曹操らは戦慄を覚えた。たとえ先帝が暗君であったとしても、人前で非難することなど許されない。ましてこんな大勢の前でとなれば前代未聞である。

「わしは涼州で長年戦を指揮してきたから、問題の在り処をよく心得ているのじゃ。朝廷というやつは人の使い方をまったくわかっちゃおらん」董卓はまくし立てた。「考えてもみろ、わしらを涼州へ差し向けたのはどこの馬鹿者じゃった。孟佗《もうた》は張譲《ちょうじょう》から葡萄酒一斛《こく》［約二十リットル］で刺史の位を買った男、戦などできるわけがない。孟佗が失せると次は梁鵠《りょうこく》じゃ。やつは日がな一日仕事もせず、筆をもてあそんでばかりいた。みなやつの書を見事だと褒めそやすが、わしにはさっぱりわからん。最後に宋梟《そうきょう》とかいうのが来たな。北宮伯玉《ほくきゅうはくぎょく》が乱を起こしたとき、やつは『孝経《こうきょう》』を読み上げて敵を退けろとぬかしたとか。けっ、冗談はよしやがれ！」董卓の言葉があまりに下品なので、誰もが眉をひそめたが、すべては事実だった。

「『孝経』なんぞ読んだことはないが、わしにはこいつがある。悪党はどいつもおとなしくなるぞ」

董卓はそう豪語すると、やにわに佩剣《はいけん》を大きな卓の上に突き立てた。一同は縮み上がった。「この佩剣がすなわち天下の法《のり》であり、天下を圧する威風よ。威風がなければ何もかもが乱れてしまう。先帝はやはりそれがなかったゆえ力を失い、宦官や小人をのさばらせることになったのじゃ。帝王たるもの、圧倒的な威厳を備えてこそ天下を治めることができる」

言葉は荒いが、理屈はもっともである。曹操はしきりにうなずきつつ、杯に手を伸ばした。

「ゆえにわしは大事を行わねばならん。わが大漢の永久《とわ》なる繁栄のため、そしてご列席のみなさまの躍進のために、わしは新しい天子を立てようと思う」

曹操は口にしたばかりの酒を噴き出しそうになった――今上《きんじょう》皇帝を廃するだと？

一同の怯えた表情を尻目に、董卓は大声で笑った。「はっはっは……何も驚くことはない。権力はすべてわが手中にあるのじゃ。劉弁を退位させるくらい造作もないことよ」

皇帝の名を直接呼ぶのを聞いて、馮芳は我慢できなくなり、拱手すると詰問した。「董公《とうこう》、恐れながら申し上げます。今上《きんじょう》陛下には何の咎《とが》もありませぬのに、ゆえなく天子を廃立することなどできましょうか」

「ゆえなく？」董卓は横目で馮芳を見た。「ふん、惰弱であることが劉弁の罪じゃ。わしが邙山へ駆けつけたとき、やつがどんなにていたらくじゃったか。小娘のようにひいひいと泣いておったわ。そんな皇帝が天下を治められるかの。宮中の奥深くで生まれ、女の手で育てられると、どんなガキもみな甘やかされて腑抜けになってしまうのじゃな。学問だけができたところでどうにもならん。所詮ただの役立たずじゃ」

皇帝に対して一つも取り柄がないと言い放ち、さっさとやめさせてしまえと言わんばかりの態度に、みな怒りがこみ上げてきたが、口を開く者はいなかった。

曹操は気を鎮めて尋ねた。「では、董公は誰が天子にふさわしいとお考えですか」つまり、自分が皇帝になりたいのかと暗に問うたのである。

董卓が膝を打った。「劉協《りゅうきょう》のガキじゃ！」董卓にかかれば、気に入ろうが気に入るまいが皇帝はみなガキらしい。「陳留《ちんりゅう》王がまだ幼いからといって見くびるでないぞ。なかなか肝が据わっておる。邙山に駆けつけたときも、わしの馬に乗せてやったのじゃが、意外なほど話し上手じゃった」董卓はついに笑い声を上げはじめた。「子供のくせにわしを恐れんとは、必ずや期待どおりに成長するはずじゃ。わしは劉協を新しい天子として立て、それを助けることで大漢の威風を取り戻すと決めた。いかがかな」

「すべては董将軍のご意向のままに！」東側の諸将が耳をつんざくような大声で異口同音に叫んだ。董卓はいま司空であるのに、「董公」と呼ばず「将軍」と呼ぶところが何とも滑稽である。彼らにとっては、三公よりも兵馬のほうがよほど値打ちがあるのだろう。

董卓は大声を上げて笑った。凶悪な顔の肉が波打ち、何か立派なことをやってのけたかのような様子で、くるりと西側の校尉たちに目を向けた。「そちらのみなさまもご賛同くださいますな」

曹操はとっさに俯き、ひと言も口にできなかった。ちらりと周りを窺うと、馮芳、劉表らは真っ青になり、呼吸すらままならぬありさまである。淳于瓊は董卓の言葉が耳に入っていないらしく、頭を垂れて酒を飲み続け、すでに酩酊していた。

突然、末席に座っている尚書の周毖が口を開いた。「今上陛下は、素直なふりをして実は陰険なお方だとか。董公がいまの天子を廃し、新たな天子を立てようと仰るのも、考えあぐねた末の苦渋の決断でございましょう。幸い陳留王は生まれつき聡明なお方。われら臣下一同は、董公のご意向に決して背きはいたしませぬ」明らかに董卓への追従《ついしょう》である。曹操らはみな横目で周毖に軽蔑の眼差しを向けた。

「わしを真に理解する者は周仲遠《ちゅうえん》よ」

「過分なお褒めにあずかり、ありがとうございます」周毖はおもねるように笑った。「董公は辺境の地で、大小合わせて百あまりもの戦功を立てられました。いまは自ら政をお執りになり、幾多の功績を挙げておられます。董公が新帝を教え導かれるのを、われらは全力で支持いたします。さあ、わたくしが一同を代表して一献《いっこん》お注ぎしましょう」

曹操らは怒り心頭に発したが、表立って抗議することもできず、ただ周毖を睨みつけるばかりだった。

この周毖という男は少々名が売れていた。はじめは何進の賓客で、いまは恥知らずにも董賊めの太鼓持ちをしている。こんな小人と同席するのは耐えがたい恥辱である。周毖は自若として一向に気にする様子も見せず、董卓が酒を飲み干したのを確認すると、東側の諸将に向かって呼びかけた。「天子が交替すれば朝臣も入れ変わるのが世の習いです。涼州から馳せ参じられた将軍方も、いずれ重責を担われることになりましょう。あまたの戦場を駆けめぐって来られたお方ばかり、わたくしは敬慕の念に堪えませぬ。改めてみなさま方に一献お勧めさせてください」東側の諸将は誰もが機嫌を良くし、得意げに杯を呷った。続いて周毖も杯を掲げて口元に運んだが、突然何かを思い出したようにぴたりと手を止めると、大きなため息をついた。

「なぜため息などつくのじゃ。興が削がれるではないか！」董卓が怒鳴った。

「董公、わたくしは大漢の天下を案じているのです」周毖は杯を置いた。「先帝以来、小人が政に携わったがために、国は危機に瀕し、民草は苦しみ、黄巾《こうきん》の乱や黒山《こくざん》の乱を引き起こすに至ってしまいました。董公は優れた皇帝をお選びになられましたが、民の苦しみはいまだ取り除かれておりませぬ」

「ほう」董卓はやや心配になってきたらしい。「では、どうしろと？」

「そうですね……」周毖はもったいぶってみせた。「州や郡の官吏を選ぶにあたっては、若き才俊を登用するべきかと存じます。一つには内政の充実をはかり、民を教化するため。二つには優れた人材を重用することによって、董公ご自身の英明さを示すためです。かつて大将軍何進が広く賢才を集めましたが、宦官の政変でほとんどが四散してしまいました。ですが、都にはまだ何顒《かぎょう》、韓馥、孔伷、張咨、劉岱《りゅうたい》らがおります。彼らを刺史や郡守に任じれば、きっと民の暮らしを改善させ、見事に任地を治めてみせるでしょう。それでこそ、新帝の玉座も盤石になり、董公も安堵できるというものです」

曹操ははじめ、周毖の媚《こ》びへつらうような態度に反感を抱いていたが、徐々にその目論見に気づきはじめた。周毖は一見、誠意から献策しているように見えるが、実際は董卓を窮地に追い込もうとしているのだ。韓馥らはみな清流派であり、それ以上に手のひらを返しそうなのが袁家と楊家の門生《もんせい》や故吏《こり》［昔の属官］たちである。彼らをひとたび州や郡に送り込めば、鮑信に倣《なら》って反乱を起こし、天子を奪還しに洛陽へと殺到するかもしれない。曹操がこのように思案していると、董卓は周毖の進言を喜び、何度も「そのとおり」と褒めた。曹操はおかしみを覚え、ほんの少し杯に口をつけた。

「今日は実に学ぶことが多いわい。みな存分に味わってくだされ」董卓は周毖の言葉がよほど意に適ったらしく、油まみれの唇をぬぐうと、重ねて命令した。「奉先、進物を持ってこさせよ」

曹操らは互いに顔を見合わせた。みな一様に気まずい表情を浮かべている。酒や食べ物なら腹に入ればそれまでだが、付け届けだけは受け取れない。いったん受け取ってしまえば、それはすなわち収賄であり、皇帝の廃立に賛同することになってしまう。だが事ここに至って、進んで「否《いな》」と口にできる者がいるはずもなかった。

まもなく、呂布が大勢の従僕を従え戻ってきた。担ぎ込まれた十あまりの箱を開けてみると、まばゆいばかりの金銀財宝である。さらに女性の泣き声が聞こえ、西涼兵が美しい娘たちを広間に追い込んできた。おおかた拐《かどわ》かして来たのだろう。董卓は立ち上がると、笑って尋ねた。「これらはどこから持ってきたものとお思いじゃな」胡軫が美女たちをじろじろと眺めながら、いやらしい笑みを浮かべた。「おそらくはみな皇宮《こうぐう》のものでしょう」

「外《はず》れじゃ」董卓はかぶりを振った。「どれも何苗《かびょう》の家にあったお宝じゃ！」

そのひと言に、全員がざわめいた。車騎《しゃき》将軍の何苗は死にはしたが、現皇太后の兄である。国舅《こっきゅう》の私産を勝手に持ち出すなど、どうかしている。

「ありのままをお教えしよう。つい先ほど、わしがみなを宴に招いたとき、すでに二百の精兵をやって何苗の邸宅を差し押さえさせたのじゃ。これがまたとんだくず野郎でな。兄の何進は宦官を誅殺したが、あやつは裏切って宦者とぐるになり、これほど多くの賂《まいない》を手にしておったのじゃ。こんなものは奪われて当然じゃろう」

「当然です」呉匡が真っ先に立ち上がった。呉匡は政変に際して何苗を死に至らしめた張本人である。呉匡は鬼気迫る声で続けた。「何大将軍は、あやつが裏でこそこそしていなければ、宦官などの手にかかることもなかったでしょうに」

曹操は心底あきれた目で呉匡を睨みつけ、心中で叫んだ――能なしの匹夫《ひっぷ》め。飲むことと殺すことしか知らず、董卓兄弟の片棒を担がされていることにまだ気づいていないのか――董卓は呉匡に座るよう促した。「家財だけでなく、棺桶も掘り出し、母親も殺してやったぞ」

がちゃん――趙融が驚きのあまり杯を取り落とした。「舞陽君《ぶようくん》を、こ、殺したですと」

「ふん、それがどうした。国に仇なす悪党ではないか」董卓はまったく意に介さなかった。

「皇太后の母親ですぞ」趙融は今日どれだけの酒をこぼしたことか。上着は乾く間もない。

「趙大人、その無様な格好は何です」董卓は蔑《さげす》んだ口調で続けた。「劉弁はまもなく廃される。あのガキが皇帝でなくなれば、劉弁の母も皇太后でなくなる。何一族はもう皇帝の親戚でも何でもない。あのようなくずは、きれいさっぱり殺すのが当然なのじゃ」

「そのとおりです」呉匡が再び同調した。「舞陽君とかいうのは朱家と何家に嫁いだふしだらな女です。何大将軍とは何の関係もありません。その息子の何苗は、本来は朱という姓だったのに、何家の威光を笠に着るために姓を改めたのです。母子揃ってとんだ恥知らず。殺されてしかるべきです」

曹操はひと言尋ねたかった。ならば皇太后と陛下も、何進とは何の関係もないというのか。そうは思ったが、口にする勇気はなかった。するとまた董卓の野太い声が響いた。「今日ここにやってきた者は、お宝も女も、好きなだけ持って行くがいい」

そのひと言を合図に、東側の諸将が恐ろしい勢いで飛びかかった。ある者は財宝を、ある者は女を互いに奪い合い、けだものの群れさながらである。董卓は止めるどころか、大声で笑っている。劉表や趙融らは見るに堪えず、俯くばかりだった。

呉匡は金塊を懐に押し込むと、ある美女に目をつけ、からかいはじめた。美女は腹部をかばうようにして逃げ回った――女は身ごもっていた。呉匡は美女を捕らえ損ねたが、とっさに衽《おくみ》をつかんだ。転倒した美女に、呉匡の腕が迫ると、美女はとっさに噛みついた。呉匡は痛さのあまり飛び上がり、怒りにまかせて平手で美女の頬を打《ぶ》った。

呉匡はさらに右足で美女を蹴り飛ばそうとした。このままでは二つの命が奪われてしまう。曹操はついに我慢の限界に達し、さっと躍り出ると、呉匡の顔めがけて殴りつけた。

呉匡はまったく予期していなかったうえに片足立ちの状態だったので、もろに拳を食らい、仰向けに吹っ飛ばされた。がらがらと激しい音が響き、大きな卓がひっくり返って、皿や料理も床に散らばった。

みな啞然《あぜん》としたが、董卓は意外にも冷静だった。「孟徳、そなたはわしの客人じゃ。もしこの女が気に入ったのならそう申せばよい。なぜ癇癪《かんしゃく》を起こしたのじゃ」呉匡も激怒しながら立ち上がったが、殴り返すことはせず、怒気を鎮めて吐き捨てた。「ふん、たかが女一人じゃねえか」呉匡は長らく何進に付き従っていたので、曹操には一目置いている。もし殴ったのが曹操でなければ、とっくに刃傷沙汰《にんじょうざた》になっていただろう。

「あの大きな腹が見えんのか。おぬしの脚で蹴られたら、命が二つ消えるところだったぞ」曹操は駆け寄って美女を助け起こした。そのとき、彼女がまだ二十にも満たぬ若い娘であることに気づいた。娘はさめざめと泣きながら、曹操の足にしがみついて叫んだ。「どうぞお助けください！　わたくしは何苗の家の者ではありません。大将軍の息子の妻でございます……」

「何だと」呉匡もうろたえた。

「わたくしは尹《いん》氏と申し、大将軍の息子に嫁ぎました。しかし、夫は体が弱く、数か月前の宦官の政変で、気が動転して息絶えてしまったのです。わたくしは寄る辺もなく、ただ、おなかには赤子がおりましたから、舞陽君を頼って生き延びるしかなかったのです。ううっ……」あとは泣きじゃくるばかりで、言葉にならなかった。

曹操は大声で呉匡を怒鳴りつけた。「聞こえたか。おぬしの先ほどの行為は、何大将軍に申し開きできまい」呉匡は慚愧に堪えず、がっくりと腰を下ろした。曹操は優しく尹氏の手をほどくと、董卓に向かい深々と拱手の礼をとった。「董公、この女は大将軍の息子の妻で、何進殿の孫を身ごもっております。董公が舞陽君の一族を誅したことで、この女は頼るところがなくなりました。どうか手厚く保護してくださるよう、わたくしからお願い申し上げます。もしも里に帰してやることができれば、大将軍の霊もきっと安心されることでしょう」

「おぬしは情に厚いやつじゃのう」董卓は上機嫌でうなずいた。「それくらい造作もない」

「また、この良家の娘たちを下賜品とすることはできぬと存じます。やはり……やはり彼女らも解放してやってくださいませ」

董卓はさっと笑顔を引っ込めた。「なぜ余計な口出しばかりする？　まったく要らぬお世話じゃ……実につまらん！　もうよい、女は勝手に連れて行け。今日の宴はここでお開きじゃ。さあみなさん、お引き取りください」

西側の席の者たちは終始びくついていたが、そのひと言で恩赦を受けたかのようにばたばたと退出していった。しかし、抜け目のない従僕が金子《きんす》やら翡翠、真珠、玉、それに金銀の器などを全員に包んだので、嫌でも受け取らねばならなかった。劉表らはしぶしぶ手にすると、包みを高く捧げ、ゆるゆると退《さ》がっていった。泥酔していた淳于瓊は、劉勲の背に負ぶさって連れ出された。

曹操も帰ろうとすると、董卓が遮った。「おぬしは残れ。まだ話がある」

まもなく東西の諸将は全員退室した。従僕も皿を片づけ、床を掃き清め、灯《あか》りを消し、入り口を閉めて出ていった。大きな広間には曹操と董卓、そして呂布と田儀だけが残された。

ほの暗い明かりに照らされ、董卓は野獣のように不気味な形相になっていた。凶悪な目つきでじろじろと曹操を睨みつけると、董卓はようやく口を開いた。「おぬしは曹騰《そうとう》の孫じゃろう」

曹操は祖父の諱《いみな》を呼び捨てにされてすこぶる不快だったが、相手が粗野で口の悪い男だと知っているので、静かに答えた。「はい」

「わしが身を立てることができたのは、亡くなった張奐《ちょうかん》将軍の引き立てのおかげだということは知っておるな」

曹操はうなずいた。

「そして張将軍は、おぬしの祖父の恩恵を少なからず受けておった」董卓の言葉に偽りはない。かつて梁冀《りょうき》が政務を執っていたころ、張奐が軍功を立てることができたのは、曹操の祖父曹騰の口添えのおかげなのである。「それから、順《じゅん》帝の御代にわしが涼州で奉仕していたころ、輝かしい戦功を立てていた种暠《ちゅうこう》という刺史。あれもおぬしの祖父が推挙したのじゃろう」

曹操はぎくりとした。董卓が洛陽に入る前に、种暠の孫の种劭《ちゅうしょう》を推薦して入城を阻もうとしたことがあったが、それを理由に俺を処罰する気だろうか。

ところが、董卓は真剣な声色で意外なことを口にした。「つまり、わしら涼州の武人は曹家に恩があるのじゃ」曹操はその言葉の真意が読み取れず、ただ頭を垂れた。「恐縮に存じます」

董卓は手を振ってこれを制止すると、曹操の前に進み出た。「おぬしにはわかるじゃろう。涼州の人間がよその者より抜きんでようとすることが、どれほど難儀か。朝廷はわしらを臣民とは思っておらん。光武《こうぶ》帝の御代に、涼州の者は内地に移り住むことを許さぬと決められて以来、わしらはずっと賤民扱いじゃ。ゆえに張奐将軍は、羌族の乱を平定するという功績を立てたとき、昇格や報賞は求めず、本籍を弘農《こうのう》に移すことのみを願った。子孫がこれ以上ひどい扱いを受けたり、戦乱の苦しみを味わうことのないようにな。わかるかの」

曹操は心を動かされそうになったが、自分がいま誰と話しているのかを思い出し、慌てて頭を下げた。「ご教示くださいませ」

「わしら涼州の男は、外敵に立ち向かうために代々武芸を修め、精強な戦士を輩出してきた。それなのに、朝廷が引き立てるのは涼州兵ではなく、何の役にも立たぬ名門の子弟ばかり。あんな連中はみな張り子の虎に過ぎん」董卓は憤慨しきりである。「兵を持ちながら戦場に出たことすらない男を、武人とは呼べまい。おぬしはまだ骨のあるほうじゃな。わずか三千人で敵の囲みを解いたことがあった」

「あれは運が良かっただけです」曹操は事実を述べた。長社《ちょうしゃ》の戦い［河南省中部］で、曹操が兵を連れて馳せ参じたとき、皇甫嵩《こうほすう》はすでに火を放って包囲を突破していたのだ。

「宛城《えんじょう》の戦い［河南省南西部］で命拾いしたのも、運だというつもりか」董卓は曹操の内情までしっかりとつかんでいた。

「それは……」曹操は長いため息をついた。「宛城の戦いは惨烈を極め、死傷者は数知れません。連れていた部下はほぼ全滅しました」

「それこそがおぬしとやつらとの違いじゃ。おぬしは戦場で死線をくぐり抜け、累々《るいるい》と横たわる屍《しかばね》を目にした……」董卓はぽんと曹操の肩を叩くと話題を変えた。「わしも黄巾賊と戦ったが負けた。人生で大敗を喫したのはたったの二度じゃ」

曹操は興味が湧いてきたので、思い切って尋ねた。「二度？　では、もう一度は？」

「楡中《ゆちゅう》［甘粛省南部《かんしゅくしょうなんぶ》］で北宮伯玉に苦戦を強いられていたときじゃ。わしは敵に数か月も包囲され、みるみるうちに糧秣《りょうまつ》は尽き、兵は投降して、わしを殺そうとした」董卓はそこで当時の情景が蘇ったように目を閉じた。

「そのとき、わしの軍営にいた参謀が一計を案じた。漁を口実に堰《せき》を造り、囮《おとり》の旗指物をはためかせ、その隙《すき》に川を渡った。そして北宮伯玉の軍が追ってきたところで、堰を切って逃げたのじゃ」

曹操はしきりにうなずいた。「虚々実々の駆け引き、まことに妙策でございます」

「おぬしに言われるまでもないわい。その参謀の名は賈詡《かく》と言ってな。いまは都尉《とい》として、陝《せん》県［河南省西部］に駐屯しているわしの娘婿の牛輔《ぎゅうほ》を補佐している。今後も賈詡を重用するつもりじゃ。楡中での敗北は、わしが寡勢《かせい》で大軍に深く攻め込んだことが敗因であって、少しも悔しいとは思っておらん。じゃが、広宗《こうそう》［河北省南部］で張角《ちょうかく》に敗れたことは、はらわたが煮えくり返るほど忌々《いまいま》しい」

それは光和《こうわ》七年（西暦一八四年）のことである。曹操は朱儁《しゅしゅん》、皇甫嵩らに従って汝南《じょなん》で奮戦していた。一方、河北《かほく》の反乱軍討伐の総帥であった盧植《ろしょく》は、宦官の讒言《ざんげん》により罪人として都へ送られた。その盧植のあとを引き継いだのが董卓だったのである。その戦いで董卓は信じがたいほどの惨敗を喫した。もともとかなり優勢であった戦況まで悪化し、荊《けい》州の黄巾軍はそれに乗じて再び勢いを盛り返した。それが宛城の惨劇につながったのである。董卓はふいにため息をついた。「孟徳よ。わしの負け戦のせいで、おぬしにまで迷惑をかけてしまったのう」

「勝敗は戦の常でございます。迷惑などとんでもない。国のために力を尽くすことがわれわれの責務ではありませんか」

「なぜわしが負けたか、わかるか」

董卓がそう尋ねるので、曹操はこれを利用して機嫌を取っておこうと考えた。「董公の神のごとき用兵術はかねてより耳にしておりますので、広宗の戦いだけはいまもって敗因がわかりませぬ」

「では教えてやろう。北軍の司馬どものせいで負けたのじゃよ」董卓は怒りを露わにした。「やつらは腰抜けの貴顕の子弟ばかりで、わしのような西涼の野蛮人など眼中にない。軍隊は軍令によって統率されているのに、連中はわしの指図に従わず、おのおの勝手に戦ったのじゃ。負けて当然ではないか。もしわしが自軍の兵を率いておれば、張角が十人いても仕留めてやったわ」

曹操は愕然とした。

「さらに、敗因は霊帝というどうしようもない暗君にもある」董卓はますます凶暴な声で怒鳴った。「でたらめをぬかす宦者の言いなりになり、ころころと将を替えおって。まったく……あのときわしは決めたのじゃ。愚かな天子を廃し、役立たずの帝室の者どもを片づけてやると」

董卓の憤懣《ふんまん》の根っこがどこにあったのか、曹操はようやくわかり、なだめようとした。「先帝はすでに亡くなり、北軍はもう董公の手中にあります。そろそろ手を引くべき頃合いかと」

「手を引く？」董卓は顔をひくひくと震わせた。「誰が手を引くものか。わしはまだ威厳を確立しておらん。わしは劉協のガキを皇帝に仕立て上げ、自ら政を執り、この世の中をきちんと治めてやるのじゃ」片時、曹操は心を動かされた。「では、董公は霍光《かくこう》［前漢の政治家］の挙を見習うおつもりですか」

「何？　火光《かこう》［火の光］がどうした」董卓はきょとんとして灯りに目を遣った。

その反応で、曹操が董卓に抱いた敬慕の念は煙のように消え去ってしまった。こいつはあまりにも学がなさすぎる。おそらく大事を成すことはできまい。国の力が適任でない者に委ねられることは災難だ。何進が良い例ではないか。いや、何進はただ無能であっただけだが、董卓のように人の命を塵あくたのように扱う輩が政を行えば、国中に血が流れることになる。「大国を治むるは、小鮮を烹《に》るが若《ごと》し［大国を統治するには、小魚を煮るようにかき回しすぎてはならない］」というのに……

田儀は董卓が醜態を演じていることに気づき、慌てて説明した。「わが君、曹大人が仰った霍光とは、かつての名臣で、董公が敬愛しておられる霍去病《かくきょへい》将軍の弟君でございます。昭《しょう》帝は世継ぎの昌邑《しょうゆう》王《おう》を霍光に託しましたが、霍光はそれを廃しました。当時の人々が、昌邑王はどんな悪心を抱いているかわからぬ国賊だと噂していたからです。霍光は民間から宣《せん》帝を迎え、稀代の名君に育て上げました。曹大人がわが君を霍光になぞらえたのは、董公を賞賛してのことでございます」曹操はぞっとした。霍光が宣帝を輔弼したことは事実だが、昌邑王は霍光が自ら立て自ら廃している。田儀はことさらに霍光を美化することで、董卓に皇帝の廃位を促しているのだ。ひょっとすると、皇帝の廃立という考えはこの男の入れ知恵かもしれない。うらぶれた書生のようななりをしながら、なんと恐ろしい智謀の持ち主だ。

「そういうことか。では、孟徳に礼を言わねばな」董卓は大股で近づいてくると、曹操の腕をむんずとつかんだ。「弟よ」

「恐れ入ります」

「肩を並べてこそ兄弟じゃろう」

曹操は顔を引きつらせて笑った。「わたくしはこの背丈ですから、机に乗らなければ董公と肩を並べることはできませせぬ」

「はっはっは……孟徳よ、冗談はよさんか。ちと訊くが、おぬしの典軍はいまどれだけの兵馬を抱えておる」

「死んだり逃げたりで、残っているのは千騎ほどです」曹操は見得《みえ》を切らず、ありのままを述べた。

董卓はしばらく沈黙してから口を開いた。「わしは西園軍の残りの兵馬を、すべておぬしに預けたいのだが、どうじゃな」

「わたくしに？」曹操は自分の耳が信じられなかった。西園軍は散々に切り崩されていたが、残った兵をかき集めれば三千人は超えるはずである。京畿《けいき》でも無視できない勢力となろう。

「何を驚いているのじゃ」董卓は笑った。「包み隠さず話そう。わしの将校たちは荒くれ者ばかりで、西園軍を率いる力量はない。かといって手放すのはあまりに惜しいし、反乱の種を作ることにもなりかねん。適任の者を見つけて西園軍を束ねさせることさえできれば、たとえ反乱が起きたとしても、西園軍を使って敵を抑えられるじゃろう。わしは朝廷じゅうの文武百官を見尽くしたが、西園軍を統率し、気取った貴族どもを黙らせる力があるのは、孟徳、おぬしだけじゃ。どうじゃ？　西園軍を率いて、わしとともに大業を成し、栄華を享受するというのは？」

ともに大業を成すとはいったいどういう意味だ。やはり王莽《おうもう》に倣って漢を簒奪するつもりか。それともただ霍光になりたいだけか。ならばなぜ劉弁を廃し、劉協を立てようとする。聡明な皇帝は董卓にとって都合が悪いのではないのか。董卓は実は錯乱しているのか、それとも本当に漢室の復興を志しながらなす術を知らぬだけなのか……曹操はすぐには答えず、頭を垂れて考え込んだ。

董卓は続けた。「心配するな。わしは今後、おぬしを粗末には扱わん。必ず爵位を授けよう。ともにこの天下を治め、美酒美食があればともに味わおう。どうじゃ？」

曹操は何と答えるべきかまったくもってわからなかった。当代きっての賢臣となることは曹操の悲願であるが、董卓に手を貸すことが果たして賢明かどうか。傍らに立つ二人にちらりと目を遣ると、呂布は方天画戟を握り締めて殺気を放ち、断れば即始末すると言わんばかりである。田儀は不気味な両の眼で曹操をじっと見つめ、嘘の承諾をすればたちまち見抜かれてしまいそうだった。断っても駄目、承諾しても駄目……曹操はしばらく沈黙してから、董卓の前で跪《ひざまず》いた。「董公、わたくしは大漢の名将馬援《ばえん》がかつて語った言葉を思い出しました。『独り君のみ臣を択《えら》ぶに非ず、臣も亦《ま》た君を択ぶなり「君主が臣下を選ぶように、臣下もまた仕えるべき君主を選ぶ」』わたくしは即座にお返事申し上げることができません。どうかいま一度考える時間をください。もし自分が任に堪えると判断しましたら、必ずお引き受けいたします」曹操は言葉が十分でないと思い、急いで付け加えた。「もし自分にそれだけの力量がないと判断したときは、ほかに適任の者を推挙いたします。いずれにしろ董公のご期待に背くことは決していたしませぬ」

董卓はいささか驚いた。そんな答えを返す者にはこれまで会ったことがない。董卓は笑みを浮かべて答えた。「おぬしは正直者じゃ……よかろう、帰ってよく考えるがいい。後日改めて相談しよう」

曹操はどきどきしながら立ち上がった。董卓は気色ばむこともなく、呂布と田儀も何の反応もしない。どうにか窮地を脱したようだ。こんな危険な場所は早く立ち去らねば。曹操はすぐにお辞儀をした。「それでは、失礼いたします」

「うむ、時間ももう遅い。色よい返事を待っておるぞ」董卓はそう言うと手を振って挨拶を済ませ、あくびをした。

帰り道、曹操の頭はずっと混乱していた。返答しかねたのは単なる時間稼ぎではなく、曹操の心の奥底に生じた矛盾のためでもあった。董卓に力を貸せば、己の才覚を示す機会もできるだろうが、本当にあの男を信用してよいのか。かりに信用できるとして、あの男に国を治める力があるのか。そんなことを考えながら屋敷に戻ると、曹操は服も着替えず、どかっと部屋に腰を下ろした。

曹操の安否が気がかりで、一睡もせずに待っていた卞氏《べんし》が駆け寄ってきた。「どうだったの。あの悪党に無茶を言われなかった？」曹操はかぶりを振った。

「どうしたの、魂が抜けちゃったみたいじゃない。董卓があなたの兵権を奪おうとしたの」

曹操は苦笑した。「奪うどころか、俺にさらに兵権を与えようとした」

「あなたに兵権を？　どういうこと？」

二人が話をしていると、突然楼異《ろうい》の呼ぶ声が聞こえてきた。「旦那さま、董卓から旦那さまに贈り物でございます……使者は……使者は……」

「誰だ」

聞き覚えのある声が答えた。「わたくしですよ」

曹操が灯りを手に部屋から飛び出すと、暗闇のなかに媚びるような顔が浮かび上がった――秦宜《しんぎ》禄《ろく》だ。

「なぜお前が……」曹操は蔑むように、ふんと鼻でせせら笑った。「こたびは董卓の手下になったのか」

「へへっ、わたくしはついていきたかったのに、曹大人が要らぬと仰るものですから。わたくしは自分を食わせてくれる人についていったのです」秦宜禄は相変わらずのずる賢さである。「曹大人、ご覧ください」灯りで庭を照らすと、金銀財宝がぎっしりと詰まった箱が置かれていた。先ほどの宴会で見た何苗の私産だ。

「董公からの伝言です。つまらぬ物だが納めてもらいたい。これよりわれらは身内も同然とのことです」秦宜禄は深々とお辞儀をして続けた。「田主簿さまもわたくしにお言いつけになりました。曹大人はわたくしのかつての主君なのだから、今後は足繁く通って、曹大人のお世話をするようにと。これからわたくしはしっかりと曹大人にお仕えいたします」

曹操は心中で罵った——要は監視ではないか。しかし、固辞することもできず、曹操は無理やり笑顔を作った。「帰って董公に伝えるのだ。贈り物はありがたく拝受した。ご好意に感謝申し上げるとな」

「かしこまりました。それではもう遅いので、わたくしは失礼いたします」秦宜禄は数歩下がると、またおもねるような笑みを浮かべた。「表にもう一台馬車が停めてあります。それも董公からの贈り物ですから、お納めください」言い終わると、瞬く間に姿を消した。

卞氏も出てきて怪訝そうに尋ねた。「秦宜禄が品物を届けに来るなんて、何ごとかしら」曹操は答えなかった。二人が並んで庭から出ると、屋敷の正門の外に真新しい馬車が本当に停まっていた。豪華な装飾は、一介の校尉には不釣り合いなほどである。

楼異が馬車を動かすため御者台に乗り、簾《すだれ》をめくると、なんとなかには一人の美女が泣きながら座っていた——身重の若い寡婦の尹氏である。卞氏はさらに驚き、眉をひそめて夫をなじった。「説明してちょうだい。いったいこれはどういうことなの」

「俺に聞くな。俺にもよくわからん」曹操は袖を翻すと、部屋に戻って床《とこ》に潜り込んだ。

第二章　洛陽《らくよう》を出奔す

皇帝の廃立

曹操と群臣の態度いかんにかかわらず、劉弁《りゅうべん》を廃位するという董卓《とうたく》の計画は着々と進んでいた。

宴会の日からほどなくして董卓は勅旨を発し、黒山《こくざん》の賊軍鎮圧を指揮していた朱儁《しゅしゅん》を洛陽に呼び戻すと、光禄大夫《こうろくたいふ》の官職を授けた。これは事実上、朱儁のような名将でさえ兵権が解かれたことを意味する。敵である黒山軍には譲歩し、首領の張燕《ちょうえん》を平難中郎将《へいなんちゅうろうしょう》に任命することで、黒山一帯の自治権を容認した。矢継ぎ早に、董卓は豫《よ》州刺史《しし》の黄琬《こうえん》を朝廷に召し出し、己に逆らって挙兵してくることを未然に防いだ。

さらに数日後、董卓は自ら城外へと出て、ある大物を盛大に迎えた——潁川《えいせん》の名士荀爽《じゅんそう》である。荀爽は逃げ遅れたため、董卓の部下によって郷里に閉じ込められていたのだが、度重なる脅迫に堪えかね、致し方なく出仕したのである。董卓は至宝を手に入れたかのごとく、この在野の大学者を利用して新政権に箔《はく》をつけ、士人《しじん》たちの支持を安定させようとした。

瞬く間に九月となり、日一日と寒さが増すなか、草木を枯らす厳しい秋風が吹きはじめた。寒風は落ち葉を乗せて宮中の内院のあいだを吹き抜け、さらさらと音を立てながら、時折、朝議の行われている玉堂殿《ぎょくどうでん》の上まで落ち葉を巻き上げていく。

ときに正殿のなかは水を打ったように静まり返っていた。三公九卿《さんこうきゅうけい》をはじめ、居並ぶ文武の百官は土人形のようにぴくりとも動かない。玉座に主《あるじ》の姿はなく、いつから皇帝に謁見していなかったか、みなはっきりとは思い出せなくなっていた。玉座に連なる階《きざはし》の前には、一人朝廷を意のままに取り仕切る董卓の姿がある。

その日の朝議は普段と様子が違っていた。正殿の外には、軍装に身を包んで殺気を放つ二百もの西涼《せいりょう》兵が詰めていたからである。官僚たちは息を殺して頭《こうべ》を垂れ、瞬きさえ憚られるほどに張り詰めていた。董卓もまた同様に黙り込んだまま、苛立ちを抑えるように正殿の中央を行ったり来たりしている。百官の筆頭である太傅《たいふ》の袁隗《えんかい》を待っているのである。

長い沈黙を打ち破るかのように、ばたばたと慌ただしい足音が近づき、年若い官吏が駆け込んできた。侍御史《じぎょし》の擾龍宗《じょうりゅうそう》である。侍御史とは皇帝にかしずく官職だが、いまでは竜顔を仰ぐことすらかなわず、董卓の世話人に成り果てていた。

擾龍宗は早足で董卓の前に進み出ると、おずおずと拝礼した。「董公《とうこう》にご報告申し上げます。袁太傅は本日、参内することができなくなりました」

「なぜじゃ」董卓は一瞥した。

擾龍宗はしとどに濡れた汗をぬぐいながら説明した。「あいにくお風邪を召されまして」

「ふん。袁隗のじいさんは来んのか」

擾龍宗は董卓があからさまに機嫌を損ねたので、急いで立ち上がり戻ろうとした。

董卓はすかさず、擾龍宗の襟首をつかんで怒鳴った。「貴様、逃がさんぞ」

「董公、わたくしは何も……」

「何もじゃと。なぜ貴様は殿上で剣を佩《は》いておる」董卓はそう責めると、手を離して軽く押しやった。董卓は怪力なので、擾龍宗はその勢いで転び、柱にどすんと体をぶつけた。

かなり強くぶつけたらしく、擾龍宗はやっとのことで起き上がると、ぼそぼそと弁解した。「わたくしは……董公をお待たせしてはならぬと、慌てて戻って参りましたので、つい失念してしまいました」

「忘れた？」董卓は冷やかに笑った。「朝廷の礼法を忘れたじゃと。殿上で剣を佩くのはかりに措《お》くとしても、九卿以下が剣を帯びたまま三公に拝謁するなど許されぬ。つまり貴様は、司空《しくう》であるこのわしが眼中にないということじゃ」

擾龍宗は続けざまに叩頭して詫びた。「滅相もないことでございます。どうかお許しください」

「許すじゃと。もう遅いわ。誰か、こいつをつまみ出して殺してしまえ」董卓はそう叫ぶと、挑発するように群臣を見回した。「これは朝廷の礼法じゃ。こいつを処罰することに異存はないでしょうな」董卓は官吏を勝手に処刑するのに、礼法を守るためという名分を持ち出してきたのだ。異議を唱える者は誰もおらず、どうすることもできないまま、二人の兵士が必死に抵抗する擾龍宗を引きずり出していった。許しを請う甲高い声はしだいに遠ざかっていき、そして静寂が戻った。重臣たちはみな、次は自分の番かと冷や汗をかいた。

一方の曹操は、群臣のなかに泰然自若として座し、いささかも危険を感じていなかった。董卓は曹操を味方に引き入れ、ほかの者をつぶそうとしているのだから、曹操はいまのところ安泰なのである。董卓が些細な件を大ごとにして擾龍宗を殺すのは見せしめにほかならない。もしかすると、董卓は今日この場であの大それた計画を発表する気なのかもしれない。

案の定、董卓はよく通る声で本題に入った。「この董卓は、大漢の末永き繁栄のため、身をもって国家の礼法を遵守したいと考えております……ですが、近ごろ後宮には礼法を軽んじ、婦道《ふどう》を守らぬ者がいる。それは何《か》太后であります」

そのひと言を聞くや、群臣らは次々に顔を上げ、怯《おび》えきった眼《まなこ》で董卓を見つめた。

董卓は見て見ぬふりをし、ゆっくりと続けた。「董《とう》太后は霊《れい》帝の生母であり、長らく宮中に住まっておられました。ところが、何太后は董太后を宮中から追い出し、死に至らしめたのです。このような行為が、姑への礼を欠き、孝の道に背くことは言を俟《ま》たないでありましょう」誰も反発しないので、董卓は満足し、後ろ手を組んで続けた。「今上《きんじょう》陛下は愚昧《ぐまい》にして惰弱《だじゃく》、君主の器とは到底申せません。かつて伊尹《いいん》［殷《いん》初期の政治家］が太甲《たいこう》を追放し、霍光《かくこう》が昌邑王《しょうゆうおう》を廃したことは、典籍にはっきりと記され、後世の賞賛の的となっています。思うに何太后は太甲に、陛下は昌邑王になぞらえられるでしょう。この母子は追放されるべきです。かたや陳留《ちんりゅう》王はまだ幼くも、聡明にして仁愛と孝を備え、帝位を継ぐにふさわしいお方でございます……」

群臣らは衝撃を受けた。百官の前で堂々と天子の廃立を論じている。有史以来、ここまで専横を極めた臣下が果たしていただろうか。陛下はやや度胸が足りないだけで、ほかには何の落ち度もないではないか。董卓の入京以来、陛下は政《まつりごと》に一切関われず、過ちを犯す機会すらなかったのだから。誰もがそう思ったが、董卓の話を遮るだけの勇気はなかった。曹操はだんだんとおかしくなってきた。あの日、霍光が誰かすら知らなかった男が、いま「伊尹が太甲を追放し、霍光が昌邑王を廃し」などと宣《のたま》っている。典故を引いたこの話は、おそらく田儀《でんぎ》が教え込んだものだろう。苦労して覚えたに違いない。

曹操の推測は当たっていた。董卓は先ほどの口上を諳《そら》んじるのに少なからぬ時を費やしていたのである。台本を思い出しながら何太后と劉弁の過失を数え上げ、やっとすべてを話し終えると、思わずふうっと息をついた。幸い間違うことなく諳んじることができた。ところが、群臣らがこそこそとささやき合ってはかぶりを振っているのを見て、董卓は逆上して大声で怒鳴った。「いまの皇帝を廃し、陳留王を新帝として立てるのは、天下の大義のためじゃ！　もしも邪魔立てしようとする者がいれば、軍法に照らして処断する」

擾龍宗の血痕も乾かぬうちに、董卓は今度は天下の大義を持ち出してきた。群臣らはさっと静まり返った。

董卓は、誰も異議を唱えないのを見てうっすらと笑みを浮かべた。そのとき、なんと一人の老臣が進み出て拝礼し、堂々と訴えた。「太甲は暴虐で法を守らず、昌邑王は罪過を千も重ねていたために廃されたのです。今上陛下はまさに人生の盛りを迎え、徳を欠くような言動もなく、太甲や昌邑王とはまったく異なります。陳留王は御年わずか九歳、政を執ることなどとてもできませぬ。今上皇帝を廃して幼い天子を立てることは、絶対にしてはならぬことでございます。臣下たるわれらが皇帝の廃立を行えば、その罪過はさらに重くなります。どうかいま一度……」

みなが一斉に目を向けると、それは尚書《しょうしょ》の盧植《ろしょく》であった。盧植が反駁しだすと、それまでご機嫌だった董卓の顔色がみるみる変わった。董卓は盧植の言葉を遮るように怒鳴った。「黙れ！　邪魔立てする者は軍法に照らして処断すると言ったはずだ。誰か、こやつを連れ出して斬れ」

さすがに盧植ともなれば、若輩で無名の擾龍宗とは違う。董卓のその言葉に、また進み出て跪《ひざまず》く者があった。「董公、怒りをお鎮めください。どうかお待ちを」侍中《じちゅう》の蔡邕《さいよう》である。「盧尚書の言葉は決定に逆らっているようですが、天下を憂う忠義の心から発せられたものでございます。それに盧尚書は黄巾《こうきん》討伐で功のあったお方。董公、どうかお慈悲を。命だけはなんとしてもお許しくださいませ」蔡邕はそう訴えると何度も叩頭した。

蔡邕は董卓がほとんど脅迫のようなかたちで洛陽に出仕させ、三日で三つの役職を歴任した人物である。ゆえに董卓も蔡邕の面目をつぶすのは気が引けた。一瞬の躊躇《ちゅうちょ》のあいだに、議郎《ぎろう》の彭伯《ほうはく》も進み出て跪いた。「盧尚書は、誰もが敬う天下の大学者でございます。もしいま殺せば、世の者はみな恐怖に駆られ、朝廷のために尽くそうとする者はいなくなってしまうでしょう。わたくしからも董公に、朝廷のため、天下のためにご寛恕をお願い申し上げます」

董卓はぎりぎりと歯ぎしりした。事ここに至って、なお自分の威光に刃向かう者がいようとは夢にも思わなかったのだ。董卓は乱れた息で胸を上下させながら盧植を眺め、やっとのことで口を開いた。「いいじゃろう。蔡大人《たいじん》と彭大人の顔に免じて、命だけは見逃してやる。じゃが死罪は免れても、罰からは逃げられぬぞ。いまから貴様はお役御免じゃ」

盧植は、董卓が勅旨もなくたったひと言で自分を罷免したことを嘆いた。「小官が誠意を尽くしたところでもはや意味はないようです。辞めさせられるまでもなく、わたくしはこれ以上朝廷にとどまる気はございません」盧植はそう告げると、さめざめと涙を流しながら冠と官印入りの革袋を外《はず》し、長椅子の上に置いた。そして再び主のいない玉座に向かって拝礼し、おぼつかない足取りで退出していった。

曹操は、首を伸ばして盧植が遠ざかっていくのを見届けながら悲嘆に暮れた。盧植という男は、お国のためにいったいどれだけ損な目に遭わされてきたことか。黄巾賊の討伐では功績を挙げたのに、宦官の讒言《ざんげん》で罪人に落とされ、二人の息子は賊に殺された。宦官の政変の際は、ほかの群臣が宦官の誅殺に躍起になるなか、一人夜を徹して新帝劉弁と陳留王を保護するために探し回った。今日は忠義の進言のために命を落としそうになり、ついには免職されてしまった。それにしても、董卓のこのような蛮行はいったいいつまで続くのだ……

盧植が去ると、董卓は振り向いて再び最前列の空席に目を遣った——袁隗の席である。太傅は太《たい》尉《い》、司徒《しと》、司空の三公よりも地位が高い。董卓ははたと気がついた。袁家の威望はきわめて高く、董卓も名義上では袁隗の故吏《こり》［昔の属官］になる。いま心服しているかどうかはともかく、のちのち厄介な存在になるだろう。董卓はそう考えると、司隷校尉《しれいこうい》の袁紹《えんしょう》に目を向けた。「袁本初《ほんしょ》よ、おぬしはどうじゃ。廃立に賛同するか」

袁紹はゆっくりと拝礼し、卑屈とも高慢とも取れない落ち着いた声で答えた。「小官は董公のご意見に賛同いたします。ですが……」

「何じゃ」

「このような大事は、わが叔父である袁太傅と協議すべきかと存じます。天子を導き、政を輔佐するのが太傅の務めでございますゆえ」

董卓は苛立った。「その袁太傅が、偉そうに朝議に出てこんのではないか」

「叔父は高齢で体が弱っておりますので、近ごろの心労がたたり、病に臥せってしまったのでしょう。ですが、国の重要な合議を疎《おろそ》かにはしないはず」袁紹は傍らにある白旄《はくぼう》［旄牛《からうし》の毛を飾りにした旗で、皇帝の使節などの象徴］を手にとった。「気を揉む必要はございません。わたくしがいまから叔父のもとを訪ね、董公のご意向を伝えてまいります。きっと袁太傅も反対することはないでしょう」袁紹は話し終えると、董卓の返事も待たずに慌ただしく出ていった。

「この世のすべてはわが意のままじゃ。わしのなすことに逆らう者などおらん」董卓は袁紹が退出していったほうに向かい皮肉を言った。「太傅は年老い、朝政を司ることはもはやかなわんじゃろう。家でゆっくり養生させてやれ。それから、太尉の職には幽州牧《ゆうしゅうぼく》の劉虞《りゅうぐ》がついておるが、劉虞は河北《かほく》［黄河の北］で乱の鎮圧に当たり、黒山の賊に阻まれて朝廷に戻ってこれぬ。さりとて、天下の兵事を統《す》べる位が空席というわけにもいかん。よって、わしがいまから太尉につく。周仲遠《ちゅうえん》よ、詔書を起草しろ」

尚書の周毖《しゅうひ》はその指示を喜んで受けたが、ひと言付け加えた。「董公が太尉になられることに誰も異論はないと存じますが、一つだけお願い申し上げたき儀がございます」

董卓は不意を突かれ、周毖をじろっと睨んだ。「いつもなぜそうまどろっこしいのじゃ。言いたいことがあるならさっさと申せ」

朝堂でこんな荒っぽい言葉を吐くとは。群臣らはみな顔をしかめたが、周毖は見て見ぬふりをし、笑みを浮かべて進言した。「劉虞さまは宗室《そうしつ》ゆえ、軽々しく罷免することはできませぬ。董公が太尉になられるのなら、劉虞さまを大司馬《だいしば》に任じて、宗室への敬意を示されてはいかがでしょう」

「かまわん。好きにせい」いまや董卓は周毖に絶大な信頼を置いていた。だが、董卓は歴史に疎《うと》い。太尉と大司馬は呼称が変わっただけで、そもそも同じ官職である。周毖ははるか幽州の地に、董卓と同じ官職の敵を密かに生み出したのだ。

周毖は胸をなで下ろし、笏《しゃく》を掲げて続けた。「董公を太尉とする詔《みことのり》ならば、小官が力を尽くして作成いたします。ですが、皇帝を廃する詔となると、尚書である小官ごときの手には負えませぬ」周毖とて未来永劫に汚名を残すような大罪人になりたくはないので、前もって断ったのだ。

「それはおぬしの仕事ではない。もう準備はできておる」董卓はすでに、廃帝の詔書を田儀に書かせていた。「時機が来たら、おぬしは詔を読み上げるだけでよい。読み終えたら侍中に昇進させてやろう」周毖は感謝するふうを装って何度も拝礼した。その真意を知らぬ者は怒りの目で周毖を睨んだが、曹操にははっきりとわかっていた。将を射んと欲すればまず馬を射よだ。周仲遠は並みの人間では辛抱しきれないことに耐え忍ぶ力がある。俺も見習うべきだろう。曹操が顔を上げると、笑顔の董卓と目が合ってしまった。曹操も慌てて笑顔を作ってうなずき、賛同の意を示した。

董卓は袁紹、周毖、曹操の賛同を得てにわかに自信を深め、再び群臣らに迫った。「いまここに大計は定まった。ほかに異を唱える者は？」

群臣らはもはや逆らえず、あちらこちらから声を上げた。「仰せのままに」

不本意ながらも受け入れる態度に、不穏な空気は薄れていった。董卓は明日にも式典を開いて陳留王劉協を新帝として擁立することを発表し、百官全員に参列するよう要求した。薄氷を踏むような朝議がどうにか終わった。群臣らは命拾いしたとばかりに次々と退出し、正殿を出ると外の兵士たちには目を向けないようにして、そそくさと帰っていった。曹操も正殿の入り口から出ようとすると、董卓が呼び止めた。「孟徳《もうとく》、例の件の返事はどうなった」

曹操は息を吸い込むと、振り向いて愛想笑いをした。「先ほどの朝議で、群臣がみな董公に賛同の意を示し、わたくしは安堵いたしました。これからも董公のために尽力してまいる所存です」曹操はひれ伏すと董卓に向かって拝礼した。

董卓は足早に歩み寄り、曹操を立ち上がらせた。「よいよい。おぬしがわしに協力すると言うのなら、これよりわれらは兄弟じゃ。そのような虚礼は要らん。新帝が即位したら、すぐにおぬしを西園軍の将として発表しよう。期待しておるぞ」

「お引き立てを賜り感謝申し上げます」

二人が話していると、董旻《とうびん》が慌てて駆け込んできた。「兄上、袁紹が逃亡しました」

「何ですと」これにはさすがに曹操も不意を衝《つ》かれた。

「袁紹がいつまで経っても戻らないので、袁隗の邸宅に人を遣ったところ、なんと袁紹は来ていないとのこと。妙だと思い、今度は袁紹の家を調べさせると、広間に白旄が吊《つ》るされているのみでした。袁紹はすでに、数人の供を連れて北門から逃げたようです」

董卓は髭が逆立つほど怒り狂った。「ちくしょう、さっさと追え！　やつの家族は汝南《じょなん》じゃったな。

ある。

「お待ちください」周毖だった。どうやらそう遠くないところから董卓の動向を窺っていたようである。

「仲遠、逆賊の袁紹を取り逃がした。何か策はないか」董卓は周毖に向かって尋ねた。

周毖は考え込みながらつぶやいた。「そもそも皇帝の廃立という大事は、常人の知恵では理解できぬことでございます。袁紹は家柄を鼻にかけるだけで道理を解《げ》さぬ凡人ですから、恐れをなして逃げ出したのでしょう。もしそれを慌てて捕らえようとすれば、反乱のもとにもなりかねません。袁家の一族は四代にわたって三公を輩出し、全国に門生《もんせい》や故吏がいます。かりに袁紹がどこかの豪傑に保護され、人を集めるような事態になったら、董公は関東《かんとう》［函谷関《かんこくかん》以東］の地を手放すことになってしまいます」

「うむ、たしかにそうじゃ……では、このままやつを逃がすのか」

「そうではありません」周毖はきっぱりと否定した。「小官の考えでは、董公がこれに恩赦を与えるのが最善の策かと存じます。どこか辺境の地の郡守にでも任じれば、袁紹は罪を許されたことを喜び、二度と二心《ふたごころ》を起こさなくなるはずです」

董卓はためらい、曹操に尋ねた。「おぬしはどう思う」

曹操は機を逃さなかった。「政に精通しておられる仲遠殿のお考え、さすがと存じます。関東の士人は恩義を重んじます。董公が袁紹を赦免すれば董公が義理を立てたことになり、みな感服するでしょう。もし一族郎党まで誅殺してしまえば、こちらは義を欠いたことになり、士人が離反し、反乱を招くかもしれません」

董卓は膝を打った。「よし。君子は度量を備えるものじゃ。ひとまず袁紹を逃がし、辺境の郡守の位をくれてやろう。どのみちやつの叔父の袁隗はわが手中にある。あんな若造にたいしたことはできまい」

曹操はほっと息をつき、心中で吐き捨てた――まったく貴様の目は節穴同然だな。袁紹の声望は鮑信《ほうしん》をはるかに凌《しの》ぐのだ。袁紹に一郡を与えれば、貴様に安寧の日は訪れん――

「孟徳、仲遠。おぬしらは百官を説得してまいれ。明日の式典は滞りなく行わねばならん。わしは義理を重んじる男じゃ。しっかり働きさえすれば、必ず相応の恩賞を与える」

「御意」二人は即座に答え、互いに目配せした。口に出さずとも、二人の考えは一致していた。しばらくは逆境に甘んじ、董卓を泳がせよう……

翌日、すなわち中平《ちゅうへい》六年（西暦一八九年）九月甲戌《こうじゅつ》［二十八日］、洛陽の皇宮《こうぐう》で再び朝議が開かれた。正殿には十七歳の皇帝劉弁、九歳の陳留王劉協、何太后が列席している。董卓の指示のもと、尚書の周毖が進み出て策命《さくめい》を読み上げた。

　孝霊《れい》皇帝 高宗《こうそう》の眉寿《びじゅ》の祚《そ》を究《きわ》めず、早くに臣子を棄《す》つ。皇帝 承《う》け紹《つ》ぎ、海内《かいだい》 望《ぼう》を側《かたむ》けれども、帝 天姿《てんし》は軽佻、威儀は恪《つつし》まず、喪《も》に在りて慢《まん》にして惰《だ》、衰《さい》は故《もと》の如し。凶徳《きょうとく》 既に彰《あき》らかにして、淫穢《いんわい》 発《あらわ》れ聞こえ、神器を損辱《そんじょく》し、宗廟《そうびょう》を忝汚《てんお》す。皇太后 教うるに母儀《ぼぎ》無く、政を統べるも荒乱《こうらん》せしむ。永楽《えいらく》太后 暴《にわ》かに崩じ、衆 論じ惑う。三綱《さんこう》の道、天地の紀、而《しか》るに乃ち闕《けつ》有るは、罪の大なる者なり。陳留王協聖徳偉茂《いも》にして規矩《きく》邈然《ばくぜん》、豊下兌上《ほうかえいじょう》にして、尭図《ぎょうず》の表有り。喪に居りては哀戚《あいせき》し、言は邪に及ばず、岐嶷《きぎょく》の性、周成《しゅうせい》の懿《い》有り。休声《きゅうせい》美称は天下に聞こゆる所にして、宜《よろ》しく洪業《こうぎょう》を承《う》け、万世の統を為し、以《もっ》て宗廟を承くべし。皇帝を廃して弘農《こうのう》王と為し、皇太后は政を還《かえ》すべし。

［霊帝は、殷の高宗のように善政を敷いて長寿を保つことなく、早くに臣民を見捨ててお隠れになった。劉弁が帝位を継承し、天下は希望を寄せたが、劉弁は生まれながらに軽薄で、挙措《きょそ》に威厳はなく、服喪のときにあっても怠惰で、喪服を替えることもなかった。劉弁の不徳は明白で、酒色に溺れていることは周知の事実となり、帝位の象徴たる神器を傷つけ、宗廟に泥を塗った。何太后の教導も母たる者としての模範なく、政を執っては混乱に陥れた。永楽太后（董太后）がにわかに崩御したことについても、みながこれを論じ疑った。君臣、父子、夫婦の道という三つの道徳は天地の道理である。それを蔑《ないがし》ろにした罪は重い。陳留王の劉協は天子の徳を十分に備え、起居は規範に適い、豊かなあごと狭い額は、聖王尭の面影《おもかげ》がある。服喪中は哀悼の念を示し、言葉は善悪をわきまえ、幼少から抜きん出る聡明さには、周の成王のような立派な徳がある。その名声は天下に轟いており、皇帝の事業を受け継いで万世の聖統を興し、宗廟の祭祀を継承するのにふさわしい。今上皇帝を廃して弘農王に封じ、何太后には政権を返還させる］

臣下が君主を廃するという策命がすべて読み上げられると、郎中令《ろうちゅうれい》の李儒《りじゅ》がさっと駆け寄り、震える劉弁を玉座から引きずり下ろした。憐れな若き皇帝は、伯父の何進の力によって即位したが、在位わずか五か月で廃され、弘農王に封じられることとなった。

途切れることのない何太后の泣き声に、群臣らは胸を痛めた。その隙《すき》に董卓は早くも劉協を抱きかかえ、玉座に座らせた。劉協はまだ幼く、何が起きているのか理解できていないらしい。小さな眼をぱちくりとさせて群臣を見回した。むろん、この先に待ち受ける苦難の人生はまだ知る由もない。

こんな方法で擁立された劉協が正式な皇帝といえるのか、群臣のあいだにもまだ迷いがあった。司徒の丁宮《ていきゅう》はその空気を察し、急いで呼びかけた。「天は漢室を見放し、国は大いに乱れています。かつて祭仲《さいちゅう》［春秋時代の鄭《てい》の政治家］は忽《こつ》を廃して突《とつ》を即位させました。『春秋』はその智謀を特筆しています。われらがいま社稷《しゃしょく》のために皇帝の廃立を行うことは、天の理《ことわり》に合致しております。さあ、みなで万歳を唱えましょう」丁宮はそう促すと率先して拝礼した。百官は、拝礼しなければわが身に災難が降りかかることを察し、次々に跪いて万歳を三唱した。董卓は見下した表情で劉協の傍らに立ち、群臣の拝礼を受けた。

しかし、曹操を含め一部の重臣は、丁宮の言葉に言外の意味を感じ取った。祭仲は春秋時代の鄭の重臣で、宋の脅迫によって公子忽を廃し、公子突を厲《れい》公として即位させた。先代から後事を託された重臣が敵国の脅しによって君主を換えるなど、美談でも何でもない。丁宮は博学の士で、典故を誤ることなどありえない。その丁宮が、伊尹と霍光の先例に触れず、かえって祭仲の例を持ち出すとは、これも何か不吉な前兆であろうか。

九拝《きゅうはい》し終えて新帝を見上げると、曹操の脳裏にはさまざまな思いがかけめぐった。運命とは、人の思惑の及ばぬところですでに定まっているものらしい。かつて霊帝は崩御の際、息子の劉協を蹇碩《けんせき》に託した。何進は士人とともに刃向かい、その蹇碩を殺させて劉弁を擁立した。しかし、いまその労苦はすべて無に帰した。董卓の登場により、天子の位にはやはり劉協がつくことになったのである……

驚愕の光景

劉協《りゅうきょう》が手助けを受けて即位すると、董卓《とうたく》のでっち上げた命令が次々と発布された。

まず何《か》氏の太后という尊号が剝奪され、廃帝劉弁《りゅうべん》は郎中令《ろうちゅうれい》の李儒《りじゅ》の監視のもと、永安《えいあん》宮に完全に幽閉された。続いて幽《ゆう》州の劉虞《りゅうぐ》を大司馬《だいしば》に任命し、代わりに董卓が三公の筆頭たる太尉《たいい》に就任した。また、董卓は前《ぜん》将軍の号を加え、斧鉞《ふえつ》［天子から授けられる斧とまさかり］を手にして生殺与奪の権を握り、虎賁《こほん》軍［王宮と君主を護衛する兵士］を護衛兵として使えるようにした。さらに年号を永漢《えいかん》と改め、黄琬《こうえん》を司徒《しと》、楊彪《ようひょう》を司空《しくう》にして名望を得ようとした。そのほか三公九卿《さんこうきゅうけい》から黄門侍郎《こうもんじろう》に至るまで、各家の子弟のなかから一名を推挙させて郎《ろう》［宮中を守衛する官職］とした。名目は高官の子弟を出仕させて宦官の欠員を補うことにあったが、実質は高官たちを牽制するための人質であった。

この二つを執行したあと、董卓は士人《しじん》を籠絡するため、理解に苦しむ行動に出た。まず、宦官を排除しようとして殺されたかつての大《だい》将軍の竇武《とうぶ》と、太傅《たいふ》の陳蕃《ちんばん》の名誉回復を図り、党錮《とうこ》の禁《きん》を完全に決着させた。党錮の禁は二十一年も前の事件であり、いまや宦官勢力は跡形もなく滅び去っていたが、董卓はお安い御用とばかりに、自らの手で終止符を打ったのである。さらに、董卓は自らを永楽董《えいらくとう》太后の遠縁の親戚であると吹聴していたが、ついに上奏してそれを正式に認めさせた。しかし、霊《れい》帝の生母である董太后は河間《かかん》の出身であり、董卓は生粋の隴西《ろうせい》人である。たとえ同姓であろうと、冀州《き》と涼州《りょう》ではあまりにも離れすぎている。董卓は国舅《こっきゅう》の威光が羨ましく、外戚を気取ってみたかったのである。かりにそれが悪弊であろうとも、何とかして王侯貴顕を真似ようというのは、成り上がり者の悲しい性《さが》かもしれない。

袁紹《えんしょう》が逃亡して以来、董卓は都の統制をさらに厳しくした。洛陽《らくよう》の十二の城門には見張りを陰に陽に配備し、群臣らの動向に目を光らせた。曹操が一番閉口させられたのは、田儀《でんぎ》の指示で秦宜禄《しんぎろく》が毎日のように訪ねて来ることである。物を届けに来る日もあれば、世間話をしていくだけの日もあり、曹家のあらゆる動きが見張られ、監視の目をくぐり抜ける術はなかった。曹操は受け身に回らざるをえず、誰かと密談を交わすなど到底できなかった。

その日、何顒《かぎょう》、袁術《えんじゅつ》、馮芳《ふうほう》が朝早くから突然訪ねて来た。曹操は眉をひそめた。秦宜禄がまもなく現れるかもしれない。目ざといあいつに感づかれでもしたら、これまでの努力が水の泡になってしまう。

何顒は少し考えてから切り出した。「ここが安全でないなら、われわれのところはなおさら無理だ。城内を出て話さないか」

「そうだ。狩りに行くことにすれば問題なかろう」袁術も賛成した。

馮芳は慎重だった。「董卓は厳重に城門を監視させている。かりに出られたとしても、それをあの悪党に知られたら、どのみち面倒は避けられん」曹操は腹を決めた。「こうしよう。そなたらは帰って支度をするのだ。俺はやつに多少は信頼されているから、挨拶がてらやつの屋敷を訪ね、狩りに行くと伝えてくる。それから出かければ問題はないはずだ」

馮芳はしきりにうなずいた。「いい考えだ。何か探れるかもしれんしな」

三人はいったん帰り、曹操はすぐに董卓の屋敷に向かった。三日にあげず訪ねているので、下は従《じゅう》僕《ぼく》から上は董卓本人まですっかりなじみになっていて、恐怖はまったく感じなかった。平服で騎乗したまま門を過ぎても、門番の兵は何も咎めない。曹操は馬から下りると、そのまま広間に向かった。

董卓は四、五歳の女の子の遊び相手をしているところだった。曹操が入ってくると、董卓は顔を上げて笑った。「孟徳《もうとく》、掛けたまえ。わしの孫娘はどうじゃな」

曹操は足早に進み出て愛想笑いをした。「さすがは董公のご令孫。とびきりの美人でございます」

これはむろんお世辞だ。これほど小さくては美人かどうかなど判別できるはずもない。

だが、董卓はそれを真に受けた。これより十倍大げさでも、董卓なら「さもありなん」と信じ込んだに違いない。曹操は董卓が当然おだてに乗って喜ぶだろうと思っていた。ところが、董卓は案に相違してため息をついた。「うむ……しかしな、惜しいことにまだ四つじゃ。もう少し大きければ、劉協に嫁がせたのじゃが」

曹操は呆気にとられた。董卓は孫娘を皇帝に嫁がせようとしていたのか。

「新帝も婚儀の準備をせねばならんが、この子を妻合《めあ》わせられぬのが実に残念じゃ」董卓はかぶりを振った。「先日、部下の董承《とうしょう》が言っておった不其侯《ふきこう》の伏完《ふくかん》の娘伏寿《ふくじゅ》が、齢《よわい》十一で器量も良く、皇帝にお仕えするのにふさわしいとのこと。政務がひと段落したら、新帝の婚儀の準備に取りかかるとするか」

琅邪《ろうや》の伏一族は経学《けいがく》の名門であり、代々『詩経《しきょう》』と『尚書《しょうしょ》』を家学として修めてきた。先祖の伏湛《ふくたん》は光武《こうぶ》帝の御代に活躍した建国の名臣で、その子孫を皇帝に嫁がせるのは悪くない人選といえる。しかし、伏一族も伏湛以降は人材が出ず、いつしか学問も途絶えてしまった。争いを避け、政《まつりごと》に対しては一貫してわれ関せずの態度を崩さないことから、「伏不闘《ふくふとう》」［伏氏は争わずの意味］と呼ばれている。桓《かん》帝の娘陽安《ようあん》公主を妻に持つ侍中《じちゅう》の伏完は、なかでも温厚な人柄で知られ、董卓が伏完の娘を皇后にすることに同意したのは、外戚による権力争いを憂慮する必要がまったくないからであった。血筋も家柄も人柄もすべて適当な一族を探し出してきた董承の手腕も、さすがというべきであろう。

「政務がこれほど多忙であるのに、陛下の婚儀まで心にかけておられるとは、まさに忠良の士。感服の至りでございます」曹操はすかさず追従《ついしょう》した。

董卓は孫娘の頭をぽんと叩いて促した。「白《はく》や。曹操おじいさんに挨拶なさい」

白はすぐに腰をかがめてお辞儀をした。「おじいちゃま、こんにちは」

「なんと。わたくしは董公の後輩ですから、叔父で十分でございます」［中国では、世代を上げて相手を呼ぶことで敬意を示す。董卓が孫に曹操を「おじいさん」と呼ばせるのは、曹操を自分と同世代に遇することで持ち上げている］

「何度も申しておるじゃろう。わしらは使命と志をともにする兄弟じゃ」

むろん曹操は逆らうことなく、丁《てい》氏が作った巾着を慌てて腰から取り外《はず》した。「これはつまらない物ですが、妻の手製でなかなか精巧にできています。はじめてお会いした記念にご令孫に差し上げましょう」曹操は笑顔でそう言うと、巾着を白に手渡した。

白は喜びのあまり礼を言うのも忘れ、ぴょんぴょんと飛び跳ねた。

「さすが気が利くのう。女の子が喜ぶ物をわかっておる」董卓は嫌みな笑い方をした。「白を皇后にはできぬから、君《くん》に封じてやるつもりじゃが、おぬしはどう思う」

曹操は危うく跳び上がりそうになった。古来より、妻は夫の、母は子の栄達によって封号《ほうごう》を授けられる。男は侯に封ぜられ、女は君に封ぜられる。君に封ぜられる女性たちは、例外なく夫か息子が大きな功績を挙げた者である。何苗《かびょう》の母を舞陽君《ぶようくん》に封ずるのでさえ士人たちの反感を買ったのに、たった四つの孫娘を君に封ずるなど、とんでもない話だ。曹操はそう思いつつも口には出せず、少しだけ揶揄した。「なるほど、子孫の富貴はすべて董公の愛情の賜物《たわもの》というわけですね」

「孫だけではないぞ。わしの母も健在じゃから、君に封ぜねばならん。子孫の富貴だけを願って、母を思わん者などおらん」董卓はまたつぶやいた。このわずかなつぶやきで、大漢王朝に老人と幼児、二人の君が追加されたのである。

「これぞ至上の仁愛と孝行でございます」曹操はお追従を続けなければならなかった。「本日はご令孫にお目にかかることができましたので、いずれ隴西のご母堂にも丁重にご挨拶させていただきます」

「母なら奥におるぞ」

「えっ」曹操は驚いた。「いつお呼びになられたのですか。ご挨拶しとう存じます。すぐに案内してください」

「よいのだ」董卓は手を振って断った。「母は体調がすぐれなくてな。長旅を昨日やっと終えて、奥で休んでいるところじゃ」

「ご一家揃《そろ》って来られたのですね」

「そうじゃ。かつて楚《そ》の覇王［項羽《こうう》］は故郷に錦を飾ると言ったが、わしの故郷は何もない片田舎。すっぱり捨てて一族を洛陽に呼び寄せ、ここに住むことに決めたのじゃ。いずれわしが死んだら、息子に跡を継がせればよい」

曹操は内心つぶやいた——子孫にまで朝政を握らせる気か。たいした自惚《うぬぼ》れだ——しかし口ではお愛想を言っておいた。「そうなさるのがよろしいでしょう」

「わしが何もかも順風満帆だと考えるのは間違いじゃぞ。跡継ぎのことで頭を悩ませておる。三年前に嫡子は死んで、残るのはこの白だけ。去年、側女《そばめ》が男子を産んだが、まだ乳呑み児じゃ。先のことを考えるのはやはり煩わしいのう。奉先《ほうせん》は養子に過ぎぬし、娘婿の牛輔《ぎゅうほ》はいささか頼りない。わが息子を守り育てられる者は誰もおらん……」

曹操はほくそ笑んだ。それこそ貴様の悪行の報いではないか。しかし董卓は再び笑った。「考えすぎるのはよそう。いまや涼州の各部隊もその家族も、みな到着したのじゃ。今後のことは心配いらん」

「董公の兵馬は、とっくに到着されていたはずでは……」曹操はよく飲み込めずに探りを入れた。

「はっはっは」董卓はのけぞって大笑いした。「まだ知らんかったのか。わしが連れて来たのは三千人だけじゃ」

「では、あれから続々とやってきた部隊は……」

董卓は曹操の耳元でささやいた。「夜のうちに部隊を城外に出させ、あくる日にもう一度入城させたのじゃ。新たな部隊が続々と現れたように見えたじゃろうが、実際はずっと三千人しかおらなんだ」

曹操は自分の顔を殴りつけてやりたいほどに後悔した。以前、鮑信《ほうしん》が兵を集めて董卓を討とうと提案してきたとき、自分と袁紹は多勢に無勢だからと挙兵に踏み切れなかった。自分たちはまんまと董卓の術中に嵌《は》まり、慎重になりすぎて好機を逃していたのだ。呂布《りょふ》が寝返り、何進のもとの部下は敵に身を投じ、西園軍《せいえんぐん》［霊《れい》帝が創設した皇帝直属の常備軍］は目も当てられず、さらに西涼兵が到着してしまったいまとなっては、挙兵することなど到底かなわない。

曹操は感嘆せざるをえなかった。「奇策を講じて敵の目をくらませたとは。董公の用兵術は凡人にはとても真似できませぬ」これは今日、董卓の屋敷の門をくぐってから唯一の本音だった。

「孟徳よ。わしはすでに各部隊を潁川《えいせん》などに進駐させ、洛陽の守備を固めておる。河南尹《かなんいん》の軍隊はほぼ掌握しているし、さらにおぬしの西園軍も加えれば、世の者はみなわしらに服従するじゃろう。西園軍の再編が完了したら、おぬしがみな率いてよいぞ。驍騎《ぎょうき》校尉という官職名も考えてやった」

曹操はどんな表情をしたらよいのかわからなかった。三たび洛陽に入城して以来、はじめに典軍《てんぐん》校尉［西園八校尉の一つ］、次が驍騎校尉とは、いずれにしても由緒も何もない官職である。曹操は尋ねた。「馮芳らはどのように待遇されるおつもりですか」

「ふん。西園軍におぬし以外の校尉はいらんじゃろう。淳于瓊《じゅんうけい》は袁紹について逃げたし、劉勲《りゅうくん》も袁紹の手下じゃ。やつらは信用できん。趙融《ちょうゆう》のような意気地なしには兵を指揮できるはずもないしな。おぬしが馮芳を気に入っているなら、やつを司馬《しば》にして、これまでどおりの俸給を与えるとしよう。

わしは麾下《きか》の部隊をおぬしに分け与える」

「董公のお計らいどおりに」曹操は急いで礼を返し、本題を切り出した。「ところで董公、わたくしは少し城外に出て来ようと思います」

「何ゆえじゃ」董卓はやや不満げな顔を見せた。

「狩りに行きたいのです。久しく城内にこもっていたので、すっかりなまってしまいました。体が肥えては、大軍を指揮することもままなりません」曹操はため息をついてみせた。

「だからおぬしら中原の武人は軟弱なのじゃ。日ごろから武術の稽古を怠り、気概も足りず、ときたま狩りで弓の練習をするだけじゃからな。涼州では毎日が羌《きょう》人との戦いで、稽古をせねば自分の命すら守れん。おぬしらより強くなって当然じゃのう」董卓はつぶやいた。「好きにせい。そんなつまらんことをいちいち報告する必要はない」

そう言われても、やはり黙って行くわけにはいかない。勝手に城外へ出て、間者にでも見つかれば大ごとになるのだ。曹操は慌てて拱手《きょうしゅ》して礼を述べ、さらに付け加えた。「ご安心くださいませ。わたくしは兵の調練に力を注いでいます。いずれ必ず見事な働きをご覧に入れましょう」

「兵の調練といえば、たしかに急を要するな」董卓は大きな腹を突き出して立ち上がり、大股で歩を進めた。「弁《へい》州の白波《はくは》賊の勢力が拡大し、河東《かとう》まで迫っておる。もはや洛陽とは目と鼻の先。討ち滅ぼさねば厄介じゃ」白波賊とは弁州の民の反乱軍である。韓暹《かんせん》、李楽《りらく》、胡才《こさい》らが頭目となり、白波《はくは》谷《こく》［山西省南部］に拠って蜂起したことからその名がある。丁原《ていげん》が部隊を率いて都に入り呂布に殺されたあと、弁州兵は董卓軍に取り込まれ、弁州の防備は途端に手薄になった。白波賊はこの機に乗じて勢いを増し、河東郡まで怒濤のように攻め寄せてきたのである。いまや河北の黒山《こくざん》に次ぐ第二の反乱勢力となっている。

曹操は、白波賊が三河《さんが》［河東、河内《かだい》、河南尹の三郡］まで攻めてきたと聞いて思わず喜んだ。いまこそ反董卓の兵を起こす好機である。曹操はすかさず指示を仰いだ。「わたくしは西園軍を率いて白波賊を討伐し、董公へのご恩に報いたいと存じます」すると、背後からぞっとするような冷たい声が聞こえてきた。「小官が思うに、この件に関しては、曹大人《たいじん》のお手を煩わせる必要はございません」振り返ると、田儀が音もなく近づいてきていた。曹操は驚いた。こいつ、ずっと盗み聞きしていたのか。

田儀は董卓に深々と礼をした。「西園軍の各部隊は、統制が乱れたまま久しく調練も行っておりませぬ。そんな部隊を連れて行ったところで勝ち目があるでしょうか。曹大人はまず軍備を整えるべきと存じます。白波賊には、牛輔らの兵を当たらせます」

田儀の言葉は筋が通っているが、やはり曹操を警戒しているのであろう。一方の牛輔は董卓の娘婿であり、牛輔に遠征させるほうが彼らは安心できる。

董卓はうなずいた。「では田主簿《しゅぼ》［庶務を統轄する属官］の申すとおりにしよう」

「ご主君、これは軍の大事でございます。いまこの場で軽々しく決を下すのはいかがかと」

「孟徳なら身内も同然じゃ。余計な心配をするでない」

田儀はすぐさま曹操に拱手してお辞儀をし、愛想笑いを浮かべた。「曹大人を信用していないわけではありませんが、これも機密の漏洩を防ぐため。千慮《せんりょ》の一失と言いますが、不注意から敵に情報が漏れるようなことがあれば、こちらが不利に陥ります。いや、これは余計なことを。曹大人は兵法に通暁しておられるお方、小官の口出しなど無用でしたな。どうかご寛恕ください」

「いいえ、田主簿の仰るとおりです」曹操は密かに歯ぎしりした。田儀は続けて董卓に声をかけようとしてやめた。何か重要な話があるのだろう。曹操はここが潮時と、拱手してお辞儀をした。「ずいぶんとお邪魔をしてしまいました。そろそろ失礼いたします」

「うむ」董卓は田儀が持ってきた文書を受け取った。「そうじゃ、今日は牛輔の麾下の郭汜《かくし》も狩りに行っておる。あいつらの狩りをよく見て勉強するといい」董卓はそう言うと、意味ありげな笑みを浮かべた。

曹操は「ははっ」と返事をして屋敷の正門を出た。馬を走らせて屋敷に戻ると、袁術、何顒、馮芳が皮弁《ひべん》［白鹿の革で作った冠］に武人の服という狩りの出で立ちで、馬に跨がりやって来た。曹操も急いで着替えを済ませると、弓と馬を用意し、四人で南の門に向かった。

門のところでは、西涼の将胡軫《こしん》が兵と一緒に検問していた。胡軫は遠目に曹操の姿を見つけると、相好《そうごう》を崩して叫んだ。「孟徳、もうずいぶん飲みに行っていないな。いいご身分なことだ、いまから狩りに出るのかい……」胡軫は袁術らが目に入ると、途端に口をつぐんだ。

曹操は気にせず答えた。「俺は驍騎校尉になるが、まだ正式に任命されていないから、たしかに暇でな。これから四人で遊びに行くところだ。さっき董公にもご挨拶してきた」袁術らはすぐさま拳に手を添えて包拳《ほうけん》の礼をとった。胡軫は董卓に報告済みであると聞いて、何も問いただざず返礼した。

「ずいぶん贔屓《ひいき》なさるなあ。あんたたちには遊びに行かせて、俺はここで仕事とは。まったく不公平だ」

「いや、俺もすぐに忙しくなるぞ。任命を受ければ、俺は面繋《おもがい》をつけられた馬だ。時間があるうちに遊んでおかねばな」曹操は笑って続けた。「不平を言うのはよしてくれ。獲物が捕れたら、おぬしにやるから」

「それはどうも」胡軫はまた袁術らをちらりと見た。「一つ忠告しておくが、今日は郭汜殿も狩りに出ている。あれは匪賊の出で、かなり獰猛《どうもう》だから用心しな」

袁術は、胡軫の横柄な物言いにやや苛立ちながら答えた。「ご忠告、痛み入る」

曹操はもめごとを起こしたくなかったので、急いで門を通り抜けた。城門の外の通りでちらほらと目につくのは、みな并州兵か涼州兵である。彼らはあちこちで好き勝手に暴れ回り、民にはそれを避ける術もなかった。四人は眉をひそめながら馬を駆けさせ、十里あまり［約四、五キロメートル］走って郊外の荒れ野に出てから、ようやく話しはじめた。

袁術が痩せ細った顔を仰向けて笑った。「おぬしらはまだ知らんだろうが、周仲遠《しゅうちゅうえん》の話によると、俺はまもなく昇進するそうだ。董卓が俺を後《こう》将軍にするらしい」

「おお、それはめでたいな」曹操はからかった。「俺はやっと驍騎校尉なのにな。董卓が前将軍で、おぬしが後将軍なら、やつと対等に振る舞えるじゃないか」

「何がめでたいものか。俺を将軍に仕立てるのは、俺から虎賁中郎将《こほんちゅうろうしょう》の官職を奪うためだ。以後は何の実権も持てず、董卓の手の中で飼い殺しさ。いつこの首が胴から離れるかわかったもんじゃない」

袁術は周囲を見回すと、小声でささやいた。「俺は洛陽を離れるつもりだ」

「逃げるのか。できるなら、すぐにそうしたほうがいい」馮芳が話を継いだ。

「そんな簡単に逃げられるなら、とっくにそうしている。だが、河南尹一帯はどこも牛輔らの兵が目を光らせているのだ」袁術は声を荒らげて吐き捨てた。「本初《ほんしょ》はまったく薄情なやつだ。自分一人だけさっさと逃げおって。俺はいったいどうすればいい」

袁紹と袁術はあまり折り合いが良くない。曹操は袁術を諫めた。「本初殿もやむをえなかったのだろう。司隷校尉《しれいこうい》で、仮節《かせつ》［「節」とは皇帝より授けられた使者や将軍の印《しるし》。仮節を授けられると、主に軍令違反者を上奏せずに処罰できる］の権限もあった。機を見て逃げなければ、董賊めに殺されてしまう」

「それはわかるが、自分だけ逃げるやつがあるか。俺はどうやって洛陽から出ればいいのだ」

「俺に考えがある」曹操は思いつきを口にした。

「何だそれは」

「だが……」曹操は馮芳に目を遣った。「おぬしも公路《こうろ》と行くことになるかもしれん」

「望むところさ」馮芳は馬の背を叩いて笑った。「檻から出られるならうれしいじゃないか」

「董卓は俺とおぬしを西園軍の指揮官にしようとしている。俺が校尉で、おぬしが司馬だ。俺たちはいわば外様だから、城外の都亭《とてい》［洛陽城外約四キロメートルにある宿駅］に軍を駐屯させることになるだろう。そして営司馬の立場なら、おぬしは自由に洛陽に出入りできる。そこでだ、公路をおぬしの護衛兵に紛れ込ませ、時機を見て外に連れ出すのだ」

「いい考えだ。後将軍の公路さまが、司馬に過ぎない俺の護衛兵になることを我慢できるならな」

三人は笑った。何顒は黙り込んだままだったが、ようやく口を挟んだ。「孟徳、おぬしも逃げろ」

「わたしも？」曹操は驚いた。「わたしは逃げません。みな故郷に帰って兵馬を集めるのです。わたしは洛陽に残って城内の動向を探ります。わたしの西園軍とみなが同時に兵を挙げれば、董賊めを倒せましょう」

何顒はかぶりを振った。「甘く考えすぎだ。再編された西園軍には、董卓の腹心が潜り込んでいるに違いない。曹家にまでしょっちゅう偵察がやって来るのに、軍営に監視をつけないはずがなかろう。それに戦《いくさ》となれば武器と兵糧が欠かせぬが、それらはすべて董卓が一手に握っている。おぬしがひとたび反旗を翻せば、補給はすぐに止められるだろう。そうなったら、三千の兵をどうやって養うつもりだ」

曹操は答えられなかった。そこまでは考えたことがなく、いざとなれば何とかなると思っていた。だが、冷静に考え直すと、やはり簡単に事は運ばなさそうである。

何顒は続けた。「真っ先に脱出すべきなのはおぬしと周毖だ。いま董卓はおぬしらに信頼を置いているが、袁紹と鮑信が兵を挙げれば、董卓はおぬしらを殺そうとするだろう。できるだけ早く隙《すき》を見て逃げるのだ」

「では、仲遠はどうするのです」

何顒はまたかぶりを振った。「仲遠は韓馥《かんふく》、張邈《ちょうばく》、劉岱《りゅうたい》を州牧《しゅうぼく》や太守《たいしゅ》に推挙した。董卓は彼らを外に出すことは許しても、仲遠まで都から出すはずがない。仲遠もそれを承知のうえで、国のために殉ずる覚悟を決めているのだ」三人は粛然とした。

何顒はさらに続けた。「いまがそのときだ。脱出できれば生き延びられる。孟徳、好機があるなら何とかして脱出しろ。時機を逸して後悔しても遅いぞ」

「もう少し考えてみます」曹操は俯《うつむ》いた。

「そんな時間はない。いま決断せねば手遅れになる」

曹操はやはり決めかねた。「伯求《はくきゅう》殿はどうなさるおつもりで」

「わたしは洛陽を出たところで何もできん」何顒は苦笑した。「文武いずれも国を治めるだけの才はなく、家柄も官職も金もないこのわたしが、いったい何を頼りに兵を起こすというのだ。董卓も眼中に入れておらん。おかげで危険はないから、おとなしく洛陽であの悪党の動向を見守ろう。荀攸《じゅんゆう》とも相談済みだ。些細なことにも目を光らせておけば、いずれおぬしらの力になれるかも……むっ、何の音だ」

四人は手綱を握って耳をそばだてた。前方から騒々しい物音が聞こえてくる。人の泣き声や叫び声のようであり、それは徐々に近づいてきた。四人は訝《いぶか》って馬を向かわせた。しばらく行くと小高い丘の上に出た。すると、眼下には身の毛もよだつ光景が広がっていた。

半里ほど［約二百メートル］先の草原に、悪鬼《あっき》のような形相をした西涼兵の大軍が、十数台の荷車を囲みつつ正面から現れた。彼らは血の滴る大刀をめちゃくちゃに振り回しながら、勝ち鬨《どき》を上げている。荷車の上の戦利品は、輜重《しちょう》でも武器でもなく、苦痛にもだえる若い娘たちであった。質素な服を着ているのでそこいらの農婦であろう。一様に色を失っている。縄で縛られている者、泣き続ける者、すでに気を失っている者もいる。そして荷車の端には、血まみれの生首がぶら下がっていた。それもすべての荷車にびっしりとである。首からはいまも鮮血が滴り、通った跡は血の河と化している。

「二つの村を皆殺しにしたのか……」袁術は急に吐き気を覚え、顔を背けた。

「やつら西涼兵は人間じゃない。けだものだ。畜生だ」何顒は目を見開いた。

もっとも衝撃を受けたのは曹操だった。上半身をむき出しにした将校が、得意満面で軍馬に跨がっている。後ろの旗持ちが掲げる大旆《たいはい》には「郭」――やつこそが狩りに出たという郭汜だ。

「今日は牛輔の麾下の郭汜も狩りに行っておる。あいつらの狩りをよく見て勉強するといい」董卓の言葉がふっと曹操の脳裏に浮かんだ。これがその狩りか！　やつらにとってこれはただの遊びだ。人は家畜と同じで、好き勝手に分捕り、狩って殺すものでしかないのだ。あのときの董卓は不敵な笑みを浮かべていた。それも傲慢かつ平然とだ。人殺しとはずいぶん楽しいものらしい。董卓はけだものどころではない、正真正銘の悪鬼だ……

「あのけだものどもと戦って、娘たちを助けよう」温和な馮芳がたまらず叫んだ。曹操は馮芳の手綱をつかみ、歯ぎしりしながら制した。「よせ。こんなところで死んでは意味がない。洛陽を出る、俺は決めたぞ。洛陽を出奔するのだ。故郷に戻って反撃の態勢を整え、必ず董賊めを討つ！」

姿をくらます

皇帝を廃立して正式に朝政を握ると、董卓《とうたく》はいよいよその本性を露わにしてきた。太尉《たいい》の位では飽き足らず、これを黄琬《こうえん》に譲って、荀爽《じゅんそう》に司空《しくう》を押しつけると、自ら請うて相国《しょうこく》［非常設の宰相職］となり、郿侯《びこう》の位に昇った。天子に謁見する際も名乗る必要がなく、剣を帯び、履き物を履いたままでの昇殿を認めさせ、もはや皇帝と同等の地位にまで上り詰めた。また、生母を池陽《ちよう》君《くん》、四歳の孫娘董白《とうはく》を渭陽君《いようくん》に封じ、そのほかの親族も厚遇したうえ、呂布《りょふ》ら諸将を軒並み昇進させた。董卓は部下を引き連れて皇宮《こうぐう》に侵入しては、宴を開いて禁中で寝泊まりしたり、先帝の采女《さいじょ》［美《び》人《じん》、宮人《きゅうじん》に次ぐ後漢の女性の位］やそのほかの宮女たちを陵辱するなど、非道の限りを尽くした。さらには宮中と西園《せいえん》の珍宝を奪い尽くして部下と山分けし、朝廷の権威の象徴である大鐘、銅像、呑水《どんすい》獣《じゅう》まで溶かして、それで鋳造した銅銭を自らの懐に入れた。そして、郎中令《ろうちゅうれい》の李儒《りじゅ》に命じて、何《か》太后を毒殺させた……

　これらの暴挙に群臣は不満を募らせた。城門校尉《じょうもんこうい》の伍孚《ごふ》は懐に剣を忍ばせて董卓を刺し殺そうとしたが、あえなく失敗し、逆に捕まって殺された。

　その後、董卓の残虐ぶりはいっそうひどくなり、連日のように誰かを斬り殺すようになった。ときには大勢の前で逆らった者の腹を割いたり、目をえぐったり、舌を切ったりすることもあった。目を覆うほどの残忍さである。部下も蟻《あり》を踏みつぶすように人を殺し、河南尹《かなんいん》と豫《よ》州のいたるところで民の財物を奪っては、数えきれぬほどの村を蹂躙《じゅうりん》した。

　董卓は増長を続け、ついには主簿《しゅぼ》の田儀《でんぎ》の諫言にも耳を貸さなくなった。尚書《しょうしょ》の周毖《しゅうひ》らはこの機を逃さず、甘言を吹き込み続けた。董卓を当世の周公《しゅうこう》［周の政治家］だなどと褒めそやし、その気をそらす一方で、多くの力ある才俊を地方に送り出したのである。韓馥《かんふく》は幽《ゆう》州州牧《しゅうぼく》、孔伷《こうちゅう》は豫州刺史《しし》、劉岱《りゅうたい》は兗《えん》州刺史、張邈《ちょうばく》は陳留太守《ちんりゅうたいしゅ》、張咨《ちょうし》は南陽《なんよう》太守にそれぞれ任命された。董卓が正常な判断を失っているところへ、娘婿の牛輔《ぎゅうほ》が白波《はくは》の賊軍を打ち破ったとの知らせが飛び込んできた。そこで董卓はまたもや諸将を集めると、なんと皇宮にある徳陽殿《とくようでん》の後宮で盛大な祝宴を開いたのであった。

「いま何時《なんどき》じゃ。孟徳《もうとく》が来んのはなぜじゃ……」董卓はしこたま飲んで、呂律《ろれつ》が怪しくなっていた。部下はまだ酒を飲んでいたり、酔いつぶれたり、あるいは宮女にいたずらをし、董卓の言葉に答える者はいなかった。

董卓は怒って大きな卓を叩いた。皿や碗が高く跳び上がり、みなは一気に静まり返った。徐栄《じょえい》が董卓をなだめた。「そうかっかなさらないでください。曹操は一刻［二時間］ほど前に、軍営へ向かいました。それから馮芳《ふうほう》も兵糧を分配すると言って、曹操を追いかけて行きました。おそらくまだ作業が終わっていないのでしょう」

董旻《とうびん》は兄がまだ釈然としていないので、すぐに酒を注《つ》いで笑った。「兄上、癇癪《かんしゃく》を起こさずとも、来ないなら来ないでかまわないでしょう。やつは古参の仲間ではありませんし」

「馬鹿もんが」董卓はひと口で酒を飲み干すと、しゃんとして威厳を失わぬように答えた。「洛陽《らくよう》の諸将は、表向きは恭順の意を示しおるが、内心ではまだ反発している。曹操のような者を手なずけてやつらを服従させねば、すぐにでも謀反が起こるじゃろう」

「起きたら起きたで、せいぜい皆殺しにしてやるだけですよ」胡軫《こしん》が口を挟んだ。

「お前は短絡的すぎる」董卓はついに体を支えきれなくなり、卓上にうつぶせた。「誰もいない空っぽの朝廷など何の役にも立たん。いったい誰が……わしらの代わりに政《まつりごと》を執り、税や財宝を集めるのじゃ。やつらを全員殺してしまったら、お前が国を治められるのか」

「無理ですね。できるのは殺すことだけです」胡軫は楊定《ようてい》に話を振った。「おぬしは国を治められるかい？」

「うるせえ。俺も殺すしか能のない馬鹿だよ」

董越《とうえつ》は宮女を捕まえてふざけていたが、話に割り込んできた。「俺は殺す以外に、酒も飲めるし、女だってものにできるぜ」

「誰もそんなことは聞いちゃいねえよ。国を治められるかって聞いてんだ」楊定は董越を小突《こづ》いた。

「つまらん話はよそうや。天下は広い、欲しけりゃ奪え。俺には肉と酒と女がある。政なんざ糞食らえだ」

諸将はどっと笑ったが、董卓は卓上に伏せたままつぶやいた。「馬鹿野郎どもめ……」そして、そのままぐうぐうといびきをかきはじめた。董卓が眠ったので、諸将はいよいよ傍若無人に宮女に乱暴し、狂宴を続けた。

そのとき、田儀と呂布がばたばたと駆け込んできた。田儀は殿内のめちゃくちゃな様子を見て怒鳴り声を上げた。「騒ぐな、全員静まれ！」

諸将はさっぱり状況が飲み込めないようだった。呂布はそれを見て剣を抜き、目の前にあった卓を一刀両断した。みな仰天し、すぐに静まり返った。田儀は酔いつぶれている董卓の腕をつかんで、力いっぱい揺さぶった。

董卓は誰かに睡眠を妨げられていると感じ、腕を振り払ったので、田儀は吹っ飛ばされて尻もちをついた。呂布はもどかしげに董卓の腕を引いて叫んだ。「義父《ちち》上、曹操が逃げました」

「何じゃと」董卓は途端に目を覚ました。

「曹孟徳が逃げました」呂布は繰り返した。

「まさか……」董卓はげっぷをすると、頭を振って何とか意識をはっきりさせようとした。

「わたしは都亭《とてい》へやつを迎えに行ったのですが、どの軍営を探しても見つからないのです。おまけに馮芳まで姿を消しました。われらの手の者もやつらがどこに行ったか把握していません。さらに秦《しん》宜禄《ぎろく》を曹操の屋敷へ向かわせましたが、家にもいませんでした。家の者も曹操は軍営にいると思っていたのです」

「また狩りに出かけたのではないか」

「こんな真夜中に何を狩るというのです」尻もちをついていた田儀はようやく起き上がった。「わが君、目をお覚ましください。曹操は逃亡しました。いままでやつは芝居を打っていたのです」

董卓はようやく理解したらしかった。「恩知らずの小僧め。わしはやつに財宝も官職も与え、あんなによくしてったのに、なぜじゃ……」そこへ、今度は呉匡《ごきょう》が慌てて駆け込んできた。「相国、袁術《えんじゅつ》の姿が見当たりません」

董卓はさらに激怒し、卓をひっくり返して怒鳴った。「いますぐ人を遣って、洛陽にいる袁家、曹家、馮家の一族郎党を皆殺しにしろ！」

「お待ちください」田儀が遮った。「いま手を下せば、やつらはあとに引けなくなり、本当に謀反を起こしてしまいます。まだそのときではありません」

「では、どうする」

「まず各地に触《ふ》れを出し、三人を捕らえるのです。やつらが反乱を起こさなければそれでよし。起こしたなら、家族を人質にすればいいでしょう。ご立腹なさる必要はありません。やつらが挙兵しても、われらには切り札がございます」

「切り札……」董卓はぎらりと目を光らせた。

「弘農王《こうのう》劉弁《りゅうべん》です」

「廃帝ごときが何の役に立つ?」

「利用価値はございます。わが君は帝位を簒奪してはいませんが、曹操ら中原の士人《しじん》が挙兵するときは、廃帝劉弁の復位という大義名分を必ず掲げるはずです。そのときに劉弁を殺してしまえば、やつらはたちまちなす術を失うでしょう」田儀は気味の悪い目を細めて笑った。「そうなれば対立と内輪もめが起こり、やがては同士討ちをはじめるはず。天下が大いに乱れるときは、誰もが己の名利《めいり》のために動くものです。あんな衣冠を着た畜生どもが君子ぶったところで、すぐに化けの皮が剝《は》がれますよ」

董卓はうなずくと命《めい》を出した。「奉先《ほうせん》、すぐに触れを出して三人を捕らえるのだ。とくに曹孟徳は絶対に逃がすな」

「御意」呂布は返事をするなり出ていった。

第三章　危険な逃避行

中牟《ちゅうぼう》にて捕らわる

曹操ら三人が洛陽を脱出できたのは、綿密な計画が功を奏したからだった。

曹操は牛輔《ぎゅうほ》の戦勝の知らせが届いたとき、このあと董卓は諸将を集めて心ゆくまで酒を飲むに違いない、そのときこそ姿をくらます最大の好機だと確信した。袁術《えんじゅつ》も馮芳《ふうほう》が入城したときに、髭を剃って護衛兵に変装し紛れ込んだ。城門の守兵たちは、後《こう》将軍がまさかそんな変装をしているとは夢にも思わず、気づかれることなく通り過ぎることができた。

もっとも手強いのは軍中に潜り込んでいるであろう間者だった。その目を欺くため、曹操らはある策を弄した。夕暮れどき、曹操が部下の将校と閑談していると、今宵酒宴が開かれるかもしれないという話になり、それを口実に各軍営の諸将を尋ねて行くことにした。

はじめ間者は曹操を見張っていたが、曹操が徐栄《じょえい》、胡軫《こしん》、楊定《ようてい》らのもとを訪れてはくだらない雑談ばかりするので、つい油断して尾行をやめてしまった。曹操は成り行きまかせに各軍営を訪ね歩いているように見せかけながら、少しずつ城門から遠ざかって行き、やがて洛陽城外の駐屯部隊に紛れ込んだ。

曹操が動きはじめてから半刻［一時間］後、馮芳も護衛兵に変装した袁術とともに行動に移った。二人は人に会うごとに曹操はどこかと尋ねた。小隊長たちが兵糧の分配が不公平だと口論しているので、曹操を呼んできて対処せねばならないのだと言い立てた。二人は談笑しながら曹操を捜し、堂々と外へ出た。十一月ともなれば日が沈むのも早い。合流したときには日もとっぷりと暮れており、三人はそのまま暗闇のなかへと姿を消した。

洛陽を出ても、まだ安全とは言えない。涼州《りょう》の李傕《りかく》や郭汜《かくし》の兵があちこちで略奪を働いているので、早く河南尹《かなんいん》を脱出しなければ、あのけだものたちに出くわす恐れがある。それに、董卓もすでに曹操らの逃亡に気づき、追っ手を差し向けているかもしれない。

いまはただ前進あるのみである。三人は暗闇のなかを東に向かって突き進み、一晩じゅうひと言も漏らさずに駆け続けた。どれくらい進んだのだろうか。やがて霧の向こうから朝日が差し込んできた。曹操は手綱を引いた。「止まれ、止まれ」

「どうした？」馮芳が慌てて手綱を引いて尋ねた。「何かあったのか」袁術は二人ほど馬に乗り慣れていないので、後方でゆっくり止まり、馬と一緒にぜえぜえとあえいでいた。

「もうすぐ夜が明ける。服を着替えよう」曹操は馬から飛び降りると兜や鎧を脱いだ。「このまま走り続けるのは無理だ。干《ほ》し飯《いい》も足りぬし、飼い葉もない。疲れて動けなくなっては元も子もない。いっそ平服に着替え、人目につかぬ道を選んでゆっくり進もう。途中に農家があれば飢えもしのげる」

馮芳も曹操に続いて鎧を脱いだ。「異論はないが、董卓が各地に触《ふ》れを出していたら、道中たやすくごまかせるとは限らんぞ」

「俺なら問題ない。どう見たってただの逃亡兵だからな」袁術は護衛兵の扮装なので、もともと鎧などは身につけていなかった。「それにいまでは髭もないしな。人相書きとまったく違うから、誰も気づくまい」袁術は馬から下りると、疲弊した両足を軽く動かし、真東を向いた。「さっさと着替えろよ。すぐに明るくなるぞ。百姓は朝が早いからな、姿を見られたらまずい」

曹操も東の方角を見た。なんと美しい。空はほのぼのと白みはじめ、まだ昇りきらぬ太陽が地上に金色の道を敷いている。新しい一日が、生気と希望に満ちた朝がやって来たのだ。夜の闇はすでに消え去った……曹操はそこでふと思い出した。自分はまだ逃亡中の身であり、絶対に油断してはならない。曹操は急いで鎧を置くと、風呂敷のなかの質素な服に着替えた。

「この鎧はどうする?」馮芳はすでに着替え終わっていた。

「捨てて行こう。持っていても邪魔なだけだ」

「惜しいな……」馮芳は迷ったが、持ち歩いて誰かに見られても面倒なので、仕方なく曹操とともに藪《やぶ》のなかに捨てた。曹操は振り返り、自分の大宛《だいえん》の千里馬［汗血馬］が目に入ると、思わず身震いした。「馬にも偽装を施さねば」

軍馬は装飾が多く、ひと目で一般の馬ではないとばれてしまう。将官の馬はとくに凝った装飾をつけている。曹操は馬の首につけていた鈴と純金の鐙《あぶみ》を外《はず》すと、土を何度かすくって馬の体に塗りつけた。これで赤みがかった鹿毛《かげ》は灰色になったが、威風堂々たる馬体だけは隠しようがない。

三人は支度を調えると、駅路を避けて田舎の脇道を進んだ。

ざっと一刻［二時間］あまり駆けると、日はすでに高く昇っていた。三人はやっと人里離れたところで一軒の農家を見つけ、井戸水で喉を潤し、馬にも水を飲ませた。農家の者の話によれば、ここから中牟県《ちゅうぼう》［河南省中部］の県境まではそう遠くないとのことである。

曹操は喜び、農家の主《あるじ》が離れたのを確かめると、笑みをこぼした。「一晩じゅう無我夢中で駆け通してきたが、もうこんなところまで来ていたのだな。河南尹さえ突破すれば、董卓も俺たちを捕まえられまい」

「喜ぶのはまだ早いぞ」馮芳は神妙な面持ちだった。「俺たちが遠回りしているあいだに、西涼の早馬はもう中牟まで到達しているはずだ」

「かまわんさ。やつらとてすべての県に伏兵を配置することはできまい。県城を迂回してこのまま村伝いに進もう」曹操は餅子《ビンズ》［粟《あわ》粉などを焼いた常食物］を取り出してひと口かじった。「問題はそのあとどこへ行くかだ」馮芳はまだそこまで考えていなかったが、袁術がすぐに答えた。「俺はむろん汝南《じょなん》に帰るぞ。あの悪党を倒すため、兵馬と糧秣《りょうまつ》を集めるのだ」

「あまり楽観的に考えてはいかんぞ」曹操は食べながら忠告した。「本初殿《ほんしょ》が逃亡したときから、おぬしらの故郷は董卓に目をつけられている。一族の者もすでにどこかへ避難して、帰っても誰もいないかもしれん」

馮芳は袁術の肩を叩いた。「大丈夫だ。汝南に誰もいなかったら、俺と南陽《なんよう》へ行こう。張咨《ちょうし》がいま太守をしている。みな味方だ。家に帰るようなものさ」

曹操は馮芳の素性をよく知っていた。馮芳は南陽の人士であるが、家柄はさほど高くない。同郷の有力な宦官である曹節《そうせつ》の養女を娶《めと》ったことで出世街道に乗ったが、畢竟《ひっきょう》、馮芳も「腐れ宦者《かんじゃ》の筋」、袁術の声望と助けがなければ、さしたることもできないのである。

「孟徳《もうとく》は沛《はい》国の譙《しょう》県［安徽《あんき》省北西部］に帰るのか」

「うむ」

「ならば、ちょうどいい。まずは沛国、次に汝南を通って、南陽を目指そう。これなら回り道をせずに行ける」袁術はしきりにうなずいた。

しかし、曹操はかぶりを振った。「譙県は河南尹から近すぎる。俺はまず書状で状況を知らせ、一族を兗《えん》州へ避難させるつもりだ」

馮芳は笑った。「なぜ兗州なのだ。家の者を連れて南陽へ来ればいいじゃないか。公路《こうろ》と一緒に俺の護衛兵をやってくれ」

曹操は応とも否とも言わず、おざなりに答えた。「それは沛国に着いてから考えるさ」

曹操には思惑があった。袁家の声望はやはり侮れない。二人について行けば、自分は袁術の従者のような扱いを受けてしまうだろう。鶏口《けいこう》となるも牛後となるなかれである。それに袁術も信頼に足るとは言えない。二人と南下するより、一族を連れて兗州へ行くか豫《よ》州にとどまったほうが安全である。

曹操はそこで側室の卞《べん》氏、息子の曹丕《そうひ》、一族の曹純《そうじゅん》がまだ洛陽にいて、生死もわからぬことを思い出し、思わずため息をついた。

袁術はすぐに曹操の心境を察して声をかけた。「孟徳、家族が心配なのだろう」

「まあな」

「男たるもの、妻がいないことを憂えてどうする。男女の情に溺れていては大いなる気概も萎えてしまうぞ。おぬしの家族は無事かもしれぬし、万一何かあっても、故郷には正妻と嫡子がいるのだろう」

まったくひとごとのように言ってくれる。自分の妻子ではないからな。曹操は口論する気もないので、そのまま聞き流した。「とにかく無事でいてくれればよいが」

「俺の妻子がみな故郷にいるのは幸いだったな」凴芳はほっと息をついた。「公路、本初もおぬしも虎口を脱したが、袁太傅《たいふ》［袁隗《えんかい》］は危険なのではないか」

袁術の表情がにわかに曇った。「叔父は俺に、逃げられるなら振り返らずに逃げろと……叔父も覚悟を決めているのだ。董卓は叔父の故吏《こり》［昔の属官］だから、手荒な真似はせんと思うが」

曹操は横目で袁術を見た。こいつはまだそんな甘い考えでいるのか。そもそも董卓は、袁隗の故吏であったがゆえに入京できた。しかし、その後は昔の上官などまったく眼中になく、いまや相国《しょうこく》となった董卓が、太傅という重臣を放置しておくはずはない。袁隗はもはや天寿を全うできぬことを悟り、甥たちに希望を託したのだろう。袁隗だけではない。周毖《しゅうひ》、何顒《かぎょう》、楊彪《ようひょう》、黄琬《こうえん》、朱儁《しゅしゅん》、王允《おういん》、袁基《えんき》、荀攸《じゅんゆう》……彼らは今後どうなってしまうのだろうか。

曹操はそれ以上考えるのをやめて立ち上がった。「道を急がねば。行こう」

三人は農家を出ると、村の小道をたどりながら進んでいった。崩れた垣根や壁ばかりが続き、人影一つ見えない村もある。中牟が戦場になったことはまだない。西涼兵に根こそぎ略奪され、やむなく故郷を捨てて避難したのだろう。

村が一瞬で破壊され、中原から避難民が流出するとは、かつての黄巾《こうきん》の乱以上に腹立たしい。十里あまり［約四、五キロメートル］進んでも、まともな人家は一軒も見当たらず、田畑は荒れ放題になっている。真冬で木々も枯れ果て、わびしい風景がどこまでも続いていた。

曹操らは軍営からわずかな干し飯しか持ち出しておらず、それもすでに食べ尽くした。一晩じゅう駆け続けたので空腹は限界に達していた。それでも県城に近づけばすぐに捕まってしまう恐れがあるため、飢えを忍んで前進するしかなかった。郊外の村をいくつも経て、正午を過ぎたころ、ついに炊煙の立ち上る集落を発見した。

「ああ、もうすぐ中牟の県境を出るというところで、何とか人のいる村が見つかったな」袁術は大きく息を吐いた。「どこかの家で食べ物をもらおう」

三人は馬から下り、それぞれ馬を牽《ひ》いて集落に入った。曹操は、村人が自分たちを避けて歩いているような気がした。「妙だな。ここは早く離れたほうがいい」

馮芳は歯をむき出して抗議した。「中牟を出たら、どこまで荒野が続くかわからんのだぞ。陽翟《ようてき》［河南省中部］まで行くにもかなり距離がある。この季節では木の実さえ見つけられん。この先も炊煙が見当たらず食べ物にありつけなかったら、俺たちは飢え死にだ」

「俺が食糧を分けてもらってこよう」袁術はすぐに歩き出した。

曹操は、袁術が権門の子弟ゆえ物の頼み方を知らないだろうと思い、慌てて引き止めた。「待て。いかにも逃亡兵というその格好ではまずい。ここは俺が行く」

「かまわんが、気をつけろよ」

曹操は馬を牽いて坂道に足を踏み入れた。周囲は薪小屋や籬《まがき》をめぐらしただけの家ばかりだったが、そのなかに瓦葺《ぶ》きの大きな家があり、ひと目でこの村の富豪の家だとわかった。曹操は近づいて呼ばわった。「ごめんください」

何度か声を上げて、ようやくなかから男性の声が返ってきた。「どちらさまですかな」

曹操はその気取った声に不快感を覚えたが、こらえて答えた。「旅の者です。食べ物を少し分けていただけませんか」

しばらくすると、声の主が姿を現した。まん丸い童顔、小さな目に短い口髭、小柄で黒い布衣《ふい》を着ている。生地は上等ではないが清潔で、うまく着こなしていた。

「わたくしは旅の者でございます。干し飯が底をついたので、少々お恵みいただきたくお願いに上がりました。お礼は十分にさせていただきます」曹操は懐から金の簪《かんざし》を取り出した。これはもともと頭にさしていたものだが、装いを改めたときに木の枝を代わりとし、外していた。

小柄な男は簪を手に取り、値踏みするように曹操を眺めると笑い出した。「なにゆえかくも他人行儀な。一飯の報いにしてはあまりに丁重。人の危難を救うは君子なり。謝礼など受け取れませぬ。なんじはただ食べたまえ」

曹操は噴き出しそうになった。この男、生かじりの知識できざな口を利く。曹操は必死に笑いをこらえながら答えた。「ありがとうございます。ですが、この簪はお受け取りくださいませ。わたくしのほかに仲間が二人おりますので、多めに頂戴したいのです」

「ああ！　己立たんと欲して人を立て、己達せんと欲して人を達す。貴兄こそまことの大丈夫。小生などただ財を愛すのみ」男は簪を懐にしまった。「しかるに荒廃せし村落にて、魚も得られず、熊《ゆう》掌《しょう》も得られず。魚も熊掌も得《う》べからざるも、貴兄焦るなかれ。小生が食糧を持ちて戻るをしばし待たれよ。帰りなんいざ、去るも直ちに戻らん……」ほんの二言三言で済む話にも、男はやたらと典故と「なりけりべけんや」を使いたがった。

曹操は男が悠然と家に入っていくのを確かめると、ついにこらえきれなくなり、腹を抱えて大笑いした。

そのとき、突然大きな音がじゃーんじゃーんと鳴り響き、さっきの男が銅鑼を打ちながら勝手口から飛び出した。「賊を捕らえい！」

その声を合図に、周りの家から棍棒を持った男が七、八人飛び出してきた。

銅鑼の音と人の叫び声に、曹操は一瞬面食らった。正体がばれてはいけないのですぐに逃げようとしたが、その銅鑼は村全体への合図であったらしく、どの家からも呼応する声が上がった。あばら屋から飛び出してきた屈強な男たちで、村はたちまち溢《あふ》れかえった。みな棍棒や鍬《くわ》や熊手を手にし、戸のつっかえ棒を抱えて突進してくる者までいる。

もはや抵抗する術はない。曹操は急いで馬に乗ろうとした。しかし、人目につかぬようにと鐙《あぶみ》を外していたのが仇となった。手間取っているうちに、背中を思い切り殴られたのである。それでも何とか跨がり、痛がる間もなく馬を走らせて坂道を駆け下りたが、なんと行く手は村人に遮断されていた。曹操はつっかえ棒で馬の脚をすくわれ、人馬もろとも地面にひっくり返った。

馮芳と袁術の姿が遠目に見えた。二人はすでに剣を抜いている。

しかし、恐ろしい剣幕で向かってくる何十人もの村人を突破できず、二人はじわじわと包囲されていた。曹操は坂の上で倒れて目を回しながらも、大声で叫んだ。「俺にかまうな。早く逃げろ！」叫んだときには、曹操は四、五人の男に取り押さえられていた。

「孟徳！」馮芳は泣き出さんばかりだった。「行くぞ！」袁術は滅茶滅茶に剣を振り回して応戦した。「いま逃げなければ、すべておしまいだ」二人は断腸の思いで馬に鞭打ち逃走した。

かつて大軍を率いて黄巾賊と戦った曹孟徳は、わけもわからぬまま見知らぬ村人の手中に落ち、縄で厳重に捕縛されたのだった。

舌先三寸

「吐け！　貴様は涼《りょう》州兵だろう」

「貴様らの本隊はいつここへ到着するのだ」

「そんなこと聞くだけ無駄だ。殺してしまえ」

「さっきの仲間はどこへ知らせに行った」

曹操は村人たちの質問攻めに遭っていた。どうやら俺を涼州軍の将校だと思い込んでいるらしい……曹操は釈明しようとしたが、こぞって口々に喚《わめ》き立てるばかりで、まったく耳を貸そうとしない。

「静まりたまえ。これは人命を左右する重大事。まずは弁明を聞き、しかるのちに処断を下さん」

そのとき、あのなりけりべけんやが村人のあいだから進み出てきた。村人たちは男の言葉に従い、すぐに静まり返った。曹操は訴えた。「わたくしは兵士ではありません。旅の者です」

男は笑った。「騙《だま》されませせぬ。なんじはあの兵士とともに居りしなり。わが目は節穴にあらず」袁術のことを言っているのだろう。曹操はすぐに口から出まかせを言った。「あれは洛陽《らくよう》から来た脱走兵で、旅の途中で知り合い、同行していただけです」

「虚言なり。逃亡兵とは、人に会えば奪い、金を見れば盗むもの」男は懐から金の簪《かんざし》を取り出してちらつかせた。「なんじの与えしこの簪。材は金、質は佳《か》、形は美なり。先のがまこと逃亡兵ならば、なんじより掠《かす》め取るが必定。なにゆえ奪われなんだか。それは、なんじらのよしみが深きゆえなり」

男はさらに曹操の荷物を拾い上げ、とどめの言葉を発した。「なんじの馬に鐙《あぶみ》と鈴あり。しかるにこれをことごとく隠せしは、将校の偽装のゆえならん。わが言に過ちありやなしや」

曹操は泣きたくても涙が出ぬほど追い詰められた。この男、言葉はわけがわからないくせに頭は切れる。曹操は、とにかく自分が西涼兵ではないことをわからせるため、洛陽から脱走してきたことを話すしかなかった。むろん姓名と身分は明かさなかったが、男は曹操の話を聞き終えると、やにわに曹操の顔をまじまじと見つめ、大声を上げた。「なんじは驍騎《ぎょうき》校尉の曹孟徳《もうとく》か?」

「違います」

「口答えすべからず。今朝がた本官は衙門《がもん》［役所］に赴きしなり。功曹曰《こうそういわ》く、洛陽より三人の官逃亡し、大いに害をなさんとす。余は人相書きを見ゆ。なんじは罪人の首魁、曹孟徳なり」

曹操は観念し、苦笑いした。「これはお見事……お尋ねしますが、貴殿はいかなる身分の御仁でございますか。県の衙門への出入りを認められているとは」

男は誇らしげに胸を叩いた。「余は本地の亭長《ていちょう》なり」

漢の制度では、郡の下に県を置き、県の下に郷を置く。郷には十里［約四キロメートル］ごとに亭があり、当地の民で人望の厚い者が推されて亭長となる。わずか十里の治安担当で俸給もなく、官位とはとても呼べぬほど低い役職である。曹操という大船はそんな小さな川で転覆したのだ。

亭長は村人らを散会させると、五人の屈強な若者を選んで、曹操とその馬を役所に護送することにした。曹操はしきりに嘆息した。あと一歩で河南尹《かなんいん》から脱出できるところだったのに、こんな気取った小役人に捕まってしまうとは。さんざん董卓《とうたく》を欺いた以上、洛陽に送り返されれば胸を裂いて心臓を取られるに違いない。もはや万事休すか。

曹操はがんじがらめに縛られ、男たちに押されてはしょっちゅうつまずき、髪もぼさぼさに乱れていた。いま逃げるのはどう考えても難しい。亭長が風流を気取って先導しているのが視界に入り、曹操はますます腹が立ってきた。「しばし休まん、休まんかな。天路《あまじ》はこれ険しく、行くあたわず。われすでに歩めざるなり」

思い切り皮肉ってやったつもりが、なんと亭長の考えと合ったらしく、亭長は振り向いて休憩を促した。「われなんじの言を聞き、その長旅のつらきを知る。まもなくして官衙《かんが》に至れば桎梏《しっこく》の苦を免れがたし。しばし憩《いこ》うを許さん」

この亭長は村のなかでは人望があるらしい。若者たちは亭長の指示に従ってすぐに曹操を座らせ、自分たちも地べたに腰を下ろして水袋の水を飲みはじめた。

曹操は一筋の希望を見いだした気がした。この亭長も道理をわきまえた男だ。利害をもって諭せば逃がしてくれるかもしれない。曹操はいかにも嘆かわしげに話しかけた。「亭長殿、あなたの村も涼州のけだものたちに襲われたのですか」亭長は取り合わなかったが、そばにいた若者が答えた。「言うまでもない。近くの村も残らずやられて、よそへ逃げて行ったんだ。俺たちの村は運が良かった。亭長が村じゅうの牛と羊を差し出し、金もたくさん渡して、何とか略奪を免れたんだ。だが、いつまた連中がやって来るかわかったもんじゃない」

「なんと。亭長殿、あなたはこの曹操がなにゆえ京師を出奔したかご存じですか」

亭長はやはり答えず、顔を背けた。曹操はまた近くの若者に尋ねた。「あなたたちはどうです」男たちは互いに顔を見合わせた。

「董卓は入京したあと、皇帝を廃立し、皇太后を殺害し、百官を殺戮《さつりく》し、官女を陵辱しました。忠良の臣はことごとく殺され、洛陽の民は逃げることもできません。よくお聞きください。このあたりで略奪を働いている西涼兵は、みな董卓が連れてきたのです。わたしが都を離れたのは、自分が逃げ延びるためではなく、故郷に帰って兵を挙げ、洛陽に馳せ参じて陛下をお救いし、民の苦しみを取り除くためなのです」曹操は言葉に力を込めた。「思いがけずあなた方に捕らえられましたが、ここで命を落とすのも、わたしの運命かもしれません。ですが、董賊めを除かねば、またどれほどの無辜《むこ》の命が失われることか。どれほどの村が破壊され、民が殺害されることか」悲壮な面持ちになった者もいたが、亭長はなおも曹操に目を遣ろうとはしなかった。

曹操は続けた。「董卓の手下に郭汜《かくし》という男がいます。人殺しを快楽とし、村を襲っては、女は残らずさらって行き、男は斬り殺して車の轅《ながえ》にその首を掛けるのです。あの連中が中牟までやって来たら、あなた方はいったいどうなさるおつもりですか」

若者たちは真っ青になった。「どうすればいいのだ」

「わたしを放していただけませんか。わたしは必ず兵を率いて、あなた方を救出しに参ります」曹操は一人ひとりの目を見て訴えた。「これはあなた方だけでなく、天下万民を救うためなのです。董賊めを除くことができれば、朝廷の綱紀を立て直すこともできます。宦官はもはやおりません。われら忠節の臣が陛下をお支えし、再び徳政を行います。略奪、労役、災禍の心配をする必要もなくなるのです。あなた方は董卓が憎くはないのですか。わたしは、その董卓がもっとも殺したがっている男です。決して嘘は申しません……」

若者たちは顔を寄せ合って議論しはじめ、最後に一人が亭長に意見を述べた。「この男の言うことにも一理ございます。ここは一つ……」亭長はついにこらえきれなくなった。「静まれい！　こやつはわれらを欺かんとするなり。こやつを放ちて胥吏《しょり》に問わるれば、われらはいかに答えん。妄言に耳を貸すなかれ」

曹操は呵々《かか》大笑した。

「なんじの笑いたるはなんぞや」

曹操は亭長の問いには答えず、笑い続けた。

「われ問わん、なんじ何をか笑う」亭長は怒りを露わにした。

「おぬしが時勢を知らず、半端な知識と浅い学問で知ったかぶりするのを笑っているのだ」

「でたらめをぬかすな」亭長はついに俗語を口にしてしまった。

「でたらめではない。おぬしは大馬鹿者だ。何もわかってはおらん」曹操はさらに挑発した。

亭長は怒りにまかせて手を振り上げたが、またその手を下ろしてつぶやいた。「君子は言辞で戦い、腕力には訴えぬ……」

「おぬしのどこが君子だ。学問などしたこともないくせに」

「貧なるも志は卑しからず、わしは幼きより経書を熟読してきた。金と身分さえあれば、とっくに高位高官になっておったのだ」亭長は行ったり来たりしながら怒鳴った。

「おぬしは高官などにはなれぬ。いまの亭長というみみっちい役職すらもったいない」

「き、き、貴様……でたらめだ！　事実無根、嘘八百、聞くに堪えん」亭長は地団駄を踏んで怒り狂い、いまにも泣き出しそうだった。

曹操は亭長の怒りが頂点に達したのを見計らうと、一転にこやかな表情を浮かべた。「亭長殿、どうかお掛けください。わたしがこれから、ある亭長と小吏の話をお聴かせしましょう。ご自分が果たして彼らに及ぶかどうか、お考えください」

「よかろう。お手並み拝見といこうか」亭長はどっかりと腰を下ろした。

曹操は一つ咳払いをすると、おもむろに語りはじめた。「かつて秦《しん》の時代に、劉季《りゅうき》［劉邦《りゅうほう》のこと。季は字《あざな》］という一人の男がいました。沛郡《はい》の生まれで、亭長を務めていました。秦の嬴政《えいせい》［始皇帝《しこうてい》］は暴虐非道で、北に長城を築き、西に阿房宮《あぼうきゅう》を造り、駆り出された民の大半は落命して、その悲惨さは目を覆うばかりでした。劉季は亭長として人夫を護送していたのですが、なんと、途中で彼らをすべて逃がしたのです。のちに劉季は芒碭山《ぼうとうざん》［河南省東部］で白蛇を斬り、挙兵して秦を滅ぼしました。さらに九里山《きゅうりさん》［江蘇《こうそ》省北西部］で十面埋伏《じゅうめんまいふく》の計を用いて項羽《こうう》を破り、ついに天下統一を成し遂げたのです」

亭長はかぶりを振った。「それはわが大漢の高祖《こうそ》皇帝のことではないか。わしのような凡人が及ぶべくもない」どうやら怒りはやや収まってきたようである。

「よろしい、では高祖の話は終わりです。次に小吏についてお話ししましょう」曹操は続けた。「わが光武《こうぶ》帝劉秀《りゅうしゅう》は名を成す前、昆陽《こんよう》の戦いで王莽《おうもう》の百万の軍を打ち破りました。偽帝の更始《こうし》はこれを妬《ねた》んで恩賞を与えず、河北《かほく》［黄河の北］への赴任のみを命じました。劉秀を亡き者にしたかったからです。そのころ河北では王昌《おうしょう》という賊が天子を僭称し、幽《ゆう》州、冀《き》州で勢力を広げていました。王昌は、劉秀の首を取った者を十万戸に封ずると触《ふ》れを出し、劉秀は逃亡しましたが、ついに薊《けい》［北京市］の城内に閉じ込められました。そのとき南門にいたある小吏が、目の前に封邑《ほうゆう》十万戸の懸賞があるにもかかわらず、『天下の行く末がわからぬのに、有徳の者を閉じ込めておいてよいものか』と言って南門を開き、劉秀を逃がしました。のちに劉秀は王昌を討ち、赤眉《せきび》軍を鎮圧して、隗囂《かいごう》を滅ぼしました。ついには蜀をも攻略して、やはり天下統一を成し遂げたのです。亭長殿、お尋ねしますが、もしその名もなき小吏が劉秀を、いや光武帝を逃がさなければ、いまの漢の世はありえたでしょうか。その一介の小吏にも、あなたは及ばぬのですか」

曹孟徳は立て板に水のごとくまくし立てた。亭長は冷や汗が噴き出し、針のむしろに座らされているような心地で、ひと言も答えられなかった。しばらく経ってから亭長はようやく立ち上がり、頭を下げた。「慚愧に堪えざるなり。世まさに乱れんとするに、天下の英傑を拘束するは宜しからず。失礼しました」亭長はそう詫びると、自ら曹操の縄をほどきはじめた。

曹操は何度も礼を言い、必ず兵を連れて戻ると約束した。亭長は大宛《だいえん》の千里馬と青釭《せいこう》の剣を曹操に返し、南に抜ける道を教えた。

曹操は、弁舌で相手の考えを覆しはしたが、一時的なものでしかないと思い、すぐに馬に鞭打って立ち去った。十里あまり疾駆して中牟を遠ざかってから、ようやく長い息をついた。

呂《りょ》一家斬殺

運よく逃げおおせたが、曹操の動揺は収まらなかった。半日も足止めを食ってしまい、袁術《えんじゅつ》と馮芳《ふうほう》の足取りもわからない。もはや追いつけぬほど遠くまで行ってしまったであろう。豫《よ》州も董卓《とうたく》の支配下にあり、触《ふ》れが各地に回っていることを思えば、たとえ豫州刺史《しし》が孔伷《こうちゅう》で、一族や家の者に危害が及ぶ恐れがないとしても、やはり安心はできない。

曹操は馬を鞭打つ手に力を込めた。ところが、いくらも進まぬうちにまた腹がぐうぐうと鳴り出してきた。昼は食べ物を恵んでもらおうとして命を落としかけ、縛られたり気が立ったりで忘れていたが、いまになって耐えがたいほどの空腹が襲ってきたのだ。

曹操はわずかに手綱を締めた。腹がきりきりと痛み、汗が噴き出し、上半身を支えることすら困難になってきた。胴締めに手をやってようやく思い出したが、鐙《あぶみ》と鈴と路銀を包んだ風呂敷はあの村に置いてきたのだ。日はすでに西に傾いている。あと二刻［四時間］もすれば日没だろう。同行者もおらず、食糧も水も金もないまま、どうやって一夜を過ごすのか。考えれば考えるほど憂鬱になり、さらに腹は減り、全身から力が抜けていった。

呆然としていると、曹操の脳裏に少年のころの光景が蘇ってきた。弟の曹徳《そうとく》と裏庭で遊んでいたとき、急に腹が減ってきて、桑の実をもいで食べたのだ。赤くて甘くて、食べるとすぐに元気になった。けれどもいまは桑の木もなく、厳しい寒風に何もかもが枯れ果てていた。子供のときに食べた桑の実のなんとうまかったことか。なかでも一番記憶に鮮明なのは、父の友の呂《りょ》伯父の家で食べた桑の実だ。呂伯父の名はたしか……

呂伯奢《りょはくしゃ》！

記憶の奥底から一人の男の名が浮かび上がってきた。曹操はぐっと手綱を引いた。大宛《だいえん》の千里馬は速足《はやあし》で駆けているときに突然手綱を引かれ、ひと声嘶《いなな》くと、前脚を高く蹴り上げた。曹操は危うく落馬しそうになった。突然思い出したのだ。父の曹嵩《そうすう》には呂伯奢という友人がいた。ごく平凡な農民で、中牟県《ちゅうぼう》南部の呂家村《りょかそん》に住んでいたはず。鶏、家鴨《あひる》、胡麻の餅子《ビンズ》、酒、肉、そして桑の実が、にわかに目の前に蘇ってきた――早く呂家を探し出して食べ物にありつこう！

それにしても、いささかぶしつけではないか。思い起こせば、父が最後に自分を連れて呂家を訪れたのは、まだ七歳のときだ。正確にいえば、父が都で官吏になって以来、呂家の門をくぐったことはない。ただ、たしかに父は権力と財力に弱いが、出世したからといって昔からの交友を断つような人でもない。俺が伯父上と声をかければ、きっと何か食わせてくれるだろう。

しかし、曹操はまた考え直した。俺はもう三十過ぎだ。たった七つだった男の子が二十年以上ぶりに現れて、果たしてわかってもらえるだろうか。譙県《しょう》と洛陽《らくよう》を何往復もしているのに、一度も呂家を訪ねなかったことをなじられるかもしれない。曹操は馬上で煩悶した。だが、最終的には空腹感が羞恥心に勝《まさ》った。

日も傾きはじめた。躊躇《ちゅうちょ》している時間はない。もう呂家村の近くには違いないが、ただ正確な位置までは思い出せない。はっきり覚えているのは、家の裏に大きな桑の木があったことだけである。曹操は腹を決めると、炊煙を手がかりに探しはじめた。しばらくさまよっていると、数軒の家がまばらに建っているのを見つけた――ここも西涼兵に襲われた村だ。こうなれば運に任せるしかない。曹操は近づくと、瓦礫の下に命の痕跡を探し求めた。

いない……ここにもいない……

曹操があきらめようとしたそのとき、崩れた壁のあいだに黒いかたまりが見えた。人のようである。近づいてみると、それはざんばら髪でがりがりに痩せ細った老人だった。老人はひびの入った壁に寄りかかって座り、ぼろ布に首と手足を通しているだけで、腰の麻紐すらなかった。

「ご老人」声をかけたが、何の反応もない。

「ご老人、大丈夫ですか」

「ああ?」老人はわずかに瞼を持ち上げた。まだ生きている。

「呂家村はどこか、ご存じですか」

老人は数回瞬きすると、しゃがれ声で答えた。「東へ五里［約二キロメートル］のところじゃよ」

「ありがとうございます」曹操は礼を述べた。「この村には、あなたお一人だけですか」

「うむ」

「ほかの人はみな避難したのですね」

「そうじゃ」

「呂家村はまだあるのでしょうか」

「ああ、無事じゃ。襲われてはおらん」老人の声には恨みの色が交じっているような気がした。

「ありがとうございました」曹操は拱手《きょうしゅ》し、重ねて礼を述べたが、老人の様子を不可解に感じ、再び尋ねた。「あなたはなぜ避難されないのです」

老人は目を見開き、背後の崩れた壁を指さして、嗚咽しはじめた。「わしには子もおらん。婆さんが……婆さんがな、この壁につぶされてしもうた……」

曹操はたちまち総毛立った――これは幽鬼《ゆうき》だ――そう思ったときには馬に鞭を打っていた。曹操は村を飛び出してからようやく息を整えた。振り向くとすでに小さな点にしか見えなかったが、老人はまだそこに寝そべっていた。あれは幽鬼などではない、人なのだ。それも死を待つばかりの……曹操はできるものなら戻って助けたかったが、いまは自分も逃亡中の身で、他人を助けるほどの余力はない。呂家村まであと五里、さらに呂伯奢その人を探し出さねばならないのだ。もうまもなく酉《とり》の刻［午後六時ごろ］になろうとしている。とにかく先を急ごう。

大義のため、戦乱の世を終わらせるため、必ずや董卓を除くのだ。曹操は自らを奮い立たせ、東を目指して疾駆した。

呂家村に到着すると、かつての記憶がありありと蘇ってきた。あれこれ人に尋ねるまでもない。村はやや寂《さび》れ、炊煙もまばらだが、どの道も以前のままだった。下々《しもじも》の暮らしとは日々同じことの繰り返しで、始終変わらぬものらしい。

曹操は子供のころの記憶を頼りに、ゆっくりと進んだ。しばらく行くと、特徴のある家屋敷が現れた——中庭には、すっかり葉の落ちた大きな桑の木がある。

門を出てきたのは若い男だった。粗衣《そい》を身にまとい、受け答えは穏やかだ。その容貌は記憶のなかの呂伯奢に似ている。息子か甥のようだが、決めつけるわけにもいかない。「呂の伯父上にお目にかかりたいのですが」曹操はただそれだけ伝えた。

前庭がそれほど広くないためか曹操の声が聞こえたらしく、呂伯奢が屋敷から出てきた。「どなたですかな。わたしを伯父上などと呼ぶのは」曹操は呂伯奢をじっくりと眺めた。年のころは六十過ぎ、柔和な顔つきに真っ白な髪と髭。額には皺《しわ》が刻まれ、やせ細った猫背気味の体には黒い粗衣をまとって、草鞋《わらじ》を履いている——ごく普通の農夫だ。

「伯父上、わたくしを覚えておいでですか」曹操はさっと跪《ひざまず》いた。

呂伯奢はまじまじと曹操を見た。「そなたは……」

「曹阿瞞《あまん》でございます」

「曹阿瞞？」呂伯奢は記憶を手繰ったが、思い出せなかった。

「曹巨高《きょこう》の長子、阿瞞です」

「おお」呂伯奢は目を見開き、思わず足を踏み鳴らした。「なんと、巨高殿のご子息か。こんな……こんなに大きくなっていたとは」

曹操は何度も叩頭した。呂伯奢は慌てて曹操を助け起こし、家族を呼んだ。曹操の記憶では、呂伯奢には五人の息子がいたはずだが、目の前に出てきたのは三人の息子と嫁が一人だけだった。彼らは曹操を母屋に案内した。調度品などは質素で、昔より見劣りがするようだった。

「阿瞞や、お父上はご壮健か」呂伯奢は曹操に席を勧めた。

「みな息災にしております。ご安心ください」

「もう二十年以上にはなるかのう」呂伯奢は嘆息した。心なしか、恨みの念が透けて見えた気がした。「巨高殿はいまも都にいらっしゃるのか」

「致仕《ちし》して故郷に帰りました」

「致仕なさったと。あの方も年を取られたということだな。ほっほっほ……」呂伯奢は口をすぼめて笑った。「あんなに勝ち気な方だったのに」

そうだ。父は常に出世のためになりふりかまわず奔走してきた。接待や賂《まいない》は当たり前で、ああまでして三公《さんこう》に上り詰めたのだ。曹操があれこれ思いをめぐらしていると、呂伯奢がさらに尋ねてきた。

「たしかそなたも役人になったと耳にしたが、もう戦《いくさ》には出たのかね」

「はい」曹操は短く答えた。自分のことはあまり話したくない。

「前途洋々というわけじゃな」

「いえ、それほどでも」曹操は話題を変えた。「伯父上こそ息災でしたか」

「大病を患ったことはないが、あちこちがたがきておる。まあ何とかやっておるがな」

「昔お邪魔したとき、たしかご子息が四人で、その後、また男の子が生まれたと父から聞きました。いま三人しかいらっしゃらないのは、どうしたわけで」

それは断じて触れてはならないことだった。呂伯奢は深く傷ついた様子で答えた。「長男は十年前、先々帝の西園《せいえん》造営に駆り出されてな、きっといまごろは煉瓦の下で眠っとるのじゃろう。次男は黄巾《こうきん》討伐に加わって河北《かほく》で戦死、残った三男夫婦が家を切り盛りしておるが、跡継ぎはまだでな。五男はまだほんの子供、四男が心配の種で、貧しさゆえに妻を迎えられずにおる」

「なんと気苦労の多いこと」曹操も俯《うつむ》いた。「今日は何もできませんが、帰ったら父に報告して、お力添えできるように取り計らいます」

「かまわんよ。わしら農民は、どの家も似たようなものじゃ」呂伯奢は手を振って謝絶した。「うちはまだ幸せかもしれん。西へ五里のところにある二、三の村は、先日西涼から流れて来た匪賊に焼かれてしまった。ここは辺鄙なところゆえ助かった」

曹操はかぶりを振った。「ここも安全とは申せません。数日後に、こちらへ迎えをよこしますから、ご一家を連れてうちへお越しください。実家は弟が切り盛りしていて、土地も財も、ご一家のお世話ができるくらいの余裕はございます」

「ありがたい話じゃが、心配はご無用。わしはここを離れとうないしな」

「いつ戦乱に巻き込まれるかわからないのですよ。ご自身だけでなく、ご子息らの将来のためにもよくお考えください」

呂伯奢はついに心を動かされたらしく、しばらく逡巡してから答えた。「そうじゃな。阿瞞がそこまで言ってくれるのなら、好意に甘えさせてもらおうかのう」

「そうと決まれば遠慮は要りません。伯父上が来てくださったら、父もきっと喜びます。旧友同士が思い出話に花を咲かせるのは、なんと楽しいことか……」曹操はまだ何か言おうとしたが、急に腹がきりきりと差し込んだ。あまりの空腹にもはや堪え切れず、顔を真っ赤にして尋ねた。「伯父上、何か食する物はございませんか」

「食べ物？」

「洛陽《らくよう》からここへたどり着くまでのあいだ、米一粒も口にしておらず、ひもじくてたまらないのです」

「なんと、なぜ早く言わんのじゃ」呂伯奢は急いで嫁に食事の用意を言いつけた。

曹操もとにかく何か腹に入れようと、よろめきながら炊事場について行き、燕麦《えんばく》の粥《かゆ》の残りと、胡麻つきの餅子のかけらをいっぺんに飲み込んだ。

「そんなに腹を空かせていたとはな。まずは部屋で休みなさい。夕餉《ゆうげ》の支度ができたら知らせるでな……小五《しょうご》や、驢《ろ》馬《ば》を連れてきておくれ。張さんのところへ酒を買いに行ってくる」

「父上、僕が行きますよ」呂小五が気遣って言った。

「駄目だ。不作が続いているから、子供には売ってくれん。わしのほうが年寄りで顔も利くから、向こうも断りにくいはずじゃ」

曹操は口を挟んだ。「伯父上、お酒は結構です」

「いやいや、阿瞞が飲まんでもわしは飲むぞ。今日は本当にうれしい」呂伯奢は小五が連れてきた驢馬の背に手をかけると、再び笑顔を見せた。「阿瞞は休んでおれよ。すぐに戻るからの」呂伯奢はそう言うと驢馬に跨がり、出かけていった。

息子たちが慌ただしく食事の用意をはじめたので、曹操も包丁を持って手伝おうとしたが、呂三《りょさん》が笑ってそれを取り上げた。「曹さまはお休みください。顔色が良くないし、目の下にはくまもできています」

そういえば一昼夜、駆け通しだったか……曹操は礼を言うと部屋に戻り、服のまま横になって目を閉じた。本当にいい人がいたもんだ。貧しい彼らが、裕福なはずの俺を助けてくれる。世の中とは不思議なものよ。貧すれば鈍すると言うが、そうではない。昔もいまも、下々の者のほうが役人よりもよほど人格が優れているのだ。譙県に帰ったらすぐに出迎えの用意をさせ、しっかりと彼らの世話をして恩義に報いなければ……曹操がまどろみかけたそのとき、かすかに「しゅっしゅっ」という音が聞こえてきた。

何の音だ？　妙だな……しゅっしゅっ……刃物を研ぐ音だ！

曹操はがばりと起き上がった。何だか胸騒ぎがする。なぜ刃物を研いでいるのだ。さっき少し包丁を使ったが、研ぐ必要などないほどよく切れたぞ。まさか……まさか俺を殺すつもりか？

曹操は抜き足差し足で扉に近づき、そっと隙間を空けて炊事場をのぞき見た。呂四《りょし》と呂小五が、中庭でうずくまって出刃包丁を研いでいる。絶対に調理用のものではない。ひたすら研ぎ続け、小五が顔を上げて聞いた。「兄さん、そろそろいいと思う？」

呂四は弟の頭にげんこつを食らわせた。「大きな声を出すな。起こしてしまったらどうする」

呂小五は微笑むと、声を潜めた。「縛らなくても大丈夫かな。僕たち三人で一斉にかかれば、絶対おとなしくなるよね」

「甘く考えるなよ。一回で仕留められず、暴れられでもしたらたいへんだ」

曹操は隠れて聞いているうちに怒りがこみ上げてきた。親切を装って俺を欺き、息の根を止めるつもりだったのか。道理であの年寄りが俺の行き先を尋ねなかったわけだ。俺が朝廷に追われていることを知っていて、いまごろは亭長《ていちょう》や土地の者を呼びにでも行っているのだろう。われらが出世して呂家のことを忘れたからか。それでこんな残忍な手段に出るとは、まるで狼の一家だ。いいだろう、先んずれば人を制すだ。そっちが無慈悲な仕打ちに出るのなら、俺を非道だと責めるなよ。

曹操は音を立てないようにそっと青釭《せいこう》の剣を抜き、深く息を吸い込むと、扉を蹴って猛然と飛び出した。呂兄弟は仰天した。扉から彼らまでの距離は一丈［約二・三メートル］足らずである。曹操は一瞬で呂小五の胸に深々と剣を突き刺し、すぐに引き抜いた。鮮血が矢のように噴き出し、呂小五は白目をむき、声もなく倒れ込んだ。

「小五！」呂四は出刃包丁をつかみ、狂ったように曹操めがけて突進してきた。曹操はそれを右へ左へと躱《かわ》しながら、呂四の向こう脛《ずね》に蹴りを入れた。つんのめった呂四は倒れざまに包丁を突き出した。曹操は冷静にそれを右へ躱し、左手で呂四の後ろ襟をつかむと、右手の青釭の剣を首に当て、力いっぱい引いた――また一人の命が一瞬で消えた。

騒ぎを聞いて炊事場から出てきた呂三の妻が、惨状を目の当たりにして叫んだ。「人殺し！　人殺しよ！」曹操は驚いた。隣人らを呼ばれてはまずい。すぐに襲いかかると、彼女の頭に剣を振り下ろした。

あと一人だ。曹操は家の内外を探し回ったが、見つからない。東のほうから物音がしたので飛んでいった。母屋を迂回してみると、呂三が壁を登って逃げようとしている。曹操は声もなく近づき、後ろから呂三の腰を引っ張った。呂三は落ちて頭を打ち、痛みで転げ回った。「わたしたちを殺してどうするのです」曹操はかまうことなく呂三を踏みつけ、両手で剣をつかむと、勢いよく下へ突き立てた――呂三は足をこわばらせ、すぐに動かなくなった。

曹操は四人を殺害した疲れで息が乱れていた。額の冷や汗をぬぐったとき、裏庭でまた妙な物音がした。曹操は再び警戒し、剣を抜いて裏へと回った。音が近づいてくる。剣を構えて進むと、大きな桑の木の下に豚が一頭くくりつけられていた。

曹操は安堵してつぶやいた。「そんな場合ではなかろうに、豚まで殺すつもりだったのか」

待てよ！

豚を殺す!? まさか……曹操は自らの過ちに気づいた。「殺してしまった！ 彼らは豚をつぶすつもりだったのだ。俺を殺そうとしていたのではなかったのだ」曹操は呂三のもとへ駆け戻ったが、血だまりが無残に広がるだけだった。いまさら助かるはずもない。前庭に戻ると、呂四の首からはまだ血が噴き出している。

曹操は小五の体を揺さぶった。「小五！ 小五！」何の反応もない。顔を上げると、炊事場の前には呂三の妻の脳漿《のうしょう》が一面に飛び散っている……終わりだ、みんな死んでしまった。

さっきは無我夢中だったが、むごたらしい四つの亡骸を目の当たりにすると、後悔とともにしだいに恐怖が押し寄せ、彼らがいまにも蘇り、襲いかかってきそうな気がした。

だが、後悔しても詮《せん》ないことである。逃げよう。曹操は剣を鞘《さや》に収め、大宛の千里馬を連れて足早に門を出た。幸い呂伯奢の家の周りに人家はない。日も暮れかかり、急いで逃げ出したかったが、動揺のあまり馬に跨がるのさえ手間取った。震える手で手綱を取り、慌てて村の外へと駆けたが、飛び出してから方角を間違えたことに気がついた。再び村を通る勇気はなかったので、村の外を大回りして、南へと逆戻りした。

こうして余計な時間を費やしているあいだに、日はすっかり沈んでしまった。曹操は不安を抑えつけながら二里［約一キロメートル］あまり疾走した。ふと見ると、村の小道を誰かが驢馬の背に揺られながらやって来る——呂伯奢が酒を買って帰ってきたのだ。またもや不安に襲われたが、曹操はそれを鎮め、闇夜に乗じて通り過ぎようとした。「阿瞞かい」曹操は危うく馬から落ちそうになった。驢馬に乗った呂伯奢がちょうど目の前で道を塞《ふさ》いでいる——どうすればいい——

「やはり阿瞞か。この暗がりでも、ひと目でわかったぞ。うちの村にそれほど立派な馬はおらんからの。はっはっは……」呂伯奢は遠目にも曹操と気づいたことに得意げで、酒の入った瓢箪《ひょうたん》を腰から取って見せた。「もう行ってしまうなんて、それはいかん。わしの酒が飲めんのかね。さあ、戻ろう。小五たちに豚をつぶすよう言っておいたのだ。食わずに行けば、わしの好意が無駄になってしまう」

曹操は黙って立ち去るわけにもいかず、馬を呂伯奢の目の前に進めると、気持ちを落ち着かせて答えた。「やはり、これ以上ご厄介にはなれません」

「厄介だなどと。しっかり食べて早めに休んだほうが、明日の旅のためにも良かろう」呂伯奢はため息をついた。「まったく……気を遣いすぎる。うちで飯を食っていくだけではないか。何年付き合いがなくとも、かつてのよしみは消えやせん。この村を通りがかったときに、わしを思い出してくれただけで十分じゃ……」

曹操は身構えて聞いていたが、徐々に悔やみはじめた。俺はなんということをしでかしたのだ。貴重な豚を振る舞ってくれようとしていたのに、あんなにむごい仕打ちを……呂伯奢が帰宅し、家族の亡骸を目の当たりにしたら、とても現実を受け止め切れまい。きっと……ふと曹操の脳裏に、呂家村への道を教えてくれた死を待つだけの老人の姿が浮かんできた。あの老人は身寄りもなく、妻の屍《しかばね》のそばで死を待つだけだった……想像するほどに、それは悪夢でしかない。

「阿瞞、どうした？」

——耐えきれぬ衝撃を受け、生きた屍となるぐらいなら、いっそ……

「どうした、黙り込んで。何か心配事か」

「伯父上。阿瞞は、あなたとあなたの家族に謝らなければなりません」

「何を言っておる」呂伯奢はかぶりを振った。

「おや。伯父上、あちらから誰か来たようです」曹操は背後を指さした。

「誰かの？」

その瞬間……

あっと思ったときには、呂伯奢はもう腹を突かれていた。曹操が青釭の剣を引き抜くと、呂伯奢はゆっくりと驢馬の背に倒れかかった。驢馬は何が起きたのかまったく気づいていないようだったが、手綱が緩められたので、主人の亡骸を揺らしながら、とことこと歩きはじめた……

あたりにはすっかり夜の帳《とばり》が下りていた。曹操はその場に立ち尽くしたまま、驢馬がゆっくりと闇のなかへ溶け込んでいくのを見つめていた。剣を鞘に収めると、底知れぬ悲しみが襲ってきた――善良な家族が皆殺しに……いったい誰のせいなんだ？　こんな悪しき世に生まれついたからには、人を欺くことがあったとしても、人には欺かれんようにせねばな……

曹操は馬を返すと、闇夜に乗じて南へ駆けた。疲れも飢えも恐怖もすべて消え失せ、ただ呆然と、ひたすら馬に鞭を当てて道を急いだ。初冬の寒風が耳もとで唸《うな》っている。曹操には、それが幽鬼の嘆き声か狼の遠吠えのように聞こえた。

日が沈み……

日が昇り……

そしてまた日が沈む……

曹操が譙県の西にある郷《きょう》にたどり着いたとき、顔からはすっかり血の気が失せていた。曹操は一刻も早く一族を避難させるしかないのだ。いつ董卓の手下が襲撃に来るかわからない。あのけだものどもはきっと……けだものの？　曹操は独りごちた。「罪なき者を殺《あや》めたこの俺も、所詮けだものではないか」

ようやくたどり着いたわが家は、がらんとした空き家になっていた。

曹操は全身の血が一瞬で頭のてっぺんまで上った気がした。俺の家族は？

「父上！　徳《とく》！　みんな！　どこへ行ったんだ？　みんなで俺をからかっているのか！」曹操は荘園のほうへと馬を走らせた。どこにも誰もいない。家の者や童僕すらいなくなっている。「出てこい、みんな出てきてくれ！　驚かせないでくれよ！　まさか……まさかこれが報いだというのか」

曹操の精神は崩壊寸前だった。心臓が破れるほど馬を駆けさせ、狂ったように叫び続けた。だが、一人たりとも返事をする者はいない。心身の疲労がついに曹操を打ちのめした。にわかに目の前が真っ暗になり、手綱を持つ手にも力が入らず、あとは馬の駆けるに任せた。

頭がぼうっとして何もわからない。山あいにぽつんとある籬《まがき》に囲まれた家、何やらその前でたくましい男が名を呼んでいる気がする……曹操の意識はそこで暗闇に飲み込まれ、馬から転げ落ちた……

友に命を捧ぐ

熱い粥《かゆ》を二杯流し込むと、曹操の顔にやや血色が戻ってきた。優しい温もりが胃袋から全身へと広がっていき、痙攣《けいれん》も収まったようである。曹操が目を覚ますと、秦邵《しんしょう》はほっと息をついた。「まったく、肝をつぶしたぞ。どうしてこんなひどい状態になるまで無茶したのだ」

「逃亡してきたからです、命があるだけましです」曹操の唇はひび割れ、喉にも痛みを感じた。

「おぬしも相当強い人間だな。本当に生きて帰って来るとは」秦邵は笑った。「大難を乗り越えたんだ。これから運がめぐってくるさ」

「わたしの家族は?」曹操ははっと思い起こした。

「全員ここから移っていったぞ」

「移った?」

「焦るな、横になっていろ……近ごろは西涼の賊による被害がひどくてな。潁川《えいせん》郡も襲われたので、お父上は沛国《はい》も危険だと判断され、家の方を連れて陳留《ちんりゅう》へとお移りになったのだ」

「陳留へ?」曹操は悔しげに自分の胸を打った。そうと知っていれば、直接陳留へ向かったものを。こんな苦汁をなめる必要もなかったのだ。飢えや襲われたことはともかく、呂《りょ》家の者を残らず殺《あや》めてしまった。

「しかしわからんな。いったいどこから、あれほど多くの西涼の賊が中原に流れ込んできたんだ。天子さまが立て続けに二人も替わったために、あちらこちらで乱が起きていると聞いたが、おぬしら役人はいったい何をしておる」秦劭は恨みごとを口にした。

「それはまあ……そのとおりです。わたしたちは責められて当然。俸給をたんまり受け取りながら、賊を都へ招き入れたのですから」曹操は思い出すほどに怒りがこみ上げてきた。そして、何進《かしん》が董卓《とうたく》を都に入城させたこと、皇帝を廃立したことなど、一連の出来事を秦劭に話して聞かせた。

「くそっ、このままでは豫州《よ》はおしまいではないか」秦邵は拳を寝台に叩きつけた。

「豫州にとどまらず、天下が終わってしまいます。わたしが洛陽《らくよう》から脱出したのは、兵を募って義兵を起こし、董賊めを誅殺するためなのです」曹操はそこまで話すと、目にふと失望の色を浮かべた。

「一族の者も残らず行ってしまったのですか」

「ああ。おぬしの一家が、金目の物を持ってはじめに移った。かつて集めた無頼たちが役に立っているぞ。刀や槍、棍棒で護衛しているから、安心していい」秦邵はため息をついた。「お父上が行ってしまうと、親戚たちもみな逃げていった。分家したり物を奪い合ったり、大騒ぎの末に離散して、行方のわからない者もいる」

「力を失えば、取り巻きはたちまち去ってしまうもの」曹操は冷たく笑った。「どうやら無駄足だったらしい。自分のことしか頭にない身内など頼りにはできませぬ」

「孟徳《もうとく》、そう恨んでやるな。みな戦《いくさ》が恐ろしいのだ。夏侯廉《かこうれん》も一家を連れて逃げていった」

「何ですって？　夏侯家の者までが……」夏侯氏も逃亡したと聞き、曹操は愕然とした。「挙兵は難しそうですね」

「まだあきらめるのは早いぞ。丁《てい》家の者たちが残っている。あいつらなら、おぬしに力を貸してくれるだろう。もう息子を使いにやったからな、まもなく丁斐《ていひ》が迎えに来るかもしれぬ。うちは手狭で、居心地も悪いだろうしな」秦邵は小さなあばら屋を眺めながら続けた。「丁家の者に話はしてある。わしらも陳留に奔《はし》り、おぬしの家の者らと合流して兵を起こすのだ。わしもおぬしについて、董の馬鹿野郎を成敗しにいくぞ」

「感謝します、伯南《はくなん》兄さん」

「感謝だなどと。おぬしには長年世話になっているからな、力を貸すのは当然だ」秦邵の言葉は嘘ではなかった。かつて曹操の一族の曹鼎《そうてい》が貧しい民の土地を占有したとき、秦邵は棍棒を振り上げて曹家に殴り込んだ。むろん取り押さえられたが、曹鼎のひどい仕打ちから守ってやったのが曹操だったのである。のちに土地は返され、さらに曹操兄弟が何かと世話を焼いたおかげで、秦邵は財を蓄え、所帯を持つこともできた。「わしにあるのはこの腕っぷしのみだ。西涼の賊どもを相手に大暴れするのも痛快ってもんだ」

ちょうどそのとき柴の戸が開き、秦邵の妻が入ってきた。両腕には二人の子供を抱えている。妻は夫を咎めた。「何を騒いでいるの、娘が起きたじゃない。何里も先まで聞こえているわよ。挙兵しようとしたって、何もしないうちにみんなに知られてしまうわ」

「ちょっとぐらい大声を出して、すかっとするのもいいだろう」

「馬鹿ねえ、うるさいだけよ。孟徳さんはまだ体が弱っていらっしゃるのよ」

「これくらい平気に決まっているじゃないか。お前たち女とは違うんだ」

曹操は横たわりながら、夫婦喧嘩を眺めるのも愉快なものだと思った。秦邵は子供を一人腕に抱いて振り向いた。「孟徳、これがわしらの次男坊の彬《ひん》だ。もう四つだが、はじめてだろう？」

「ええ。数年帰らぬうちに家族が増えたんですね。じゃあ、奥さんが抱いているのは三男だ」

秦劭は大声を上げて笑った。「あっちは娘だ。去年生まれたばかりでな。うちにはまともな服がなくってよ」

「長男の真《しん》はどこです？　たしか六つでは」

「丁家に呼びに行かせたよ」

秦邵の妻が口を挟んだ。「まったく、あなたって人は。まだあんなに小さいのに、夜遅くに一人で行かせるなんて」

「女なんぞに何がわかる。若いうちから鍛えてこそ、立派な男に成長するってもんよ」

「だから声が大きいのよ。静かにしてちょうだい。少しはちゃんと考えなさいよ」そこで秦邵の妻は、急に真面目な顔になり訴えた。「昨日の正午ごろだけど、一人の男がやってきて、孟徳さんの家に向かったの。馬に乗って刀も持っていたし、見るからに怪しかったわ。しばらくうろうろして、誰もいないとわかると去っていったけど」

「董卓の触《ふ》れがここまで回ってきているんです。ここも危ないでしょうね」曹操は息を吐いた。「いまの譙《しょう》県の県令は？」秦邵は目を伏せて答えた。「桓邵《かんしょう》だよ……」

「何ですと」曹操は眉間に皺《しわ》を寄せた。曹操はかつて、歌妓《かぎ》であった卞《べん》氏を救うため、桓家の使用人頭を殺し、その罪を夏侯淵《かこうえん》に肩代わりしてもらったことがある。曹洪《そうこう》も何かと桓家ともめごとを起こしていて、両家の怨恨は深まる一方であった。「桓邵は俺たちに恨みがあります。この機に俺を死地に陥れようとするに違いありません」

「案ずるな。丁家の者がもうすぐやって来るから、あいつらのところに身を隠すのだ。県令といっても、桓邵ごときがおぬしに手出しはできまい」秦邵は腕のなかの秦彬をあやしながら続けた。「孟徳、もう少し眠っておけ。丁家の者が来たらすぐに出発できるようにな」

曹操も休みたいと思っていたので、素直にうなずいた。しかし、目を閉じると、呂家の五人の屍《しかばね》が瞼に浮かんでくる。だが、目を開ければ、仲睦まじい秦邵一家の姿に、孤独という現実を突きつけられる。卞氏と曹丕《そうひ》は洛陽に置いてきてしまった。丁氏と曹昂《そうこう》ははるか遠く陳留にいる。曹操はどうしても気を紛らわせることができず、寂しさや苛立ちが募るばかりだった。

ちょうどそのとき、表が突然騒がしくなった。人馬の声に曹操は気力を取り戻し、丁家の者が到着したのだろうと思った。ところが、よくよく聞くとこう叫んでいる。「公命により取り調べを行う。なかにいる者は出てこい」桓邵の部下の下っ端がやって来たのだ。

「孟徳、おぬしは横になっていろ。わしが応対に出る」秦邵は上着を羽織り、慎重に扉を開けて出ていった。秦邵の妻は二人の子をしっかりと抱いてあやしている。「声を出しちゃ駄目よ。父さんはすぐ戻ってきますからね」曹操はというと、身の危険を感じて体を起こし、手探りで青釭《せいこう》の剣をつかむと、表の様子に耳をそばだてた。

野太い声が響く。「県令さまの命令で、この郷を捜索している」

秦邵はわざと大きなあくびをした。「こんな遅くに何を調べるっていうんです」

「朝廷に背いた曹操が脱走したのだ。貴様ら、そこをどけ」

「駄目です、おやめください」秦邵は大声を上げて遮った。「妻がまだ服を整えていないんです。もう暗いし、庭を調べるくらいにしてくださいよ。うるさくされちゃあ眠れません」

「さっさと支度をさせろ」

「どうかお静かに。子供がまだ小さいので、泣き出したらあやすのがたいへんなんです」

「どうでもいいことばかりぬかすな」

「いい話だってできますとも……これなんかどうです。これで旦那さま方は酒でも飲んで、うちの子をぐっすり眠らせてやってください」秦邵は本来の短気な性格を抑え込んで、下っ端たちの機嫌をとった。しばしの沈黙のあと、また野太い声が響いてきた。「ほう、貧乏人のくせに気前がいいな。まあいい、今日はもう家族揃《そろ》ってゆっくり寝ろ」

「旦那さま、ありがとうございます」

曹操は息をつき、横になろうとしたが、再び声が聞こえた。「家の裏に大きな馬がいるぞ！」——大宛《だいえん》の千里馬が見つかってしまった！

案の定、下っ端たちの上役が疑いはじめた。「貴様のような貧しい農夫が、どこであんな立派な馬を手に入れた。なかに誰かいるのか」

「いませんよ、お引き取りください」

「どけっ、なかを調べる」

「もう夜中です。戻ってお休みください。なかには家の者しかおりません。妻はまだ着替えの途中です」秦邵はなんとか引き止めようとした。

「馬鹿野郎、貴様の女が素っ裸だろうと調べねばならん。邪魔をするな。俺が探しているのは曹操だ。これ以上邪魔立てするなら斬り捨てるぞ」

「俺が曹操だ！」秦邵が突然そう叫ぶと、にわかに表がざわつきはじめた。曹操は秦邵が不利だと思い、剣を掲げて飛び出した。下っ端らしき男が三人で秦邵を囲み、敷地の外にも六人の兵士がいる。どれも腰に刀を提《さ》げ、手には松明《たいまつ》を持っている。真ん中で腕組みをして立っているのがおそらく上役だろう。

先手必勝である。曹操はさっと下っ端どもの後ろに飛び込むと、ぐさっと一突きで刺し殺して叫んだ。「本物の曹操はこっちだ！　来い！」六人の兵は一瞬うろたえたが、刀を取って籬《まがき》を飛び越え、曹操に襲いかかり、たちまち乱闘となった。

秦邵は武芸の心得がなく、おまけに丸腰だったが、体躯《たいく》は堂々として気迫に満ちていた。曹操をかばうために下っ端たちから罵られたことで、秦邵はかえって曹操を守り抜く覚悟を決めていた。怒気も露わに下っ端をむんずとつかみ、なんと頭の上まで仰向けに高々と持ち上げた。その下っ端は喚《わめ》いたが、秦邵はそのまま籬に向かって放り投げ、籬をなぎ倒した。すると今度は、間髪入れずに襲いかかってきた別の下っ端を引きずり倒し、股ぐらを思いっきり踏みつけた。敵は痛さのあまり「お母ちゃん！」などと叫びだす始末である。瞬く間に二人がやられて上役は怖気づいたが、秦劭が自分に向かってくるのを見ると、慌てて刀に手をかけた。けれどもそれを振りかざす前に、秦邵の蹴りを食らって吹っ飛ばされた。秦劭は恐ろしい声を上げて馬乗りになると、強靭な両の手で力いっぱい首を絞めた。「くそ野郎！　俺をこけにしやがったな。絞め殺してやる！」

曹操は苦戦していた。六人の兵がみな刀を振り回してくるため反撃の余地もなく、ただ攻撃を躱《かわ》して逃げ惑うのが精いっぱいだった。目の前に敵がいるかと思えば、背後に風を感じ、刀が首を掠《かす》めていく。曹操は後ろを取られないように、剣をかざしつつ壁際に後退した。六人の兵が瞬く間に曹操を扇に取り囲み、いざ飛びかかろうとしたそのとき、後ろから上役の叫び声が聞こえた。「助けてくれ！」二人の兵がすぐにそちらへ向かい、秦邵を背後から斬りつけると、血飛沫が宙を舞った。

秦邵は二本の刀を食らってもなお手の力を緩めなかった。めりめりと音を立て、上役はついに事切れた。だが、秦邵ももはや立ち上がれない。二人の兵は容赦なく秦邵を斬り続けた。曹操は気ばかりはやったが、なお四人に囲まれて、ただ歯ぎしりするだけだった。まさにそのとき、再び馬の蹄《ひづめ》の音が響いてきた。西の方角から十騎あまりが、松明を掲げ、鋼の刀を構えて迫って来る。先頭を駆ける二騎は、前が丁沖《ていちゅう》、後ろが丁斐《ていひ》だった。

曹操は奮い立ち、声の限りに叫んだ。「伯南兄さんを助けてくれ！」

丁沖と丁斐はその声を聞くなり、手下を連れて突っ込んだ。秦邵の背後に立つ二人は、あっという間に八つ裂きにされた。曹操を囲んでいた四人も戦意を喪失し、慌てて逃げ出そうとしたが、人の足で馬から逃げ切れるはずもない。みな丁家の手勢に斬り捨てられ、秦邵に倒されてのたうち回っていた二人もとどめを刺された。

「伯南兄さん！」——しかし曹操が駆け寄ったとき、秦邵はすでに息絶えていた。

秦邵の妻は、二人の子を抱いたまま夫の亡骸にすがりついた。「あなた！ 死なないで……ああ、なんてこと……」妻は泣き崩れた。さらに丁家の手勢のなかから男の子が飛び出し、亡骸の前で頭を伏せて泣き叫んだ。「父ちゃん！」——秦邵の長子、秦真《しんしん》だった。

曹操は自らの顔をはたいた。俺はなんという不吉な男だ。呂伯奢《りょはくしゃ》の一家を誤って殺し、いままた兄と慕う秦邵を死なせてしまった。秦邵の妻は幼い三人の子を連れて、この先どうやって生きていくというのか。

丁斐は秦邵の亡骸をじっと見つめ、ため息をついた。「奥さん、いまは泣いているときではありません。急いで庭を元どおりにし、死体をすべて埋めなければ。役所に知られたら厄介なことになる」丁斐は部下に指示を出し、中庭の奥のほうに二つ穴を掘らせて、死体を埋める用意をさせた。小さい穴は秦邵を、大きい穴は捜索に来た者たちの死骸を埋めるためのものだ。

丁斐の一族の丁沖は酔いどれである。こんな凄惨な光景を前にしても、瓢箪《ひょうたん》を取り出して酒を呷《あお》り、曹操に尋ねた。「孟徳、おぬしは陳留へ挙兵しに行くのか」

曹操は重々しくうなずいたものの、秦邵の亡骸から目を離せない。

「兄貴、俺たちも私産をなげうって、孟徳に同行するんだろ」

丁斐は丁沖の言葉を聞いて、思わず眉をひそめた。

丁家には少なからぬ財産がある。広大な荘園を高い壁で囲み、なかには耕作から紡織《ぼうしょく》、酒の醸造まで揃っている。荘園を独自に造っている豪族、地主なのだ。丁斐は丁沖とは異なり、吝嗇《りんしょく》で金を好む性分である。銅銭すら手放すのが惜しいのに、それほどの生業《なりわい》を放棄することを承諾するはずがなかった。

丁沖は、丁斐が不機嫌になったのを察して諫めた。「文侯《ぶんこう》の兄貴、豫州はいつ戦に巻き込まれても不思議じゃねえ。そうなったとき、壁と私兵で賊が防げるか。身代《しんだい》だってどうせ手放さにゃならん」

しかし、丁斐は言葉を濁した。「それは、戻ってから考えよう」

秦邵の妻は散々泣き腫らすと、三人の子を抱えながら、引きずられていく夫の姿をただ立ち尽くして見送った。曹操は慰めの言葉をかけずにはいられなかった。「奥さん、伯南兄さんはわたしのせいで……これからは、わたしがあなた方の面倒をみます。ただ、ここにはほかに身寄りもいないでしょうし、ひとまずは丁家にお移りください。後日、わたしが迎えに来て、陳留へご案内します。うちの妻なら、あなたの手助けもできるでしょう」

秦邵の妻は涙をぬぐい、傍らにいる秦真と地べたに座っている秦彬、そして腕のなかの娘を見つめ、痛ましい声で答えた。「この乱れた世で、あなた方は大事を成さねばならないのに、女のわたくしが足手まといになるわけにはまいりません。わたくしを憐れんでくださるならば、この子たちを連れて行って食べさせてやってください。それで十分です」

「そんなことを言っちゃいけません。子供は当然わたしらが引き取り、将来は立派な大人に育てますとも」丁沖が近づいてきた。「でも奥さん、あんたも自分を大事にせにゃ。わたしらとともに行きましょう」

「ええ……ええ……」秦邵の妻は髷《まげ》を切り落とすと、娘を丁沖に手渡した。「娘を抱っこしていてください。ちょっと奥で支度をしてきますから」

「母さま、僕も手伝います」秦真が大きな声を上げた。

「いいえ、あなたは弟の面倒をみてなさい。いい子だから、曹おじさんの言うことをよく聞いてね。お願いだから……」そう言い聞かせると、秦邵の妻はふらふらと籬を伝いながら家に入っていった。曹操と丁斐は中庭の奥に向かい、捜索に来た十人の死体を部下とともに埋めた。土をかけて均《なら》すと、上から枯れ草をまいておいた。秦邵を埋める段になると、もう曹操は耐えられず、顔を伏せてその場を離れた。すると、丁沖が片手に女の子を抱え、もう片方の手で瓢箪を持って秦真に酒を飲ませているのが目に入った。

「お前は何をやっているんだ！」曹操はとっさに秦真を引き離した。

丁沖は瓢箪を隠して笑った。「この坊主だって、大きくなったら酒の一つも飲めるようにならんとな」

「ふざけるな！　それより奥さんは？」

「そういや、まだ出てこんな……」丁沖は何かに気づいたように家に駆け込んだ――秦邵の妻は、すでに包丁で自ら命を絶っていた。まだ秦邵も埋葬できていないのに、妻まで同じ墓穴で永眠させることになるとは。子供たちは号泣している。曹操は秦真を抱きかかえて諭した。「もう泣くな。たったいまから、お前たちは俺の子だ。行くぞ」一行は嘆息しながらおのおの馬に跨がり、暗闇のなかのあばら屋を振り返った。ほんの半刻［一時間］前までそこにあった幸せな家族の光景は、霧のように消え失せてしまっていた。

幼い秦彬が、開いたままの扉を指さしてつぶやいた。「扉が……閉まっていないよ」

曹操の前にいる秦真が答えた。「彬、おうちはもうなくなっちゃったんだよ。扉なんかどうだっていいんだ」

「おうちのなかにいっぱい物があるのに」秦彬はまた泣きはじめた。

秦真はさっきの酒で子供ながらに酔ったのか、大声で怒鳴った。「お金や家なんて大事じゃない。生きているのが一番なんだ。大きくなって手柄を立てたら、何だって手に入るんだ」六歳の子供の言葉とは思えず、曹操は感嘆した。この子は聡明な子だ。養子に迎えて曹真《そうしん》と名乗らせ、丁氏に育てさせることにしよう。そのとき、丁斐がのけぞって笑った。「はっはっは、俺は六歳の子供にも敵わぬようだ。秦の兄貴が左伯桃《さはくとう》［戦国時代末期の燕《えん》の人士］に倣《なら》い、友誼のために命を投げ出したのだから、俺も孟嘗君《もうしょうくん》［戦国時代末期の斉《せい》の公族］に倣うとしよう。孟徳よ、わたしはもう土地も財産も要らぬ。精鋭の兵を選んでおぬしとともに陳留へ行き、兵を募って義兵を起こそう」

「そう来なくっちゃ」丁冲は喜んでまた酒を呷った。「でも、俺は一緒には行かねえ。おじ貴がまだ洛陽にいるからな。助けに行かにゃ」丁冲のおじとは、かつての司徒《しと》の丁宮《ていきゅう》である。

「みな東へ向かうのに、お前だけ西へ進むだと。完全に酔っ払ったか」

「ふん。おじ貴を都から連れ出せたらいいんだが、無理なら洛陽でおとなしくやり過ごすさ。董卓の酒でも飲みながらな。そのうちまた孟徳の力になれる日もあるだろうよ」丁沖は酒を飲み干すと、悲しげにつぶやいた。「しかし、あの家を捨てるのは惜しいな」

丁斐はそれを聞いて咎めた。「俺でさえ捨てると言っているのに、いまさら何だ」

「金銀財宝なんぞ惜しくねえ。酒のことだ。上等の酒を甕《かめ》に何十個も蓄えてあったのによ」丁沖は涙まで流しはじめた。

「急ぐぞ」曹操は手綱をぐっと引いた。「俺が地位と財を手に入れたら、お前に死ぬほど飲ませてやる」一行は馬に鞭打ち、まっすぐ丁家へと向かった……

第四章　挙兵

資金の調達

豫《よ》州から兗《えん》州への道中は、手を差し伸べてくれる者もあり、ほぼ順調であった。

数日ののち、曹操は丁斐《ていひ》らを従えて陳留《ちんりゅう》郡に到着した。驚くべきことに、陳留県まであと十里［約四キロメートル］のところにある鳴雁亭《めいがんてい》で、曹操らは手厚い出迎えを受けた。

旗と兵士がずらりと整列し、道の両脇に並ぶ郡県の役人たちの姿が、馬上からも遠目に見える。そのなかに、委貌冠《いぼうかん》［黒絹で作った冠］をかぶり、深衣《しんい》［上流階級の衣服］に身を包み、青い綬《じゅ》［印を身につけるのに用いる組み紐］を肩に掛け、腰には玉帯《ぎょくたい》を巻き、満面に笑みをたたえる実直そうな中年の役人がいた——陳留郡太守《たいしゅ》の張邈《ちょうばく》である。

張邈は字《あざな》を孟卓《もうたく》という。党錮《とうこ》の禁《きん》や宦官勢力との闘争では、曹操と同じ立場に立ってきたし、何進《かしん》が政権を握っていた時期に友人となってからは交流を深めてきた。董卓《とうたく》が入京して以降、張邈も本心を隠して取り入ることで信任を得て、いまは陳留太守に任じられている。

曹操は、張邈が兵と官吏をほとんど総動員して丁重に自分を迎え、敬意と歓迎の意を示していることに驚き、急いで馬から下りて駆け寄った。「孟卓殿、一別以来、お変わりありませんか」

張邈は笑い声を上げながら近づいてきた。「すっかり待ちくたびれたぞ。何しろご尊父はおぬしのことが気がかりでたまらず、毎日わしに消息をお尋ねになるのだから」

「家の者がお世話になっているようで」

「水くさいことはなしにしよう」張邈は拱手《きょうしゅ》の礼をして謙遜した。

曹操は両脇の官吏たちを見回した。「かくも丁重なお出迎え、身に余る光栄でございます」

「ここへたどり着いたからには、わしが力添えするゆえ、世に義を示すこともかなうぞ」張邈は居並ぶ役人たちに呼びかけた。「この御仁こそ、かつて黄巾《こうきん》賊を震え上がらせた曹孟徳《もうとく》殿である」その声が響くと、両脇の官吏らは深々と頭を下げ、恭敬の意を示した。

曹操は慌ててぐるりと拱手の礼を返した。顔を上げると、弟の曹徳《そうとく》の姿が目に入り、兄弟は再会を喜び合った。曹操は丁斐らを紹介し、みなも馬には乗らず、張邈と談笑しながら県城に向かって歩きはじめた。

「董卓もなかなか気前がいい。このわしに太守の職を与えてくれるとは」張邈は笑みを浮かべてそう言った。嘲笑しているようでもあり、本当にありがたがっているようにも見えた。

「董卓が大漢の天下を滅ぼそうとしているかと言えばそうは思えません。用兵と人事の才は確かで、しかも朝廷の綱紀を正さんとする気持ちもある様子」曹操は真面目な口調で返した。

「ほう」張邈には意外だったようだ。

「ただ、董卓は天下の時流を把握していません」曹操はかぶりを振って嘆いた。「桓《かん》帝以降、世の民草は貧しさにあえいで生活もままならず、そのうえ霊《れい》帝は享楽に溺れて国政を顧みませんでした。そして黄巾の乱が起き、民はすっかり疲弊しています。朝廷の小人《しょうじん》は取り除かれたのですから、いまこそ寛容な政《まつりごと》により、民をいたわり休ませることです。しかし董卓は、怨嗟の声が満ち、再興を図るべきこのときに、天子の廃立を強行しました。何もかも台無しにしてしまったと言わざるをえません」

張邈は曹操の言葉に理解を示し、うなずいた。「重病人に劇薬は施せぬ。飢えている者は硬いものを食べられぬ。武人が政を執る際の難点だな」

「それだけではありません。一番腹立たしいのは、やつが人命を塵あくたのように見なし、無辜《むこ》の者をむやみに殺して、河南尹《かなんいん》と潁川《えいせん》の民をひどく苦しめていることです」曹操はさらに言葉に力を込めた。「孟卓殿、わたしが洛陽《らくよう》を出奔してここへ至るまでに目にしたものは、崩れ落ちた家と逃げ惑う民の姿ばかりでした。広大な中原の地が、董卓の兵によって蹂躙《じゅうりん》され、廃墟と化してしまったのです。このままでは社稷《しゃしょく》も危うい。大漢の天下を存続するため、何としてもやつを除かねばなりません」

「おぬしはまだ知らぬだろうが、袁紹《えんしょう》が勃海《ぼっかい》で、橋瑁《きょうぼう》が東《とう》郡で、袁遺《えんい》が山陽《さんよう》でそれぞれ兵馬を集め、挙兵の準備をしていると聞く。それからわしの弟の張超《ちょうちょう》も、広陵《こうりょう》で戦支度《いくさ》をしている。みなで力を合わせれば一大勢力を築けるはずだ。われらも速《すみ》やかに動かねば。しかし……」張邈は足を止めた。「笑われるかもしれぬが、わしには兵を率いる才はない。戦のことはおぬしに全面的に頼ることになるだろう」

「むろん全力を尽くします。ただ、義兵を起こして立ち上がる際には、孟卓殿に指揮官となっていただきます」

「指揮官とな。政をしたり、民を教化したり、いたわることならまだしも、戦となると……」張邈は苦笑した。「気概ならあるが、力が伴わぬ」

曹操は困り果てた張邈の顔を見て、こみ上げる笑いを噛み殺しながら説明した。「孟卓殿、誤解ですよ。実際に兵を指揮して敵陣を落としてほしいと言っているわけではありません。逃亡中の罪人、朝廷のお尋ね者であるわたしが指揮官を引き受ければ、何の名分もない匪賊の頭目になってしまいます。そんな輩が大義を語ったところで、誰も耳を貸しますまい。大義がなければ言葉は響かず、言葉が響かねば大事は成らず……」

「そういうことならば、わしもなんとか務めを果たそう」張邈は喜んで承諾したが、しだいにその笑みは消えていった。「だが、兵を集めるのは容易ではないぞ。わしは赴任してから郡の兵を募ったが、結局は資金がおぼつかぬのだ。董卓を討つどころか、やつに攻め込まれたら、わが身を守ることすら難しい。陳留は兗州の筆頭の郡ではあるが、人も物産も豊かとは言えん。とりわけ黄巾の乱で、皇甫嵩《すう》と張角《ちょうかく》の部隊が何度もここで戦ったせいで、民は疲弊し、戸籍は半分にまで激減してしまった」

「では、潁川の流民をこちらへ引き込みましょう」

「わしもそれは考えたさ」張邈は立ち止まり、曹操のほうに顔を向けた。「だが、今年は凶作で、田《でん》租《そ》も不足しているゆえ、流民を受け入れることはできんのだ。ひとたび流民が大量に流れ込んでくれば、かえっていざこざが起こり、ますますわが郡に損害を与えることになる」

「豪族や金持ちから金と食糧を集めればいいではありませんか」曹操は気軽に提案した。「ほかの者を当てにしなくても、わが父の金子《きんす》だけで二、三千人分の武器などは用意できます。孟卓殿は謙虚な君子ですが、あまりに遠慮が過ぎます。わたしの到着を待たずとも、父と先に相談してくだされればよかったのです。きっと父なら……」

話の途中で、そばにいた曹徳が曹操の袖をそっと引き、咳払いをした。

曹操が怪訝に思って口をつぐむと、曹徳がすかさず言葉を継いだ。「張太守はご多忙の身でございますから、あまりお引き止めしてはいけません。われわれはやはり馬で速やかに帰り、父上に挨拶と報告を済ませてから、郡の役所に伺って大事の相談をなさるのがよろしいかと」

勘の鋭い曹操は、弟が話を切り上げたのには何かわけがあると察し、すぐにその場をとりなした。

「子疾《ししつ》の申すとおりかもしれません。ここで時を費やすのはよしましょう。まずは父に孝を尽くし、それから孟卓殿といかにして国に忠義を尽くすか談議することにいたします」

曹操が冗談めかして言うと、張邈も顔をほころばせた。そこでみな馬上の人となり、それぞれ県城へと駆けていった。曹操はそれとなく曹徳に馬を寄せ、小声で尋ねた。「どうしたのだ」

曹徳は苦笑した。「孟卓殿はもう資金集めの件を父に相談されたのですよ。ですが、父はいまや守銭奴と化していますから、金を出すことを断ったのです」

つい先刻かなり大口を叩いたのに、父がすでに張邈の面子《めんつ》をつぶしていたのだと聞いて、曹操の顔は真っ赤になった。曹操は声を抑えたまま曹徳をなじった。「父はあんなにお前を可愛がっているのだから、お前なら説得できただろうに」

「耳を貸そうともしませんよ。兄上もすぐにわかります」

県城に入り、家の者が一時身を寄せているという場所にたどり着くと、曹操は目を見張った。張邈のもてなし方は実に手厚く、行き届いていた。曹操の家族が住んでいたのは県城内でも一番立派な屋敷で、その家屋や庭は凝った造りではないが、洛陽にある曹操の屋敷よりもずっと広い。曹操が追われる身となったので、張邈は万一に備え、曹家の者の安全を確保するために役所の小間使いを派遣して、さらには自身の使用人にまで世話をさせていたのだった。

丁《てい》氏、曹昂《そうこう》、曹安民《そうあんみん》に囲まれ、あなた、父さん、伯父さんと口々に呼ばれても、曹操はいささかの喜びも湧いてこなかった。血のつながらぬ張邈がかくも懇《ねんご》ろに世話をしてくれているというのに、父はびた一文も出さないという。穴があったら入りたいとはこのことだ。曹操は家族との挨拶もそこそこに、若き使用人頭の呂昭《りょしょう》を引き寄せて尋ねた。「父はどこだ？　すぐに案内しろ」

曹嵩《そうすう》は近ごろめっきり老け込み、髪はほとんど真っ白になっていた。西涼兵《せいりょう》の略奪が潁川にまで及ぶと、曹嵩はかの野獣どもが沛《はい》国まで押し寄せることを恐れ、慌てて金銀財宝の類いをまとめ、一族をうち捨てて陳留へ避難してきたのだった。その道中の苦労よりも、曹嵩は心労に押しつぶされていた——西涼兵にいきなり襲われて命を落とすかもしれない。雇っている護衛兵にいつ寝首をかかれるかわからない。ようやく陳留にたどり着き張邈の保護を受けることになったが、弱みにつけ込まれ財産を奪われるかもしれない……幸いすべてが杞憂に終わり、曹嵩はやっと人心地がついたのだった。

「父上、この親不孝な息子のために、たいへんなご苦労をおかけしてしまいました」曹操は、曹嵩の前に出ると、すぐに跪《ひざまず》いて叩頭した。

「無事に逃げ延びたのなら……無事ならばそれでよい」曹嵩は感無量だった。「お前さえ来てくれれば、わしは本当に安心じゃ」

「ここにいれば何の心配もないでしょう」

「食事もまあまあだし、不便は何もないがな」曹嵩はそう答えたが、表情には不安がにじみ出ていた。

「董卓は朝廷をわがものにして独断で皇帝の廃立を行い、西涼兵は各地を蹂躙し、民を苦しめています。わたしは洛陽を出奔し、潁川を経て参りましたが、見渡す限りひどいありさまでした。まさにお国の不幸でございます」

「国だの民だのを案ずるのはよせ。お前さえ帰ってくれれば十分じゃ。曹家の安泰こそが何よりの大事ではないか」

曹操は、父がわざと話をそらそうとしているのを感じ取り、やはり一筋縄ではいかないと思って単刀直入に本題に入った。「では、父上はこれからどうなさるおつもりですか」

「これからか……陳留は河南尹からさほど離れておらんし、河北《かほく》［黄河の北］では袁紹が戦支度をしている。泰山《たいざん》では鮑信《ほうしん》も兵を集めているらしい。もし戦が起こったらここも危険じゃ。東の青州《せい》か徐《じょ》州へ行くか、それとも南の荊《けい》州は襄陽《じょうよう》［湖北省北部］に向かい、長江を渡って難を避けるべきじゃろうな。それから適当な場所を探し、土地と家屋を買って頑丈な壁を築き、土地の者を雇って畑仕事や機織りをさせる。そうして静かに世が治まるのを待とう」

「もし董卓が勝利すれば、東は兗州や青州、南は揚《よう》州まで、やつは意のままに兵を動かし、戦火がこの世を覆うことになります。そうなれば、身を隠す場所などなくなるでしょう。息子がお尋ね者の身であり、禍《わざわい》は一族郎党にまで及ぶことをお忘れなく」

「それはそうじゃが……」曹嵩は眉をひそめた。「しかし、まずは目の前のことが先決じゃ」

曹操はかぶりを振った。「父上、もし世の者がみなそうした考えでいるなら、董賊めの悪逆非道ぶりはますますひどくなるばかりでしょう。天下が治まる日など、いつまで経っても訪れはしません」

曹嵩はむせて言葉に詰まり、しばらくしてからようやく口を開いた。「では、お前の考えとやらはどうなのじゃ」

「義勇軍を立ち上げて逆賊を討ちます」

「それはまた大きく出たな」曹嵩は目を見張って息子を眺めた。「お前一人の力で、そんな大それたことができるとでも思っているのか」

「一人ではありません。先ほど父上が仰ったように、いま関東《かんとう》［函谷関以東《かんこくかん》］の諸州では、戦に備えて兵馬を集めています。みなが一致団結すれば、董卓とて防ぎきれぬはず。わが曹家は代々お国の禄を食《は》んできました。いまこそ私財をなげうって兵を集め、鎧に身を包み、武器を手に取るときです……」曹嵩は慌てて口を挟んだ。「まさかお前も張邈と同じ目的だったとはな。結局はわしの財産が目当てではないか。そんな夢物語になど、わしは耳を貸さぬ」

やはり蘇秦《そしん》［戦国時代の縦横家《しょうおう》］のようにはいかないらしい。押して駄目なら引いてみよと、曹操は笑みを浮かべ、幼いころ飴をねだったときのように態度を和らげて説得した。「父上、わたしは決して父上の財産を狙っているわけではなく、ただ一旗揚げたいのです。功成り名を遂げれば、列侯《れっこう》に封じられることもあるでしょう。大義名分などはどうでもよいのです。どうか息子の志のためにお力をお貸しいただけませんか」

「それでも駄目じゃ」曹嵩はぴしゃりとはねつけた。

曹操はここぞとばかりに詰め寄った。「それでは話が違うではありませんか。かつて洛陽にいたとき、父上はたしかに、これからはお前の好きにしていい、何でも後押ししてやると仰いました。男子に二言はないはずです」

「身代《しんだい》をつぶしていいとは言っておらん」

「どうしてそうなるのですか。大義に従うんですよ」

「言い方を換えたところで、わしの金を使うのは同じじゃ。よくよく考えてもみよ。曹家の身代は、お前の祖父とこのわしが必死の思いで築いたもの、それをおいそれと手放せるものか。あちこちで挙兵しているというなら、なおさらお前が出る幕はない。それこそ金を捨てるようなものではないか」

曹嵩は杖で床を激しく打ち鳴らしながら反駁した。

金を捨てるだと？　たった七か月、太尉《たいい》の椅子に座るために一億銭もの金をつぎ込んだのはどこの誰だ？　あれこそまったくの無駄金ではないか。しかし、曹操は怒りをおくびにも出さなかった。いま口答えすれば、ますます説得の余地がなくなる。曹操は気持ちを落ち着かせてから口を開いた。「父上、自らの胸に問うてみてください。わが曹家の金や財物はどこから来たものですか」

曹嵩は即答した。「汚れた金であっても、金は金じゃ。こんなご時世に、建前を振りかざすのはよせ。命あっての物種よ」

「わたしが申し上げているのも、曹家が生き延びるための道です。ひいては天下万民、そしてわれらが大漢の天下が存続するための……」そこで曹操はまた作戦を変え、父の気持ちを揺さぶりにかかった。「わたしの立場もお考えください。もうすぐ三十六になるというのに、地位も何もかも失ってしまいました。志半ばで挫折し、今後の身の振り方を考えずにはおれません。洛陽から逃げ出して、もし義勇軍を起こさなければ、わたしは天下の笑い者です。さらには、曹家から出仕する者がわたしの代で途絶えることになるでしょう。そうなってしまっては、家を興してもり立ててきたご先祖さまに、とても顔向けできません」

いかに論駁したとしても、道義の面では曹嵩に勝ち目はない。曹嵩は自ら息子を立たせると、切実な口調で言い聞かせはじめた。「お前の立場も考えてみろと言ったな。では、お前もわしの身になって考えてはくれぬか。わしはもうこの歳じゃ。これ以上戦禍の苦しみには耐えられん。あとはただこの財産を頼りに、余生を全うすることだけが望みなのじゃ。『尚書《しょうしょ》』にいう五福《ごふく》のうち、『終命《しゅうめい》を考《な》す[天寿を全うする]』ことがもっとも難しい。戦乱の世に生まれた者は、太平の世の犬よりも惨めじゃ。お前はこの老いぼれに、まだ辛酸をなめさせようというのか。父を養ってくれると期待しておったのに、お前はこれから一旗揚げるという。張邈に手を貸して戦をすることには反対せん。ただ、私財を投じて兵を集めるのだけはやめてくれ」

「使い果たすわけではありません。むろんいくらかは残しておくつもりです」

「一文一銭とて金は金じゃ」

「これほど莫大な財産を抱えて流浪すれば、それこそ禍を招くというもの。乱世においては、金を持っているほど心配が尽きないのです」

「金がないことのほうが心配じゃろうが」

「父上、丁文侯《ていぶんこう》もわたしについて来たのですよ。あの吝嗇《りんしょく》の丁文侯さえもが、いまや喜んで大義に従おうとしているのです。父上はそれでも無理と仰るのですか」曹操は秦真《しんしん》をここへ連れてきて、あの晩の言葉を聞かせてやりたいと切に思った。

「文侯はまだ若いからわかっておらぬのじゃ。わしがあれの真似をしたら、ただの耄碌《もうろく》じじいになろう」

もうすでに耄碌しているではないか。情に訴えてもまだ父を動かすことはできないらしい。曹操はまた作戦を考えながら話を続けた。「孟卓殿はわれらを手厚くもてなしてくれています。快く承諾して、その好意に報いようという気持ちは微塵もないのでしょうか」

「青二才め。『将《まさ》に之を取らんと欲さば、必ず先ず之に予《あた》えよ［手に入れたければ、まずは相手に与えよ］』、これが張邈の本音よ」曹嵩はぽんと曹操の肩を叩いた。「もう、よかろう。お前もやつと行動をともにするのはやめて、わしをどこか安全な場所へ連れて行ってくれ。殺し合いはほかの者に任せればいい」

曹操の目にじんわりと涙が浮かんできた。千辛万苦《せんしんばんく》の道のりをくぐり抜けてやっとたどり着いたというのに、実の父を説き伏せることさえできぬとは。さらに粘ろうにも、曹操にはもはや説くべき言葉が見つからなかった。

ちょうどそのとき、外から誰かの大声が聞こえてきた。「大旦那さま、それはあんまりです」曹操が振り返ると、義弟《おとうと》の卞秉《べんへい》がものすごい剣幕でなかに入ってきた。

その姿に、曹操はいたたまれない気持ちになった。曹操は洛陽から逃げてきたが、妻の卞《べん》氏は家に残したままで、安否すらわからないのだ。それを弟の卞秉にどう釈明すべきか。曹操はぎこちなく笑って声をかけた。「阿秉《あへい》、お前か」

卞秉は曹操には目もくれず、曹嵩に向かって怒鳴った。「国とお家の仇《かたき》を放っておくと仰るのですか」

「何が国とお家の仇じゃ。曹家の事情に貴様が口出しせんでよい」

「ふん」卞秉は冷たい笑みを浮かべると、曹嵩の鼻先を指さしてまくし立てた。「分別のつかぬ老いぼれめ。董卓が朝廷を牛耳って、民を虐げているのはまさしく国の仇。わたしの姉とあなたの孫は洛陽で捕らわれの身、これは家の仇でしょう。まったく冷たいお方です。お上のことに関わりたくないならばそれで結構、どうせ官職にあったときも宦官のご機嫌ばかり取っている、ろくでもない官だったのですから。でも、息子の嫁さえ赤の他人扱いですか……姉も運が悪いな。おそらく前世で功徳を積まなかったんでしょう、こんなところに嫁いでくるとは。それにしたって、丕《ひ》とは血がつながっているのに、孫のことすらどうでもいいと？　洛陽で孫を猫可愛がりしていた方はどこに行ってしまったんだか。いったい何様のつもりなんです。いつか一家離散したら、その汚れた金でも抱きしめながら泣き喚《わめ》けばいい」卞秉はひと息に毒づくと、踵《きびす》を返してさっさと出ていってしまった。

曹嵩はさんざんに罵倒されて怒りと恥ずかしさに震えながらも、口ではひと言も言い返すことができず、ただ大手を振って去っていく卞秉を睨みつけるだけだった。曹操は板挟みである。道理からいえば、卞秉は自分の父を罵ったのだから、絶対に見過ごすわけにはいかない。しかし、卞秉の一言一句がいちいちそのとおりで、卞氏の件でも引け目があり、どうにも言い返しづらかった。曹操は卞秉が出ていくのを眺めながら、父を慰めるしかなかった。「父上、怒りをお鎮めください。わたしがあの生意気に物申してきます」卞秉を追って門を出ると、なんと卞秉のほうが怒気を露わにして曹操を待ち構えていた。「義兄《にい》さんにも、ここできちんと言っておかなければなりません」

曹操は顔を真っ赤にした。「言ってみろ」

「まず一つ。わたしは環《かん》が好きでした。義兄さんも知っていたはずです。それなのに、環を洛陽に連れて行き、自分のものとした。これはどう考えても義兄さんが悪い」

環はかつて郭景図《かくけいと》が養っていた孤児で、臨終に際して曹操に託したのだった。以来、侍女として卞氏のそばに置いていたが、実際は義理の妹のように接していた。無邪気に気を寄せ合っていた卞秉と環を、曹操は強引に引き裂き、洛陽へ連れて行って自分の側女《そばめ》としたのだ。そして今度は、卞氏ともども洛陽に置き去りにしてきた。これは弁解の余地もない、曹操の非である。「環のことは、俺が悪かった」

「いいでしょう。では、次です。義兄さんは姉と環を連れて洛陽へ行きました。そして二人を危険にさらしたまま、自分一人だけが逃げ帰ってきました。大の男が、自分の女を守れなかったんです。これは義にもとる行為にほかなりません」

「それは、いかんともしがたかったんだ……」卞秉が拳を振り上げると、曹操は目を閉じた。「殴れ。俺は殴られて当然のことをした」すると、卞秉は握りしめた拳をまた下ろし、憎々しげにつぶやいた。

「身寄りもなく、物乞い同然だったわたしたち姉弟は、義兄さんのおかげで大きくなれました。曹家の飯を食い、曹家の水を飲んできたのです。そのわたしが義兄さんを殴れば、わたしが不義を働いたことになってしまいます。ふん、挙兵するときには、わたしも頭数に入れておいてください。義兄さんがちゃんと指揮を執って、姉を救い出すかどうか見届けなきゃいけませんから」そう言い捨てると、卞秉はくるりと背を向け、いきり立ちながら駆けていった。

曹操はごくりと唾を飲み込むと、父をなだめるためにまた奥へと戻った。すると、そこでは曹嵩ががっくりと肩を落としてうなだれていた。「もうよい。金が欲しいんじゃろう。くれてやるから好きに使え。もう誰にも悪態をつかれとうない。よもやこの歳になって、あんなひどい侮辱を受けるとはな、まったく……」

曹操は背筋を正して父の小言を聞きながらも、内心面白く感じていた――あいつの罵倒が功を奏したのだ。あの若造はいずれ大いに役に立つかもしれない。

英雄参集

曹操と曹徳《そうとく》が手を替え品を替えて説得しても、曹嵩《そうすう》は結局、全財産の半分しか渡さなかった。これ以上は無駄だと思い、曹操はひとまず手にした金で兵糧と鉄を買うと、県城の外に軍営を築いた。そして募兵の旗を立て、刀鍛冶を招いて武器を作らせた。

しかし、陳留《ちんりゅう》は長年の凶作のために民が半減しており、一月《ひとつき》近く経っても、募兵に応じた者は二千にも満たなかった。これしきの兵力では、都に攻め入って董卓《とうたく》を討つどころか、河南尹《かなんいん》まで兵を進めることすら難しい。張邈《ちょうばく》はやむなく、陳留の士人《しじん》を集めて彼らの私兵を借りることにした。

こういった土豪や地主といった連中は、自らの保身しか頭になく、逆賊を討つという志などは微塵も持ち合わせていないものである。私兵を持っているのはたしかだが、みな自分の屋敷を守らせているので、曹操のために進んで差し出そうとする者は一人もいなかった。張邈は君子を気取っているので無理強いはできず、丁重に地主たちを見送るしかなかった。後日、別の地主たちを招いて兵を借りようとしたが、どれだけ声をかけても、加わった兵士はごくわずかだった。

その日、曹操は炉のそばで刀鍛冶と武器を作っていた。そこへ、張邈がまた有力者を侍らせながら大手を振ってやってきた。こんな光景は見飽きていて、曹操は心底我慢ならず、張邈らの姿を視界に入れずに済むように、大槌《おおつち》を振り上げてひたすら鉄を打つ作業に没頭した。

張邈は地主たちに声をかけ、軍営のなかを自由に見学させた。そして、曹操に近づくと耳打ちした。

「孟徳《もうとく》、おぬしも挨拶をしに来てくれ。どうかお力添えを願いますと」

曹操は大槌を打つ手を止めずに答えた。「どうせ無駄でしょう。もう十分すぎるほど言葉を尽くしてきましたよ」

「今日連れてきたのは違うんだ。みな他県の地主だ。済陽《せいよう》、封丘《ほうきゅう》、襄邑《じょうゆう》〔いずれも河南省東部〕の者たちで、彼らの食客も数名いる。みなわし自ら手紙をしたためて招いたのだ。とにかく頼んでみなければ。一人でも協力してくれれば儲けものさ」

「よそから連れてきたところで同じですよ。よくわかったんです。身銭を切るのは誰しも惜しいんだ」

案の定、地主たちは兵も少なく武器も不足していることを見て取ると、みな一様にかぶりを振った。おそらくまた時間の無駄だったのだ。張邈はそれでも引き下がらず、何とか地主たちを説得しようと、華やかな身なりの者を数名引っ張り、炉のそばまで連れてきて紹介した。「こちらが曹孟徳です。かつて騎都尉《きとい》と典軍校尉《てんぐんこうい》を歴任し、長らく朝廷の兵を司っていました。こたびの挙兵においては、わが陳留郡の将兵を孟徳に与え、指揮を任せるつもりです」すると誰かが甲高い声で叫んだ。「ふん、孟卓殿がこの男に兵を指揮させると言うなら、こたびの戦《いくさ》、勝つのは難しいでしょうな」

曹操はかっとなって声の主を睨み、声を荒らげて詰問した。「そんなでたらめを仰るのはどこのどなたですか！」張邈は決まり悪そうに、作り笑いを浮かべて紹介した。「孟徳、こちらは北海《ほっかい》の孫賓《そんひん》碩《せき》殿だ。食客として当地に逗留しておられたので、わしがわざわざ訪ねてお越しいただいたのだ」

孫氏は北海の名族で、孫賓碩は東方では名の知れた人物だった。聞くところによれば、有力な地主というだけでなく、財を惜しまぬ義侠心溢《あふ》れる男であり、北海の義士と呼ばれているらしい。だが、実際はそれほど大した人物だとは思えず、曹操は大槌を振り下ろす作業を続けながら問い直した。「孫賓碩殿は、わたしが兵の指揮を執れば勝つのは難しいと仰いましたが、それはいかなる根拠に基づくのでしょうか」孫賓碩は馬鹿にしたように笑った。「おぬしも将の端くれならば、『兵は国の大事、死生の地、存亡の道［戦は国の大事、人の生死に関わり、国の存亡が決まる］』という孫子の言葉を知っているはずだ。将たる者は大局を見極めて治めねばならんのに、おぬしはこんなところで刀鍛冶の真似事をしている。まともに兵を動かせるとは到底思えんな」

曹操は、ふんとひと声発しただけでそれ以上取り合わず、ひたすら鉄を打ち続けた。その様子を見たほかの地主たちは、張邈に自分たちの態度を明らかにした。「陳留の地を守るためならば、われらもむろん尽力いたします。ですが、陳留を出て西へ兵を進めるというのなら、お力添えはできかねます。必ず勝つと決まった戦などありませんから、一度負ければ兗《えん》州の地さえ危うい。われらは一族郎党を連れて、冀《き》州へ避難しようと思います。どうかご理解いただきたい」そこまで言われてしまっては、張邈ももはや助勢を請うこともできず、折り目正しく地主たちを見送るしかなかった。曹操はかまうことなく、手元の大刀を鍛造することに集中した。すると突然、背後から実直そうな声が聞こえてきた。「孟徳殿、先ほど孫賓碩が屁理屈をこねてあなたを非難しましたが、なぜ言い返さなかったのですか」

曹操が振り返ると、地主らしい風体の中年の男がまだ一人そこに残っていた。曹操は腹立たしげに答えた。「屁理屈とわかっていながら相手をする必要はあるまい。北海の義士とやらも、実際は平々凡々な小人《しょうじん》だったわけだ。武器の製造を軽く見るとはな。大事を成すためには、小事を疎《おろそ》かにしてはならない。大事を成すつもりがなければ、わざわざこんなことをするものか」曹操は再び手を動かしはじめた。声をかけた男は立ち去る気がないらしく、再び尋ねた。「曹孟徳殿のご高名はかねがね承っております。貴殿はどうして洛陽《らくよう》から脱出したあと、この陳留へいらっしゃったのですか。まさか、あの張孟卓とよしみがあるからというだけの理由ではないでしょう」

「それは違う。陳留は河南尹に接している。ここで兵を挙げて西進すれば、敵の先鋒を突き、大事な緒戦を制することができるからだ」

「必ず勝てるという自信がおありですか」

曹操はその問いを聞くと、ようやく大槌を置いて、語気を和らげ話しはじめた。「兵に常勢なし、むろん必勝の法などありません。しかしながら、われらには三つの勝算、董賊めには三つの不利があります。この戦、勝算は高いといえましょう」

「ほほう」そこで男は深々とお辞儀をした。「では、詳しくお聞かせ願えませぬか」

曹操は手を振って謙遜の意を示したが、すぐに居住まいを正して語り聞かせた。「董卓は入京して日が浅く、まだ足場が固まっていません。われら挙兵しようとする者は、みな董卓が信を置いて地方に遣わした者です。必ず董卓の不意を突き、それに乗じて攻めることができます。これが勝算の一つ目。いま東方の各地では、盛んに兵馬を集めています。北は幽《ゆう》州から南は荊《けい》州、襄陽《じょうよう》に至るまで、徴集できる兵は十万を下らないでしょう。それと比べれば董卓の兵は少なく、われらの大軍を防ぐのに十分ではありません。これが勝算の二つ目。そして、河南尹一帯は董賊めに蹂躙《じゅうりん》され尽くし、民は不安のなかで暮らしています。関東《かんとう》で義勇軍が兵を挙げたと聞けば、こぞって歓迎し、あちこちで呼応するでしょう。そのときには、義勇軍の威名は董賊の天敵として天下に轟き、敵は戦う前に戦意喪失するに違いありません。これが勝算の三つ目です」

「なるほど。では、董賊めの三つの不利とは?」男は重ねて尋ねた。

「幷《へい》州の白波《はくは》賊が河東《かとう》郡に攻め入っています。一度董卓に敗れたとはいえ、目と鼻の先の距離で、いつまた攻撃を仕掛けてくるかわかりません。洛陽は常に危険にさらされているのです。董卓が出兵してわれらと一戦を交えるなら、やはり白波賊が足かせとなります。これが不利の一つ目。次に、董卓の兵馬の供給源である涼《りょう》州は、いま皇甫嵩《こうほすう》の勢力下にあります。もし皇甫公が関中《かんちゅう》［函谷関《かんこくかん》以西の渭水《いすい》盆地一帯］への道を遮断すれば、涼州の部隊はたちまち恐れて戦う前に瓦解するでしょう。これが不利の二つ目。さらに、洛陽にはいまもわれらの同志がいます。董卓は、自分が朝廷を留守にすれば政変が起きるかもしれないという不安を抱えているはず。これが不利の三つ目です」

「彼を知り己を知れば百戦殆《あや》うからず、ですね」男は微笑んだ。「曹殿がお許しくださるならば、それがしも微力を尽くしたいと存じます」曹操は仔細にその男を眺め、会釈をした。「失礼ですが、貴殿のお名前を伺ってもよろしいでしょうか」

「それがしは襄邑の衛茲《えいじ》と申します」

曹操はその名に聞き覚えがあった。「かつて何苗《かびょう》からの辟召《へきしょう》を断ったという、あの衛子許《しきょ》殿ですか」

「いかにも。何苗はかたじけなくも車騎《しゃき》将軍の位にありましたが、賂《まいない》をむさぼるばかりの小人に過ぎず、社稷《しゃしょく》を安んずる人物になど到底なりえませんでした。天下平定を成し遂げるのは、貴殿をおいてほかにいないでしょう。それがしは家僕や私財を差し出しましょう。そして兵を募り、あなたと張太守とともに、旗揚げしとう存じます」

「ああ、ありがたいことです。衛殿」曹操は正式の礼をしようとしたが、衛茲はそれを即座に押しとどめた。「あなたがそこまで丁重な礼をなさる必要はありません。もう一つ申し上げたき儀がございます。陳留ではおそらく兵を集めにくいので、それがしの故郷である襄邑へ移るのがよいかと存じます。襄邑は豫《よ》州からの流民が多く、それがしの財力をもってすれば、数千の兵馬は容易に得られるはずです」

そこで陳留のことはすべて張邈に託し、曹操は衛茲とともに襄邑へ向かった。衛家は裕福で人望もあり、十日ほどで三千の壮士が集まった。曹操は彼らに武器の製造や隊列を組む調練をさせ、軍隊としての形を整えた。そのころ、なんと曹純《そうじゅん》が卞《べん》氏や環《かん》らを連れて洛陽を脱出し、襄邑まで逃げてきた。

曹操が去ったあと、董卓は曹操の家族を殺そうとしたが、周毖《しゅうひ》、何顒《かぎょう》らがこれを匿《かくま》った。曹純はそのあいだに、かつて董卓から贈られた珍宝や金品を使って根回しをした。秦宜禄《しんぎろく》を金で抱き込み、諸将にも賂を贈った。西涼の将らは欲に目がくらみ、なかにはかつて曹操と酒を酌み交わす仲だった者もいたことから、みな見て見ぬふりをし、田儀《でんぎ》に知られぬように曹純たちを洛陽から逃がしたのである。こうして夫婦、一族が再会を果たし、その場は喜びに包まれた。

それから数日もしないうちに、董卓を討てとの三公《さんこう》の密書が、東《とう》郡太守の橋瑁《きょうぼう》から届いた。張邈の弟で広陵《こうりょう》太守の張超《ちょうちょう》は、部下を連れて陳留に駆けつけ、曹操と衛茲も兵馬を率いて陳留に向かった。

鳴雁亭《めいがんてい》の近くまで来ると、高々と無数に掲げられた義勇軍の旗指物が目に入り、それを背にして、駿馬に跨がった男が二人、こちらへまっすぐに駆けてきた。前の一騎は、虎のような鋭い目に毛むくじゃらの頬髭の夏侯淵《かこうえん》である。後ろに続く男は、背丈は高くなく細い眉に長いあご髭、赤みを帯びた浅黒い顔の、とりわけ精悍な男だ。曹操の従兄弟《いとこ》の夏侯惇《かこうとん》であった。

曹操は夏侯家の二人の姿を見てようやくいつもの調子になり、二人を軽く叱りつけた。「おぬしたちは故郷を捨ててどこへ行っていたのだ。人手がいるときに、まったく冷や冷やしたぞ」

夏侯淵は笑って答えた。「元譲《げんじょう》は孟徳が挙兵することをとっくに見越していたんだ。孟徳の父上が慌てて家を飛び出したので、きっと家族の住み処を探すのにも苦労していると思い、道中で義勇兵を募りながら急いで駆けつけたのだ。いまはおよそ一千人あまり、すでに陳留に向かわせている。あとは孟徳の号令を待つばかりだというのに、まさか咎められるとはな」

曹操は笑い、夏侯惇が黙ったまま微笑んでいるのを見て、たまらなくうれしくなった。夏侯元譲は俺の考えをすべて理解している。まさに股肱《ここう》というべきだろう。

それぞれの思いを語り終えると、揃《そろ》って城内に入り、郡役所で張邈に面会した。張邈は曹操らを弟の張超と功曹《こうそう》の臧洪《ぞうこう》に引き合わせた。曹操は洛陽にいたころ二人と面識があり、一緒に鹿狩りをしたこともあった。そのときは張超も臧洪も十代だったが、いまは英気に満ちた若き才俊となっていた。

張邈は、東郡太守の橋瑁から届いた三公の密書をみなに見せた。とにかく何としても義勇兵を募ってほしいという内容であった。張超は密書を読み終わると、曹操に渡して笑った。「いまや朝廷じゅうの文武百官が董卓に見張られているのですから、橋元偉《げんい》のこれは間違いなく偽物ですね」

「書簡は偽物でも、その思いは本物だ。三公の名を冠したこの密書があれば、われわれの大義名分もより立つというもの」曹操は書簡をろくに見もせず、張邈に返した。「問題は糧秣《りょうまつ》の件です。誰か戦に必要となる分を提供できる者はいませんか」

「冀州は人も多く、土地も豊かで裕福だ。いまの州牧《しゅうぼく》は韓文節《かんぶんせつ》だが、挙兵には応じず、鄴城《ぎょう》で兵糧の補給に専念しているよ」張邈の話しぶりは何やら意味深長だった。

曹操は眉をひそめ、内心つぶやいた——韓馥《かんふく》は臆病で用心深い男だと聞いていたが、やはり噂どおりだったか。冀州はいま河北《かほく》でもっとも恵まれた土地、明らかに兵を出せるはずなのに、糧秣の補給しかしないとは——

張超は、張邈や曹操ほど考えが深くなく、あっけらかんと笑った。「韓文節は州牧として冀州に居座っていますが、臆病者には荷が重すぎます。やはり袁本初《えんほんしょ》を盟主に推すのがいいでしょう。四代にわたって三公を輩出した家柄の者などほかにはいません。われらは本初の指図に従っていればいいのですよ」

そこで突然、異議を唱える聞き慣れない声が上がった。「それは違います。兵を挙げて主君をお守りするという臣下の務めに、身分の上下などあってはなりません」

みな声の主を探した。それは質素な服をまとった小柄な男で、見た目は卑しく髭はまばら、黒い豆粒のような小さな目をしばたたかせ、頭《こうべ》を垂れて衛茲の背後に立っていた。張超は男を蔑《さげす》むような目でじろりと見ると、衛茲に尋ねた。「はてさて……子許殿、そちらの御仁は？」

「潁川《えいせん》の商人で姓は戯《ぎ》、もともとわが家によく出入りしていた者です。いまは豫州から避難してきて、うちに居候しています。われらが兵を挙げると聞いて、糧秣を提供してくれたのです」衛茲はそこで振り返ると、気まずそうに男に尋ねた。「それで……下の名前は何だったかな」衛茲も男の名は知らなかった。

「それがしは潁川の戯志才《ぎしさい》でございます」男はそう名乗ると、恭《うやうや》しく拱手《きょうしゅ》した。

張超は戯志才が商売人に過ぎぬと聞くと、ますます小馬鹿にしたような薄ら笑いを浮かべた。「商売人が大義に殉じるとは、聞いたこともないな」

戯志才は意外にも口をつぐむことなく応戦した。「のちに陶朱公《とうしゅこう》と称して巨万の富を築いた范蠡《はんれい》は、越《えつ》王の勾践《こうせん》を補佐し、臥薪嘗胆して呉を滅ぼしました。もと大商人だった呂不韋《りょふい》は、嬴政《えいせい》［始皇帝《しこうてい》］を助けて天下を統一し、文信侯《ぶんしんこう》に封じられました。あの王莽《おうもう》を斬り殺して漢室の中興に貢献した杜呉《とご》も、やはり商人の出です。本当に聞いたこともないのですか」張超はぐうの音も出なかった。

曹操はこの戯志才を何度か見かけていたが、てっきり衛茲の従僕だとばかり思って、まったく相手にしていなかった。それがいま、張超を見事にやり込めたので、曹操は怪訝に思い、居住まいを正して尋ねた。「戯志才殿、商いの道にも、天下を治める知恵が詰まっているのでしょうか」

「もちろんですとも」戯志才は憚ることなく答え、広間の中央まで進み出ると、呵々《かか》大笑した。「日々のやりくりや殖財などはむろんのこと、市井の物売りの呼び声にも、知恵は詰まっているものです」

「ほほう、では筆の呼び売りならどうするのですか」張邈は興味津々で訊いた。

戯志才は即座に答えた。「毫毛《ごうもう》茂々《ぼうぼう》たり、水に陥《は》まりては脱すべきも、文に陥まりては活《い》きず［豊かな筆鋒《ひっぽう》、水に落ちても助かる道はあるが、讒言《ざんげん》に嵌《は》まれば命を落とす］」

その短い言葉は、たしかに筆の呼び売りの口上のようでもある。しかし、その真に言わんとするところは、正しい行いをせよ、貪官汚吏《たんかんおり》となって歴史に不名誉を遺すなとの戒めにある。みなそれに気づかず、何とはなしに聞き流したが、張邈だけはさっと襟を正し、立ち上がって拱手した。「もう一つお伺いしたい。硯《すずり》を売る場合はどうなさいますか」

「張太守はまことの文人でございますな。筆の次にはさっそく硯ときましたか」戯志才もすぐに返礼をして、硯の呼び売りを披露した。「硯ならば……『石墨相著《せきぼくあいつ》きて黒く、邪心讒言、白を汚《けが》すを得る無し［硯で墨を擂《す》れば黒くなるが、邪心や讒言は潔白の者を汚すことはできない］』」その言葉はやはり硯の呼び売りの口上でありながら、暗に小人の讒言に用心せよとも説く。

張超も質問した。「では、靴を売る場合は？」

「靴は歩くときに履く物です。大軍が動く前にそれを例に挙げるのは、あまりよろしくないかと……」張超が機嫌を損ねたらしいのを見て取ると、戯志才は途端に調子を変えて呼び売りをして見せた。「靴だよ、靴だよ！『行きては必ず履《くつ》を正し、僥倖《ぎょうこう》を懐《おも》うこと無かれ［地に足をつけて進み、予想外の幸運を期待してはならない］』」これもやはり掛け詞《ことば》である。

「靴は縁起が良くないなら、杖はどうですか」曹操が話を継いだ。

戯志才は興味を示し、振り向いてじろじろと曹操を眺めると、笑って答えた。「杖は杖にもなり、武器にもなります。人を支えることもでき、また人を殺《あや》めることもできます。もしそれがしが杖を売るなら……『人を輔《たす》くるに苟《かりそめ》にする無かれ、人を扶《たす》くるに咎《とが》むる無かれ［人を補佐するときはいい加減にせず、人に協力するときは不平を言わない］』」曹操は立ち上がって拱手した。「あなたは博学なだけでなく、心根の善良な方。失敬いたしました」

「それがしには何の取り柄もございません。所詮は田舎者の戯言《たわごと》に過ぎません」戯志才は懐からおもむろに一巻の竹簡を取り出した。「これは呂不韋が著した『呂氏春秋《りょししゅんじゅう》』でございます。呂不韋はわれら商売人の先達ですので、手の空いたときに読み返すと、学ぶべきことがすこぶる多いと感じます」

「志才殿、その書物には戦に関する内容もございますか」曹操がもっとも関心を持ったのはその点であった。

戯志才ははきはきと答えた。「『呂氏春秋』には『万人弓を操《と》りて共に一招《いっしょう》を射れば、招の中《あた》らざる無し。万物章々として、以て一生《いっせい》を害すれば、生の傷《そこ》なわれざる無し［万人が一つの獲物に向かって一斉に矢を放てば、矢は必ず命中する。万物が繁栄しているなかで、一つの命を害すれば、命は必ず傷つく］』

とあります。いまは董賊めが天下の仇、諸兄がともに義勇軍を起こし国賊を討てば、必ずや悲願は成就するでしょう」

曹操は欣喜雀躍《きんきじゃくやく》した。「子許殿のもとに、あなたのような賢才がいらっしゃったとは。もしよろしければ、わたしの陣営で参謀として知恵をお貸しいただけませんか。国士《こくし》の礼をもってあなたを歓待いたします」

「これはまた恐れ多いことを」戯志才は笑って答えた。「それがしは難を避けて居候している身です。曹殿に任用していただけるだけでもありがたい。どうかそのようにへりくだるのはおやめください」曹操はその言葉を承諾と受け取り、再び拱手して礼を述べた。戯志才は曹操に近づき、その手を強く握って訴えた。「『呂氏春秋』にはこのような言葉もございます。『天に私覆《しふ》無く、地に私載《しさい》無し。日月《じつげつ》に私燭《ししょく》無く、四時《しじ》に私行《しこう》無し。其の徳を行いて万物遂に長ずるを得ん［天は偏りなくすべてを覆い、地も偏りなくすべてを載せる。日月は満遍なく四方を照らし、四季もまた公平にめぐる。それらの恩恵によって、万物は命を育むことができる］』と。ゆえに、挙兵の大義は、諸兄の心が一つに合致するかどうかに懸かっています。もしみなが私心を懐き、互いを信用しなかったとしても、曹殿だけは赤誠を貫いてください。ひたすら人事を尽くすのみです。天意に背いてはいけません」

「ご教示ありがとうございます」曹操は戯志才の言葉を聞くと、心に灰が積もったような暗い気分になった。

そのとき、一人の護衛兵が頰を覆いながら、ばたばたと駆け込んできた。「県長《けんちょう》だと称する男が現れました。全身真っ赤な熾火《おきび》のようで、早く曹孟徳に会わせろと申しております。地元の役人ではないようなので身分を尋ねたら、いきなり張り手を食らわされました。その後ろには数十人、揃って剣や大刀などを提《さ》げた物騒な連中ばかりで、いまにも押し入ってきそうです。どうかみなさま、急いでお越しください」

「まさか、西涼のどこぞの部隊が孟徳を追ってきたのではあるまいな」張遼は警戒しながら、急いで広間にいた者たちを連れて郡の役所の門を出た。遠目に外の様子を窺うと、武器を持ってたむろしている荒くれ者たちの姿が見えた。頭《かしら》とおぼしき人物は勇壮な白馬に跨がり、真っ赤な錦の袍《ほう》を着て、武冠《ぶかん》をかぶっている。赤みがかった髭と髪で、恐ろしい形相をしていた。それを見て、ほかの者がすぐに剣を抜いて構えたので、曹操は思わず声を上げて笑った。「お待ちください。あれは蘄春《きしゅん》［湖北省南西部］の県長で、わが一族の曹子廉《しれん》です」

そこに立っていたのはまさしく曹洪《そうこう》だった。曹洪は豪快に笑った。「孟徳、お前が挙兵すると聞いたんで、官職も捨てて仲間とともに馳せ参じたのに、あんまりじゃないか」

曹操は、曹洪が連れてきた男たちを見てかぶりを振った。「お前というやつは、土地の匪賊や盗人まで役所に引き入れているとんでもない県長だと聞いていたが、まさしくそのとおりだな」

「このくそったれめ！」ほんの何年かの役所勤めでは、曹洪の言葉遣いは直らなかったようだ。「道理だの礼儀だのが重宝される時代じゃねえ。戦をするなら、こいつらのほうが役に立つ。大げさじゃなく、俺は一千人以上の部隊をすぐに呼べるぜ。江夏《こうか》からの長旅でなけりゃ、全員連れて来られたのだがなあ」

「連れて来なくてよかったぞ。中原は董卓がいるだけで十分ひどいことになっているんだ。これ以上匪賊どもに荒らされてはかなわん」曹操はからかった。

「誰が匪賊だって？」曹洪は怒り出した。「荊州は、がめつい豪族どもの巣窟なんだ。数百人が寄ってたかって土地の奪い合いだ。むかし孟徳とともに戦った蘇代《そだい》や貝羽《ばいう》も匪賊だし、江夏太守の黄祖《こうそ》なんて匪賊の親玉だろうに」

曹操は、曹洪が聞くに堪えない言葉を口走って張邈らに笑われぬよう、慌てて曹洪をみなに紹介し、夏侯家の二人も呼んで久闊《きゅうかつ》を叙した。しかし、曹洪は挨拶もそこそこに口を挟んだ。「さあ、世間話はあとにしようぜ。俺は長旅で疲れちまった。酒はあるかい。酒さえ十分に補給すれば、董卓と思い切り戦えるってもんだ」

張邈は温厚な人柄である。「もちろん良い酒を用意していますよ。子廉殿は全身真っ赤な出で立ちでお越しくださいましたので、われらもめでたい気分です。さあ、みなで一緒に飲みましょう」

賑やかな宴会は日が沈むまで続いた。出兵は三日後と決まった。宴がお開きになると、曹操はほろ酔いで帰宅した。そしてまっすぐ卞氏の部屋に向かい、卞氏を抱き寄せて口づけしようとした。

卞氏は曹操を押し返した。「もう馬鹿、丕《ひ》が眠っているのよ。静かにしてちょうだい。わたしたちを捨てて逃げ出して、いまごろようやく思い出したのね」

「家を出るときにきちんと伝えただろう。お前たちの命が大事に決まっているじゃないか」曹操は卞氏を懐に抱こうと力を込めたが、卞氏がはらはらと涙を流すのを見ると一気に酔いが醒め、優しい声で尋ねた。「どうしたんだ」卞氏は涙をぬぐって答えた。「わたしたちがどんな日々を過ごしていたか、あなたは知らないのね。袁術《えんじゅつ》さまが腹心に書簡を持たせて、洛陽にいたわたしに知らせてくれたのです。あなたは道半ばで捕らわれの身になり、おそらく殺されてしまったと。奉公人たちがこぞって出ていこうとしたのを、わたしが何とか説得して混乱を収めたのよ。あなたったら本当に薄情者だわ」卞氏はそう言って曹操を叩いた。

「どうか許してほしい。そう叩かないでくれ」曹操は卞氏の手をつかんだ。「お前たち姉弟はそっくりだな。阿秉《あへい》［卞秉］も俺を殴ろうとした」

「当然よ。あなた、隣の環のところへ行ってきて。あの子は阿秉の姿を見るのがつらくて、部屋のなかで泣き続けているの」

曹操はため息をついた。「そっとしておくのがいいだろう。時が経てばいずれ忘れる」

卞氏はもう泣いていなかった。「あなた、どうして姉さんの部屋に行かないの。姉さんは長年あなたのために家じゅうを切り盛りしてきて、昂《こう》を育て、いまは秦邵《しんしょう》さんの三人の子の世話までしているわ。もっと感謝の心をもって優しく接してあげられないのかしら」

曹操とて、糟糠の妻である丁《てい》氏の苦労を知らないはずはない。だが、丁氏にくどくどと小言を言われるのが嫌で、つい卞氏のほうへ足が向くのである。曹操にとっては、卞氏といるときが、もっとも心の安らぎを覚えるのだった。曹操はいたずらっぽく笑って聞いた。「明日はもろもろの準備をし、明後日には正式に出発するんだ。本当に向こうに行ってしまってもいいのか？」

「引き留めるとでも思ったの？　姉さんでも、環でも、洛陽の尹《いん》さんでも、どこでも好きなところへ行けばいいわ」

尹氏の名を出されて、曹操はやや赤面しながらごまかした。「尹氏は何進《かしん》の息子の妻じゃないか。

夫に先立たれたうえ身ごもっていたから、かわいそうに思って助けてやっただけだ。とっくに家まで送り返したしな」

「だからって浮気ができないわけじゃないでしょ。あなたの言葉なんて信用していないわよ」卞氏は口を尖らせた。

「好きにしろ」曹操は卞氏の額を小突《こづ》いた。「いつか俺が死んでお前も寡婦になれば、どれだけ大変かわかるさ」

「馬鹿なこと言わないで」卞氏は曹操を押し返した。「真面目に話しましょう。お父さまはご立腹で、徳さんの一家を連れて徐《じょ》州へ避難するつもりよ。明日には出発するみたい」

「好きにさせればいい」曹操は密かに幻滅した。曹嵩は昔から問題ばかり起こす自分より曹徳を可愛がってきた。「親父なりの考えあってのことだろう……徐州にいればひとまず安心だ。俺が董卓の討伐で功を立てたら、また迎えに行くさ」だが、このときの曹操には知る由もなかった。これが父と弟との永遠の別れになることを……

第五章　敗戦を糧に

群雄会盟

初平《しょへい》元年（西暦一九〇年）正月、関東《かんとう》［函谷関《かんこくかん》以東］の諸州では董卓《とうたく》を討つべく義勇軍が続々と決起し、瞬く間に天地を揺るがすほどの大軍に膨れ上がった。

勃海太守《ぼっかいたいしゅ》の袁紹《えんしょう》は、四代にわたって三公を輩出した家柄により車騎《しゃき》将軍を自称し、さらにいまも司《し》隷《れい》校尉の職にあるとして、大軍を率いて河内《かだい》郡に進軍した。そして河内太守の王匡《おうきょう》の兵と合流すると、孟津《もうしん》の渡し場まで迫り、目前の洛陽《らくよう》を目指した。兗《えん》州刺史《しし》の劉岱《りゅうたい》、東《とう》郡太守の橋瑁《きょうぼう》、山陽《さんよう》太守の袁遺《えんい》、済北国《せいほくこく》の相《しょう》の鮑信《ほうしん》、広陵《こうりょう》太守の張超《ちょうちょう》、そして曹操の援軍を得た陳留《ちんりゅう》太守の張邈《ちょうばく》は、ともに酸棗《さんそう》県［河南省北東部］に駐屯し、旋門《せんもん》関［河南省中部］に迫った。豫《よ》州刺史の孔伷《こうちゅう》は潁川《えいせん》で挙兵し、轘轅《かんえん》関［河南省中部］の南東に陣取って、董卓軍を牽制した。後《こう》将軍の袁術《えんじゅつ》は魯陽《ろよう》［河南省中西部］で兵を集め、南方の戦線として武《ぶ》関［陝西《せんせい》省南東部］を攻略するための準備をはじめた。各軍の兵力にばらつきはあるものの、総勢十万あまりの軍勢が、河南尹《かなんいん》を包囲する形となった。

時を同じくして、白波《はくは》の賊軍も河東《かとう》一帯で遊撃作戦を開始し、董卓を威嚇した。三輔《さんぽ》［長安を囲む京兆尹《けいちょういん》、左馮翊《さひょうよく》、右扶風《ゆうふふう》］以西では、左《さ》将軍の皇甫嵩《こうほすう》が涼《りょう》州に駐屯して西涼《せいりょう》の反乱軍を抑え、董卓の背後を勢力下に置いた。

さらに、冀州牧の韓馥《かんふく》は鄴県《ぎょう》［河北省南部］から糧秣《りょうまつ》を補給し、長沙《ちょうさ》太守の孫堅《そんけん》、南陽《なんよう》太守の張咨《ちょうし》、青州刺史の焦和《しょうか》らも連合軍に加わる準備をしていた。董卓はまさに四面楚歌の情況に陥ったのである。

兗州から洛陽を目指す軍勢は、酸棗県に到達すると、県城の東に高さ一丈［約二・三メートル］あまりの台を造った。そしてその上に祭壇を設置し、黒牛と白馬を供え、各軍の旗指物を立てて国賊打倒の檄文を起草し、同盟の誓約を準備した。兗州刺史の劉岱、東郡太守の橋瑁、陳留太守の張邈、山陽太守の袁遺、済北国の相の鮑信、広陵太守の張超、そして曹操、臧洪《ぞうこう》、戯志才《ぎしさい》らが、続々と台のそばに腰を下ろした。台の下は堂々たる大軍で、配下の将、兵卒、騎兵、歩兵が鶴翼《かくよく》の陣形で整然と並び、旗指物と槍が林立し、その果ては遠くかすむほどであった。

橋瑁は、このたびの董卓討伐軍の発起人と言えた。三公《さんこう》がしたためたという密書を偽造して各州に送り、連合軍の結成を提案したのだ。自然の流れで兗州の諸軍の指揮官となっていたが、各軍の兵馬がみるみる膨れ上がるのを見て、自信が揺らいできたのか、腰掛けに座ったまま拱手《きょうしゅ》して口を開いた。

「おのおの方、われらは打倒董卓という最終的な目的のために同盟を結びました。はじめにすべきことは、才と徳を兼ね備えた盟主にふさわしい人物を推挙し、われらの指揮官になっていただくことです。どなたか、引き受けてもよいという方はおられますかな」橋瑁はそう言うと、笑みを浮かべて目を閉じた。居合わせた者は口々に橋瑁の名を叫んだ。

「盟主など要らんでしょう。われらのような凡才は、車騎将軍である袁本初《ほんしょ》の下知に従っていればいいのです」声の主は劉岱である。痩せぎすの顔で、目玉を落ち着きなくぎょろつかせ、狡猾な性格がにじみ出ていた。

橋瑁は苦虫を噛みつぶしたような顔になったが、ぎこちなく笑って答えた。「劉公山《こうざん》殿、そうはいかないでしょう。むろん車騎将軍の号令には従いますが、この要衝の地にも指揮を執る者がいなければ、不測の事態に備えられません。卑見によれば、公山殿こそふさわしいのでは？　ここにいる者の多くは郡の太守で、貴殿は州の使君《しくん》［刺史の敬称］、そのうえ先々帝の御代の劉太尉《たいい》の甥であられる。董卓の任命によるとはいえ、貴殿以上に高貴な身分の者はここにはおりません」

曹操は密かに冷笑し、内心つぶやいた――まったく百聞は一見に如かずだ。橋玄《きょうげん》の一族だけあって話に棘《とげ》がある。うわべでは劉岱を持ち上げながら、その実は董卓が与えた官位であることを指摘して、盟主になる資格はないと言うわけか。推挙しておきながらその資格がないと皮肉るとは、さては自分を推挙させようという魂胆だな――

ところが、劉岱は橋瑁の作戦には乗らず、手を振って制した。「それがしなどとても任に堪えん。兗州の刺史を務めてはいるが、この場にいる全員が才徳兼備の名士。それに張孟高《もうこう》［張超］殿は兗州の方ではないし、孟徳殿の兵もいる。刺史の官職など関係ない。出自を問われるなら、伯業《はくぎょう》殿に敵う方はおらんな」

袁遺は上品な儒者で、張邈以上にひ弱そうだった。袁遺は劉岱の口から自分の名が出ると、慌ててかぶりを振った。「小生は寡徳非才にて、とてもそんな大任は務まりません。お恥ずかしいことです」

「なぜ謙遜なさるのです」劉岱は袁遺が盟主の器ではないことを知りながら、さらに褒めちぎった。「かつて張子並《ちょうしへい》［書家の張超。広陵太守の張超とは別人］は貴殿を称賛しました。抜きん出た徳と時代を動かす器量、高台に登ってよく賦《ふ》を作り、博学で知らぬ物は何もないと。貴殿の才覚はよく存じ上げております。それに貴殿は袁本初殿の従兄《いとこ》です。従弟《いとこ》が河内で車騎将軍の地位にあるのに、従兄の貴殿がそれがしごときの下にいるわけにはいかんでしょう」

袁遺の才が抜きん出ているのは事実だが、それは文章の才能であり、ひ弱な文人に過ぎない。袁遺は戦《いくさ》を指揮したこともないのに大任は引き受けられぬと、重ねて辞退した。「いけません。小生は本当に戦の方面には通じていないのです。諸兄のどなたが指揮官につかれても、小生は従います」

「それでは、孟卓《もうたく》殿が盟主を務められてはいかがですかな」劉岱は、今度は張邈に矛先を向けたが、張邈もかぶりを振って断った。劉岱は適当に張邈を褒めそやすと、次は張超を推薦したが、橋瑁だけはまったく相手にしなかった。

張超は戦に対して少なからぬ自信があり、盟主の座を狙う意気込みもあったが、このなかで一番若く、兵力も少なかったため、やはり分不相応だった。張超は笑みを作って辞退した。「それがしに盟主など務まるはずがありません。一番ふさわしい人物を挙げましょう。鮑家の次男殿です」

兵を指揮して戦をすることにかけては、この場で曹操と鮑信に及ぶ者はいない。いまの曹操は官職を失っているので、鮑信を選ぶのが最良の人選である。けれども、鮑信は冷静にほかの者を観察し、偽りに満ちたその場の雰囲気と反感を強く感じ取り、冷やかに笑った。「いいえ、それがしにはあなた方をまとめる力はございません。先ほどから元偉《げんい》殿がそわそわしておられますから、やはり貴殿が盟主になるのがよろしいでしょう」

鮑信はぶっきらぼうに言い放った。橋瑁は面子《めんつ》が邪魔をして素直に承諾できず、俯《うつむ》くしかなかった。

「とんでもない。盟主になるべきは貴殿です。どうかご謙遜なさらずに」

「ふん、それがしなど恐れ多い」鮑信は意地になって固辞した。

曹操は苛立ちが募るばかりだった。戦がはじまる前から腹の探り合いばかりして、この調子で決戦が延び続ければ、目も当てられない結果となりかねない。曹操は自分が盟主を引き受けたいと心底思ったが、いまの自分は何の官職もない一兵卒、せいぜい張邈配下の一将に過ぎないのである。大義なくして盟主は務まらない。いわんや議論になっているのは家柄や身分のことばかり。自分のような宦官の子孫など出る幕もない……

張邈も、こんな譲り合いを続けていては埒《らち》が明かない、ましてや数万もの兵士を待たせ続けるわけにもいかないと考え、自ら提案した。「みなさま、お聞きください。いまはお国のために賊を討つべきとき、譲り合いを続けて戦機を逸するわけにはいきません。董卓を討って陛下を救う策についてはどきとき、車騎将軍の指示に従う、この点については何の異議もないと思います。いまはともかく、臨時の指揮官を立てて急場をしのぐことが肝要です。こうしましょう。おのおのでよく考えて、陣を布《し》き軍を統《す》べる自信のある者が、自ら名乗り出て盟主となる。ほかの者はその指示に従う。いかがでしょう」

張邈の提案を聞いて、騒いでいた者たちも一瞬にして静まった。劉岱は黙っているが心配でたまらないらしく、橋瑁は襟を正して端座し、あえて無関心を決め込んでいる。袁遺はしきりに髭をなでつけながらぶつくさ言い、張超は満面の笑みを浮かべてまるで野次馬気分である。進んでこの大任を引き受けようとする者はいないらしい。鮑信はこれ以上邪魔する者はいないと見て前に出ようとしたが、鮑韜《ほうとう》が兄を引き留めて耳打ちした。「河内に車騎将軍がいるのにここで同盟の主《あるじ》になっては、袁本初の機嫌を損ねてしまうかもしれません」鮑信は眉をひそめてため息をつき、それ以上動かなかった。張邈は誰も名乗り出ないのを見計らって、曹操にすぐ登壇するよう目配せした。曹操が喜んで口を開こうとしたとき、誰かに背中をつかまれた。見ると、戯志才が俯きながら曹操の上着の襟を固く握り締めている。

「わたしがやりましょう」よく響き渡る声が沈黙を破った。

一同が一斉にそちらに目を遣ると、張超の背後から上背のある若者が歩み出てきた。広陵郡の功曹《こうそう》の臧洪である。臧洪は名将臧旻《ぞうびん》の息子で、幼いときから武芸の腕を磨き、一本気な性格であるため、先ほどからの茶番に耐えきれなくなっていた。「烏合の衆では敵を倒せません。みなさんが譲り合ってばかりで誰も指揮官にならないのなら、『朱砂が足らねば赤土も尊し［朱色顔料の原料が足りなければ赤土でさえ貴重がられる］』ともいいます。一介の功曹ではありますが、この臧洪、進んで大任を拝しましょう」橋瑁はしばらく唖然《あぜん》とし、左右を見渡して笑った。「よろしい。子源《しげん》殿は由緒ある将軍の家柄の出です。臧子源を盟主とするなら、わたしは何も異存はありません。みなさんはいかがですかな」

橋瑁が君子ぶってほかの者を小人《しょうじん》扱いするのを見て、劉岱はその手は食わんとすぐさま追随した。「子源殿は何と謙虚な方か。かつて韓信《かんしん》［漢の劉邦《りゅうほう》の建国に貢献した武将］が総帥になる前は、項羽《こうう》配下の戟《げき》持ちの門番に過ぎませんでした。いまわれらが義勇軍を起こすにあたり、一般の兵卒でも才徳を兼備していれば盟主として仰ぐべきです。貴殿は堂々たる功曹なのですから、十分に資格がありますとも」袁遺もしきりにうなずいた。「子源は進んで義をなす人物だ」

張邈と張超はあまり気乗りしなかったが、三人が口を揃《そろ》えて褒めそやすので、反対するのもためらわれた。鮑信は終始硬い表情をしていたが、やはり口を開くことはなかった。一同はしばらく顔を見合わせると、一斉に立ち上がり、臧洪に向かって深々と一礼し、登壇するように促した。

臧洪も辞退することなく、推挙を受けて登壇し、眼下の将兵らに向かって一礼すると、誓文《せいもん》を広げて高らかに読み上げた。

漢室不幸にして、皇綱《こうこう》統を失い、賊臣董卓、釁《すき》に乗じて害を縦《ほしいまま》にし、禍《わざわい》至尊《しそん》に加わり、毒百姓《ひゃくせい》に流る。大いに懼《おそ》る、社稷《しゃしょく》を淪喪《りんそう》し、四海《しかい》を剪覆《せんぷく》せんことを。兗州刺史の岱、豫州刺史の伷、陳留太守の邈、東郡太守の瑁、広陵太守の超ら、義兵を糾合《きゅうごう》し、並びに国難に赴く。凡《およ》そ我が同盟、心《ひと》を斉しくし力を一《いつ》にして、以て臣の節を致し、首を隕《おと》し元を喪《うしな》うとも、必ず二志《にし》無し。此の盟に渝《そむ》くもの有らば、其の命をして墜《お》とさしめ、克《よ》く遺育《いいく》すること無からん。皇天《こうてん》后土《こうど》、祖宗《そそう》の明霊《めいれい》、実《まこと》に皆之《これ》を鑑みよ。

「漢室が不幸に見舞われ、朝廷の綱紀が乱れ、賊臣董卓が隙《すき》に乗じて専横したことで、上は天子、下は万民に至るまで、その毒牙にかからぬ者はいない。社稷を失い、天下が転覆することを大いに恐れる。兗州刺史の劉岱、豫州刺史の孔伷、陳留太守の張邈、東郡太守の橋瑁、広陵太守の張超らは、ここに義勇兵を糾合し、ともに国難に立ち向かう。すべからくわが同盟は、一致団結し、臣下の礼節を尽くして、たとえ盟主を失おうとも、決して二心《ふたごころ》を抱かぬことを誓う。これに背く者は粛清し、子孫を断絶する。天地の神、歴代の天子の御霊《みたま》よ、すべてご照覧あれ」

臧洪はよく通る声で、力強く朗々と誓文を読み上げた。重厚な声ははるか遠くまで響き渡り、ずらりと整列している兵士たちにもはっきりと聞き取れた。臧洪は誓文を読み終わると、竹簡を下に置き、祭壇の上にあった匕首《あいくち》を手に取った。そして左手の中指にそれをあてがうと、ぐっと押しつけた――透き通った酒が注がれた器のなかに、真っ赤な鮮血がたちまち飛び散った。

刺史や太守らは内心案じていたが、臧洪の堂々たる振る舞いに思わず目を見開いた。居並ぶ兵士らはなおのこと士気が高揚した。

「董賊を討ち、漢室を復興する！」臧洪は高々と拳を突き上げ、天に向かって叫んだ。それに呼応して陣太鼓が奔馬のような勢いで鳴り響き、怒濤のような鬨《とき》の声がみなの肺腑を衝《つ》いた。劉岱、橋瑁、袁遺、張邈、鮑信、張超は順に登壇して誓いの言葉を叫び、血酒《ちざけ》を飲んだ。それを見上げる兵士らは自分たちの指揮官が登壇すると、次々に喚声を上げた……

曹操もその気迫に圧倒されて雄叫びを上げたが、臧洪が台の中央に威風堂々と立っているのを見ると、途端に苦々しい気持ちになった。曹操は振り返って戯志才に訴えた。「先生、わたしを盟主にさせたくないのなら、ほかの刺史か太守に譲ればよかったでしょう。臧子源に先を越されるとは何とも……」

戯志才は冷やかに笑った。「臧洪など高の知れた功曹、兵も権力もありません。年若く人望もないのに、誰が甘んじてその指図を受けましょうや。命令は実行されず、禁令は守られず、あの盟主は侮辱されるがままになるでしょう。自ら損な役回りを引き受ける必要はありません」

曹操はそれを聞いて苦笑した。「たしか『呂氏春秋《りょししゅんじゅう》』には、『人の意 苟《いや》しくも善なれば、知らずと雖《いえど》も以て長と為すべし［心根が善良な人物であれば、頭脳明晰でなくても長官になることができる］』という一節があったはずです。なぜそれに触れないのです？」戯志才は自分の十八番を逆手に取られ、返す言葉もなかった。

そのとき、鮑信が台から下りてきて、肩を落としたまま曹操の前にやってきた。「孟徳、おぬしも誓いの儀式をするんだろう？」

「俺はいま何の肩書も持たない。登壇して誓う資格などない」

「ふん、おぬしの才をもってすれば、こんな小さな同盟の主どころか、袁本初と代わっても何の問題もあるまいに」鮑信は憤った。曹操も鮑信と言い争う気はなかったが、思わず項羽の「垓下《がいか》の歌」が口をついて出た。「力 山を抜き、気 世を蓋《おお》う。時に利あらず、騅《すい》逝《ゆ》かず。騅の逝かざるを奈何《いかん》すべき。虞《ぐ》や、虞や、若《なんじ》を奈何せん［わが力は山を引き抜くほどで、気概はこの世を覆い尽くすほどである。だが、時に見放され、愛馬の騅も進んでくれない。騅が進まないのにどうしたらいいというのか。虞や、虞や、お前をどうしたらいいのか］」

「図々しいやつだな。おぬしには虞美人などおらんだろうが」鮑信はからかうように曹操を小突《こづ》いた。「袁本初やこの場にいる連中の名声がいつまで続くかは知らんが、誓文のなかに『此の盟に渝《そむ》くもの有らば、其の命をして墜とさしめ』とはっきりあるからな。将来、この盟約に縛られないよう、誓わないほうがいいのかもしれん」

「まだ戦がはじまってもいないのに、誓いを立てさせられるなんて理不尽だと思わんか」

鮑信は馬鹿にしたように笑った。「理不尽だと？　このなかに本心を口にするやつなんて一人だっているものか。誰かが裏切るのは時間の問題だろう。董卓がやつらを刺史や太守に任命したのは誤算だったと言う者もいるが、俺は見事な布石だったと思う。遅かれ早かれお互い疑心暗鬼に陥って、この同盟は分裂するだろうな」

それを言うなら、とっくに分裂しているじゃないか——曹操はそう思ったが、口には出さなかった。

「とにかく、一刻も早く決着をつけて戦を終わらせることができれば、朝廷の威厳も回復するだろう」

曹操が真剣にそう言うのを聞いて、鮑信は感心した。「そもそも優れた智略を備え、英雄たちをまとめ、乱を平定できるのは孟徳、おぬしだけだ。孟徳に匹敵する人物でなければ、強者《つわもの》であっても必ず滅びる」そして意味ありげに壇上の者たちを見上げると、独りごちた。「あるいは、天がやつらに孟徳のための道を拓かせようとしているのか……」

みなが熱狂していると、突然一騎の斥候《せっこう》が壇上に駆け上がった。「ご報告します。車騎将軍の使者が到着しました」

橋瑁、劉岱らは太鼓の音を止めるよう手で合図し、兵士らも徐々に静まった。曹操が目を遣ると、十数人の兵士に囲まれた騎馬が意気揚々と隊伍をかきわけて向かってくるのが見えた——使者は許《きょ》攸《ゆう》だった。曹操はうれしさのあまり声をかけようとしたが、許攸は刺史や太守に冷たい眼差しを向け、曹操のことも一瞥しただけで通り過ぎてしまった。曹操はさっと血の気が引くのを感じた。

「大将軍の笏《しゃく》をお持ちしました」許攸はそう言うと馬から下り、急ぎ足で登壇した。

橋瑁らは互いに顔を見合わせると、数歩下がって次々にお辞儀をした。曹操もつられるように跪《ひざまず》いた。許攸は台の中央に進み出ると、袁紹の笏を取り出し、高らかに読み上げた。「車騎将軍の名において命を下す。西涼兵は精強ゆえ、将軍らは酸棗県を死守し、勝算が見えたのち出撃すべし。もし必勝の策なくば、車騎将軍、並びに河内太守王匡による孟津攻略を待って、おのおの援軍に駆けつけよ。この命に従わねば、盟約を破ったものと見なす」

いやに歯切れの悪い袁紹の命令であったが、太守らはすぐに察した。袁紹は自身が孟津を奪取して、一番の戦功を挙げたいのだ。劉岱らはもとより奮戦する気もなく、ただ遠まきに応援するのが望みだったので、すぐに声を揃えて答えた。「車騎将軍のご下命のままに！」

「みなさま、お立ちください。ただいまの軍令の伝達では失礼いたしました」許攸は笏をしまうと、ぺこぺこと頭を下げた。そして、たちまちにこやかな表情を浮かべると、顔を上げて曹操に挨拶した。「阿瞞《あまん》殿、洛陽脱出の際はたいへんでしたね。お元気でしたか」曹操は厳粛な場で自分の幼名を呼ばれて気恥ずかしかったが、許攸の人懐っこい笑顔を見て、顔をほころばせた。「ああ、まずまずな」

「本初殿は阿瞞殿の到着をたいへん喜び、阿瞞殿を奮武《ふんぶ》将軍の職に任ずる上奏文をすでにしたためています」本来、上奏文とは皇帝に奉《たてまつ》るものだが、袁紹のしたためたそれはいったい誰の手に届いているのか……いずれにしても、曹操はこれでようやく地位を得た。しかも将軍ほどの高い官位ならば、刺史や太守とも十分対等に渡り合える。

許攸は曹操の目の前まで近づいてきた。「本初殿からの伝言です。酸棗県にはすでに六つの軍が駐屯しています。兵馬が調いましたら、阿瞞殿は迷わず河内へ向かってください。そして本初殿の兵と合流し、ともに孟津を奪取する策を考えましょう」橋瑁はその言葉を聞くや、たちまち曹操に取り入ろうと態度を変えたので、ほかの者はみな不快な顔をした。曹操が張邈の様子を窺うと、張邈は黙りこくって俯いていた――俺はいまや張邈の頼みの綱、どうして部下を連れて袁紹のもとに駆けつけられよう。曹操は微笑みを浮かべつつ答えた。「子遠《しえん》、まずは本初殿に謝意を伝えてくれ。ただ、われらは酸棗県に着いたばかりで軍務に追われている。数日かけて片づけたあとほかに何もなければ、そのときはもちろん河内へ赴いて車騎将軍の指示を仰ごう」

聡明な許攸は、曹操が酸棗から動けないのだとすぐに察し、慌ただしく拱手して答えた。「兵に常《じょう》勢《せい》なしといいます。そうするのがよろしいでしょう」許攸はほかの太守らを見回して別れの挨拶を述べた。「もし異存がなければ、それがしは河内に戻って車騎将軍に復命いたします」そして最後に、曹操に向かってにこりと笑って見せた。

太守らは曹操と許攸のやり取りを見て、自分も親しげなふうを装い許攸を見送った。許攸は護衛兵を従え、馬を飛ばして去っていった。橋瑁が最初に沈黙を破った。「車騎将軍の命令です。それぞれ自軍を率いて守備につきましょう。酸棗の東はまだ手薄ですから、わたしが行って野営します。何かありましたら人をよこしてください。では、お先に失礼」そう言い置くと、橋瑁は自軍の兵のところへ向かっていった。

橋瑁が立ち去ると、劉岱は思わずあざ笑った。「敵に近いのは西で、東は敵から遠く離れている。元偉も馬鹿ではなかったようだな。あやつにだけうまい汁を吸わせるわけにはいかん。では、これにて」そう言うと、劉岱は振り向きもせずに自軍を引き連れて行ってしまった。袁遺も慌ただしく拱手すると、挨拶を述べて立ち去った。

鮑信はもとより彼らのことなど歯牙にもかけていなかったが、このときばかりは腹に据えかねた。「袁本初も勝手が過ぎる。殊勲をあいつに奪われるわけにはいかん」鮑信は振り向いて弟の鮑忠《ほうちゅう》に命じた。「お前は王匡と親しかったな。お前に八千の軍を分け与えるから、許攸を追ってともに河内へ行き、袁紹らと孟津を攻略して洛陽を突け。手柄のいくらかでも俺たち兄弟がもらうんだ」

「心得た」鮑忠は拳に手を添えて包拳《ほうけん》の礼で快諾すると、すぐに準備に取りかかった。

張邈は、曹操が壇上を見上げたままぼんやりしているので、ぐいと引き寄せて訴えた。「みな敵との衝突を避けて東に陣を張るという。わしらまでやつらの真似をするわけにはいかん。西に駐屯して、酸棗の県城を死守しよう。国のために忠を尽くすのだ。荷が重いが致し方あるまい。とはいえ、わしは戦が不得手だから、陣の設営はやはりおぬしに任せねばならんが」

張超も言葉を継いだ。「わたしの兵は少ないので、兄上たちと一緒に駐屯しましょう。おや、そういえば子源が盟主となったのですから、子源のために別個に中軍の幕舎《ばくしゃ》を築くべきでしょうか」

曹操はため息をついた。「やれやれ……そんなことはもうどうでもよかろう」張邈と張超が曹操の視線の先を追うと、壇上に立ち尽くす臧洪の姿が見えた。目を丸くして、ばらばらに散ってゆく兵馬を眺めている——もう誰も臧洪のことなど眼中になかった。

滎陽《けいよう》の戦い

酸棗《さんそう》県に駐屯した各軍は、互いに警戒心を抱いて統率がまるで取れず、董卓《とうたく》との戦線は、正月から早くも膠着状態に入った。
臧洪《ぞうこう》には各地の刺史《しし》や太守《たいしゅ》を指揮するほどの力はなく、橋瑁《きょうぼう》や劉岱《りゅうたい》は毎日のように軍議を開いたが、進軍するという策を取ることは最後までなかった。その理由は誰の目にも明らかであった。自ら進んで矢面に立つことを避け、河内《かだい》方面の袁紹《えんしょう》と王匡《おうきょう》の兵馬が孟津《もうしん》を攻め落とすのをじっと待っていたのである。

一方、董卓のほうでは次々と惨事が起きていた。董卓は自分がうまく操られていたことに気がつくと激しく怒り、すぐさま尚書《しょうしょ》の周毖《しゅうひ》を憂さ晴らしのために処刑したうえ、太尉《たいい》の黄琬《こうえん》と司徒《しと》の楊彪《ようひょう》を罷免した。その後、連合軍が再び廃帝の劉弁《りゅうべん》を皇帝に擁立するかもしれないと恐れて、郎中令《ろうちゅうれい》の李儒《りじゅ》に、史侯《しこう》劉弁を毒殺するよう暗に命じた。

初平《しょへい》元年二月丁亥《ていがい》（西暦一九〇年四月九日）、董卓は恐るべき決断を下した。洛陽にいる皇帝劉《りゅう》協《きょう》、および文武の諸官と民百姓らを西涼《せいりょう》兵に追い立てさせ、長安《ちょうあん》への遷都を決行したのである。

これにより、大漢の都洛陽《らくよう》は、瞬く間にこの世の地獄と化した。西涼兵は盗賊さながらに、皇宮《こうぐう》の宝物や民家にある金目の物を根こそぎ略奪していった。皇帝と文武百官は無理やり馬車に乗せられて動きを取ることもままならず、かたや民草らは西涼の鉄騎兵と入り交じって歩いたため、その蹄《ひづめ》に踏み潰されて命を落とした者も数多くいた。西涼兵の部隊長らは軍紀についてもなおざりで、兵士らには強姦、略奪と何でも好きにさせたため、民らの嘆きは天地を震わすほどに響き渡った。こうして洛陽がもぬけの殻になると、董卓は畢圭苑《ひっけいえん》［洛陽城外の御苑］に駐屯して作戦の指揮を執ることとし、洛陽を出るに当たっては、なんと城内のあちらこちらに火を放っていった。こうして、光武《こうぶ》帝の中興以来、大漢の都として栄えてきた洛陽城が、逆臣董卓の狼藉によって、百六十五年にわたる歴史に終止符を打ったのである。雄壮華麗な南宮《なんぐう》と北宮《ほくぐう》、高々とそびえ立つ白虎闕《びゃっこけつ》、歴代の典籍を数多く収蔵した東観《とうかん》、繁華な賑わいを誇った金市《きんし》、そして漢の霊《れい》帝が民に労役と重税を強いて建築したあの西園《せいえん》が、すべて瓦礫の山と化したのである。

しかし、その業火が燃やし尽くしたのは洛陽の城そのものだけではなかった。天下にあまねく者たちの希望を、そして士大夫《したいふ》の胸にわずかに残されていた忠義救国の心をも、完全に焼き尽くしたのである。

洛陽の大火は幾昼夜にもわたって鎮まることはなかった。明るい空にもうもうと立ち上る黒煙、夜の暗闇を赤く焦がす炎、それは、遠く酸棗県からもかすかに望むことができた。にもかかわらず、この災難から民を救おうと率先して立ち上がる者は、酸棗に誰一人としていなかった。これは決して袁紹の軍令に拘束されていたからではなく、恐怖心に襲われていたからである。軍を向ければ、その途上で敵の伏兵に遭うのではないか、さらには自分の背後で何か予期せぬ変事が起きるのではないか、誰もがそう案じていた。

このように、酸棗では互いを疑い警戒する雰囲気のなかで、河内からの消息を待っていた。そして待ちに待った報告は、なんと数百の負傷兵と一人の亡骸が届けた敗戦の知らせだった。

董卓は遷都にあたり、配下の将を派遣して密かに小平津《しょうへいしん》を渡らせていた。そして黄河の北側に至ると、孟津の後方まで静かに回り込ませ、疾風迅雷のごとき速さで一気に河内太守の王匡の本営を攻めさせたのである。王匡の軍にはまったく備えがなく、いいように西涼軍に蹴散らされ、王匡はかろうじて逃げ出したものの、鮑忠《ほうちゅう》が激戦の末に命を落とした。

敵を攻める前から自軍の将を失い、鮑信《ほうしん》と鮑韜《ほうとう》は弟の亡骸に突っ伏して泣き崩れた。

曹操は近ごろずっとむしゃくしゃしていたが、このときはとうとう耐えかねて、橋瑁や劉岱のほうに向き直り、忌々しげに訴えた。「みなさん、董卓は陛下や百官を脅して長安に移らせようとし、洛陽に火を放って民を虐げています。このたびはわれらが軍の将も討たれました。事ここに至っても、なお座視を決め込んで董卓の好きにさせるのですか」曹操の鬼気迫る態度に気圧《けお》されて、太守たちは俯《うつむ》き黙り込んだ。ややあって、橋瑁がおもむろに口を開いた。「河内の軍が敗れたとはいえ、車騎将軍からの新たな軍令は届いておらぬ。董卓めの動静も定かでないいま、むやみに軍を進めるよりはやはり……しばし静観したほうがよかろう」

「しばし静観ですと？　まさかこのまま董卓が陛下を弑《しい》して漢を滅ぼすまで静観する気ではないでしょうな？　洛陽はいまも炎に包まれているというのに、貴殿たちときたら……」曹操はすんでのところで悪態をつくのを踏みとどまった。董卓を除こうとするならば、ここの兵馬の力を借りないわけにはいかないのである。必死に怒りをこらえると、ぐっと唾を飲み込んでまた続けた。「義兵を立ち上げたのは暴虐の徒を誅するため、だからこそみなさんはここにいる。この点は改めて尋ねるまでもないはずです。かりに山東《さんとう》［北中国の東部］で義軍が旗揚げしたことを聞きつけた董卓が、皇室の権威を笠に着て京畿《けいき》の八関《はっかん》の守りを固め、東に睨みを利かせて天下を窺う姿勢を取っていれば、こちらが武力に訴えたとしても、容易には解決を見なかったでしょう。それがいま、董卓は洛陽を焼き払い、陛下を無理やり連れ去り、天下に激震が走っております。どう転ぶかわからない状況です。これこそまさに天が与えた好機です！　いまこそ敵の不備を突いて打って出れば、一戦にして天下は落ち着きを取り戻すでしょう。この機を逸してはなりません」

太守らはそれでも沈黙を押し通したが、また橋瑁が思い悩んだ末に切り出した。「孟徳《もうとく》、河内の敗戦でわかったであろう。董卓は遷都にあたり、十分な備えを残している。こちらから軽率に打って出れば、みすみす敵の罠に嵌《は》まりに行くようなものだ」

「ご心配には及びません」曹操は辛抱強く現況を説いて聞かせた。「董卓が洛陽に入ったとき、やつが率いていたのはわずか三千、それに三千に満たない丁原《ていげん》の并《へい》州軍、その他の涼州諸郡の部隊を合わせたとしても、せいぜい五万といったところです。わずか五、六万の兵で河南尹各地の関所を守り、さらに河内尹の諸軍に対抗するため孟津をも守り、白波《はくは》の賊軍相手にも兵を分けねばならず、そのうえ洛陽の官民を長安に護送しなければいけません。洛陽にいったいどれだけの兵を配備できるか、ちょっと計算すればわかるはずです。一方、ここ酸棗に駐屯する軍はすべて合わせれば十万近くになります。彼我の多寡は一目瞭然ではありませんか！　これでもまだ打って出ないと言うのですか」

橋瑁らはちらちらと互いに目を見合わせた。それぞれ考えていることは同じのようだ。もし出兵して勝ちを得たとしても、自軍に重大な損害が出たならば、そのときはこのなかの誰かが自分を攻め滅ぼすのではないか……味方に対する疑いの念が、どうしても出兵の決断を鈍らせるのであった。その煮え切らない態度に、曹操は心底がっかりした。「みなさんが出兵しないならば、もうそれで結構。わたし一人で出陣します」曹操は張邈《ちょうばく》兄弟を見据えながら、そう言い放った。張邈は葛藤していた。曹操に加勢してやりたいのはやまやまだが、かといって、橋瑁らが悪心を起こさないとも限らない……張邈はつかの間考え込んでから曹操に応じた。「孟徳があくまで打って出るというのなら、わしも衛子許《えいしきょ》に兵を預けて加勢させよう」かたや弟の張超《ちょうちょう》は、ひと言も口を開かなかった。

「孟卓《もうたく》殿、感謝いたします」曹操は深々と一礼すると、踵《きびす》を返して自身の軍営に帰ろうとした。

「俺も行くぞ！」鮑信が逆上して叫んだ。「董卓の野郎はいまや鮑家の仇敵、こいつは弟の弔い合戦だ！」

鮑信が加勢してくれると聞いて、曹操は心強く思った。「よし、ではいますぐ各軍営に戻って兵を揃《そろ》え、半刻［一時間］後にはここから出発だ」

曹操は自軍の軍営に戻ると、さっそく出兵の命令を伝えた。夏侯惇《かこうとん》と夏侯淵《かこうえん》、曹洪《そうこう》、丁斐《ていひ》、楼異《ろうい》、卞秉《べんへい》、誰もが興奮の色を隠せなかった。首を長くして待ちわびていたこの日が、とうとう来たのである。鎧兜を身につけ、戦袍《せんぽう》を羽織って帯をぎゅっと締め、出陣の準備を急いだ。そこへ戯志才《ぎしさい》が慌てて止めに入った。「お待ちくだされ！『呂氏春秋《りょししゅんじゅう》』には、『利は今に倍すると雖《いえど》も、後に便ならざるは、為す弗《な》かれ［利益が倍になることでも、後々に不便をもたらすならしてはいけない］』とあります。将軍の兵馬はあまりにも少なすぎます。よしんば敖倉《ごうそう》と滎陽《けいよう》［ともに河南省中部］を抜けたとしても、どうやって董卓の大軍と戦うのです？」

「いま、各地の軍は董卓を恐れて二の足を踏んでいるに過ぎない。わが軍が成皐《せいこう》［河南省中部］まで至れば、それを聞きつけて必ずや援軍に駆けつけるはずだ。そのときこそ河南尹も平定されるというもの」

「違います。曹操は鎧に腕を通しながら答えた。『呂氏春秋』によれば、『存亡安危《そんぼうあんき》、外に求むる勿《な》かれ』でございます。将軍、断じて他人の助けなどを当てにしてはなりません」

「万が一、敵に敵わぬとなれば、鮑信兄弟とともに漢室に殉じて討ち死にするのみです」

「違いますぞ。たしかに『呂氏春秋』には、『死生の分に達すれば、則ち利害存亡、惑う能《あた》わず［死生は天命であるという境地に達すれば、利害や存亡も、その人を惑わすことはできない］』とございますが、将軍たるもの、そう軽々しく死ぬなどと申しては……」

曹操もいい加減うんざりしてきた。「わかりましたとも。戯先生はこれ以上口を挟まないでくだされ。すでに決めたことです。先生は軍営に残り、われらの凱旋をお待ちください。呂氏の教えはそれからゆっくり聞くとしましょう」そう言い残すと、曹操は幕舎《ばくしゃ》を出ていった。すると、見る間に曹操と鮑信、それに衛茲《えいじ》の兵が一所《ひとところ》に集合しはじめた。一万四千にもなったその部隊は、さっそく酸棗県を出発すると、急行軍で河南尹を目指した。先頭には鮑信軍、なかほどには曹操軍、そして衛茲の軍が後尾《こうび》につき、三隊の兵馬が一糸乱れず進んでいった。そうして半日も経たないうちに、敖倉へとたどり着いた。

敖倉は黄河と済水《せいすい》の合流地点に位置し、かつて秦《しん》の始皇帝《しこうてい》が兵糧を蓄えた敖山《ごうざん》がある。天下の穀物がここに集まり、関中《かんちゅう》［函谷関《かんこくかん》以西の渭水《いすい》盆地一帯］へと運び込まれた要衝である。また、楚漢《そかん》の争いのとき、兵力では明らかに劣っていた劉邦《りゅうほう》が、滎陽に陣取って二年も持ちこたえられたのも、敖倉からの速《すみ》やかな兵糧補給によるところが大きかったのである。それから時代は変わり、桓《かん》帝と霊帝の治世以来、天下の災難は途絶えることなく、民は生活の手立てを失い、そして敖倉の食糧も底をついた。ここより南西へ十五里［約六キロメートル］のところ、汴水《べんすい》を渡ったその先はもう滎陽県である。

ちょうど正午を過ぎようかというころ、曹操は昼餉《ひるげ》の用意を命じた。自軍の兵力不足は誰が見ても明らかである。曹操軍は火を起こして炊煙が見つかるのを案じて、酸棗から持ってきた干《ほ》し飯《いい》をかじり、済水の水を汲んで喉の渇きを癒した。夏侯惇は山肌に立ち、しばらく遠くを眺めやっていたかと思うと、突然曹操に向き直った。「おい孟徳、ここはわれらがご先祖夏侯嬰《かこうえい》さまが兵車《へいしゃ》でもって項羽《こうう》を食い止めたところじゃないのか」

「そのとおり、ここはいわゆる兵家必争の地だ」曹操は一つ息をついた。「その当時、高祖《こうそ》は西に、項羽は東に陣取った。そしていまは、俺たちが東で董卓が西だ。世の中まったく何がどうなるかわからんものだな」

そのとき、鮑信が軍の配備を終えてやって来た。「孟徳、ここで休憩ってことは、日没前に成皐を攻め取る気だな？」

「ああ、そのつもりだ。成皐は河南尹の入り口に当たる。ここを押さえておかなければ、いずれ面倒なことになるからな。ちょうどいま元譲《げんじょう》と話していたところだ。高祖がここで項羽を防げたのは、多分に地勢によるものだとな。滎陽県は汴水に臨み、成皐はその西に位置している。南西には嵩山《すうざん》の険、西には広武《こうぶ》の山並みがそびえ、かつては虎牢《ころう》と呼ばれたぐらいだからな。これぞ天険というべき地だ。項羽の武勇は古今無双と言ってよい。それでもここを破れなかったのは、ここが西高東低、つまり、登りながら攻める必要があるからだ。だからこそ、この戦いではまず成皐の険を取らねばならん。河南尹への扉を開いてこそ、大いに采配を振るえるというものだ」そこまで言ったところで、曹操はふと自分が読み違いをしているのではないかと思った――董卓ほどの男がそんな要所を手薄にしておくはずがない。これは一筋縄ではいかんかもしれんぞ……

鮑信は弟を失った痛みから徐々に立ち直り、冷静さを取り戻していた。ゆっくり数歩行きつ戻りつすると、曹操に自分の考えを打ち明けた。「成皋ほどの要地をこの程度の数で落とせるとは思えん。かりに落とせたとしても、こちらにも相当な被害が出るぞ。やはり、まずは滎陽を取って関東《かんとう》への道を確保すべきではないか」曹操は鮑信の目を見つめ、小さくうなずいた。みなまで言わずとも、互いの考えは手に取るようにわかった。自軍の兵は少なすぎる。成皋を取るためには、まず滎陽を占拠する。そうして楔《くさび》を一本打ち込むことで、連合軍が士気を上げて加勢に来てくれることに期待を寄せるしかない……

腹ごしらえのあとしばしの休息を挟み、軍は南西の方角へと進発した。十五里ほども進むと、そこはもう汴水のほとりである。先頭に立つ鮑韜が浅瀬を探し当てると、兵馬を率いて汴水を渡りはじめた。時あたかも早春のころおい、川の流れはまだ浅く、徒歩でも水かさは腰あたりまでで、騎馬ならなお問題はなさそうだった。それを見て、鮑信と曹操もそれぞれ軍を率いて渡河した。そのまましばらく進み、いくつか峠を越えていけば、滎陽城も視界に入ってくる。

ぞろぞろと続く隊伍がのろのろと汴水を渡り、しだいにまた対岸に集結していった。兵法にも、「半ばを渡らばこれを撃つべし」という。ほとんどの軍が無事に渡り終えたのを見て、鮑信はようやくひと息ついた。そして曹操の姿を見つけると、すぐに近づいていって尋ねた。「まだ渡ってないのは誰だ？」

「俺の部隊は渡り終えた。あとは子許殿だな」曹操は周囲の地形をじっくりと見回した。「北に広武の山並み、南は滎沢《けいたく》、そしていま汴水を背負った。どうやらここは早く抜けたほうがよさそうだな。前軍を休ませず、そのまま進ませよう。もし董卓の遊軍に出くわしたら即座に打ち破り、開けた地まで軍を進めてから、もう一度集合だ！」鮑信も賛同してうなずくと、すぐさま前軍に前進を命じた。ところが、半里［約二百メートル］も行かないうちに、いきなりひゅんひゅんという音が耳をついた。かと思うと、最前列にいた十数人の鮑信軍の兵士が射倒された。

「みんな気をつけろ！　狙われているぞ……」そう叫んだ途端、鮑信は「ぐあっ」と声を発して馬に突っ伏した。見れば、一本の細長い矢が、その右肩に突き立っていた。鮑信とて並の男ではない。肩に刺さった矢を引っつかむと、思い切り歯を食いしばり、血の滴る矢を一気に引き抜いた。そして勢いよく流れ出る傷口をぐっと押さえながら、再び叫んだ。「この緩やかな山ではたいして兵は隠せん。おい弟よ、駆け上がって山頂を取れ！」

「おう！」鮑韜は遠くに兄の命令を聞くと、槍をしごきながら先頭を切って山肌を駆け上がっていった。それを見た鮑韜麾下《きか》の兵卒も、大将に遅れまいとすぐあとに続いて次々に駆け上がっていった。

しかし、この動きが致命的な危機を招くこととなった。

鮑信の軍は済北《せいほく》や泰山《たいざん》から呼び寄せられた兵士たち、曹操の兵は夏侯兄弟が募った譙《しょう》県の義勇兵ら、そして衛茲が率いているのは陳留《ちんりゅう》郡の兵士である。もとより別個の三隊であり、この出兵の直前に曹操を総帥とすることを取り決めただけであった。三隊は汴水を渡り終えていたが、まだきちんとは集結していなかった。なおも行軍に乱れが生じていたこのときに、前方を行く鮑信軍が次々と横合いの山に駆け上がって行ったのである。士気も十分であった後方の兵士たちも、それを見て遅れをとるわけにはいかないと、脇目も振らずに山のほうへと押し寄せていった。

みるみるうちに、衛茲の軍も前方へと詰め寄せた。こうして山へ駆け上がる者とまだ追いつかない者とで、一万を超す軍の隊伍が本道をそれて斜めに伸び切ったのである。曹操は内心毒づいた――山上の敵はわずかのはず。もしいま正面から敵の本隊が攻め寄せてきたら、いいように押しつぶされてしまうぞ……

「軍令を聞け！　これ以上、山の上に向かってはならん！」曹操は腰の剣を引き抜いた。「全軍こちらに戻るんだ！」

しかし、時すでに遅く、巻き上がる砂煙とともに、耳をつんざく馬蹄の響きが、山をめぐって続く正面の本道から近づいてきた。黒山の人だかりが押し寄せてくる。弓を背負い、槍をしごいて突っ込んでくるのは西涼の騎兵隊であった。曹操はその大軍のなかに「徐」と縫い取られた大旆《たいはい》を認め、全身に緊張が走った――敵は徐栄《じょえい》だ！

徐栄は董卓の命令で成皐に駐屯し、日々、関所から東側を巡視し、連合軍が西進して来ないか目を光らせていたのである。そして今日、ちょうど滎陽県の東まで見て回っていたところ、汴水のほとりの山上に駐屯している部隊のほうから喊声が聞こえてきた。徐栄はすぐさま関所に人を遣って残りの軍を出陣させるよう指示を出し、自身はそのまま精鋭部隊を率いて真っ先に加勢に駆けつけた。山を回って敵の正面に出たところ、連合軍がまともな陣形もとらずに醜態を目の前にさらしているとは、徐栄自身でさえ目を疑った。徐栄の興奮は最高潮に達した。「討て、討て！　矢を放て！」

連合軍の主力は歩兵部隊、かたや西涼軍は弓矢を武器とする騎兵隊が主を占めていた。歩兵が騎兵に対抗するには、びっしりと刀と槍を並べて隊列を成し、そのうえで盾で防御して当たらねばならない。しかし、現在の連合軍は隊伍が伸び切っており、つけ入る隙《すき》を敵にさらけ出している。山肌を駆け上がっている兵士らに至っては、まさに格好の標的である。衛茲とその身辺に付き従っていた二百人の護衛は、登ることも下りることもままならず、雨霰《あられ》と降る矢の下で、むざむざと一人残らず射殺された。こうして、陣形を整える前にみすみす味方を失ったが、いまはそれにさえかまっている暇もない。

「突っ込め！」曹操の命令一下、大軍が一気に西涼軍へと向かっていった。先手を取って突っ込んできた西涼軍も、楔を打ち込むかのごとく、駿馬の駆けるに任せてあちらこちらで突撃を仕掛けた。連合軍の長蛇の隊列はすっかり寸断され、たちどころに白兵戦が繰り広げられた。軍馬は嘶《いなな》きとともに人群れに突っ込み、歩兵は勇敢にも槍を突き出して立ち向かい、互いの得物《えもの》がぶつかるたびに、まさに火花が飛び散った。足元では切り落とされた首が蹴られて転がり、突き倒された馬が力なく横たわって踏みつぶされている。このたびの戦いは熾烈極まりなく、舞い上がる血飛沫が刻一刻と血だまりを作り、時間の経過とともに凝固して紫になり、どす黒く変色していくのが、遠目にもはっきりと見えた。

曹操自身、陣頭に立つつもりはなかったが、護衛についていた三百人が一人残らず戦《いくさ》に加わったいまとなっては、自ら青釭《せいこう》の剣を振り回してわが身を守るしかなかった。曹操は敵の攻撃をかいくぐりながら周囲をすばやく見回した。左右では曹洪と楼異が、それぞれ一手《ひとて》を率いて奮戦している。西涼兵の一群の向こうでは、手負いの鮑信が左手に槍を持って戦の指揮を執っている。さらに敵の大軍の向こう側では、夏侯惇と夏侯淵が互いに背中を預けてひたすら刀を振り回していた。鮑韜はすでに山上にいた伏兵を掃討し、兵士と一緒になって岩石を落としている。卞秉と丁斐の部隊は分断された最後尾におり、前方の軍に合流しようと必死で突撃を繰り返している……いたるところで死戦が繰り広げられていた。

未《ひつじ》の刻［午後二時ごろ］にはじまったこの激戦は、双方が入り乱れ、申《さる》の刻［午後四時ごろ］になっても終わる気配すらなかった。ただ、徐栄の軍には成皐からの加勢が続々と駆けつけ、勇猛果敢に奮戦していた連合軍の将兵にも、とうとう疲れが見えはじめた。そのようなとき、ついに徐栄が曹操の姿を認め、狙い撃ちにするよう兵士らに軍令を飛ばした。

曹操は頭を低くしたまま剣を振るっていたが、しだいに息苦しさを覚えはじめた。気づけばそばには楼異のほか二十数人がいるばかりで、曹洪の姿さえ乱戦のうちに見失ってしまった。敵の攻撃の手は一向に止むことがなく、このままでは遅かれ早かれ討ち取られてしまう。曹操は、楼異に追っ手を遮らせ、自分は馬首を回《めぐ》らして夏侯惇の隊に合流しようと考えた。

ところが、敵は曹操一人に狙いを定め、ひたすらその赤みがかった鹿毛《かげ》を目印に攻め寄せてくる。夏侯惇がいる北の方角は敵軍に隔てられて近づけそうもない。やむをえず曹操は、十人にも満たない護衛の兵に敵を防がせながら、じわじわと前線から退《さ》がっていった。

「曹操を逃がすな！」後ろから敵の喊声とともに、矢の雨が追いかけるように降り注ぎ、わずかな護衛があっという間に針ねずみとなった。曹操の跨がる大宛《だいえん》の千里馬［汗血馬］の尻にも立て続けに二、三本の矢が突き刺さった。大宛馬は前後の両足を高く上げて跳ね回り、暴れながら駆け出した。

周りに味方は誰一人おらず、馬は言うことを聞かない。曹操はただ手綱を固く握り締め、身を馬の背に伏せたまま、何とか東のほうへと駆けさせた。

汴水が目と鼻の先に迫ったそのとき、突然草むらの陰から西涼軍の兵士が姿を現した。長柄の槍の穂先が冷たく光り、曹操を待ち構えている。曹操は全力で馬を止めようとしたが、大宛馬は完全に制御を失い、速度を落とすことなくそのまま突っ込んでいった。その速さが命取りとなり、槍は深々と大宛馬の首に突き刺さった。どさっと重たい音がしたかと思うと、曹操は地面に放り出されてしたたかに全身を打ちつけ、這《は》い起きることさえできなかった。腰から刀を引き抜いた西涼軍のその兵士はすかさず曹操に詰め寄り、その刀を高く振り上げた。曹操はぎゅっと目を閉じた——もはやこれまでか！

そのとき、横ざまに長剣が振り払われると、実にあっけなく首が宙を舞った。その兵士の胴体は血を吹き出しながらばたりと倒れ、しばし手足をひくつかせていた。

「孟徳、大丈夫か！」曹洪の大きな声が頭上から響いた。

曹操はゆっくり目を開けると、痛みをこらえて何とか立ち上がった。「ああ、しかし俺の大宛馬が……」

曹洪はすぐさま馬から飛び降りた。「これに乗れ、さあ早く。俺が下で守ってやる」

「何を言う。馬なしでは命を捨てるようなもの。お前はどうするんだ？」

「つべこべ言うな！」曹洪は曹操の体を両腕で挟み込むと、馬の背に押し上げた。「この曹洪がおらんでも天下は変わらん。しかしな、孟徳よ、天下はお前を失うわけにはいかんのだ！」

そのとき背後から喊声が響いてきた。敵の追っ手はすでに背後に迫っている。もはや迷っている場合ではない。曹操は馬を進めて汴水に入っていった。ただそこは浅瀬ではなかった。みるみるうちに馬は首元まで水に浸かり、その先はさらに深くなっているのかどうかもわからない。しかし、後ろからは敵兵の声がどんどん近づいてくる。曹操は必死で馬を進め、その背にしがみつきながら水のなかをかき分けていった。普通の馬なら首まで浸かったところで怯《おび》えて進もうとしないだろうが、曹洪の大きな白馬は並大抵の馬ではなかった。水面を泳ぐ水鳥さながらに、ゆっくりとではあったが、とうとう曹操を対岸まで運んだのである。

すでに日はほとんど沈みかけていた。曹操は暗がりのなか曹洪の姿を探したが、影も形も見当たらない。敵は早くも汴水のほとりまで攻め寄せ、向こう岸から目いっぱい弓を引いて矢を放ってきた。そのとき、手前の水面に波紋が広がったかと思うと、ぬっと大きな頭が水面から突き出てきた――なんと曹洪である。曹洪は敵の追撃が迫ってきたのを見ると、大刀のみならず鎧兜まですべて脱ぎ捨て、身一つで汴水を泳いで渡り切ったのだった。

曹操は曹洪を見つけるなり馬を飛び降りて駆け寄り、青釭の剣で飛来する矢を落としながら、曹洪を岸へと引き上げた。向こう岸では早くも泳ぎの達者な兵士らが汴水に飛び込んでいるのが見えた。曹操は矢に気をつけながら、手早く鎧兜を脱ぎ捨てると、曹洪と二人で馬に跨がり落ち延びていった。

三里か四里［約一・五キロメートル］ほども駆けたころには日もとっぷりと暮れ、追っ手の声もしだいに遠のいていった。それでも二人は無我夢中で南東の方角を目指して駆け続け、気づいたときには自分たちがどこを走っているのかわからなくなっていた。

「ここはどこだ?」髪をぐっしょりと濡らした曹洪は、しだいに寒さを感じていた。

「俺にもわからんが、たぶん中牟県《ちゅうぼう》［河南省中部］の北あたりだろう。道に迷ってしまったな」曹操は馬を止めずに、首を伸ばしてあたりの道を窺った。「ここがどこだろうと、とにかく東に向かおう。夜が明けてから酸棗への道を探せばいい」

「それにしても、やつらはなぜ孟徳だけを狙ってきたんだ?」

「徐栄は俺の顔を知っていたからな」曹操はそこで突然馬を止め、声を震わせてつぶやいた。「俺がこうして逃げ出したら、ほかの者はどうなるんだ?」

「他人の心配をしている場合か。日が暮れたら戦もできん。おそらく西涼軍も引き上げているさ」曹洪がそう答えたとき、いきなり前方の林から、松明《たいまつ》を手にした十数人の人影が現れた。手にはそれぞれ刀や槍を握り締め、弓をつがえた者もいる。曹操は全身に震えが走った――まだ伏兵がいたのか! すかさず鞭を振り上げ、馬に任せて突破を図ろうとしたそのとき、その人影からも探りを入れるように声が上がった。「お前らはどこの軍の者だ。もし答えねば、矢を放つことになるぞ」

曹操が目を凝らすと、その男たちはいずれも絹の頭巾をしており、兵装をしているわけではない。曹操は馬を止め、おずおずと答えた。「われらは連合軍の将校で、董卓軍に敗れてここまで落ち延びてきた」

それを聞くと、男たちは松明を掲げながら駆け寄ってきた。ただ一騎の馬に二人で跨がり、全身びしょ濡れで惨めに落ちぶれた曹操らを見て、その男たちもすっかり疑いを解いた様子である。「兵士殿、一緒に来てください」そのうちの頭目らしき男が自ら轡《くつわ》を取り、また別の男は自分の上着を脱いで曹洪の肩にかけた。そして二人を密林の奥へと引き連れていった。

曹操もはじめはその男たちを土地の匪賊か何かだろうと疑いの目で見ていたが、丁重に扱われ、悪意がないのを見て取ると、ひとまず安心した。しばらく密林を抜けていくと、開けた先に小高い丘があり、そこに山塞《さんさい》が築かれていた。松明の明かり越しに、民らが武装して警備しているのが見える。二人は馬を下り、男たちについて山上の砦に入っていった。そのなかには粗末な天幕が張られており、多くの女子供まで行き交っている。さらに奥に進むと、やや広めの本営らしきものが設置されていた。曹操と曹洪がそのなかに足を踏み入れると、真ん中に一人の男が座っていた。年のころは二十歳過ぎであろうか、書生の身なりをした眉目秀麗な男が、灯火《ともしび》をそばに置いて書を読みふけっている。

「落ちていくわれらを助けてくれて……そ、そなたに感謝する」曹操は目の前の相手を何と呼ぶべきか迷った。まさかここで親分殿などと呼ぶわけにもいかない。その書生然とした男が書を閉じて答えた。「わたしは中牟県の主簿《しゅぼ》で、任峻《じんしゅん》と申します」曹操は相手が敵ではないと知り、すぐに自らも名乗り出て、これまでのいきさつをひと通り話して聞かせた。

「なんと、そんなご苦労が。曹将軍をお出迎えもせず、失礼いたしました」任峻は深々と頭を下げて非礼を詫びた。曹操は顔を真っ赤にした——この姿のどこが将軍だ？　曹操は苦笑いを浮かべて答えた。「戦に敗れて逃げ惑ってきたのだ。出迎えなど」

「実はわたしもまったく同じ境遇なのです」任峻は大きくため息をついて、これまでの経緯を話しはじめた。「西涼軍が河南尹に攻め入ってからというもの、民は四散し、しかも討伐軍は遅々として至らず。県令の楊原《ようげん》さまは自ら河南尹［洛陽を含む郡、河南尹の長官］を名乗り、何県もの役人や義勇兵を束ねて軍を組織しました。そうしてみなの妻子や一族を守りつつ、このあたりで敵と遊撃戦を繰り返していたのです。連合軍の加勢を来る日も来る日も待ちわびていましたが、いつまで経っても現れません。われらの軍だけでは数もしれており、結局は大敗を喫しました。ついには楊原さまも命を落とし、死傷した仲間は数知れず。実を言いますと、わたしの妻子も西涼軍によって殺されました。そしていまは生き残った者だけを連れ、この山林に身を潜めて生きながらえ、寄る辺もないありさまです。将軍、われわれ数百人もご一緒させてはもらえないでしょうか」

曹操はにわかには首肯《しゅこう》しかねた。先の一戦による被害は大きいはずである。たとえ五分五分に終わっていたとしても、残る軍資に余裕はない。むろん、いまは猫の手も借りたいほどであり、任峻は自ら望んで付き従ってくれるという。しかし、彼らを食わせる食糧をどうやって調達するというのだ？　食糧がなければ、彼らを連れて酸棗県まで戻ることもできない。いわんや、ここには女子供から年寄りまでいるのだ。任峻は曹操の考えを見透かしていた。「将軍は食糧のことを案じておられるのではありませんか。わたしたちは軍資を敵に渡すことだけは避けねばならぬと考え、すでに中牟や広武《こうぶ》といった県城の蔵からここへと運び出し、この密林のさらに奥に隠しております。四、五千の兵なら、半年ぐらいは何とかもつでしょう。わたしたちが逃げずに残っているのは、実は食糧を守って義勇軍に差し出すためでもあるのです」

「おお、なんと！」曹操は驚きを隠せず、思わず任峻の手を握り締めた。「君こそ深謀遠慮の士だ！」

「深謀遠慮だなんて恐れ多い。いずれにしましても、ここにいる多くの民のために、落ち着き先を探してやらねばなりません。ここで連合軍の助けを待っていても来てくれそうにありませんし、かといって、これだけの食糧を焼いて逃げるのももったいのうございます。一方で、将軍は敗れたとはいえ、民を塗炭の苦しみから救うため、果敢に敵軍に戦いを挑まれました。この一点をもってしても、わたくしは将軍のために力を尽くしたく思うのでございます」そう言うと、任峻は跪《ひざまず》いた。

曹操はますますこの任峻という男に非凡なものを感じ、すぐに手を添えて立ち上がらせた。そして任峻にここの民兵を集めさせると、曹洪とともに疲れ果てた体に鞭を打ち、自ら松明を掲げつつ、民兵らと汴水の岸辺へ舞い戻っていった。しかし、両軍ともすでに引き上げた後で、川沿いにはいたるところに死体が積み重なっている。曹操らは、そのなかでまだ息のある負傷兵ら十数人を助けだしたが、川べりには無造作に死体が打ち捨てられ、山肌にも同じく死体が積み上がっていた。汴水の流れには、連合軍の輜重車《しちょう》が粉々に打ち壊されて投げ入れられ、そのすぐ横では、西涼軍の馬が虫の息で四肢をぴくぴくと震わせている。

曹操は負傷兵らからその後の戦況を聞き出した。それによると、徐栄は日暮れまで攻め続けたが、連合軍が防戦一方ながらも怯《ひる》まず戦ったので、いまは撤収して成皐の守りを固めているという。さらに、鮑信らは曹操の姿が見えなくなったため、長居はせずに、負傷した将兵らをまとめて急ぎ酸棗へと帰っていったとのことだった。こうして滎陽の一戦は、曹操の人生におけるはじめての敗戦として幕を閉じたのである。一面に広がる兵士たちの死体、その合間に斜めに倒れた「曹」の字の大旆、曹操はその光景を目の当たりにして胸が苦しくなった。そのとき、曹操は西の空に目を向けた。日夜燃えさかっていた洛陽の炎はすでに鎮まっていたが、果たして皇帝は長安へ連れ去られたのだろうか……

曹洪と任峻は曹操の手を取って慰めの言葉をかけたが、曹操は一転、暗闇のほうに目を向けて、われ知らず胸中を吐露するのだった……

惟《こ》れ漢の二十世、任ずる所 誠に良からず。沐猴《もくこう》にして冠帯《かんたい》す、知は小なれども謀は強し。猶予して敢えて断ぜず、狩りに因《よ》りて君王を執る。白虹《はくこう》為に日を貫き、己が亦《ま》た先に殃《わざわい》を受く。賊臣 国柄《こくへい》を持ち、主を殺して宇京《うけい》を滅ぼす。帝の基業を蕩覆《とうふく》し、宗廟《そうびょう》以て燔喪《はんそう》す。播越《ばんえつ》して西に遷移し、号泣して且《ゆ》き行く。彼《か》の洛城の郭《かく》を瞻《み》れば、微子《びし》為に哀傷す。

「漢の第二十二代にあたる霊帝の御代、親任した何進《かしん》は不徳の男であった。衣冠束帯を整えた猿同然で、智恵はないのに宦官虐殺を企図した。しかし、ぐずぐずとしているうちに、天子は巡幸の折りに捕らえられてしまった。白い虹が太陽を貫くという不吉の兆候が現れ、何進自身がまず命を失うこととなった。代わって現れた逆賊の董卓が権力を握り、少《しょう》帝を殺して洛陽を壊滅させた。漢王朝の礎は崩れ、代々の皇帝の宗廟が焼き払われた。無理に西の長安へ移された者たちは、泣き叫びながら歩を進めていった。いま、あの洛陽を見るにつけ、殷《いん》の廃墟を見て涙した微子（殷の王族）のごとく、胸が引き裂かれるようだ」

第六章　反董卓《とうたく》同盟の破綻

選ぶべき道

曹操は眼前の光景に目を疑った。命の危険をくぐり抜け、かろうじてたどり着いた酸棗《さんそう》県［河南省北東部］で目にしたのは、楽しげな宴会で歓談にふける各地の刺史《しし》や太守《たいしゅ》の姿であった。しかもその話の内容は、戦国時代の合従《がっしょう》策は失敗に終わったなどという、後ろ向きな話である。それを高々と笑いながら話すその顔には、国を憂い民を憂う気持ちは露ほども見て取れなかった。

曹操は静かに幕舎《ばくしゃ》に入ったので、誰一人それに気づいた者はいなかった。

東《とう》郡太守の橋瑁《きょうぼう》は、劉岱《りゅうたい》や袁遺《えんい》、張超《ちょうちょう》らに手ずから酒を注《つ》ぎ、一方で箸を進めて料理をせっせと口に運びながら話しはじめた。「さっきの話の続きだが、公孫衍《こうそんえん》は魏《ぎ》の宰相として張儀《ちょうぎ》を追い出し、五国の合従を進めて、楚《そ》の懐《かい》王を盟主と仰いだ。魏、趙《ちょう》、韓《かん》、燕《えん》、楚は手を組んで秦《しん》に当たったが、結局は秦に攻め滅ぼされることとなった……」話の途中で何気なく視線を上げたそのとき、橋瑁の視界に、顔じゅうをほこりまみれにした曹操の姿が飛び込んできた。ほかの者らも橋瑁の表情に気づき、何ごとかとその視線の先に目を向けた——なぜ曹操がここにいる？　すでに汴水《べんすい》のほとりで命を落としたのではなかったのか……

曹操は偉そうな顔を並べている太守らを一人ひとり睨みつけた。憎悪と憤怒の言葉が喉まで出かかったが、それを抑えて冷たく笑った。「元偉《げんい》殿は合従策がなぜ失敗に終わったかご存じか？　それは五国が心を一つにしなかったからにほかならない。そこを秦につけ込まれたのですぞ！」

橋瑁は恥ずかしいやら居たたまれないやらで、しばらく言葉に窮したのち、なんとか笑みを繕《つくろ》った。「おお孟徳《もうとく》、やっと帰って来たのか。たいへんな災難だったようだな。ともかく無事に帰ってくれて何よりだ。みな明けても暮れても心配しておったのだぞ。さあ、まずは一杯どうだ」そう勧めると、橋瑁は自分の酒を曹操の目の前に差し出した。

曹操は、橋瑁の横っ面《つら》を張り飛ばしてやりたい気持ちを必死で抑えつけたが、胸の憤懣《ふんまん》はいかんともしがたく、酒を受け取るなり呷《あお》って飲み干した。それでようやくわずかに怒りを鎮めると、厳しい表情のまま返答した。「衛子許《えいしきょ》［衛茲《えいじ》］は汴水で討ち死にし、わたしと鮑信《ほうしん》の軍もほとんどが討たれました。もし途中で任伯達《じんはくたつ》［任峻《じんしゅん》］が助けてくれなければ、わたしもただでは済みませんでした。みなさんがせっかく明けても暮れても心配してくれたというのに、とても無事に帰ったなどとは申せません」

曹操の棘《とげ》のある物言いに、劉岱は曹操が癇癪《かんしゃく》を起こすのではないかと思い、慌てて口を挟んだ。「勝敗は兵家の常、孟徳もそんな気に病むことはなかろう。何日か休んだら、いずれわれらも兵を出す。そのときこそ董卓のやつと一戦交えようじゃないか」

「劉使君《しくん》［刺史の敬称］、ではお尋ねしますが、そのいずれがいつなのか、はっきりとお教え願いたい」

すると劉岱は途端に口をつぐみ、ほかの者も何を言うでもなく、俯《うつむ》いて目の前の杯《さかずき》に手を伸ばした。

「みなさんが酒宴に興じているいまこのときにも、董卓は陛下を長安《ちょうあん》へ連れ去っているかもしれません。関中《かんちゅう》［函谷関《かんこくかん》以西の渭水《いすい》盆地一帯］に入られたら山河の天険に阻まれ、なおのこと攻略は難しくなります。あなたがたは保身を第一として、まさか董卓が雷に打たれて死ぬのを待つとでも言うのですか！」曹操はそこでいったん言葉を切り、一座の者の顔をぐるりと見渡した。「それでも自分は漢の臣下だと仰るなら、わたしの案を聞いてください。速《すみ》やかに袁本初《えんほんしょ》殿と連絡を取り、河内《かだい》の軍を孟津《もうしん》へ進めるよう願い出るのです。そしてあなたがたは、すぐに出兵して成皋《せいこう》を取り、敖倉《ごうそう》に拠って、轘轅《かんえん》関と太谷《たいこく》関［いずれも河南省中部］を封鎖し、そうして河南尹《かなんいん》の要衝をすべて押さえるのです。さらに、袁公路《えんこうろ》には南陽《なんよう》の軍を率いて丹水《たんすい》、析《せき》県［ともに河南省南西部］と進み、武《ぶ》関［陝西《せんせい》省南東部］を押さえてもらいます。こうして三輔《さんぽ》［長安を囲む京兆尹《けいちょういん》、左馮翊《さひょうよく》、右扶風《ゆうふふう》］にこちらの威勢を示すのです。もちろん、みなさんに矢面に立っていただこうとは思っていません。危険な役回りはわたしが自ら引き受けます。ここまでくれば、みなさんはしっかりと防備を固め、敵がいても打って出ず、ただ河南尹から関中に至る要所に広く見せかけの兵を配置して、天下に怒濤の勢いを知らしめるのです。董卓の軍は烏合の衆、それを知れば士気が落ちるは必定。こちらは名分を明らかにして、その隙《すき》をつけば、一気に天下を定めることができるでしょう。いまみなさんは大義の旗を振りながら、ためらうばかりで出兵せず、それどころかここで宴会に興じておられる。これでは民は失望してしまいます。恥ずかしいとは思わないのですか！」これだけ言われても橋瑁らはいっそう顔を伏せ、何食わぬ顔でちびちびと酒を飲むばかりであった。

「どうなのです、この計に従い立ち上がるのですか！」あまりの反応のなさに、曹操は重ねて問いただした。

すると橋瑁が突然酒を勢いよく呷り、曹操を見下すような口ぶりで答えた。「孟徳、そなたは用兵に自信があるようだが、成皋にある旋門《せんもん》に至る前に大敗を喫したそうじゃないか。そなたほどの才能をもってしてもこれだ。わしには成皋を取るなどとてもとても。なあ、ご一同、そうは思わんか？」

劉岱が今度は橋瑁に調子を合わせて、話を継いだ。「孟徳、そなたが出兵する前に、わしは止めたはずだ。ところがそなたは聞く耳を持たず、猪突猛進した結果がこれだ。将兵を損なった責任はとやかく言うまいが、これに懲りて出兵を急《せ》かすようなことは言わんでもらいたい。ひとまず自分の軍営に戻って休み、車騎《しゃき》将軍の命令を待ちたまえ」

「そうそう」袁遺も口を開いた。「いまは兵糧も十分ではない。出兵ともなれば、じっくりと熟慮せねばならん……」

「熟慮、熟慮、また熟慮ですか。ここでずっと熟慮していれば董卓を殺せると、まさか本気で思っているんじゃないでしょうね？」曹操はすっかり関わりあう気持ちを失い、橋瑁らを指さして鼻で笑った。「豎子《じゅし》与《とも》に謀るに足らずとはこのことだ！」曹操はそう言い捨てると、顔を真っ赤にして怒りだした橋瑁らには目もくれず、踵《きびす》を返して中軍の幕舎から出ていった。

幕舎を出てすぐのところでは、鮑信が馬車の荷台に覆いかぶさるようにして立っていた。弟の遺体に刺さった矢を、一本一本丁寧に引き抜いていたのである。曹操が汴水を渡って逃げ落ちたその夜、残った将兵らは必死の奮戦を続けた。鮑韜《ほうとう》とその兵士らは山の頂に取り囲まれたが、高みから岩を落とすなどして西涼軍《せいりょう》に大きな打撃を与えた。徐栄《じょえい》は攻めあぐね、烈火のごとく怒ると、兵士らにありったけの矢を山上に向けて放つよう命じた。勇猛で鳴らした鮑韜も、この攻撃で全身に矢を浴びて命を落としたのである。

全身に刺さった矢のせいで、鮑韜の体はまっすぐに寝かしておくこともできなかった。その横には、鮑信の引き抜いた矢がすでに何本も重ねられている。ほど近くには、数日前に戦死したばかりの鮑忠《ほうちゅう》も眠っていた。兄弟三人がそろって参戦したものの、いまや残ったのは鮑信ただ一人である。

「気をしっかり持つんだぞ」曹操は声を落として慰めた。

鮑信はまた一本矢を引き抜くと、振り返って曹操を見た。よほど激しく泣いたのだろう、その目は真っ赤に腫れていた。「兄貴は蹇碩《けんせき》の野郎に殺された。そして今度は弟たちまで……ただ、戦《いくさ》で討ち死にできたのは男として生まれて本望だったかもしれん……これで兄弟三人がお国に殉じたわけだ。われら鮑家は大漢の朝廷に対して、何ら恥ずべきことはない。三人は命をもってお国に報いたのだ！これから天下は乱れるぞ。屋台骨はもはや朽ち果て、あとは倒れるのを待つのみ。こんな濁流に巻き込まれるのはもうご免だ。明日……いや、いますぐだ！いますぐにでも俺は弟たちを連れて帰るぞ。二人を故郷にちゃんと葬ってやりたいからな。これからは俺の済北《せいほく》をじっと守る。そこの民だけを守り通すんだ。天下のことなど、あの役立たずどもが好きにすればいい……」

肩を落とす鮑信を見て、曹操はなんとか慰めてやりたかった。しかし、血まみれになった弟たちの遺体を目の前にした鮑信に、かけるべき言葉は何も見つからなかった。曹操は優しく肩を叩いた。「おぬしも元気でいてくれよ。もし大事が成らなかったら、俺が行くところを失う。そのときは済北まで行くから、よろしく頼むぞ」

　鮑信はじっと遺体に目を落としたままうなずいた。

　気落ちした曹操が自身の軍営に戻ると、そこでは張邈《ちょうばく》が何人かで衛茲《えいじ》の遺体を清めているのが目に入った。ますます胸を痛めた曹操が自分の幕舎に入ると、そこにはやはり沈痛な面持ちで、夏侯惇《かこうとん》と任峻《じんしゅん》が黙然と座っていた。いまや自軍の兵も数百人しか残っていない。任峻とともに来た者のなかにも、戦場に出られそうな者はほとんどいなかった。卞秉《べんへい》、丁斐《ていひ》、楼異《ろうい》も揃《そろ》って手傷を負っている。このような状況では、そういつまでも持ちこたえられるものではない。ふと顔を上げると、『呂氏春秋《りょししゅんじゅう》』を抱えて卓のそばに端座する戯志才《ぎしさい》の姿があった。曹操はすぐさま深々と頭を下げた。「このたびは己の愚かさを痛感しました。先生のお言葉を聞かずに大敗を喫し、面目次第もございません」

　戯志才もはじめは自分の進言に耳を貸さなかったことを腹立たしく思っていたが、素直に謝る曹操の姿を見ると、書を閉じて慰めの言葉をかけた。「『呂氏春秋』には、『禍《わざわい》は福の倚《よ》る所、福は禍の伏せる所なり。聖人の独り見る所、衆人焉《いずく》んぞ其の極みを知らんや［禍には福が寄り添い、福には禍が寄り添う。それは聖人だけがわかることであり、凡人にはその究極のところはわからない］』とあります。このたびのこと、将軍がこれを教訓とされるなら、あながち悪いことでもありますまい。ただ、今後はくれぐれも慎重に行動されますように」

「約束しましょう」そう応じると、曹操は崩れるように座り込んだ。頭のなかは完全に白紙である。

「それにしても、これからどうしましょうか。このまま董卓の好きにさせておくわけにもいきませんし……」

戯志才がかすかに笑みを浮かべて答えた。「将軍はまったく忠義のお人でございますな。ご自分の身も危ういのに、朝廷のことばかり気にかけていなさる。もうほとんど兵馬は残っておらず、橋瑁らとも喧嘩別れしたいま、ここはもはや虎穴でしかありません。人に兵糧を召し上げられて、それで食わされるようなことになってもかまわんのですか」

「それはわかっています」曹操は目をつむった。「しかし、ここを離れてどこへ行くというのです？何の名分もなければ、拠《よ》って立つ地さえない」

「将軍の取るべき道は三つあります」

「お聞かせください」

「一つ、兵馬を解散して速やかに徐《じょ》州のお父上のもとへ帰る。孝行を尽くして家を守り、天の時を待つのです」

「朝廷に報いる志を抱きながら、そんな悠長なことは言っておれません」曹操は第一の案を一蹴した。

「では二つ。残っている兵を率いて陳留《ちんりゅう》へ戻り、張孟卓《ちょうもうたく》の配下の将となって足場を固める。受け入れられますか」戯志才の顔には笑みが浮かんでいる。

曹操は黙ってかぶりを振った。

「わたしが将軍をお支えしようと思ったのは、将軍ならこの二つの道を選ばぬと考えたため。それなら、やはり最後の方法を採るべきでしょうな」

「先生、教えてください」曹操は興味をかき立てられた。

「兵を率いて袁紹《えんしょう》に投じるのです」

「なんと！　結局は他人の下につくのではありませんか」曹操は顔を背けた。

「いえいえ、それは違います。では将軍にお尋ねしますが、いま将軍が拠るべきところはどこにあるのです？」

故郷の譙《しょう》県［安徽《あんき》省北西部］はすでに荒れ果て、陳留も一時的に身を寄せたに過ぎない。曹操はまたかぶりを振って答えた。「いまのこの身は根無し草、どこにもありません」

戯志才が笑った。「『呂氏春秋』には、『或いは菟糸《とし》は根無しと謂《い》うも、菟糸は根無きに非ざるなり。其の根属《つづ》かざるも、茯苓《ぶくりょうこ》是れなり［根無蔓《ねなしかずら》は根がないと言われるが、実際はそうではない。つながってはいないが、茯苓がその根である］』とあります。いまの将軍はまさにこの菟糸、根がないように見えて実はつながっている、それが袁紹なのです」

「どうしてそう思うのです？」

「正式な勅命がなかろうとも、袁本初《えんほんしょ》が車騎将軍であることに変わりはありません。董卓討伐の盟主であり、四代にわたって三公を輩出してきた家柄は申し分ありません。将軍はいくらか自前の兵馬を持ってはおりますが、袁本初の配下であることもまた確かです。この点は将軍とて認めざるをえないはずです」

その指摘は素直には認めがたいものであったが、曹操も渋々うなずいた。「それは認めましょう」

「はじめ将軍が酸棗県に着いたとき、袁本初は許攸《きょゆう》をよこして将軍の取り込みを図り、奮武《ふんぶ》将軍という将軍号まで用意してきました。袁本初の狙いは将軍と張邈の仲を引き裂いて、将軍を味方につけることにあったのですが、将軍はあくまで袁本初のもとには参りませんでした」

曹操はしきりにうなずいた。「張孟卓はわたしの一族を受け入れてくれたのです。見捨てることなどできるはずもありません」

「いまからでも遅くはありません」

「しかし、袁紹の部下になるのと、陳留に戻って張邈の部下になるのとでは、結局は同じではありませんか」

「違います」戯志才ははっきりと否定した。「まったく違いますぞ。将軍が身を寄せるのは袁紹ではありません。漢の車騎将軍です。車騎将軍に身を寄せることは、自分が地方の一勢力に属するのではなく、漢の朝廷に属することを身を以て示すことになるのです。戦に敗れたため車騎将軍のもとに戻って来た、ただそれだけでいいのです」

戯志才の考えを聞いて、曹操の気持ちもすっきりとしてきた。「それでその後はどうするのです？」

「その後？　将軍ご自身、その後はどうされたいのです？」戯志才は高々と笑った。

曹操ははっとした。胸に秘めている自分の大望は、とても口に出して話せるものではない。戯志才は立ち上がって軽く咳払いすると、それとなく曹操に伝えた。「『力を陳《つら》ねて列に就《つ》き、能《あた》わざる者は止む「力を尽くして職務に励み、それができないのならば去るのみ」』と申します。主君が主君の務めを果たさないのなら、臣下も臣下である必要はありません。ましてや車騎将軍は正式に任命されたわけでもありませんし……」

合えばとどまり、合わなければ去るまでのこと。曹操は戯志才の言わんとするところを理解すると、すぐに考えをめぐらした――たしかにしばらく本初のもとにとどまるのも悪くない。本初が兵を動かさずに何を企んでいるのか、まずは見てやるとするか。それでももし本当にうまくいくのであれば、そのときはちょっと手助けして、こちらもおこぼれにあずかればいい。そうして自分の根城を得られたら、しっかりとそこを治め、その後さらなる前途を視野に入れても遅くはなかろう……曹操はそう考えると、いくぶん希望が湧いてきた。だが、ことさらにため息を漏らしつつ、傍らにいる任峻に探りを入れてみた。「ああ……天はわが願いを聞き入れてくれぬようだ。どうやら今後はみなで揃って袁本初の部下となるしかないようだな」

「袁本初の部下ですと？」案の定、任峻がすぐに反対した。「汴水で戦ってくださったのは袁紹ではありません。わたしがすべてを託したのは孟徳殿、あなたです」

いっそ自分の従妹をこの任峻に嫁がせたいものだ、曹操はそんな衝動にまで駆られたが、いまはその気持ちを抑えて感謝の念を伝えた。「まったくもってありがたい。こんな俺になおも期待をかけてくれるとは」

そのとき、じっと俯いて腰の剣をいじっていた夏侯惇が、ようやく口を開いた。「孟徳、張邈と鮑信を除いて、ほかの地に誰か親交のある者はおらんのか。いまのまま袁紹のもとへ行ったとしても、相手の言いなりになるしかない。お前だって奮武将軍だ、やつにあごで使われるのはまっぴらごめんだろう。まずはどこかで兵を集めようじゃないか」

「素晴らしい！」戯志才がぐっと親指を立てた。「元譲《げんじょう》殿の言うとおりですぞ。兵を率いて加われば、われらは袁本初にとって新手《あらて》の部隊となります。さすれば、われらを見くびることもありますまい」

曹操はこれまで自分がたどってきた歩みを思い返し、突然目を輝かせた。「陳温《ちんおん》だ。揚《よう》州で刺史を務めている陳元悌《げんてい》がいるぞ。かつては洛陽《らくよう》でともに議郎《ぎろう》を務めた仲だ。元悌のところへ兵を借りに行くのはどうだ？　ただ、揚州まで南下するとなると、少し遠いな……」

「誰が南へ行くって？」そのとき、曹洪《そうこう》が幕舎に勢いよく入ってきた。「俺も南へ行くぞ。まだ江夏《こうか》には千人以上の仲間がいるからな」

「そうだ子廉《しれん》、俺としたことがうっかりしていた」曹操は目の前の霧が一気に晴れたような気がした。「よし、明日にもここを離れて南へ向かおう。俺と元譲は揚州へ兵を借りに、子廉は蘄春《きしゅん》［湖北省南西部］に行ってかつての仲間を集めるんだ」

「ここにいる数百人の兵士らはどうするおつもりですか」任峻が尋ねた。

曹操は小さく笑った。「伯達、そなたは民と食糧、それにここの兵士らを連れて、先発隊として河内へ向かってくれ」

「それではみすみす袁紹に便宜を与えることにはなりませんか」

曹操は任峻の肩をぽんぽんと叩いた。「そなたは袁本初のことを知らなかったな。あいつは自惚《うぬぼ》れが強い。だからこそ扱いやすいんだ。事前に兵糧を届けておけば、本初が喜ばないわけがない。それにあいつは面子《めんつ》を重んじる。そなたが河南尹の民らを連れて駆け込んだとなれば、あの車騎将軍も鼻高々じゃないか。まず本初に名声と実利を取らせておけば、俺が着いたときには遠くまで出迎えに来て上賓《じょうひん》の礼でもてなしてくれるに違いない」

任峻はしきりにうなずいた。「なるほど、うまい手です」

「ただ一つ気がかりがあるとすれば……」曹操は振り向いて戯志才に向き直った。「ここから揚州までは三月《みつき》、ないしは四月《よつき》かかります。われらが南下しているあいだに、袁紹が各地の長官を動かして西に攻め、一気に董卓を滅ぼしてしまうことはないでしょうか」

「将軍、それは買いかぶりすぎでございます」戯志才は冷やかに笑った。「三月、四月はおろか、三年、四年経っても思い立つことはないでしょう」

曹操はそれを聞いて安心すると同時に、たしかな心の揺れを自覚した――俺はこれまでずっと民を災難から救おうと考えていたのではなかったか……それがなぜ、他人が朝廷のために逆賊を滅ぼすことを心配しているのだ……いや、やめておこう。何も自分を苦しめることはない。あまり考え込まないほうがいいこともある。いまはとにかく一歩一歩進むことに意味があるのだ……

一路、揚《よう》州へ

その昔、尭《ぎょう》が天下を治めていたころ、天下に大水害が起こった。そのとき治水にあたって民を救ったのが禹《う》である。禹は大地を区分して田畑を整備するため、土壌の違いによって天下を九州に分け、その土地の良し悪しを定めたという。九州の一つである揚《よう》州は、土地が低いうえに湿気が多く、泥濘《でいねい》地が少なくなかったため下等と判定され、九州のなかでもっとも質の悪い土地とされた。そのため、前漢の時代、淮南《わいなん》王の劉長《りゅうちょう》が南海《なんかい》王の征討に向かった際には、敵軍に遭遇する前から疫病による死者が半数を超えたほどで、この地に根を下ろして田畑を開こうという民はほとんどいなかった。

王莽《おうもう》が帝位を簒奪したころには、中原の民も戦乱を避けるために続々と揚州へ流れ、田畑を開きはじめた。景帝《けい》の御代になると、廬江太守《ろこうたいしゅ》の王景《おうけい》が芍陂《しゃくひ》の堤防を修復し、一万頃《けい》［約四百五十八平方キロメートル］にも及ぶ土地を灌漑した。順帝《じゅん》の御代には、会稽《かいけい》太守の馬臻《ばしん》がはじめて鏡湖《きょうこ》に水利を施し、さらに九千頃［約四百十二平方キロメートル］もの良田を開拓した。こうして揚州は日増しに富みはじめ、肥沃な土地の広がりとともに、狩猟や漁業、果物や野菜の取れ高も上がって、いまでは民の生活も中原の地と何ら選ぶところがないほどであった。

揚州刺史《しし》の治所《ちしょ》は歴陽《れきよう》［安徽《あんき》省東部］にある。歴陽県は長江の北岸、九江《きゅうこう》郡に位置している。陳温《ちんおん》は曹操の顔を見ると、かつて洛陽の都でともに議郎《ぎろう》として出仕した日々を懐かしみ、ことのほか喜んだ。そして半日ほど暇を取り、自ら騎馬で曹操一行を伴って長江のほとりに案内した。この年、曹操は三十六になっていたが、揚州の地を踏んだのはこれが初めてのことであった。酸棗《さんそう》県を出てから豫《よ》州を経て来たが、道中で目にしたのは中原の荒れ果ててすさんだ光景ばかりであった。ところが、江《こう》淮《わい》［長江と淮河《わいが》の流域一帯］に入るとその様相は一変した。いま目の前に悠然と横たわる長江の流れ、はるか向こう岸には青く美しい山々と肥沃な大地。董卓《とうたく》が暴虐の限りを尽くして民を迫害しているのは悪い夢だったのではないか、曹操はそんな錯覚さえ起こした。

「孟徳《もうとく》、この大河の眺めはどうだ？」陳温は愉快げに尋ねた。

「あまりじっと見ている気にはなれんな」

「それはまたなぜ？」

「すべて水に流して、お上に対する大義を忘れてしまいそうだ」曹操は振り返って遠く北のほうに目を遣った。「江南《こうなん》［長江下流の南岸一帯］は素晴らしい。ただ、天子はなおも危難に直面し、中原の地は戦火に包まれている。これで心から寛《くつろ》ぐことなどできようか」

いかにも楽しげにしていた陳温もそのひと言で我に返り、思わずため息を漏らした。「中原の地だけではない。いまわれわれの立つこの場所も、もはや安住の地ではなくなった」

「元悌《げんてい》、なぜそのようなことを?」

「孟徳はまだ知らないのだろう。あのわれらが後将軍は南陽《なんよう》に来てからというもの、ずいぶん息巻いておってな」袁術《えんじゅつ》のことである。「あれは賊を討つという名目のもと、どんどん軍備を拡大し、荊《けい》州や揚州の長江北岸の諸郡から軍資や兵糧を巻き上げておるのだ。わたしのところだけでも二度、兵糧の催促に来た」

「公路《こうろ》は傲り高ぶっている節がある。本初《ほんしょ》に比べれば、度量も才覚も劣っているというのに……」

「しかし、野心だけは負けておらん」陳温があとを引き取った。「孟徳がここへ来たのは兵を求めてのことではないのか。実を言うと、わたしもかねてから兵を集めようと考えておったのだ」

「では、元悌も天子のために挙兵すると?」曹操は勢い込んで尋ねた。

陳温は色白の顔にやるせない表情を浮かべた。「いいや、わたしはただわが身を守るため……万一、袁公路が揚州まで攻め込んできたときには、この長江一帯の民を守るための兵馬が必要だからな」曹操は真に受けようとしなかった。「そんなことは起こらんだろう。いったい袁術に何の権利があってほかの州郡に攻め込むというのだ。兵を率いて戦《いくさ》を起こしたのは大義のため、同じく漢に仕える者の土地に攻め込むなど謀反に等しい。袁術に限ってそれはないと思うがな」

「それがもう動き出しているのだ!」呆気にとられる曹操をよそに陳温は続けた。「孟徳はこの二月《ふたつき》道中にあったからまだ知らんのだ。長沙《ちょうさ》太守の孫堅《そんけん》が軍を起こし、すでに長江を渡って魯陽《ろよう》〔河南省中西部〕で袁術と合流した。孫堅はその途上で荊州刺史の王叡《おうえい》と南陽太守の張咨《ちょうし》を殺害している」

「何だと!」曹操は全身に衝撃が走った。「あの孫文台《ぶんだい》がなぜそんなことを? 荊州刺史の王通耀《とうよう》といえば、当地の反乱を鎮めて民に慕われていたであろうに」

「以前、長沙の区星《おうせい》と零陵《れいりょう》の郭石《かくせき》が反乱を起こした。孫堅と王叡は朝命を受けて出兵し、それをことごとく鎮めたのだが、二人が功を争って互いに軽んじていたこと、荊州で知らぬ者はおらぬ。孫堅はおそらくそのときから殺意を抱いていたのであろう。好機到来とばかりに私怨を晴らしたのだ」

「なら張咨は? 張子議《しぎ》は韓馥《かんふく》や劉岱《りゅうたい》と同じく、周毖《しゅうひ》のおかげで地方に官を得て、袁公路が反董卓軍を起こす際には南陽で滞りなく準備を果たしたと聞いている。そのような義士まで、孫堅の一存で殺してよいはずがない」

「こちらは込み入った事情があるのだ」陳温は冷たく笑みを浮かべた。「袁術は南下して反董卓の軍を起こすと、魯陽に駐屯した。その際、糧秣《りょうまつ》はすべて南陽郡からの補給に頼っていたのだ。張咨もはじめは誠心誠意、袁術を支援していたのだが、その兵力が膨らむにつれ、今度は自分が食い物にされてしまうことを恐れた。それで張咨は魯陽に送る兵糧を密かに減らし、袁術の動きを牽制した。そのため袁術は孫堅の手を借りて張咨を除いたというわけだ。いまでは袁術に掣肘《せいちゅう》を加える者は誰もおらず、荊州の長江以北はすべて袁術に握られている」

「そして一帯を自軍で固めているというのか!」曹操は眉をしかめた。「袁公路め、まったく小賢しいやつだ。北方に集う各地の長官はまだ腹の探り合いだけで済んでいるが、まさか袁術がここで自分の手は汚さずに二人も殺《あや》めていたとは」

「それだけではない。孫堅が張咨を殺したあと、なんと袁術は孫堅を破虜《はりょ》将軍に任じ、豫州刺史の位を与えたのだ」

「ふん、なるほどな。後将軍とやらも、あの車騎《しゃき》将軍に一歩も引けを取らないというわけか」曹操は皮肉を言ったそばから、おかしいことに気づいた。「豫州刺史だと？　豫州刺史は孔伷《こうちゅう》が務めていたのでは？」

「袁術に言わせれば、孔伷は董卓が任命したので認めないと」

「そんな馬鹿な！」曹操は長江に向かって唾を吐きかけた。「孔公緒《こうしょ》が董卓の任命だからと言うのなら、袁術の後将軍とて同じではないか！」

「袁公路の策略がいかにあくどいものか……豫州を手中に収めてもいないのに、袁公路は孫堅に空手形を振り出したのだ。これは孫堅をそそのかして速《すみ》やかに北上させるため。しかも孔伷と張咨を認めないという理屈でいくと、およそ董卓によって任命された地方の官はすべて認めないということ。つまり……」

「天下のいたるところで好き勝手に暴れ回ってもかまわないということか」曹操はずばりと喝破した。

「だから、この揚州とて決して太平の地ではないのだ。いずれは荒波がこの長江の流れに従って襲いかかってくることだろう」陳温は滔々《とうとう》と東へ流れゆく長江に目を落とした。「孟徳、おぬしはいつも逆賊を討って漢室を復興すると口にするが、いまや天下のいたるところに董卓がいるのだ。しかも、西涼《せいりょう》の武人よりはるかに狡猾な……袁公路の虎狼《ころう》のごとき野心、孫文台の当たるべからざる武勇、その二人が手を組めば天下はいまよりもっと乱れるであろう。孟徳は千里の道を遠しとせず兵を求めに来た。わたしも兵を託するのにやぶさかではない。しかし、今日のところは一度休み、よくよく考えてくれ。董卓を滅ぼしたところで、果たして天下は旧に復するのか。それがかなわなければ、われわれはいったいどうすべきなのか……」

曹操はしばらく黙り込むと、突然、絞り出すようにして答えた。「どうすべきかだと？　ふん、戦のない世を作るため、すべての董卓を滅ぼすまでだ！」

県城へと帰る道中、陳温は己の悩みごとに触れることはせず、曹操と轡《くつわ》を並べて、かつての日々を懐かしみながらのんびりと帰っていった。夏侯惇《かこうとん》は口を挟まずにそばでじっと話を聞きながら同行したが、夏侯淵《かこうえん》と楼異《ろうい》はそのような話はつまらないとばかりに、二人で先に馬を駆けさせて城内へと入っていった。

衙門《がもん》は歴陽城の東門を入り、通りを二本抜けたところにある。二人はすぐ近くのこととて、馬を下りずにそのまま衙門まで駆けていった。

ところが、ひと筋目を越えたところで、西側からひと群れの人馬が現れた。先頭はおよそ六十代の鷹揚《おうよう》とした人物で、髪も髭も白く、猫背気味で大きな馬に跨がっている。豪華な着物を羽織り、穏やかな容貌で、いかにも土地の名士といった趣である。その周りには十数人の従僕が徒歩で従っていた。

城内の通りで馬を馳せるなどとんでもない。しかし、夏侯淵は一向に気にかけず、振り向いては楼異と談笑しながら馬を駆けさせていった。西側から来た一行に気づいたときには、馬を止めようにも時すでに遅かった。せっかちな夏侯淵は、いっそ一気に駆け抜けてしまおうと、馬に鞭を打って真正面から突っ込んでいった。

こうしてひと悶着が起こった。二人の従僕が夏侯淵の馬を避けきれずに転んだだけでなく、夏侯淵の馬が一行の主人の馬にぶつかってしまったのである。夏侯淵の馬は鍛え抜かれた軍馬である。老人の乗る馬はよろよろとふらつき、その拍子に老人は馬から落ちてしまった。夏侯淵はまるで何ごともなかったかのように、一顧だにせずそのまま駆け抜けていった。途端にその場が騒然となった。従僕たちは急いで老人を助け起こし、怯《おび》えた馬を落ち着かせた。そしてそのなかの四、五人が、続いてやってきた楼異の前に立ち塞《ふさ》がったのである。

楼異は楼異で頭に来ていた。夏侯淵は自分で面倒を起こしておきながら、尻拭いを自分にさせようという腹なのだ。非がこちらにあるのは明らかである。楼異は慌てて馬を下り、拱手《きょうしゅ》して詫びた。「これは失礼しました。あの友人は急ぎの用があったもので、決してわざとではありません。どうかお許しください」

「謝っただけで済むと思うか。われらのご主人がどなたか知っての狼藉か」従僕の一人が声を荒らげて叫んだ。「おい、みんな、こいつに思い知らせてやろうぜ！　それから役所に訴えるんだ！」

一人がそうけしかけると、従僕たちはみな腕まくりして、いきなり楼異に襲いかかってきた。

楼異も歴戦の強者《つわもの》である。生半可な相手がいくら手を出してきても、ものの数ではないが、いかんせん非はこちらにある。自分からは決して手を出すことなく、ただひたすら身を躱《かわ》した。四、五人がかりでも楼異に軽くいなされると、従僕たちはますますいきり立ち、手を休めるどころか、揚州の訛《なま》りもあからさまに罵りながら突っかかってきた。

さすがの楼巽もとうとう我慢ならず、殴りかかってきたのを避けると同時に左手で一人の腕をつかむと、右手でその腰帯をぐっと握って高々とその男を抱え上げた。そしてその男の体をほかの従僕たちに向かって投げつけると、どすんという派手な音とともに、何人かがその下敷きになって倒れた。

楼巽はぱんぱんと手をはたきながらあざけり笑った。「下手に出ればいい気になりおって。北の大地でもまれたこの男伊達を見くびらないでもらいたいものだな」

地べたで転げ回って痛みにもだえていた従僕がふと顔を上げると、彼らの頭《かしら》が主人を抱え起こして先を急ごうとしているのが見えたので、慌てて大声で呼び止めた。「王の兄貴、見てくれよ。仲間がこんなにやられたんだぜ。しかもこの野郎、南にはたいしたやつがいねえとぬかしやがった。助けずに行っちまうなんて、いくらなんでも義にもとるんじゃねえか！」

そう焚きつけられると、その王という従僕の頭も怒りがこみ上げてくるのを抑えられなかった。男は上着を勢いよく脱ぎ捨てると、いきなり楼巽の面前に詰め寄った。「おい、でかいの。お前の目は節穴か。南のやつは腰抜けばかりだと？　いいだろう、俺が差しで勝負してやるぜ！」

楼巽はその男を値踏みした。年のころは三十ぐらい、厳《いか》つい肩にどっしりとした腰回り、二の腕は丸太のようで、太ももは隆々と盛り上がっている。色白の顔に短い髭を蓄え、大きな目を忌々《いまいま》しげに見開いてこちらを睨みつけている。ただ、背は自分の顔までしかなく、楼巽は笑い飛ばした。「この南蛮《なんばん》風情め、ずいぶん威勢がいいことだ」

「そっちこそ北の田舎者が、せいぜい気をつけるんだな！」そう毒づくなり、風を切って大きな拳骨が飛んできた。いきなり殴りかかってきたので楼異は虚を衝《つ》かれ、かろうじて顔を反らせて拳を躲した。すると今度は、間髪を入れずに相手が正面から蹴りを出してきたのが目に入ったので、楼異は数歩ほど後ろへよろめきながらも飛びのいた。こうなっては楼異も黙ってはいられない。躲したかと思うとすかさず間を詰めて殴りかかった。しかしその男も悠然と構え、一手一手と見事な動きで相対した。こうして二人の取っ組み合いがはじまったのである。

そこへ曹操らもやって来た。楼異が色白の男と喧嘩をしているのが遠目にも見える。楼異はよほどのことがなければ他人と喧嘩などしない。曹操はそのことをよく知っていたので、慌てて止めるようなことはせず、笑みさえ浮かべて陳温のほうを振り返った。「元悌、どうやらうちの者が面倒をかけることになりそうだ。見てくれ、楼異の腕っぷしは並大抵ではない。何度もともに戦場を駆け回ってきたからな。それにしても、相手の男もたいしたものだ。あの楼異といい勝負をしているじゃないか」

曹操が喧嘩を見咎めずに騒ぎを楽しんでいるのを見て、陳温も口をすぼめて笑った。そうして騒ぎのほうに目線を移した瞬間、愕然としてすぐに大声で叫んだ。「王必《おうひつ》、楼異！　二人ともやめんか！」

王必と呼ばれたその色白の男は、陳温の声を聞くと、楼異から一歩距離を取って答えた。「うちの旦那さまが使君を訪ねて来たんですが、こいつの連れに馬でぶつけられて……陳使君、まあ見ていてください」

「相手の者を知っているのか」曹操が訝《いぶか》しんだ。ところが陳温は曹操にもかまわず、急《せ》き込んで問いただした。「それでご主人さまは無事なのか。いまはどちらにおいでだ？」

「そちらの衙門まで部下に送らせました。先に休んでもらっているはずです」

陳温は振り返ると、曹操に恨み言を漏らした。「これはまた本当にとんでもないことを。九江太守の劉邈《りゅうばく》さまにぶつかったとは。とにかく急ごう」

曹操はしばし呆気にとられた――九江太守の劉邈といえば光武帝《こうぶ》の血筋、いまの琅邪王《ろうや》劉容《りゅうよう》の実弟でもあり、いわば宗室《そうしつ》の重鎮である。曹操は一瞬目がくらむのを覚えたが、すぐに陳温のあとを追い、衙門を目指して馬に鞭を当てた。二人に付き従う者らもがやがやとすぐあとに続いたが、最後尾では王必と楼異の二人が一歩も譲る気はないとばかりに、いまも互いに首根っこを引っつかみながら追いかけてきていた。

陳温は曹操を連れて衙門の正門を入ると、脇目も振らず中庭から広間へと進んだ。そこでは劉邈が寝台の端に腰をかけ、身を預けてまどろんでいた。

「劉太守さま、失礼いたします。先ほどあなたにぶつかったのは、わが友人の部下でして、まずはわたしからお詫びを申し上げたく存じます」陳温はそう謝りながら叩頭した。「あなたさまのようなご身分の方にかようなご無礼を働きましたこと……万死に値します。お怪我はございませんでしたか」

「苦しゅうない。少しばかり驚いただけだ」劉邈は大きくひと息つくと、慈愛をたたえた眼差しで穏やかに答えた。「若気の至りというやつだな」

「この曹操、部下の管理が行き届かず、ご無礼を働きましたこと、まこと万死に値します」

劉邈は目を見開いた。「ほう、そなたが曹孟徳か」

「さようでございます」

劉邈はまっすぐに座り直した。「この老輩の耳にも届いておる。各地の長官が兵を率いて酸棗県に集結したものの、実際に西へと軍を進めたのは曹孟徳のみとな。敗れたとはいえ嘉《よみ》すべき行い、それがそなただったとは」

「身に余るお言葉でございます」宗室の重鎮からはじめて賞賛の言葉をかけられ、曹操は上機嫌になった。もう二言三言、何か挨拶を続けようとしたそのとき、外から騒がしい声が飛び込んできた。楼異と王必が殴り合ったまま広間に転がり込んできたのである。

「二人ともやめんか！」陳温が怒鳴りつけた。「ここをどこだと心得る！　この揚州刺史の面前でいったいどういうつもりだ！　さあ、何があったのか申し開きせい！」

二人は慌ただしく跪《ひざまず》くと、それぞれに言い訳をはじめた。ずいぶん経って、ようやく事の次第が明らかになると、劉邈は顔を上げて笑った。「そなたら二人とも、あまりに軽率ではないか。もともと二人には関係のないことで、何を殴り合いまでする必要がある？　王必、追って沙汰するゆえ、あちらで跪いておれ」

「ははっ！」王必は決まりに則り跪いたまま外に出た。曹操は劉邈が部下を罰したのを見ると、自分もすかさず楼異に怒ったふりをして見せた。「楼異！　お前も向こうで跪いて待て！」

王必と楼異が表に並んで跪いておとなしくなると、陳温もようやく落ち着いて腰を掛けた。「劉太守さま、今日はお供も少なく平時の装いでお越しとは、何かご指導を賜れるのでしょうか」

劉邈は真っ白な髭をしごきながら答えた。「そのことなんだがな、実は別れを告げに参ったのだ」

「別れを告げるですと？」思いも寄らない答えである。「それで、どちらまで？」

「長安《ちょうあん》に行ってな、今上《きんじょう》陛下にお会いしてこようと思うておる」

その言葉に一同がざわめいた。

「今上陛下はたしかに董卓によって擁立されたが、先帝の血脈を継いでいることは同じ。いま、反董卓の連合軍は虚勢を張るばかりで、各地の長官は進軍をためらうどころか異心も芽生えておろう。これ以上長引けば、何か面倒が起こることは必至だ」そこまで話したところで、まるで何か恐るべきものでも目の当たりにしたかのように、劉邈は目に恐れの色を浮かべた。「少し深刻な話になるが、いずれはこの天下にいったい何人の皇帝や王が乱立することか……」

耳目を驚かせる不吉な発言が、よりにもよって宗室の重鎮の口から出たことで、誰もがますます不安に陥り、陳温も曹操も、一人として口を挟む者はいなかった。

「それゆえわしは、自ら長安に出向こうと思うのだ。一つには今上陛下のご機嫌を伺うため、さらには……」劉邈は曹操をじっと見つめた。「できれば董卓にも会って、あの男が話の通じる相手かどうか見てみたい。そして、先帝を弑《しい》した罪を許し、いまいちど漢の政《まつりごと》を今上陛下に返すよう訴えるつもりだ」

「では、董卓の暴挙には目をつむると仰るのですか」

「孟徳、そなたのように、朝廷に忠義を尽くそうという者ばかりではないのだ」そう言って劉邈がうなだれたとき、一滴の涙がぽたりと落ちた。白い髭が細かく震えている。「董卓を討つ……董卓を討つ……その言葉とともに今日まで増えてきたのは、実は逆賊のほうではなかったか。わしにはそう思えてならんのだ。陛下の権威は失墜し、政令は正しく行われておらぬが……少なくとも董卓のいるところではまだ朝廷の命を聞く百官もいる。しかし関東《かんとう》［函谷関以東《かんこくかん》］の地はどうだ？　いまに至っても陛下を案じている者がどこにいる？」

曹操と陳温は黙り込むしかなかった。

「思えば、反董卓の声を上げた刺史や太守で名家の出でない者はいるか。代々、漢室の聖恩にあずからなかった者はいるか。それなのになぜ、今日になって自分が受けた恩をかくまで忘れることができるのだ？　わしにはそれがわからん……」劉邈は涙をぬぐうと、なおも続けた。「四代にわたって三公を輩出し富貴を極めた袁家の袁公路を見てみよ。われら劉家が悪く扱ったことはあるまい。それがどうだ？　表向きは逆賊を討つと言って南陽に陣取ったが、その実は自前の軍を拡大しただけではないか。先ごろも陳《ちん》王の劉寵《りゅうちょう》に兵糧をよこすよう言ってきたという。やつの狙いは明らかであろう！」

曹操は小さく笑った。「袁公路もふざけたことをしたものです。わたしは幸い陳王さまに一面識がございます。陳王さまは剛直にして勇猛なお方。袁術ごときを恐れることなど決してございますまい」

陳王劉寵はよく民を慈しみ、弓術に長けた剛の者である。国相《こくしょう》を務める駱俊《らくしゅん》の補佐を得て、黄巾《こうきん》賊の平定に際して功があり、諸侯王のなかでも随一の実力を備えていた。反董卓連合が結成されると、劉寵は輔漢《ほかん》大将軍を名乗り、陽夏《ようか》［河南省東部］に駐屯して連合軍を後押しした。さらに、連合軍の一勢力としてだけでなく、陳国は豫州の南西に位置していたため、袁術に対する大きな抑止力としても機能していたのである。

「陳王ほどの武勇があれば自分の国は守れるだろうが、いかんせん、わしはもうこの歳だ」劉邈は、張りのない白い髭を持ち上げて見せた。「実のところ、このまま九江の地を守ることもかなわん。わしは朝廷に上奏して、会稽《かいけい》の周昂《しゅうこう》にあとを任せるつもりだ。周氏は会稽の名家、いま周昂の兄の周昕《しゅうきん》は丹陽《たんよう》太守を務めており、弟の周喁《しゅうぐ》は河内軍で力を尽くしている。周氏の三兄弟が力を合わせ、袁術の非道な振る舞いを抑えてもらいたいと願っているのだ」

「劉太守さま、どうかご安心ください」陳温が毅然として言った。「わたしも土地と民とを守り抜く所存。袁術に好き勝手はさせません。ですから、やはり長安へ行くのはおよしになられたほうが……あまりにも危険すぎます」

劉遼は苦笑いを漏らした。「すでに心は決まった。何を恐れることがあるものか。何としてでも陛下に謁見せねばならん。いまこのときこそ、宗室の者が立ち上がらねばならんのだ。董卓にも正面切って理《ことわり》を説くつもりだ。天下の民を塗炭の苦しみから救うためにな。身勝手に聞こえるかもしれんが……それは、わが劉家の皇統がよそ者に奪われぬようにするためでもある」

曹操は俯《うつむ》いたまま、内心で思いをめぐらせた——劉遼さま、その考えはあまりにも浅はか、思いつきの域を出ておらず、熟慮を欠いています。董卓から政権を取り戻して西涼へ追い返すなど夢のまた夢。軍を握って力を手にした各地の太守に、軍を解散して任地へ引き返させることも、やはり現実からかけ離れています。天下の混乱はもはや避けようのないところまで来ているのです——曹操も何か忠告の言葉をかけようと、ふと顔を上げて劉遼を見た。真っ白になった髪と髭、やつれた顔、丸く曲がった背中……ここまで年老いた者が、身をもって危地に飛び込むというのだ。これは漢の帝室のために最後の力を振り絞ろうとしているに違いない。そう思うと、曹操は胸に敬服の念がこみ上げるのを禁じえなかった。

しばらく黙り込んだあと、劉邈がおもむろに口を開いた。「孟徳、そなたここへは兵を借りに来たのであろう」

曹操はうなずくと、恥じ入るようにして答えた。「滎陽《けいよう》の一戦［河南省中部］では、ほとんどの兵士が討ち取られました。臆面もなく、元悌を頼って参った次第でございます」

「董卓を討てれば言うことはない。しかし、かりに董卓を討てなかったとしてもだ……何とかして土地と民とをしっかり守り、長安が変わるのを待つのだ。かつて周亜夫《しゅうあふ》［呉楚七国の乱を鎮圧した前漢の武将］が武勇を大いに振るったのも忠義ではあるが、竇融《とうゆう》［後漢初期の武将］が河西《かせい》［黄河が内陸を北東に向かって流れる地域の西側］の地を守り抜いたのも、また忠義であるぞ」劉邈はまっすぐに曹操を見据えた。「あれだけの軍馬を揃《そろ》えながら、勇敢にも立ち上がったのは孟徳、そなた一人だけだ。この一事をもってしても、そなたの赤心《せきしん》は大いに明らかである。幸運に恵まれ、この老輩が生きて長安に着いたそのときは、陛下の御耳にそなたのことをきっと伝えようぞ」

「身に余る光栄でございます」曹操は姿勢を正して拝礼した。

「近う寄れ」突然、劉邈は王必を手招きした。「お前はなぜ手を出したのだ？」

王必は跪いたまま劉邈の前ににじり寄った。「手前は仲間が五人もあいつにやられたんで、それで……」

そこへ楼異が割り込んで異議を唱えた。「わたしはずっと手を出さずに躱していました。それでもしつこく手を出してきたので、向こうの自業自得です」

「黙れ！」すかさず曹操が楼異を叱りつけた。

劉邈は曹操に怒りを静めるよう手振りで示し、また王必に声をかけた。「王必よ、自分の目で見たことだけを申せ。お前の部下五人のほうが、数を頼りにしつこく絡んだのではないのか」

「手前にもそう見えました」王必は小さくうなずいた。「ですが、助けずに行ってしまったら義にもとると仲間に言われたもので……」

「義とな？」劉邈は笑みを投げかけた。「少し自分で昔のことを思い出してみよ。お前はなぜうちの従僕になったのだ？」

「あのときは友人の仕返しのために相手を殺してしまい、逃げ出したところを旦那さまに拾われたのでございます」

「ならば、今日のことと当時の罪と、いったい何の違いがあるというのだ？　まったく成長しとらんのう……」劉邈は真面目な顔に戻って話を続けた。「義は理に大いに勝るか……なあ王必よ、わしがこれまで何を教えてきた？　友と交わり義を重んじるにも、見極めが大切だ。友人のおかげで助けを得る者もあれば、友人のために巻き添えを食うこともある。ときには選んだ友人が悪かったばかりに、命を落とすことさえあるのだぞ。義を重んじるならば、くれぐれも相手をよく見定めることだ」

わざと大仰なことを言ってたしなめる劉邈の姿に、曹操は笑みを噛み殺した。王必が反駁するはずもなく、ひと言だけ短く答えた。「旦那さまのお教えに従います」

そこで劉邈は髭に手を当てながら話題を変えた。「ところで、うちに来てどれぐらいになる？」

「旦那さまにお仕えして五年になります」

「あれからもう五年か、実に早いものだ……」劉邈はしきりにうなずいた。「お前ほどの腕前を持つ男に五年も従僕をさせていたとは、まったく悪いことをした」

「何を仰いますか。旦那さまは命の恩人でございます」

劉邈は曹操のほうを指さした。「王必、こちらの曹将軍に拝礼せよ。これからは将軍に付き従うのだ」

「手前はもう不要だと?」王必は驚きを隠さなかった。

「わしにはもったいないと言うのだ」劉邈は王必の肩を軽く叩いた。「お前みたいな荒くれ者が、いつまでも老いぼれのお守《も》りをしていてどうする? 大丈夫たるもの、世に打って出て手柄を挙げるのだ。曹将軍について、その力を大いに振るうがいい! さあ、すぐに拝礼せよ」王必は劉邈の言葉に従い、曹操の前でしっかりと叩頭の礼をした。曹操はどうしたものかと戸惑い、王必を起こしながら劉邈に尋ねた。「劉太守さま、これはいったい……」

「わしはもうすぐ長安へ向かう。王必は武芸の心得があるだけでなく、それなりに文章も書けるからな。何も有能な人材を飼い殺しにすることはない。孟徳、そなたのもとで護衛とすれば、いつでも身を挺して守ってくれよう。断るという手はないぞ」

「それでは……お心遣いに感謝いたします」曹操は劉邈に拝謝すると、改めて王必の容貌に目を遣った。実直そうな人柄、広い肩にどっしりとした腰回り、楼異と一対の護衛として組むのに打ってつけである。

陳温も喜んだ。「いい片腕を得られて何よりだ。わたしも孟徳に三千の兵を預けることに決めたぞ。それから劉太守さま、どうかあなたさまから丹陽太守の周昕に宛てて、孟徳に兵を分け与えるよう、一筆したためていただけませんか」

劉遼はかぶりを振った。「それ自体はかまわんのだが、ただ、孟徳がここへ兵を借りに来たのはあまり良策とは思えんな」

「なぜそのように思われるのです？」

「揚州はまだ平穏だが、北方は騒乱の坩堝《るつぼ》だ。南の人間が喜んで北へ向かうだろうか。もし望んで行こうというのでなければ、孟徳も無理に引っ張っていくようなことはやめてくれ」劉遼はそこでため息を漏らした。「士大夫《したいふ》らの利権争いなど、民とは何の関係もあるまい。かつて楚《そ》王は鼎《かなえ》の重さを問うて周の天下を窺ったというが、太平の世は戦ではなく、君王の徳によるべきなのだ。民の願いはただ穏やかな日々を過ごすことのみ。民に安寧をもたらす者、それこそが真に王たる者であろう。兵に頼って戦に趨《はし》るのは、わしとしては感心できん」劉遼の言葉を聞きながら、曹操は自分の胸に湧き上がってくる思いにもがいていた――俺はこのまま戦い続けるべきなのか……それとも、どこかに任地を得て、そこの民だけを守って落ち着くべきなのか……俺はいったいどうすべきなのだ……

第七章　万策尽きて、袁紹《えんしょう》のもとへ

河内《かだい》の密謀

曹操は三月《みつき》、四月《よつき》で兵を集め終えるつもりだったが、北方へ帰ったときには、秋ももう終わりに近づいていた。揚州《よう》刺史《しし》の陳温《ちんおん》は曹操に三千の兵を、丹陽太守《たんようたいしゅ》の周昕《しゅうきん》は一千の兵をそれぞれ都合してくれた。ただ、兵士らはみな南方の生まれで、故郷に背を向けて北へ戦《いくさ》に出かけるなど、まったく望んでいなかった。果たして劉邈《りゅうばく》が懸念したとおり、道を進むほどに兵卒たちは逃げ出してゆき、まだやっと竜亢県《りゅうこう》［安徽《あんき》省北部］に着いたばかりのところで、中軍の幕舎《ばくしゃ》に火が放たれるという兵乱が起きた。曹操と夏侯《かこう》兄弟が腹心の部下らとともに、乱を起こした数十人を手ずから斬り殺して、ようやく事態は収まった。そして話し合いの場を持ったのだが、結局は王必《おうひつ》配下の五百あまりの兵を除き、ほかはみな散り散りになっていった。

こうして千里の道のりも水泡に帰したが、幸い曹洪《そうこう》は一千ほどの兵士らをうまく集めて戻ってきた。いずれもかつて曹洪が使っていた従僕や、蘄春《きしゅん》［湖北省西部］で契りを結んだ任侠の徒たちである。

曹操は集まった兵を率いて、ゆっくりと進路を北に取った。その道すがらも流民のなかから若い男を引き込むなどして、なんとか三千ほどを集めて河内に駐屯した。

野営の用意を整え終えると、曹操は袁紹に面会するため、すぐに懐《かい》県［河南省北部］へと向かった。袁紹は大いにこちらの顔を立ててくれるに違いない、曹操はそう信じて疑わなかった。ところが、懐県の県城を目の前にしても袁紹の出迎えはなく、ただ許攸《きょゆう》だけが、先に着いていた任峻《じんしゅん》と卞秉《べんぺい》に付き添って出迎え、曹操をそそくさと県城のなかへと導いた。

許攸は改まった口調で曹操に告げた。「阿瞞《あまん》殿、車騎《しゃき》将軍は身内に不幸がありまして、お迎えに出られないのです。いまは県の役所で迎えの宴席を調え、ほかの将軍らとともにあなたをお待ちです」

「不幸とは？」

「ええ、それが……」許攸は話をする前からため息を漏らした。「太傅《たいふ》の袁隗《えんかい》さまや太僕《たいぼく》の袁基《えんき》さまなど、袁家の一族二十数名が、それぞれの家族や従者もろとも、董卓《とうたく》の毒牙にかかったのです」

曹操は、いつかそのような日が来るのではないかと思ってはいたが、やはり眉をしかめざるをえなかった。官界とはそもそも門生《もんせい》や故吏《こり》［昔の属官］のあいだにおける上下関係を重んじるものであり、董卓はかつて袁隗が召し出した掾属《えんぞく》［補佐官］であった。いま、その董卓が恩人の一族を手にかけて、はじめて常識を打ち破ったのである。このような悪例が作られた以上、今後は同様のことが増えはじめ、下克上がますます激しく演じられるようになるであろう。

「そんなことがあったのなら、宴席を設けている場合ではなかろう」

「車騎将軍がそう仰せられたのです。それに阿瞞殿は遠路はるばる来られたので、しばし寛《くつろ》いだとしても何の差し障りもないでしょう」

曹操は一つうなずくと、任峻と卞秉には幕舎に戻るよう指示し、身辺を警護させるために楼異《ろうい》と王必の二人だけを連れて、さらに県城のなかを進んだ。

「子遠《しえん》、この数か月で戦線に進展はあったのか」

許攸はやるせない表情でかぶりを振ると、足を止めずに答えた。「何も動きはありません。ですが、このことは車騎将軍に面会してからにしましょう」

曹操は、許攸が自分に対しては幼名で呼び、袁紹についてはいちいち「車騎将軍」と尊称するので、しだいに不愉快になってきた。「董卓が太傅や袁基殿らを手にかけたというのに、本初《ほんしょ》殿はなぜ国と家の仇を討とうともせず、じっとしているのだ?」

許攸は「国と家の仇」という穏やかではない言葉を聞くと、慌てて曹操をたしなめた。「阿瞞殿、声が高い。いろいろと事情がありますので、車騎将軍が自らお話しになるはずです」そこで思い出したように付け加えた。「言いたいこともあるでしょうが、酒の席ではくれぐれも戦のことを話題にしないでください」

許攸にそう頼み込まれて、曹操は無理に笑顔を浮かべて答えた。「わかった。このことは本初殿に会ってから直接尋ねよう」

ほどなくして着いた県の役所は、すっかり将軍の本営に様変わりしていた。正門には二十人の校尉《こうい》が二列になって立ち並び、鎧兜に身を固め、手には長戟《ちょうげき》を持ち、背に弓をかけたその様は、いかにも鋭気十分である。しかも目を引くことに、二十人の身の丈まで見事に揃《そろ》っている。正門を抜けると、さっそく管弦や鐘太鼓の音が曹操らを出迎えた。客間の出迎えのためだけに用意された二列の楽隊である——さすが車騎将軍を自称するだけあって、なかなか様になっているじゃないか——そして広間に入る前から、多くの者がぞろぞろと曹操を迎えに出てきた。

逢紀《ほうき》、張導《ちょうどう》、陳琳《ちんりん》といった袁紹の幕僚、淳于瓊《じゅんうけい》、劉勲《りゅうくん》、崔鈞《さいきん》といった配下の将、その真ん中に位置するのは、二十歳にも満たない二人の若者——すなわち袁紹の長子袁譚《えんたん》とその従兄弟《いとこ》の高幹《こうかん》である。誰もが曹操を見るなりことさら親しげに接し、袁譚に至っては高幹とともに曹操の面前で跪《ひざまず》いて拝礼した。「曹のおじさまにご挨拶申し上げます。家父《かふ》は服喪中のため酒席に出ることはかないません。よって、ここでおじさまをお迎えするよう、われらが命《めい》を受けました」

曹操は急いで駆け寄り、笑顔を浮かべながら助け起こした。みなが互いに先を譲るなか、多くの者が曹操の腕を取って宴席に上がり、曹操に上座を進めた。さらに袁譚は、曹操が連れ立って来た者にも酒と料理を振る舞うよう給仕に命じ、その慇懃ぶりは言葉遣いや態度にも表れていた。盛大というわけではなかったが、心地よい音楽と珍味佳肴《かこう》によって、やはり特別な雰囲気に包まれた宴席であった。参加者は誰しも礼儀正しく慎ましやかで、細かなことにはこだわらない淳于瓊までもが四角張っていた。ただ、一同の口に上るのは往時のことばかりで、穏やかに歓談し、董卓のことに触れる者は誰一人としていなかった。

そうして何ごともなく酒宴がお開きになると、一同は何度もお辞儀をしながら次々に帰っていった。本題が切り出されることは、とうとう最後までなかったのである。興が乗ることもないままに、曹操も立ち去ろうとしたそのとき、袁譚が目の前に近づいて来た。「家父が奥でお待ちです。どうぞお話しにお越しください」

曹操はかすかに笑みを浮かべると、楼異と王必を待たせておいて、喜び勇んで歩き出した。袁譚に続いて裏庭へ回り、さらに二、三度曲がると、ほかの建物とは離れたところにある別棟に出た。ふと見れば、そのなかの小さな一室に、喪服に身を包んだ袁紹の姿が見える。麻の冠を戴いて正座し、所狭しと並べられた位牌を前に放心している。袁譚は小声で曹操に入るよう進めると、二人きりで話ができるように、身を翻して姿を消した。

「本初殿、わたしです」

袁紹は座ったままで顔だけ向けて答えた。「服喪の身ゆえ酒席に上がれず、みなにもてなしを任せた。失礼したな」

「何をそんな水くさい。われら二人のあいだでそんな堅苦しい挨拶はやめてください」何進《かしん》のもとにいたころから現在に至るまで、数多くの危機や災難をくぐり抜けて来たため、曹操は容易に他人を信じられなくなっていた。しかし、いまは拠《よ》って立つところが必要である。今後も袁紹の世話にならざるをえないことを思うと、曹操の口調は当然ながら親密さを色濃く帯びた。

袁紹は立ち上がって返礼し、曹操に席を進めた。曹操は着座する前に、袁隗らの位牌に向かって弔いの叩頭をしてから、ようやく折り目正しく、静かに腰を下ろした。そして袁紹と対座したとき、洛《らく》陽《よう》にいたころと比べてずいぶん痩せ細っていることに気がついた。血色のよくない顔と落ちくぼんだ両の眼《まなこ》が、その傷心の度合いを物語っていた——まあ、無理もない。叔父ら一族の者が多数殺されたのだ。その悲しみと憤りたるやいかほどか——

「孟徳《もうとく》、やっと来たか。ずっと気にかけていたのだぞ」袁紹の憔悴した顔に笑い皺《じわ》が浮かんだ。「挙兵した日、おぬしのことが真っ先に頭に浮かんだ。われらが時を移さず合流していれば、これほどの混乱に至ることもなかっただろうな」

袁紹の言葉をどう受け止めたものか、曹操はその真意をつかみかねた。自分が来なかったことを根に持っているのか。自分が来たことを本当に喜んでくれているのか。それとも戦況に対するただの不満か。相手の真意がわからない以上、うかつに答えるわけにもいかない。曹操はただうなずいて相槌を打つにとどめた。袁紹のような人物と話をするときは注意すべきことがある。向こうが親しげに話しかけてきても、真に受けて調子に乗ってはいけない。そういう相手とのあいだには、きっと目に見えない溝が存在しているものである。

「孟徳よ、わしがこうして義兵を起こしたのは、もとより逆賊を誅して漢室を助けるため。しかしだ、いまではすっかり失望してしまった」袁紹はそこでため息を漏らした。「王匡《おうきょう》だよ。あいつは身勝手かつ傲慢でな。そのくせ軍営の防備を疎《おろそ》かにしおって。ついには孟津《もうしん》［河南省中部］で不覚を取るに至ったのだ。わしに人を見る目がなかったということだが、孟徳と鮑信《ほうしん》にも滎陽《けいよう》［河南省中部］で苦杯を嘗めさせてしまった。まったく面目ない」

袁紹が自ら本題に入ってきたので、曹操もいまが頃合いと見て切り出した。「現況について、どうしても腑に落ちないことがあるのです。酸棗《さんそう》［河南省北東部］に集まった長官らが互いに疑念を抱いて進軍しないのは、この際放っておきましょう。それより本初殿です。ここになお精兵数万を擁し、各地から勤王の軍がいまも続々と集まっています。王匡殿が敗れたとはいえ、大局に影響はなかったはずです。いまからでも進軍して孟津を奪い、その勢いで西へ攻め込めばいいではありませんか。それなのになぜ、本初殿は兵を動かさず、みすみす好機を逃すようなことをなさるのです？」

袁紹は苦々しく笑った。「こちらにもおいそれとは言えない事情があるのだ」

「どうかお話しください。お力になれるかもしれません」

袁紹はつかの間ためらったが、曹操の耳元に顔を寄せてささやいた。「韓馥《かんふく》だ」

曹操にはそのひと言で十分だった――たしかに袁紹は車騎将軍を自称して連合軍の盟主の座についているが、自身の根拠地で言えば、勃海《ぼっかい》郡を有するのみである。四代にわたって三公を輩出する袁家の声望を背景に、声をかければ兵馬を集めることもたやすいが、集めたところで兵糧という大問題が残る。いま、河内諸郡の兵糧はすべて冀《き》州からの供給に頼っており、いわば袁紹らの生殺与奪は韓馥の手に握られているのである。河南尹《かなんいん》の兵糧は残らず董卓に奪い去られたうえ、洛陽が灰燼《かいじん》に帰したいまとなっては、兵糧を集めながら行軍するのは不可能である。そのような状況のもと、万一韓馥が嫉妬に駆られ、兵糧不足を理由に供給を断とうものなら、袁紹らの軍は一巻の終わりである。

「わかったか?」袁紹は力なく席に着いた。「諸将がどんどん駆けつけてくれるのはうれしいが、来れば来るほど頭が痛いというわけだ。兵糧を自前で用意できない以上、いずれは必ず変事が起きよう」

「誰かが上前をはねているということは?」周囲には誰もいないのに、曹操は自然と声を落として尋ねた。

「それはない。しかし、わしの部下が冀州で治中従事《ちちゅうじゅうじ》をしている劉子恵《りゅうしけい》と書簡でよくやり取りをしていてな。向こうが言うには、兵糧の供給について韓馥はたいそう不満だそうだ。実際、ここのところ全軍の兵糧の備蓄が五日分を超えたことはない。そして送ってくるのは五日ごと、こんな頼りない補給で思い切って西に打って出ることができると思うか」

「なんというやつだ！　自分は前線に立つ勇気もないくせに、兵糧のことでも迷惑をかけるとは。あんなやつに大事を成せるはずがない！」曹操もこらえきれずに不満を漏らした。

「何日か前、并州《へい》の張楊《ちょうよう》と匈奴の於夫羅《おふら》から便りがあった。わが軍についてともに逆賊を討ちたいとの申し出だ。ただ、向こうも多くの兵を抱えているので、合流すれば兵糧がもっと必要になる。それでどうしたものかと頭を悩ませているところだ」張楊ももとは呉匡《ごきょう》らと同じく何進の配下である。かつて宦官に脅しをかけるため、并州へ二度徴兵に向かった。しかし、白波《はくは》の賊軍に帰路を断たれたため、張楊は集めた兵馬を率いて白波軍と遊撃戦を繰り返した。白波賊に手を焼いたことで大事に遅れをとり、董卓が朝廷を牛耳るようになってからは洛陽にも戻れず、何進の残党として寄る辺のない孤軍になってしまったのである。匈奴の単于《ぜんう》である於夫羅も状況は似たようなものである。部族の反乱による難から逃れるため、兵を率いて洛陽に流れ着いたが、何進は宦官誅殺に躍起になっていたため、まったく於夫羅に取り合わなかった。その後、西涼《せいりょう》軍が洛陽へなだれ込んでくると、於夫羅は董卓と丁原《ていげん》を恐れてまた流亡し、根無し草となってしまったのである。この二つの部隊が、いま河内への帰服を願い出ているという。その目的が食糧にあることは、誰の目にも明らかであった。

「兵糧が自前でまかなえんのでは、董卓を討つのも夢のまた夢だ」袁紹はそこまで話すと、ふと窓の外に目を向けて、まるで独り言のようにため息交じりにつぶやいた。「冀州が韓文節《ぶんせつ》のものでなかったら、どれほどよかったことか……」

これは、いかようにも取れる意味深長な言葉である。曹操は自分の意見を封じ込め、すぐに話題を変えた。「太傅が亡くなり、董卓は政務に通じていません。いま長安では誰が政事を取り仕切っているのでしょう？」

「司徒《しと》の王允《おういん》殿だ。すべては司徒の手に委ねられている」

「王子師《しし》殿ですか……」何ごとにも杓子定規な王允の姿が、すぐに曹操の脳裏に浮かんだ。「王子師殿は……何と言いますか……剛が勝ちすぎて柔が足りない気がします」

「王允殿は成り行きで選ばれたに過ぎないが、ともかく朝廷の大権はまだ董卓一人に握られているわけではない。ただ陛下があまりに幼いため逆賊を除くことができないのが残念だ」袁紹は色を正して続けた。「思うに、漢がしばしば奸臣によって乱されるのは、皇帝の即位が早すぎるためであろう。だから宦官が幅を利かし、外戚が権力をほしいままにして、どんどん事態が悪化するのだ。そうして今日がある」

「そのとおりです」この点は曹操もまったく同意見である。

「弘農王《こうのう》もすでに身罷《みまか》り、今上《きんじょう》陛下は董卓の傀儡《かいらい》に過ぎない。今上がまことに天下の主《あるじ》とは認められぬ以上、われらが別に皇帝を立てねばならん」

曹操は度肝を抜かれた。「それはなりません！　名分が正しくなければ道理も通りません。それでは別にもう一つの朝廷を立てることになります。天に二日《にじつ》なく、土《ど》に二王なし。そんなことをすれば天下の民は浮き足立ち、必ずや騒乱が起こるでしょう」

袁紹が曹操を手で制した。「孟徳、いまは柔軟に考えねばならん。董卓は民に暴虐を働き、民の心はすっかり離れてしまっている。その董卓が立てた今上陛下に、人心を得ることなど望むべくもない。実はずっと考えていたのだ。われらは大司馬《だいしば》の劉虞《りゅうぐ》さまを戴いてはどうかと。劉伯安《はくあん》さまなら年長で徳も備わっている。政事には仁愛をもって当たられ、常に民のためを思っておられる。幽《ゆう》州の民はみなその恩徳に浴し、博愛の名は鮮卑《せんぴ》や烏丸《うがん》にまで響き渡っているそうだ。伯安さまを皇帝として戴けば、民もおのずと心を寄せるであろう」

曹操は何度もかぶりを振って反対した。「劉伯安さまはたしかに人望の厚いお方ですが、血筋で言えば今上とは遠く離れており、祖宗《そそう》の認めるところではないでしょう。何より、そういったお方を擁立すれば、野心を持った者たちが宗室《そうしつ》の諸侯王を次々に担ぎ出し、ますます激しい争いを繰り広げることになるのでは。そうなってはもう収拾がつきませんぞ」

「孟徳、案ずるな。すでに諸将や各太守らとも相談したが、誰も異議を唱えた者はおらん。必ずやうまくいくはずだ」袁紹は高らかに笑った。「新たに皇帝が立てば朝廷の政治も一新される。行うべきは行い、禁ずるべきは禁ずる。詔勅が正しく下され、権限と職責が明らかとなる。そうなれば、われらが董卓を討つことを誰も邪魔できん」

「賊を討つのは何のためです？　民を塗炭の苦しみから救い、籠絡されている陛下を助け出すためではありませんか。別に皇帝を立てながら、お上に尽くして逆賊を討つなど自家撞着そのもの。赤の他人を担ぎ出して天下を奪うのと何が違うのです。当座の都合を優先して、すべてを台無しにしてしまいかねません」

「まあ、そう意固地になるな。孟徳も臨機応変に対応できるようにならねばな」そこで袁紹は表情を改めた。「これは個人的な考えではない。みなが同じように考えているのだ」

みなが同じように考えている？　そう言って合わせているだけではないか。いま固く誓って話を合わせておかねば、いずれどうなることか想像もできんからな……曹操は努めて感情を抑えたが、やはり口調は厳しいものになった。「董卓の罪は四海に明らか。われらが大軍を集めて義兵を起こすと、近きも遠きもこぞって立ち上がったのは、すべて義をもって動いたゆえ。いま、陛下は幼く弱く、奸臣に操られています。昌邑王《しょうゆう》のように国を滅ぼす兆しがあるわけでもありません。それなのに、これをいきなり変えてしまえば、いったい天下の誰が心安んずるというのです？　みなで北にいる伯安さまを推戴するなら、わたしは一人でも西におられる今上を董卓から救い出します」

袁紹の驚きは大きかった。一撃であたり一帯をなぎ払うような、耳目を驚かせるに十分な曹操の言葉であった。その断固たる態度を見て、袁紹もこれ以上の説得は差し控えた。「そうだな、ではこの件は日を改めて決めるとしよう。孟徳もひとまず戻ってもう一度考えてくれ、いいな」

これ以上何を考えることがある？　曹操は適当に相槌を打って、この話題をさっさと切り上げた。袁紹は体を起こすと、戸に向かって歩きながら心中を漏らした。「近ごろたまに思うのだが、万一、董卓を討つのが失敗に終わったら、おのおのが立ち上がって天下に割拠するのだろうな……いや、つまり、わしが言いたいのは、かりにそんな日が来たとしたら、どうやって天下を安定させるべきかということだ」

「本初殿はどうお考えなのです？」曹操はこの難題を、そのまま袁紹に投げ返した。

袁紹はいまさら何を憚るでもなく、曹操の目の前に立って答えた。「南は黄河を背負い、北は古《いにしえ》の燕《えん》と代《だい》までを守り、北方や西方の異民族も加えたのち、南に進んで天下を争う」

曹操は小さくうなずいた。これはかつて光武《こうぶ》帝が天下を平定したときの策である。

「孟徳、そなたの考えは？」

「天下の賢人に任せ、道理をもって治めれば、不可能はありません」曹操は言ったそばから後悔した。このような話は軽々しくするものではない。

「ともかく、孟徳が来てくれれば百人力だ」袁紹は曹操の手を取った。「そなたの用兵はわしを上回る。いまは進軍できぬゆえ、ひとまずここで兵馬を調練し、いずれ訪れるであろう大事に備えてくれ」

いまこのときに袁紹が発した「大事」という言葉に、曹操は深い疑いの念を抱いた。とはいえ、やはり慎しみ深い態度を前面に出して拱手《きょうしゅ》した。「むろん力を尽くしますとも」

「そういえば何日か前、大鴻臚《だいこうろ》の韓融《かんゆう》と少府《しょうふ》の陰脩《いんしゅう》、それに執金吾《しつきんご》の胡母班《こぼはん》、将作大匠《しょうさくたいしょう》の呉脩《ごしゅう》と越騎校尉《えつきこうい》の王瓌《おうかい》らが、董卓の偽の詔書を持って長安からやって来た。曰く、われらに軍を解散して、おのおのの任地へ戻れというのだ」袁紹は襟元をいじりながら続けた。「洛陽を燃やし、先帝を害するという大罪を犯しておきながら、われらには指をくわえて黙って見ていろと言ってきたのだぞ」

「まったくです。断じて解散するわけにはいきません！」曹操は公私の両面で強く賛同した。ひとたび連合軍を解散してしまえば、ほかの者は自分の任地へ戻るだけかもしれないが、曹操には帰るべき場所がない。そのため、連合軍の解散については、曹操は反対派の急先鋒にならざるをえないのである。「解散などという選択は当然ありえませんが、その韓融や胡母班らはいまどこにいるのです？」

袁紹は目をしばたたかせながら曖昧に答えた。「わしがその詔勅を拒んだからな、きっといまごろは各地に伝えに回っているのだろう……ふん、まったく余計なお世話だ。董卓の戯《ざ》れ言《ごと》など、いったい誰が耳を貸すものか！」袁紹は自分の言葉が気に入ったのか、また重ねて続けた。「そうだ、やつの戯れ言はいま朝命を帯びているのだぞ。やはり別に皇帝を立てることを考えねばならんのではないか」

曹操はただ笑みを浮かべただけだった。しばし沈黙が流れたのち、曹操は立ち上がって別れを告げた。

すると袁紹はまた曹操の手を取り、言い含めるようにゆっくりと語りかけた。「もう一つある。河内太守の王匡だが、やつは自分で兵馬を率いるようになってから、傲慢で自分勝手になっている。ほかの刺史や太守についても不満ばかりこぼしているのだ。あまりに行きすぎるようなことがあれば、そのときは孟徳、そなたに善処してもらいたい」

「承知しました」曹操はうなずいた。

「王匡が一線を超えるようなことがあれば、頼んだぞ……わかるな?」

わざわざ繰り返し頼み込み、その際、手にぐっと力が込められたのを感じ、曹操は思わず袁紹の顔に目を向けた。微笑みをたたえた瞳の奥に、曹操は殺意を見た。つかの間、曹操は葛藤したが、いまの自分は結局のところ袁紹に従属する身で、その顔色を窺わざるをえない。曹操はことさらに真面目な顔を作って答えた。「大義を前にしては、壮士たるもの腕の一本も惜しみはしません」

袁紹は満足げにうなずいて曹操を庭まで送り出すと、その後ろ姿に拱手して深々と頭を下げた……

王国誅殺《おうきょう》を謀る

曹操が自分の軍営に帰り着いたころ、すでに日はとっぷりと暮れており、夏侯惇《かこうとん》と戯志才《ぎしさい》が曹操を迎えに出て来ていた。「首尾はいかがでしたか。袁紹《えんしょう》の対応は？」

「まんざらでもなかったぞ。酒席で歓待され、十分に礼を尽くしてもらった。それに、進軍の意志がないわけではないらしい。ただ兵糧が不十分ゆえ、それがかなわんということだ」曹操は歩きながら答えた。

戯志才が小鼻を指でさすりながら、笑みを浮かべた。「『呂氏春秋《りょししゅんじゅう》』に、『物固《もと》より長《ちょう》有らざる莫《な》く、短《たん》有らざる莫し［物にはもとより長所と短所がある］』とあります。袁本初《ほんしょ》はやはり凡庸の輩ではありません。かつて蹇碩《けんせき》が何進《かしん》を亡き者にしようとしたとき、何進に代わって軍を指揮し、騒乱を防いだだけのことはあります。このたび、勤王の軍が立ち上がったのも本初の首謀《しゅぼう》によるものです。やはりこの男は優れたところも多いですな」

「ただ、話をしているあいだ気が休まることはなかった」曹操はわずかに落ち込んだような様子を見せた。「以前なら、二人のときは何憚ることなく興に乗って語ったものだが、もうあのころには戻れそうにないな」

「当時はお二人が対等だったからでしょう。いまは上下関係にありますからな。将軍は人の下についたことがございませんから、それで違和感を覚えただけでしょう」戯志才が続けた。「『呂氏春秋』

には、『故に善く学ぶ者は、人の長を仮《か》りて以て其の短を補う［それゆえよく学ぶ者は、人の長所によって自分の短所を補う］』ともあります。将軍もこの点を肝に銘じておかれたなら、大いに役に立つことでしょう」

曹操はうなずいた。「胸に城府《じょうふ》の深きを有し、心に山川の険を有すか。人の心の奥底はわからぬもの、俺も袁本初によく学ばねばならんな。とはいえ、一緒にいて気分を害されたことがある。なんと本初は、別に皇帝を立てるつもりなのだ」

「そんなことは断じてなりません！」戯志才も驚きを露わにした。

「そのとおりです」曹操はそこでふと足を止めた。「この曹操、これまで天下と朝廷を重んじることを旗印としてきました。これこそ自分の他人より優れた点と自負しております。もし軽々に本初と行動をともにすれば、自らこの長所を消してしまうことになるでしょう。民を苦難から救い出す、これこそがこの曹操の望みですからな」

戯志才は曹操の表明をすぐそばでうなずきながら聞いていた。しかし、曹操がわざわざ足を止め、自分の無私の志を周囲の兵士たちに聞こえるようにことさら大声で言ったことに対しては、あまりにも芝居じみていると感じた。そのことはおくびにも出さず、戯志才は曹操に用件を伝えた。「幕舎《ばくしゃ》へ戻りましょう。任伯達《じんはくたつ》がある者を連れて来ております。何やら秘密の相談だとか」

秘密の相談？　曹操は途端に興味を惹《ひ》かれ、足早に軍営へと戻った。果たして幕舎に入ると、黒の普段着に武冠《ぶかん》を戴いた男が、任峻《じんしゅん》と膝を付き合わせて語り合っている。その男は曹操が戻って来たのを見ると、即座に跪《ひざまず》いて額を地につけた。

「帳《とばり》を下ろせ。楼異《ろうい》、王必《おうひつ》、外を見張っていろ。誰も通してはならんぞ」曹操は指示を与えてから腰を下ろし、男に声をかけた。「そんな堅苦しい礼はご無用。さあ、早くお立ちください。そなたはいったいどちらさまかな?」

その男はついさっきまで泣いていたかのようで、かすれた声で話しはじめた。「それがしは路招《ろしょう》、王匡の配下の将でございます」

「ほう?」曹操は訝《いぶか》った――袁紹は俺に王匡を殺させようとしている。この男はその王匡のところから訪ねてきたというのか――「王太守麾下《きか》の路将軍が、こんな遅くに何のご用で」

路招はなおも跪いたまま、懐から一通の書簡を取り出した。「まずはこちらをお読みください」

曹操はますます怪しみながらも、封を開けた。

古《いにしえ》より以来、未だ下土《かど》の諸侯の兵を挙げて京師に向かう者有らず。「賈誼《かぎ》伝」に曰《い》う、「鼠に擲《なげう》つに器を忌む」と。器すら猶《な》お之を忌むに、況《いわ》んや卓《たく》　今　宮闕《きゅうけつ》の内に処《お》り、天子を以て藩屏《はんぺい》と為す。幼主《ようしゅ》宮に在り、如何《いかん》ぞ討つべけんや。僕　大鴻臚《だいこうろ》韓融《かんゆう》、少府《しょうふ》陰脩《いんしゅう》、将作大匠《しょうさくたいしょう》呉脩《ごしゅう》、越騎校尉《えつきこうい》王《おう》瓌《かい》と倶《とも》に詔命を受く。関東の諸郡、実《まこと》に卓を嫉《うら》むと雖《いえど》も、猶《な》お王命を銜《ふく》み奉るを以て、敢えて玷辱《てんじょく》せず。而《しか》るに足下《そっか》、僕を獄に囚《と》らえ、欲《ほっ》するに鼓《つづみ》に釁《ちぬ》るを以てす。此れ悖暴《はいぼう》無道の甚だしき者なり。僕　董卓と何ぞ親戚なる有らん、義は豈《あ》に悪を同《とも》にせん。而るに足下　虎狼《ころう》の口を張り、長蛇の毒を吐き、卓を恚《いか》りて怒りを遷《うつ》す。何ぞ甚だ酷なるや。死は人の難き所なり。然れども狂夫《きょうふ》の害する所と為るを恥ず。若《も》し亡者に霊有らば、当《まさ》に足下を皇天《こうてん》に訴うるべし。夫《そ》れ婚姻なる者は禍福の機、今日著《あらわ》るるなり。曩《さき》には一体と為り、今は血讐《けっしゅう》と為る。亡人《ぼうじん》の子二人、則ち君の甥なり。身没するの後は、慎みて僕の屍骸《しがい》に臨ましむること勿《な》かれ。

［古来より、地方の諸公で都に攻め上った者はおりません。「貫誼伝」に、「鼠を狙って物を投げるとき、周りの器を壊すのを心配する」とあります。器ですら壊れるのを心配するのです。ましてやいまは董卓が宮殿におり、天子を盾としているのです。幼い陛下が宮中におられるのに、どうして董卓を討伐してよいものでしょうか。わたしは大鴻臚の韓融、少府の陰脩、将作大匠の呉脩、越騎校尉の王瓌とともに勅命を受けました。関東の諸公らは董卓を深く恨むとはいえ、天子のご下命によるゆえ、わたしを辱めることはありませんでした。しかるに足下だけはわたしを投獄し、戦《いくさ》の生《い》け贄《にえ》として陣太鼓にわが血を塗って捧げようとなさいます。これは道理にもとること甚だしい。わたしは董卓と縁戚でもありませんし、道義からいって悪事をともにすることはいたしません。それなのに足下は虎狼のごとく牙をむき、大蛇のごとく毒を吐き、董卓への怒りをわたしに向けております。あまりにもひどいではありませんか。死はいかんともしがたいものですが、狂人の手にかかって命を落とすのは恥でございます。死んだのち、もし魂というものがあるのなら、わたしは必ずや天帝に訴えましょう。さて、婚姻とは禍福のきっかけであることが、今日こそはっきりしました。先には縁戚として一体となりましたが、いまはかえって仇敵となったのですから。わが二人の子はあなたの甥にあたります。わたしが死んでも、どうかわが亡骸《なきがら》を子らには見せぬよう取り計らいください］

「これはいったい誰が書いたのだ？」曹操は目を丸くして路招にただした。

路招の目からまた涙がこぼれだした。「それは執金吾《しっきんご》の胡母大人《こぼたいじん》が臨終の際に王匡に宛てて書いたもの……そのおおよそをそれがしが書き写しました」

「胡母班《こぼはん》が王匡に殺されたのか！」曹操は驚き訝った。胡母班といえば当代の名士、名は八厨《はっちゅう》［清流派の党人における格づけの一つ］に列なり、かつて何進が辟召《へきしょう》した人物である。たしかにこのたびは連合軍の解散を命じる詔書を持って来たが、それ自体は殺されるようなことではない。あたりの者とは多くの付き合いがあり、何より王匡の妹の夫でもある。それを手にかけるとは、かくも冷酷になれるものか！

路招はため息交じりに続けた。「胡母大人だけではありません。将作大匠の呉脩さま、越騎校尉の王瓌さまも、王匡の手で殺されました」曹操は自分の驚きを気取られないよう心を落ち着かせ、努めて冷静な顔をした。「お三方が殺されたとのことだが、それで路将軍の来意は？」

「胡母大人のために仇を討ってください。王匡を除いてほしいのです！」

「ふんっ」曹操は不満の色を浮かべた。「そなたは王公節《こうせつ》の部下、それがそんなことを言うとは、主従の理《ことわり》にもとるではないか」

「それがしの不忠には当たりません。それがしはもと胡母大人の掾属《えんぞく》［補佐官］、王匡が河内《かだい》で兵を挙げたので、それがしも賊を討って朝廷に報いるため、自軍を率いて加勢したのです。ところが王匡はつけあがる一方で、部下を憐れむこともなく、それが孟津《もうしん》での負け戦と鮑忠《ほうちゅう》殿の死につながったのです。しかも今度はそれがしの恩人を二人まで殺しました。お天道さまのもと、こんな不義が許されていいはずはありません！」路招は繰り返し額を地に打ちつけた。「将軍は義を旗印にされていると聞いております。この無法者を誅殺して胡母大人の仇を討てば、長安までついていった朝臣らもきっと溜飲が下がることでしょう……」

これぞ天の与え賜うた好機！　その思いが頭をよぎった瞬間、曹操は卓をばんと叩いた。「この不忠の輩を縛ってしまえ！　王匡の軍営に突き出してやる。始末は向こうでつけるだろう」

曹操の叫び声が響くや否や、楼異と王必が入ってくるのを待つまでもなく、夏侯惇と任峻が二人がかりで路招を地べたに押さえつけた。「曹操！　俺には人を見る目がなかったようだ。お前も大した器ではなかったな」路招がいくら喚《わめ》こうとも、曹操は顔を背けてまったく取り合わなかった。

路招が引き立てられていくと、曹操は終始押し黙ったままの戯志才に目を向けた。「先生はどう思われます？」戯志才はゆっくりとかぶりを振った。「『呂氏春秋』には……」

「古典の文句は結構です。この件はどうすべきか、お聞かせください」

「それは袁紹に諮るべきでしょう」戯志才は憚ることなく直言した。「たとえ王匡が朝廷の重臣を勝手に殺したとしても、同盟相手を誅するというのは不義にあたります。われわれとしては、そんな罪名を背負ってはなりません」

曹操は笑みを浮かべた。「今日、袁紹がわたしに王匡を誅殺するようほのめかしてきました」

「なんと？」戯志才の目がきらりと輝いた。「では、王匡が重臣を害したことは袁紹もつかんでいるはず。というより、おおかた袁紹が王匡に殺させたのでしょうな」

曹操は考えを練った――袁紹は劉虞《りゅうぐ》を皇帝に立てたがっている。だからわざと朝廷の重臣を殺して訣別を告げたのだ。だが、名士を殺したという汚名は着せられたくない。そこでこの罪を小物の王匡にかぶせた……要するに、相手を消したかったが自分の名声に傷はつけたくないということか。まったく外面《そとづら》ばかりで、このうえなく腹黒いやつだ——そこで曹操は、また戯志才に問いかけた。「袁紹のことはさておき、畢竟《ひっきょう》われわれとしてはこの件に手を出すべきか否か、いかがです？」

戯志才もしたたかな男である。曹操の質問に質問で返した。「畢竟、将軍としては袁紹の幕下にとどまるおつもりですか」

曹操は一つ息をついた。「わたしの気持ちですか……それは、董卓を討って漢室を立て直すためなら、しばらくは……ひとまずは袁本初の意に沿うよう動くつもりです」

戯志才は拱手《きょうしゅ》して答えた。「皇帝を別に立てることを将軍が頑なに拒んだのは大義の至り。ですが、無頼の徒を除くことは、大義に何の差し障りもありません」戯志才はそう言って俯《うつむ》いた——わしがここまで言ったのですから、あなたもしらばくれるのはおよしなさい——すると曹操は、腰をほぐして伸ばすと、さも気乗りしないといった体《てい》で伝えた。「仕方ない。袁紹に安堵してもらうため、さらには胡母班の仇を討つためです。不本意ながら手を下すとしましょう」

「御意」

「では、先生自ら路招に説明してください」

「承知しました」

「ただし、縄はまだそのままで。他人の目を欺くためです」

「仰せのとおりに」そこで戯志才は曹操に一歩近づいて、注意を促した。「王匡は五千の兵を有しており、その兵力はわれらを上回ります。袁紹は自分の名声を慮《おもんぱか》って関わろうとしないでしょう。ですから将軍、ここは力ではなく、智をもって攻めるべきです」

「むろんそのつもりです。すでに成算はありますとも」曹操はあくびを漏らした。「いますぐ張孟卓《ちょうもうたく》に書簡を出し、兵を率いて河内に入ってもらいましょうか。こちらの兵力を増やすと同時に……こんな毀誉褒貶《きよほうへん》相半ばすることは、ともに泥をかぶってくれる者がいたほうがいいでしょう」

戯志才は曹操の周到な配慮をしきりに褒めそやしたが、内心では異なることを考えていた――忠義の心と用兵の術はさておき、あなたと袁紹の腹黒さは実によく似ていますな……

軍営を乗っ取る

王匡《おうきょう》、字《あざな》は公節《こうせつ》、泰山《たいざん》郡の出身である。いわゆる任侠の徒で武勇を好み、大《だい》将軍何進《かしん》に辟召《へきしょう》されて、その掾属《えんぞく》となった。何進が宦官の誅殺を計画したとき、王匡はその命令で泰山郡へと戻り、五百人からなる一隊を率いて洛陽《らくよう》に向かった。しかし、道半ばにして洛陽で変事が起こり、董卓《とうたく》が機を見て都へと乗り込んだ。そこで王匡は洛陽に入ることをあきらめ、官を捨てて故郷に帰った。その後、周毖《しゅうひ》が義兵を集めて董卓を討たせるため、わざわざ王匡を河内《かだい》の太守《たいしゅ》に推挙したのである。

着任後、王匡はすぐに黄河の渡し場を押さえて、袁紹《えんしょう》軍の進駐を導いた。言ってみれば、王匡は連合軍の結成に大きな役割を果たしたのである。そのため、袁紹も河内に入ったときは王匡を非常に重用し、特別にその兵馬を増強して、孟津《もうしん》を攻め取るように命じた。この際、鮑信《ほうしん》も鮑忠《ほうちゅう》に兵を与えて加勢させた。ところが、自分の軍が膨らんでいくに従い、王匡はその期待に押しつぶされそうになっていった。また一方では、かえって尊大な態度で敵を侮るようにもなった。その結果、董卓の兵馬が密かに小平津《しょうへいしん》を渡り、背後に回り込んで突撃を仕掛けると、王匡の軍は惨敗を喫した。

この敗戦ののち、王匡は敗残兵をまとめて一度泰山郡に戻り、今度は五千ほどの兵士を集めて前線へと舞い戻った。しかし、再び河内の戦場に戻ったものの、王匡は大河の沿岸に軍を構えようとはせず、ずっと奥まったところに陣屋を設営した。そして頑なに守りを固め、毎日ただ兵糧を無駄にすり減らすだけで、決して軍を進めようとはしなかった。袁紹は王匡がその任に堪えないことを重々承知していたが、董卓討伐の友軍であることを思うと、それ以上どうしようもなかった。さらに言えば、王匡の首をすげ替えたくとも、ほかに適任の人物もいなかったのである。ところが、王匡の態度は日増しに悪くなる一方で、一度ならず二度までも増兵を要求してきた。これがとうとう袁紹の怒りに火をつけ、袁紹も本気で王匡を除くことを考えはじめたのである。

ときに皇帝はすでに長安《ちょうあん》へと連れ去られ、その長安の朝廷から大鴻臚《だいこうろ》の韓融《かんゆう》、少府《しょうふ》の陰脩《いんしゅう》、執金吾《しつきんご》の胡母班《こぼはん》、将作大匠《しょうさくたいしょう》の呉脩《ごしゅう》、そして越騎校尉《えつきこうい》の王瓌《おうかい》が使者として遣わされてきた。そのうちの胡母班と呉脩、および王瓌の三人は、河内に入って袁紹に面会した。このとき、袁紹の胸にはすでに劉虞《りゅうぐ》を皇帝に立てる計画があった。そのため、恭《うやうや》しい態度で迎えながらも体良《てい》くあしらい、一方では王匡に、胡母班らを捕らえて殺すよう密命を下した。袁紹にしてみれば、名士を殺したという汚名を王匡に着せることもでき、まさに一石二鳥である。うぬぼれ屋の王匡は露ほども疑うことなく、三人を捕らえて投獄した。妹婿の胡母班は肺腑を衝《つ》く手紙を書いてよこしたが、それでも王匡は三人とも殺害したのである。このことがあってから、かつて胡母班の掾属を務めた路招《ろしょう》が突然姿を消した。以来、王匡は不安に駆られ、いっそう防備を固めることに心を砕いた。よほどのことがない限り軍営を出ず、懐《かい》県にいる袁紹のもとへも出向かなくなった。

そんなある日の早朝、部下の点呼を終えた王匡が、例によって幕舎《ばくしゃ》で悶々としていると、奮武《ふんぶ》将軍の曹操が書簡をよこしてきたとの急報が飛び込んできた。そして二十歳そこそこの若い使者が、取り次ぎのあとについて幕舎のなかに入ってきた。

王匡は用心深くその若者を睨《ね》めつけた。「そなたが曹孟徳《もうとく》の部下か」

「卞秉《べんぺい》と申します。いまは曹将軍のもとで中軍の小隊長の任についております」卞秉はそう言いながら王匡に笑みを向けた。「実を言いますと、わたしは曹将軍の義理の弟でして、姉が曹将軍に嫁いだおかげと言いますか……富貴を得ても妻の実家は大切に、というやつです」

王匡は相手の下卑《げび》た話しぶりに警戒を解き、あざけるように尋ねた。「それでおたくの将軍が義理の弟殿にどんなご用命かな」

「うちの将軍は近ごろ車騎《しゃき》将軍のもとに身を投じ、兵を率いてここへ向かい、ともに孟津のことを謀るようにと命を受けました」そこで卞秉は一通の書簡を王匡に手渡して言い添えた。「うちの将軍はそれはもうたいへんなんですから」

「何がたいへんなのだ?」王匡は書簡を開きながら、何とはなしに先を促した。

すると卞秉は立ち上がり、三寸不爛《ふらん》の舌で一気にまくし立てた。「先の滎陽《けいよう》の敗戦では、本当にたいへんな目に遭いました。あの董卓の大馬鹿野郎は徐栄《じょえい》とかいう馬鹿野郎にわれらの相手を命じました。やつの連れてきたお馬鹿さんたちときたら、あれはもう人じゃない。正真正銘の畜生です。やつらが騎馬でまっすぐ突っ込んで来たせいで、鮑韜《ほうとう》と衛茲《えいじ》はあっという間に討ち死に、うちの将軍だって小便ちびって逃げ出した挙げ句、汴河《べんが》に道を遮られました。それをこの義理の弟たるわたしが背負って帰陣したのです。それからも、揚《よう》州まで行って徴兵を手伝いましたし、袁紹のところに着くまでもしっかり守り通しました。それから……」

卞秉が何でもかんでも自分の手柄にしてしまうのを聞いて、王匡も思わず笑い出した。「なるほど弟殿はまったくたいしたものだ。すべてはそなたのおかげということだな」

「そうですとも！」卞秉は口任せに、何憚ることなく言い切った。「義理の弟である以上、その分を守らなくてはいけません。姉や妹の夫に義理の兄弟が手を下すなど愚の骨頂、自分のおじや姉妹を生き埋めにするようなもので、これはもう畜生以下です！」

王匡は痛いところを突かれ、わざと当てこすっているに違いないと思ったが、卞秉のとぼけた様子を見る限り、どうもそういうわけではなさそうである。王匡は曹操からの書面をつぶさに読み終えると、丁寧で腰の低い筆致にかえって違和感を覚えた。「それで、おたくの将軍は何を言いたいのだ？」

卞秉は数歩にじり寄ると、へつらい笑いを浮かべた。「うちの兄貴は滎陽でやられてからおっかなびっくりで、ちっとも西へ軍を進めようといたしません。よそさまは自分の土地を持っているのに、うちは名ばかりの将軍、自分の城もないものですから、袁本初《ほんしょ》の下につかざるをえませんでした。ところが、袁紹のもとに着いた途端聞かされたのが、孟津に打って出よとのご命令。滎陽で恐ろしい目に遭ったのに、また前線に出ることなどできると思いますか。ですから張孟卓《ちょうもうたく》に書簡を送り、河内まで加勢を頼んだ次第。一両日中にはこちらへ着くことでしょう」

「なるほど、そういうことか」昨日、王匡は張邈《ちょうばく》からの書簡を受け取っていた。近く兵を率いてそちらへ向かうとあったため、怪しく思っていたが、これでその疑問が氷解した。

「ただ思いますに、張孟卓殿は瀟洒な文人、戦《いくさ》には通じておりませぬ。ですからわたしは……」そこで卞秉は、いかにも自信ありという面持ちで胸を叩いた。「わたしは兄貴に言ったのです。張孟卓殿は頼りにならぬ。王太守こそかねてより任侠の名を馳せ、泰山では鶴のひと声で数千もの兵を集め、まるで天から降り立った将軍、戦っては負け知らず、落とせぬ城などなく、勇名は天下に響き渡り、そのうえ……」

さすがに王匡も手を振って遮った。「そんなつまらぬ話はもうよい。要するに何が言いたい？」

「あなたに手紙を書くよう勧めたのはわたしです。どうかわが兄を助けるため、張孟卓殿とともにご出兵を賜り、三隊で力を合わせて孟津へと軍を進めていただきたいのです」

王匡はそれを一笑に付した。「そんな甘言を弄したぐらいで、わしを動かせるとでも思ったか。車騎将軍の命令がなければ、何があってもここを動くつもりはないぞ」

「では、車騎将軍の命令があったなら？」卞秉は反問した。

王匡は一瞬返事をためらったあと、からかうように答えた。「まあ、たとえ軍令が下りたとしても、わが軍の様子を見て決めることだがな」

「それはつまり、わが兄を助けるつもりなどないということですね！」

「手助けしたいのはやまやまなんだがな」王匡は笑いながら懐手《ふところで》した。

「なんてこった……絶対に説得してくると、兄貴の前で大口を叩いて請け合ったのに。帰ったら何と報告したものか……」

「ふん、そんなこと、わしの知ったことではない！」

「では、これにて失礼いたします」卞秉は深々と一礼すると、振り向いてさっさと歩きはじめた。そして幕舎の入り口まで来たところで、ため息交じりに大きな声で独りごちた。「王公節は評判と違って人を平気で見捨てる、か。まったく路招の言っていたとおりだったな」

「おいっ、戻って来い！」王匡が音を立てて勢いよく立ち上がった。

「戻るも何も、まだここにいますがね」卞秉が勝ち誇ったような笑みを浮かべて振り返った。

「いま何と言った！」

「いえ、別に何も。ただ、何日か前に路招とかいう男が兄貴の軍営に来ましてね。あることないこと並べ立てていましたが、うちの兄貴は信じていませんでしたよ」卞秉は腕組みして王匡を見た。「いや、本当ですとも。兄貴はたったのひと言も信じていませんでした。それが証拠に、その路なんとかってやつをその場でとっ捕まえたんですから」

「よくやった」王匡は怒りを鎮めながら答えた。「その男はわが幕下の裏切り者だ。こっちに引き渡してくれるんだろうな」

卞秉はしたり顔で答えた。「では、王太守もわが将軍のために出兵してくださるんですよね？」

「それとこれとは話が別だな」王匡もにやりと笑みを浮かべた。「路招などただの匹夫に過ぎん。そっちが返すと言うなら返してもらうが、返さんのならそれでもかまわん！　お前の兄とは同じ朝廷に仕えている身ゆえ、今日のことは不問に付してやる。さあ出て行くがいい」

「いえいえ」卞秉はすぐにまた笑顔をこしらえた。「そう仰るということは、やっぱりうちの兄貴が信用できないということですね。では、こうしましょう。わたしは捕らえた男を兄貴にここまで連れて来させます。出兵のことはそのときにまた話し合ってください。これでいかがですか」

王匡は俯《うつむ》いてしばし思案をめぐらした――裏切り者の路招の身柄さえ押さえれば、出兵のことはわしの腹一つ。さすがに曹操もここで好き勝手はせんだろう――そう考えると、王匡はまた作り笑いを浮かべた。「よかろう。路招のことはともかく、そなたの兄とも大将軍府で別れて以来、もう一年以上顔を見ておらぬ。昔話に花を咲かせるのも悪くはあるまい」

「では、これで決まりです」卞秉は深々とお辞儀をして付け足した。「王太守、たしかにわが兄がその男を送り届けに来たときは、くれぐれも兄の顔を立ててやってください」

「わかった、わかった。義理の弟殿の顔をつぶさぬよう、しっかりもてなすとも」王匡は卞秉の姿が遠ざかると、内心であざけりながら毒づいた。「ふん、寝言は寝て言うんだな」

思惑どおりに事が運び、王匡は笑いが止まらなかった――曹操め、うぬぼれ屋の義理の弟に使者を任せ、路招のやつをわざわざ引っ立ててくれるとはな……これで悩みの種も取り除けるというものだ――王匡には曹操のために出兵するつもりなど毛頭なかったが、もとは同じく何進に仕え、いまは友軍である。曹操をおざなりに扱うわけにもいかず、すぐに幕舎を張らせ、酒宴の用意を調えるように命じた。そのとき、またしても急報が飛び込んできて、張邈の軍が近くに陣取っていると伝えてきた。王匡はそれをまったく意に介さず、幕舎で横になったまま、曹操が来たときの台詞を考えていた。

そしてその日の昼前には、曹操が来たとの知らせが入った。王匡は陣営にいる文武の官を残らず引き連れ、喜び勇んで迎えに出た。白馬に乗った曹孟徳は、平服に武冠《ぶかん》という略装で、連れているのは十数名の部下のみ、しかも一人として鎧兜を着けている者はいない。そのなかに一人、縄で縛り上げられた、ざんばら髪のやつれた男がいた——路招その人である。

「はっはっは、孟徳殿、ご足労をおかけした。面目次第もない」王匡はすぐさま包拳《ほうけん》の礼をとった。曹操も馬を下りると、遠慮がちに挨拶を述べた。「『礼もて人に下るは必ず求むる所有り［贈り物をするのは必ず頼みたいことがあるからだ］』などと申しますが、出兵の件では公節殿に……」

「そんなことはあとでよかろう」王匡はすぐに話の腰を折った。「宴会の準備が調っておる。まずは一杯やろうじゃないか」

「そういうことでしたら」曹操も小さく笑って会釈すると、王匡について軍営に入っていった。そのあとに夏侯惇《かこうとん》、夏侯淵《かこうえん》、戯志才《ぎしさい》、卞秉らも続き、最後には楼異《ろうい》と王必《おうひつ》という二人の巨漢が、縄目にかかった路招を歩かせて入ってきた。

中軍の幕舎に入ると、王匡は自ら下座について曹操に上座を勧め、曹操の陣営の者は西側［賓客側］、王匡配下の者は東側［主人側］に並んで腰を下ろした。豪勢な酒宴ではなかったが、用意は万端調えられていた。王匡はさっそく自分の杯《さかずき》を手に取ると、笑顔で酒を勧めた。「孟徳殿、ともに大将軍に目をかけられながら、ついぞゆっくり語り合う機会もなかった。さあ、まずは一杯いってくれ」

曹操はゆっくりと杯を持ち上げると、ため息をついた。「大将軍が宦官の手にかかってからというもの、当時を思い出すたびにため息が出るのです。それにしても、大将軍が果断な処置を取り、機密が守られていたならば、あんなことにはならなかったでしょう。それがひいては朝廷の受難につながり、董卓の横暴を許すことになったのです」

王匡は、曹操が出兵の件を持ち出すのだろうと踏んで、すぐに話をそらした。「董卓のことは今日はよかろう。酒宴の興をそぐだけだ」曹操は笑みを浮かべて応えたが、その目は笑っていなかった。

「しかし、董卓が闇夜に乗じて小平津を渡り、あなたを敗走させたことは、触れないわけにはいかぬでしょう」

「まあ、勝敗は兵家の常だ。孟徳も負けたことぐらいあるだろうに」王匡はそう言いながら返杯した。

「実は、どうしても公節殿にお尋ねしたいことがございます」曹操は改まって拱手《きょうしゅ》した。「先ごろ、わが陣営に駆け込んできた者が言うには、胡母季皮《きひ》［胡母班］ら三名の朝使《ちょうし》をあなたが殺害したとのことでしたが、それは本当でしょうか」

王匡は箸を止めて笑みを返した。「そうだ、わしが殺した」

「たしか胡母季皮は公節殿の妹婿だったのでは？」

「そうだ、この王匡が大義のもとに天誅を加えたのだ」

「ほほう？」

王匡は酒を飲み干すと、口を尖らせてまくし立てた。「思うに、長安の主《あるじ》など董卓が担ぎ出しただけのひよっこ、威信も何もあったものではない。われらは別に主君を戴いて長安を攻め取るべきなのだ。胡母班、王瓌、呉脩を殺したから何だ？　袁術《えんじゅつ》も魯陽《ろよう》で陰脩を始末している。ただ袁術は自分の名声に傷がつくのを恐れて、老いぼれの韓融を逃してしまった。名声など物の役にも立たぬというのに。わしなら一人も逃がすつもりはなかったがな」

「では、長安までついていった朝臣らはどうすべきだと?」

「死あるのみだ」王匡は卓上の包丁に手を伸ばすと、肉を切りはじめた。

曹操は腹立ちを押さえながら重ねて尋ねた。「馬日磾《ばじつてい》、王允《おういん》、朱儁《しゅしゅん》、趙謙《ちょうけん》、楊彪《ようひょう》、蔡邕《さいよう》、何顒《かぎょう》、劉邈《りゅうばく》といった治国の臣まで死ぬべきだと言うのですか」

王匡は蔑《さげす》むような顔を浮かべて小型の肉切り包丁を卓上に投げ出すと、ぬけぬけと言い放った。「天子が替われば朝臣も替わるもの、いま名前の挙がったような者はいずれも死ぬべきなのだ。その後はわれわれの時代、われらこそが治国の臣となる。男たるもの、高邁な理想を掲げるべきだ。そうではないか、孟徳？」

「そうそう、まったく仰るとおりですとも！」曹操は大口を開けて高々と笑った——これがあのとき何進の召し出したいわゆる名士か。所詮は道義も人情もまるでないこんな邪《よこしま》な男だったのだ——笑い終わってしばらくすると、曹操は杯を手にして叫んだ。「路招をこっちに連れてこい！　今日こそ悪人に引導を渡してやるのだ！」

曹操がひと声叫ぶや否や、楼異と王必が縛り上げた路招を押して、王匡と曹操の前に突き出した。王匡は怒りに燃えた目で路招を睨みつけた。「この裏切り者をいますぐ……」

「ご注進！」突然一人の兵士が驚きと恐れを浮かべた顔で駆け込んできた。「一大事です！　張邈の兵がわれらの軍営を取り囲みました！」

王匡も驚きを隠せなかった。「いったいどういうことだ？」

そのわずかなやり取りのすぐ横で、楼異と王必がすばやく路招の縄を解いた。縄はもとから緩められていたのである。そして路招の手にはすでに冷たく光る匕首《あいくち》が握られていた。「不義の輩め、これでも食らえ！」言うが早いか、路招は猛然と卓を飛び越えると、王匡の喉元に匕首を突き刺した。匕首を引き抜くと同時に鮮血が噴き出したが、路招はさらにとどめを刺そうと王匡の体を引き倒し、胸と腹を狙って三度も匕首を突き立てた。

幕舎のなかは大混乱に陥った。東側に並んでいた河内の諸将は自分の前の卓を跳ねのけると、刀を抜いて一斉に身構えた。西側の夏侯惇、夏侯淵、卞秉、曹洪《そうこう》らもそれぞれ刀を抜いた。楼異と王必はすかさず曹操の前で盾となり、戯志才までもが肉切り包丁を持って立ち上がった。

かたや曹操は一向に慌てるそぶりも見せず、自分の座席に腰を下ろしていた。そしておもむろに酒を呷《あお》ると、大声で王匡の部下らに語りかけた。「河内の諸将よ、聞きたまえ。王匡は長安から来た朝使をむやみに殺害したゆえ、わたしは車騎将軍の命を奉じて成敗に参ったのだ。元凶はすでに討ち取った。余人の罪を問うつもりはない。ここはすでに張邈の軍とわが兵馬によって取り囲まれている。速《すみ》やかに武器を捨てるがよい。従わぬ者はあの世まで王匡に同道してもらうことになる」

河内の将らも不利な形勢にあることはわかっていたが、王匡はあくまで自分たちの主君である。主君が殺されたのを黙って見過ごすわけにもいかない。立ち向かう勇気はなかったものの、かといって何もしなければあまりにも不甲斐ない。諸将はどうしたものかと互いの顔を見合わせた。

「こんな畜生、さっさと殺すべきだったんだ！」全身に返り血を浴びた路招が、王匡の死体の上から立ち上がった。「みんな、俺たちは一つだ。自分の胸に手を当ててよく考えてみてくれ。王匡は人の格好をした畜生だ。用兵の才もないくせに、威張りくさって兵士のことなどちっとも気にかけぬ。長安から使いに来た朝臣を殺し、あまつさえ妹婿の胡母殿まで手にかけたんだぞ。そしてこの俺も殺そうとした。こんなやつの下についていて、いったい何の利点がある？　今日、俺が手ずからこの畜生を始末したのは、わが軍のすべての者を思ってのこと。みんなも目を覚ますんだ！」

しゃらん、しゃらん。

河内の諸将が地べたに武器を投げ出したその音が、軍営の乗っ取りという曹操らの計画の成功を告げた。わずか王匡一人の血を見ただけで、すべて方《かた》がついたのである。路招は曹操の面前に跪《ひざまず》いた。

「将軍のような方こそ智勇兼備というのでしょう。それがしは兵馬を率いて将軍の軍門に降りとうございます」

曹操はその願い出を断った。「われらはいずれも義勇軍、揃《そろ》って車騎将軍の下につくべきであろう。王匡が死んだからには、そなたはここの兵を連れて車騎将軍のもとに馳せ参じ、指図を仰ぐがよい」

「将軍はまことに公平無私なお方。もし将軍のもとに遣わされたそのときは、死をも辞さぬ覚悟でございます」

「では、いま一つ頼まれてくれるか」曹操は穏やかに笑いかけた。「もし本当に恩に感じてくれているなら、いくらか兵馬を分けて、張邈に与えてやってほしい。先の敗戦では衛茲の部隊をほとんど全滅させてしまった。その借りをわたしに代わって返してほしいのだ」

「御意！」路招は威勢よく返答した。

「よし、ではすぐに荷物をまとめて懐県に向かい、車騎将軍に謁見するがよかろう」そう言い残すと、曹操は供の者を連れて幕舎を出た。

幕舎から遠く離れても、卞秉はしきりに舌を打ち鳴らしていた。「兄さん、みんなでひと苦労したっていうのに何の見返りもないなんて、割に合わないんじゃないか」

代わって戯志才が答えた。「かつて馮諼《ふうけん》［戦国時代末期の斉《せい》の食客］は証文を焼いて借金を棒引きにしました。孟嘗君《もうしょうくん》［戦国時代末期の斉の公族］もそれがいずれ枕を高くして寝られることにつながるとは露知らず、はじめは割に合わぬと言っていたのです。こたびの一挙には両得どころか四得があります。まず一つ、王匡を誅して路招とこの軍営の心をつかんだこと。次に二つ、兵を返して張邈の心をつかんだこと。さらに三つ、胡母班の仇を雪《そそ》いで長安にいる朝臣の心をつかんだこと。そして四つ目は……」

「袁本初の信頼を勝ち得たこと」曹操は表情を緩めることなく続けた。「この件で、本初も俺に気を許すはずだ」

「そういうことなら、姉貴と環《かん》を呼び寄せるのはどうだい？」卞秉が尋ねた。「姉貴はいま腹も大きいんだし……」

「そのまま陳留《ちんりゅう》にいさせろ」曹操は思案顔でかぶりを振った。「張孟卓は謙虚な男だ。われらの家族を人質に取るような真似は断じてするまい。しかし河内に呼び寄せれば、袁紹がどう出てくるか……」

夏侯惇がため息交じりに慰めた。「わざわざ家族を盾に取らずとも、これで袁紹もわれらに疑いの目を向けることはあるまい。このたびのことで王匡を除き、路招を袁紹のもとに帰属させて、その兵馬までくれてやったんだ。本初はお前を自分の片腕だと信じているさ」

他人の片腕になることなど俺の望みではないのだがな——曹操は突如として言いようのない虚しさに襲われた。そうして、背後に広がる王匡の軍営を眺めやった——是非はともかく、王公節を殺したのはこの俺だ。この俺が友軍を手にかけたのだ。どうあがいてもぬぐい落とせない罪を得たというわけだ。まったく何という世の中だ……これがいまの大漢の姿だというのか……

第八章　前進のための後退

魏《ぎ》の張良《ちょうりょう》

初平元年《しょへい》（西暦一九〇年）冬、各地の兵馬の統制と配置を進めるため、車騎《しゃき》将軍袁紹《えんしょう》は曹操の反対を歯牙にもかけず、「朝廷 幼沖《ようちゅう》にして、董卓《とうたく》に逼《せま》られ、遠く関塞《かんさい》に隔たれ、存否《そんぴ》を知らず［朝廷にいる天子は幼く、董卓に強いられて、遠く関所の向こうに閉じ込められたため、安否も定かではない］」という理由でもって、とうとう即位請願の書を発布した。これを使者に持たせて幽《ゆう》州に向かわせ、大司馬《だいしば》で幽州牧《ゆうしゅうぼく》を兼ねる劉虞《りゅうぐ》に、帝位につくことを勧めたのである。

ところが、当の劉虞はその書面を見るなり憤りを露わにした。「今、天下崩乱《ほうらん》し、主上蒙塵《もうじん》す。吾重恩《じゅうおん》を被《こうむ》るも、未だ国恥を清《きよ》め雪《すす》ぐこと能わず。諸君各《おのおの》州郡に拠り、宜《よろ》しく共に力を戮《あわ》せ、心を王室に尽くすべきなるに、反《かえ》って逆謀《ぎゃくぼう》を造り、以て垢誤《こうご》を相《たす》けんか［いま、世の中は乱れ、天子は都を落ちている。わたしは朝廷の厚恩を受けているというのに、この国恥に手を拱《こまぬ》いている。諸君らは預かった土地を足場とし、ともに力を合わせて王室に忠を尽くすべきなのに、かえって謀反の謀《はかりごと》を推し進めている。こんな恥ずべき過ちに加担できるものか］」と厳しく叱責し、その請願を拒絶した。

その後、冀《き》州刺史《しし》の韓馥《かんふく》が案を改め、劉虞に領尚書事《りょうしょうしょじ》となって授官を司り、群雄を統率してほしいと願い出た。しかし、劉虞はその申し出も断ったばかりか、この際は韓馥の使者をすべて斬り殺してしまった。そして、袁紹が三度目の請願をすべきか検討しているところに、後《こう》将軍にして南陽太守《なんようたいしゅ》を兼ねる袁術《えんじゅつ》から書簡が届いた。

聖主 聡叡《そうえい》にして、周成《しゅうせい》の質有り。賊卓 危乱《きらん》の際に因《よ》り、威もて百寮《ひゃくりょう》を服し、此れ乃《すなわ》ち漢家の小厄《しょうやく》の会なり。乱尚《な》お未《いま》だ厭《あ》かず、復《ま》た之《これ》を興《おこ》さんと欲す。乃ち今主《きんしゅ》を血脈無き属《やから》と云《い》うは、豈《あ》に誣《し》いざるか。先人以来、奕世《えきせい》相い承け、忠義もて先と為《な》す。太傅《たいふ》公 仁慈惻隠《じんじそくいん》にして、賊卓の必ず禍害《かがい》を為すを知ると雖《いえど》も、信を以て義を徇《とな》え、去るに忍びざるなり。門戸 滅絶《めつぜつ》し、死亡流漫《りゅうまん》するも、幸い遠近の相《たす》けに来《きた》り助けに赴くを蒙《こうむ》る。此の時に因りて上《かみ》は国賊を討ち、下は家恥《かち》を刷《すす》がずして、此れを図る。聞く所に非ざるなり。又《ま》た、「室家戮《しっかりく》せられ、復《ま》た北面すべけんや」と曰《い》うも、此れ卓の所為《しょい》にして、豈に国家ならんや。君命 天なり。天 讐《むく》ゆべからず。況《いわ》んや君命に非ざるをや。慺々《ろうろう》たる赤心《せきしん》、志 卓を滅ぼすに在り、其の他は識らず。

「天子は聡明で周の成王のごとき資質を備えておいでです。董卓が朝廷の混乱に乗じて文武百官を威圧していますが、これは漢の帝室にとっていわば小さな禍《わざわい》でございましょう。あなたはまだ乱が足りぬとでも言うかのように、いまそれを起こそうとしています。今上《きんじょう》を正統な天子ではないと言うに至っては、ひどい偽りではありませんか。わが袁家は先祖より代々、常に忠義を第一としてきました。太傅の袁隗《えんかい》さまは慈しみ深く、董卓に殺《あや》められることを承知のうえで、信義を明らかにせんとして朝廷にとどまりました。だからこそ、結果として族滅の憂き目に遭うも、四方からは救援の手が差し伸べられたのです。いまこそ上は国賊を討ち、下は一族の恥をすすぐべきであるのに、それをせず天子の廃立を図るなど、到底聞き入れられることではありません。また、「一族が滅ぼされて、どうして仕えられようか」とのことですが、これはあくまで董卓のせいであり、漢室に非はないはずです。天子のご下命は天のご下命、それならば復讐することはできませぬ。ましてこのたびのことは天子のご下命ではなかったのです。わが赤心はなお尽きず、志は董卓を滅ぼすことにあります。そのほかはあずかり知らぬことです」

いまや袁術の威勢は南陽一帯に響き渡っていた。その袁術が新たな皇帝の即位に反対すると、多くの者が口を揃《そろ》えて雷同した。そして劉虞自身にその気がない以上、劉虞を皇帝に戴くという計画は頓挫せざるをえず、これより袁紹と袁術の関係にもひびが入った。

劉虞の擁立が失敗に終わると、韓馥はいよいよ袁紹の力が強大になるのを恐れて、公然と補給の食料を抑制し、義勇軍の兵糧不足は焦眉の問題となった。そんな折り、潁川《えいせん》の地を守っていた豫《よ》州刺史の孔伷《こうちゅう》が孤立無援に陥り、自身の名誉が失われたという苦痛を胸に病死した。そのことを聞き知った董卓は、再び包囲網を突破して豫州に侵攻し、潁川太守の李旻《りびん》と豫州従事《じゅうじ》の李延《りえん》を生け捕りにすると、釜茹でにして殺してしまった。しかも、その際に捕らえた兵士らはまとめて布で縛り、油をかけて火あぶりにして、一人残らず人柱ならぬ「人灯《ひとともしび》」にして焼き殺した。

時を同じくして、一隊の義勇軍が行動を起こした。長沙《ちょうさ》太守の孫堅《そんけん》が、袁術の支援を得て北上してきたのである。孫堅は陽人《ようじん》［河南省中部］で西涼《せいりょう》軍の胡軫《こしん》の部隊を撃破し、都督《ととく》の華雄《かゆう》を討ち取ると、そのまま太谷関《たいこくかん》［河南省中部］まで攻め進んだ。董卓まであとわずか九十里［約三十七キロメートル］

に迫ったのである。

董卓は河南尹《かなんいん》の要地が破られたと知るや、兵士らに命じて歴代の皇帝の陵墓を暴き、副葬されていた財宝を奪って長安《ちょうあん》へと移っていった。その際、部下の董越《とうえつ》を澠池《べんち》［河南省西部］に、段煨《だんわい》を華陰《かいん》［陝西《せんせい》省東部］に、牛輔《ぎゅうほ》を安邑《あんゆう》［山西省南西部］に駐屯させ、関中《かんちゅう》［函谷関《かんこくかん》以西の渭水《いすい》盆地一帯］に対する守りとして残していった。孫堅は洛陽《らくよう》まで軍を進めたが、董卓はすでに影もなく、目の前に広がるのはただ廃墟と化した洛陽の無残な姿のみであった。見渡す限りひと筋の炊煙さえなく、自軍の糧道《りょうどう》も伸びきっていたため、孫堅はこれ以上の西進はあきらめ、暴かれた陵墓をもとどおりに均《なら》すと撤退していった。董卓は長安に入ると自ら太師《たいし》と称し、涼《りょう》州を守っていた左《さ》将軍の皇甫嵩《こうほすう》に、速《すみ》やかに長安へ戻るよう詔書を送りつけた。皇甫嵩は詔勅に背くという罪を恐れ、愚かにも長安へと戻ってきたため、城門校尉《じょうもんこうい》に官を落とされ、兵権を解かれた。そんな折り、河東《かとう》一帯では、白波《はくは》賊が略奪を繰り返しつつ、東に向かって移動していた。

ほどなくして、酸棗《さんそう》県［河南省北東部］に駐屯していた兗《えん》州刺史の劉岱《りゅうたい》と東《とう》郡太守の橋瑁《きょうぼう》が、兵糧をめぐって仲違《たが》いをはじめた。劉岱は突撃を仕掛け、あろうことか橋瑁を殺し、兵糧や輜重《しちょう》を奪い取ると、ついには自分が信頼を置ける王肱《おうこう》を勝手に東郡太守に任命した。酸棗の諸軍はこれを機に瓦解し、それぞれ自分の任地などへと帰っていった。そして袁紹もやむをえず食糧の豊かな延津《えんしん》［河南省北部］へと移っていった――初平二年（西暦一九一年）四月、ここに至って、威勢よく立ち上がった董卓討伐の連合軍は、竜頭蛇尾を地で行くように、完全なる失敗に終わったのだった。

かつて董卓がはじめて洛陽に入ったとき、関東《かんとう》［函谷関以東］の地には大々的に義勇軍が立ち上がり、豪傑の士がこぞってよしみを結び、各地の刺史や太守らが万里を遠しとせず駆けつけた。しかし、連合の誓いを交わしたその結果は、おのおのが猜疑心を胸に抱き、所期の目的のために動こうとはしなかった。およそ権力とは、人の志を曲げるものである。刺史や太守らは、事態はそれほどひどくないことにふと気がついた。自分の手のなかには土地がある、兵がいる、食糧もある。それでいて皇帝の束縛、上役の命令は何もない。いまのこの日々の、いったいどこに不満があるというのか。

天下が乱れたなら乱れるに任せよ。連合が解散したなら解散したでかまわぬ。朝廷も朝廷で好きにすればいいではないか。こうして道義という旗印は一斉に下ろされた。誰もが各地の城を縄張りとし、互いに食うか食われるかの争いを演じ、自分が生き抜く道と夢とを追い求めはじめたのである……

さて、名目上すでに袁紹の配下となっていた曹操は、連合が瓦解したあとも、そのまま袁紹と行動をともにした。むろんやむをえずではあるが、勃海《ぼっかい》軍に従って東へと引き下がり、ひとまず黄河の沿岸に軍営を設けた。その道中も、韓馥からの補給はどんどん減り、袁紹軍の兵糧不足は目に見えて深刻になってきた。

袁紹は文武の将官を一堂に集めると、今後の方策を相談した。

「将軍、いまこそ冀州を取って兵士らを安心させてやるべきです」逢紀《ほうき》が憤慨も露わに拳を振り上げながら、勢いよく口火を切った。「韓馥はわが軍への兵糧支援を断ちました。飯にありつけないとなれば、兵卒らが離散するのも時間の問題です。いまは何より冀州を奪ってわが軍の安定を図ることが肝要、あとのことはそれからです」

袁紹は微笑みをたたえたまま、おもむろに答えた。「元図《げんと》の案はいささか強引に過ぎる」

「将軍、兵を起こしたのは何のためでございますか」逢紀はすぐに自ら答えを続けた。「戦乱を鎮めて漢室の天下を復興するためでございましょう。妬《ねた》みから支援を断つ韓文節《ぶんせつ》のような男は、大義の前に邪魔でしかありません」

袁紹は幕舎《ばくしゃ》のなかにいる面々をぐるりと見回してから、かぶりを振ってため息をついた。「わしと韓文節は董賊めを討つためともに挙兵したのだ。たしかに兵糧のことはあるが、だからといってその土地を奪うことなどできようか」

「将軍、それは違います。冀州は決して韓馥の土地ではなく、われらが大漢のものではありませんか」逢紀は故意に恭《うやうや》しく礼をして続けた。「将軍の度量と仁愛の心はわれらにとっての喜びであるばかりか、天下にとって嘉《よみ》すべきもの。しかし、大事を起こしながら他人の補給に頼り、一州を占めて根拠地としないのでは、われら自身の無事を保つこともかないません」曹操は二人のやり取りを白けた目で見ながら、ある意味では感動すら覚えた――このご時世、何をするにしても大義の旗を掲げなければいけない。くどくどしいやり取りは、そのための芝居なのだ。冀州を奪おうという本初《ほんしょ》の魂胆はとうに見え透いている。やるならさっさとやればいいものを、何をこんな嘘くさい芝居を打つ必要がある？　逢元図もまったくうまく合わせるものだ。話があるなら、さっさと話せばよかろうに――曹操はそんなことを考えているうちに、つかの間、意識が飛んだ。それというのも、昨日、卞《べん》氏が男の子を生んだという知らせが陳留《ちんりゅう》から届き、うれしさのあまり夜も眠らず、夏侯惇《かこうとん》、夏侯淵《かこうえん》と浴びるように酒を飲んだためである。いまになってひどい睡魔が襲ってきた。曹操は何とか意識をつなぎとめようと目を見開き、必死であくびを噛み殺して睡魔に耐えていた。

「……孟徳《もうとく》、……孟徳」袁紹の呼ぶ声が薄れた意識のなかに響いてきた。

「あ、ええ」曹操はぶるっと身震いすると、目をしばたたかせて眠気を打ち払った。「将軍、何か」

「冀州のことだが、孟徳はどう思う？」

曹操は内心この件にもううんざりしていたが、それをおくびにも出さず、かしこまって答えた。「わたしが思いますに、元図殿の言葉どおりでしょう。やむにやまれず冀州を召し上げるのです。情理にかないこそすれ、大義を損なうことではありません。何も考えすぎることはないのでは」袁紹は満足げにうなずいた。「景明《けいめい》殿、そなたはどうかな？」

張導《ちょうどう》もさっと拱手《きょうしゅ》して答えた。「わたくしも同意いたします。賊を討つために土地を奪うのは不義に当たりますまい」

「子遠《しえん》、そちは冀州を奪うことに異論は？」

許攸《きょゆう》も判で押したような答えを返した……

これが袁紹のやり方である。袁紹は事あるごとに、信任する部下にいちいち意見を聞き、とにかく堂々とした大義名分を欲しがる。よく言えば、他人の意見にも広く謙虚に耳を傾けるということになるが、悪く言えば、これはただの見せかけである。曹操は袁紹のこの点がことのほか気に食わなかったが、かと思えば、あっと驚くような深謀遠慮を見せることもある。そういうときは、曹操も必ず積極的に賛成と協力の態度を示してきた。ましてやいまは、その幕下に身を寄せているのである。

立て続けに五、六人から賛同を得ると、ようやく袁紹は本心を吐露して逢紀に尋ねた。「冀州を取るのが不可でないことはわかった。だが、冀州の兵は強壮で、わが軍は兵糧に乏しい。万一敗れるようなことがあれば、本拠の勃海すら失いかねない。何か妙計はあるのか」

「二人の兵卒を動かすこともなく冀州に収まる案がございます」

「ほう、それは聞いてみたいものだな」袁紹は顔をほころばせないように努めて硬い表情を作った。

逢紀は二、三歩進み出ると、跳ね上がった髭を指先でひねりながら案を披露した。「韓馥は見かけ倒しの惰弱な男、所詮冀州を治めるような器ではありません。いま冀州では将の麴義《きくぎ》が反乱を起こしたため、韓馥は安平《あんぺい》［河北省南部］に出兵しておりますが、なお鎮定できておりません。つまり内憂を抱えております。そこへわれわれが一つ外患を足してやればよいのです。さすれば韓馥は肝胆を寒からしめることでしょう。そこを狙ってこちらから人を遣り、取るべき道を示してやれば、韓馥のほうから冀州を差し出してくるに違いありません」

「それで、その外患とは何だ？」

「公孫瓚《こうそんさん》を動かすのです」

曹操は逢紀の口からその名を聞くと、にわかに嫌悪を覚えた。

公孫瓚、字《あざな》は伯珪《はくけい》、遼西《りょうせい》郡令支《れいし》県［河北省北東部］の出身である。もとは小役人の身であったが、盧植《ろしょく》に従って学を修め、孝廉《こうれん》に推挙されて遼東《りょうとう》属国の長史《ちょうし》［次官］となった。幽州の地はしょっちゅう鮮卑《せんぴ》や烏丸《うがん》といった異民族の侵犯に頭を悩ませていたが、勇猛果敢な公孫瓚は自ら白馬にうち乗り、両刃の長柄の矛を手に取って、幾度も激しい闘いを繰り広げた。こうして公孫瓚の勇名は鮮卑や烏丸のあいだにも知れ渡り、そのため涿《たく》県［河北省中部］の県令に昇進したのである。その後も、漁陽《ぎょよう》の張純《ちょうじゅん》と張挙《ちょうきょ》が乱を起こし、烏丸を巻き込むほどに広まったが、公孫瓚はこれを平定して功績を立てた。こうして官は中郎将《ちゅうろうしょう》にまで進み、都亭《とてい》侯に封じられたが、ただ、幽州牧の劉虞とはしだいに折り合いが悪くなった。鮮卑や烏丸に対して、劉虞は懐柔策を主張し、公孫瓚は強攻策を主張したためである。かたや投降を呼びかけ、かたや攻撃を繰り返す。この件では両者とも一歩も引かず、完全に仲違いするのも時間の問題かと思われた。そして公孫瓚は自らのやり方を信じ、一万あまりの兵を率いて右北平《ゆうほくへい》に駐屯した。とうとう劉虞の指示を無視したのである。その後、董卓は洛陽に入ると、自分が太尉《たいい》につくために劉虞を大司馬《だいしば》に移した。公孫瓚もそれに伴って奮武《ふんぶ》将軍へと昇進し、さらに薊《けい》侯に封じられた。曹操は袁紹が勝手に奏上しただけの奮武将軍だが、公孫瓚は、董卓が朝廷の御旗のもとに土地も与えて任命した奮武将軍である。そのため、同じ官位でありながらも、より正当な名分を持つ公孫瓚を疎《うと》ましく思い、いつも気分を害するのであった。

逢紀は意気揚々と話を続けた。「将軍は公孫瓚に書簡を送り、南下して冀州を攻めるようそそのかすのです。公孫瓚の勇名は轟いておりますから、それが攻めてきたとなれば、韓馥は内憂外患に悩み恐れることでしょう。将軍はそのときを狙って韓馥にも書簡を送り、利害と禍福とをもって説き伏せれば、韓馥のほうから冀州を譲ってくるに違いありません。そうして、州牧の位を引き継ぐのです」

「それは妙案に思えますが、後顧の憂いがないとは言えません」そう言って立ち上がったのは劉勲《りゅうくん》である。袁紹がまだ西園《せいえん》の中軍校尉《ちゅうぐんこうい》だったころ、劉勲はその司馬《しば》を務めていた。のちに敗残兵をまとめて洛陽を脱出したときも、袁紹のもとに身を寄せて虎牙都尉《こがとい》に任命されていた。袁紹にとっては古参の腹心である。「公孫瓚の勇猛さには胡人ですら及びません。『白馬《はくば》将軍』の名で知られ、その精鋭の騎兵隊は号して『白馬義従《ぎじゅう》』、かりにこのような男を呼び込んだら、冀州を得たとしても、おちおち枕を高くして眠れません。これこそ狼を除くに虎を招くというものでしょう」

「冀州を得ねば兵糧は足らず、一進《にっち》も三進《さっち》もいきません。冀州を速やかに奪って兵士らを落ち着かせるためには、これしかないのです」逢紀は懐手《ふところで》して、あざけるように言い放った。「一軍の将たるもの、鎧兜に身を包み、命がけで敵と戦うべきなのに、貴殿ときたら敵を持ち上げて味方の士気を落とすようなことばかり。貴殿には壮志が欠けている」

「な、なんだと……」

「よしよし、そこまでだ」袁紹がすかさず割って入った。「子璜《しこう》も落ち着け。元図の言うことももっともではないか。現状を見極め、臨機応変にいかねばな。まずは兵糧確保のために冀州を取る。あとのことはそれからだ」

袁紹にそうたしなめられると、劉勲も腹立ちをこらえて腰を下ろした。逢紀のほうは得意満面である。「将軍、万全を期すために、麴義をこちらへ引き込みましょう。ともに韓馥を欺くのです」

「それはいい」袁紹はしきりにうなずくと、厳《いか》めしい顔つきを崩さぬまま一同を見回した。「公孫瓚が挙兵したあと、冀州を譲るように韓馥を説き伏せねばならんわけだが、誰かこの大役を……」

「わたくしめが参りましょう」西側の列から立ち上がったのは、近ごろ幕下に加わったばかりの荀諶《じゅんしん》である。

袁紹は、潁川の荀氏の名声をきわめて重んじていた。その一人である荀諶が自ら使者を願い出たため、袁紹はわざわざ立ち上がって拱手した。「友若《ゆうじゃく》殿、行ってくれるか。では、貴殿にお願いしよう」

曹操は真向かいに座っていたので、その表情を見逃さなかった。許攸が誰にも気づかれないほどかすかに荀諶に目をくれ、すぐあとに口を開いた。「この件はおそらく一人では難しいと思われます。張景明殿にもご一緒していただくのはどうでしょう」

張導がまだ態度を決めかねているうちに、また傍らから透き通るような声が上がった。「わたくしもお二方とともに行きとうございます」袁紹の甥の高幹《こうかん》であった。

「よし、わかった、わかった」自分の甥まで志願してきたので、袁紹はすこぶる機嫌をよくした。「それでは荀友若殿、張景明殿、高幹の三人で韓馥のもとへ行ってくれ。三人がかりで説得に当たれば、韓馥も椅子を明け渡すに違いない」

「御意」三人は声を揃えて返事した。

曹操はなおも眠気と戦っていた。結局のところ袁紹が冀州を奪うかどうかなど、自分の大事にとっては関係ない。それよりもいまは一刻も早く散会して、ぐっすり眠ることのほうが重要だ。ところが、しばらく黙り込んでいた袁紹が、またおもむろに口を開いた。「子璜、漳河《しょうが》に駐屯している軍のほうはどうだ?」張楊《ちょうよう》と於夫羅《おふら》は袁紹にすがりたいと申し入れてきたが、まだこちらに来て軍門に降ったわけではない。袁紹も兵糧が不足しているため、二人の心はまた揺れはじめていた。

劉勲が答えた。「張楊の軍はよいとして、於夫羅のほうは予断を許しません。速やかに延津へ呼び寄せて、ともに駐屯するのがよいでしょう」袁紹は髭をしごきながら、難しい表情を浮かべた。「わが軍だけでも兵糧は不足している。そこへもってこの両軍を呼び寄せたら、何かもめごとが起きて、足元に火がつくことになりはせぬか」

「将軍、かつて光武《こうぶ》帝は降伏した敵の陣に単身乗り込んで、腹を割って話したからこそ、銅馬義軍《どうばぎぐん》も心服したのです。なぜあの二人に疑いを持たれるのでしょうか」劉勲は一度立ち上がって膝をついた。「思いますに、将軍が自ら向こうの陣に足を運び、天下を支えたいとの志を胸襟を開いて話されたなら、張楊と於夫羅は必ずや将軍に心から臣従するでしょう。決して疑いの目で見てはなりません」

曹操は腹のなかで笑った――劉子璜、誰に物を言っているんだ？　相手は四代にわたって三公を輩出したお家柄で、他人に膝を屈することを知らぬうぬぼれ屋の本初だぞ。自分から匈奴《きょうど》の軍営になど足を運ぶわけがなかろう。

果たして、怒りの色が袁紹の顔にほんの一瞬だが差した。ずっと袁紹の顔色を窺っていた逢紀はそれを見抜くと、すかさず口を挟んだ。「将軍、そんな稚拙な計に従う必要はありません。匈奴などもとより信義のかけらもなく、張楊とて親交があるわけではありません。いずれも内心では何を考えていることだか。将軍が単身で乗り込んで脅迫されたら、あるいは万が一のことがあったなら、天下の大事を誰に託せばよいのでしょう？」

見事な道理と見事な追従《ついしょう》、曹操は危うく噴き出すところだった。と同時に、ふと目眩《めまい》を覚え、瞼で視界が暗く閉ざされた。睡眠不足のうえにずしりと重い鎧兜を着込んでいるうえ、黄河のほとりにあるこの延津の軍営には冷たい風が容赦なく吹き込んでくる――いかん、このままでは体を壊してしまうな。

「ではこうしよう、子璜」袁紹が手で立ち上がるように示しながら言いつけた。「子璜の出してくれた案、そなたが代わりに漳河の軍営に行って、わしの考えを於夫羅に伝えて来てくれ。静かに兵糧を待ち、決して二心《ふたごころ》は起こさぬようにとな」劉勲は小さく眉をしかめた。「それでうまくいくとは思えません。帚星《ほうきぼし》でもって太陽に代えることはできぬもの。於夫羅は、わたしが内情の偵察に来たと疑いを抱くことでしょう」

「そんなことはなかろう。洛陽にいたときから、そなたがわしに従っているのは周知のこと。むしろそなたが行ってこそ、わが意も伝わるというものだ。何も謙遜することはない。かような大任、ほかの誰に務まるというのだ」袁紹は言い逃れができないように念を押した。

劉勲は返事に詰まったが、ためらいながら切り出した。「本来ならここで申し上げるべきことではございませんが、実は老母が長患いに伏せっておりまして、治る見込みはないとのこと。いま漳河へ使いして長旅になれば、二度と母の顔を拝めないかもしれません。どうか数日の猶予をくださいませぬか。老母のもとに顔を出し、それから漳河へ向かおうと思います」

「子璜は孝行だな」袁紹は一つ息をついた。「よかろう。半月の猶予を与える。孝行を尽くしてから漳河に赴くがいい」

「お聞き入れくださり、ありがとうございます」劉勲は重ねて拝謝した。

ごとん！

そのとき突然、曹操が仰向けに倒れた。鎧が叩きつけられた音が響く。

「孟徳、どうした？」袁紹が慌てて席を立ち、曹操の体を抱き起こすと、ほかの者も一斉に周りを取り囲んだ。

曹操はちかちかする目を揉みながら、大きく深呼吸した。「大丈夫です……昨日、練兵の際にどうやら風邪を引いたようで、まだここの水が合わないのでしょう。頭がくらくらすると思ったら、このありさまです」むろんこれは真っ赤な嘘で、本当は息子が生まれたうれしさから、一晩じゅう夏侯惇らと飲んでいたためである。

いまの曹操は袁紹に付き従っている立場、それに加えて二人は十数年来の付き合いであり、互いに対する深い思いは余人の想像の及ぶところではない。それゆえ袁紹は、練兵に励んで病を得たと聞くや、感動さえ覚えた。「なんと孟徳、軍務はもちろん大事だが、自分の体も大事にしなければいかんぞ……自分の軍営に戻るまでもない。ひとまずわしが寝所にしている幕舎で横になるといい」

「それはなりません……」曹操は固辞した。

「われら二人の仲ではないか」袁紹は自分の胸をぽんぽんと叩いた。「軍営のことは、しばし夏侯元《げん》譲《じょう》に取り仕切ってもらえ。いま、ここには軍医がおらん。しばらくはゆっくり眠るのがよかろう。医者を見つけたらすぐに呼んで診てもらおう」

「大丈夫です」ほてった顔で曹操は答えた。「自分の体の調子は自分でわかっています。ちょっと休めばよくなるはず。何も大きな病を得たわけでもありませんし」

「いいから早く。冀州のことは気に病むでないぞ」袁紹は懇《ねんご》ろに言い含めた。

「それでは失礼します」そう口にしながら、曹操は諸将に向かって拱手すると、二人の兵卒に支えられて幕舎を出ていった。背後で議論する声がしだいに遠ざかっていく――やはり軍営に医者を置くべきです……医者も兵糧も欠くことはできませんな……

曹操が倒れ込んだのは、実はわざとだった。この場を逃れて寝不足の疲れを癒すために芝居を打ったのである。こうして幕舎からは出たものの、袁紹の兵士に見守られていては、ぼろを出すわけにはいかない。曹操はゆっくりと足を引きずりながら、何やらうわ言まで言って苦しみを熱演した。

「孟徳さま、わたくし多少は医の道にも心得がありますので、そこまでおひどいのでしたら診て進ぜましょう」背中越しに柔らかい声が聞こえてきた。

曹操が振り返ると、一人の若者があとを追うように幕舎から出てきた。まだ三十路にも届かないながら、七尺［約百六十一センチ］の身の丈に落ち着いた足の運び、色白で長い髭を蓄え、すっきりとした目鼻立ち、見るからに鷹揚《おうよう》として雅やかな雰囲気を醸し出している。曹操のほうも先ほどから、幕舎のなかで荀諶の後ろにずっと控えていたこの男が気にはなっていた。ただ、知り合いでもなかったので、こちらから声をかけるのを躊躇《ちゅうちょ》していたのである。その男が、いま向こうから声をかけてきた。曹操も丁重に答えた。「わざわざお手を煩わせるまでもありません。少し休めばよくなりますから」

その男はしきりにうなずきながら、何か話したいことがあるようで、曹操に付き添っていた袁紹の兵士に声をかけた。「曹将軍はわたしがお連れしよう。そなたらは幕舎に戻ってよいぞ」

「ははっ」二人の兵士は足早に戻っていった。

その男は自ら曹操を支えて袁紹の寝所まで付き添いながら、話しはじめた。「何よりも天下を案じておられる将軍のことを、わたくしはずっとお慕いしておりました。やっとお目にかかれたその日に過労で倒れられるとは、まったく敬服の至りでございます」

曹操は顔がかっと熱くなったが、へりくだって返事した。「いやいや、これはお恥ずかしい……ところで、ご高名は何と？」

「わたくしは潁川の者で、荀彧《じゅんいく》と申します」

「おお」この男も潁川の荀氏だったのか。道理で荀諶と一緒にいたわけだ……曹操は続けて尋ねた。

「貴殿は荀友若殿とどういったご関係で？」

「友若は四番目の兄に当たります」

曹操はうんうんとうなずきながら、かつて何進《かしん》が辟召《へきしょう》した荀攸《じゅんゆう》のことをふと思い出した。「そうすると、わたしがかつて大《だい》将軍のもとで知り合った荀公達《こうたつ》殿も、貴殿と同じ世代ですかな」

荀彧はにこにこと微笑みながら答えた。「公達はわたしの下の世代です」

「それは失礼を」

「そう思われるのも無理はありません。わたくしは公達より上の世代ですが、公達よりも数歳年少でございますし」

荀氏といえば潁川でも有名な一族で、名士たちの領袖でもある。その血筋につながる者もかなりの数に上る。荀彧の祖父である荀淑《じゅんしゅく》は賢才と有徳の士として誉れ高く、もうけた八人の息子、すなわち荀倹《じゅんけん》、荀緄《じゅんこん》、荀靖《じゅんせい》、荀燾《じゅんとう》、荀汪《じゅんおう》、荀爽《じゅんそう》、荀粛《じゅんしゅく》、荀敷《じゅんふ》もすべて優れていたので、世に「八竜」と称えられた。荀攸にとって荀淑は曾祖父の代に当たる。そのため、荀彧は世代で言えば荀攸より上だが、荀緄の末子であるため年齢は荀攸より若い。このようなねじれも、大家族では決して珍しいことではない。

「いや、潁川の荀氏といえば天下に名声を轟かせるお家柄。英名赫赫《かくかく》と申しますが、まったく噂に違《たが》いませんな」曹操がしきりに褒めそやすと、荀彧も慌てて謙遜した。「これは過分なお褒めの言葉。実際のところは、一族揃って帰るべき家もないありさまです」

「潁川も董卓めのせいで、多くの人が被害にあったのでしょうな」

「かつて董卓は、荀氏の名声を手に入れるためでしょう、わたくしに宮仕えを命じました。しかしわたくしは禍に遭うのを恐れ、地方への赴任を申し出ると潁川に戻り、家人には河北《かほく》［黄河の北］へ移るよう勧めたのです。ところが六番めの叔父は非常に名声が高く、あえて動こうとしませんでした。その結果、やはり董卓に強制されて連れて行かれたのです」荀彧のいう叔父とは世に名高い荀爽のことである。「近ごろ聞いたところでは、すでに叔父はあの世に召されたとのこと。ですが、まだ亡骸は故郷へ帰ることもできず、悲しいことでございます」

曹操も同情を覚え、何とはなしに相槌を打った。「あなたと兄上は袁本初に重用されているのですから、他日、関中を破った際に、故郷へと移葬《いそう》すればよいではありませんか」

荀彧は何かいわくありげに、押し黙ったままかぶりを振った。

「おお、そうだ」曹操は突然かつてのことを思い出した。「たしか何伯求《かはくきゅう》さまが貴殿の名を出したことがありました」

「何と？　孟徳さまも何顒《かぎょう》さまをご存じでしたか」荀彧はすこぶる喜んだ。「伯求さまとは兄弟のように親しくしていただいております」二人はにわかに親近感を覚えた。そうこう話しているうちに、袁紹の寝所に着いた。その幕舎のなかは見事なしつらえである。豪華な家具が揃えられ、錦の緞子《どんす》で飾られた寝台の後ろには屏風まである。傍らには骨董や玉の装飾品、あるいは古籍が整然と置かれ、卓上には司馬相如《しばしょうじょ》の「子虚賦《しきょふ》」が広げられたままになっていた。

曹操は思わずかぶりを振った。「兵を率いて外にありながら、こんなくだらぬものを持ってきていたのか。まったく……」そこで曹操は失言に気づき、慌てて口をつぐんだ。

荀彧は何も気にしていない様子で、それどころか曹操に同意した。「まさに子虚烏有《しきょうう ゆう》……実を結ばぬ花に同じ。袁本初はいちいちうわべをつくろうばかりで、治世の才もなければ、戦乱を鎮める力もありません。われら兄弟は仕える人を誤った……」

曹操は胸が早鐘を撞《つ》くように高鳴った――何と大胆な若者だ！　袁紹のことが気に入らないのなら、いつか自分が使うこともあるだろうか……

「将軍、どうなさいました？」

「いや、何でもない」曹操は落ち着きを取り戻した。「それにしても、この錦の緞子の寝台はなんとも立派なものだ」そう言いながら兜と鎧を脱ぎ、寝台に横になったが、足は荀彧のほうに向けないよう気遣った。

荀彧は寝台を手でなでながら感嘆した。「民らはこの錦の緞子の柔らかさなど知らぬでしょう」

このひと言が曹操の心の琴線に触れた。「わたしがかつて済南《さいなん》国の相《しょう》を務めていたとき、民らの苦しい生活たるや筆舌に尽くしがたいほどだった。いまや戦乱に次ぐ戦乱で、あのころよりもたいへんな目に遭っているのだろうな」

荀彧は驚いた。「済南の相を務めておられたのですか」

「それが何か」曹操は寝転がったまま答えた。「黄巾を討った功績で任じられたのです」

「実はわたしの父も済南の相を務めたことがあるのです」

「それはまた奇遇ですな」曹操はますます親近感を抱いた。「そうそう、わが軍には戯志才《ぎしさい》という者がおりましてな、潁川の出だったはずだが、知り合いではありませんか」

「戯志才？」荀彧はぱっと笑みを浮かべると、突然頭を右へ左へと揺らした。「『呂氏春秋《りょししゅんじゅう》』には、こうあります……」

「そう、そう、その戯志才だ。そっくりだ」曹操は腹を抱えて笑った。

「将軍は実に人を見る目がおありです。戯志才こそは潁川一の切れ者。官界の風聞など気にもせず、商人に身をやつしておりましたが、さすがは自らうまく売り込んだようでございます。かの者こそは将軍の頭脳となってくれるに違いありません」荀彧はしみじみと感慨に浸った。はじめはまだぎこちなかった二人だが、荀攸のこと、何顒のこと、済南のこと、そして戯志才のこと、奇縁とでも言うようなつながりに会話も弾んだ。

二人は話し込むうちにみるみる打ち解けていった。しだいに互いを字で呼ぶようになり、話は天下の形勢にまで及んだ。気づけばすでに半刻［一時間］も経っており、荀彧は慌てて立ち上がった。「いけません、ずいぶんと休憩のお邪魔をしてしまいました。わたしもすぐ幕舎に戻らなくては。もう散会しているかもしれません」

「それはないな。どんなに些細なことでも、いちいち部下に意見を求める本初のことだ。もう半刻あっても終わりはせんだろう」

「これはご冗談を。小生はこれで失礼します。また後日、将軍と戯志才殿に改めてご挨拶に伺います」そう言って、荀彧はにこやかに去っていった。

曹操は、荀彧との楽しい語らいで眠気もすっかり吹っ飛び、横になったままぼんやりと思い返した

――荀文若か、興味深い男だ。国事について見識があるばかりか、潁川の人望まで集めている。なんとかこの男を自分のそばに置けないものだろうか……

曹操は手を伸ばすと、卓の上から「子虚賦」を手に取ったが、二、三行を目で追うと、またすぐに戻した――司馬相如か……名が売れる前に書かれた「子虚賦」は、虚構だが寓意はなかなか鋭いものがある。しかし、武帝劉徹《ぶりゅうてつ》に引き上げられてからは駄目だな。「上林賦《じょうりんふ》」のような皇帝の徳を顕彰するためのおべっかばかりだ……ん、徳を顕彰する……そうだ、わが子を彰《しょう》と名づけよう……

「曹のおじ上はこのなかか。体調を崩されたと聞いてお見舞いに来たのだが」突然若い声が幕舎の外から届いてきた――袁紹の末子袁尚《えんしょう》が入り口で護衛の兵と話しているようだ。曹操は慌てて瞼を閉じ、狸寝《たぬき》入りを決め込んだ。他人のもとで世話になっているときは、たとえ子供でも油断は禁物である。

袁紹《えんしょう》との間隙

鄴県《ぎょう》は河北《かほく》で第一の堅固な城郭と言っていい。城壁の高さは三丈［約七メートル］あり、塹壕《ざんごう》も深く掘られている。県城の内外にはあまたの民が住み、多くの商人が行き交い、食糧の蓄えも十分である。その繁栄ぶりは、昔日の洛陽《らくよう》に勝るとも劣らない。しかし韓馥《かんふく》は、堅固にして雄大なこの河北の城を含め、なんと冀《き》州をそっくりそのまま、いともあっさりと袁紹《えんしょう》に譲り渡したのである。

これには逢紀《ほうき》の計が奏功した。書簡が右北平《ゆうほくへい》に達するや否や、公孫瓚《こうそんさん》はこれを降って湧いた天の恵みとばかりに、すかさず董卓《とうたく》討伐という口実で兵を起こして、冀州へと突き進んだ。そして韓馥が大いに慌てふためいているところへ、袁紹の差し向けた三人の説得役が時機を見計らったかのように到着した。荀諶《じゅんしん》は舌先三寸で利害を説き、袁紹こそがこの窮地を救える英雄であると持ち上げた。高幹《こうかん》は血気盛んに大げさな話で韓馥を脅した。さらに張導《ちょうどう》は韓馥と血をすすって誓いを立て、袁紹に悪意はないことを請け合った。この三者三様の真に迫った説得によって、韓馥はまともな判断力を失ってしまい、自分でもよくわからないままに冀州の譲渡を承諾したのである。しかも、三人の説得役をあろうことか上賓として歓待した。

袁紹が軍を進めて来ると、冀州の長史《ちょうし》である耿武《こうぶ》、別駕《べつが》[1]の閔純《びんじゅん》、治中《ちちゅう》の李歴《りれき》らが韓馥を諫《いさ》めた。しかし、結局はたいした混乱もないままに、袁紹は難関を乗り越えたのであった。

初平《しょへい》二年（西暦一九一年）七月、袁紹は正式に主《あるじ》として冀州に入り、自ら州牧《しゅうぼく》を代行した。入城するや、すぐに耿武らを罷免して韓馥を無力化し、要職は自身の部下で固めて、さらに賢人を広く招いた。鉅鹿《きょろく》の田豊《でんほう》、広平《こうへい》［河北省南部］の沮授《そじゅ》が前後して幕下に加わり、広大な土地を有する冀州第一の豪族であった審配《しんぱい》も、このとき進んで袁紹のもとに参じた。潁川《えいせん》の名家である辛評《しんひょう》兄弟が遠路はるばる駆けつけた。能吏として名の通っていた郭図《かくと》も同郷の有志を連れて加わった。そして、韓馥に対して謀反を起こした麴義《きくぎ》までもが、兵士を引き連れて帰順したのである。にわかに袁紹は数万の精兵を擁する一大勢力となり、兵糧も十分で、その威勢は河北全域に轟いた。かたや公孫瓚は物の見事に袁紹に利用され、無駄足を踏んだばかりか、袁紹を攻める正当な名分も持ち合わせず、恨みを飲んで右北平に引き上げた。

そして曹操はというと、袁紹の信頼をいっそう深めたほかは取り立てて何ごともなく、雲をも凌《しの》ぐ他人の壮志を盛んにすることに勤《いそ》しみ、練兵と軍議の日々を過ごしていた。

「将軍は弱冠にして朝廷に出仕され、その名は天下に知られております。廃立の際には、存分に忠義を発揮されました」声も高らかに、威勢よくそう話しはじめたのは沮授である。鄴の役所は延津《えんしん》に設けていた軍営とは雲泥の差がある。広間は広々として正門は幅広く、天井は突き抜けるように高い。よく通る沮授の声にいっそうの威厳を添え、それが残響となって響き渡った。「将軍が単騎出奔するや董卓は恐れおののき、黄河を渡って北に進んでは勃海《ぼっかい》郡の主となられ、郡の兵卒を率いては冀州の長官に収まり、河北を震撼させ、天下に名を轟かせました。黄巾《こうきん》賊が乱を起こし、黒山《こくざん》賊が跋扈《ばっこ》しようとも、軍を東に向ければ青《せい》州を鎮められましょう。さらに黒山賊を討ち、首領の張燕《ちょうえん》を討ち滅ぼすのです。大軍を北に向ければ、公孫瓚も肝を冷やすに違いありません。北方や西方の異民族も恐れひれ伏し、匈奴《きょうど》も遠からず降伏するでしょう。黄河の北に威風をなびかせ、幽《ゆう》州、并《へい》州、青州、冀州の四州を合わせるのです。英傑を招き集めて百万の軍を擁するのです。そして長安におられる天子を迎え、洛陽の宗廟《そうびょう》を修復するのです。そのうえで天下に号令し、反する者を討ち滅ぼしてゆくのです。この破竹の勢い、いったい誰が刃向かえましょうや。数年ですべて成し遂げるのも、決して困難ではありません」

「高論卓説《こうろんたくせつ》とはこのことだ！」一堂に会した者たちが、誰彼となく沮授を褒めそやした。

「沮先生のご高論はすべてわが意にかなうものだ」袁紹はつかの間考え込むと、小さくうなずいた。

「沮先生、たったいまからそなたを奮威《ふんい》将軍に任命する。冀州全域の兵馬を総督してくれたまえ」

このひと言で、広間に満ちていた先ほどまでの活気がしぼんだ。田豊や審配らが首肯《しゅこう》して賛同を示す一方、逢紀や辛評は納得できないといった面持ちで俯《うつむ》いた。沮授自身もその待遇に驚いた。「ここではわたくしは新参者。そのような重責は務まるものではありません」

「沮将軍の論こそは、斉《せい》の桓《かん》公や晋《しん》の文《ぶん》公の道である」他人が意見を挟む間もなく、袁紹は沮授を「将軍」と呼びかけた。「わしも長らく同じように考えておったのだ。それに適う以上、そなたを抜擢すべきであろう。将軍、どうか固辞されぬよう」

このとき曹操は諸将の列、それも上座にいた。袁紹がいかに曹操を重視しているかがわかる。しかし、袁紹に対する心の溝はしだいに深まっていった――口を開けば誰でも将軍とは、本初が任命する上奏文はいったいどこに届けられているのだ？

突然、腹に響く力強い声が上がった。「わが君、それがしに申し上げたき策がございます」

一同が水を打ったように静まり返ったとき、郭図が立ち上がった。郭図、字《あざな》は公則《こうそく》、もとは潁川の計吏《けいり》［地方から朝廷へ報告書を運ぶ官吏］である。その働きぶりはきわめて有能であったが、同時に、一切の妥協を許さない酷吏《こくり》でもあった。歳はそれほどでもなかったが、額には幾筋もの皺《しわ》が深く刻み込まれていた。痩せこけた顔に、ぎらぎらとした鋭い目、立派なかぎ鼻、長く蓄えた髭といった造《ぞう》作《さく》は、何を考えているのかわからない印象を人に与えた。いつも厳《いか》めしく、沈鬱な顔をしたこの男が、曹操は気に入らなかった。何か腹の底に秘めたものがあるような感じを受ける。

「いま冀州を得たとはいえ、足場はまだしっかりと固まっておりません。それに、いますぐ手を打つべき大事がございます」郭図はそこでおもむろに広間の中央に歩み出た。「青州刺史《しし》の焦和《しょうか》は虚名を好んで清談にふけるばかりで、各地の長官が兵馬を率いて誓いを立てた際も手柄はなく、いまや青州では黄巾の残党があちこちを荒らし回っております。それなのに焦和は手を打つこともせず、祈祷師と一緒になって神霊を崇拝しているのです。その無能さたるや火を見るより明らか。わが君、まずは青州を討ち、東の脅威を除いて、いまの形勢を盤石なものとすべきです」

袁紹が態度を決めかねているあいだに、今度は田豊が立ち上がった。「公則殿の言は至極もっとも、青州の黄巾賊が流れ込んできたら、まことに脅威となります。ただ……」そこでいきなり反論に転じた。「青州にはすでに焦和の軍と黄巾賊がおります。わたくしの考えによりますれば、西の山を越えて幷州を取るのがよろしいでしょう。一つには、張楊《ちょうよう》を誘って援軍にできます。二つには、白波賊《はくは》は烏合の衆ゆえ黒山の賊よりも与《くみ》しやすいためです。幷州を得れば北は関中《かんちゅう》に通じ、董卓まであと一歩となります」

その瞬間、曹操は袁紹の顔に目を向けた。袁紹の頬がかすかにひくついている。曹操は袁紹の心の内が手に取るようにわかった――いまはまさに日の出の勢い、なぜわざわざ董卓と関わり合いを持たねばならないのか。関中に入ったが最後、皇帝を尊奉《そんぽう》せざるをえず、これ以上大きな顔をすることもできない。皇帝がはるか遠くにいるいまのうちに河北を完全にわがものとし、兵を養って自らの勢力を強大にすることのほうが重要であろうに。郭図の策のほうがよほど現実的ではないか。

曹操でさえ読めたのである。顔色を窺うのに長けた逢紀らが気づかぬはずはなく、すぐに異を唱えた。「東であろうと西であろうと慌てることではございません。足場をしっかりと固めることこそ喫緊の大事でございます。先だって、公孫瓚は手ぶらで帰っていきましたが、このまま黙って引き下がるとは思えません。わが君は大軍で北方の守りを厳重にし、幽州の変事に備えるべきです。青州はそのあとでゆるゆると攻めるがよいでしょう」

曹操は思わず噴き出しかけた――逢紀とはなんという太鼓持ちだ。これほど八方美人の言葉をよくも思いつくものだ。東も西も慌てることはないと、もっともらしい理屈を語りながら、最後はゆっくりと青州に矛先を向けよとは……結局は郭図の計を黙認するというのだな。まったく如才ないやつめ……

袁紹は厳しい表情を崩さずに言い渡した。「一人は東を取れ、一人は西へ進め、そしてまた一人は北を固めよと言う。この件はまた日を改めて軍議を開こう。まずは冀州の諸事を処理するのが先決だ」

「御意」三人はそれぞれ座に戻った。

袁紹は曹操に顔を向けた。「孟徳《もうとく》、もし公孫瓚が攻めてきたらどうする?」

曹操は真顔になって重々しく答えた。「公孫瓚の軍は騎兵を主としています。突撃には戦力を発揮しますが、陣を構えて戦うのは得手《えて》ではありません。将軍は強弩《きょうど》を十分に用意し、防備をしっかりと固めるべきでしょう。さすれば敵はおのずから破綻を見せるに違いありません。かようにすれば、必ずや公孫瓚を退けられるはずです」

「よかろう」袁紹は感慨深そうにうなずいた。「孫文台《そんぶんだい》が関中に攻め入って董卓の軍を破り天下を驚かしめたが、思うに孟徳の功績は孫堅《そんけん》にも一歩も譲るまい」

袁紹の大げさな褒め言葉に、曹操はうれしそうな笑みで応じておいた。

孫堅の話になったところで、逢紀が切り出した。「わが君、孫堅はなぜ洛陽からすぐに引き返したかご存じでしょうか」

「関中は険阻な土地ゆえ、追っても容易には勝ちを得られん。引き上げるのも当然だろう」袁紹は孫堅の活躍を妬《ねた》ましく思っていた。連合軍の盟主が敵を前にして勝利できなかったというのに、はるか南にいるはずの長沙太守《ちょうさたいしゅ》に出し抜かれたのだ。

「わたくしが聞き及んだところでは、孫堅は廃墟となった宗廟の井戸の底から、なんと伝国《でんこく》の玉璽《ぎょくじ》を見つけ出したそうです」逢紀の発言に一同が驚きざわついた。誰もが度肝を抜かれるような秘話がいきなり披露されたのだ。

伝国の玉璽とは、歴代皇帝の宝である。春秋時代、楚《そ》の国の荊山《けいざん》［湖北省西部］から出たという玉の原石は、卞和《べんか》が王に献上したことから「和氏《かし》の璧《へき》」と呼ばれ、秦《しん》の始皇帝《しこうてい》が天下を統一した際、これを彫刻させて伝国の玉璽を作り出した。そこに李斯《りし》の書いた「受命於天　既寿永昌［命《めい》を天から受けて、これからも末永く栄えん］」という篆書《てんしょ》の八字が、名工の孫寿《そんじゅ》によって彫り込まれた。

秦が滅びた際、子嬰《しえい》［秦の最後の王］が高祖劉邦《こうそりゅうほう》に献上し、それ以来、漢室の宝として受け継がれてきた。哀《あい》帝、平《へい》帝の御代になって王莽《おうもう》が実権を握り、ついには位を簒奪すると、太皇太后の王政君《おうせいくん》が逆臣に向かって玉璽を投げつけたことがあり、その際に玉璽の一角が欠けた。のちに欠けた部分を金で補ったため、俗に「金鑲玉《きんじょうぎょく》」［金を象眼した玉］とも呼ばれている。その後、更始《こうし》帝が王莽を討ち、赤眉《せきび》王劉盆子《りゅうぼんし》がまた更始帝を討ち、幾度かの曲折を経て、ついに光武帝劉秀《こうぶりゅうしゅう》の手に渡った。光武の中興以来、この玉璽は皇位とともに継承されてきた。しかし、何進《かしん》が宦官の手にかかり、宮廷が大混乱に陥ると、伝国の玉璽はまるで羽でも生えたかのように忽然と消えてしまっていた。そしていま、逢紀の言によれば、それが孫堅の手に渡ったというのである。

袁紹は目をきらりと光らせると、静かに切り出した。「孫文台が玉璽を持ち去ったのならば、十中八九、公路《こうろ》の手に渡るだろうな」いまや袁紹と袁術の関係は、すでに修復不可能なところまできていた。劉虞《りゅうぐ》を新たな皇帝として擁立するという袁紹の計画に、袁術は公然と反対したばかりか、袁紹が兵糧不足で動きが取れないときを狙って、孫堅を関中に派遣した。しかも近ごろ聞いたところでは、袁術は公孫瓚と手を結んでしきりに書簡のやり取りをしており、袁紹のことを婢女《はしため》の生んだ子で、袁氏の嫡流ではないと言い放っているという。一族とはいえ、両者のあいだにはすでに兄弟の情は露ほどもなかった。

逢紀は相手の顔色を窺って言葉を選ぶことに長けていたが、ここぞとばかりに率直に核心を衝《つ》いた。

「お身内の情にひびを入れるつもりは毛頭ございませんが、わたくしが見るに、袁公路殿は王莽に倣《なら》う意図があるようです。先だって、『志 卓を滅ぼすに在り、其の他は識らず』などと言っていたのが、自ら帝位を狙っているその証しでございます」

これには誰もが押し黙った。おざなりに一族の問題に口を挟めば、禁忌に触れることになる。ところが逢紀は、袁紹の腹の底を完全に見抜いていた。袁紹はそれをまったく否定しなかったのである。

「大漢の社稷《しゃしょく》のため、身内の情に流されていつまでも手を拱《こまぬ》いているわけにはいかんようだな」袁紹はそう言うと、頭《こうべ》を垂れて小さくため息を漏らした。袁紹の胸の内を満たすやる瀬なさに、みなも思いを致した。

とんだ猿芝居だな……曹操は内心で冷やかに笑った。これまでの付き合いを思えば、たしかに二人とも浅からぬ仲ではあるが、ここは態度を明らかにしておかねばならない。「将軍、いまはやはり大局を重く見るべきでしょう。わたしは公路とも長い付き合いですが、将軍の一等抜き出た仁徳に比べれば、公路も遠く及びません。ここにいるみなも、実は同じように感じているのではないでしょうか」

他人が親族間の関係に口を出すときは、一人で責任を負うべきではない。曹操は一堂に会したほかの者たちを故意に巻き込んだ。袁紹を持ち上げる曹操の意見に、本人の目の前で反対する者など当然いない。みなが相次いで賛意を示すと、袁紹も安心してようやく本題に話を進めた。「孫文台など取るに足りぬ小役人の出だ。もとより恩義などわきまえぬ小物、調子に乗って私怨から荊《けい》州の王叡《おうえい》を殺し、財産を奪って南陽《なんよう》の張咨《ちょうし》をも手にかけた……」

曹操は聞いていて、いい気はしなかった——たしかに小役人だった孫堅とお前の身分は雲泥の差だ。だからといって、相手をそこまで貶《おとし》めることもなかろう。家柄で判断を下すにしても、いささか度が過ぎるのではないか。それに、孫文台は孫武子《そんぶし》の血を引いているとも聞くが——

「それゆえ孫堅を締め出したい。豫《よ》州で好き放題させるわけにはいかん!」袁紹の考えは明白である。袁術と孫堅が中原を占めれば、そのまま河北の脅威となる。それだけは避けねばならない。「誰か兵を率いて豫州を取る者はおらぬか」そう問うて曹操のほうに視線を投げかけた。

その瞬間、曹操は内心小躍りして喜んだ——いいぞ、完全に気を許して、俺が兵を出すのを望んでいるな。そうか、俺と孫堅を比べたり、公孫瓚の対策を尋ねてきたのは、俺を出陣させるつもりだったからか。独立の好機到来だ!……いや、待てよ。豫州を本当に落とせるのか。孫文台は生半可な男ではない。そう簡単にはいかんだろう。袁公路も後ろ盾としてついている。それに、何と言っても袁紹とは同族だ。ある日突然、仲直りしないとも限らない。そうなれば怨恨を残すだけではないか。かりにそのまま自分の土地を得て袁紹のもとを離れたら……二人とも敵に回すことになる……これはまたとない好機だが、やはり行くべきではない――

「誰か兵を率いて豫州に向かう者はいないか」袁紹がもう一度、穏やかに言い含めるような目で、曹操を見て問いかけた。

「将軍」曹操は立ち上がって一礼した。「この任に堪える者を推薦いたしたく思います」

袁紹は虚を衝かれた。「そ、そうか……それは誰だ?」

「周仁明《しゅうじんめい》殿でございます」

周喁《しゅうぐ》は曹操と同じ列の、袁紹からやや離れたところにいた。曹操の指名を受けて、やはり驚いている。曹操はそのわけをゆっくりと話しはじめた。「ただいま周喁殿の兄上の周昕《しゅうきん》殿は丹陽《たんよう》の、周昂《しゅうこう》殿は九江《きゅうこう》の太守を務めておいでです。仁明殿なら揚《よう》州におられる二人の兄上と協力して孫堅に立ち向かえるでしょう。まさに打ってつけではありませんか」

「なるほど、もっともだ」ここに至って袁紹もついに相好《そうごう》を崩し、大きな声を上げた。袁紹から見れば、曹操はまたとない片腕であった。いつでも自分のために心を砕き、仔細に考えをめぐらしてくれる。周喁を派遣すれば豫州を手に入れられるばかりか、揚州との関係も一気に親密になる。「仁明、孫堅がついている豫州刺史は、公路が勝手にそう決めただけだ。わしはいま、正式にそなたを豫州刺史に任命しよう。兵を率いて陽《よう》城［河南省中部］を奪い、孫堅を追い払うのだ」

周喁の現職は別部司馬《べつぶしば》に過ぎない。それがいきなり州の刺史に任命されたばかりか、南下して兄の近くに行けるのなら願ってもないことである。周喁は即座に立ち上がって拱手《きょうしゅ》の礼を取った。「将軍、ご安心ください。必ずや将軍のために豫州を手に入れてまいりましょう」

「そう慌てずともよい。わしにも用意がある」そう口にして、袁紹は卓から一通の書簡を取り出した。「董卓はたいした考えもなく、荊州刺史に劉表《りゅうひょう》を任命した。劉景升《けいしょう》といえば八俊《はっしゅん》［清流派の党人における格づけの一つ］の一人だ。董賊などとともに手を汚すようなことはせん。いまでは襄陽《じょうよう》［湖北省北部］に腰を据え、蒯良《かいりょう》や蒯越《かいえつ》の補佐を得て荊州を治めておる。襄陽の豪族蔡瑁《さいぼう》も力を貸しているとか……」

蔡瑁――その名が聞こえた途端、曹操ははっと顔を上げた。昔よく一緒に遊んだあの蔡瑁が、いまは劉表をもり立てているのか……袁紹は書簡を手で振りながら続けた。「わしと劉表は年来の付き合いがあるゆえ、ここに書状をしたためておいた。襄陽に立ち寄り、わが軍が出兵する際には、背後の敵を牽制してくれるよう頼んではどうだ。これを持って行って、必要とあらば使うがいい」

「ご高配を賜り、ありがとうございます」周喁は恭《うやうや》しくそれを受け取ると、丁寧に懐に収めた。

一連のやり取りのあいだ、田豊と沮授の二人はずっと浮かない顔をしていた。二人の目が合うと、田豊が意を決して立ち上がった。「将軍、妙案かとは思われますが、ただ、青州、并州、幽州、豫州とまとめて四州をも敵に回すのはいかがなものでしょう」

「元皓《げんこう》殿、それは要らぬ心配です」袁紹が返答する前に、逢紀が答えた。「いまや将軍の軍勢は北方随一、多くの進むべき道を求め、それを選んで行うのみ。何も闇雲に進もうとしているのではありません。ましてや、おそばでわたしが見る限り、将軍の才をもってすれば、まとめて事に当たることも不可能ではありませんぞ」やはり逢紀は逢紀である。田豊はそのおべっかを聞かされて、口をつぐむしかなかった。かたや袁紹はそれをことのほか喜んだが、厳しい表情を残しつつ口元をほころばせるにとどめた。「元図、そこまで言われると、わしとて面映ゆいわ……」

「ご報告いたします」そのとき一人の小隊長が広間に入ったところで跪《ひざまず》いた。「劉都尉《りゅうとい》がお戻りになったとのことでございます」

途端に袁紹の表情がくもった。延津に駐屯していた際、張楊と於夫羅《おふら》の二隊におとなしくしているよう伝えるため使者に立った劉勲《りゅうくん》が、やっと戻って来たのである。張楊は袁紹を恐れて恭順の意を示したが、於夫羅はかりにも匈奴の単于《ぜんう》である。袁紹が何か策を講じようとして部下を遣わしたのだろうと疑念を抱き、軍を動かして張楊を脅しつけ、黎陽《れいよう》［河南省北部］へと去って行ってしまった。劉勲は使命を全うできなかったが、鄴に戻って復命する前に、母の葬儀に駆けつけるため、まず実家へといったん帰ったのである。このことが袁紹の怒りを買っていた。

「ほう、ずいぶん早く戻ったものだな」袁紹の口からは自然と皮肉が漏れ出た。

すると曹操が、すかさずそれをなだめた。「子璜《しこう》殿は長年将軍に付き従ってきました。かつて洛陽でも、将軍のためにずいぶん尽力したはずです。厳しくお咎めになりませぬよう」

田豊も拱手して言い添えた。「母の葬儀のため期限に遅れたのです。これも劉子璜殿が孝子《こうし》なればこそ」

逢紀も甲高い声で続けた。「さよう、劉子璜殿は孝子でございますな。忠孝並び立たずと申すではありませんか」これはなだめようとしているのではない。それどころか焚きつけているのである。はじめは孝子だと言っておきながら、忠孝並び立たずと付け足したのは、暗に劉勲を不忠であるとなじっているにほかならない。

田豊がすぐに問いただした。「それはどういう意味かね？」

「元皓殿、劉勲が孝子だと言ったのはあなたですぞ。わたしはそれに同意したまでのこと」逢紀が詭弁《きべん》で切り返した。

「ならば、あとの半分はどういう意味だ！」張導が話を引き取った。

そこで沮授が仲裁に入った。「元図殿もつい失言してしまっただけのこと……そなたも今後は気をつけられよ」

「ふん、わたしがどうして失言などするものですか」逢紀は何憚ることなく、今度は沮授に食ってかかった。

「何だと？」沮授も顔を真っ赤にして怒りを露わにした。

こうして騒ぎはどんどん大きくなり、沮授、田豊、郭図、張導から、荀諶、許攸《きょゆう》、審配、辛評に至るまで、入り乱れての言い争いに発展した。あちらの肩を持つ者もいれば、こちらに加担する者もおり、上を下への大騒ぎとなった。諸将らはおろか、袁紹がやめるように言っても、誰も聞く耳を持たなかった。

がしゃん！

そのとき突然、大きな金属音が鳴り響いたかと思うと、石を敷き詰めた床の上にひと振りの剣が転がっていた。その大音声に驚いて、誰もがぴたりと口論をやめて静まり返った。恐る恐る顔を向けると、顔立ちの整った青年が郭図の後ろから剣を拾いに出てきた。そして剣を拾い上げながら、詫びの言葉を述べた。「申し訳ありません。つい剣を取り落としてしまいました。平にご容赦を……」

曹操はほくそ笑んだ——この若いの、なかなかやってくれる……

袁紹は眉をしかめながら、追い払うように手を振った。「散会、散会だ。重要な案件はすべて決まった。子璜のことは、わし一人で話せば済む」袁紹がそう告げるなり、みなは三々五々退出していった。曹操も広間を出ると、急ぎ足で先ほど剣を落とした若者を追いかけ、その肩を叩いて止めた。「しばし待たれよ」

若者は振り返ると、曹操の顔を見て笑みを浮かべた。「曹将軍、何かご用ですか」

「そなた、名は何と？」

「郭嘉《かくか》と申します」

「奉孝《ほうこう》、行くぞ。まだ何人か都尉を任命しなければならん」前を行く郭図が振り返って郭嘉を急《せ》かせた。

「ああ、すぐに参ります……曹将軍、ではまた日を改めて」そう言い残すと、郭嘉は襟を立てながら、そそくさと郭図のあとを追いかけていった。

曹操は顔を上げて笑った——郭嘉、郭奉孝……潁川の郭氏か……面白い……そのとき、向こうから虎牙《こが》都尉の劉勲が喪服に身を包み、憂い顔で近づいてきた。

曹操はすぐに笑みを消して心配そうに話しかけた。「子璜殿、ご母堂が逝去されたとか……」

劉勲は嘆いた。「わしは何と罰当たりなことを……ご主君に言いつかったことは遂げられず、慌てて家に帰ったものの母の死に目にも会えず、まったく不忠不孝とはこのことです」

「そう仰いますな。またゆっくりお話ししましょう。いまは本初殿が貴殿をお待ちです」曹操は広間のほうを指さしながら言い添えた。「ただ、さっき癇癪《かんしゃく》を起こしたばかりです。ご留意のほどを」

「ご忠告、痛み入ります」劉勲は拱手の礼をして去っていった。

袁紹が怒っていようがいまいが、今日という日は曹操にとって、袁紹に身を寄せて以来、もっとも心晴れやかな一日となった。それはひとえに袁紹の手を離れる望みを見出したからである。鄴城を出ると、曹操は楼異《ろうい》と王必《おうひつ》を伴って漳河《しょうが》のほとりへと馬を走らせた。そこでひとしきり自然の風景を楽しんだあと、ようやく軍営へと戻っていった。

軍門の外では、ちょうど曹洪《そうこう》と夏侯淵《かこうえん》が軍旗を振って兵士の調練を行っていた。軍営のなかでは、卞秉《べんへい》が何人かを従えて武器の手入れに余念がない。そして幕舎《ばくしゃ》に入ると、戯志才《ぎしさい》が夏侯惇《かこうとん》、任峻《じんしゅん》と一局指していた。

「ほう、これは面白い勝負だ」曹操はにこやかに語りかけた。

任峻が苦り切った顔で訴えた。「戯先生はとんでもない指し手です。二人で協力しても敵いません」

「はっはっは、それはそうだろう」

夏侯惇がちらりと目を上げた。「孟徳、ずいぶんご機嫌じゃないか」

「袁本初が俺を豫州に派遣しようとした」

「承諾したのですか」戯志才が慌てて振り仰いだ。

「いいえ。代わりに周仁明を推しておきました」

「断ったのならそれで結構」戯志才はほっとひと息つくと、また俯いて盤面に目を走らせた。「豫州は中原の地、商売には持ってこいですが、戦《いくさ》には不向きでございます。あそこはいわば死地、碁盤でいえばこの中央に当たります。四方に戦を抱えること、春秋の韓《かん》のごとし。ましてやいま、中原は董卓に蹂躙され、民は疲弊し、生み出すものは何もありません。あそこはいけません……少なくともいまはまだ……」

曹操は笑った。「こたびのことがあったからには、本初は必ずやまた重大な任務をわたしに与えてくれるでしょう」

「それは遠からずそうなるでしょうな」戯志才は碁石をもてあそびながら考えを決めると、次の一手を指した。「それにしても今日は遅いお戻りでしたな」

「漳河のほとりをぶらぶら回って来ました」曹操は服を軽くはたきながら続けた。「いずれ鄴城を取ることがあれば、そのときは漳河の流れを利用できそうです」

「喜ぶ人あれば憂うる人あり……将軍、ちょっと帰りが遅すぎましたな。さっきまで荀文若《じゅんぶんじゃく》がわたしの幕舎に来ていましてな、しばらく話しておりましたが、もう帰ってしまいました」

「ほう、それで何用でしたか」曹操は興味を惹《ひ》かれた。

戯志才は碁盤に目を落としたまま答えた。「袁紹が劉勲を殺《あや》めたのです」

「なんですと！」曹操は帳《とばり》を引いて閉じた。「劉子璜は長年仕えてきた古参の部下だというのに、なんとむごいことを」

「荀彧《じゅんいく》の話によりますと、衆目の面前ではじめは互いに落ち着いて話し合っていたのが、しだいに激しい言い争いになったそうです。その後、逢紀が劉勲を貶めるようなことを放言したことで、袁紹はとうとう殺してしまったのだとか」

「ほかの者は誰も劉勲のために口添えしなかったのでしょうか」曹操は納得がいかなかった。

「張景明《けいめい》が取りなしたとのことですが、袁本初は聞く耳を持たず、逆に景明のことをいちいち責め立てたそうです」局面が狙いどおりに進んでいるのか、戯志才はかすかににやりとした。「荀彧からの伝言です。面倒に巻き込まれぬよう今後はくれぐれも用心し、ほかの者とも軽率に行き来をされないほうがよいと」

「さすがに文若はよく気が回るな」曹操は大きくうなずいた。「本初はたしかに友人ですが、わたしより子璜のほうがはるかに近しい仲でした。その子璜でさえ殺されたとあらば、用心するに越したことはありません」

「ほかにもいろいろと話してくれました。文若の見識はまことに非凡なものがありますな」戯志才もうなずいた。「曰く、目下のところはとくに用心すべきで、それというのも、いまは袁本初が人を殺す時期なのだそうです」

「それはいったい？」

「将軍、まずはお掛けください。文若に代わってご説明いたしましょう」戯志才はそこでとうとう碁を放り出すと、荀彧が語ったことを曹操に説いて聞かせた。「そもそも袁紹は汝南《じょなん》の人物ですが、いまは河北にまで移ってきたことにより、配下には古参から新参まで入り乱れております。許攸に張導、そして将軍は古参の一派、郭図や荀諶、辛評兄弟は潁川の一派、さらに審配と田豊、沮授はここ冀州の一派というわけです。かように三派も集まれば角逐《かくちく》は必至。そして、天翔ける竜も地を這《は》う蛇は抑えられません。いまは冀州におるのですから、言うまでもなく当地の人望を得るのが第一です。それゆえ袁紹はいま古参の首をすげ替え、河北の人物を登用せねばならんのです。劉勲を殺したのも、一つには威厳を保つため、二つには、やはり兵権を当地の将に譲り渡すためだったのでしょう」

曹操は、はたと思い当たった。「そういうことか。今日、袁紹が沮授を監軍《かんぐん》に任命したのは」

戯志才が続けた。「袁紹も抜け目のない男です。冀州の人士を用いねばなりませんが、かといって全幅の信頼を置くこともできない。ただ、古参の者に大きな権力を与えたままでは、必ずや功を争い、指揮系統が乱れてしまいます。そこで、潁川の一派を利用したのです。つまり、郭図を抜擢して一軍の将とすることでその面目を保ち、最後には冀州の一派との両立を図る。そうしてじわじわと古参の一派を淘汰してゆく。逢紀のようなお気に入りを除いては……」

「ふん、逢紀など、所詮は媚《こ》びへつらうしか能のない男よ」

「派閥争いというのは、いつの間にか人を消し去ってゆくもの……それは将軍とお父上がもっともよくご存じのはず……」戯志才は意味ありげに曹操を見つめた。「古い者が疎まれるのは世の常ですが、そもそも将軍とは関わりのないことです。なんといっても、将軍には用兵の才がございます。袁紹も支配地域を広げるために、必ずや将軍を前線に送り込むことでしょう。ですから将軍は荀彧が述べたように、誰にどんな口実も与えぬよう、どの一派とも軽率には関わり合いにならぬことです」

「荀文若はまさに深謀遠慮の持ち主だ。それに、こうまで気にかけてくれるとは」

「それは将軍の英邁《えいまい》と忠義の心によるものでしょう」戯志才も満足げにうなずいた。「『呂氏春秋《りょししゅんじゅう》』にはこうあります。『貴富《きふ》を以《もっ》て人を有するは易く、貧賤を以て人を有するは難《かた》し［財があり、身分が高いときに人の心をつかむのはたやすいが、貧しく、身分の低いときに人の心をつかむのは難しい」』いまは他人の下についておりますが、それでも人望がおありになる。この点は将軍が袁紹に勝っているところでございましょう」戯志才は曹操を励ますことも忘れなかった。

「荊棘《けいきょく》の叢中《そうちゅう》は鳳凰の棲む所に非ず……」曹操はおもむろに立ち上がり、幕舎の隅まで歩を進めた。「どうやら、速《すみ》やかにここを去る方法を考えねばならんようです」

「思うに、袁紹は近く将軍に出征を請うでしょう。ただし、くれぐれも北に向かってはなりません」

「それはなぜです」

戯志才は、まるで大切なことはすでに伝えたとでもいうように、再び碁盤に目を落とした。「袁紹は冀州を押さえ、兵馬は強壮、そのうえ当地の豪族を収攬《しゅうらん》しています。幽州の劉虞は忠義の心に富みますが深謀はなく、公孫瓚もただの戦好き。弁州の白波賊は何の志もなく強奪を生業《なりわい》とするだけで、青州の焦和は兵法のいろはも知らず、惰弱で取るに足りません。袁紹が文武の陣容を整えて黒山の賊を討ち滅ぼせば、四、五年のうちに河北はすべて袁紹の手に帰するでしょう。将軍がもし北へと向かわれたなら、せいぜいいくつかの城を手に入れられるでしょうが、最後は四方を取り囲まれて窮するのみ、決して大事を成すには至らぬでしょう。道を切り拓くならば、それは黄河の南以外にありえませぬ」

「黄河の南と言われても、それはいったい……」まだ曹操の考えがまとまらないうちに、手に持った小箱を掲げながら丁斐《ていひ》が幕舎に入ってきた。「孟徳、これは陳留《ちんりゅう》に届けられた鮑信《ほうしん》からの手紙だ。奥方がこちらへ回してくれたぞ」曹操は慌てて受け取ると、すぐに小箱の封を解いた。目についたのはたった一枚の帛書《はくしょ》である。「わざわざ固く封して送ってきたのだ。何かあるに違いない」曹操が手に取って帛書を開くと、鮑信の字がわずかに数行したためられていた。

袁紹 盟主と為《な》り、権に因《よ》り利を奪い、将《まさ》に自ら乱を生じんとす。是《こ》れ復《ま》た一の卓有るなり。若《も》し之を抑えんとせば、則ち力は制する能《あた》わず、只《た》だ以て難に遭《あ》わん。且《しばら》く大河の南を規《はか》り、以て其の変を待つべし。

［袁紹は董卓討伐の盟主となってから、権力を手にして利益をむさぼり、自ら乱を起こそうとしている。これは董卓がもう一人現れたようなものである。これを抑えつけようにも、その勢力はもはや手を出しがたく、かえって危難の憂き目に遭うであろう。案ずるに、まずは黄河の南に手をつけ、変事が起こるのを待つべきである］

「まったく、英雄は英雄を知るというやつか……大河の南を規る……」曹操はそこではっと気づき、真正面から戯志才の顔を見つめた。

「かつて将軍が初めて赴任した場所、そしていま、張邈《ちょうばく》と鮑信のいるところ……」戯志才は狙いを定めた碁盤のます目に駒を打ち込んだ。「そう、兗《えん》州でございます！」

（1）別駕は官職名。正式には別駕従事史《べつがじゅうじし》、もしくは別駕従事という。漢代に置かれ、州刺史の補佐に当たった。別駕は比較的地位が高く、刺史が巡察に出るときは、別に車に乗って随行した。そのためこの名がある。

第九章　袁紹《えんしょう》の信を得て、足場を固める

天の助け

初平《しょへい》二年（西暦一九一年）冬、群雄の誰一人として想像もしなかった出来事が噴出した。いたるところで頻発する戦《いくさ》と、地方に割拠する軍閥の圧迫に、とうとう民の不満が爆発し、黄巾《こうきん》の乱以来、もっとも大きな民の反乱が引き起こされたのである。

青州《せいしゅう》刺史《しし》の焦和《しょうか》は、韓馥《かんふく》に輪をかけて惰弱で無能な男だった。このときも臨淄《りんし》城に閉じこもるばかりで、軍を起こしてこれを鎮める能力はもちろん、その勇気さえ持ち合わせておらず、ただ事態が好転するよう日々祈祷するだけであった。また、冀《き》州の黒山《こくざん》の賊軍が氷の張った黄河を渡って攻め寄せ、青州の黄巾と手を組むのを恐れて、氷を溶かすための薬「陥氷丸《かんひょうがん》」を作らせもしたが、結局は部下の心が離れてゆき、兵士らも離散して、軍は瓦解することとなった。その後、焦和は恐怖に怯《おび》えたまま病死し、青州は統治する者が誰もいない状態に陥った。そのため黄巾の残党はいよいよ気勢を上げ、県城を襲っては各地の官軍を打ち破り、最終的には三十万もの大軍に膨れ上がった。そして黒山の賊軍と合流するために、黄河を北へ渡ろうと企てた。

青州の黄巾賊と黒山、白波《はくは》の賊軍が勢力を保ったまま合流すれば、黄河流域全体が取り返しのつか

ない事態に陥ることは明らかである。民が引き起こしたこの巨大な脅威を前にして、各地の勢力は一時的にそれぞれ歩み寄りを図らざるをえず、反乱鎮圧のための戦いに共同で当たることとなった。公孫瓚《こうそんさん》は精鋭の騎兵三万を率いて南下し、東光《とうこう》〔河北省南東部〕の地で青州の黄巾賊を大いに打ち破ると、そのまま黄河沿岸まで追撃し続けた。その結果、討ち取った者の数は三万人、俘虜《ふりょ》に至っては七万人にも及んだ。

青州の黄巾賊は北への渡河に失敗すると、進路を西に転じて兗州《えん》に攻め寄せた。このとき、兗州の諸郡でもにわかに風雲急を告げ、于毒《うどく》、白繞《はくじょう》、眭固《すいこ》らの率いる十万の黒山の大軍が陳留《ちんりゅう》と東郡《とう》を荒し回ったのである。こうして黒山の賊軍は、直接冀州の背後を脅かす存在となった。西進する青州の黄巾賊と黒山軍とが一つになれば、袁紹《えんしょう》に安息の日が訪れることは永遠にない。そうした日々のなか、曹操は袁紹の一挙手一投足を注意深く見ていた。車騎《しゃき》将軍として、袁紹が厳格な態度を崩すことは絶えてなかったが、その表情にはしだいに憂いの色がにじみだしていた。反乱軍、とりわけ背後に位置する兗州の反乱軍だけは、是が非でも取り除かねばならない悩みの種である。

戯志才《ぎしさい》は曹操に提案した——昔なじみの旧友に会するという名目で袁紹を酒席に招き、その席で話を詰めてはどうでしょうか——

「さあ孟徳《もうとく》、飲んでくれ」袁紹はすっかり箍《たが》が外《はず》れたようで、この夜は立て続けに十杯以上も酒を呷《あお》り、いまでは主客が入れ替わって、曹操のために酒を注《つ》ぐ側に回っていた。

曹操は恭《うやうや》しく受け取って杯《さかずき》を掲げると、袁紹に返杯してから、ほんの少しだけ口をつけた。すでにたらふく飲んでいたので、これ以上飲んで正体を失い、余計なことを口走らないか案じたのである。

「何があっても兗州を失うわけにはいかん」袁紹のほうはそれを一気に飲み干した。袁紹といえば正真正銘の名門の子弟であり、普段このような飲み方をすることはありえない。「わしがいまやらねばならんのは、公孫瓚を破って河北《かほく》を統一することだ。もしわしが公孫瓚とやりあっているときに、後ろから黄巾の賊どもに襲われてみろ。愚兄も一巻の終わりではないか」

愚兄か……そういえば、本初《ほんしょ》が自分のことをそう呼ぶのは久しぶりに聞いたな。最近ではいつも自ら「本将軍」と称して、それにすっかり聞き慣れていたのか……よかろう。いまは自らを「愚兄」と呼ぶその気持ちに応えて、こちらも胸襟を開いて話すとしよう……そこで曹操はまたひと口酒を含むと、おもむろに切り出した。「兄上、愚弟にも腹を割ってお話ししておきたいことがあるのです」

「急に改まってどうした。いま、ここにいるのは、わしと孟徳の二人だけ。腹蔵なく話す以外に何かあるとでもいうのか」袁紹はおどけて責めるような目を曹操に向けた。やはり今宵の袁紹はいつもと様子が違う。

曹操はがらんとして人気のない自身の幕舎《ばくしゃ》をぐるりと見回した。大きな卓を挟んで向かい合う曹操と袁紹を除けば、給仕をする兵卒さえいない――本初は身一つで軍営を越えて酒を飲みにやって来た。どうやら本気で胸襟を開いて話をするつもりのようだ。しかし、かつてわが曹家が宋《そう》皇后の厄災に巻き込まれ、俺が再び役人として都に入りお前を訪ねたとき、あのときこそ俺はお前と腹を割って話したかった。だが、お前は誠意をもって向き合ってくれたか。まあよい、過去のことは水に流そう。今宵は今宵すべき話をせねばな……

「本初殿、いまは誰がどこへ攻めろと言ってきても、くれぐれも慎重になるべきです」曹操はそこで大きく息をついた。「東の青州のことも、西の幷州《へい》のことも、北の公孫瓚のことであっても、いまは捨て置くべきです」

「ほう」袁紹は怪訝な顔をした。「それはなぜだ?」

「まだ冀州が十分には落ち着いていないからです」曹操はひと息に酒を飲み干した。「黒山の賊が悩みの種のはず……」

「あんなごろつきどもに何ができる!」実を言うと、袁紹は図星を突かれたのだが、口ではことさらに軽蔑の言葉を投げかけた。

「何もできやしないでしょう。ただ、本初殿の志をくじくことはできます。本初殿もよくわかっているはずです。韓馥を追い出したあの日、董卓《とうたく》はすでに壺寿《こじゅ》という男を冀州牧に任命していました。そしてこの男は、いま黒山の賊軍に加わっています。本初殿が公孫瓚と仲違《たが》いしているあいだに、黒山軍が密かに冀州を襲い、いくつかでも県城を陥れて壺寿を押し立てたら、いったいどっちを向いて戦うというのです?」

袁紹は答えに窮し、表情をこわばらせた。

「だからこそ、黒山軍を討たねばならない。それも徹底的につぶさねばなりません。一つには本初殿の立場を考えて、二つには民百姓を土地に根づかせて人口を増やし、糧秣《りょうまつ》を十分に蓄えるため。そうして四、五年もすれば、情況は見違えるほどに好転してくるはずです」

「四、五年か……」袁紹はふと感傷的な表情を浮かべた。「愚兄はもう不惑を越えている。四、五年などと数えていては、この人生もあっという間に終わってしまう。近ごろでは鬢《びん》にも白いものが交じってきた。だがな……」そこで一つ間を置いてから続けた。「孟徳の言葉、よくよく検討するとしよう」

曹操は身を起こして、袁紹の杯になみなみと注いだ。「本初殿、急《せ》いてはならぬこともあるものです」

「では、孟徳はまだ周隅《しゅうぐ》に豫《よ》州を攻めさせよというのか」袁紹は溢《あふ》れそうな杯に口をつけた。「周仁《じん》明《めい》では孫堅《そんけん》の足元にも及ぶまい。仁明の兄らと劉表《りゅうひょう》が、荊《けい》州と揚《よう》州から孫堅を攪乱しておらねば、とうの昔に撃破されていただろう」

「それでも仁明には踏ん張ってもらわないといけません。たとえ豫州を落とせずとも、戦いをやめるわけにはいかないのです」

「ほう？」

「退却さえしなければ、それでよいのです……」曹操は奥歯に物が挟まったような口ぶりで続けた。「もし孫堅が完全に豫州を押さえたら、あるいは誰か長駆して兗州にまで攻め入ってくる者が出てくるやもしれません。そうなれば、われらのほうが危地に陥るでしょう」

「誰かだと？　わっはっは……」袁紹は顔を上げて笑い出すと、汲んだばかりの柄杓《ひしゃく》の酒をぶちまけた。「袁公路《えんこうろ》とはっきり申せばよいではないか」

「本初殿には言えても、わたしの口からはとても……やはり他人と身内ですから……」曹操は言葉を濁した。

「はっはっは……わしにとっては弟だからな……ふふっ、弟か……」笑っていたかと思うと、突然、袁紹の目から涙がこぼれ落ちた。「小さなころから、わしはずっとあいつに譲ってきた。わしの独楽《こま》が欲しいと言えば譲ってやり、あいつが上座が良いと言えば、わしは末席についた。虎賁中郎将《こほんちゅうろうしょう》につきたいと言ったときでさえ、わしは恥を忍んで何進《かしん》に頼んでやったのだ。あいつは正妻の子で、わしは側女《そばめ》の子だと誰かに言われても、わしはずっと耐え忍んできた。しかし今日は……今日だけは……」

「本初殿、すっかり酔われたようで……」曹操は眉をしかめた。

「いいや。ただな、少し悲しいだけだ……しかし後悔はないぞ。あいつには何の借りもないからな」そこで袁紹は表情を硬くした。「わしは何だって耐えられるが、ただ一つ、わしが袁家の者ではないと、あいつに言われることだけは我慢ならん。母上を侮辱するのだけは許せんのだ！」

母の存在……それこそが、袁紹と曹操を友たらしめてきた、いわば二人の絆である。十八年前、胡《こ》広《こう》の葬儀の席上で、二人は国事について腹を割って話した。当時は二人ともまだ九卿《きゅうけい》の子息で、垢抜けた青年だった……しかし、いまではすべてが変わってしまった。朝廷もなければ故郷もない、かつての自由奔放な心さえ失われてしまったのだ。そして残ったのは、髭に白いものが交じりはじめた二人の中年である。両の手を血で真っ赤に染めた二人の将軍である……

しばし沈黙が訪れた。袁紹もしだいに酔いが覚めてきたようだった。「公孫瓚はすでに従弟《いとこ》の公孫《こうそん》越《えつ》を孫堅の援軍に出したそうだ。周仁明のところは、さらに厳しい戦いを強いられることになる」

「それはいったい……」

「幽《ゆう》州の劉虞《りゅうぐ》には、朝廷で侍中《じちゅう》をしている和《か》という息子がおってな。これがこっそりと長安《ちょうあん》を抜け出し、陛下を救うために挙兵するよう、父に頼むつもりだったのだ……」

曹操は思わず苦笑を漏らした。「劉虞親子にその気があっても、まるで力が伴いません。わが身でさえ公孫瓚に脅《おびや》かされているのに、陛下の心配をする余裕がどこにあるというのです」

「まあ、話は最後まで聞け」袁紹は曹操に手を向けて遮った。「劉和《りゅうか》は長安から脱出したものの、河《か》南《なん》を通ることができず、やむなく南陽《なんよう》から迂回したのだが、そこで公路に身柄を拘束された。公路は劉虞に書簡をしたため、いま息子が南陽にいることを伝え、一緒に勤王の兵を挙げようと訴えたのだ。劉虞もやむをえず公路に応じて、数千人を遣わせた。ところがだ、公孫瓚も弟の越に軍を率いて進発させており、しかも裏で公路と手を結び、劉虞のその兵を自軍に取り込んでしまった。いまではその軍が南陽を出て、すでに孫堅と合流している。そして一緒に周仁明の軍を討つつもりなのだ」

「他人の兵を奪うとは、とんだ恥知らずだ!」曹操もすでに袁紹と袁術の兄弟関係を慮《おもんぱか》ることはしなかった。

「いまでは公孫瓚が公路と同盟を結び、孫堅もその強力な手先となっている」袁紹は一つ大きく息をついた。「それに比べて、こちらはどうだ？　幽州の劉虞はあまりに惰弱で、早晩、公孫瓚の餌食になるだろう。荊州の劉表はあまりに遠く、せいぜい背後から公路の動きに掣肘《せいちゅう》を加えるぐらいだ。しかも膝元の荊州でさえ、まだ落ち着いたとは言いがたい。本来ならば、張邈《ちょうばく》か鮑信《ほうしん》に頼んで豫州に兵を向けてもらい、われらのためにしばらく防ぎ止めてもらうべきなのだろうが、しかし……まったく憎たらしい黄巾の賊どもめ、すべての計画がぶちこわしだ！　なぜやつらは南へ行って騒ぎを起こさんのだ？」

曹操はそろそろ頃合いと見て取り、本題を切り出そうと探りを入れてみた。「本初殿、兗州諸郡の戦はこの先どうなるのでしょう？」

「楽観はできんな」袁紹は口を尖らせた。「陳留郡の張邈は軟弱すぎるし、弟の張超《ちょうちょう》は気性が激しすぎる。彼ら二人は民を治めて内政を執るだけならまだしも、戦となれば全然駄目だ。東郡の王肱《おうこう》に至っては思い出すだけで腹が立つ。東武陽《とうぶよう》［山東省西部］に亀のごとく引きこもって、ただの一度も賊軍と戦ったことがないのだからな。なぜ劉岱《りゅうたい》があんなやつを取り立てたのか、いまだにわからぬわ！」東郡の太守《たいしゅ》はもともと橋瑁《きょうぼう》が務めていた。しかし、その橋瑁が酸棗《さんそう》県［河南省北東部］に駐屯していたとき、兗州刺史の劉岱はその糧食を奪うために橋瑁を殺害した。そして、自分が信を置く王肱を勝手に東郡の太守に据えたのだが、実のところ、王肱はその任に堪えるような人物ではなかった。

曹操は胸の高鳴りを抑えて、できるだけ自然に話しかけた。「では、この孟徳が東郡の賊を討伐するというのは、いかがでしょう」

どうやら袁紹にもその心づもりがあったらしく、袁紹は両の眼《まなこ》でまっすぐに曹操を見つめた。その間、曹操も息を凝らして待ち続けた……

「よかろう」たっぷりと間を取ったあと、袁紹がゆっくりうなずいた。

曹操は長く息を吐き出した。首を長くして待ち望んでいた機会が、とうとう現実のものとなる。

「しかし……」袁紹もどこか腑に落ちないといった様子である。「孟徳、おぬしが河北を離れたら、わしは片腕をもがれたも同然だな」

「兄上、わたしが行くのは単に黄巾賊を掃討するためだけではありません」袁紹の気が変わらないうちに、曹操は日夜考えて用意した言い分を話しはじめた。「ほかにもいちおう考えがあってのことです……劉岱が朝廷への上奏を経ず、勝手に王肱を東郡の太守としたのは、兗州に覇を唱える狙いがあるのではないかと」

曹操の話を聞き、袁紹はすぐに疑問を挟んだ。「劉公山《こうざん》に限ってそれはなかろう」

「劉岱が兗州に割拠するだけならまだいいのですが、もし袁術に抱き込まれたら、黄河の南はすべてが敵となり、本初殿にも瞬く間に戦禍が降りかかるでしょう。かくなるうえは、やはりこの孟徳が東郡の黄巾征討に出るのが得策ではないでしょうか。黄巾を滅ぼせば、東は張邈と結び、西は鮑信と連携して、われら三人が協力して兗州を守るのです」曹操はそこでまた袁紹に酒を注ごうとしたが、ほとんど残っているのを見て酒甕《さけがめ》を置き、話を続けた。「豫州から北上して冀州を攻めるとなれば、兗州を通らないわけにはまいりません。後日、もし周喁が敗れて豫州が落ち、北上の道が袁術と孫堅によって通されたなら……そのときはこの孟徳が、張邈、鮑信と力を合わせ、彼らが兗州に一歩も踏み入れないようにして見せましょう。兄上のために次なる壁となる所存です！　こうして河北の地と隔てれば、兄上も心置きなく黒山賊と公孫瓚に立ち向かえるはず」

「うむ。よいぞ……それは名案だ！」袁紹は勢いよく立ち上がり、卓を回り込んで曹操の正面に来ると、その肩を力強くつかんだ。「張邈が民を治め、孟徳が軍を統《す》べ、そして鮑信が前線に立つ。そなたら三人がそれぞれ一郡に拠《よ》って立ち、そうして大河を押さえれば、袁術、孫堅も何するものぞ！　はっはっは……」このときばかりは袁紹も心の底からうれしそうに笑った。

曹操はその笑顔を見つめるだけで、余計なことは何一つ言わなかった。曹操は袁紹の性格を熟知していた。ほんの少しでも大げさな言動をすれば、袁紹には心の内をすぐに見透かされてしまう。そのため、曹操はただ俯《うつむ》き、憂い顔を浮かべて酒を口にしていた。袁紹は、曹操が眉をひそめているのに気がつくと、わけを尋ねずにはいられなかった。「まだ何か悩みでもあるのか」

「ええ、まあ……わたしから申し出ておいてなんですが、実を言うと、わたし自身あまり自信がないのです。かつて宛《えん》城［河南省南西部］を攻めて賊を討ったとき、この目で孫堅の武勇を目の当たりにしました。あれは強敵です」曹操はことさら大げさにかぶりを振りながら、胸中の不安を吐露した。

「自分を信じないでどうする？　兗州や東郡のことは、孟徳を措《お》いてほかに任せられる者はおらんのだぞ」曹操が頼み込む側だったのが、いまや立場はすっかり逆転していた。

「そうですね……この孟徳、死力を尽くしましょう」曹操も立ち上がって、袁紹に拝礼した。

袁紹は微笑みながらしきりにうなずいた。「そうだ、ではこうしよう。王肱では前々から力不足だと思っていたのだ。いますぐ孟徳を東郡太守に任命しよう」

「えっ？」事は曹操の打算をはるかに上回って順調に滑り出した。

もとより曹操は、東郡の黄巾賊を平定したあと、一転矛先を変えて、王肱を始末しようと考えていた。それがいま、袁紹の鶴の一声によって名分を得たばかりか、自ら手を下す手間まで省けたのである。

「孟徳が公路と孫堅を押さえてくれたなら、それこそわが河北平定の一番手柄だ！」袁紹は幕舎のなかをおもむろに行きつ戻りつしてから続けた。「愚兄がいずれ志を遂げたときは、孟徳よ、おぬしをぞんざいにはせぬぞ」

「将軍のお引き立てに感謝いたします」いつ兄上と呼び、いつ将軍と呼ぶのか、曹操はその使い分けをよく心得ていた。袁紹は袖を引いて曹操を座らせると、二人の杯になみなみと酒を注いだ。「さあ、乾杯だ！」

曹操は豪快にその酒を呷った。

「そうだ、孟徳に見せてやろう」そう言うと、袁紹は腰にぶら下げた革袋を開け、なかから虎の紋様が入った真四角の銅印を取り出した。「ここ二、三年、わしが官吏の任命を上奏するときに使っているのがこれだ」

曹操はその印をまじまじと見た。「詔書一封　邟郷侯印《こうきょうこういん》」の八字が刻まれている。かつて袁紹が都を脱出したとき、裏で周毖《しゅうひ》が口を利き、董卓は袁紹を勃海《ぼっかい》太守に任命して、邟郷侯に封じた。そこで袁紹はこの印を彫り、また、それを用いて義勇軍を起こし、群雄を統べる立場についたのである。それから二、三年、いったいどれだけの太守、県令《けんれい》、将軍、都尉《とい》が、この印の押された上奏文によって任命されたのか。曹操は急に寒気を覚えた。いま自分がついている奮武《ふんぶ》将軍も、この印によって与えられたものではないのか。

「董卓が入洛したとき、たしか孟徳はこう言ったな。符節《ふせつ》や官印がものを言う時代は終わったと」袁紹はまた自ら二人の杯を満たした。「しかし、わしのこの印はまだ役に立つ……少なくとも冀州と兗州ではな。それもわれらの努力の賜物《たまもの》よ」

曹操も笑みを浮かべた。「そうですとも……それは実に大きな力を持つ印です」その感嘆には含むところがあった。

「ところでな、実はここにもう一つ印がある」袁紹はまた一つ革袋から取り出した。が、今度は玉の原石だった。大きさは四寸［約九・二センチ］、真っ白で瑕《きず》一つなく、きらきらと透けて明るい光を反射しているが、まだ彫琢《ちょうたく》を経ていない。袁紹はそれを手のひらに乗せると、まるで命より大切なものを扱うように、そろそろと注意深くなでた。「孟徳よ、次はこの印にものを言わせてみるのはどうだ？　面白そうだと思わんか」

曹操は笑みを浮かべたまま何も答えなかった。しかし、心のなかでは怒りの炎がすでに極点に達していた――本初よ、貴様それではあの恥知らずの弟とまったく同じではないか！　いや、それどころか、お前のほうがよほど陰険で、嘘で塗り固められている！　袁術は大漢の伝国《でんこく》の玉璽《ぎょくじ》を盗んでいったが、お前は新たに作り出すというのだからな。それでは、ただ自分が皇帝になりたいだけではないか！　かつて董卓の前では唯々諾々として、咳一つするにも遠慮していたお前が、いまここでは権勢を笠に着て威張り散らしている。お前が皇帝になりたいというのなら反対はせぬし、ましてや妬《ねた》みもせぬ。しかしだ、俺に力があるのならまっすぐ長安に乗り込んで、お前を辱めたあの野郎をぶちのめす。それでこそ本当の男ってもんだろう！　この曹孟徳、いまの汚れきったお前には従うつもりなどない。こき使われるのはまっぴらだ！

今宵の袁紹は完全に自分の酒量を超えていた。二つの印を革袋にしまい込むと、曹操に酒を注ぐこともなく、手酌でひたすら飲み続けた。先ほど来、顔には笑みが貼りついている。曹操はその酔いが回って赤らんだ色白の顔をじっと見つめていた。普段は決して相好《そうごう》を崩すことのない厳《いか》めしい顔だが、目の前にあるその顔は、なんと卑しく、なんとおかしく、なんと忌《い》まわしいことか！

「ふふっ、はっはっは……」期せずして、二人の笑い声が一つに重なった。

袁紹が笑い、曹操も笑った。だが、その理由はまったく異なっていた。袁紹が飲み、曹操も飲んだ。だが、酒が喉を通る心地はまるで異なっていた。しかし、人は酔っ払ってしまえば、みな同じである。その仮面を外してしまえば、誰もがただの人間という生き物でしかない！

「将軍、もうそろそろ……」袁紹の護衛兵の一人が、幕舎の帳《とばり》を引いて顔をのぞかせた。二人の将軍はすっかり酩酊し、酒器もあちこち散らかり放題になっている。その護衛兵は戸惑いながらも袁紹に告げた。「将軍、もう遅いですし、そろそろ戻られるべきかと」

「うむ……では、戻って寝るとするか」袁紹はよろめきながらもなんとか立ち上がった。「今日は愉快……実に愉快だ！」

「そのとおり！」曹操はその場で横たわると、護衛兵に袁紹を連れて退《さ》がるよう促した。

袁紹の護衛兵はもう一人呼び寄せると、二人で袁紹を支えながら、よたよたと曹操の幕舎を出ていった。袁紹は去り際にもまだ叫んでいた。「孟徳よ、これから世直しだぞ……」

袁紹が去ると、入れ違いに夏侯惇《かこうとん》と戯志才が幕舎に入り込んできた。夏侯惇は曹操の肩をぽんぽんと叩きながら笑いかけた。「本初のやつ、酔っ払ってとうとう本性をさらけ出したな。孟徳、お手柄じゃないか」

「世直しだと……」曹操も焦点が合わないほどに酔っ払っていた。「世直しすべきなのはもっともだが、そんなこと、自分が正しいと思っているやつなら、誰でも考えていることだ」

戯志才が強く曹操の肩を揺すって尋ねた。「それで、うまくいったのですか」

「やつは俺を東郡太守に任じたよ……たいそうありがたいことにな！」曹操はそう言うなり、寝台に倒れ込んだ。

　戯志才は一つ大きく息をついた。「素晴らしい、これで足場ができますぞ。さあ、われわれも失礼して、ゆっくり眠っていただきましょう」

　二人が足音を立てないようにしてそっと幕舎を出るころには、もう曹操のいびきが聞こえてきた。夏侯惇は親指を立てて戯志才に向けた。「戯先生はたいしたお方だ。袁紹を酒席に招くだけで、これほど功を奏するとは」

　戯志才は短い髭をひねりながら小さく笑った。「古今を通じて、天下の大事は酒の席で決まってきました」

「袁本初は四代にわたって三公を輩出してきた家柄ゆえ、いつも落ち着いていて威厳を失わない。それが今日はこの様です」

「いえいえ……」戯志才はかぶりを振った。「明日には二人とももとどおり、また互いに恭しく接することでしょう。二人は実によく似ている」

「二人が似ているのなら、なぜ袁紹ではなく、孟徳ばかり助けてくれるのですかな」夏侯惇は軽い気持ちで尋ねてみた。

「お知りになりたいですか」戯志才はそこで歩みを止めると、おもむろに夜空を見上げた。「『呂氏《りょし》春秋《しゅんじゅう》』にこうあるのです。『当今の世 濁れること甚だし。黔首《けんしゅ》の苦しみ、以て加うる可《べ》からず［いまの世はひどく汚れている。これ以上、民に苦しみを与えてはならない］』。つまり、わたしにとってはどちらでもいいのです。ただ、いま天下に必要なのは、民の苦しみをともに分かつことができる人なのです」

夏侯惇は愕然とした。

「いや、元譲殿《げんじょう》、今宵はわたしも酔ったことにしてください。いまのはあくまで酒席での戯《ざ》れ言《ごと》。どうかお忘れいただきたいものです」そこで戯志才は顔を戻し、そのまま夏侯惇に向けた。「兵に常勢《じょうせい》なく、水に常形《じょうけい》なし。まだはじめの一歩を踏み出したばかりなのですから、今後どうなるかは、わたしにもむろんわかりません。将軍ご自身のお考えに拠るのでしょう。元譲殿は速《すみ》やかに輜重《しちょう》を荷造りするよう命を出してください。袁紹からの詔書が手元に届き次第、すぐに出発するべきです。袁紹のそばには田豊《でんほう》や沮授《そじゅ》、それに郭図《かくと》といった智謀の士が控えております。出発が遅れれば、思わぬ面倒を招くやもしれません」

「わかりました」夏侯惇は感嘆を禁じえなかった。「いままた黄巾賊が蜂起してくれたおかげで、われらにも好機が訪れた。これは天の助けに相違あるまい。なんという僥倖《ぎょうこう》よ！」

これが曹操と袁紹、二人の友人が酌み交わした最後の酒となった。三日後、曹操は河北を離れ、東郡太守の任につくため、兗州への旅路につく。ついに、自他ともに許す土地を得たのである。

東《とう》郡に立脚する

初平《しょへい》三年（西暦一九二年）一月、曹操は兗《えん》州に入った。本来なら、王肱《おうこう》から太守《たいしゅ》の任を引き継ぐために東武陽《とうぶよう》へと向かうところだが、曹操は頓丘《とんきゅう》県［河南省北東部］の県境へと軍を進めた――

「東武陽に進駐せず、ここへ来てどうするのです？」任峻《じんしゅん》は、厳重に閉ざされた頓丘の県城を遠くに見て、居ても立ってもいられず曹操に尋ねた。

「敵が備えを固める前に攻めたい。まずはあの黄巾《こうきん》賊から潰すつもりだ」曹操の表情には余裕が満ち溢《あふ》れていた。「東《とう》郡に入ったからには太守らしいこともしないとな。まずは賊軍を始末して、ここの人心を得ることが肝要だ」

「将軍、それは無理が過ぎるのでは……われわれは魏《ぎ》郡から渡河してここまで来たばかりです。この行軍で馬も兵士も疲れ果てており、加えて糧秣《りょうまつ》もまもなく底をつきます。これから戦《いくさ》などとても……それに……」任峻はそこでまた頓丘城のほうを見て、憂いの色を満面に浮かべた。「それに、将軍は東武陽で印綬の引き継ぎを終えていませんから、東郡の一切の権限はまだ王肱にあります。各県が勝手に将軍に糧秣を補給することもできませんし、このままいけば、それこそ人心が離れていくことになるのでは？」

本来なら耳に逆らう忠言である。ところが、曹操はそれを聞くと高々と笑い出した。曹操だけではない。楼異《ろうい》も、さらにはそばで輜重《しちょう》の点検をしていた戯志才《ぎしさい》と卞秉《べんへい》までもが、一緒になって笑い出したのである。任峻は思わず頭にきた。「なぜ笑うのです？　何もおかしくないでしょうに！」

任峻が苛立ったのを見ると、曹操は余計に煙に巻くような話をした。「伯達《はくたつ》、俺がここに軍を率いてきたのは、一つにはこのあたりで賊を討つため、そしてもう一つは、糧秣を補給しようと思ってのことだ」

「頓丘の県城は賊軍に攻め込まれぬよう、固く門を閉ざしています。いまはまだ名分もないのに、どうやって城門を開けさせるのです？　それで誰が糧食を納めてくれるというのですか」

「まあ、見ていろ」曹操は後ろ手を組んでくるりと振り返った。「阿秉《あへい》、こっちに来い」

卞秉はにこにこと笑いながら近づいてきた。「義兄《にい》さん、俺の出番でしょう。わかってるって」

「ここの門は俺かお前、もしくは楼異にしか開けさせることはできん。総帥が軍を離れるわけにもいかんし、楼異には軍営の準備がある。となれば、残るはお前だけだ」中軍の幕舎《ばくしゃ》も構えていないうちに、曹操は王必《おうひつ》が捧げ持つ物のなかから、軍令を出す際に用いる小旗を抜き出した。「卞秉、よく聞け。お前に三百人の兵士をつける。城壁の下まで行き、全員で声を合わせて、『曹孟徳《もうとく》のおなりだ。頓丘の民よ、食糧を所望する』と叫んでこい。それで必ず内側から城門を開けさせろ。もしできなかったときは、軍法に照らして処断する」

「義兄さんったら、たかがこれしきのことで、そんなに厳しくしなくてもいいでしょうに」卞秉は無造作にその小旗を受け取った。

曹操はにわかに顔を曇らせた。「ここは軍営だ。お前の義兄《あに》などここにはいない！」

「ははっ」卞秉は軽く肩をすくめて返事をした。「将軍のご命令のままに」

任峻は、卞秉が頓丘城へ行くのを見て怪訝な思いにとらわれたが、泰然自若として自分のすべきことをこなす曹操を見ては、このうえ何か声をかけるのも憚られ、静かにその場を離れていった。任峻は曹操につき従って以来、真摯に兵糧の管理に当たってきたが、このときばかりは心ここにあらずといった様子で、兵士らに食糧の配分を指示していた――が、大型の荷車はどれも荷台が空で、食べられる物はもうほとんど残っていない。おそらく明日にはすべて食べ切るだろう。いますぐにでも束武陽に向かわねば手遅れになってしまう。任峻は考えるほどに切羽詰まってきて、やはりもう一度曹操に掛け合おうと身を翻した。ちょうどそのとき、賑やかな歓声が耳に飛び込んできた。

ふと見れば、頓丘城の門が大きく開け放たれており、兵を率いて戻ってくる卞秉の後ろには、さまざまな格好をした民たちが潮のごとく押し寄せてきていた。老いも若きも誰もが一家総出で、小走りで駆け寄ってくるその手には、一様に飯を盛った簞《わりご》と水を入れた壺が握られている。粗衣《そい》をまとった百姓から、きらびやかな衣装に身を包んだ土地の名士、さらには県の役人、果ては手に手に棍棒を握り締め、県城を守るために進んで集まった数十人もの男たちまでいる。

曹操が兜を脱いで軍営の入り口あたりに立つと、頓丘の民らが声を合わせて叫ぶのが聞こえてきた。

「曹県令お帰りなさい、曹県令お帰りなさい！」曹操の官途は洛陽北部尉《らくようほくぶい》［洛陽北部の治安を維持する役職］からはじまった。しかし、小黄門《しょうこうもん》の職にあった蹇碩《けんせき》の叔父を打ち殺すなどしたため貴顕の覚えが悪く、頓丘の県令に左遷されたのである。在任中は土地の豪族を懲らしめ、民草をよくいたわったため、民は曹操に深く懐《なつ》いていた。あれから十五年、いま、こうしてまた頓丘に帰ってきたのである。かつて施した善政を、人々はまだ忘れていなかった。恩恵を受けた民らが、その曹操を喜んで出迎えないわけがない。

瞬く間に大きな歓声が沸き上がり、あらゆる身なりの者たちが一斉に押し寄せて曹操を取り囲んだ。

「曹大人《たいじん》、ごきげんよう！」

「見てごらん、あれがおじいちゃんの言っていた曹大人よ」

「県令殿、覚えてますか。わたしです、王家の三男坊です！」

「曹大人のおかげで、うちの息子は兵に取られず済んだのですよ」

「県令殿は、わしら一家の命の恩人ですじゃ！」

……

「どいてくれ、ちょっとどいてくれ」そのとき、黒い衣に身を包み、武冠《ぶかん》をかぶった中年の男が人群れをかき分けて出てきた。曹操は、小賢しそうなその顔を見てすぐに気がつき、慌てて拱手《きょうしゅ》の礼をした。「徐功曹《じょこうそう》、お変わりはありませんか」

進み出てきたのは頓丘県の功曹、徐佗《じょた》であった。徐佗は、曹操が自分を覚えていたことをいたく喜んで、滔々《とうとう》と話しはじめた。「曹県令……いえ、曹太守、こんなに何年も経ってあなたがお戻りになるとは、夢にも思いませんでした。あの当時、あなたは志高く英気に溢れ、見事なお裁きで民をわが子のようにいたわられました。あなたがここを離れるときも、みながこぞって引き留めたものです。老若男女が涙を流し、それはそれはまるで葬礼のようでございました。あのときは本当に……」

「徐功曹、互いによく見知った仲ではないか。そんな堅苦しい話はもうよかろう」曹操は内心、徐佗の見え透いた媚《こ》びへつらいにうんざりしていた。かつて頓丘令だったころ、徐佗とはまったくそりが合わず、言い争いになったのも一度や二度ではなかった。

徐佗は驚いていた。曹操が県令を務めていたときからすでに恨みを買っているのに、それがいまや太守として、かくも多くの兵を従えて戻ってきたのだ。これ以上、曹操の機嫌を損ねるわけにはいかない。徐佗はすぐさま振り返って呼びつけた。「さあ、例の物を持って来い！……曹大人、これが何かおわかりになりますか」

曹操はそれを見たばかりに、危うく涙がこぼれ落ちそうになった——かつて自分が洛陽の城門の警備や頓丘での法の執行に用いていた五色の棒である。いまでは錆がまだらに浮いて、色も見分けられないほどであった。

洛陽から左遷されたとき、曹操は楼異とともにはるばる頓丘まで、この五色の棒を担いでやって来た。頓丘に着くと、土豪から盗賊までこれで次々に罰を加えていき、そしてとうとう、夜も戸締まりをしないで済むような小さな県を作り出したのである。いまから思えば、当時の曹操はいかに純粋に悪を憎み、正義感に燃えていたことか。しかしいまでは、世の儚《はかな》さと人情の移ろいを身をもって経験し、ずいぶんと丸くなった。頑固で一本気な往時の性格とは比べるべくもない。

「曹大人、あなたが去ってからも、この五色の棒はずっとわれら頓丘の治安を守る宝でした」徐佗はぬけぬけとでたらめを言った。実は曹操が去ったあと、その棍棒は役所の裏庭に捨て置かれ、雨ざらしになっていた。あるときなどは、役所の使用人によって門の敷居に使われそうになったほどである。それがこのたび曹操がやって来ると聞いて、慌てて草むらのなかから拾い上げてきたのだった。

曹操は、歓声を上げて自分を囲む民らに、自分が感傷に浸る姿を見せたくなかったので、すぐに徐佗に言い渡した。「徐功曹、わたしは本郡に着いたばかりで、いろいろ尋ねたいこともある。そなたはこの場を収めたら、わたしのそばについて業務を手伝ってくれ」

徐佗は喜びのあまり膝からくずおれそうになった。微賤の出であったから、四十を超えても昇任とはまったく無縁で、物の数にも入らない下っ端役人にずっと甘んじてきたのである。それがいま、この五色の棒のおかげで曹操に取り入ることができた。徐佗はすかさず跪《ひざまず》き、曹操に恩を謝した。

「立ちたまえ。いまも戦は終わっておらぬ。みなの安全が第一だ。さあ、すぐに民らを連れて城内に戻り、まずはしっかりと県城の守りを固めることだ」

徐佗は顔を上げて微笑んだ。「みなは曹大人をひと目見ようと来たのですから、わたしなどが何を言っても聞く耳を持たないでしょう」そう言われては、曹操も体面を気にする質《たち》である。即座に高らかに呼びかけた。「みなの衆、お静かに。まずは腰を下ろしてくれたまえ」

果たして、民らは曹操の声にすぐに反応した。次から次へと伝わって、あっという間にみなが静かに腰を下ろしたのである。曹操は馬車の上に立つと、大声で話しはじめた。「頓丘を離れて十五年、いま、天下は大きく動いている。天子は都を離れ、地方には軍閥が割拠し、どこもかしこも戦火に覆われている。わが兵馬はこれより青州《せい》から来た黄巾賊の征討に向かう。みなが食糧を持ち寄ってくれたこと、大いに感謝する次第である。たったいま、徐功曹に申し渡した。みなは速《すみ》やかに戻って県城を守るように。賊の横暴を許してはならん。この曹孟徳、いまは東郡の太守に任命された。これよりのちは、頓丘に立ち寄る機会も多くあるであろう。みなも十分に体をいたわるように。戦が終われば、わたしは本県の賦役《ふえき》を免除することを約束する。西の都［長安］からの政令が届かない以上、この件はわたしの一存で決定だ！」

うおお……耳をつんざく歓声が沸き起こり、民らの興奮は最高潮に達した。徐佗はやっとのことで言い聞かせると、民らはしぶしぶ三々五々城内へと帰っていった。それでも、曹操のもとを離れがたく、なかには直接話をしないと帰らないとまで言い張る者もいた。いまはなんといっても戦乱の時代である。どこに黄巾賊の斥候《せっこう》が潜んでいるかもしれない。曹操は夏侯《かこう》兄弟に周辺の警備を言いつけると、自分はぞろぞろと歩く民らの後ろに立って、早く城内へ戻るようにと歩みを急《せ》かせた。こうして半刻［一時間］ほどしたのち、あたりはようやく静けさを取り戻していった。

人が残らず去ったところで、曹操はまだ数十名の屈強な男たちが黙ったままそこに並んでいるのに気がついた。「そなたらは県城の守りに戻らんのか」

「戻りません！」そのうちの頭《かしら》らしき男がかぶりを振りながら歩み寄って来た。「県城を守るばかりでは男伊達とは申せません。それがしはこの兄弟分らと一緒に将軍のために働きたい。将軍に従って戦に加わるつもりです！」

曹操はその姿を見て危うく笑いをこぼしそうになった。目の前で従軍を訴えるその男は、見たところまだ二十歳を超えたばかり。義勇兵の格好をして、がっちりとした体つき。だが、背は六尺［約百三十八センチ］にも満たず、自分よりだいぶ背が低い。ぽってりとした丸く小さな色黒の顔、小さな目鼻に大きな口と短い髭、顔立ちは各部位が中心に寄っている。しかも足はがに股である。こんな男に果たして兵士が務まるのだろうか。

男のほうも貶《けな》されるのは慣れているのか、自分から声高々に宣言した。「それがしを見くびらないでください。戦となれば将軍を務めることもできますぞ」耳にがんがんと響くほどの大声である。戦で将軍を務められるとは、大きく出たものだ。そこまで言うからには、いずれにしても腕に相当の自信があるのだろう――曹操はすぐに笑みを浮かべて尋ねた。「名を聞いておこうか」

「それがしは楽進《がくしん》、衛《えい》国の者でございます」

曹操は衛国と聞くや、丁寧な態度に改めた。「聖人の地の者か、これは失礼したな」

衛国はもともと一つの県で東郡の治下にあるが、それは大漢の天下で二つしかない、県に相当する公国《こうこく》の一つである。光武帝《こうぶ》の中興以来、宗室《そうしつ》の者は一郡を王国《おうこく》として与えられ、その地を治めた。唯一の例外は、桓帝《かん》の弟である勃海王《ぼっかい》の劉悝《りゅうかい》が癭陶王《えいとう》に落とされて、一県を王国として治めただけである。臣下では、大功を立てた者が侯国《こうこく》として一県を与えられたが、それとて公国からは一等下がる。たとえ三公《さんこう》と太傅《たいふ》の地位についた者でも、侯に封じられるのみであった。光武帝劉秀《りゅうしゅう》は儒学を好み、聖賢を敬慕し、周公旦《しゅうこうたん》と孔子《こうし》を尊崇した。そのため、建武《けんぶ》十三年（西暦三七年）、周朝《しゅう》の末裔にあたる姫常《きじょう》を衛公に、殷朝《いん》の末裔にあたる孔安《こうあん》を宋《そう》公に封じ、子々孫々世襲することとした。それぞれが公国となり、漢室の上賓《じょうひん》として遇され、それ以来、衛国と宋国という一県に相当する公国が誕生したのである。

曹操も早くから周公旦を尊崇していたので、楽進が衛国の出身と聞いて、表情を和らげたのだった。楽進は包拳《ほうけん》の礼をとった。「いいえ、とんでもありません。それがしはただの無骨者。ただ将軍に従って手柄を立てんと願うのみです」

曹操としても、ここまで直截に訴えてくるその意気は買いたいのだが、容貌を見ると、やはり過度な期待は禁物だと自ら戒めざるをえず、かすかに笑顔を浮かべて申し渡した。「そういうことなら、ひとまずわが軍の夏侯司馬《しば》のもとで働くがよい」楽進はやや不満げな様子ながらも、仲間を連れて夏《か》侯惇《こうとん》のもとへ挨拶に行った。

曹操が幕舎に戻ると、偵察に出ていた曹洪《そうこう》がすでに帰っていた。曹洪によれば、青州黄巾賊の首領格である于毒《うどく》は、東武陽以西の山あいに砦を構えているという。そして、惰弱かつ無能な王肱を見くびって、すでに数万の兵馬を引き連れて郡の治所《ちしょ》がある東武陽を包囲し、県城を攻めはじめたとのことである。

曹操は即座に命《めい》を出した。「すでに戦端が開かれているのなら、腹ごしらえをしてすぐに出発だ！」

それを聞いて、曹洪は小躍りした。「袁紹《えんしょう》のところじゃずいぶんおとなしくしてたからな、ずっとうずうずしてたんだ。東武陽に着いたら、賊のくそ野郎どもを思いっきりぶち殺してやるぜ！」

「早合点するな」曹操は曹洪を制した。「東武陽へは向かわん。われらは于毒の根城をつぶしに行くぞ」

「何だって？」曹洪は驚いて目を見張った。「孟徳、そりゃ心が狭すぎるってもんだ。王肱とかいうのは、たしかにろくでもないやつかもしれんが、見殺しにするってのはないんじゃねえか」

そうまで言われて、曹操も少し不愉快な気分になった。「子廉《しれん》、よく聞け。ここは軍営だ。上下の礼というものがある。好き勝手に汚い言葉を使うな。それから、今後は俺のことを将軍か太守と呼ぶんだ。兄弟とか孟徳とか、気安く呼ぶことは許さん。次は軍法に照らして処断するからな」

戯志才は満足げに二人のやり取りを見守っていた――曹孟徳はいま立ち上がったばかりである。これよりのちは厳しい態度を辞さないことが肝要である。

「将軍、申し上げたき儀がございます」任峻は身内ではないため、日ごろから誰よりもきちんとしていた。「東武陽は東郡の治所、ここが落ちれば民の混乱は避けられず、人心を落ち着かせることもかないません。わたくしめもまずは東武陽の囲みを解くのが先決かと」

「伯達《はくたつ》、そう慌てるな。根城を攻めると決めたのは、魏《ぎ》を囲み趙《ちょう》を救うの計だ。昔、孫臏《そんぴん》は趙を救うために魏を攻め、耿弇《こうえん》は西安《せいあん》に向かうためにまずは東の臨淄《りんし》を攻めた。いま、われわれが敵の根城をつけば、敵は当然守りに戻るだろう。そうすれば、東武陽の包囲もおのずと解ける。もしやつらが戻って来なくとも、こちらが無駄足を踏むことはない。黄巾賊の砦は容易に落とせるが、東武陽の県城ともなれば守備も固い。つまり、こちらは敵の根城をつぶし、于毒は県城を攻め取れないということになる」そこで曹操は戯志才に意見を求めた。「戯先生、この策はいかがでしょう」

戯志才は何度もうなずいて、異議がないことを示した。

「ところで伯達、兵糧が足りないんだったな?」曹操は任峻に笑いかけた。

任峻は顔を赤らめながら答えた。「わたくしめは将軍がここの県令を務めていたとは存じ上げませんでした。民らが持ち寄ってくれた食糧には、干《ほ》し飯《いい》から胡麻つきの餅子《ビンズ》[粟《あわ》粉などを焼いた常食物]、さらには豚肉まであります。いまあるだけでも五日はもつでしょう」

「ふっ、五日も要らん。二、三日あれば十分だ」曹操は得意になっていた。「さあ、すぐに食事を済ませろ。午後には出発して敵の巣窟を討つ」

曹操が予見したとおり、黄巾の根拠地に向けて曹操軍が進発すると、于毒が東武陽の包囲を解き、大軍を率いて引き返してきたとの一報が入った。曹操は気力を奮い起こし、全軍に行軍の速度を上げるよう命令した。于毒の砦は山あいに築かれてはいたが、地勢を利用して堅固な砦を築くということにはまったく無頓着であった。それに加えて、黄巾賊は家族とともに行動していたため、曹操軍は実にあっけなく于毒の砦を占拠し、多くの俘虜《ふりょ》と輜重を手に入れることができた。そしてちょうどそのとき、于毒の大軍が目の前まで迫ってきた。

いまやこれしきの戦いでは、曹操自身が陣頭に立つ必要はなかった。曹操は護衛の兵とともに山の高みに登ると、左に楼異、右に王必を従えて、座して戦局を見守った。于毒は武勇に長けた男で数万の民衆を従えてはいたが、いかんせん武器もろくに揃《そろ》わない寄せ集めの軍であり、三千人からの戦慣れした曹操軍に比べると、甚だしく見劣りした。とりわけ砦がすでに落とされたとあっては士気も上がらず、于毒自身が率いる数千の農夫だけが前線で激しく揉み合っていた。

楼異は押され気味な自軍の戦いぶりを見て、いらいらと地団駄を踏んだ。「しょ、将軍、加勢に行かせてください」

「動くな。お前はおれの護衛だ。将軍を守ることこそ任務のはず。お前がここを離れた隙《すき》に、裏道を登ってきたやつに俺が殺されたらどうする？　じっとしていろ！」

「承知しました」楼異はうなだれて、また眼下の戦況に目を落とした。

「この戦、勝算は十分にある。あと少し戦って于毒が率いる先鋒隊を崩せば、もうこちらのものだ」そこでちらりと横を見やると、加勢を許されなかった楼異がしょげ返っていたので、曹操はぴしゃりと注意した。「しゃきっとしないか！」

「ははっ」楼異は慌てて背筋を伸ばした。

「いまや俺たちも一国一城の主《あるじ》だ。何ごとにおいてもそれらしく行動せねばならん。お前は護衛の兵長として、おれは一郡の主としての立ち居振る舞いを身につける必要があるのだ。俺たちはこれから新たに……」そこで曹操は思わず目を白黒させた。自軍の足並みが乱れはじめたのである。むろん曹操は離れた場所におり、直接の指揮を執っている夏侯惇《かこうとん》の部隊は最後尾に位置している。しかしそのとき、夏侯惇の部隊のなかから数十人の小隊が飛び出してきたのだ。その男たちにとっては陣形などないに等しく、前を塞《ふさ》ぐ曹洪と夏侯惇の部隊のなかを無理やりかき分けて進んでいく。そして、自分たちの隊列もばらばらになりながら、とうとう于毒の本隊めがけて突っ込んでいった。「どうなっているんだ……あ、あのちびか！」

それはまさしく、あの小柄な男、楽進であった。楽進が数十人の仲間を従えて陣の最後尾から前線に出てきたのである。裸足のままの大きな足をがに股でせわしなく動かし、義勇兵が持つ大きな鉈《なた》を二本、さながら円盤のように振り回しつつ、于毒の本隊のなかを無人の野を行くかのごとく突き進んでいった。

瞬く間に楽進は返り血で血まみれになった。敵はまるで凶暴な虎にでも出くわしたかのように、楽進を見て次々に踵《きびす》を返して逃げ出した。楽進とその仲間が敵陣をかき乱したために、せめぎ合いの続いていた戦局が一気に動きはじめたのである。それはあたかも黄巾の賊軍に打ち込まれた一本の鋭い楔《くさび》であった。それを見た曹洪と夏侯惇の部隊も大いに気勢を上げ、いっそう気力を振り絞って攻め込んでいった。

「勝ったか！」曹操は、四方八方に逃げ惑う黄巾賊を見て、思わず声を上げた。「さすがは衛国の楽進よ！」この一戦で、于毒率いる黄巾賊は散々に打ちのめされ、曹操軍の追撃を受けて殺された者は数万人に上った。生き延びた者もみな蜘蛛の子を散らすように逃げ去り、一つの軍として再び集まる恐れはもうなくなった。首領の于毒はさっさと尻尾を巻いて逃げ、北へ渡河して黒山《こくざん》軍に身を投じた。

曹操の軍営は安堵の雰囲気に包まれていた。各部隊が手に入れた輜重や財物を確認しているそのあいだを、曹操は護衛を連れて縫って歩いた。そして遠くの大木の下に、息を切らせてしゃがみ込んでいる楽進の姿を見つけると、足取りを速めて近づいた。「楽進、見たぞ。周公旦の地は君子を輩出するのみならず、お前のように勇猛な者まで育てたというわけだ！」

楽進は顔じゅうに浴びた返り血をぬぐうと、不満げに口を尖らせた。「今日はまったく力を発揮できませんでした。馬と長柄の矛さえあれば、于毒だって逃がしやしなかったのに……」

「よかろう」曹操はうなずいた。「馬も矛も与えてやる。これからは曹子廉の補佐を務めるがいい」

すると楽進は顔を上げ、曹操の目を見据えて堂々と答えた。「それがしは他人の補佐など務めるつもりはありません。自分の手で手柄を挙げるために来たのです。もし将軍がそれがしを一度衛国に帰らせてくれるなら、すぐにでも一千の兵を連れて戻ります。ですから、それがし自身に兵を率いさせてください」

楼異と王必は飛び上がって驚いた。たかが一介の兵卒が一度活躍したぐらいで自分の兵を持たせろとは、あまりにも度が過ぎている。ところが、曹操はそんなことなど気にも留めなかった。「軍中に戯れなしと心得てのことか」

「それがし、ほらなど吹きません」

「うむ。では、もし本当に一千の兵を連れ戻ったなら、お前を別部司馬《べつぶしば》に任じよう。そのままその兵を率いるがよい」

「ありがとうございます」

「ただし……」曹操はそこで楽進の言葉を遮った。「もしそれだけの数を集められなかったときは

「……」

「そのときはこの首を差し出しますとも！」楽進は勢いよく立ち上がった。

「はっはっは……あっぱれだ！」曹操は天を仰いで高らかに笑うと、自分の戦袍《せんぽう》を脱いで楽進の肩にかけてやった。「これから戦に出るときは裸足はやめておけ。足は人の基本、大事にせねばならん。おれが別部司馬に任命すると言っているんだ。お前は心置きなく兵を集めに行ってこい」

楽進は呆気にとられた。「し、しかし、戦袍まで……」

「人を用いるなら疑わず、人を疑うなら用いずだ。壮士よ、断るには及ばん」曹操はにこやかに笑みを浮かべた。

楽進はしばし呆然と立ち尽くしたあと、はたと地面にひれ伏した。「それがし、この命をなげうってでも、将軍が見込んでくださったご恩に報いる所存でございます」

「千軍は得やすく一将は求めがたしと言うであろう」曹操は髭をしごきながら笑顔で答えた。

黄巾の砦を焼き払うと、鹵獲《ろかく》した軍需物資を運び、俘虜を護送しながら、曹操軍は威風堂々と東武陽に向かって凱旋した。そして県城まであと二十里［約八キロメートル］というところで、真正面から数人の男が馬を飛ばして駆け寄ってきた。頭《かしら》の男は纛旗《とうき》［総帥の大旆《たいはい》］を認めると、すぐに取り次ぎに連絡して、曹操の馬前に引き出されてきた。

「そなたは何人《なんぴと》かな」曹操は馬を止めて誰何《すいか》した。

「わたしは東郡で属官を務める陳宮《ちんきゅう》と申します。前任の太守の命を受け、印綬をお届けに上がりました」そう言うと、背負っていた包みから太守の官印を取り出し、曹操の前に差し出した。

曹操は蔑《さげす》むような冷やかな笑みを浮かべた。「そなたの主人も気遣いが過ぎるな。県城まで二十里も離れたところまで……しかも、まだ車騎《しゃき》将軍の任命書も見せていないというのに」陳宮はごくりと唾を飲み込むと、深々と頭を下げた。「王太守は将軍が黄巾の賊軍を破ったことに深く敬意を抱かれました。そして自らは合わせる顔がないとお考えになり、わたしをここへ遣わせたのです。おそらくいまごろは、ご家族を連れて東武陽の県城を出ていかれていることでしょう」

「ほう、それはなんとも賢いことだ」曹操は印綬を受け取るよう、戯志才に目で合図した。「王肱は東郡太守の任にありながらろくに政《まつりごと》を執らず、黄巾賊が攻め寄せても戦おうともしない。もし本官が罪を裁くなら、すぐにでも追っ手を差し向けて一刀両断にしてくれるところだ」

陳宮は言うまでもなく、その場にいた者はみな曹操の言葉に肝を冷やした。

「だが……」曹操はそこで話を切り上げた。「逃げ出したというのなら、もうよかろう」

「将軍、まことに寛大なご処断にございます」陳宮は冷や汗をぬぐった。

「陳宮、そなたは先に戻って郡の役人たちに伝えよ。東郡の災難はすべて王肱一人の責任である。すべての役人はいまの職位のまま仕事を続けよ。一律に罪は問わぬこととする」

「え？　なんと寛大な……」はじめに寛大だと言ったのは、むろん社交辞令に過ぎなかったが、このたびは嘘偽りのない気持ちから出た本音であった。上が変われば下も変わるのが世の習い。陳宮が見たところ、この曹操という男は自分にも多くの部下がいるにもかかわらず、東郡の役人を差し替えることは一切しないという。これほど度量のある男は、そうお目にかかれるものではない。ふと見れば、曹操は先と打って変わって朗らかな笑顔を浮かべていた。「陳大人、お立ちください。郡のことについては、今後も貴殿にいろいろと教えていただきたい。ただ、いまは軍を進めねばならないので、それぞれなすべきことに邁進するとしよう」陳宮は身じろぎもせず、包拳の礼をとったまま立ち尽くし、曹操が護衛とともに馬上の人となって去るのを見送った。

かなり進んだところで、曹操は戯志才のほうを振り返って言った。「戯先生、あなたには本郡で官職についてもらいたいのだが」

戯志才は、任命ではなく頼まれたことに度を失い、慌てて辞退した。「わたくしめは商家の出、朝廷の名を汚すようなことはいけません。やはり、あくまで将軍のおそばに身を置くただの幕僚であるべきでしょう」

「まあ、それもよいでしょう」この点は曹操も無理強いせず、先を続けた。「それとは別に戯先生にお願いしたいことがあります。袁本初《えんほんしょ》に宛てて一筆書いていただきたいのです。東郡の黄巾賊はすでに平定したと」

「承知しました」

そこで曹操は横を向くと、さらに言い添えた。「車騎将軍のご威徳と、河北《かほく》の諸将の協力のおかげで……といった胸の悪くなるような言葉を多めに使うようにお願いします」

「ご安心ください。必ずや上手い文章を練るとしましょう」

「座して河北を鎮めておられるあの車騎将軍にこそ、安心してもらわねばなりません。どんな命にも従うつもりです。袁本初を安心させてこそ、われらも円滑に兗州で壁となることができます。本初のために……」そう言う曹操の顔には、蔑むような表情が浮かんでいた。

戯志才はかぶりを振って応えた。「『呂氏春秋《りょししゅんじゅう》』には、『存亡安危、外に求める勿《な》かれ。務めは自らを知るに在り［国家の存亡の原因を外部に求めてはいけない。君主たるものの務めは自分自身を知ることにある］』とあります。あの袁紹という男は、才子を見抜く力はありますが、己を知る力に欠けていますな」

「それでもいまは袁本初と同じ側に立っておかねばなりません。何せ敵が多すぎる……」曹操はやるせなさそうにかぶりを振った。

戯志才がまた口を開いた。「こたびの黄巾賊の乱では喜んだ者もいれば、落ち込んだ者もいるでしょう。そのなかでも、もっとも痛手を被ったのが袁本初で、もっとも利を得たのは袁公路《えんこうろ》でしょうな」

「いや、違うでしょう」そこに卞秉が割って入ってきた。「もっとも利を得たのはうちの義《に》……兄《い》さんじゃなくって、将軍です」卞秉は義兄さんと呼ぶのを禁じられていたのを思い出し、慌てて言い直した。

「利を得ただと？　こんなに大きな乱が起こったのだ。このことで利を得た者など、どこにもおらん」曹操は聞こえのよい言葉で答えたが、内心ではほくそ笑んでいた。

そのとき、卞秉は鹵獲した輜重や財物のことを思い出した。「将軍、われらが手に入れた物は……」

「それは東武陽に着いてからだ。ただ、いくらかは頓丘の民に分けてやれ。こちらもお返しをしておかねばな」曹操は肩をすくめておどけるように続けた。「ちょうど袁本初に恩返しをするのと同じようにだ」

「すべては義……兄さんじゃなくて将軍の言いつけどおりに」卞秉はそこでふうっとひと息ついた。

「今日にも東武陽に着いて郡の政務をひと通り片づけたら、兵士たちをしばらく休ませてやれるんじゃ？」

「それは無理だな。一晩休んだら、明日には陳留《ちんりゅう》に向かう」

「陳留ですって？」

「次は張孟卓《ちょうもうたく》を助けて、陳留を鎮めるのだ」曹操は凝り固まった首を回してほぐした。「東郡を鎮めた余勢を駆って、陳留の乱も一気に抑える。聞けば、於夫羅《おふら》が袁紹に背いたあと、あちこちで略奪を繰り返しているらしい。すでに兗州の地にまで踏み入っているそうだ。相手は匈奴《きょうど》だ、決して気を抜くな！」

「義兄……っと、将軍」卞秉はまた慌てて呼び直した。「陳留へ戦いに行くのなら、この機会に姉さん……将軍の奥方と若君らをお迎えしてはどうでしょう」

「そうだった」曹操は自分の額を軽く叩いた。「彰《しょう》が生まれてずいぶん経つが、父親のくせにまだ顔も見ていなかったな」

卞秉が笑顔で喜びの声をかけた。「将軍の父子円満に万歳！」

曹操は横目で卞秉を見ると、不満げに当てこすった。「聞けば聞くほど違和感があるな。さっきからなんだ、お前のその物言いは？　それとも何か、おれを義兄と呼べないのか」

「あ、いや、それはつい言い間違えたんです」卞秉はかぶりを振ると、俯《うつむ》いてぶつぶつと文句を漏らした。「そっちこそどういうつもりです……そうころころ態度を変えられたんじゃ、付き合いにくいったらありゃしない」

第十章　呂布《りょふ》、董卓《とうたく》を誅す

董卓の死

西の都の長安《ちょうあん》は、もともと東の都の洛陽よりもはるかに荘厳華麗で、城壁の高さは三丈五尺［約八メートル］、面積は九百七十三頃《けい》［約四十四・六平方キロメートル］に及んだ。城内には一般の民の居住地はほとんどなく、未央宮《びおうきゅう》、長楽《ちょうらく》宮、明光《めいこう》宮、北《ほく》宮、桂《けい》宮という五つの巨大な宮殿がひしめき合い、城のすぐそばにはさらに建章《けんしょう》宮が造営されていた。それだけでなく、京兆尹《けいちょういん》一帯に視野を広げれば、甘泉《かんせん》宮、洪崖《こうがい》宮、望夷《ぼうい》宮、承光《しょうこう》宮、儲元《ちょげん》宮といった大小の離宮が百五十以上も点在していたほどである。

しかし、惜しいことに、これらの宮殿群もいまでは無残に壊された姿をとどめるのみであった。新《しん》朝の末期、緑林《りょくりん》軍は長安を攻め落とし、未央宮に火を放つと、新の皇帝王莽《おうもう》を漸《ぜん》台で殺害した。その後、帝位についた更始《こうし》帝劉玄《りゅうげん》は政務に精を出さず、道楽の限りを尽くしたので、王匡《おうきょう》[1]や、張卬《ちょうごう》といった奸臣らの横暴を許すこととなり、ついには赤眉《せきび》軍によって関中《かんちゅう》［函谷関《かんこくかん》以西の渭水《いすい》盆地一帯］を奪われるに至った。赤眉軍の首領である樊崇《はんすう》は長安に火を放ち、帝王の陵墓から宝物を盗み出して西進したが、雍《よう》州と涼《りょう》州に勢力を張っていた隗囂《かいごう》によって撃退された。

これ以降、赤眉と緑林の両軍は互いを敵視して、三輔《さんぽ》の地［長安を含む京兆尹、左馮翊《さひょうよく》、右扶風《ゆうふふう》］で幾度も戦いを繰り広げた。そのため繁華を誇った関中の地も、民が疲弊して一面の荒涼な大地へと変貌し、すべての宮殿や高楼は朽ち木と瓦礫の山と化した。そのような状況は、光武帝《こうぶてい》劉秀《りゅうしゅう》が彼らを滅ぼすまで続いたのである。あまりに激しい被害と苦しみにあえぐ民草の姿を見て、劉秀も長安の再建はあきらめ、王業の根拠地を河南尹《かなんいん》の洛陽に求めたのだった。

そうして後漢王朝も十代以上にわたって帝位をつないできたが、そこに董卓《とうたく》が現れた。今度はこの逆臣が洛陽を火の海とし、朝廷や役所をまた慌ただしくも長安へと移したのである。天子と重臣らも移ってきたが、長安の宮殿は大半が住むにも耐えないほど荒廃したままで、幼い皇帝の劉協《りゅうきょう》などは、間に合わせに補修しただけの未央宮に住まわされた。

言い伝えによると、未央宮は前漢の丞相《じょうしょう》を務めた蕭何《しょうか》によって建立されたらしい。高祖《こうそ》劉邦《りゅうほう》はある戦いから凱旋して、壮麗にそびえ立つ未央宮を見たとき、これでは秦《しん》の咸陽《かんよう》宮と同じ轍を踏むことになると激怒し、「天下はなお落ち着いておらず、数年にわたる苦労もその成否がまだ見えておらんのに、なにゆえ度を越した宮殿など建てたのか！」と詰問した。蕭何も通り一遍の智恵者ではなかったから、「壮麗でなければ威厳は示せませんし、かつ後世の者がいま以上立派にする必要のないようにしておくのです」と即座に答えたと言われている。蕭何の言った、後世の者に手を加えられることがないはずの未央宮だったが、いまではそれもかえって滑稽なほどに手を加えられた。つまり、董卓は崩れ落ちた殿宇《でんう》を隴右《ろうゆう》［甘粛省《かんしゅくしょう》東部］から取り寄せた木材でかろうじて支え直し、武《ぶ》帝劉徹《りゅうてつ》が杜陵《とりょう》［陝西省《せんせいしょう》中部］に作った行宮《あんぐう》を取り壊して、そこの煉瓦や瓦で長安の宮殿や城壁を補修したのである。

そのため、新しいところと古いところ、材質の良いところと悪いところがちぐはぐで、それはさながらぼろの衣装に綺麗なつぎはぎを当てたかのようであった。

実のところ、長安のそのような建築を新たに立て直す資金がないわけではなかった。洛陽から運んできた珍宝はそれこそ山のごとくあったのである。ただ、すべては董卓一人のものとして収められた。董卓は民らをこき使って、郿《び》県［陝西省西部］に城塞を建造し、それを堂々と「万歳塢《ばんさいお》」と号した。城壁の高さは七丈［約十六メートル］にも達し、その内側には自分の一族と、洛陽から無理やり連れてきた美女だけを住まわせ、そこにゆうに三十年はしのげるほどの食糧をため込んだ。

董卓は朝廷にあって自らを太師《たいし》に任命し、「尚父《しょうほ》」と号した。移動には皇帝専用の金の花飾りの青《せい》蓋車《がいしゃ》に乗り、四六時中、身辺を呂布《りょふ》に警護させた。また、弟の董旻《とうびん》を左《さ》将軍に任じて鄠侯《ここう》に封じ、甥の董璜《とうこう》には侍中《じちゅう》と中軍校尉《ちゅうぐんこうい》という二つの要職を兼ねさせた。さらには、まだ成人もしていない孫娘の董白《とうはく》を渭陽君《いようくん》に封じ、懐に抱かれているような幼子にまで領地を与えた。一方で、董卓はかつて羌《きょう》族の乱を鎮めた太尉《たいい》の張温《ちょうおん》をでっち上げの罪で誅殺し、名臣の荀爽《じゅんそう》と何顒《かぎょう》を自らの手で捕らえて獄死させ、息子が袁紹《えんしょう》の挙兵に従った罪で崔烈《さいれつ》を投獄した。ほかにも涼州の名将皇甫規《こうほき》の寡婦を、軛《くびき》に縛りつけて打ち殺した……こうして、大漢の西の都長安は董卓が取り仕切る監獄となり、皇帝と文武百官が、この壊れ果てた都城《とじょう》のなかに閉じ込められたのである。

初平《しょへい》三年（西暦一九二年）四月丁巳《ていし》［二十三日］、その日の朝議はいつもと異なる雰囲気のなかで行われた。それというのも、数日前から風邪をこじらせていた十二歳の皇帝劉協がようやく回復したので、今日は群臣が殿上で快気を祝うため、特別に招集された朝議だったからである。

太尉の馬日磾《ばじってい》、司徒《しと》の王允《おういん》、司空《しくう》の淳于嘉《じゅんうか》は、文武百官を従えて、すでに未央宮の前に整列していた。そして劉協も黄門侍郎《こうもんじろう》に手を引かれて玉座についた。しかし、一人として口を開く者はいなかった。なぜなら、真に待たなければならない主役は董卓であることを、みな知っていたからである。董卓のいない朝議など何の意味も持たない。何人かの官僚は早くもがたがたと不安に震え、自分が最近したことを思い起こしては、董卓が乱暴に威勢を示すための材料にならないかと案じていた。未央宮の前は水を打ったような静けさに包まれており、ただ音もなくそよぐ微風だけが、変わり果てた都の塵埃を巻き上げて、大臣らの衣をかすめて吹き抜けていった……

そして突然、がらごろと響く車輪の音があたりの静寂を引き裂いた――太師董卓の光臨である。

董卓が乗る馬車は天子のものと寸分違《たが》わず、馬は四頭立てで、金の花飾りに青の車蓋、両側の幡《おおい》には爪形の模様が描かれ、「竿摩車《かんましゃ》［竿摩は肉薄すること］」と呼ばれている。董卓はこの豪華な馬車に乗って本拠地の郿塢《びお》から出仕してきた。道中は両側に兵士を立たせ、馬車の周囲には騎兵と歩兵をつけて護衛とし、さらに養子の呂布が親衛隊を率いてその前後を固めた。董卓の姿が見えると、文武百官は昔ながらの儀礼どおりに跪《ひざまず》いて頭を下げ、なかには煉瓦の隙間を指でほじるなどして恐怖をやり過ごす者もいた。しかしそのとき、尋常ならざる騒ぎ声が上がり、その場にいた者のそれぞれの思考を突然遮った。

それは、馬車が脇門を入ったばかりのところで、董卓がまだ車上から威厳を振りまいていたときのこと、門の守衛がいきなり画戟《がげき》を高く掲げて、董卓に向かって突き出してきたのである。

さすがに董卓も歴戦の強者《つわもの》である。顔に向かって突き出された戟の尖端がちらりと視界に入るや、危険を感じてすぐ仰向けになり、第一撃を躱《かわ》した。しかし、そのまま空を突いた戟がすぐさま下に向けて突き立てられ、今度は董卓の胸元に突き刺さった。

董卓自身、これまで幾人もの人を殺してきた。そのため、暗殺から身を守ることにも当然抜かりはなかった。朝服《ちょうふく》のなかに分厚い鉄の鎧を着込んでいたのである。第二撃も董卓を刺し殺すには至らなかったが、突き出した際に戟の横刃《よこは》が董卓の左腕を切り裂いた。驚いた拍子に冠まで落とした董卓が目にしたのは、襲い来るさらなる戟の一手であった。馬車の上では思うように身動きもとれない。董卓は体面を顧みず、丸々と太った体軀を押し出して、馬車の右側からごろっと転がり落ちた。

馬車から転がり出て立ち上がったとき、董卓はまだ恐怖を感じてはいなかった。これは単なる一兵卒の報復に過ぎないと考えていたからである。自分がその男の親でも殺したか、あるいはその妻を強奪でもしたか……これまでも悪事の限りを尽くしてきたが、どのみち大事に至ったことはなかった。車輪に手をかけて起き上がったとき、董卓の頭のなかでは、自分を暗殺しようとした不埒者はいまごろもう護衛の兵によってずたずたに引き裂かれているはずだった。ところが、護衛兵らは身じろぎもせずに突っ立ったままである。すぐさま脇門のあたりに目を向ければ、十数人の門衛が戟を交わして董卓の部下の侵入を阻んでいる。そして自分に襲いかかってきた男は、両の眼《まなこ》でじっとこちらを見据えていた。門衛の格好をしていたが、ようやく董卓も気がついた。その男は騎都尉《きとい》の李粛《りしゅく》だった。

騎都尉ほどの者が一兵卒に扮して脇門で待ち構えていたとは、これはただごとではない。そう思い至ると、途端に恐怖が董卓の心を支配しはじめた。董卓はすぐに振り返って叫んだ。「奉先《ほうせん》、義父《ちち》を助けろ！」

呂布は、ただ静かに董卓の背後に立っていた。きらびやかな鎧兜と戦袍《せんぽう》に身を包み、右手には握り締められた方天画戟《ほうてんがげき》が冷たい光を放っている。そして左手には、いつから持っていたのか、一通の詔書が握られていた。そしてまさにそのとき、美しく澄んだ瞳に殺意が宿り、呂布は冷たい笑みを浮かべた。「皇帝陛下の勅命により、賊臣を討つ！」

いったい何が起きたのか、董卓はそれを知る間もなく、首にひやりと冷たいものを感じた。それは自分の喉を貫く方天画戟の穂先だった。凶悪な董卓の顔つきが、にわかに痛みと苦しみでひどくゆがみ、頬から首にかけてついたたるんだ肉がぷるぷると揺れた。白髪交じりの髭は自分の血で真っ赤に染まり、目はいまにも眼球がこぼれ落ちんばかりに見開かれていた。戟が引き抜かれたとき、その勢いで董卓の丸々と太った体が、まるで四方八方から注がれる憎悪の眼差しを睨み返そうとするかのように、いやにゆっくりとその場で回った。喉から噴き出した血がその動きに連れて地面に輪を描き終えると、董卓はその大きな腹を突き出して、飽くことのない欲望を抱えながら、血だまりのなかに仰向けに倒れた。血走った目は驚きでむかれたまま、空の彼方に据えられていた……

「太師！」董卓の腹心で主簿《しゅぼ》の田儀《でんぎ》が、真っ先にその屍《しかばね》に駆け寄った。

「どけっ！」李粛は痩せてひ弱な田儀を蹴り飛ばすと、手に持った剣を突き立てて、たっぷりと肉のついた董卓の首を切り落とした。

董卓にずいぶんと目をかけられていた田儀は怒りが収まらず、また、生き延びることもあきらめて、呂布を指さして罵った。「畜生め！　なんということをしてくれたんだ、この恩知らず！　貴様のような恥知ら……」

――ぐさっ！　最後まで言い終わる前に、田儀の胸に方天画戟が突き刺さった。呂布は腕に力を込めると、穂先に刺さったままの田儀の体を軽々と持ち上げ、思い切り脇門のほうに投げ飛ばした。

「董賊めの肩を持つやつは、こうなるぞ」

まだ勢いよく血が噴き出している田儀の死体が護衛兵たちのなかに投げ込まれると、なんとかして押し入ろうとしていた董卓の護衛兵たちも一斉に飛んでそれをよけた。護衛兵らはどう振る舞ったものかわからず、ただ目の前で起こった恐るべき変事に呆然としていた。李粛が高々と董卓の首級《しるし》を掲げて叫んだ。「詔《みことのり》により賊は討ち取った！　ほかの者も従えば罪には問わぬ！」すると兵士らは次々に武器を捨て、跪いて許しを請うた。こうして、一場の暗殺劇はめでたく団円を迎えたのであった。

宮殿の階《きざはし》に並んで跪いていた百官は、誰もが自分の目を疑った。夢にまで見たことが、いま目の前で現実となったのである。しばしの沈黙が流れたあと、一人が立ち上がって叫んだ。「国賊董卓が死んだぞ！　これで大漢は救われたのだ！」

うおお……その場にいた文武百官はみな歓呼の声を上げ、飛び上がらんばかりに喜んだ。さすがにこのときばかりは漢の官僚としての威儀などどこ吹く風で、手に持っていた笏《しゃく》を空高く放り上げ、朝服の乱れもそのままに、涙を流しながら相手かまわず抱き合った。その歓喜の声は、未央宮じゅうに響き渡った。董卓を討ち取った呂布は得意満面で、足取りも軽やかに笑みを浮かべながら、宮殿の階に向かった。空から振ってくる笏をよけつつ階の前に至ると、片膝をついて声高らかに報告した。「王公にご報告いたします。悪の根源は、たったいま除かれました」その視線の先には、宮殿の入り口を背にして立つ三人の姿があった。この暗殺劇の首謀者である司徒の王允、司隷校尉《しれいこうい》の黄琬《こうえん》、そして尚書僕射《しょうしょぼくや》の士孫瑞《しそんずい》である。

王允は一つ大きく息をついたが、しかつめらしい顔は微塵も崩さずに用件のみ答えた。「騎都尉呂布、賊を討ち取るに功あり。朝廷はなんじを奮武《ふんぶ》将軍に任じ、仮節《かせつ》［「節」とは皇帝より授けられた使者や将軍の印《しるし》。仮節を授けられると、主に軍令違反者を上奏せずに処罰できる］を与え、儀同三司《ぎどうさんし》［三公並みの待遇］を許し、温侯《おんこう》の爵位を賜る。これよりのちは、われらとともに朝政に携わることとする」

それを聞いた瞬間、呂布は驚き呆気にとられた。これまで出世のために心を砕き、二度までも主君を裏切った。しかし、仮節を授けられるまでになるとは夢想だにしなかったのである。このたびの暗殺の背後にはきわめて個人的な動機があったことさえ、呂布はすっかり忘れていた。

呂布は董卓と父子の契りを結んでいたため、当然ながら董卓の屋敷に自由に出入りすることができ、そのうちに董卓の侍女と密通するようになった。人目を忍ぶ逢瀬の悦楽と董卓に対する恐怖心、呂布はその二つの感情にさいなまれ、内心ではしだいに董卓と距離を置くようになっていった。俗にも、「賭《と》は偸《ちゅう》に近く、淫《いん》は殺《さつ》に近し［博打《ばくち》打ちは得てして盗みを働き、不義密通する者は得てして殺すか殺されるかである］」と言われるが、疎遠が転じて恐怖へ、恐怖が転じて怨恨へと移り変わったのである。

なぜ呂布は近ごろ日増しに不遜な態度を取るようになったのか、董卓はわかっていなかった。実際のところは、何人か美女をあてがいでもすれば呂布の気持ちは収まったのかもしれない。しかし董卓は、呂布がこれまでと異なる態度を取るのは、功績を鼻にかけて傲慢になっているのだと見誤った。傲岸不遜《ごうがんふそん》な董卓は、他人が自分に対して思い上がることを絶対に許さなかった。そこで、権威を笠に着て呂布の増長を無理やり抑え込もうとしたのである。以来、董卓はこれまでにも増して呂布に厳しく当たるようになった。あるとき、董卓は呂布に向かって戟を投げつけた。これが呼び水となり、董卓に対する呂布の気持ちはますます揺れ動いた。并《へい》州の同郷であることを話の種に、王允が呂布への接近を図ったのは、まさにそのころであった――暗殺計画は生まれるべくして生まれたのである

……

計画はたしかに狙いどおりに進んだが、王允が「父殺し」を犯した呂布に十分すぎるほどの恩賞を与えたことに対して、士孫瑞と黄琬はいささか戸惑いを覚えた。ただ、何か口を挟むでもなく、喜びに浸る呂布をその場に残し、天子に謁見するため王允について宮殿に入っていった。宮殿のなかも大騒ぎであった。太尉の馬日磾、司空の淳于嘉、左中郎将《さちゅうろうしょう》の蔡邕《さいよう》といった老臣たちが、天子に祝いの言葉を述べていた。王允は即座に跪いて上申した。「逆臣を討つためとはいえ、臣らは陛下がお風邪を召されたと虚言を流しました。臣下としてあるまじき行為、罪は免れません」

苦難を経て育った子は成熟するのも早い。劉協はこのようなときにあっても取り乱すことなく端座し、十二歳という年齢とは不釣り合いなほどに、天子の威厳を維持していた。劉協はおもむろに手を挙げて応えると、まだ幼さの残る声で王允をいたわった。「王公には罪なく功あるのみ。さまで言わずともよい。朕《ちん》はそなたを録尚書事《ろくしょうしょじ》に命ずる。当面、良きに計らってくれ。ほかの大臣らの功は追って沙汰する」

「ありがとうございます、陛下」

司隷校尉の黄琬も続いて上奏した。「賊臣董卓の輩《ともがら》を捕らえて罪に問うことをお許しください」

「もう元凶は除かれた。ほかの者は酌量《しゃくりょう》するように。朕はまだ年少ゆえ、文武の百官らが力を合わ

せて朝政を執り行い、大局を落ち着かせて……」そこまで話したところで、劉協は頭をかくと、途端に無邪気な一面を見せた。「じゃあ、そういうことで。散会！」そこで玉座から立ち上がると、黄門侍郎が身を低くして手を添えるのに任せて後宮へと向かった。そして後宮の門にまで至ると、とうとう子供らしさを露わにして、袖をくるくる振り回し、飛び跳ねながら後宮に入っていった。

老臣たちは恭《うやうや》しく皇帝陛下を見送り、その姿が見えなくなると、ようやく互いに手を貸し合いながら、安堵の笑みを浮かべて立ち上がった。天子はまだ幼いとはいえ非凡な聡明さを備えている。董卓さえいなくなり、名実ともに皇帝直々の詔勅が関東《かんとう》［函谷関以東］の地に届けば、天下はすぐにでも落ち着きを取り戻し、大漢のかつての栄光を取り戻せる、老臣たちはそのように考えていた。

そのとき、左中郎将の蔡邕が突然ため息を漏らした。「もとは董卓も優れた将であったのに、今日のような日を迎えてしまうとはな……いたわしいことよのう……」

ところが、このたったひと言が命取りになった。王允はすぐに鋭い眼差しを蔡邕に向けてきた。蔡邕は、かつて宦官の王甫《おうほ》に陥れられて朔方《さくほう》郡へと流された。のちに大赦によって戻るも二度と出仕しようとはせず、そのまま家に引きこもったのだが、董卓は政権を握ると、蔡邕を無理やり都へ呼び寄せ召し出した。朝廷に戻ると董卓に大いに厚遇され、わずか三日のあいだに三つの役職を歴任し、いまは左中郎将についていたのだった。そして今日、董卓が瞬く間に命を奪われたのを目の当たりにした。董卓の悪行の数々には憤りを感じていたものの、やはり自分によくしてくれたことも思い出され、蔡邕は覚えず知らず嘆きの声を上げたのである。

蔡邕は自分が口を滑らせたことに気がつくと、即座に進み出て謝罪した。「わたくしめは董卓より恩を被ったことがあり、それゆえ、つい嘆きの言葉が口をついて出てしまったのです……」

「つい……ですと?」王允の険しい顔がわなわなとひくついた。「董卓は漢の天下を傾けた国賊ですぞ。本来ならば、伯喈《はくかい》殿も臣下としてともに憎むべき相手。それを私的に厚遇されたゆえ偲ぶなど、節義を失うとはこのことです! いま、天誅を受けて処刑されたのに、それをかえって憐れむとは……伯喈殿も漢を裏切るおつもりか!」

「そんなとんでもない。王公、どうかご賢察くだされ」蔡邕はたいへんなことになったと知り、その場に跪いて叩頭した。

しかし、王允は聞く耳を持たなかった。「誰か! この者を獄に閉じ込めておけ。董卓の一族郎党と一緒に断罪してくれる」宮殿内外の兵士らは、王允とともに賊を討つよう命《めい》を受けていたため、何もためらうことなく蔡邕を取り押さえ、引き立てていった。

蔡邕はもがきながら大声で訴えた。「王公、お待ちください。わたくしめは賊より受けた恩など、死んでも惜しくありません。しかしながら、東観《とうかん》の史書がまだ完成しておりません。額に刺青をされようと足を断ち切られようとかまいません。ただ、どうか国史の編纂を続けさせていただき、聖恩に報いることをお許しください」蔡邕は馬日磾らとともに東観で『東観漢紀《とうかんかんき》』を編纂していたが、董卓は遷都の際に洛陽を焼け野原にしていた。蔡邕は口を酸っぱくして、未完の草稿を持ってきてくれるよう兵士らに頼み込んだ。いま、王允は自分を処刑しようとしている。蔡邕にとっては、この未完の国史だけが唯一の心残りであった。

それを横目で見ても、王允はやはり耳を貸さなかった。さながら銅像のようにじっと立ったまま、ただのひと言も口にすることなく、兵士らが蔡邕を連れ出していくのを目で追うだけであった。太尉の馬日磾はもっとも年長である。この無慈悲な仕打ちを目の当たりにし、白い髭を震わせながら王允をなだめた。「子師《しし》や、何もそこまですることはなかろうて。伯喈は世に比類なき賢才の士、漢室のことにも通暁しておる。国史の編纂を続けさせて、当代随一の典籍とすべきではないか。いわんや忠孝の徳はもとより世に聞こえ、先ほどはただわずかに失言を犯したのみ。これで刑に処すとは、朝廷の人望を損なうことにならぬか」

「昔、武《ぶ》帝は司馬遷《しばせん》を赦したがため、自らの名誉を傷つけることを書かれ、それが後世にまで伝わっています。いま、漢室の力は衰え、威光は弱まっています。佞臣《ねいしん》にあれこれ書かせ、幼主の左右に侍らせるべきではありません。ご聖徳に益なきばかりか、われらまであらぬ誹《そし》りを書かれるやもしれません」王允はそう答えて、馬日磾に目を遣った。齢《よわい》七十を過ぎた老臣は杖で体を支えながら、肩を落としつつ王允を見つめていた。王允はすぐに進み出て手を差し伸べ、ため息交じりに続けた。「馬公、どうかお気持ちをお鎮めください。わたしとて、伯喈殿の溢《あふ》れ出る才華を知らぬわけではございません。刑に処すよう命じたのは、やむにやまれぬことなのです」

「何がやむにやまれぬじゃ」馬日磾は腹立たしげにその手を押しのけた。「よもや自分のことが悪く書かれやしないかと恐れているのではないのか」

「なんと……この王允が他人の誹謗を恐れるとでも仰るのですか」王允は拱手《きょうしゅ》して続けた。「天下が大いに乱れてこの方、人倫は損なわれ、忠孝の道は廃れました。節義や志操といったものは失われ、世は浮華《ふか》に流れて阿諛追従《あゆついしょう》がはびこっています。蔡伯喈は官を捨てて世を逃れました。これは信なき行いです。出仕しては董卓に仕えました。これは節なき行いです。そして董卓が死ぬと哀悼しました。これは識《しき》なき行いと言えましょう。いま蔡邕を誅するのは、世の気風を正すため。才智を恃《たの》むにしても奸臣につくようでは、それは本末転倒というものでございましょう」

馬日磾は王允の言い分をいちおう聞き入れはしたが、相変わらず何度もため息をつきながら、かつかつと杖をついて出ていった。

そのとき、呂布が興奮した面持ちで転がり込んできた。「王公に申し上げます。徐栄《じょえい》と胡軫《こしん》の二人が朝廷に帰順してまいりました」

「よし」王允はほんの少しだけ頬を緩めた。「おとなしく従うのであれば、長安への入城を許してつかわす。官職もそのまま引き継がせるとしよう」

「ただ、樊稠《はんちょう》の軍は逃げていったようです」呂布が補って伝えた。

「逃げただと?」王允の眉がぴくりとつり上がった。「涼州の輩がなお悪事を働くというのであれば、もはやそれまでだ。董賊めが死んでも朝廷に刃向かうというのなら、打ち滅ぼすしかあるまい!」

時に淳于嘉は、王允のそばに立っていた。淳于嘉は歳がいっている割にたいした働きもなく、本来であれば三公の位につくような人物ではなかった。しかし、本籍が涼州ということで董卓に担ぎ出され、司空の位をあてがわれていたのである。

いましがたは蔡邕が引っ立てられていくのを目の当たりにし、今度は同郷の将らに対する処断が次々と下されるのを見て、淳于嘉は肝を冷やした。そして、自分にも疑いの目が向けられるのを避けるため、そそくさと王允に向かって拱手した。「老いぼれも董卓めが天誅を受けるのを見て胸のつかえが下りました。そこでと言ってはなんですが、近ごろは歳のせいか、疲れが抜けなくなりましてな。どうか老いぼれに致仕《ちし》することをお許し願えませぬか。王公にはお手数をおかけすることになりますが、あとの処理はよろしくお取り計らいくだされ」

「陛下はもう後宮に退《さ》がられているゆえ、ご随意になさるがよい」王允は意外にも丁重に致仕を認めた。これは淳于嘉にとって大赦のようなものである。淳于嘉はあたふたと未央宮を出ていった。

淳于嘉の姿が見えなくなると、王允はまた厳《いか》めしい顔を取り戻した。「涼州の諸軍については、評議する必要もなかろう」

王允の顔つきが変わったのを見て、呂布は王允がこのまま一気に涼州の軍を攻めるつもりだと思い、慌てて提案した。「王公、いまも京兆尹《けいちょういん》と弘農《こうのう》のあたりには、牛輔《ぎゅうほ》や張済《ちょうさい》、それに董越《とうえつ》らの部隊がおります。思いますに、彼らの罪を許して安心させてやるのが得策かと」

「彼らにはもとより罪はない。それなのに何を許すというのだ？」誰もが王允の言葉に耳を疑った。「ただ自分の主君に従ったまでで、罪などなかろう。もしその罪を問うたうえで恩赦を施せば、かえって疑心を募らせ、安心せぬ。許すなどという言葉は使わぬことだ」

王允は、牛輔らに本当に罪はないと考えているのだろうか。それとも、根こそぎ亡き者にしようという腹づもりなのか。まったく見当がつかず、呂布は探りを入れてみた。「もしも涼州の軍が造反したら、どうなさるおつもりで？」

「造作もないこと。そのときは徐栄と胡軫に討たせればよい。涼州の者同士を戦わせればよいのだ」

王允は髭をしごきながら冷たい笑みを浮かべた。「まあ、最善の方策は、彼らの軍を解散させて故郷へ帰らせることだ。まずは関東の諸公を呼び寄せて、涼州の軍のことはそれからにしよう」

なんと老獪な男よ——平然と人の命を奪う呂布でさえ、空恐ろしさを覚えずにはいられなかった。

態度を改める機会を相手に一切与えない王允のやり方は、あまりにも危険である、そう感じた士孫瑞は、傍らから意見を述べた。「涼州の者は以前より袁氏と関東に恐れを抱いています。いまもしその軍を解散させようものなら、必ずや危機感を煽ることになります。幸い朝廷には涼州の名将である皇甫嵩《こうほすう》がおりますから、車騎《しゃき》将軍に任命し、どこか近場で涼州の軍を統率させましょう。そうすれば、陝《せん》県［河南省西部］に駐留している董卓の故将も落ち着くでしょうし、それから関東の諸公とともに計りつつ対処してはいかがですかな？」

「それは違います。義兵を挙げた関東の諸公は、われらと心一つです。もし要地や陝県に駐屯させれば、涼州の者はそれで安心するかもしれませんが、関東の諸公に疑心を抱かせるやもしれません。それこそもっとも避けねばならぬことです」王允は呂布に向き直った。「奉先、ではまずは徐栄と胡軫の兵馬を接収してくるのだ」

「ははっ」呂布は拝命して出ていった。

士孫瑞は、王允が独断で事を進め、時宜に応じた策を採らないことに甚だ不満を感じていたが、いまいちど穏やかな口調で注意を促した。「子師殿は伺いを立てずに呂布にあれほどの官職を与えましたが、あの男は本当に信を置くに足るのでしょうか」

このたび呂布が董卓を殺したのは、たしかに天下国家のためなどではなかった。董卓の侍女と私通していたことで身の危険を感じるようになり、それがきっかけで怨恨を抱くようになったのである。

先だっては、自身の富貴功名のために主君であった丁原《ていげん》をその手にかけ、このたびは義父と仰いだ董卓を殺《あや》めた。そのような性根を持つ男を安心して使うことなど、誰にもできはしない。

王允は軽くうなずいて答えた。「わしも呂布が信を置くに足るとは思っておりませぬ。ですが、関中が平穏を取り戻していないうちは、涼州軍に対抗するためにも、あれの握っている并州軍の力が必要なのです。まずは関東の諸公が着くのを待って、それからまた手を打つとしましょう」そう言いながら、王允は宮殿の入り口に足を向け、欣喜雀躍《きんきじゃくやく》している百官に目を遣った。

士孫瑞は気が気でないといった様子で、さらに尋ねた。「わたしが一番心配なのはこちらのことではありません。むしろ関東の情況なのです。皇帝の威光は失墜し、人倫も失われたいま、彼らは本当にこの西の都に来て、陛下のために尽くしてくれるのでしょうか。朝廷はとうの昔に見捨てられているのでは……」

むろん王允もそのあたりのことは十分に案じていたが、口をつぐんだままであった。関東の諸公に誠意を示すためとはいえ、涼州軍に恩赦を与えて帰順させることをあっさりとあきらめたのだ。これは長安を危地に置く危険な賭けにほかならない。果たして、関東の諸公はこの落ちぶれた朝廷のために力を尽くしてくれるだろうか。王允は東の彼方に目を向けると、袁紹、袁術《えんじゅつ》、劉表《りゅうひょう》、そして曹操らの到着を、一日千秋の思いで待ち焦がれた……

（1）ここの王匡は、前漢、後漢の交代期に決起した緑林軍の首領。昆陽《こんよう》の戦い［河南省中部］では守城の功績を立てた。これ以前に本文中で出てきた王匡とは別人である。

天の与えし好機

長安《ちょうあん》にいる君臣は、関東《かんとう》の諸公とともに国策を協議せんと、首を長くしてその到着を待ちわびていた。しかし、大漢の天下の東のほうでそのとき何が起きていたのか、王允《おういん》らには知る由もなかった……

公孫瓚《こうそんさん》は袁術《えんじゅつ》と同盟を結んだあと、青州《せい》の黄巾《こうきん》賊を迎撃して大いに戦果を挙げていた。黄巾賊らが略奪して得た財物を手中に収め、黄河のほとりで俘虜《ふりょ》にした者は七万人にも及んだ。その大部分を自身の軍に組み込むと、さらに黄河を渡って進軍し、青州のほとんどをその勢力範囲としたのである。中原の豫《よ》州では、周喁《しゅうぐ》が袁術配下の孫堅《そんけん》の猛攻に耐え切れず、豫州を放棄して、揚《よう》州にいる兄のもとへ逃げ込んだ。ただ、その戦いの最中、公孫瓚の従弟《いとこ》である公孫越《こうそんえつ》が周喁軍の流れ矢に当たって命を落とした。このことで、公孫瓚は袁紹《えんしょう》を攻める口実を手に入れることとなった。

袁紹はたちどころにして、これまでにないほどの危機にさらされた。公孫瓚は袁紹を包囲するかのように、すでにその勢力を青州にまで広げている。また、南につながる豫州を失ったことで、いつ袁術に背後を突かれるかもわからず、兗《えん》州に形成するはずだった第二の防御壁もまだ整っていない。さらには冀《き》州内部に巣食う黒山《こくざん》と黄巾の賊軍、および董卓《とうたく》が任命した冀州牧《きしゅうぼく》の壺寿《こじゅ》がしょっちゅう騒ぎを起こすので、その対処にも頭を悩ませていた。

公孫越が死んだあと、各方面からの圧力を和らげるため、袁紹はやむなく公孫瓚に譲歩した。かつて自身が根拠地とした勃海《ぼっかい》郡を、公孫瓚のもう一人の従弟である公孫範《こうそんはん》に譲り渡したのである。

ところが、公孫範は勃海郡を手に入れると急に態度を変え、すぐさま袁紹を攻めるよう従兄《いとこ》に進言した。公孫瓚もすっかり思い上がって、あろうことか部下の厳綱《げんこう》を冀州刺史《しし》に、単経《ぜんけい》を兗州刺史に、田楷《でんかい》を青州刺史に勝手に任命した。しかも、檄を飛ばして袁紹のことを「戦乱の大もとを作り」、「主上の期待に背いて忠ならず」、「不仁不孝をなし」、「天子の命《めい》と偽って詔《みことのり》を下す」など十の罪をあげつらい、南に軍を向けて袁紹を挑発した。

ちょうどそのころ、袁術はのちのちの禍根を断つために、荊《けい》州の劉表《りゅうひょう》を攻めようと考え、孫堅を引き上げさせた。袁紹にとって幸いなことに、これで袁術に背後を突かれる心配は、一時的にとはいえなくなった。そこで袁紹は思いきって、広宗《こうそう》県の北東部にある界橋《かいきょう》［河北省南部］で公孫瓚と対峙した。戦いは両者相譲らず一進一退で、双方合わせて一万以上の死者を出した。

このような情況下で、これら関東の刺史や太守たちのいったい誰が、はるか長安にいる天子や朝臣らのことにかまっている暇があるだろうか。

かつては独り軍を率いて西に馳せ参じようとした曹操も、さすがにこのときばかりは自分の算盤《そろばん》を弾いていた。曹操は張邈《ちょうばく》と協力して、ついに陳留《ちんりゅう》で暴れていた黄巾賊の首領眭固《すいこ》を打ち破った。また、各地に流れては略奪を繰り返していた匈奴《きょうど》の単于《ぜんう》である於夫羅《おふら》を内黄《ないこう》［河南省北部］で破った。しかし、息つく暇もなく今度は青州の黄巾賊が再び兗州を襲ってきた。これが百万を超える規模にまで膨れ上がり、任城《じんじょう》国の相《しょう》である鄭遂《ていすい》もこの乱で命を落とした。曹操にとっては、次なる試練が訪れたといえよう。

次の一歩をしっかりと踏み出すため、曹操は東郡《とう》で兵馬を揃《そろ》え、人心の慰撫に努めた。楽進《がくしん》が期待に応えて義勇兵の一隊を連れ戻ると、さらには曹操が首を長くして待っていた人物――曹仁《そうじん》、字《あざな》は子孝《しこう》が、兵馬を連れて麾下《きか》に加わった。

曹仁が面前に跪《ひざまず》いたとき、この男こそ夏侯惇《かこうとん》に次いで自分の片腕になってくれる、曹操は直感的にそう感じた。曹仁と別れてもう十八年になる。その間、曹操の脳裏にこの同世代の一族の姿が浮かぶことはまったくと言っていいほどなかった。

世の中が乱れはじめると、曹仁は密かに一千人以上の仲間を集め、淮河《わいが》と泗水《しすい》のあいだを戦いながら動き回った。実質的には匪賊そのものと言っていい。仲間とともに善行を施したこともあれば、悪事を働いたこともあった。ときには民を虐げる豪族らを襲って貧しい者に施し、またときには県城を襲って無辜《むこ》の民を殺したこともあった。要するに、曹仁らは人を殺して火を放つようなことばかりしていたのである。

しかし、曹子孝の容貌と立ち居振る舞いからは、そんな凶悪さなど微塵も感じられなかった。中肉中背の体つきはたくましく、浅黒い肌に均整のとれた目鼻立ち、髭はきちんと整えられている。口を開けば温和な話しぶりで、一挙一動は端正で落ち着いている。誰が見ても人好きのする士人《しじん》にしか見えず、両の手をたっぷりと血に染めた殺人鬼だとは思いも寄らない。

「子孝、豫州と揚州で長年暴れていたそうだが、袁公路《こうろ》のことをどう思う？」

曹仁の答えはまさに模範的なものだった。「袁公路の才は、将軍の足元にも及びません」

「俺と比べてどうかと聞いているのではない。俺が聞きたいのは、やつが淮河や泗水のあたりの人心をつかんでいるのかどうかだ。洛陽《らくよう》は天子のいる都だが、南陽《なんよう》は天子の故郷だ。かつて一緒に河南《かなん》尹《いん》から逃げ出したときは、やつがこのような勢力を持つなどとは万に一つも思わなかった。それがいまや勢いは中原を威圧し、荊州と揚州にも影響を及ぼすほどだ。袁紹や公孫瓚よりも意気は盛ん、中原で最大の敵であることは疑いない」曹操はため息を禁じえなかった。これまでは袁術に対して高《たか》を括《くく》っていたが、ここに至っては現実を直視しないわけにはいかない。

「南陽一帯には百万ほどの民が住んでおりますが、袁術は欲望の赴くまま贅《ぜい》を極めて淫《いん》をむさぼり、租税の取り立ては度を超えております。よって、人心は露ほども懐《なつ》いておりません。今日、これほどまでに伸長しえたのは、ひとえに孫堅が袁術のために戦ってきたため。袁術自身はただ南陽で浪費に明け暮れ、伝国《でんこく》の玉璽《ぎょくじ》を胸に抱きながら、帝位を簒奪することばかり夢見ているような始末です。これほどに強欲な野心家を、孫堅のごとき単純な輩以外に誰が支持するというのです」

「皇帝になりたいなどとは、思い上がりも甚だしい」そこで曹操が話を継いだ。「劉氏の恩徳は天下に行き渡っているのに、それをどうして一朝にして捨て去れよう。高潔の士は誰もなびくまい」

「そのとおりです」曹仁が首肯《しゅこう》した。「江淮《こうわい》［長江と淮河の流域一帯］の名士である陽夏《ようか》［河南省東部］の何夔《かき》は、袁術の召し出しを拒んだところ、なんと袁術に無理やり連行されて身柄を拘束されました。劉伯安《りゅうはくあん》［劉虞《りゅうぐ》］の子の劉和《りゅうか》も同様です。近ごろ聞いたところでは、かつて沛《はい》国の相を務めた陳珪《ちんけい》にも出廬《しゅつろ》を請うたそうですが、陳珪が応じないとわかると、ついには息子の陳応《ちんおう》を捕らえたとのことです」

「味方につかない者は片っ端から捕らえるというわけか」曹操はあざけるように笑った。「それで人の恨みを買わないわけがない。禍《わざわい》の種をせっせとまくようなものだ」

「人さらいなど、わたしの手下どもでもいたしませんのに、それでよくも四代にわたって三公を輩出する血筋だなどと言えたものです」曹仁も嫌味たっぷりに鼻で笑った。

話題が戻ってきたところで、曹操はすかさず曹仁に命じた。「子孝、お前を別部司馬《べつぶしば》に任命する。お前が連れて来た者はそのまま指揮するがいい」

「ありがとうございます、将軍」曹仁は立ち上がって拝礼しようとした。

「そのままでいい。それから、お前を行厲鋒校尉《こうれいほうこうい》とするように上奏しよう。いずれ袁術と戦うときは、淮河や泗水のあたりで戦ってきたお前の軍に先導してもらわねばならん。そのときは最前線に立ってもらうぞ」

「承知しました」そこで立ち上がって、曹操に拝礼した。「ほかにご用がなければ、戻って部下とともに陣を築きたいと存じます」

「軍紀を乱すことのないようにな」曹操は最後に付け足した。

「ははっ」

曹仁が広間から出ていくのを見送ると、曹操の胸にいろいろな思いが湧き上がってきた——あいつはなぜいまになって顔を出してきたんだ？　淮河や泗水のあたりではやっていけなくなったのか、それとも俺が東郡の太守《たいしゅ》になったと聞いたからか。そうだとすれば、一族の者でさえすべてをなげうって駆けつけるでもなく、俺が力をつけるまで様子を見ていたんだ。赤の他人なら言うまでもない。やはり人望を得るには、まずは自ら強くなる必要があるということか……

「おめでとうございます、将軍。いや、実にめでたい」戯志才《ぎしさい》が笑い声を上げながら入ってきた。

「ん？」曹操は顔を赤らめた。この四か月、卞氏《べん》とは仲睦まじくしていたが、曹操自身もついさっき、また卞氏が身ごもったと聞かされたのである。おそらくは戯志才もそのことを嗅ぎつけたのだろう。曹操は恥ずかしさを押し隠して尋ねた。「わたしに何かめでたいことでもありましたかな」

戯志才は高々と笑って振り返った。「文若《ぶんじゃく》、さあ早くこちらへ」

曹操がそちらに目を遣ると、なんと荀彧《じゅんいく》が足取りも軽やかに近づいてきた。「将軍のお世話になりに参りました」

「本当か！」曹操は荀彧が拝礼するのも待たずに、自ら進み出てその手を強く握った。「君こそわが子房《しぼう》だ！」このうえない評価ではあるが、荀彧はその言葉を素直に喜べなかった。曹操が自分を高く買っていたのは確かだが、開口一番、張良《ちょうりょう》［秦《しん》末、前漢時代の政治家］になぞらえるとは。それではまるで曹操は自ら劉邦《りゅうほう》だと言っているようなものではないか。そのような物言いはあまり穏やかではない。

戯志才は実に心配りのできる人物で、すぐさまその場をうまく取り繕《つくろ》った。「かつて何伯求《かはくきゅう》殿は文若を王佐《おうさ》の才と称えたそうですから、張良になぞらえるのはぴったりですな」

いま曹操が擁する部隊は決して弱小ではない。しかし、身辺で計画を立てて戦略を練る人物といえば、戯志才のほかは新たに加わった陳宮《ちんきゅう》がいるのみであった。そこに荀彧が加わったのであるから、これは知恵袋が一つ増えたに等しい。曹操の喜びようは言葉の端々に表れていた。「文若が強盛な河《か》北《ほく》［黄河の北］を捨ててこの小さな郡に来てくれるとは、愚兄にとっては身に余る光栄だ！」

「袁紹は表向きは度量がありそうでいて、内心では気が小さく、大事を成すような人物ではありません」荀彧はそこで瞼を閉じた。「何日か前、張景明《ちょうけいめい》も袁紹に殺されました」

「張導《ちょうどう》が？」曹操は眉をきつくしかめた。「張景明は千里の道をはるばる蜀《しょく》郡から戻ってきて仕え、さらには冀州を譲るように韓馥《かんふく》を説き伏せたはず。それほどの手柄を立てた者さえ袁紹は手にかけたというのか」

「先月、張導の名声を知っていた朝廷のある重臣が、張導に長安で仕えるようにとの詔書を送ったのですが、それが袁紹の癇《かん》に障ったようなのです。そして数日前、公孫瓚と対陣して軍議を開いていたとき、張景明は袁紹に面と向かって過失を責めました。その結果がこれです」荀彧はため息をついた。「良禽《りょうきん》は木を択《えら》んで棲む……わたしは家族を連れてでもこちらへ来ましたが、残念ながら兄の休若《きゅうじゃく》と友若《ゆうじゃく》はまだ河北におります。将軍、どうかこのことでわたしを疑われませぬように」たしかに、三番目の兄の荀衍《じゅんえん》と四番目の兄の荀諶《じゅんしん》は、ともに河北で官についていた。

「文若、何を言っている」曹操は重ねていた荀彧の手をぽんぽんと叩いた。「俺が以前、河北に身を寄せていたとき、そこを去ろうという俺の気持ちを知りながら、おぬしは何くれとなく助けてくれたではないか。どうして疑ったりするものか！　さあ、腰を落ち着けて話そう」三人がそれぞれ座に着くと、やはり戯志才が本題とすべき話を振ってきた。「先ほど入ってきたとき、将軍は行ったり来たりそわそわしておられたようですが、いったいどうなさったのです？」

「まさに天下の形勢に想いを馳せていたのです……」そこでわずかに間を置くと、小さく息をついて続けた。「それとわが兗州のこと……先ほど一族の曹仁と別部司馬の楽進が、それぞれ一千の兵を連れて加わってくれた。これに、このあいだ取り込んだ黄巾の者どもを加えれば、わが東郡の兵も一万近くになります。前々から、わたしは天下を平定し、民を苦しみから救うことを願ってきたが、次の一手をどう打つべきかで悩んでいるのです……」そう言うと、曹操はまっすぐに荀彧の目を見据えた。

曹操は自分を試している、荀彧はそのことに気がつくと、ややこわばった笑みを浮かべて答えた。「天下を鎮め、民を安んずるは、西にあらずして東にあり。いま、天下のいたるところで争いが起こり、どの州郡も勢力圏を主張して支配し、欲望をむき出しにして互いに危害を加え合っています。むろん西へ向かって董卓を討つこともできましょうが、天下の形勢はまだ大きくは動きそうもありません。ならばいっそ、しばし一州をよく治め、糧秣《りょうまつ》を蓄えて兵馬を調えるのです。そうして、まず関東の地を平らげ、四海の有為の士と交わりを結ぶべきでしょう。さらに河南尹を取り戻して関中《かんちゅう》の地を手中にし、陛下をお迎えして中原をお帰しするのです。さすれば、天下は安泰となりましょう。思うに、董卓は暴虐の限りを尽くしておりますから、遠からず乱が起きて、なす術もなく終わるはずです」優れた見識を有する者は、自ずと考えも似通ってくる。曹操と戯志才が胸に温めていた長久の計を、荀彧はいともあっさり看破《かんぱ》した。

曹操は思わず襟を正し、改めて自分より十近くも年下の目の前の男を見つめた。立派な容貌に落ち着いた挙動、まだ而立《じりつ》を迎えていないとはとても思えない。曹操は心のなかで荀彧を絶賛した。「文若、わが意を得たりとはこのことだ。ただ、そうは言っても、袁紹は界橋で公孫瓚に苦戦しており、その陰に寄るべき大樹とも言いがたい。一方で、袁術と孫堅は南に矛先を向けた。もし荊州の劉表が敗れて江東《こうとう》への扉が開かれれば、揚州も落ちることになるだろう。そうなれば、荊楚《けいそ》［長江中流一帯］

の地を袁術一人が占めることになり、ますます手がつけられなくなってしまう……」

そこで荀彧が口を挟んだ。「将軍、いまは足元を固めることが先決です。兗州さえ盤石ではないのに、他州のことなど二の次でしょう」

曹操はばつが悪い思いをした。「そうだ、そうだったな……」

「東郡の太守とはいえ、兗州には八つの郡があります。将軍はまだそのうちの一つを占めたに過ぎません。たしかに陳留の張邈と済北《せいほく》の鮑信《ほうしん》は将軍の親友ですが、将軍の威厳が兗州八郡に行き渡っているわけではありません。黄巾の害はいまも鎮めきれず、八郡の足並みも揃っていないのに、将軍は公孫瓚や袁術を討てるとお考えですか」荀彧は優しく笑みを浮かべた。「ここ東郡は、かつて橋瑁《きょうぼう》が治めておりました。橋元偉《げんい》の才略はもとより将軍に及びませんが、ここでの人望はいまの将軍を上回っていたはずです。それがどうして最後には命を落とし、名を汚すようなことになったのでしょうか。おそらくは独善的で、みなと合わせることをしなかったためです。そして、時機はいまだ至らず、糧秣はいまだ足らず、軍勢はいまだ強からずというこのときに、将軍が一人軍勢を長安へ差し向けたなら、その行動は俗離れしすぎていて理解されず、かえって関東の諸公と仲違《たが》いします。そうなれば、袁本初がまた救いの手を差し伸べることもないでしょう。だからこそ、兗州の人心をしっかりとつかみ、中原の要衝を固めるべきなのです」

「人心をつかみ、中原の要衝を固める……か」曹操は一度復唱すると、続きを促した。「詳しく聞かせてくれぬか」

「では、まず兗州のことから。いまは劉岱《りゅうたい》が兗州の刺史を務めておりますが、この者は有名無実、気持ちばかりが大きくて、才能が伴っておりません。黄巾賊のために危地に陥っては自ら逃れることもできず、各郡の太守で心服している者はいないでしょう。将軍、考えてもみてください。兗州の西にいる黄巾賊は百万人、女子供や老人を除いたとしても、なお数十万の戦力がいます。もし将軍が東へ軍を向けてこれを平定すれば、劉岱を助けるばかりか、兗州の誰もがその害を免れます。劉岱の心をつかむことはむろん、すべての郡が将軍に一目置くでしょう。そのうえで張邈、鮑信と力を合わせれば、将軍は一郡の太守でありながら、実際は兗州の主《あるじ》となるはずです」

ただ、曹操はそれを鵜呑みにはしなかった。このご時世、恩に報いる者よりも、恩を仇で返す者のほうが多い。たとえ自分が兗州の反乱を平定したとしても、諸郡の太守が従うようになるとは限らない。それに、もし袁紹に詔書の起草を頼んで、劉岱に兗州刺史の座を譲らせるようなことをすれば、体面に関わるばかりか、袁紹からも疑いの目を向けられ、さらには劉岱との関係まで劣悪になってしまう……

「兗州の地が得られれば、将軍は広く賢者を求め、人心の収攬《しゅうらん》に努めて、足場をしっかりと固めるのです」荀彧は事もなげにそう言って先を続けた。「すでに豫州は荒廃し、いまはここ兗州が中原の要衝です。つまり、北は古《いにしえ》の燕《えん》と代《だい》の地を、南は袁術を、そして東は青州と徐《じょ》州を防ぎ止める位置にあり、それでいて西の都で変事が起きたときには河南尹を救うことができます。いずれの地を治める刺史や太守より、将軍は河南尹の近くにいるのです。誰もなし得ない功業が、将軍の手で打ち立てられることになるでしょう」

「なるほど」この点は曹操の思惑に適うものであったが、やはり兗州を統一する名案が浮かばない。

強攻策は論外である。それは自分の野心を公言するに等しく、意を決して打って出ても劉岱やほかの太守の恨みを買うだけである。そうなれば、兗州諸郡の太守はもとより、袁紹と袁術もすぐに自分を敵と見なすだろう。かといって、ずっと物怖じしていては兗州統一も夢のまた夢。挙げ句の果ては、ほかの者が勢力を広げるのを横目に、せいぜいこのちっぽけな東郡を死守して終わるだけとなる。攻めるも利せず、守るも利せず、実に悩ましい問題だ……果たして、劉岱のために兗州の黄巾賊を除くべきか否か――

「謁見のお許しを」そのとき、広間の外から声が聞こえてきた。

「入れ」曹操はひと声応えた。

すると、陳宮と徐佗《じょた》が肩を並べて入ってきた。曹操がすぐに席を立ち、自ら二人を荀彧に引き合わせると、三人はそれぞれ丁重に挨拶をした。徐佗はいま郡の衙門《がもん》［役所］で書佐《しょさ》［文書を司る補佐官］の任についており、曹操の面前に竹簡を広げて置いた。「太守殿にご報告いたします。これは本郡における才徳兼備、品行方正な者を列挙した名簿です。いかんせん、一部はこの戦乱のため荊州や揚州に逃れておりますが」

「戦乱を避けた者など端《はな》から無用だ。この荒れた世のなか、孝廉《こうれん》に挙げるべきは大志を抱く者でなければならん。虚名を売る輩など探す必要はない」曹操はそう言いながら、その竹簡を手に取って眺めた。

「はっ、承知しております」徐佗は唾をごくりと飲み込んだ。この数日で、徐佗は曹操が以前にも増して扱いにくくなっていると感じていた。

曹操はひとしきり名簿を眺めると、突然その竹簡を傍らに放り投げて声を荒らげた。「なんだこれは！」

徐佗は飛び上がって驚くと、すぐさま跪いた。

「いったい何をしていたんだ！」曹操は勢いよく立ち上がった。「これが才徳兼備の士人の名簿だと？　役人の一族が並んでいるだけではないか！　そうでなければ名家の子弟ばかり、それもおおかたは行方さえわからない。こんな物の役にも立たない見かけ倒しばかり集めて、何に使うというのだ！」

荀彧は曹操が怒り出したのを見て、慌ててなだめた。「どうかお怒りをお鎮めください。徐書佐が作った名簿にも、やむをえない部分はあるでしょう。いまは混乱のときです。各地の刺史や太守らも進退をともにする友人として、何とかして互いに近づこうとしています。郡の役人の子弟を推挙してその者が孝廉となれば、郡役人に恩恵を与えることとなり、こうして結びつきを深めていくのです」

「兗州で決起した軍勢が酸棗《さんそう》に集結したとき、誰もが高らかに誓いを立てた。ああして血酒《ちざけ》を飲んだ誓いでさえ脆《もろ》くも破れたのに、郡の役人の息子を孝廉に推挙した程度の関係が頼れると思うか。名実ともに備わった名家の子弟など、どこにいるというのだ」荀彧も潁川《えいせん》の名家の出である。曹操はそのことに思い至ると、いかにも巧みに付け足した。「文若ほどの赤心《せきしん》の志士は、そう何人もおるまい」

「もったいないお言葉です」荀彧は頭を下げて謙遜した。

徐佗がその場で跪きながらもごもごと訴えた。「で、では、わたくしめは……いまいちど……」

「もういい！」曹操は勢いよく手を払った。「おぬしが方々からかき集めて名簿を作ったところで、どうせたいしたものはできん。もう俺が自分で決めよう。本県の魏种《ぎちゅう》を孝廉に推挙する」

「魏种ですと？」徐佗は困ったような顔を浮かべた。「しかし、魏种の両親はとっくに……」

「だからなんだ！」曹操は徐佗の鼻っ面《つら》を指さした。「家格などどうでもいい。黄巾の乱にあたって、無位無官ながら手柄を立てたのだ。このような者こそ重用すべきであろう。それとも何か、自分の両親に尽くすのは孝だが、他人の親の命を守るのは孝ではないとでもいうのか」

「滅相もない。それはもう、孝に違いありません」曹操の理屈は強弁に違いなかったが、徐佗も口答えは慎んで話を合わせた。「孝のみならず、仁愛も孝も兼ね備えていると申せましょう」

荀彧と陳宮、戯志才の三人は、調子のいい徐佗を見て、思わず口を覆って笑いを嚙み殺した。

「では、これで決まりだな。魏种だ、さあ手続きに行け」曹操は袖を払って退席を促した。

徐佗はそそくさと立ち上がると、自分が持って来た竹簡には目もくれず、逃げるようにして出ていった。

戯志才は笑みを浮かべた。「将軍の孝廉の推挙には独特のものがありますな」

「戯先生から学んだことではありませんか」曹操は得意満面で、戯志才が悦に入って頭を揺り動かしながら語る様子を真似て言った。「『呂氏春秋《りょししゅんじゅう》』にこうある。『凡《およ》そ天下を為《おさ》め、国家を治むるには、必ず本《もと》を務めて末《すえ》を後にす。所謂《いわゆる》本なる者は、耕耘種殖《こううんしゅしょく》の謂《い》いに非ず、其の人を務むるなり「そもそも天下を治め、国を治めるには、必ず根本に力を尽くし、末端を後にすべきである。いわゆる根本とは、田畑を耕して穀物を植えることではなく、人を追求することである」』。わたしのやり方もまさに才子を求め、根本を固めるやり方でしょう」

戯志才は思わず絶句してしまった――曹孟徳は早くもわたしの考えを自分のものにしている。どうやらこの商売もぼちぼち頭打ちということか……

その間、陳宮は曹操らのやり取りを見守るばかりで、ひと言も口を開かなかった。曹操は怪訝に思って尋ねた。「公台《こうだい》、そなたは何の用事で来た」陳宮はそれでも口ごもり、意味ありげに荀彧のほうをちらりと見やった。それで曹操も陳宮が荀彧のことを気にしているのがわかった。「公台、文若はわざわざ河北からここに身を投じてきたのだ……文若、いまこの場でそなたを奮武司馬《ふんぶしば》に任命しよう」

奮武将軍の曹操が、荀彧を奮部司馬に任命したということは、それだけで十分信頼を示すに足る。一方の荀彧は悠然としたもので、ただ拱手してひと言答えた。「将軍のご期待に必ずやお応えします」

「さあ公台、これで部外者はおらん。何か言いたいことがあるなら率直に話すがよい」

陳宮は、これですっかり気楽になったわけではなかったが、それでもはっきりとした声で報告した。

「将軍、たったいま入った知らせによりますと、劉兗州が黄巾賊に殺されたそうです」曹操も荀彧も、そして戯志才も、それを聞くなり目をむいたが、誰も声を発することはなかった。それは驚きというよりも、むしろ信じがたいほどの喜びといってよかった。ほんのついさっきまで、兗州を統一するためには劉岱がいる限り、攻めるも利せず、守るも利せずと頭を悩ませていたのである。その劉岱が忽然とこの世を去ったとあっては、これぞ天恵というほかない。

みなが黙りこくったので陳宮は不思議に思ったが、さらに報告を続けた。「黄巾賊は任城の相である鄭遂を殺すと、東平《とうへい》へと転進しました。劉岱は鮑信が止めるのも聞かず、軽率にも打って出て大敗を喫したのです。そして乱戦のうちに命を落としたとのこと」

互いに顔を見合わせたが、かといって、歓喜の色を浮かべるのも憚られる。やはり最後には、曹操がわざとらしくため息を漏らして口を開いた。「なんとも惜しいことだ……かつて酸棗で董卓討伐をともに誓ったあの劉公山《こうざん》が、小悪党に命を奪われるとはな……実に惜しい……」むろんこれは嘘八百である。酸棗県で連合軍の折り合いがつかず解散となったとき、曹操が劉岱や橋瑁を指さして、正面切って罵ったのを知らない者はいない。いま、口では劉岱の善行を称賛し、傍目にはまるで親しい関係にでもあったかのように聞こえるが、曹操は心ではまったく別のことを思っていた――「此の盟に渝《そむ》くもの有らば、其の命をして墜《お》とさしめん［誓いに背く者は粛清する］」、劉岱は酸棗での誓いを破ったその報いを受けた。一人目は狡猾に立ち回った橋瑁に鉄槌が下され、そして今度は劉岱にもそれが回ってきたというわけだ――

陳宮は一本気な性格である。火を見るよりも明らかな事実に誰も触れようとしないのを見て、よく通る声で訴えた。「これは好機ではありませんか。州に主なく、朝命は届かないのです。わたしが州の各人を説き伏せますから、太守殿はあとから乗り込んで治めてください。そして、ここ兗州を足がかりに天下を窺う、これぞ天下統一への道でしょう！」

「しかし、そのようにどさくさに紛れて刺史の位につくのは、いささか差し障りがあろう」曹操は物欲しそうな目を陳宮に向けながらも、口ではそう答えた。

曹操に従ってまだ日は浅かったが、陳宮はこの新任の長官を非常に高く評価しており、笑顔で後押しした。「いまは黄巾賊が猛威を振るっていますから、州の政《まつりごと》を主管する人が必要です。能力で言えば、兗州のどの郡の太守も将軍には敵いません」

戯志才は持って回った言い方などさらさらする気もなく、単刀直入に問いただした。「公台、そなた説き伏せると言ったが、自信はあるのか」

「ありますとも」陳宮は堂々と答えた。「この兗州八郡において、張邈と鮑信は将軍の莫逆《ばくぎゃく》の友、任城の相の鄭遂はすでに世を去り、泰山《たいざん》太守の応劭《おうしょう》も将軍を甚だ敬慕しております。山陽《さんよう》太守の袁遺《えんい》は務めを放棄し、すでに従弟の袁紹のもとへと身を投じました。つまり、八郡のうち六郡までは定まったも同然。それにわたしは州の高官である万潜《ばんせん》や畢諶《ひつしん》、薛蘭《せつらん》などと深い付き合いがありますから、必ずやわたしの説得に応じるものと思われます」

三人の視線がにわかに曹操に向けられ、その返事を待った。曹操はしばし行きつ戻りつすると、突然振り向き、断固とした表情で伝えた。「そういうことなら、戦火を鎮めて民を苦しみから救うため、兗州にはびこる黄巾賊を平定するためだ。俺が……俺が一役買って出ようではないか！」

「そうです！」荀彧がしきりにうなずいた。「いま、袁紹は公孫瓚とがっぷり組み合っております。もしこの機会に将軍が兗州の主になったとしても、袁紹にはどうすることもできません。ただ指をくわえて黙認するしかないはずです」こうして何人かの参謀がみな賛意を示したことで、事を起こすに当たって曹操自身の不安も払拭された。曹操はしかつめらしい表情を浮かべて、陳宮に伝えた。「では、そういうことでいこう……公台よ、もし話をうまくまとめてくれたら、兗州の乱を鎮めた功臣であるばかりか、そなたはこの曹操にとっても恩人だ」そう言って曹操は深々とお辞儀をした。

「なんと、もったいない」陳宮は慌てて立ち上がった。「この陳宮、必ずや全力を尽くして将軍を補佐し、漢室の天下のために奔走しましょう」真摯に誓いを交わす二人を見て、戯志才の胸に突然不安がもたげてきた。俗にも、得やすきものは失いやすしというが、まさか本当にそんな簡単に事が運ぶのだろうか……

　おのおのすべきことを割り振ると、曹操はすぐに奥の間へと入っていった。卞氏と子供のことがずっと頭から離れなかったのである。奥に入ると、いつの間に入ってきたのか、卞秉《べんぺい》が曹真《そうしん》、曹彬《そうひん》、それに曹丕《そうひ》と一緒になって隠れん坊をしていた。

「やかましい！」曹操は叱り飛ばすと、卞秉を呼びつけた。「阿秉《あへい》、ちょっと来い」

「はっ」卞秉はこの義兄《あに》のことを、ますますおっかなく感じていた。

「お前もいまでは校尉だ。輜重《しちょう》の管理をさぼっておきながら、子供と遊ぶ時間はあるんだな！」

卞秉は決まり悪そうに答えた。「今日の仕事が全部片づいたから、姉上に会いに来たついでに子供の相手をしていただけです。それがいったいどうしたって言うんです。一族のあいだじゃ、俺が一番子供の遊び相手をしているのは、みんな承知のはずでしょう。譙《しょう》県［安徽《あんき》省北西部］にいたころは、子和《しわ》だって俺が相手してやってたんですから……」

なまじ曹純《そうじゅん》の名を出したばかりに、曹操の怒りに油を注ぐことになった。「子和のことまでよくも言えたものだ。あいつはいま俺のために一族をあげて虎豹騎《こひょうき》［曹操の親衛騎兵］を率いているんだぞ。それも腕の立つやつばかり集めてな。それに引き換え、お前はどうだ？　武器の管理さえろくにできんではないか！」卞秉は言い返すこともできずにうなだれた。

「お前たち二人も来い！」今度は曹真と曹彬を呼びつけた。「お前らは毎日遊ぶことしか頭にないのか！　丕はまだ四歳だからいいとして、お前たちはもうじき十歳になるというのに、いまだに勉学の大切さがわからんのか！　そんなことで死んだ父さんに顔向けできるのか。俺がお前たちぐらいのときは来る日も来る日も勉学して……」そのとき母屋の入り口が開いたかと思うと、卞氏が顔を出して曹操の話の腰を折った。「そんなむきになって嘘をつかなくてもいいじゃない。お義父《とう》さまから聞いたわよ。あなたは十二歳になっても鶏を喧嘩させたり馬を乗り回したり、そのうえおじさんの前で中風《ちゅうふう》［卒中《そっちゅう》の類い］にかかったふりまでしていたって。この子たちは今日の勉強が済んだから遊んでるのよ。自分のことは棚上げして、よくも叱れるものだわ」

曹操は妻に自分の過去をばらされると、手を振って子供を追い払った。「行け行け、もう好きなだけ遊んでこい！」卞秉が三人の子供を連れて表のほうへ行ってしまうと、曹操は俯《うつむ》きながら母屋に入った。「子供の前で、少しは俺の顔を立てたらどうだ！　もしお腹に子供がいなかったら……」

「打《ぶ》てば？　打てばいいじゃない！」そう言って卞氏がお腹を突き出すと、曹操は振り上げた手を下ろした。見れば、環《かん》氏がまだ幼い曹彰《そうしょう》を抱いて、くつくつと笑っている。向こうでは丁《てい》氏も織り機に向かいながら、こらえ切れずに笑みを漏らしていた。曹操は舌を打ち鳴らした。「ふん、好男子たるもの女と争わずだ」そう嘯《うそぶ》くと、つかつかと環氏の前に歩み寄り、曹彰の頬を軽くつねった。

卞氏は側室ではあるが、曹丕と曹彰という二人の男の子を立て続けにもうけた。先には甘んじて危険な洛陽に残り、夫を逃げ落ちさせたうえ、いままた子を身ごもっている。そのためもあってか、いまではさながら奥の間の女主人といった立場であった。卞氏は曹操の肩をとんとんと叩いた。「一つ聞きたいことがあるの」

「どうした？」

「城南の秦《しん》家の娘とはいったいどういう関係？　それに、わけもなくその女の顔をなでて何するつもり？」

曹操は顔を真っ赤にした。「またどうせ阿秉が言ったんだろう」

「そんなことはどうでもいいわ。あなた、また誰か見初めたの？」卞氏は腰に手を当てた。「もう手に負えないわ。誰でも好きに娶《めと》ってくればいいわよ」

「まあ、その件は急ぐことでもない。ぼちぼちやるさ」

丁氏は機織りの手を止めることもなく、冷やかな笑みを浮かべた。「ねえ聞いた？　ぼちぼちですって……もう成算があるってことよね」曹操は丁氏に近寄ると、その背を優しくなでて笑いかけた。

「なあお前、この織り機は本当に宝物なんだな。譙県から陳留、そしてここ東武陽《とうぶよう》［山東省西部］まで、よくもずっと手放さずに来たもんだ。布ぐらいいくらでも買えるだろうに、少し休んだらどうだ？」

「そんな暇があると思って？」丁氏はせわしなく手を動かし続けた。「どんどん子供が増えて、真も彬も服がいるでしょうに。わたしが生んだ子じゃないからこそ、恥ずかしくない格好をさせなくちゃ。自分で縫ったほうが、出来合いの服よりよほど気にいるわ」曹真も曹彬も、もとは秦邵《しんしょう》の子である。

「わかった。そういうことなら好きにしてくれ」曹操は丁氏の性格をよく知っていた。「ところで昂《こう》は？」

「わたしたちの子なら安民《あんみん》に返事を書いてるわ」自分が育てた長男の話になると、丁氏は途端に顔をほころばせた。「呂昭《りょしょう》がお義父さまからの手紙を届けてくれたついでに、安民が昂に宛てた手紙も持って来てくれたのよ。安民と昂はとっても仲良しね……」そのとき、曹操の脳裏にある考えが浮かんだ。「呂昭が手紙を届けてきたのか」

「ご心配なく。お義父さまなら徐州でお元気そうよ」丁氏は段取りよく手はずを決めていた。「手紙ができたら東郡の土産をちょっと選んで、明日、呂昭に持って行ってもらうつもりなの」

「それはいいな。そうだ、二つほどお前と相談したいことがあるんだ」

「あら？　どうしたの、急に真面目な顔して」丁氏はそこでようやく手を止めた。

「うちの上の娘はもうじき十五になる。夏侯楙《かこうぼう》も十三歳だ。ずっと前に決めた縁談だが、そろそろ頃合いじゃないか」曹操はまじめな顔で提案した。

「まあ！　でも、いまはすぐ近くに住んでいるんだから、そんなに慌てなくてもいいんじゃない？」

「俺の言うとおりにしておけば間違いないさ。さあ、すぐに準備だ。明後日には輿入れさせよう」

曹操がそう言えば、話はもうそれで決まりである。「それから、俺も親父に手紙を書かなくてはな。夫に先立たれた従妹にも相手を世話せねばならん。任峻《じんしゅん》はどうだ。見てくれもいいうえ、性格も温厚だからな。妻に先立たれているし、従妹を嫁がせるといいんじゃないか」

「伯達《はくたつ》さんね」丁氏も素直に首肯した。「あの方ならいいわ。それどころか、きっとお似合いよ」

「じゃあ、従妹にはお前たち三人から手紙を遣ってくれ。俺よりも、お前たちの言うことのほうがよく聞いてくれるだろう」

「ええ、わかりました。この件は任せてください。それにしても、あなたが家のことに気を回すなんて、どうしたのかしら？」三人の夫人たちは声を合わせて笑った。しかし、女たちには曹操の胸の内など知る由もなかった――姻戚関係を結ぶことで、曹操は夏侯家と任峻とのつながりを固めようと考えたのである。兗州を治めることになれば、配下の軍もそれだけ多くなってくる。曹操には一人でも多くの腹心を抱える必要があった……

第十一章　兗《えん》州に覇を唱える

風雲急を告げる

初平《しょへい》三年（西暦一九二年）夏、曹操は天からの恵みを授かった。

まず、青《せい》州の黄巾《こうきん》族が再び兗《えん》州になだれ込むと、刺史《しし》の劉岱《りゅうたい》が軽率に打って出て敗戦のうちに命を落とし、兗州一郡は主《あるじ》を失った。次に、曹操の配下の陳宮《ちんきゅう》がこの好機を見逃さず、濮陽《ぼくよう》〔河南省北東部〕に赴いて州の高官らの説得に当たった――「いま天下は分裂し、ここ兗州に主はいません。東《とう》郡の曹太守《たいしゅ》は世に秀でた才能のあるお方です。もしお迎えして本州を治めさせれば、必ずや民を安んじてくれるでしょう」――このような陳宮の働きに加えて、陳留《ちんりゅう》太守の張邈《ちょうばく》、済北《せいほく》国の相《しょう》の鮑信《ほうしん》、そして泰山《たいざん》太守の応劭《おうしょう》が、曹操を全力で後押しした。こうして曹操は、たった半年足らずで、東郡太守から兗州刺史の地位へと駆け上がったのである。

朝廷の正式な詔勅もなければ、袁紹《えんしょう》からの任命を受けたわけでもない。そのため、陳宮は一気に事を進めたいと考えた。報告のために一度東武陽《とうぶよう》〔山東省西部〕へ戻っていては、その間に何が起きるかわかったものではない。そこで兗州の治中《ちちゅう》を務める万潜《ばんせん》と別駕《べつが》の畢諶《ひつしん》に対して、曹操を迎えるために自分とともに東郡へ向かおうと提案した。

鮑信も予期せぬことが起きはしないかと案じて、自ら兵馬を率いると、道すがら陳宮らの護衛に当たった。

曹操は自分を迎えに来た万潜と畢諶に相対すると、内心では飛び上がらんばかりに喜んだが、まずはもっともらしく断りの言葉を述べた。「わたくしは下賤《げせん》の出で何の取り柄もありません。どうしてこのような要職を務めることができましょう。ただ、しばらくはかりにお預かりするとして、もし今後、わたくしめより才徳の優れた者が現れたときには、すぐにでも職位を譲る所存です」

別駕の畢諶はそれを聞いて目をしばたたかせた――嘘をつくにもほどがある。兗州に入るなり王《おう》肱《こう》から東郡太守の地位を奪ったのは、周知の事実ではないか。もし劉岱が生きておれば、いずれは劉岱からも力ずくで兗州を奪ったであろう。袁紹という大樹の陰に寄り、鮑信と張邈の後押しもあるのだ。目の前にぶら下がったご馳走を、そなたが口にしないはずはなかろう……

治中の万潜は曹操よりやや年上で、曹操が頓丘《とんきゅう》［河南省北東部］の県令《けんれい》を務めていたとき、万潜はちょうど東阿《とうあ》［山東省中西部］の県令の職にあった。二人はともに民から愛され、当時は公文書のやり取りも多かった。だが、顔を合わせたのは今日がはじめてである。万潜は気難しい質《たち》で、曹操が謙遜してばかりいるのを見ていらいらし、即座に曹操の話を遮った。「曹使君《しくん》［刺史の敬称］、いまはそんなきれいごとを並べている場合ではありません。兗州以東の黄巾賊はすさまじい勢いで跳梁しているのです。刺史になるというのなら、すぐにでも何か手を打ち、この乱を鎮めるべきでは。黄巾賊を平定できれば、州郡の役人も進んで貴殿に従うでしょうし、そうでなければ、何を言っても無駄というものです」

曹操は思わずむせ返った。まさか万潜ほど名望のある者が、これほど率直な物言いをするとは思ってもいなかったのである。曹操は慌てて拝礼した。「これは失言を。万治中、どうかお許しのほどを」

「わしが許す許さないではありません。一日でも早く出兵して賊を討ち、本州を鎮定することこそ喫緊の問題です」万潜はまだ気が済まないらしく、くどくどとしゃべり続けた。「劉公山《こうざん》は忠告に耳を貸さず大敗を喫しました。曹使君は同じ轍を踏まぬように頼みますぞ」

「それはもちろんですとも」曹操は万潜の必死の顔つきを見てやや遠慮がちに答えると、話題を変えて穏やかな話に持っていった。「万治中、かつて東阿には才気煥発な青年がおりましたな。程立《ていりつ》と申しましたか。当時は県のためにずいぶんと力を尽くし、見識の優れた若者だったと記憶していますが、いまはどうしているのでしょう」

曹操がその名前を持ち出すと、万潜もいささか毒気を抜かれたようである。「程仲徳《ちゅうとく》ですか……中《ちゅう》平《へい》年間に黄巾賊が騒いでいたころ、たしかにあれはたいそう頑張ってくれました。だが惜しいことに、いまは家にこもって世事に関わろうとせず、劉公山が掾属《えんぞく》［補佐官］にするつもりで何度か召し出そうとしましたが、首を縦に振ろうとはしませんでした。在野の麒麟児ですな……まったくもったいない……」そう言いながら、万潜はしきりにかぶりを振った。

「わたしも出廬《しゅつろ》を請うて助けてもらいたいものです」曹操は髭をしごきながら言った。

「そうですな。曹使君は程仲徳とともに事件を解決したこともあります。あるいは仲徳を動かせるかもしれません」万潜は相好《そうごう》を崩した。「この老いぼれの顔を立ててくれるかどうかわかりませんが、日を改めて、わしも一つ仲徳の家を訪ねてみるとしましょう」そばで見ていた陳宮は、万潜の顔に笑みが浮かんだのを見て、ようやく人心地がついた。そこで拱手《きょうしゅ》してみなに提案した。「お二人は遠路はるばるお越しで、さぞやお疲れでしょう。曹大人《たいじん》も出立前にやるべき公務が山積みです。お二人はどうぞお先に駅亭に向かってください。すでに駅亭では酒宴の用意も調えております。まずは腹を満たしてお休みいただき、曹大人の公務が追って片づけば、州牧《しゅうぼく》着任の件を詰めていくことにしましょう。では徐書佐《じょしょさ》殿、ご足労だが、お二人の案内を頼む」

「なんとまあ、このご時世ですぞ。民草はみな腹いっぱい食えやせんというのに、金をつぎ込んで酒宴とな。いたずらに民を苦しめ、無駄に財を費やすとはこのことだ……」万潜は口を尖らせて不満をこぼした。

「万治中、まあそれぐらいにしておきましょう」さすがに畢諶も、もう見ていられないと口を挟んだ。徐佗《じょた》は畢諶とともに万潜をなだめすかして、やっとのことで駅亭に足を向けさせた。

徐佗らがその場を離れると、曹操は喜びを抑えきれず、陳宮に向かって深々と頭を下げた。「公台、そなたは本当に大きな手柄を立ててくれた」

「いえいえ、これもすべては国のために賊を討とうとした将軍のご高名があったればこそ」

曹操は興奮冷めやらぬ様子である。「これでついに文若《ぶんじゃく》の言葉どおり、兗州の人望を集め、中原の要衝を押さえることができた」

「将軍、お耳に入れておきたいことがございます。万潜らはたしかに進んで将軍をお迎えにあがりましたが、州の役人のなかには一部……その……」陳宮はそこで言葉を探した。「一部の役人は諸手を挙げてというわけでもなく、たとえば従事《じゅうじ》の李封《りほう》や薛蘭《せつらん》、それに劉岱の配下の将だった許汜《きょし》や王楷《おうかい》などはあまり……」

「そんなことは想定のうちだ」曹操は袖をばっと翻した。「万潜がわたしに向かって長々としゃべっていたのも、その表れではないか」

「万潜はまだいいのです。もともと気難しく人と馴れませんので、これまでもずっとあのような調子でした。それよりはむしろ面従腹背する者にこそ、より注意を払うべきでしょう」

「うむ、その手の者に気をつけるのは当然のことだ。おとなしくしてもらうために何人か登用するとしよう。それから、できるだけ早く黄巾賊を平らげるためにも、せいぜい力を尽くさねばな」曹操も事の重要性は十分に承知していた。言ってしまえば、この刺史の職位は、大義名分もなければ、相応の年功や地盤があるわけでもなく、他人に祭り上げられてついた椅子である。各郡の太守はいずれも曹操より長く兗州におり、あまつさえ州の役所には劉岱が残した腹心さえいる。曹操のあずかり知らぬところで何らかの動きがあるのも必然と言えよう。

「将軍、鮑国相《こくしょう》がお見えになりました」戯志才《ぎしさい》と荀彧《じゅんいく》が笑みを浮かべながら、鮑信を通してともに入ってきた。

「孟徳《もうとく》、俺たち兄弟がやっと肩を並べてともに戦える日が来たんだな！」鮑信は大股で近づいて来ると、曹操の肩をぐっと抱き寄せた。「袁紹と飲んだ酒はさぞかしうまかっただろう」

「はっはっは……『且《しばら》く大河の南を規《はか》る』『まずは黄河の南に手をつける』』だったな。五里霧中だった俺も、おぬしのひと言で目が覚めたよ」

「俺におべっかを使ってどうする。それより、さっき文若と志才殿としばらく話していたんだが、この二人こそまさに賢人というべきだな」そう言うと、鮑信は二人に向かって拱手した。

曹操も大きくうなずいた。「いまの俺があるのも、まったくもってみなの支援のおかげだ……まあ、まずは腰を落ち着けよう」

「おお、そうそう」鮑信は思い出したように、自分の後ろに控えていた、質素ななりだが端正な面持ちをした中年の男を曹操に引き合わせた。「こちらは俺の友人でな。鉅野《きょや》［山東省南西部］の李乾《りけん》先生だ」

「これはこれは、失礼いたしました」曹操は即座に礼儀正しく拝礼した。

鉅野の李氏は兗州でも名の通った豪族で、何世代にもわたって鉅野県に住んでいた。中平年間に黄巾の乱が起こってからというもの、李氏は地方豪族として自らの利益を守るため、一族郎党で一千人以上をかき集めた。そうして暮らしを守りつつ黄巾賊に抵抗し、砦を作り上げて守りを固めていた。その後、動乱が天下のいたるところに及ぶようになると、自前の兵を擁して自ら守る気風をますます強めていった。いまやその勢力は近辺にある乗氏《じょうし》県や離狐《りこ》県［ともに山東省南西部］にまで伸長し、堂々と県の衙門《がもん》［役所］を占拠したり、田租《でんそ》の法令を勝手に決めるほどで、勢力圏を意のままに治める土地の顔役になっていた。代々の山陽《さんよう》郡太守も触らぬ神に祟りなしといった扱いで、その振る舞いには目をつぶらざるをえず、州の刺史でさえ、李氏のなかから何人か召し出さねば土地を安心して治められない状態であった。

ただ、鮑信はいかにも親しげであった。「孟徳、どんなことでも相談するがいい。こちらの李先生は俺の莫逆《ばくぎゃく》の友だ。かつて何進《かしん》の命《めい》で兵を募りに戻ったとき、李家にはずいぶんと世話になったんだ」

曹操はかすかに笑みを浮かべつつ、内心で独りごちた——鮑家も言ってみれば泰山の土豪。鮑信ら四兄弟も郷里にいたころは好き放題をして、李家とそっくり同じだったのだろう。同病相憐れむ、いや、同じ穴の狢《むじな》というわけだ。兗州の役人らと知り合う前に土地の豪族と手を結んだのでは、面子《めんつ》をつぶしてしまう……そう考えたものの、面と向かっては断りにくく、曹操はただひと言だけ応えた。

「ご高名はかねがね伺っております」

李乾は見るからに温厚そうで落ち着き払っていたが、口を開くなり単刀直入に切り出した。「将軍は仁徳に篤い方とお見受けしました。はっきりと申しましょう。わが李家が鉅野を占めて今日の勢力にまで至ったのは、実にやむをえないことだったのです。自らの兵を擁して県城を占拠するなど、わたくし自身の望むところでは決してありませんでした」李乾はそこで一つため息を挟んで続けた。「結局のところ、われわれは官ではありません。官でない者がこんなことをすれば、それは匪賊そのものです。父母からすればわが子が匪賊を働き、子孫からすれば匪賊を先祖に持つことになります。こんなことをやっていては、いずれどんな報いを受けるか知れたものではありません。鮑殿に聞けば、将軍こそは比肩する者なき英傑だとか。しかも心には社稷《しゃしょく》を思い、早晩漢室を立て直すお方だと聞きました。それゆえわたくしは……その……」

そこで鮑信が話を継いだ。「何も言いにくいことなどないでしょう。なあ孟徳、李先生は一族が組織した義勇兵を官軍としておぬしに受け入れてもらい、朝廷の俸禄で養ってほしいとお考えなのだ」

李氏の義勇兵を官軍として組み込む？　曹操は髭をしごきつつ咄嗟に考えをめぐらせた——迷うところだな。百足《ひゃくそく》の虫は死して倒れず、李氏の勢力を掃討するのは容易ではなかろう。しかし受け入れるなら、義勇兵らはずっと李一族に従ってきた以上、やはり李家の者に率いさせねばならん。そもそも、俺はこの李乾という男のことをよく知らぬ。何か小賢しいことでも考えているのか、それともあの手この手で役人になろうという算段か。いずれにしても、鮑信が俺を裏切るようなことはないだろうが……

「この件は一刻を争うようなことではありません」李乾は曹操の迷いを見て取った。「実を言いますと、たしかにわたしは一族の主ですが、まだみなで相談して決めねばならないことも多いのです。朝廷に帰順できればというのは、わたし個人のかねてからの願いですが、一族のなかには快い顔をせぬ者もおります。州の役所で従事をしている李封もその一人でして、諸手を挙げて賛成というわけではない様子。それに李進《りしん》というのも暴れ回るのが好きな質《たち》でして、なかなか従おうとはいたしません……」

「そういうことなら、この件はまた日を改めて話し合いましょう」曹操は笑顔で李乾の話に口を挟んだ。「たった十本の指でも伸ばせば長さはまちまちです。難しいことかもしれませんが、やはりご一族の意思がまとまってからにしましょう。あとで何か面倒が起こって、みなが不愉快な思いをしないためです。いま兗州の東側では黄巾賊が好き勝手に暴れています。もし李一族が義勇軍を率いて官軍のために牽制してくれれば、朝廷は言うに及ばず、州や郡の役人や民百姓も、みな深い恩義を感じることでしょう」言うべきことを言うと、曹操はそこで話を終えた。

李乾も聡明な人物である。曹操は自分たちに条件を出したのだと知るなり、すぐに首肯《しゅこう》して答えた。「曹大人のお考えはわかりました。では、戻ってすぐに兵馬を調え、必ずや将軍にお力添えいたしましょう」

「よかった、よかった。これで決まりだな」鮑信は些事にこだわらない男だが、その場にいる顔ぶれを一人ひとり確認して言った。「これでもう身内ばかりだな。では、俺の考えるところを率直に話したい」

鮑信はいよいよ兗州の情勢について話すにあたり、すでに李乾を仲間とみなしている。曹操も話の腰を折るわけにはいかないと考え、笑顔で先を促した。「そうだな。俺はここで昼となく夜となく、おぬしのご高論を拝聴する機会を待っていたんだ」

鮑信は右手の人差し指で額をとんとん叩きながら、おもむろに切り出した。「兗州には八つの郡がある。俺は済北、張孟卓《もうたく》は陳留、この二つは言うまでもなくおぬしを支持する。そして任城《じんじょう》の鄭遂《ていすい》も、死人に口なしだからかまわんだろう。孟徳自身は東郡太守だが、まさか自分が兗州牧になるのを自分で反対するほど馬鹿じゃあるまい?」そこで鮑信は自分の冗談に笑った。「さて、次に泰山《たいざん》太守の応劭《おうしょう》についてだが、俺によこした書簡のなかで、孟徳にはかつて助けてもらったことがあるとのことだが、そんなことがあったのか」

曹操はややあって思い出した。「ああ、そういえばかつて宦官の騒乱があっただろう。呉匡《ごきょう》は何苗《かびょう》を殺したとき、その掾属まで根こそぎ殺そうとしたんだ。楽隠《がくいん》はそれで命を落としたんだが、そのときに応仲瑗《おうちゅうえん》を助けてやったことがある」

「それなら問題ないな。命の恩人ということだろう? 応劭も必ずおぬしを支持するはずだ」鮑信は自分で話しながら、だんだんと気分が乗ってきた。「応仲瑗も、あれはひとかどの人物だ。去年、青州から賊が流れてきたとき、仲瑗は文武の役人を率いて連戦し、数千もの首級《しるし》を挙げて、老いも若きもあわせて一万以上捕らえたっていうんだからな。しかも学問にも深く通じていて、『風俗通義《ふうぞくつうぎ》』ってのを著し、班孟堅《はんもうけん》［班固《はんこ》］の『漢書《かんじょ》』に注釈をつけたこともある。戦陣にあっても書籍を手放さないらしい。文武両道とはこのことだ。俺なんか武ばっかりで文はないから、まったくかなわんよ」

「戦陣にあって書を離さんとは、俺も見習わねばならんな。たとえ兵書にちょっと注釈をつけるだけでも」曹操は思わず深くうなずいた。「仲瑗に会えたなら、ゆっくり話してみたいものだ。今後、教えを請うことも多かろう」

「これで泰山郡も問題ないわけだが、残る済陰《せいいん》、山陽、東平《とうへい》の三郡はそうはいかんぞ」鮑信はまた表情を引き締めた。「済陰太守の呉資《ごし》は軍功を挙げてのし上がった男だ。はじめは劉岱にも素直に従わなかったというし、おぬしにも従わんかもしれん。山陽太守だった袁遺《えんい》が袁紹を頼って北へ行くと、劉岱は代わりに毛暉《もうき》というのを登用した。こいつは劉岱に並々ならぬ恩を蒙っているからな、そう簡単には動かせんぞ。それから東平太守の徐翕《じょきゅう》だが、こいつも劉岱の腹心だ。おぬしに対してもっとも不満を抱くのは、おそらくこのあたりだろう」

「かまわんよ。誠意をもって話すだけだ。人の心というものは得てして変わるものだからな」

鮑信がさらに付け足した。「それと、州の高官たちなんだが……劉岱の配下の将だった許汜と王楷には注意したほうがいい。濮陽《ぼくよう》に着いたら、やつらの兵権を解くのが最善だろう。そして薛蘭《せつらん》だが、あれは前任の東海国《とうかい》の相《しょう》、薛衍《せつえん》の息子だからな。あのあたり一帯に相当強い地盤を持っている。その子の薛永《せつえい》は徐《じょ》州牧陶謙《とうけん》の配下だ。それから……」鮑信はそこで李乾に目を向けた。

李乾はやや気まずそうに口を開いた。「それから、わが一族の李叔節《りしゅくせつ》です。いくらか書を読んできたためか、あまり一族の者とは交わらず、わたしも疎遠にしております」

曹操はしばし口をつぐむと、ひそかに許汜、王楷、薛蘭、李封の名を胸に刻み込んだ。「大丈夫です。同じく誠心誠意当たれば、あとは時間が解決してくれるでしょう」そこで振り向くと、荀彧と戯志才に頼んだ。「二人には、これからいま名の挙がった者らとできるだけ交流してもらいたい。われらが大事をなすには、やはりできるだけ多くの志士と友誼を深めておく必要があるでしょうから」大事をなす――荀彧はそれを聞いて、ふと西の都長安《ちょうあん》のことを思い出した。「董卓《とうたく》が死んだあと、司徒《しと》の王《おう》允《いん》さまが檄文を四方に発しております。各地の太守は長安に上って陛下をお守りせよとのことですが……」

曹操の顔にかすかに同情の色が浮かんだ。「董卓か……あの老いぼれは天下の形勢に疎《うと》かったのだ。もとは霍光《かくこう》［前漢の政治家］の挙を見習うつもりだったのだろうが、最後は結局王莽《おうもう》の真似事に終わった。自ら堕落して、死んでもその罪はあがなえん」

陳宮は、荀彧のように一心に皇帝のことばかり考えてはいない。苦笑交じりに話を継いだ。「董卓が死んだからといって、われわれに何ができるというのです。いまは皇帝のために手を割くことなど誰にもできません。袁紹と公孫瓚《こうそんさん》は一進一退の戦いの真っ最中、劉表《りゅうひょう》と孫堅《そんけん》も生き残りをかけた争いを繰り広げています。劉焉《りゅうえん》と袁術《えんじゅつ》もそれぞれその土地で独立するのに忙しくしています……いちばん憐れむべきは、やはりわれらでしょう。何十万という黄巾賊がいまも目の前にいるのですから」

誰もがしきりにため息を漏らすなか、曹操がぱしんと膝を打った。「決めたぞ。濮陽に入るのは後回しだ。まずは青州にはびこる黄巾賊を殲滅する」

「そ、それは少し無謀ではありませんか。ここ兗州で何か変事が起きたら……」陳宮は話題を振っておきながら自ら諫めた。

「いや、むしろそうすることで、ここ兗州での反乱を抑えるのだ」曹操は立ち上がると、興奮した面持ちで歩き回った。「いま、いったいどれだけの目が俺に注がれていると思う？　兗州の刺史となったからには、この地のために尽力しているところを見せねばならん。それでこそ人心を得られるというものだ。もし兵を出して黄巾賊を大いに破れば、州郡の役人が心服するのはもとより、この地の民の心も鷲づかみにできるはず」

「よし、俺はその戦《いくさ》に乗るぞ！」鮑信が賛同の声を上げた。「では、万潜と畢諶も一緒に連れてゆき、二人に孟徳の威風を拝ませてやろう。それから、すぐにわが軍の司馬《しば》の于禁《うきん》に書簡を送り、大部隊を率いて速《すみ》やかに駆けつけるよう連絡せねばな」

李乾も慌てて加わる意を示した。「曹大人のお許しを得たからには、わたしも鉅野に戻って義勇軍を組織して参ります」

「うむ。では明後日……いや、明日だ。明日には出兵するぞ。まっすぐ寿張《じゅちょう》県［山東省南西部］に向かい、敵の先鋒にぶつかったら、そのままやつらを蹴散らすのだ。鮑信と李殿の部隊は直接寿張県に向かってほしい」二人は声を揃《そろ》えて返事をした。

ただ一人、陳宮だけは浮かぬ顔をしていた——たしかに黄巾は烏合の衆。しかし、数十万という大軍をそんな簡単に打ち破れるのだろうか。勝てばもちろん文句はないが、それにしても、なぜ州の官軍とまずは連絡を取ろうとしない？　兗州の将を放っておいて使わなければ、かえって溝が深まることになりはしないか……

荀彧が戯志才に向かってささやいた。「志才殿、なぜか胸騒ぎを覚えるのです。先に賊軍を討つのはむろんよいのですが、急《せ》いては事を仕損じる。いささか先鋭に過ぎるのではありますまいか」

戯志才はそれにうなずきつつも、苦渋の色を浮かべて答えた。「ここ兗州はいま宙ぶらりんの状態です。青州の黄巾賊との戦に勝利して不満分子を服従させる以外、ほかに方法はないでしょうな。将軍がこの地で受け入れられるかどうか……それは天のみぞ知るです」

親友の死

東平《とうへい》国の寿張《じゅちょう》県、兗《えん》州軍と青《せい》州から来た黄巾《こうきん》賊は、この地で対峙した。曹操と鮑信《ほうしん》は軍の主力をすべてここに配備し、李乾《りけん》も李氏一族を中心とする義勇兵を率いて加勢に駆けつけた。

このたびの黄巾賊の侵攻は、一年前と様相を異にしていた。前回は于毒《うどく》、白繞《はくじょう》、眭固《すいこ》らによって率いられた、まだ戦う力のある反乱軍であったが、いま目の前にいる敵は、百万からなる文字どおりの烏合の衆である。それというのも、公孫瓚《こうそんさん》が青州の黄巾賊を大いに打ち破り、黄河のほとりで相前後して十万もの賊軍を血祭りに上げたあと、その勢力を青州の領内にまで広げ、なんと勝手に青州の刺《し》史《し》として配下の田楷《でんかい》を任命し、さらには劉備《りゅうび》を平原《へいげん》の相《しょう》に任じて、黄巾賊鎮圧の形勢を固めていったためである。したがって、青州の黄巾賊がこのたび兗州に入ってきたのは、襲来というよりも、むしろ大移動といったほうが実情に合っていた。百万という大衆の大部分は行く当てのない女子供や年寄りであり、任城《じんじょう》を攻め落として、ようやく根城を得たのである。

寿張に進軍したその日、曹操はひどく不愉快な思いをさせられた。東平国の領内に入ったというのに、向かえに出てきたのは寿張の県令《けんれい》だけで、東平国の相《しょう》の徐翕《じょきゅう》は加勢に現れなかったのである。これは明らかに、曹操を兗州刺史として認めないという意思表明にほかならない。

「孟徳《もうとく》、俺たちがこの戦《いくさ》に勝って黄巾賊を滅ぼせば、すぐに状況は変わるって。そのときにまだ従わないやつがいるか見ものだな」鮑信はそう言って曹操をなだめた。

しかし、陳宮は別の考えを持っていた。「愚見によりますと、いっそわたしが出向いて徐国相《こくしょう》に利害を説き、援軍を出してもらうべきかと存じます。なんといっても、ここは東平なわけですし……それから許汜《きょし》や王楷《おうかい》らの部隊にも加勢に出てもらうよう要請するのが最善の策ではないでしょうか。みなさんも何かお考えがあれば包み隠さずに話し合いましょう」

曹操は判断がつきかね、万潜《ばんせん》と畢諶《ひつしん》に目を向けてみた。すると、二人はどっかりと本営に腰を下ろしており、その態度はいかにもお手並み拝見と言っているように、曹操には感じられた。そこで陳宮には丁重に断った。「公台《こうだい》の考えはよくわかった。しかし、東平と州の諸部隊は戦に駆り出されて久しい。それに、先ごろは戦に敗れたところでもある。将兵も相当に疲れているだろうから、いままた彼らの手を煩わせるのはやめておこう。本州の刺史が自らの軍を率いて出陣する」

曹操は誰の耳にもはっきりと聞き取れるように、わざと「本州の刺史」を強調した。

陳宮がもう一度曹操にかけ合おうとしたところを、荀彧《じゅんいく》が引き止めて諭した。「将軍のお気持ちは決まりました。公台殿もそれまでになさいませ。このたびの戦は将軍が威風を示すためのもの、決して州郡の部隊を借りようとはしますまい。ここはひとまず成否を静観し、それから臨機応変に動くのがよろしいかと」

陳宮はため息を漏らした。結局のところ、陳宮はやはり兗州の役人である。曹操の独断専行を見るのはあまり愉快なことではなかった。陳宮の心配をよそに、鮑信は相変わらず自信満々である。「黄巾の主力は、いま県から六十里［約二十五キロメートル］のところにいて、ときどき百人かそこらの隊伍でこちらを偵察に来ている。どうだ、こっちも敵の鼻先に当たる寿張まで出て来たことだし、ちょっと二人で県の東側の地勢を見に行かないか。そうすれば部隊を配置するにも計画を立てやすいと思うんだが」

「そうだな」曹操は、鮑信の提案には二つ返事で答えた。「烏合の衆を叩くには規律を重んじて敵に当たり、一気に勝負をつけるべきだ。出ばなを挫けば、すぐに士気も下がって人心も離れてゆくだろう。『孫子《そんし》』にも、『地の道なり、将の至任《しにん》して察せざる可《べ》からざるなり［地勢についての道理は、将軍が最大の任務として考えておかねばならない］』とあるしな」そこで曹操はふと何かを思い出したように、そそくさと将帥の卓に近づき、普段から注釈を施している『孫子』を手に取った。そして、地形について論じている巻を開くと、「陥る者有り［落ち込む者がいる］」のあとに、「吏の強く進むを欲し、卒の弱きは輒《すなわ》ち陥る、敗なり［軍の役人が強く進軍を望み、兵士が弱いときは軍が落ち込む。これは敗北である］」と注を添えた。書き終わると筆を放り出し、また続けて話し出した。「現在の形勢こそ敵を陥れるべき時だ。敵の首領は戦だと声高に叫んでいるが、所詮は烏合の衆、訓練も足らず動きも緩慢だ。

それに武器や輜重《しちょう》の面でもわが軍には及ばん。頼みは頭数のみ。それゆえ、こちらとしては地を制する必要がある。地形をきちんと利用すれば、一戦必勝は間違いない」

戦となれば、曹孟徳の力は劉公山に十倍する——万潜と畢諶の二人も、曹操の主張にしきりにうなずいた。

「そういうことなら、すぐにでも出発しよう。いくらか兵士を連れて、この目で地形を確かめに行こうではないか」鮑信はそう言いながらすでに立ち上がっていた。

「お待ちください」戯志才《ぎしさい》がそこで割って入った。「お二人はともに一軍の将帥、自ら危地に赴くことには賛成しかねます」

「大丈夫だ。県の東五十里［約二十キロメートル］に敵の部隊はいないと、斥候《せっこう》からの知らせも入ってきている。寡兵でなんぞ出てきた日には、さっさと蹴散らしてやるさ」鮑信は楽しげな笑みさえ浮かべている。「わしと孟徳はこれまで何度も死地をくぐり抜けてきた。この程度のことは危地のうちに入らんよ」

「そうとも。それに鮑信も一緒なら、地勢に応じた戦術を考える助けになる」曹操は話す端《はな》から兜を手に取っていた。「楼異《ろうい》、王必《おうひつ》、子和《しわ》に虎豹騎《こひょうき》［曹操の親衛騎兵］を連れて護衛に当たるよう伝えよ。ともに東門から行くぞ」

規律正しく、かつ迅速な曹操たちの動きを見て、万潜は思わず親指をまっすぐに立てた。「それでこそ州牧《しゅうぼく》にふさわしい。その働きぶり、しかと見させていただきましょう」

曹操と鮑信はおのおの自身の兵を引き連れて寿張の県城を出た。城門の外は雑草が生い茂って荒れ果て、民家も城壁の修理に役立てるため取り壊されていた。曹操のため息は途切れることがなかった。「人間同士、互いに争い、奪い合う必要がどこにある。まだまだ戦は続くのだろうな」

鮑信が笑いながら答えた。「それを言うなら大漢の臣同士、何を争う必要があるというんだ」

曹操には答えるべき言葉がなかった。

鮑信は曹操ほど感傷的にはなっていなかった。「なあ孟徳、考えすぎは良くないぞ。おぬしの一番悪い癖だ。四十手前でそんなにあれこれ考えてばかりいたら、歳をとったときにはすっかり気が滅入ってしまうぞ。思い切って事を進めてこそ真の男じゃないか。おぬしは気を揉みすぎだ」

曹操は鮑信のほうに顔を向け、改めてその姿を見つめた――年は四十になるが、広い肩とがっしりした腰つきで、凛々しく立派な押し出しである。頭には雉《きじ》の尾を斜に挿した虎頭《ことう》の兜を戴き、黒光りした鉄の鎧を身につけ、その上に羽織った真っ赤な戦袍《せんぽう》がひらひらと風に舞っている。腰には精巧に獅子と蛮族の王をかたどった帯をしめ、ゆったりとした赤い裳《も》に、脛当《すねあて》を着け、足には乗馬用の靴を履いている。背には朱雀《すざく》を描いた大弓と、豹皮で作った矢立てを背負っている。浅黒い肌は血色もよく、四角ばった顔には大きな口と見事な鷲鼻、眉目秀麗で耳も大きい。微笑む口の隙間からは、白く綺麗な歯がのぞいている。跨がるのは黒みを帯びた芦毛《あしげ》の大きな馬で、轡《くつわ》には色鮮やかな房《ふさ》をぶらさげ、結んだ鈴がしゃんしゃんと音を立てている――馬も人もまことに非凡なことよ。これほどの良将にして優れた人物は、天下を見渡してもそうはおるまい。

曹操は思わず賛嘆の言葉を漏らした。「まったくおぬしは垢抜けているよ」曹操自身は背が低く太り気味で、色も白く、鼻は低いうえにやや獅子鼻であった。見目の良さでいえば、格別に美しく炯々《けいけい》と光る目と鶴翼《かくよく》の形をした濃い眉、あとはその上に赤いほくろがあるだけであった。その赤いほくろこそは、かつて橋玄《きょうげん》が大慧《たいけい》［智恵者］の相《そう》と評したものである。それはまた、曹操が平素から自分の見た目を慰める拠《よ》り所でもあった。

「孟徳」鮑信の呼ぶ声に、曹操は我に返った。「ずっとおぬしに言っておきたいことがあったんだ」

「何だ？」

「俺がもしいつか討ち死にしたら、俺の妻子の面倒を見てやってほしい」

曹操は意地悪そうに鮑信に目を向けた。「俺に考えすぎるなと言っておきながら、そっちのほうがよほど考えすぎじゃないのか。何日か前にも、内黄《ないこう》［河南省北部］で於夫羅《おふら》を破ったとき、張孟卓《ちょうもうたく》が同じことを言っていたぞ。今日はおぬしまでそんなことを言うとはな。これから戦だというのに、そういう不吉なことは言わんでくれ」

「そうだな、俺としたことが」鮑信は自ら一笑に付すと、話題を変えた。「この戦が終わったら、次の一歩はどう考えているんだ？」

「おぬしには隠すこともなかろう。兗州の政務をきっちり片づけたら、そのあとは青州と徐《じょ》州の乱を鎮め、そのまま公孫瓚の手の者を黄河以北へと追い返す。そうして後方を落ち着かせたら、すぐに軍を率いて西進し、長安に入って陛下を迎え入れ、東にとって返すつもりだ」曹操は得意満面で自身の考えを披瀝した。

「陛下が一緒に戻るかどうかは、俺にはたいしたことではないように思えるがな」鮑信は不満げに口を尖らせた。「いまの関東《かんとう》［函谷関以東の地《かんこくかん》］はごった煮の状態だ。おぬしが兗州を落ち着かせる前に、袁術《えんじゅつ》や孫堅《そんけん》が攻めて来ないかが気がかりでな。まったく、この戦乱には終わりが見えん」

「袁公路《こうろ》など墓のなかの骸骨同然の役立たず、孫文台《ぶんだい》も所詮は匹夫の勇、何を恐れることがあるものか」曹操は意地を張って意気込んで見せた。「他人の前では猫をかぶっているが、おぬしには本音を教えてやる。俺が兗州で足場を固めたら、俺に勝てると思うやつなど誰もおるまい。どいつもこいつも俺の敵ではない」

「ふん、大きく出たな。ほんの半年前までは袁紹《えんしょう》のもとで耐え忍んでいたのに、ちょっと力をつけたと思ったらそこまで言うか。しかし忘れるなよ。この天下、英雄たる者は次々に現れる。今日はおぬしが勢いを得て天に翔け上がったとしても、きっといずれは突然同じように力をつけてくる者がいる。あるいは、いまはまだ誰かの配下に隠れているだけで、その羽を伸ばす機会を得ていないだけかもしれん」

「そいつが本当に英雄なら、ともに力を尽くして大事を起こすまでだ」そこで曹操は凄みを利かせた。「ただ、もし用いることができぬならば、そのときは……」そのときはどうするというのか、曹操は続く言葉を飲み込んだ。

「孟徳、おぬしは皇帝になりたいか」鮑信はさも何でもないことのように軽く尋ねた。曹操は驚きのあまり落馬しそうになったが、手綱をしっかりとつかんで一拍置いてから答えた。「おぬしというやつは、何をいきなりそんなわけのわからんことを聞くんだ」

「いや、別に。ただ聞いてみただけだ。袁紹と袁術はどちらも皇帝になりたがっている。おぬしはどうなのかと思ってな……」鮑信は目をそらしてかぶりを振ると、この気まずい話題をすぐに変えた。

「おお、そういえば、もう一人おぬしに推挙したいやつがいるんだ」

「誰だ?」

「毛玠《もうかい》、字《あざな》は孝先《こうせん》といってな、陳留《ちんりゅう》は平丘《へいきゅう》［河南省東部］の人物だ。戦乱に当たって荊《けい》州に入ったが、何でももったいぶる劉表《りゅうひょう》の態度が気に入らなかったらしい。そして南陽《なんよう》へと向かったんだが、今度は袁術を見るなり目を丸くしてあきれて、すぐに帰ってきたんだ」

「そうやって戦乱を避けるような者なら、掃いて捨てるほどいる。たいしたやつではなかろう」曹操は笑い飛ばした。

「この毛玠を甘く見てはいかんぞ。なんでも、英雄を見抜く慧眼《けいがん》の持ち主だそうだ」鮑信は曹操をからかった。「ひょっとしておぬしもひと目見てもらったら、大業を成すことができるかもしれんぞ」

「わかったよ。日を改めて会うとしよう」曹操は目を凝らして前方を見渡した。一面の荒野が広がるなかにも少なからず丘陵地がある。「東のほうに来ると、やはり地勢も違うものだな」

「おぬしは豫《よ》州、中原で育ったからな。このへんの様子はわからんだろう。東平国から東は山と平原の連続だ。青州に入ったら、大部分はもう山脈になる。山がずっとつながって、とくに沿海部など、一万かそこらの匪賊でも散って隠れたら、絶対に見つけ出すことはできん」鮑信はそこで目をきらりと輝かせ、馬の鞭でまっすぐ前方を指した。「ここはいい。県城からも遠くはなく、陣を布《し》いて敵を迎え撃つにはぴったりだ。向こうのほうは一帯が起伏に富んでいるしな。黄巾賊など兵法に通じておらんから、ここまで引きつけて叩けるだろう。それから、あたりの山々にも兵を隠せそうだ」

「いいじゃないか」曹操は満足げに答えた。「用兵にこんな有利な地がありながら劉岱《りゅうたい》は勝てなかったのか。まったく無能としか言いようがないな……」

ちょうど二人が話していたとき、突然、そばにいた楼異が叫び声を上げた。「将軍！　あちらに賊の小隊が見えます」

果たして、前方の山のあたりに、黄色い布を頭に結わえた敵の姿がぼんやりと見えた。いずれも馬に乗っていることから、どうやら黄巾賊の斥候隊のようである。鮑信はにわかに活気づいて、すぐさま弓を背中から外《はず》して矢をつがえた。「落ちろ！」そう叫ぶや、羽のついた矢が勢いよく飛び出した。矢は百歩の距離を遠しとせず、なんと黄巾兵の首筋に命中した。

「お見事！」兵士らが異口同音に囃《はや》し立てた。

ところが、その歓声が静まったころ、山あいから百人ばかりの黄巾賊がぞろぞろと姿を現してきた。誰も彼もが頭には黄色の布を結びつけ、手には鉈《なた》や棍棒を握っている。曹操はすかさず声を張り上げた。「出でよ、虎豹騎！　やつらを……」

「たかが百人やそこら、虎豹騎を用いるには及ばん。見ていろ！」鮑信は馬を駆けさせると、五十人の側近の護衛兵とともに突っ込んでいった。鮑信の騎馬隊は羊の群れに放たれた虎のごとく、槍を繰り出し、刀を振り回して、瞬く間にあたり一帯を血に染めた。

黄巾賊の一味は慌てふためいた。あっという間に二十人以上が倒され、残った者は蜂の巣をつついたような大騒ぎになった。鮑信の軍に向かって突っ込む命知らずもいれば、くぼみに隠れて這《は》い回っている者や、背中を向けてよろめきながら逃げ惑う者もいた。鮑信はますます勢いに乗り、長柄の矛を高く掲げて叫んだ。「みんな、俺に続け！」

「窮鼠猫を噛むとも言うぞ。戻ったほうがいいんじゃないか」曹操は笑いながら鮑信を呼んだ。しかし、耳に届かなかったのか、鮑信は護衛の兵を引き連れてまっすぐ東へと追撃し、道すがら屍《しかばね》の山を築いていった。そのとき、また鬨《とき》の声が上がったかと思うと、やはり山あいから賊の一団が繰り出してきた。今度もまた百人あまりである。鮑信がこれしきの相手に手こずるはずもない。右へ左へ、無人の野を駆けるように暴れ回り、またしても賊兵を散々に打ち負かした。

「鮑信ほどの猛将は、そうはおるまい！」曹操は存分に武勇を発揮する鮑信の姿に感嘆を禁じえなかった。そしてその直後、尋常ではないほどの喊声が響いてきた。耳をつんざく「うおお、うおお」という叫び声、なんと無数の黄巾賊が山あいから途切れることなく続々と姿を現した。

「いかん、斥候め、どこを見てきたんだ！　鮑信、すぐに戻れ！」

しかし、戻って来れるはずもなかった。気がつけば、真っ黄色に染まった人の群れが、風に吹かれて波を打つ稲穂のごとくに迫ってきていた。山あいからだけではない。山と言わず野と言わず、どこもかしこもすでに黄巾賊に埋め尽くされていた。歩卒のほかには、馬や牛に跨がっている者もいる。刀に槍、棍棒だけでなく鍬《くわ》を担いだ者までいて、わずかのあいだに鮑信を自陣に飲み込む形となった。黄巾軍の本隊が、いきなり目の前に立ちはだかったのである。

「突っ込め！　鮑将軍を助けろ！」曹操は剣を振り上げながら、先頭に立って突っ込んでいった。虎豹騎は一人ひとりがよく奮戦し、真っ向から敵を打ち砕いた。刈り倒される麦よろしく、黄巾兵はばたばたと倒れていったが、いかんせん、そのすぐ後ろにはもう次の一隊が詰めてきていた。こうした命知らずの黄巾兵たちは、曹操の部隊が少数だと知るとますます勢い込んだ。虎豹騎を囲んでは執拗に攻めかかり、馬を横一列に並べて堂々と進路を塞《ふさ》ぐ者たちまでいた。曹操と虎豹騎はほかに取る手立てもなく、目の前の敵を次々となぎ倒した。しかし、敵は怯《ひる》むどころか、さらに密集してくる。はじめは誰も恐れることなく奮戦していたが、敵はあまりにも多すぎた。顔じゅうに汗を滴らせながら戦い続け、戦袍はすでに血でべったりとなって体にひっつき、動きもままならない。そうして、しだいに武器を振り上げる力さえなくなっていった。

王必は顔を上げて天地を埋め尽くす敵軍を眺め渡した。「将軍、逃げましょう！　いま逃げねば手遅れになります！」

「鮑信は？　鮑信はどこだ……」

「逃げるのです……」王必は振り絞るように声を上げた。「鮑将軍は助かりません……」

「鮑信を死なせるわけにはいかん！」曹操はそれでも突っ込んでいこうとした。「早く、早く鮑信を助けるんだ！」

「もう間に合いません、すぐに退きましょう！」楼異が曹操の手綱を無理やり引いた。「撤退、撤退だ！」

黄巾賊はすでに曹操らを完全に取り囲んでいた。兵士らは曹操を守りながら必死で囲みを破ろうと突っ込んだ。しかし、数多くの兵が馬から突き落とされ、落ちたが最後、群がってくる黄巾兵の餌食となった。楼異は先頭に立って長柄の矛を振り回し、敵の棍棒を防ぎながら、かろうじて逃げ道を作った。王必は茫然自失の曹操を守りつつ、その手綱を死に物狂いで引っ張った。曹純《そうじゅん》は虎豹騎の一《ひと》手《て》とともに殿《しんがり》として敵を防ぎながら退いていったが、むろん死者は膨れ上がる一方であった。

黄巾賊のほとんどが歩卒で、陣形など何の考えもなしに攻めてきただけだったのは、不幸中の幸いであった。曹操軍はついに血路を切り開いたのである。

曹操と鮑信はあわせて一千の兵を率いて寿張県を出たが、無事に敵の包囲をくぐり抜けたのは、たった半分に過ぎなかった。黄巾賊はしぶとく追いすがり、耳のすぐそばを何本もの矢が冷たい音を立てながらかすめていった。曹操軍は誰も振り返ろうともせず、一目散に西へ向かって駆けていった。しばらくのあいだ必死で逃げると、前方に天をも覆うあまたの軍旗がなびいているのが見えた。寿張に駐屯していた大軍が加勢に来たのである。曹操は援軍のなかに飛び込むと、そのまま大きな音を立てて馬から転げ落ちた。万潜と夏侯惇《かこうとん》が慌てて曹操を助け起こしたときには、兗州官軍の先鋒はもう黄巾兵と白兵戦を繰り広げていた。

曹操はあえぎながらも再び馬に跨がり、顔を上げて前方を見やった。山野はいたるところ黄巾賊によって埋め尽くされ、なおも幾度か曹操の陣営に突撃をかけてきたが、ついにはあきらめて、大量の飛蝗《ばった》が飛び去るように、無数の屍を踏み越えながら引き上げていった。しかし、そのなかに全身真っ赤な戦袍に身を包んだ鮑信の姿は、とうとう見つからなかった……

この寿張での戦は、決して負け戦とは言えない。それが証拠に、黄巾賊の損害は官軍をはるかに上回っていた。しかし、曹操のもっとも良き友人であり、旗揚げから片腕として頼りにしてきた鮑信は、最後まで戻って来なかった。戦が終わると、曹操は何度も兵士らに戦場を探させたが、生きている姿はおろか、その遺体さえ見つけることはできなかった。曹操はそれでもあきらめきれず、敵である黄巾賊に対して、鮑信の遺体を返せば大金を払う用意があると伝えたが、それも梨の礫《つぶて》に終わった。そうなると、鮑信の体はすでに敵の手でずたずたにされたと考えるしかない。最後には、曹操は腕のいい木工職人を呼んで鮑信に似せた木像を彫らせ、それを棺のなかに納めた。

曹操はその棺を見ながらずっと放心していた——この乱世、いったいどれほどの英雄が命を落としていったのか。かつて鮑鴻《ほうこう》は下軍校尉《げぐんこうい》として兵を率い、宦官の蹇碩《けんせき》によって殺された。鮑忠《ほうちゅう》は王匡《おうきょう》を助けて孟津《もうしん》［河南省中部］で陣を張り、乱軍のうちに死んでいった。鮑韜《ほうとう》は汴河《べんが》［河南省中部］での激戦で山上に取り囲まれ、矢の雨のなか絶命した。そして今度は次男の鮑信である。鮑信は自分のために黄巾賊を討とうとして死んでしまい、とうとうその亡骸が帰ってくることもなかった……鮑家の四人はそれぞれが大漢のために忠を尽くしたというのに、この世はなんと不公平なことよ。野心と欲望にまみれたけだものだけが生きながらえて味をしめ、忠勇の心を持った義士のほうが、かえって死んでしまうとは……

　そこで曹操はふとまた別のことを思い出した——十数年前、たしか橋玄が鮑信に言っていなかったか。「将となってもときに慎重であれ。蛮勇はくれぐれも慎むようにな……」いまから思えば、あの言葉がいみじくも当たったというわけか！

　曹操は突然膝を突き、鮑信の棺にすがりついた。「鮑信よ！　こんなに呼んでいるのになぜ帰ってこない？　なぜ橋公の言いつけを忘れてしまったんだ！　何とか言え！　出て来いよ！」そう叫んだところで、曹操は中身がただの木像であることを思い出した。それを恐る恐る見守っていた者たちは、みな曹操が気が触れたのだと思うほどであった。夏侯惇と戯志才が駆け寄り、曹操を棺から引き離した。「孟徳、どうしたんだ？」

「大丈夫……大丈夫だ」曹操はすっかり意気消沈していた。「俺と鮑信はもう十六年の付き合いになる。俺たちの考え方が違ったことなど一度もなかった。洛陽《らくよう》にいたときも、汴水《べんすい》にいたときも、たとえ俺が袁紹のもとにいたときであってもだ。『且《しばら》く大河の南を規《はか》る』、あいつの言ったそのひと言が、俺の目を覚ましてくれた。それがこんなことになって……俺は片腕をもがれたも同然だ……これでは生き地獄に落ちたようなものだ……鮑信……わが最愛の友よ……」いつの間にやら曹操の目からは涙が溢《あふ》れ、急ごしらえの粗末な棺にしずくの跡がにじんでいた。

「ご注進！」そのとき、一人の兵卒が駆け込んで来た。「黄巾賊から果たし状が届きました」

いま曹操にこれ以上の心労をかけるべきではない。そう考えた陳宮は、慌ててその文書を奪い取った。

「渡せ！」曹操の悲壮感は見る間に怒りの炎へと変わっていった。

「しかし、将軍……」

「渡せと言ったら渡すんだ！」曹操が声を荒らげると、陳宮もつかの間ためらったが、やむをえず曹操に手渡した。曹操は目元をぬぐうと、黄巾賊がいったいどんな汚い言葉で自分を罵ってきたのか見てやろうと、まだ涙のにじんだおぼろげな目でその乱雑な字を追った。ところが、それは忌々《いまいま》しいことに果たし状ですらなかった。なんと黄巾賊から曹操に宛てた「降伏勧告」だったのである。

　昔済南《さいなん》に在り、神壇《しんだん》を毀壊《きかい》し、其の道 乃《すなわ》ち中黄太一《ちゅうこうたいいつ》と同じく、若《なんじ》道を知れるが似《ごと》きも、今更に迷い惑う。漢の行 已に尽き、黄家 当《まさ》に立つべし。天の大運、君の才力の能《よ》く存する所に非ざるなり。

「かつて済南にいたとき、廟《びょう》を破壊したその考え方はわれわれの中黄太一と同じく、そなたは道を知る者かと思われたが、いまは以前よりも迷っているようである。漢室の運気はすでに衰え、いまは黄家が立つべきときとなった。天の定める命運は、そなたの力でとどめうるものではない」

その文書が述べるところは、曹操が済南国の相《しょう》についていたとき、朱虚侯《しゅきょこう》劉章《りゅうしょう》を祀《まつ》っていた廟を破壊したのは、黄巾賊が信奉する太平道《たいへいどう》の教えに適うものであり、ついてはこのたびのことをきっかけに、曹操にも太平道の仲間に入るよう促すものであった。曹操は大声で悪態をつくと、その文書を地面に叩きつけて踏みにじった。「使者を血祭りに上げろ！」

「国同士が争っていても、互いの使者は斬らぬのがしきたりです」陳宮はすぐに曹操を諫めた。

「国同士だと？　やつらは畜生だ！　逆賊ではないか！」曹操は真っ赤に血走った目を大きく見開き、見境なく怒鳴り散らした。「黄巾賊など皆殺しにしてやる！　鮑信の復讐だ！　やつらの腹を割いて心臓までえぐり出し、一万の首を揃《そろ》えて鮑信の魂に供えるのだ！」

曹操は地団駄を踏みながら悪態をつき続けた。その目はさながら血に飢えた手負いの狼のごとく狂気に満ちた眼光を放っており、誰もが震えおののいて顔を上げようともしなかった。

ややあって、戯志才がようやく口を開いた。「将軍、ひとまず怒りをお鎮めください。黄巾賊を皆殺しにすることはなりません」

「何だと！　もういっぺん言ってみろ！」相手が誰かなど考える余裕もなかった。曹操は戯志才の胸ぐらをぐっとつかんで殴りかかった。

戯志才は少しも怯《ひる》むことなく説き続けた。「『呂氏春秋《りょししゅんじゅう》』にこうあります。『凡《およ》そ民を用いるに、太上は義を以てす、其の次は賞罰を以てす［およそ民を治めるには、義によるのを最上とし、賞罰によるのをその次とする］』と。将軍はこれより兗州を治めていくのです。いま、度を過ぎた殺戮《さつりく》をするのは断じてなりません」

曹操は怒りを押し殺し、振り上げた手を止めた。そこへ荀彧も進み出て諫めた。「将軍、もし民をして心から帰服させたいとお考えでしたら、黄巾賊を皆殺しにするのは得策ではありません。それは将軍の仁徳に泥を塗ることです。まさか自ら公孫瓚のような野蛮な輩と同列に並ぶおつもりですか。この一戦では、行き場のない民を心服させねばなりません。それでこそ兗州の人心をつかむことができ、ひいては漢の再興という大業につながるのです。将軍は平生《へいぜい》の大志をお忘れになったわけではありますまい」

曹操は戯志才の胸ぐらからゆっくり手を離して振り向くと、まるで魂が抜けたかのように鮑信の棺に突っ伏して泣き喚《わめ》いた。「鮑信……わが友よ……俺はどうやって謝ればいい……うう っ」

曹操は肺腑をえぐるような痛切な叫び声でひとしきり泣き続けた。そのとき、突然一人の武将が曹操のもとへ駆け寄って跪《ひざまず》いた。「それがしは于禁《うきん》と申します。鮑国相のもとで司馬《しば》を務め、長年にわたり行動をともにしてまいりました。鮑国相は生前何度もわれわれに言い聞かせたものです。曹使君《しくん》は大義を旗印とした知勇兼備のお方であると。願わくは、われらも今後は使君につき従い、使君のために死力を尽くしとうございます。いまもまだ敵の大軍は目の前におりますゆえ、使君におかれましては、どうかお気を落とされませぬよう。まずは賊を平らげることが肝心ですが、それも使君がお元気であってこそです。もし使君が体調を崩されるようなことがあったら、何より鮑国相が草葉の陰で安らかに眠ることができません」

于禁の切なる訴えが曹操の心を動かした。曹操は涙をぬぐって顔を上げた。「そうか……そうだな……鮑将軍を埋葬せよ。そしていま一度軍を編成し、この一戦に臨もう」

夏侯惇は于禁と二人で両側から曹操を支え起こすと、またひとしきり曹操に慰めの言葉をかけた。曹操は一つ大きなため息をつくと、改めて于禁の姿をじっと見つめた――この男、ただの荒くれ者かと思いきや、なかなかどうして弁が立つ……

ひと言で国を乱す

曹操が親友鮑信《ほうしん》のために慟哭していたちょうどそのころ、遠く離れた弘農《こうのう》郡の陝《せん》県［河南省西部］では、悪鬼《あっき》のごとき一群によって繰り広げられた惨劇が幕を下ろしたところだった。董卓《とうたく》の娘婿にあたる牛輔《ぎゅうほ》の配下の将であった李傕《りかく》と郭汜《かくし》は、河南尹《かなんいん》から陝県にあった張済《ちょうさい》の本営に戻ってきたところで、董卓の死を知らされた。

董卓が死んだとき、文武百官は快哉を叫び、民は通りに出て舞い踊り、長安《ちょうあん》城に住む誰もかれもが、有り金をはたいてご馳走を用意し、喜びを分かち合った。西涼《せいりょう》の将の胡軫《こしん》や徐栄《じょえい》らは、すぐさま長安に向かって許しを請い、自身の兵馬を率いて董卓の根城であった郿塢《びお》［陝西《せんせい》省西部］に攻め込んだ。そして董卓の一族郎党を皆殺しにすると、董卓が山のごとく貯め込んでいた金三万斤［約六・七トン］、銀九万斤［約二十トン］、玉器珍宝の類いを捜し出した。董卓の屍《しかばね》は街頭にさらされた挙げ句、民によって火あぶりにされた。また、その家族の屍は袁《えん》氏の門生《もんせい》によって焼き尽くされたが、これは太傅《たいふ》の職位にあった袁隗《えんかい》の恨みを雪《そそ》ぐためであった。

董卓の死後、涼州の軍はしだいに分裂、瓦解していった。遠くへ逃げる者や長安に投降する者が出たなかで、李傕と郭汜、それに樊稠《はんちゅう》と張済だけはそのまま陝県に残った。しかし、四人より格上の将であった牛輔は、董卓の娘婿という身でありながら部下の命など一切顧みることもなく、同じく西涼の将であった董越《とうえつ》を殺害し、金銀財宝を持ち出して姿をくらませた。これからは残された数人の無骨者だけで、生き延びる術を講じなければならない。そこで李傕らは、董卓を殺した王允《おういん》と呂布《りょふ》がともに幷《へい》州の出身であることに思い至ると、郿県［陝西省西部］に駐屯している軍のなかで幷州出身の兵士を一人残らず殺すように命《めい》を下したのである。

郿県の軍営は瞬く間に殺戮《さつりく》と阿鼻叫喚の坩堝《るつぼ》と化した。幷州人だけでなく、匈奴《きょうど》や屠各《とかく》［匈奴の一部族］といった異民族の者までが、味方の凶刃に倒れた。まるで軍営全体が肉の解体場にでもなったかのようで、一千を超す屍が入り乱れて血だまりに浮かんだ。そのときには李傕らの軍の兵卒も完全に我を忘れており、屍を埋めようとする者など一人としておらず、むしろ屍から鎧兜や衣服を剝ぎ取るのに忙しくしていた。鼻孔を刺す血腥《ちなまぐさ》さが軍営に満ちるなか、涼州軍の将らは、次の一歩をどのように踏み出すか決めるべく軍議を開いていた。

「くそったれ！　幷州のやつらが信用できないと知ってりゃ、はじめっから丁原《ていげん》と一緒に始末してやっていたのによ。呂布とかいう青二才はなんて恩知らずだ。ただの畜生じゃねえか。あんなやつにいったい何ができるっていうんだ！　董の親分もはじめから俺を護衛につけりゃよかったのに、よりにもよってあんな若造を使うなんてよ」郭汜は匪賊からの成り上がりである。肌脱ぎになって血まみれの太ももをさらし、帳《とばり》の片隅に寄りかかりながら、呂布を罵るというよりも、自分の胸にわだかまっていた妬《ねた》みをぶちまけた。

「親分が皇帝の小僧のために戦ったのは百回じゃきかねえ。ちょっと洛陽《らくよう》を燃やして何人か殺しただけじゃねえか。それをなんで王允に殺されなきゃなんねえんだよ」李傕のような荒くれ者にとっては、国都を焼き尽くして重臣らを害したことも、些細なことに過ぎないようである。「ちくしょうめ！　あのとき洛陽にいたやつらを一人残らず片づけてやるべきだったんだ！」

「元凶はすでに除かれ、西涼の者たちに罪はない。王允はそう言ったそうだ」張済は一人落ち着いていた。「ここはやはり軍を解散して長安に帰順したほうが……」

「そんなでたらめ、お前まで信じるのか」しわがれた声が張済の話を断ち切った。胡族の樊稠である。樊稠は長安付近に兵を率いて駐屯していたが、董卓が殺されたあと、涼州の多くの将兵が投降するなかで、民族の違いを理由に自身の兵を連れて陝県まで逃げ込んできていた。

樊稠は不満を隠そうともせず冷やかに話を続けた。「俺たちが長安に行って投降すれば、その場ですぐに斬られるだろうよ。聞けば、親分の屍はやつらに火あぶりにされたそうじゃないか。だったら俺たちも生きたまま八つ裂きにされるのが落ちさ」

張済はそれには同意しなかった。「そうは言うが、帰順した徐栄と胡軫は、王允によってすげ替えられることもなく、そのまま一軍を任されている。だからこそ、もう一度長安に人を遣ってみようと言うんだ。うまくいけば赦免状が下されるかもしれん」

「それはあいつらが涼州の人間じゃないからだろうに！」樊稠は目をむいて反駁した。「徐栄のやつは遼東《りょうとう》だし、胡軫は河東《かとう》の人間だ。もしあいつらが涼州の出身だったなら、絶対殺されていただろうよ。李傕、お前は北地《ほくち》郡だったな……」

李傕は指で髭を立てながらうなずいた。「ああ、おれは涼州の人間だ。だからといって、誰にも好き勝手はさせねえ」

「張済、お前は武威《ぶい》だったたか」

張済は蔑《さげす》むような目で「ふんっ」とひと声鳴らした。たしかに張済は涼州武威郡の出身であったが、当地では代々役人を輩出してきた家柄である。李傕や郭汜、樊稠といった匪賊上がりとは、出自に雲泥の差があった。ましてや名門の跡継ぎを自認していたから、当然、いま目の前にいるならず者たちなど端《はな》から眼中になく、何をするにしてもわきまえるところがあった。

樊稠もすっかり気勢をそがれ、話を郭汜に向けた。「郭阿多《あた》、お前は張掖《ちょうえき》郡だったたな」郭汜は他人から匪賊時代の名で呼ばれることをもっとも忌み嫌っていた。「くそったれが！　俺は張掖の匪賊に違いねえ。それがどうしたってんだ？　てめえは屠各の田舎者じゃねえか。言ってみりゃあ、并州人の親戚みてえなもんだ。てめえも一緒に始末しときゃよかったぜ」

「何だと、この野郎！　もういっぺん言ってみろ、ただじゃおかねえ」樊稠は刀を引き抜いた。

「いい度胸じゃねえか」四人のなかでは郭汜がもっとも腕が立つ。瞬時にして飛びかかり、樊稠の顔面に向けて蹴りを繰り出すと、その顔に大きな血のりの足跡がつけられた。樊稠はそのまま派手な音を立てて倒れ、刀も手から滑り落ちた。

「このくそったれが！」樊稠は這《は》い起きると、顔を押さえながら悪態をついた。

「弱いやつほどよく吠えやがる」郭汜はもう一度飛びかかると、二人は互いに首根っこを押さえて顔をひっつかみ合いながら、もんどりを打って倒れては、相手を組み敷こうと転がった。

「やめやがれ！」李傕がひと声鋭く叫んだ。「敵が攻めて来る前から仲間内で喧嘩なんかしやがって、どういうつもりだ！　まだやめねえなら、俺がまとめて成敗してくれる！」

李傕は董卓にもっとも長くつき従っており、手持ちの兵も四人のなかでは一番多い。郭汜と樊稠も李傕には一歩譲らざるをえず、お互いすぐに手を引いたが、忌々《いまいま》しげに睨み合いながら、なおも罵り合っていた。

それを冷たく横目で見ながら、張済は蔑むように樊稠に問いただした。「おい樊、朝廷は涼州の者を許さないと言ったな。それは誰かに聞いたのか、それともお前自身が確かめたのか。というのも、お前は屠各の人間だ。よもや涼州の俺たちまで巻き込んで、死なばもろともなどと考えているんじゃないだろうな」

「ぺっ！」樊稠は口のなかが切れており、血の混じった唾を吐いた。「てめえらはあれだ、聖人さまだか唐変木さまだかの血を引いてるんじゃなかったのかい。ちょっとは頭を使いやがれってんだ。もし王允が涼州の人間を許すつもりならよ、涼州出身の皇甫嵩《こうほすう》を派遣してくるはずだ。それが来ねえってんだから、あとはお察ししろってやつだろうよ」たしかに樊稠の意見は筋が通っている。張済も思わず眉をきつくしかめた。「それもそうだな……前に使いを出して赦免を求めたとき、たしか王允は正月にすでに大赦を出したと言っていた。朝廷の制度で、恩赦は年に一度だけ……そんな決まりがあったか」

「俺に聞かれたって知るかよ」

「もしや早まったか……」李傕は苦悶の表情を浮かべて額に手を当てた。「并州のやつらを皆殺しになんかするべきじゃなかったんだ。いまさら恩赦なんて期待できるわけがねえ……王允と呂布はどっちも并州の人間だ。いまごろはもうこっちに軍を向けているかもしれねえぞ……徐栄と胡軫は長安に投降した。やつらは喉から手が出るほど手柄を上げたいはずだ。きっと攻めて来るに違いねえ……」

血腥い軍営が、にわかに恐怖によって支配された。兵糧も、後ろ盾も、そして総帥もいなければ、朝廷からの恩赦も期待できない。ついさっきまで鼻息を荒くしていた四人の将が、一様に肩を落として黙り込んだ。死という名の暗雲が立ち込めてきたのを、誰もが感じ取ったのである。

「逃げよう！」沈黙を破ったのは李傕だった。「涼州まで戻れば、呂布もすぐには追いかけてこれねえ」

「じゃあ、俺は手下と一緒にまた地元で山賊稼業でもするか」そこで郭汜ははたと思い出した。「いかん、いま張掖は馬騰《ばとう》と韓遂《かんすい》が牛耳っているんだった。やつらとは一戦交えたこともあるし、仲間に入れてもらえそうにねえな」

「親分ももう死んじまったんだ。こうなりゃ、それぞれ好き勝手にやろうぜ」李傕がそう声を上げると、それを聞いた将校や司馬《しば》が急にばたばたと動きはじめた。誰もが我先にと兵糧や武器の取り分を争って出ていこうとしたのである。

「ろくでなしどもめ、おとなしくせい！」その叫び声に、慌ただしくしていた諸将がぴたりと動きを止めた。声のしたほうに目を向けると、人混みのなかから一人の文人らしき男が現れた。歳は四十を過ぎたころ、背丈は低く、温和な顔つきをしている。色白の顔に細長く蓄えた髭、身には文人が着る黒い服をまとい、やはり黒っぽい頭巾を戴いている。おまけにやや猫背である——どう見ても討虜校尉《とうりょこうい》の官職を与えられた武官には見えなかった。

「賈文和《かぶんわ》か、お前も武威の者だったな。いまやお前の命にも関わる問題だぞ。何かいい考えはないか」この賈詡《かく》という男が人並み優れた智略を持つことを、張済はすでに知っていた。その賈詡がとうとう重い腰を上げたので、張済は慌てて笑みを浮かべて尋ねたのである。賈詡はこの軍営の血腥さが気にくわないらしく、鼻をつまみながらくぐもった声で答えた。「ここにいるのは馬鹿ばかりだ。ちっとも頭を使おうとせん」

「このやろう、誰が馬鹿だって？」郭汜がすぐに食ってかかった。

「生き延びたくはないのか」賈詡は目つきを鋭くし、まっすぐに郭汜を睨み返した。平生《へいぜい》から横柄で他人から見下されるのをもっとも嫌う郭汜であったが、どういうわけか、この能面のように無表情な顔で見据えられると何も言い返せなくなり、低い声でぶつくさと答えた。「わかったよ、俺は馬鹿だ。文和の考えを、お、教えてくれや……」

賈詡は軍営のなかを弧を描いて歩きながら、おもむろに口を開いた。「いま現在、長安からの知らせはすべて途絶えた。これはおそらく、われら涼州の者がみな粛清されたからだろう。もしここでばらばらに行動すれば、いずれはどこぞの亭長《ていちょう》にさえ捕まえられるのが落ちだ。そんなことは絶対に避けねばならん」

「だ、だから、あんたの考えを聞かせてくれよ」郭汜は泡を食って教えを請うた。

「わたしの考え？」賈詡は髭をしごき、もったいつけて答えた。「毒を食らわば皿まで……道すがら涼州の敗残兵を集めつつ、一丸となって西へ向かい長安を攻め取るのだ！」

「都に兵を向けるというのか！」張済は飛び上がらんばかりに驚いた。

「そのとおり。董公の復讐を旗印にして長安を攻める。もしうまくいって陛下をこちらに引き込めれば、あえて刃向かう者はおらず、天下に覇を唱えられる。しかし、もし長安を落とせなかったそのときは……そのときになってから逃げてもよかろう」

「そうだ！　いっちょうやってやろうぜ！」郭汜は真っ先に立ち上がると、声を張り上げて叫んだ。「喉元に刀を突きつけられておとなしく引き下がるのか。こうなりゃ一か八かだ、腹を括《くく》るしかねえ。うまくいきゃあ、俺たちが天下を取る。駄目だったとしても、せいぜい亀みたいに首を引っ込めて、またおとなしくしてりゃいい」

「なら、勝手に亀になりな」樊稠は冷たく笑った。「俺はやるとなったら、とことんやるぜ。失敗したって長安で死ぬだけのこと。王允と呂布なんかたいしたことねえ」そう言って李傕に目を向けた。

李傕もしぶしぶながらうなずいた。「いいだろう。こうなった以上、ほかに方法はあるまい。都のやつらが俺たちを許さないっていうなら、こっちも死に物狂いでやるだけだ。長安を落とせば天下は俺たちのもの。駄目なら、あたり一帯の女と金目の物を奪って西へ帰る。まあ、悪い商売じゃねえな」

それを聞いて郭汜が叫んだ。「そうと決まりゃ、すぐにも出陣だ！」

「駄目だ。いまの兵力では少なすぎる」賈詡が即座に制止した。「まずは涼州に誰か遣り、朝廷が涼州の人間を皆殺しにしようとしていると吹聴させ、郷《さと》の者を焚きつけるのだ。そうすれば、みなこぞって力を貸してくれるに違いない」

「よし、すべて文和殿の指示どおりにしよう」李傕は賈詡を持ち上げた。

「指示も何も、言うべきことはこれがすべてだ。まさか人の殺し方まで教えろと言うのか。さあ、戦《いくさ》の準備だ！　それから、ここをさっさときれいにしてくれ。なんだ、この臭いは？　まるで仕置き場ではないか。こんなところにはもう居ておれん」賈詡が身を翻し、血だまりに足を突っ込みながら軍営を出ていったその背後では、狂気じみた喚声がいつまでもやむことなく響き渡っていた……

第十二章　地盤を固めて袁術《えんじゅつ》を討つ

賢士を配下に

賈詡《かく》の提案を聞くと、涼《りょう》州の諸将は善は急げとばかりに、すぐさま全軍の兵を挙げて長安《ちょうあん》を攻めた。朝廷は徐栄《じょえい》と胡軫《こしん》を差し向けて防がせたが、その結果、徐栄は討ち死にし、胡軫は白旗を掲げて敵に身を投じた。その後、呂布《りょふ》も并《へい》州軍を組織して二度対陣したが、やはり衆寡敵せず、失意のうちに逃げ戻って来た。

初平《しょへい》三年（西暦一九二年）六月、つまり董卓《とうたく》を誅殺してからわずか二月《ふたつき》後には、長安城は陥落してしまった。この戦いで太常卿《たいじょうけい》の种払《ちょうふつ》、太僕《たいぼく》の魯旭《ろきょく》、大鴻臚《だいこうろ》の周奐《しゅうかん》、城門校尉《じょうもんこうい》の崔烈《さいれつ》、越騎校尉《えっきこうい》の王頎《おうき》らが戦死し、官民を問わず抵抗して命を落とした者は一万人を超えた。董卓の誅殺を企図した司徒《しと》の王允《おういん》と司隷校尉《しれいこうい》の黄琬《こうえん》も刑に処されたが、僕射《ぼくや》の士孫瑞《しそんずい》だけは積極的に関わったわけではないとの理由で、かろうじて刑を免れた。涼州軍は長安城になだれ込むと、再び宮廷や民間の財物を略奪し、かつて董卓によって持ち去られた金銀財宝を山分けした。李傕《りかく》は自らを車騎《しゃき》将軍に任命し、郭汜《かくし》は後《こう》将軍、樊稠《はんちゅう》は右《ゆう》将軍、張済《ちょうさい》は鎮東《ちんとう》将軍の地位についた。こうして長安は、またもや西涼軍によって制圧されたのである。ただ董卓のときと異なるのは、李傕や郭汜の一味は政治に関心を持たず、富と軍のことばかり考え、朝政の面は尚書《しょうしょ》につけた賈詡に丸投げしていた点である。李傕らの振る舞いは董卓に輪をかけて横暴かつ残忍で、人の命など塵あくたのごとくにしか見ていないありさまであった。

長安が陥落したその日、呂布は部下の将兵を率いて皇宮《こうぐう》の青瑣門《せいさもん》までなんとか駆けつけ、速《すみ》やかに脱出するよう王允に呼びかけた。しかし、王允は頑なにそれを拒み、呂布に叫び返した。「漢の社稷《しゃしょく》のご加護を受け、この国を安定させることこそわが願い。それが叶わぬとなれば、この身を捧げるのみだ。陛下はまだお若く、わが身を恃《たの》みとされた。この危難に臨んでかりにも逃げるなど、わしにはできぬ。どうか関東《かんとう》［函谷関以東《かんこくかん》］の諸公に、くれぐれもお国のことを忘れるなと伝えてくれ」呂布は王允の覚悟を知ると、やむをえず一人血路を切り開いて落ちていった。

司徒の王允は死の直前まで、関東の諸将が心機一転して皇帝を救うために駆けつけてくれることを鶴首《かくしゅ》して待っていた。しかし、かつて心から誓いを立てた諸将が朝廷のことなどとうに忘れ、自身の支配地域を足がかりに王覇《おうは》の大業を画策していたことは、王允には知る由もなかった……

結局、王允は朝廷のために命を献げて刑に処された。一方そのころ、曹操は期待に胸を大きく膨らませていた。濮陽城《ぼくよう》［河南省北東部］の城壁に上り、姫垣《ひめがき》に手をかけつつ、眼下に整然と居並ぶ勇ましい軍隊を見下ろすその顔には、喜びが満ち溢《あふ》れていた。自身の片腕であった鮑信《ほうしん》を失うという痛手から教訓を得て、曹操は黄巾《こうきん》の乱を平定するための策を練り直した。要所には兵を伏せ、自ら兵馬を率いて出陣すると同時に、日暮れとともに休む農民の習性を狙って昼夜分かたず攻め続け、ついには全面的に黄巾軍を退けることに成功したのである。その後も曹操は軍を東へと進め、曹仁《そうじん》、楽進《がくしん》、于《う》禁《きん》にそれぞれ部隊を率いさせて徹底的に追撃した。そうして一度は奪われた任城《じんじょう》を取り戻し、年が暮れるころにはついに黄巾賊をほとんどすべて打ち破ったのである。降伏した黄巾軍の兵は三十万以上にも達し、曹操はそのなかからとくに精鋭を選《よ》りすぐって青州兵《せいしゅうへい》を編成した。そればかりではなく、乱を平定する過程で百万にも及ぶ流民を取り込んで耕作に当たらせた。これにより、兵糧不足に頭を悩ませることもなくなった。

そうして、曹操は今日という特別な日を迎えていた。直属の部隊、鮑信が率いていた部隊、さらには編制したばかりの青州兵と豪族の李氏に率いられた義勇軍が一堂に会して、濮陽城のすぐ外で演武を繰り広げて勇姿を誇示したのである。兗《えん》州各郡の太守で曹操の鶴のひと声を無視できる者などおらず、誰もが自身の兵馬を引き連れて続々とこの閲兵式に駆けつけた。曹操の身辺には州郡の役人らが恭《うやうや》しく二列に立ち並び、いまや遅しと曹操の命令を待っていた。

もはや兗州全土が曹操という強大な力を持つ男によって占められていることは、誰の目にも明らかだった。劉焉《りゅうえん》、袁術《えんじゅつ》、袁紹《えんしょう》、公孫瓚《こうそんさん》に次ぐ一大勢力として、曹操はとうとう地盤を固め立ち上がったのである。さしもの袁紹もそのことを認めないわけにはいかず、慌てて「詔書」を持たせて使者を派遣し、曹操を兗州刺史《しし》として任命したのだった。

ちょうどこのとき、将校たちの指揮のもと、眼下の兵士らが隊伍を変えて様々な陣形を作り出した。曹操は得意満面の笑みを終始たたえながら、その動きを目で追っていた。そこでおもむろに顔を上げて遠くを見渡した。その視界に入るところは、いまやすべて曹操の支配地域である。見渡す限りの田野、鬱蒼と茂る密林、高く青く連なる山々……自身の地盤を得て号令する爽快感は、なんとも言えずまた格別だった。かつて洛陽北部尉《らくようほくぶい》［洛陽北部の治安を維持する役職］だったころには、自分がこれほどの力を手にする日が来るなどとは夢にも思わなかった。

「曹使君《しくん》〔刺史の敬称〕の威厳は四海に轟くと言っても過言ではありませんな」

「この兵力があれば、袁術も公孫瓚も恐るるに足りません」

「わたくしめは決して犬馬の労を厭《いと》いませんぞ」

「曹使君こそ真の社稷の臣でございます」

「一人、使君の栄光であるばかりか、これはわれわれにとっても、いや、兗州すべての民にとっても栄光と言えましょう」

……

称賛の声が引きも切らず曹操の耳に届いてきた。曹操が振り返ると、それは李《り》封《ほう》、薛蘭《せつらん》、許汜《きょし》、王《おう》楷《かい》といった、以前から兗州で勤めてきた役人たちである。聞こえのいい言葉ばかりを並べ立てているが、果たして本当に心服しているのだろうか。曹操はすかさず探りを入れてみた。「諸君、近々この兗州の軍を起こして、青州および徐《じょ》州にて戦端を開き、さらに東方を開拓しようと思うのだが、この考えはどうだろうか」そのすぐそばでは荀彧《じゅんいく》と戯《ぎ》志《し》才《さい》、それに陳宮《ちんきゅう》が互いに顔を見合わせてかすかに笑みを浮かべた。三人は曹操の思惑を見抜いていた。曹操が近く出兵すると言ったのは偽りで、実際はこの機会を借りて誰が真摯に答えるかを試そうというのである。

「われらは将軍のお考えに従いますとも」誰もが口々に賛意を示し、曹操の提案に意見する者はいないかと思われた。

しかしそのとき、低く小さな反対の声が聞こえた。「それは断じてなりません」

その場にいた者はみな驚いて呆気にとられた。声の主は別駕《べつが》の畢諶《ひつしん》である。いまだ曹操の信任を得ていないこの段階で畢諶が虎の尾を踏んだことにより、ほかの役人らは巻き添えを食うのではないかと恐れ、興醒めするようなことを言うなと、堰を切ったように次々と畢諶を非難した。しかし畢諶はそれにかまうことなく、はっきりと曹操に直言した。「使君は進軍をお考えとのことですが、それは性急に過ぎます。一つには、兗州はようやく乱が収まったばかりで、民はいまも疲弊しており、いますぐに兵を動かすべきではありません。二つには、青州兵の訓練はなお足らず、かりにこれを軍装して出陣させても、敵と戦えば勝ちを得ることは難しかろうと考えます。そして三つには……」そこで畢諶は、自分を刺すように見据える曹操の視線に気がつくと、あえなく口を閉ざした。

役人たちが色めき立つなか、曹操のすぐそばにはちょうど大胆で怖いもの知らずの万潜《ばんせん》が控えていた。万潜は畢諶が言葉を濁したのを見ると、高々と声を張り上げて話の穂を継いだ。「その三つ目がいちばん大事なのです。使君は事あるごとにご自身は朝廷に拠《よ》って立つ身で、忠良の臣であることを誇っておられました。それがどうして他人の土地に攻め込み、これを奪っていいものでしょうか」このひと言はまさに核心を衝《つ》いていた。曹操の私心を完膚なきまでに指弾したのである。ほかの役人らは一様に地面に視線を落とし、身じろぎもせず固唾を呑んだ。

曹操は厳しい眼差しで畢諶と万潜の二人を見据え、重々しく尋ねた。「それがお二人の考えか」

「さようです」万潜は驕るでもなくへつらうでもなく一つお辞儀をした。かたや畢諶は怖気づいていたものの、やはり小さくうなずいた。

「……はっはっは！」曹操の憤怒の表情にいきなり笑顔がはじけた。「結構、たいへん結構だ！」

あまりに突然のことで、荀彧ら三人を除き、誰もが呆然とした。それが嫌味かどうかさえ見当がつかなかった。

曹操は万潜と畢諶に向かって深々と頭を下げた。「お二方の言葉は、これぞまさに金言です。この曹操、深く感謝いたしますぞ」そこで今度は、狐につままれたような顔で立っているほかの役人たちのほうを振り返った。「兗州の地はようやく落ち着きを取り戻したばかり。南の袁術、東の公孫瓚、いずれもいますぐにどうにかなる相手ではない。それをどうして即座に青州と徐州に攻め込んだりしましょうや。この曹操には、媚《こ》びを売るしか能のない者は必要ありません。求めるのは、己の知るところをすべて話し、話せばそれを語り尽くしてくれる者です。そのような者がいてこそ、この兗州の地もよく治まるというものでしょう。兗州を治める、それはわたし一人に関わることではありません。それができれば、みなさんの功績にもなるのです。ひいてはそれが満天下の民の安心にもつながる。どうかみなさん、くれぐれもよくお考えください。徐佗《じょた》よ、このことをきちんと記録しておくように。それから、わが家に戻って、うちにある錦の緞子《どんす》を万殿と畢殿のお二方に差し上げよ」

万潜と畢諶は全身に冷や汗をぐっしょりとかいたが、このたびは曹操の好意を断ることなく、腰を深く折って拝謝した。その一方で、曹操に媚びを売った者らは一様に苦虫を噛みつぶしたような顔でそれを見ていた。曹操はその者らの体面を汚すことを案じ、李封の手を取って語りかけた。「叔節《しゅくせつ》殿、このたびの黄巾平定において、そなたら李氏一族はあずかって力があった。まことに兗州の民のために益するところ大であったぞ。みながこうして誠意をもって交わり、ともに助け合うことができれば、天下の大業も夢ではない！」そう言いながら、曹操の目線はきわめて自然に許汜と王楷にも向けられた。

　三人はうれしそうな微笑みを浮かべたが、実のところ、内心では不満を抱いていた。曹操は兗州に入ると許汜と王楷を中郎将《ちゅうろうしょう》に昇進させたが、そうすることで、もと劉岱《りゅうたい》の部下であった二人の兵権を実質的には剝奪したのである。李封もまた一族の李乾《りけん》とは終始異なった考えで、これまで自由に扱えていた塩が曹操の手で公的に管理されるようになったことに不満を持っていたのである。三人とも曹操の態度はうわべだけであると感じ、心からは信用していなかった。

　そのとき、城外で行われていた兵馬の調練が終わりを告げ、すべての兵士が武器や軍旗を高く掲げて、「兗州を守れ」と一斉にかけ声を上げた。その情景は異様なほどの熱を帯びており、その声はまさに天地を揺るがすほどであった。曹操は兜を脱いで兵士たちに応えると、振り返ってまた一同に声をかけた。「今日はもう十分に見ましたし、これまでとしましょう。みなさんはそれぞれ公務にお戻りください。ただ、お帰りになる前に、太守各位と部下の方々を駅亭にお招きしたい。ともに一献《いっこん》傾けようではありませんか。わたしはもう一つ大切な用事を済ませてから参りますので、先に向かっていてください」

　そこで徐佗が曹操にひと声かけた。「今日はせっかく太守のみなさまがお集まりだというのに、それより大事な用件がおありなのですか。宴席にお顔を出されてからでもいいではありませんか」

「いや、実はな、前に鮑信が毛玠《もうかい》先生を推挙してくれたので、程立《ていりつ》と魏种《ぎちゅう》に礼物を持たせて使いに出しておる。お招きして従事《じゅうじ》についてもらおうと思ってな。もうそろそろ着くころだろうから、すぐに会いに行かねばならんというわけだ」そう言うと、曹操はにんまりと笑って戯志才をちらりと見やった。「志才殿、たしか『呂氏春秋《りょししゅんじゅう》』に、『聖王 之《これ》を帰《き》さしむるを務めずして、其の以て帰する所を務む［聖王は、人々を心服させることに躍起になるのではなく、人々が心服するその道理を追い求める］』とあったはず。違いますかな？」

「ごほっ、ごほっ……」戯志才は二、三度咳き込んでから、ゆっくりと口を開いた。「将軍はまさに一を聞いて十を知るですな。わたしごときの学問ではもうひけらかすこともできません……ごほ、ごほっ……」

「いえいえ、こちらこそ孔子の門前で『孝経《こうきょう》』を売るというやつです。それより、もう一月《ひとつき》ほど咳が続いているのでは？　くれぐれもお大事になさってください」曹操は戯志才の肩をぽんぽんと叩くと、徐佗を従えて城壁を下りていった。

「使君、お気をつけて」李封や薛蘭らは次々と腰を折って見送りの礼をしたが、内心では不愉快なことこのうえなかった――曹孟徳は濮陽に入ってからというもの身びいきばかりだ。勝手に夏侯惇《かこうとん》を東郡《とう》太守に任命したかと思えば、魏种を孝廉《こうれん》に推挙し、程立を登用して要務を与えている。荀彧と戯志才には州の公務を任せ、州の軍隊は陳宮と楽進と于禁の手に、公文書の往来さえも徐佗を使うことで、こちらは中身を窺い知ることもできん。そしていままた、たいしたわけもなく毛玠を召し出すという。このままではわれらの立つ瀬がなくなってしまう。このままやつらの使いっ走りに甘んじるしかないのか……

曹操のほうは、そんな彼らの口惜しさに思いを致すこともなく、さっさと城楼を下りると、馬を駆けさせて屋敷へと戻っていった。この半年にわたる戦《いくさ》のなかで、鮑信の死を忘れたことは片時もなかった。その無念を埋め合わせるため、曹操は鮑信の家族を濮陽に呼び寄せ、子の鮑邵《ほうしょう》と鮑勲《ほうくん》を養い、曹真《そうしん》と同様の待遇を与えた。その後、鮑信が死ぬ前に陳留《ちんりゅう》の毛玠を推挙してくれたことを思い出すと、すぐに魏种と程立という二人の地元の人間に十分な礼物を持たせ、顔を合わせる前から治中《ちちゅう》従事の官職に任命するという待遇で迎えを出したのであった。

俗に「百聞は一見にしかず」というが、この毛玠に関しては百回見るより一度聞けば十分というような容貌であった。程立と魏种が嬉々として毛玠を連れて入ってきたとき、曹操はその姿をひと目見て後悔を覚えた。毛玠、歳は四十前、背は七尺［約百六十一センチ］ほどあるが、身には粗布の衣をまとっており、顔は血色が悪く、鷲鼻に薄い唇、薄い眉、髭も短く艶がない。慧眼《けいがん》と言われるその目はたしかに大きかったが、まるで死んだ魚のように暗く光を失っており、虚《うつ》ろである。さらには目の下が大きく垂れ下がっており、顔全体がたるんだような印象を与える。

曹操は自分の容貌が優れないためか、他人に対する要求は厳しかった。いま、目の前に立つ毛玠の姿を見てかなり嫌気が差していたが、そこはやはり礼儀を重んじて立ち上がり話しかけた。「毛先生がお越しと聞きながらお出迎えもいたしませず、どうか非礼をお許しください」

「いやいや、とんでもない」毛玠の声は鼻にかかってくぐもっており、まるで壊れた鐘の音のようだった。

「どうぞ」

毛玠は鷹揚《おうよう》に腰を下ろして姿勢良く座ると、死んだ魚のような目を床に落としたまま、自分からはひと言も口を開かなかった。本来なら、刺史からの辟召《へきしょう》を受けた以上は、かりに年上であったとしてもう少しかしこまるべきであるが、この毛玠という男は社交辞令のひと言でさえも面倒くさがり、座ってからは黙り込んだままで、その場の雰囲気は見る間に冷え込んでいった。

程立はそれを察し、慌てて無理に話題を作った。「毛孝先《こうせん》殿、人は貴殿のことを慧眼をお持ちだと言いますが、わたしだって負けてはいませんよ。かつて劉公山《こうざん》が何度かわたしを召し出そうとしましたが、わたしはとうとう仕えませんでした。しかし、このたびはかつてお世話になった曹県令がお見えになったとあって、自ら喜んで馳せ参じたのです。どうでしょう、わたしも慧眼とは言えませんか」

しかし毛玠は、短い口髭を引っ張りながら、ただ笑うだけで何も答えなかった。

重苦しい場の雰囲気に、曹操はいささか気分を害した。いったいこの男は何の才能があって、これだけ大きな態度を取っているというのだ？　曹操はわざとらしく毛玠に尋ねた。「毛先生、鮑信が貴殿を推挙してくれたわけですが、そのときに、貴殿は劉景升《りゅうけいしょう》と袁公路《えんこうろ》のもとへ行かれたが、満足せずに帰っていらしたと聞きました。先生の平生《へいぜい》の志というものをぜひ聞かせていただきたいものですな」

「志などとたいそうなもの、わたしは持ち合わせておりません」毛玠はわずかに目を上げると、例の光のない目で曹操を見つめた。「まあ、強いて言うなら……上司に与えられた仕事を頑張るぐらいでしょうか」

そんなものは志でも何でもない。仕事をこなすのはごく普通の下っ端役人でも当然すべきことである。手間暇をかけてこんな男を抱えてしまったというのか。曹操はやや無遠慮な物言いで尋ねた。「先生はいささか謙遜が過ぎるようですな。では、わたしが何か仕事を与えたら、きちんとやってくれますか」

「せいぜい頑張りましょう」

「うむ、では早速ですが一つお願いしましょう。ここ兗州は四方に開けた兵家必争の地、どうすれば覇業を成せるのかお教えいただきたい」曹操はわざと答えに窮するような問いを投げかけた。

毛玠はゆっくり立ち上がると、落ち着いた様子でおもむろに語りはじめた。「それ天下は分裂し、陛下は都を離れて転々とされ、民は生業《なりわい》もままならず飢えにあえいで流浪しています。お上には年を越せるほどの蓄えもなく、民は浮き足立っており、このままではそう長くは持たないでしょう。いま、袁紹と劉表《りゅうひょう》は官民ともに多く抱えて強大ですが、いずれも国家百年の計を持たず、いまだその基《もとい》を築いてはおりません。およそ戦というものは正義のあるほうが勝つもので、財は安定を保つために投じるものです。よろしく天子を奉戴して逆臣を討ち、耕作を奨励して軍需を蓄えれば、覇王の大業も成せることでありましょう」

天子を奉戴して逆臣を討ち、耕作を奨励して軍需を蓄える！

核心を衝いたその金言を聞いて曹操はひとかたならず驚き、慌てて立ち上がり頭を下げた。「先生のお言葉はまさに頂門《ちょうもん》の一針《いっしん》、闇を照らす一条の光明、なんとも不躾《ぶしつけ》な質問をしてしまいました。何とぞご放念ください」

「いやいや、とんでもない」毛玠も拱手の礼で応えた。

「さあ、もう一度お座りください」

そう促されると、毛玠はまた鷹揚に腰を下ろして姿勢よく座ったが、やはり光のない目で床を見つめ、場は再び静けさに包まれた。曹操は毛玠に対して興味を覚えた――この男は口下手で融通が利かず、溜め込んだ学を表に出すのが苦手と見える。そこで曹操のほうから率先して問いかけた。「先生は慧眼の持ち主だと聞きましたが、それはどういうことなのでしょうか」

毛玠はかすかに首肯《しゅこう》した。「わたしごとき小物がどうして慧眼など持ち合わせていましょうや。それはきっと友人らが誇張したのでしょう。ただ、各地を遊歴していて、いくらか官吏に堪える者を選び出したのは確かです」

「詳しくお聞かせ願えませんか」

「大漢の天下がここまで傾いたのは、むろん董卓の横暴にもよりますが、その禍根は深いところにあります。つまり、宦官と外戚が政治を牛耳ったことにより、有名無実の官吏ばかりが登用されたことによるのです。官たるものは道徳をもって世俗を正し、吏たるものは実務でもって民事を処理するもので、この二つがもし妥当性を欠けば、民をして心服せしめることはかないません。梁冀《りょうき》や王甫《おうほ》が登用した官は阿諛追従《あゆついしょう》する者ばかり。そんな官によって選ばれた役人は、当然また貪官汚吏《たんかんおり》ばかりです。大漢は長年にわたりこのような使うに堪えない輩を使ってきたのです。黄巾の乱が起こるのも無理はありません」毛玠はそこでひと息挟んでからまた続けた。「われわれとしてはこれに鑑みて、あくまで慎重に進めるべきです。いまや将軍は兗州全体の公務に携わることになりましたから、まずは現任の官吏をよくよく調べることです。それぞれの家柄を確認し、世襲で官職についた子弟で権勢を笠に着て不当に他人を虐げている者がいないかどうか、貧賤の出で賂《まいない》をむさぼっている者がいないかどうかを見極めねばなりません。そうして善良なる者は残し、悪劣なる者は解任する。ただ、これはほんの手はじめに過ぎません」

曹操はしきりにうなずきながら内心で賞讃しつつ、さらに耳を傾けた。

「各人の能力を見るのはそれからです。その者らが処理した公文書を見るのがいいでしょう。残した官吏の文書の処理が適切かどうか、過失がないかを確認するのです。むろん人は誰しも過ちを犯すものですから、当然その多寡とやむをえない過失かを見極めます。そのようにして、とりわけ優れた人物を抜擢、あるいは留任し、劣る者は職位を下げるか、あるいは左遷するのです」毛玠はその独特な目を見開き、くぐもった声で続けた。「その次は、将軍もどうか心にとどめておいてください。子細に官吏の言動を見極めて、処理の適切な者のなかから、より優れた者を選び出すのです。それには誰が道理に照らして情勢を見極めているか、誰が真の知を有しているか、誰が堂々と直言できるかを慎重に見る必要があります。そのような人物を選び出せれば、彼らは将軍の今後に役立つ要員となりましょう。勢力が拡大するに従って、処理すべき公務は当然増えます。そのときに彼らを登用して欠員を補うのです。そしてまた新たな人材を探す。これを繰り返すことで、官吏として適任の者が絶えることはなく、民事の処理は常に適切に行われます。そうなれば、兵を用いるにも憂えることはありません」

「なんと！」魏种は親指を立てて賛嘆した。「先生はさすが慧眼の二字に恥じない見識をお持ちだ。たかだか一州の従事などにしておくにはもったいない。選部尚書《せんぶしょうしょ》こそふさわしい！」

曹操も感嘆を禁じえなかった。「当時もし先生が梁鵠《りょうこく》に代わって選部尚書につかれていたなら、わたしも洛陽北部尉などという小役人に甘んじることはなかったでしょう」

「将軍、それは違います」毛玠はかぶりを振った。「官吏の選任で尊ぶべきは経験と見識です。どんなに能力のある人物でも、自ら実務に当たり経験を積み上げねばなりません。ですから、もし当時わたしが梁鵠の任にあったなら、将軍は洛陽北部尉にもなれなかったでしょう。まずは小さな県で二、三年務めてもらい、その業績を見てから判断したと思います」

「はっはっは……孝先殿はまったく遠慮がありませんな」曹操はすっかり毛玠を認めていた。そのくぐもった声も、いまでは壊れた鐘どころか、耳に心地よく響く妙《たえ》なる音色に聞こえていた。「わたしが見るに、孝先殿は権威に屈しない古《いにしえ》の聖人の風格を備えておいでだ。どうかわたしのために官吏の選任を厳しく行っていただきたい」

「承知しました」毛玠は辞退するでも大仰に拝命するでもなく、淡々と引き受けた。

そこで程立が笑みを浮かべながら口を挟んだ。「もう時間も遅くなってまいりました。各郡の太守も将軍をお待ちのことと思われます。今日のお話はこれぐらいにしてはいかがでしょう。われわれはまず孝先殿を役所にお連れして、官服と印をお渡しいたします。今日のところはもうお休みいただき、近いうちにご家族をお呼び寄せください。ささ、将軍もお召し物を改めましょう。官舎のほうでは準備もすっかり調っていることでしょう」

「そうか。では孝先殿、また日を改めるとしましょう」曹操は礼儀正しく毛玠を正門まで見送ると、深衣《しんい》［上流階級の衣服］に着替えるため奥の間へと戻っていった。

新しくきらびやかなその礼服は、一本一本の糸の織り目がきれいに詰まっていた。近ごろ迎え入れた秦《しん》氏と愛する環《かん》氏が曹操のために織ったもので、実に曹操の気に入る出来だった。曹操はますます気分がよくなり、自ら小さな櫛《くし》を手に取って髭を整えると、鼻歌交じりにそれを片づけた。

大きくなったお腹を突き出して、そばで横になっていた卞《べん》氏は思わず笑い出した。「今日はずいぶんご機嫌だこと。すっかり舞い上がって、天にも昇る心地って感じね」

「それはそうだ。兗州は平定されて兵馬は強壮、そのうえ配下にまた一人賢士を迎えたのだからな」曹操はゆっくりと頭を揺り動かしながら感慨にふけった。「先だっては荀彧の進言を聞き入れ、兗州で人望を得て、中原の要衝を押さえるに至った。そして次なる一手は毛孝先の言に従う。天子を奉戴して逆臣を討ち、耕作を奨励して軍需を蓄えるのだ」そう言われても、卞氏にはあまりぴんとこなかった。「要するに男の人のすることなんでしょ」

「もうあと半月ほどか。また苦労をかけるな」曹操は卞氏に近づくと、そのお腹をさすった。「男か女か、どっちだと思う?」

「わたしは女の子がいいわ。上は二人ともやんちゃ坊主だし」

「おれはやっぱり男がいいな。文王《ぶんおう》[周《しゅう》の王]には息子が百人もいたというじゃないか」曹操はいたずらっぽく笑った。

「そんなに子供ばっかり作っていたら、ほかのことが何もできないじゃない。よくもまあそんな破廉恥なこと……」卞氏も微笑みながら曹操の額を指でつついた。

「天子を奉戴して逆臣を討ち、耕作を奨励して軍需を蓄えるか……」曹操はそうつぶやいてから提案した。「もしお腹の子が男の子なら曹植《そうしょく》と名づけよう」

「はいはい、仰せのままに」卞氏は笑って答えた。

曹操はもう一度卞氏のお腹をやさしくさすると、高らかに笑いながら部屋をあとにした。

禍根を残す

濮陽《ぼくよう》の駅亭は城外十里［約四キロメートル］のところにある。一帯には曹操の閲兵式に参加するために駆けつけた、兗《えん》州各郡の太守《たいしゅ》たちの兵馬がすでに駐屯していた。彼らとてそれなりの兵力を有しており、はじめはこのいきなり兗州に現れた刺史《しし》のことなど眼中になかった。しかし、その曹操が大いに黄巾《こうきん》賊を打ち破り、三十万の大軍を持つに至ったいまでは、むしろきちんと接しなければ自らに禍《わざわい》を招くことになる。そのため、曹操が閲兵式を開くと耳にするや、慌てて一隊を率いて出向き、恭順の意を示したのである。

そしていま、陳留《ちんりゅう》郡の太守張邈《ちょうばく》、泰山《たいざん》郡の太守応劭《おうしょう》、東平《とうへい》国の相《しょう》徐翕《じょきゅう》、山陽《さんよう》郡の太守毛暉《もうき》、済陰《せいいん》郡の太守呉資《ごし》が、宴席の開かれる駅亭の前に集まっていた。ただ、誰も先んじてなかに入ろうとはせず、属官とともに駅亭の前に列を作り、姿勢も正しく曹操の到着を待ち構えていた。そのまま半刻［一時間］ばかり経ったころ、ようやく目にも眩しい鮮やかな旗と従者の列が見えてきた。当の刺史は背の高い立派な馬に跨がり、左に楼異《ろうい》、右に王必《おうひつ》という二人の巨漢を身辺の警護に従えている。その背後には、鎧兜に身を包んで戦袍《せんぽう》を帯でしばり、手に手に武器を携えた威風堂々たる隊伍がぴたりと付き従っていた。曹純《そうじゅん》に率いられた二百人の虎豹騎《こひょうき》［曹操の親衛騎兵］である――宴席にこんな行列を従えて来るとは、それが自分の力を誇示するためであることは明らかであった。

それでも曹操は礼儀正しく、馬を下りるなり、ぐるりと拱手《きょうしゅ》の礼をとった。それというのも、付き合いの深い張邈を除けば、いまここに集まっている太守たちは、派閥はどうあれ、いずれも漢の朝廷によって官職を任命された秩《ちつ》二千石《せき》以上の高官ばかりだったからである。曹操といえど、形の上だけでも礼儀を怠るわけにはいかなかった。

各郡の役人らに対しては万潜《ばんせん》と荀彧《じゅんいく》に接待を任せた。曹操は顔に笑みを浮かべると、太守たちと手を携えながら駅亭の広間へと入っていった。すると、すでに広間で大いに飲み食いしている一人の男がいた――張邈の弟の張超《ちょうちょう》である。

張超は徐《じょ》州広陵《こうりょう》郡の太守であり、本来なら兗州にいるはずではなかった。ところが、酸棗《さんそう》［河南省北東部］で挙兵して以来、任地であった広陵で居場所を失ったのである。広陵郡では、かつて太尉《たいい》にまで昇った陳球《ちんきゅう》の一族が強い勢力を持っていた。沛《はい》国の相《しょう》を務めた陳珪《ちんけい》、息子の陳登《ちんとう》、および従弟《いとこ》の陳瑀《ちんう》や陳琮《ちんそう》らが、当地ではすこぶる人望を得ていたのである。その後、徐州刺史の陶謙《とうけん》が掾属《えんぞく》の趙昱《ちょういく》を長安《ちょうあん》に派遣すると、董卓《とうたく》はいたく喜んで、趙昱を広陵の太守に任命した。

こうして、陳氏一族によって郡県を握られ、朝廷の命《めい》によって趙昱が赴任すると、徐州には主人と臣下が揃《そろ》ったようなもので、張超はそのまま押し出される形で広陵を離れ、一手《ひとて》の兵馬を連れて陳留に向かい、兄のもとへ身を寄せたのであった。これに追い討ちをかけるかのように、張超の片腕であった臧洪《ぞうこう》が、劉虞《りゅうぐ》のところへ使いする途上で袁紹《えんしょう》に召し出された。そして臧洪は袁紹に目をかけられて青《せい》州刺史の任を与えられ、公孫瓚《こうそんさん》配下の田楷《でんかい》と対峙することになった。張超は周りの者が出世していくのを指をくわえて見ていることしかできず、鬱憤がたまっていたため、太守たちが到着するのを待たずに一人飲み食いをしはじめていたのだった。

誰もが行儀よく振る舞うなか、ただ一人礼儀をわきまえずに座り込んでいたので、みなは一様に眉をしかめた。張邈は弟の無礼を恥じ、即座に叱責した。「孟高《もうこう》、無礼が過ぎるぞ。いますぐ曹使君《しくん》にお詫びせい！」

曹操はそれを遮った。「われらは仲間だ。遠慮がないのは、わたしを近しく思っているからこそ」曹操は言葉こそ丁寧だったが、実は張超に対して深く根に持っていることがあった。それはかつて酸棗でともに兵を起こしたとき、張超は張邈とも意見を異にして、兵を擁しながら進軍せず、劉岱《りゅうたい》、橋瑁《きょうぼう》、袁遺《えんい》らと一緒になって、様子見を決め込んでいたことである。曹操が叱り飛ばしてやろうと思ったのも一度や二度ではなかったが、そのときは張邈の顔を立てて我慢していたのだった。そしていま、その張超が目の前で無礼に振る舞う姿を見ると、曹操は張邈を差し置いて、半ば笑いながら言葉をかけた。「孟高殿、ずいぶん大きな態度でこの席についているので、いったいどこの郡の太守かと思ったぞ」

張超は自分の体面を保つことには長けており、すぐに拱手して返答した。「孟徳《もうとく》殿、広陵太守の張超めもこの宴席に馳せ参じました」曹操は太守らを招き入れて座に着かせると、なんとも推し量りようのない笑みを浮かべて、また張超に絡んだ。「孟高殿はとうに広陵を平定して遠大なる志に邁進しているとばかり思っていたのだが……それがまさかこのようなことになるとは、わからんものだな」

張超の白い顔にさっと朱が差したが、張超はぐっとこらえて型どおりに答えた。「わたくしめの不徳の致すところ、かくまで落ちぶれて恥じ入るばかりです。孟徳殿、どうかお許しくだされ」

「ちょっと冗談を言ったまでだ。そう気にするな」曹操は張超が下手に出てきたので溜飲を下げたが、その戯れのひと言がのちに大きな禍を引き起こすことになるとは知る由もなかった。

宴席に着くなり場に波風が立ったのを見ると、太守たちはいそいそと互いに酒を勧め合い、気まずい雰囲気を払拭しようと努めた。曹操は参加した者に謝意を伝えながら、一人ずつ酒を注《つ》いで回った。そして応劭のそばまで来ると、とくにその手を取って懇《ねんご》ろに挨拶をした。「仲瑗《ちゅうえん》殿の博学多才はかねてより聞き及んでおりました。今後はよろしくご教示願いたい」

「これは恐れ多いことを。使君にはかつてお助けいただいたご恩がありますゆえ、わたくしも身命を賭してお仕えする所存です」

「そのことは、もうよいではないですか」曹操は手で制した。「ところで、仲瑗殿は近ごろどのような大著をお書きなのでしょう?」

著作のことを聞かれると応劭は興奮の色を隠さず、さっぱりと揃えた髭をなでつけながら、うれしそうに答えた。「いま、西の都長安は二度にわたって乗っ取られ、朝廷は衰退し、その綱紀も失われました。そこで『漢官儀《かんかんぎ》』なる書を編むつもりでおります。いずれ天子が洛陽《らくよう》へお戻りになられ、新たに礼法を整えねばならぬときが来たら、お役に立てるようにと思ってのことです」

それはまたずいぶんと気の長いことだな……曹操はそんな内心の思いをおくびにも出さず、高々と杯《さかずき》を掲げた。「いや、ご立派なことです。わたしなど足元にも及びませんな。さあ仲瑗殿、一杯やってください」

ひとわたり酒を注いで回って自分の席に戻ると、曹操はふとあることを思い出し、隣の張邈のほうへ身を傾けた。「孟卓《もうたく》殿、なんでも袁本初《ほんしょ》に盾突いたのだとか」

張邈ははっとすると、歯切れ悪く答えた。「二月《ふたつき》、いや三月《みつき》ほど前になるか、本初から書簡が届いてな。その文面がずいぶん傲慢かつ横柄で、わたしをあごで使うものだった。人を馬鹿にするにもほどがある。だから、返書してその点を責め立ててやったのだ」

曹操はゆっくりとうなずいた。「それでいいでしょう……聞けば本初は麴義《きくぎ》を先鋒に立て、磐河《ばんが》で公孫瓚を大いに打ち破ったそうです。いまではすっかり調子づき、言葉遣いも以前のように礼儀正しくはなくなりました。わたしのところにも詔書をよこし、それで兗州刺史に任命すると言ってきたのですが、その際にあることを託されました」

「どんなことだ？」

曹操は張邈の耳元でささやいた。「孟卓殿を殺せと」

がしゃんっ——張邈は狼狽し、思わず杯を取り落とした。

「孟卓殿、何を慌てているのです？」曹操はあっけらかんと笑った。「もちろんすぐに反対しましたとも。わたしたち二人の仲ではありませんか。今後も戦《いくさ》に出るときは、孟卓殿に家族を頼むつもりです。いくら本初でも不義理に過ぎます。かつては孟卓殿とも兄弟と呼び合った仲で、もう長い付き合いになるはず。それを、少し咎められたぐらいで命を奪えとは、まったく本初のやつも……」わざわざ面倒の種になるようなことは口にすべきではない。曹操はそこで喋りすぎたことに気づき、慌てて続く言葉を飲み込んだ。

「そ、それは孟徳に感謝せねばな」張邈も動揺を押し隠して無理に笑顔を浮かべた。

このときの曹操はたしかに勝利に酔いしれ、有頂天になっていた。もとより張邈は曹操と昵懇《じっこん》の仲であったが、いま曹操がうっかり口を滑らせたのを聞いて、張邈の心は揺れはじめた。お互いの関係がいっそう近づいたというより、むしろ溝ができたのである。そんなこととは露知らず、曹操はなおも気さくに話しかけた。「そういえば、昨日入った知らせによると、孫文台《そんぶんだい》が死んだそうです」

張邈は思わずかぶりを振った。「孫文台も優れた将であったのに、惜しい男を亡くしたな」

「劉表《りゅうひょう》配下の黄祖《こうそ》の計に嵌《は》まっておびき出され、伏兵の矢で命を落としたとか」かたや曹操のほうは意気揚々として、酒をひと口含むとまた語り続けた。「文台が死んだからには、おそらく袁術《えんじゅつ》も南を狙うことはないでしょう。あるいは北に狙いを変えてくるかもしれません。豫《よ》州を出て河北《かほく》［黄河の北］を攻めるとなれば、われらが兗州を通るのは必定。とりわけ孟卓殿の陳留が要衝の地となります。くれぐれもご注意のほどを」

「そうだな」張邈は即座に返答したが、それっきり口をつぐんでしまった。

ちょうどそのとき、徐佗《じょた》が宴席に入ってきた。「使君に申し上げます。表に青州の者が四人、使君とはなじみゆえご挨拶したいと参っております」

「ほう、それは顔を出さねばな。みなさん、少し失礼します」曹操が一同に断わって立ち上がると、そばに立って控えていた楼異と王必も、万一のことを考えて付き従った。

曹操が広間から出てみると、そこには懐かしい顔が並んでいた。かつて曹操が済南《さいなん》国の相を務めていたときの県令たちである。張京《ちょうけい》、劉延《りゅうえん》、武周《ぶしゅう》、侯声《こうせい》の四人は、黒の官服に頭巾を戴き、風呂敷を背負っていた。当時、曹操は済南で貪官汚吏《たんかんおり》を一掃し、清廉な県令に首をすげ替えたが、その彼らが会いに来たのである。曹操はことのほか喜んだ。「県令のみなさん、なんとあなた方でしたか！」「曹国相《こくしょう》、ご機嫌うるわしゅう」四人は跪《ひざまず》き、かつての官名で曹操に拝礼した。

「さあさあ、お顔を上げてお立ちください」曹操はあまりのうれしさに笑顔を弾けさせた。「その格好からするに、わたしのもとへ馳せ参じてくれたのですな。歓迎いたしますぞ」

張京は恥じ入って顔を赤らめた。「実は、青州の黄巾賊が暴れ回り、公孫瓚が軍をよこして居座りました。われわれは県を守り民を安んずることができず、帰るべき場所もないありさま。まったく不才の致すところでございます。聞けば、曹大人《たいじん》は兗州を平定されて人材を求めているとのこと。恥を顧みず身を寄せた次第なのです」

「よいよい。そなたらはかつての同僚、追い返す道理はない。今後はここの政《まつりごと》をよくするためにも、そなたらに手を貸してもらいたい」曹操としては、ここでゆっくりと話し込んでいるわけにもいかず、徐佗に城内での住居の手配を任せると、自身は各郡の太守らとの親交を深めるために、また宴席へと戻った。

「どうしたんだ？」張邈は長い付き合いだが曹操の心をいまも測りかねており、よもや鴻門《こうもん》の会［項羽《こうう》と漢の高祖劉邦《りゅうほう》は鴻門で会見したが、項羽の将軍范増《はんぞう》はこの機に劉邦を殺そうとした］を仕組まれたのかと案じて尋ねた。

「何でもありません。かつての部下が訪ねてきただけです」曹操は張邈の不安を見て取ると、親しく張邈に酒をなみなみと注いだ。そしてまたほかの太守らに注いで回った。

すると、いつの間にか陳宮《ちんきゅう》が静かに入ってきており、曹操と張邈のあいだで膝をつくと、二人に小声で話しかけた。「曹大人、張大人、たったいま新たな知らせが入りました。劉表は孫堅《そんけん》を破ったあと、東に兵を向けて袁術の糧道《りょうどう》を断ったそうです。それにより袁術は南下をあきらめ、北へ向かう見通しです。すでに劉詳《りゅうしょう》を派遣して匈奴《きょうど》の於夫羅《おふら》と手を結んだとのことですから、おそらくはここ兗州を通って河北の袁紹を攻めるつもりかと思われます」

「なるほど、公孫瓚のために袁紹の背後を突くつもりだな」曹操はにやりと笑った。「いずれ袁公路《こうろ》とも一戦を交えねばならんと思っていたところだ。向こうから来るというのなら、こちらも手厚くもてなしてやろうじゃないか。二度と手も足も出せないぐらいにな」

さらに陳宮が続けた。「ただ、袁公路もしっかりと手は打っているようでして、公孫瓚は単経《ぜんけい》に命を出して平原《へいげん》に駐屯させました。それに徐州の陶謙にも動きがあり、軍を整えてこちらの支配地域を窺っている模様です」

「ほう、それは袁紹を完全に取り囲もうという魂胆だな」曹操はまた一杯酒を注いだ。「いいだろう。陶謙も首を突っ込んでくるとは、敵がまた一人増えたわけだな」

「藁《わら》千本あっても柱にならぬです」陳宮が笑いながら答えた。

「うまいこと言うものだな。よし、袁紹に書簡を出そう。われわれも手を組んで、まずは公孫瓚と陶謙を討つのだ。それからこっちは軍を返して、袁公路の相手をたっぷりとしてやろうではないか」

そこで張邈が口を挟んだ。「事はそんな簡単ではなかろう。やはり、ここはまず……」

「大丈夫です。袁術は後回しにしても手遅れになることはありません。みすみすここを通してやるようなへまはしませんとも」さらに曹操は断固として言った。「孟卓殿、多くの者があちこちを割拠しているのに形勢が定まらないのは、お互いに遠交近攻の策で消長を繰り返しているからです。しかし、こちらは違います。兗州と冀州《き》は隣同士、わたしと本初は互いに背中を合わせて敵と戦う形です。自分に背中を預けている友人を、ほかの誰かに討たせるわけにはいきません」

話す側にその気はなくとも、聞く側はそこに何らかの意図を読み取ろうとするものである。張邈の胸は不安に襲われた——孟徳とわたしが友人なら、孟徳と本初も友人だ。ついさっき、その友人がわたしを殺そうと謀ったと言ったではないか。お前はいったいどっちにつくつもりだ？　本初に比べればわたしの力など吹けば飛ぶようなもの……

曹操は自分の言葉の矛盾に気づくこともなく、陳宮のほうに顔を向けた。「そなたはすぐに荀彧と志才《しさい》殿、それに程立《ていりつ》、魏种《ぎちゅう》と一緒に、役所に戻って出兵を検討してくれ。それから、徐佗に命じて袁紹に送る書簡の草稿をしたためるようにと。わたしも宴が散会したら万潜、畢諶《ひつしん》の二人とともにすぐに向かう。今宵はよくよく対策を練らねばならんぞ」そこで曹操は張邈のほうに向き直ると、片眉を上げて水を向けてみた。「孟卓殿にも相談に加わってほしいところですが」

いまの張邈にその申し出に応じる勇気はなかった。「いや、陳留でまだ仕事があるのでな、一度戻ってから、わが軍への命を待つとしよう」

曹操は張邈の返事にやや気分を害されたが、それ以上とくに何を言うでもなく、まだその場に居残っていた陳宮に八つ当たりした。「公台《こうだい》、さっさと行かぬか」

「ははっ」陳宮は慌てて包拳《ほうけん》の礼をとったが、まだ何か言いたげにしていた。「実はその、もう一件ありまして……それが……」

「何だ！」曹操は咎めるような視線を送った。「用があるなら、さっさと言えばいい」

そう急《せ》かされると、陳宮はつぶやくように答えた。「長安から京兆《けいちょう》の金尚《きんしょう》が……その、兗州刺史として遣わされて来まして……すでに従者とともに兗州に入ったとのことです」漢の朝廷から正式に任命された刺史ではない、それこそが曹操の最大の弱みだった。自分の刺史の位は袁紹が代理で詔書を下して任命したものであり、かたや金尚のほうは歴とした皇帝直々の詔書を携行している。比べてみるまでもなく、曹操の名分が立たないのは明らかであった。曹操は杯を手に取ってひと息に飲み干すと、口元をぬぐって言い放った。「真っ正面から道を塞《ふさ》いで、追い返してしまえ！」

「いや、しかしそれは……」陳宮は眉をしかめた。「この金元休《げんきゅう》という者は志篤く名高き京兆の賢人です。まずは一度こちらへ呼び寄せ、膝を突き合わせてともに大事を図れば、あるいは金元休も無理を強いてまでは……」

「ふざけるな！」曹操は目を大きく見開いた。「金元休が来たら俺はどうなる？　とにかく追い返せ！」

「ははっ」陳宮はそう返事したものの困り果てた。それというのも、金元休はきわめて名望があり、韋甫休《いほきゅう》、第五文休《だいごぶんきゅう》と合わせて「京兆の三休(1)」と称されるほどの人物である。それを無下に追い返せば、その影響も軽視できない。そこで陳宮は何とか取り繕《つくろ》おうと思って尋ねた。「ただ、もし帰ろうとしなければ、やはりこちらも……」

曹操の苛立ちは頂点に達し、杯を食卓に投げ捨てた。「ならば斬れ！」

そのひと声に、宴席の一同が驚いて身をすくめた。今日ここに列席しているのは曹操直系の者ではない。もともとがおっかなびっくりで来ていたため、曹操が声を張り上げるなり、すわ鴻門の会かと次々に席を離れて立ち上がった。しかし、そのまましばらく何ごとも起こらないと見るや、びくびくと震えながら再び腰を下ろした。

陳宮が曹操の凶悪な顔を目の当たりにしたのは、これで二度目である。やはりまた心は乱れ、胸が痛んだが、ここはもう引き下がるしかなかった。そして、そのやり取りをすぐ隣で見ていた張邈の顔からは、すっかり血の気が失せていた……

(1)「京兆の三休」とは、漢代の金尚(字《あざな》は元休)、第五巡《だいごじゅん》(字は文休)、韋端《いたん》(字は甫休)のこと。

三たび袁術《えんじゅつ》を追う

西の都長安《ちょうあん》の朝廷は中原の混乱を治め、袁紹《えんしょう》と袁術《えんじゅつ》を和解させるために、馬日磾《ばじってい》を太傅《たいふ》とし、太僕《たいぼく》の趙岐《ちょうき》とともに天子の節《せつ》[使者の印《しるし》]を持たせて遣わした。

形勢が大きく変わってきたなかで、いま関東《かんとう》の諸将らは朝廷に近づくことを望んでいた。そのため馬日磾らは、かつて董卓《とうたく》の使者を務めた胡母班《こぼはん》のように殺されるどころか、十分なもてなしを受けることになったが、かといって、諸将を和解させる点では務めを果たすことはできなかった。

初平《しょへい》四年(西暦一九三年)の春、袁術が軍を率いて北上するや、中原を舞台にしたより大規模な戦いの幕が切って落とされた。後《こう》将軍にして南陽太守《なんようたいしゅ》の袁術は、孫堅《そんけん》に荊《けい》州の南《なん》郡を攻めさせた。孫堅は、劉表《りゅうひょう》配下で江夏《こうか》郡太守の黄祖《こうそ》を打ち破って軍を進めたが、自身の油断から、襄陽《じょうよう》県［湖北省北部］にある峴山《けんざん》で黄祖の伏兵の奇襲に遭い、あっけなく命を落とした。享年わずか三十七歳であった。孫堅が死ぬと、劉表は荊州と豫《よ》州の糧道《りょうどう》を絶ち、袁術による荊州侵攻の計画を頓挫させた。袁術は南下の望みを絶たれると、すぐさまその矛先を北へと転じた。曹操によって閉め出された兗《えん》州刺史《しし》の金《きん》尚《しょう》を自分のもとにとどめおき、大軍を陳留《ちんりゅう》郡の封丘《ほうきゅう》県［河南省東部］に進駐させたうえで、さらに黒《こく》山《ざん》賊の残党と、本拠地に戻れずにいる匈奴《きょうど》の単于《ぜんう》の於夫羅《おふら》と手を結んだ。兗州の地を奪い取り、公孫《こうそん》瓚《さん》と連携することで、袁紹を南北から挟撃する態勢を整えようと画策したのである。

一方、曹操はかつて袁紹に、兗州をして河北《かほく》を守る第二の防衛線とすることを約束していた。それがこのときになって現実のものとなったのである。袁術が河北に攻め込むのを阻止するために、さらには兗州そのものの安全を守るために、曹操は袁紹と協力し、速《すみ》やかに公孫瓚と陶謙《とうけん》という北東面の連合軍を破ると、最大限の速度で西へ取って返し、袁術軍の先手《さきて》である劉詳《りゅうしょう》の部隊に痛撃を与えた。

劉詳の軍はわずか数千で、遠路を行軍してきたためすっかり疲れ果てていた。そこへもって、曹操の本隊が予期せぬ早さで援軍に駆けつけて来たため、軍には衝撃が走り、士気は著しく低下した。しかも、目の前には南方では見たこともないような騎馬の大軍が陣取っており、平野部で真っ向から強敵とぶつかった経験もなかった。そのため袁術軍には、実際に戦う前からすでにあきらめの雰囲気が漂っていた。最前列の弓兵が矢をつがえる暇《いとま》も与えず、曹操軍は一気に目の前に押し寄せて来た。眼前を埋め尽くす黒山の人だかりが、冷たい光を放つ長柄の槍を隙間なく突き出して怒濤のごとく襲いかかってくる。この刹那に、矢を放って抵抗しようという肝の据わった者がいるだろうか。ある者が弓を投げ捨て、背中を向けて逃げ出した。一人が臆病風に吹かれると、それは瞬く間に伝染する。誰が言ったか、とうとう叫び声が上がった。「とんでもねえのが来たぞ、さっさと逃げろ！」そのひと声で十分だった。後ろに続く兵士らは敵の姿を見るまでもなく、わけもわからずに次々と後ろを向いて逃げはじめた。

しかし、二本の足で四本の脚から逃げ切れるわけがない。楽進《がくしん》、于禁《うきん》、曹仁《そうじん》ら先頭に立つ騎馬隊の兵は早くも敵の陣中にまで斬り込み、劉詳軍は押し合いへし合いの大混乱に陥った。数千の兵士が我先にと必死で逃げたため、陣形はとっくに瓦解し、土地に不案内なことも手伝って、東も西もわからぬまま転げた味方の兵を踏みつけながら逃げるようなありさまだった。

すべては曹操の思惑どおりだった。自ら青州兵《せいしゅうへい》の大軍を率い、先鋒の後ろについて駒を進めて来たが、思いのほか敵の逃げ足が速く、曹操が出て来たときには、劉詳軍の兵士はすっかり姿をくらませていた。曹操のすぐ後ろにいた卞秉《べんへい》は、前進して様子を見るほどにおかしくなり、思わず口を開いた。

「俺も将軍と一緒に結構な場数を踏んできたけど、こんなあっけない敵ははじめてだ。あんな役立たずどもを押し出してきても、てんで相手になんないね。このぶんじゃ、大軍を動かすまでもなさそうだ。いっそ楽進の部隊だけで十分じゃないですか」

「出しゃばるな！　お前は何もわかっておらん。これはただの様子見に過ぎん。劉詳が敗れたとなれば、次は袁術が援軍に来るだろう。本当のお楽しみはこれからだ」果たして、しばらくすると陣太鼓の野太い音が響きはじめ、山野を埋め尽くす敵兵が姿を現した。その数は曹操軍よりもずっと多かったが、兵士らの格好はまちまちである。「そう来なくてはな」曹操は恐れるどころか、かえって楽しんでいるようだった。「軍令を伝える。全軍前進！　劉詳だけに狙いを定めろ。ほかのやつらには目もくれるな！」

青州兵はもとを正せば農民たちである。それに加えて、まだ十分な訓練を積んだわけでもなく、その戦闘力は決して高いとは言えなかった。しかし、いま自分たちに下された軍令はこのうえなく単純である。自軍の先鋒の馬の尻を追いかけて攻め込むだけでいい。これほど簡単な戦《いくさ》なら何も迷うことはない。

曹操の軍令が伝わるや、曹操軍は目の前に広がる敵軍の真正面から楔《くさび》を打ち込むように突っ込んでいった。敵は袁術直系の部隊だけでなく、於夫羅の兵と、統制などないに等しい黒山の賊軍で混成されている。屈強な兵もいるが弱小の部隊も交じり、もとより陣形などなく、漫然と広がって指揮系統も定かではない。劉詳は袁術の配下であるから、もちろん袁術のいる本隊を目指して逃げていく。曹操軍もおのずと袁術軍の主力の前に近づいていった。袁術軍は自軍の先手が敗れたと知るや、いささか怖気づき、身がすくんでしまっていた。左右に広がる黒山の賊軍は一緒に騒ぎ立てるばかりで、端《はな》から袁術のために命を懸けるつもりはない。於夫羅の軍に至っては、かつて曹操に敗れたことがあるため、袁術軍のはるか後方に陣取って漁夫の利を狙う始末である。

そんななかで戦端は開かれた。黒山軍はすっかり箍《たが》が緩んで士気も上がらず、曹操軍の標的が自分たちでないことに気がつくと、みすみす目の前を通り抜けさせた。はじめから必死になって戦うつもりなど毛頭なく、せいぜいが刀や槍を二、三度振り回すだけだった。袁術軍はどんどん押し込まれ、前線の兵は逃げることしか頭になく、後方の兵はそのせいで混乱を極めた。こうなっては最後尾にいた匈奴の兵もいかんともしがたい。というのも、匈奴兵は騎馬隊であったから、加勢しようと思えばまず目の前の袁術軍を蹴散らさなければならないのである。助けを待つ者、それを無視する者、そしてその気があっても助けられない者らで大いに入り乱れ、結局、数万の大軍が一団となって敵に当たることはなかった。

反対に、曹操軍の士気は否応なく上がった。先頭を駆ける楽進は、敵が雪崩を打って退きはじめたと見るや、とにかく敵が一人でも多く集まっているところを目がけて突撃した。後ろに続く青州兵もその背中を追って突っ込んでいき、曹操軍はさながら身をうねらせる巨大な竜のごとく、右へ左へと襲いかかっていった。わずかに降り注ぐ陽光のもと、曹操軍の槍や刀だけが光を照り返し、袁術軍は攻められるがまま、蜘蛛の子を散らすように逃げ回った。黒山軍はとっくに敵味方もわからないほどに混乱し、ただ右往左往するばかりで、一帯には耳をつんざくような泣き叫ぶ声、許しを乞う声、親を呼ぶ声があちこちで上がった。地面に目を落とせば、味方の兵士に踏みしだかれて命を落とした者も数知れず、見上げれば、空をも覆い隠すほどの首が乱れ飛び、いたるところが見るも無残な死体の山で、一面はさながらどす黒い血の池地獄と化していた。袁術自身は一手《ひとて》を率いて血路を開き、かろうじて封丘の県城にまで逃げ戻った。於夫羅はというと、早々に雲隠れしていた。形勢不利と見るや自軍の兵を失うことを恐れて、袁術に声すらかけずに、騎兵をまとめて音もなく姿を消したのである……。

曹操軍にしてみれば、わずか一刻［二時間］ばかり戦ったに過ぎなかったが、見渡せばあたり一面に敵軍の屍《しかばね》が転がっていた。その大半は曹操軍に討たれたのではなく、同士討ちと退却の混乱の際に踏み殺されたものだった。輜重《しちょう》の管理をしている卞秉は、目の前を埋め尽くす武器や鎧を見てこれは大儲けだと、すぐさま拾い集めるように指示を出した。ところが、曹操がそれを遮った。「物は逃げん。いまはあの逃げ延びた敵を仕留めるのが先だ。すぐに封丘城を包囲せよ！」

大軍は押し寄せる波のごとく、まっすぐに封丘城に向かった。袁術はそれを知って肝をつぶした。手痛い敗戦を喫してここまで逃げてきたのに、この小さな県城では守りおおせるはずもない。曹操軍が県城を完全に包囲する前に、袁術は南門を開いて真っ先に逃げ出した。糧秣《りょうまつ》も陣幕もすべてなげうって、取るものも取り敢えず封丘城を離れたのである。

曹操は剣を高々と掲げた。「軍令そのまま、追い続けろ！」

つまるところ、戦で物を言うのは士気である。士気が一度でも下がってしまえばもはや戦にならない。逃げる側はますます意気阻喪《そそう》し、追う側はいよいよ勢いづく。堂々たる曹操軍はまるで別れでも惜しむかのように、執拗に袁術軍を追い続けた。袁術は息も絶え絶えに何とか襄邑《じょうゆう》県［河南省東部］までたどり着くと、後続の者が残らず県城に入ったかどうかもかまわずに門を閉めさせた。しかし、自ら危地に飛び込んだことに袁術は気づいていなかった。ここはかつて曹操と衛茲《えいじ》が董卓討伐の軍を起こした地である。曹操軍の到来を待つまでもなく、県の役人や民らは敗走して来た袁術の姿を認めると、城内のあちらこちらで袁術軍と小競り合いをはじめた。袁術はその騒ぎにほとんど目眩《めまい》を覚えながら、城壁に登って一望した——曹操がまた城を囲もうとしている！　袁術はいま一度城を捨てて逃げ出したが、このたびは残っていた兵の多くが袁術と行動をともにせず、城にとどまって曹操への降伏を選んだ。

曹操ははるか遠くに逃げ延びる袁術軍の姿を認めた。太陽はすでに西に傾きはじめている。袁術はこのあたりの地理に不案内ゆえ夜通し逃げるはずはない。曹操はそう判断すると、すぐに軍令を出した。「引き続き袁術を追え！」

戦況がここまで一方的になると、兵士らも冷やかし半分である。何万人もの兵が声を張り上げて叫んだり、罵ったり、果ては袁術をからかったりしながら、疲れを感じることもなく、袁術の逃げたほうに向かって追いかけて行った。袁術はひどく後悔していた。それにいままでは、自分がなぜ北を目指したのかさえおぼろげになっていた。十万近くかき集めた大軍はむざむざと減り、いまやわずか数千ほどしか残っていない。さらには自分がどこにいるのかさえわからず、ただひたすら豫州の方角を目指して落ち延びていった。そうしてしだいに日も暮れかけてきたころ、夕霞のなかに寂《さび》れた古城の姿が浮かんできた。自分たちのいる場所さえ不確かないまとなっては選択の余地もない。袁術らの一行はやむをえずその古城に入ると、城門を固く閉ざし、まだ動ける者は誰彼かまわず敵を防ぐために城の櫓《やぐら》に登った。曹操が古城の前に着いたころには日もとっぷりと暮れていた。兵士らもさすがに騒ぎ疲れていたため、曹操はこのまま城攻めに移るのは不可能だと考え、すぐに古城を包囲して陣営を築くようにと下知した。

しかし、ただ一人軍令に納得のいかない者がいた。楽進である。楽進は追撃の興奮冷めやらず、曹操の軍営に乗り込むと大声で訴えた。「将軍、いますぐそれがしに城を攻めさせてください！」

「文謙《ぶんけん》、文謙よ、お前のそのせっかちは何とかならんのか」曹操は髭をしごきながら微笑んだ。「ここは太寿《たいじゅ》の古城、すっかり寂れて、たしかに不落の城ではない。だがな、いまの袁術は追い詰められたねずみだ。こちらが攻めれば、必ずや敵の必死の反撃を食らうことになる。いわんや日も暮れ、敵に上を取られている城攻めともなれば、こちらも少なからず損害を出すのは必定。割に合わんではないか」

そこへちょうど于禁も入ってきた。「将軍に申し上げます。本隊はすべて陣の設営を終えました。次なるご下命を頂戴いたしたく存じます」

「よし、よし」曹操はすこぶる満足げに何度もうなずいた。

楽進は心中おもしろくなかった――于文則《うぶんそく》め、汚いぞ。明らかに俺のほうが先に設営を終えていたのに、自分だけうまいこと言ってお褒めの言葉をいただくとは……そんな楽進の思いを断ち切るかのように、曹操の次の命令が耳に飛び込んできた。

「王必《おうひつ》、このあたりの地図を持ってこい……では、二人に次の軍令を伝える。まず本隊は腹ごしらえせよ。飯が済んだら隊を三つに分ける。そなたら二人は第一隊、曹仁《そうじん》と曹洪《そうこう》を第二隊とし、夏侯淵《かこうえん》と丁斐《ていひ》を第三隊とする」曹操はそう言いながら、王必が広げた地図の上で指を滑らし、しばし細かく検討すると、満足げな笑みを浮かべた。「ここより三里［約一キロメートル］のところに睢陽渠《すいようきょ》と呼ばれる水路がある。太寿城の損壊はすでに激しい。わが軍はこの水路より水を引いて太寿城を水攻めにするぞ。お前たちから軍令を伝えるのだ。第一隊は戌《いぬ》の刻［午後七時から九時］より亥《い》の刻［午後九時から十一時］まで、第二隊は子《ね》の刻［午後十一時から午前一時］より丑《うし》の刻［午前一時から三時］まで、第三隊は寅《とら》の刻［午前三時から五時］より卯《う》の刻［午前五時から七時］まで、水を引き込むために土を掘ることとする。ほかの隊が掘っているあいだは十分に休みを取るように。そして、明日の朝までに完成させよ」

「もし向こうから奇襲を仕掛けてきたらどうしますか」楽進が真っ先に尋ねた。

「それは絶対にない」曹操は小さく笑った。「一日じゅう追いかけ回されたのに、打って出ようなどと思うか。いまやくたくたに疲れ果て、打って出たくともできんはず。今宵はおそらく敵も眠れぬだろう。意地でも城を守らねばならんからな。しかし明日になれば、やつらは身動き一つ取れぬようになる。まあ見ていろ。さあ、すぐに作業に取りかかれ」

「かしこまりました！」楽進と于禁は喜び勇んで軍営を出ていった。

一方、袁術軍は城楼の上でまんじりともせず、恐怖と戦いながら一夜を明かしていた。そうして空が白んでくると、兵士たちは城内に水が流れ込み、すでに膝の下あたりまで溜まっていることに気がついた。こんな隙間だらけのぼろぼろの城ではもとより持ちこたえられない。袁術は歯がみして地団駄踏むと、城を捨て、自ら先頭に立ち、曹操軍の包囲を突破しようと打って出た。泥と水にまみれながらなりふりかまわずに突っ込んでいき、かろうじて包囲を抜けたときには、従う者はたった百騎あまりにまで減っていた。とりわけ歩卒らは水に足を取られて思うように動けず、隊長の韓浩《かんこう》に従って一人残らず曹操軍に投降したのだった。

曹操はなおも追撃の手を緩めるなと軍令を出したが、そこへ副総帥を務める夏侯惇《かこうとん》が近づき、そろそろ頃合いとみて進言した。「孟徳《もうとく》、もう十分じゃないのか。たった百人かそこらの残党を討つために兗州を離れてまで追撃をかけて、こちらの労力を無駄に費やすこともあるまい」

「袁公路《こうろ》は用兵に長けた男だ」曹操は一つ息をついてから続けた。「もうずいぶん昔のことだが、やつが兵法を学んでいると聞いたことがある。それに、董卓の居座っていた洛陽《らくよう》に向けてはじめに軍を動かしたのも公路だ。そして連合軍が瓦解して以来、もっとも力をつけたのも、やはりまた公路に違いない。ただ今回は、足元を固める前に無能な将を送り込んできた。俺はこの機に乗じて公路にとことん教えてやるつもりだ。二度と俺に刃向かう気など起こさぬようにな」

「そういうことか。ならば軍令どおりにしよう」そう言うと、夏侯惇は水浸しになった太寿の古城を振り返った。「水はときに人を襲うが、それでも人は水なしには生きられない。そのときが来たら、俺は必ずこの太寿城を修築し、一帯を灌漑して田を開くぞ。いつかまたこの古城から炊煙が立ち昇るようにな」

曹操はしきりにうなずき、賛嘆の声を漏らした。「慈悲の心は将の妨げとも言うが、元譲《げんじょう》には当てはまらんな。出でては将軍、入りては宰相《さいしょう》と言うにふさわしい」

二人は話もそこそこに兵馬を整えて陣を引き払うと、さらに袁術の影を求めて進んでいった……

第十三章　父の仇討ち、血で徐《じょ》州を洗う

東進を図る

曹操は兗《えん》州の匡亭《きょうてい》［河南省東部］で袁術《えんじゅつ》軍を大いに打ち破ると、豫《よ》州の寧陵《ねいりょう》県［河南省東部］まで一気に追撃をかけた。袁術はほうほうの体《てい》で落ち延びたが、そこはもう明らかに自分の支配地域である。兵馬もまだ多く、糧秣《りょうまつ》の蓄えも十分であったが、ただ袁術自身に曹操と戦い続ける気力が残っていなかった。袁術は軍を再び編制すると、珍宝と兵糧、そして伝国《でんこく》の玉璽《ぎょくじ》を携えて、曹阿瞞《あまん》めと罵りながら、さらに撤退していった。こうして寧陵のみならず、豫州の北半分を完全にあきらめたのである。

袁術は北の戦線から離脱すると、矛先を九江《きゅうこう》一帯に向けて新たに支配地域を広げたが、ついにその生涯において、自ら曹操に戦いを仕掛けることは二度となかった。

この一戦は、中原が乱れて以来、もっとも長い距離に跨がる追撃戦でもあった。曹操は限られた兵力を傾けて袁術を二百里［約八十キロメートル］近くも追い続けたのである。そのため、曹操の名声は大いに中原に轟くこととなった。そしてまた曹操の勝利とともに、袁紹《えんしょう》の危機も完全に取り除かれ、袁紹は引き続き河北《かほく》［黄河の北］の平定に専心することが可能となったのである。曹操に対する信頼

と感激はきわめて深く、配下の郭貢《かくこう》を豫州の刺史《しし》として送り込むことで、曹操の行動に応えた。

とはいえ、曹操とてそのまま揚《よう》州まで敵を追撃することはできなかった。兗州の北にはまだ公孫瓚《こうそんさん》の力も及んでおり、何より兗州を長いあいだ留守にすれば、不測の事態が起きることもありえたからである。

こうして曹操軍は威風堂々と、高らかに凱歌を揚げながら兗州に凱旋した。道々、民が水を持ち寄って兵士らを慰労し、兗州を守り抜いてくれたことに感謝の意を示した。大きな馬に跨がって先頭に立つ曹操は、顔を上げて四方を眺めやった——壮麗なる山河、青々と茂る森林、見渡す限り広がる開墾されたばかりの田畑、そして後ろを振り返れば、鹵獲《ろかく》した武器などを乗せた車が延々と半里［約二百メートル］も続いている。このときの曹操たるや、誇らしげな気持ちが胸に湧き上がり、実際いささか有頂天になっていた。

兵馬がまだ定陶《ていとう》［山東省南西部］に着く前から、陳宮《ちんきゅう》と荀彧《じゅんいく》は、曹操が留守にしていたあいだの公文書を手に、濮陽《ぼくよう》［河南省北東部］まで出迎えに来た。空を見れば申《さる》の刻［午後四時］も過ぎたころかと思われ、連日にわたる行軍で兵士たちも疲れ切っている。曹操はすぐにその場で陣屋を設営するように命じると、諸将らも各陣に戻らせ、陳宮と荀彧の二人だけを自分の幕舎《ばくしゃ》に残して、ともに公文書に目を通した。曹操が兗州城を出てからすでに一月《ひとつき》あまり、その間の政務は万潜《ばんせん》と畢諶《ひっしん》、軍務は陳宮と荀彧に執らせていたが、いずれもいたって適切に処理されていた。

曹操はしばらく目を通してからそれらを端にどけると、二人に尋ねた。「戯《ぎ》志《し》才《さい》殿の具合はどうだ？」

「かなり元気になられました。しょっちゅう『呂氏春秋《りょししゅんじゅう》』についてあれこれと仰っています。まだ少し咳はありますが」荀彧が微笑みながら答えた。「大事には至らないでしょう」

「それならいいのだが……まだまだ志才殿に伺わねばならん要務もあるからな」曹操は一安心すると続けて尋ねた。「毛孝先《もうこうせん》［毛玠《もうかい》］による官吏登用は進んでいるか」

「その件ですが、わたしにはいささか手荒に過ぎるように思われます。孝先殿は名望のある官位の高い役人を何人か首にしましたが、代わりに任じられたほとんどの者が寒門の出身で、なかにはよその郡の者さえいるのです。濮陽の豪族や名士らはずいぶんと不満を漏らしております」陳宮は包み隠さず、ありのままを報告した。

陳宮の訴えを聞くと、曹操の表情は途端に沈み込んだ。「『力を陳《つら》ねて列に就《つ》き、能《あた》わざる者は止《や》む［力を尽くして職務に励み、それができなければ去るのみ］』という。孝先がそのような判断を下したからには、その任に堪えぬ者だったということだ。俺は孝先の眼力を信じる。その心に適ったのであれば間違いあるまい。先だって孝先が見いだした従事《じゅうじ》の薛悌《せってい》がいい例だ」

その薛悌の務めぶりが重箱の隅をつつくように細かく、やや苛烈に過ぎるのを陳宮はよく知っていたが、その点を直言することは避けた。「そうは仰いますが、われわれとしましても土地の名士の人望を失うわけにはまいりません。目下のところは軍資、糧秣、兵員もみな十分ではありますが、いつまた災害や騒乱が起きるかわかりません。そのときは名士らの力を請うことも必要になるでしょう」

「ふんっ」曹操はそれを鼻であしらった。「公台《こうだい》、そなたは名士らの話にばかり耳を傾けているようだが、百姓らの暮らしぶりはその目で確かめたのか」

「そ、それは……」陳宮は唾をぐっと飲み込んだ。「濮陽一帯の土地はおおかたが豪族によって占められており、民のほとんどはその小作人です。良田から豊かな作物を得るには、やはり豪族らに頼らなければなりません。世の中が荒れているときに、自ら鍬《くわ》を握って飢えと寒さをしのぐようでは、役所に回す穀物さえも足りないでしょう。われわれには富める者を罰して貧しき者を救うことも、みだりにはできないのです」

「誰ができないと言った？　ただこれがはじめてというだけのことだ」曹操はこともなげに答えた。

その答え方が、かえって陳宮を大いに困惑させた。「使君《しくん》、どうかお考え直しください」

「俺が何かおかしなことを言ったか？」曹操はじろりと陳宮に一瞥をくれた。このところの勝ち戦《いくさ》で、曹操の口ぶりも強気を隠さない。「ここ数十年来、われらが大漢はなぜ衰えた？　土地が私物化され民が苦しめられているからではないのか。かつて光武《こうぶ》帝の御代は、郡国での田租《でんそ》は取れ高の三十分の一だった。民はその恩に深く感じ入り、いっそう耕作に励んだと聞く。章《しょう》帝も詔勅を下して、未開であった常山《じょうざん》、魏《ぎ》郡、清河《せいが》、平原《へいげん》の地を拓き、貧民に施しを与えたという。今日、公孫瓚と袁紹がしのぎを削る河北の一帯がよく肥えているのも、まさにそのためだ。朝廷がこれほどの恩沢を施しているにもかかわらず、土地の豪族らは先祖代々いまもなお良田や山林、湖沼を独り占めしている。そのせいで貧しい民百姓らが凍えてひもじい思いをし、金持ちの暮らしぶりは列侯《れっこう》や関内侯《かんだいこう》よりも贅沢というありさまだ。中郎将《ちゅうろうしょう》の王楷《おうかい》を見てみよ。天下の民の苦しみになど目もくれず、もっぱら私腹を肥やすのに明け暮れているではないか。俺に言わせれば、あんな輩は首を切られて当然だ」

まさか本気で王楷を殺すつもりでは？　陳宮はうなだれた。

「まあ、あまり深く考えんでよい。道理として言ったまでで他意はない」そこで曹操は話をもとに戻した。「ただ、朝廷はいくぶんかの租税を取るだけだが、ああいった豪族らは百姓の食べる分まで搾り取っている。富める者を罰して貧しき者を救う、それの何がいかんのだ。民らが本当に切羽詰まれば、こちらが手を下さずとも自分たちで立ち上がってくるぞ。かつての会稽《かいけい》の許韶《きょしょう》しかり、交《こう》州の梁竜《りょうりゅう》しかり、いまだってしぶとい黄巾《こうきん》や黒山《こくざん》、白波《はくは》の賊がいるであろう。この手の者はなぜ乱を起こしたのだ？『寡《か》を患《うれ》えずして均《きん》ならざるを患い、貧を患えずして安ならざるを患う［少ないことに不平を言うのではなく、均等でないことに不平を言い、貧しいことに不平を言うのではなく、安定していないことに不平を言う］』、孟子《もうし》が言ったこの言葉の意味を、公台も考えてみるがいい」

そこまで話すと、曹操は思い出したかのように激昂した。「それにしても、荘園を有し、自前の兵馬を擁してわが物顔で振る舞う豪族どもはもっと憎たらしい。俺にはどうにも我慢がならんのだ。そんなやつらが官職を求めてきたら、俺ならかえって断る。まさかやつらに官職をやろうというのは、やつらに職権を利用して民から搾取させ続け、俺から兵糧を奪わせるためではあるまいな。この曹操の目が届くところでは、誰であろうと刃向かうことは許さん。光武帝は欧陽歙《おうようきゅう》を誅してでも度田《たくでん》［田畑の測量］を徹底したではないか。それを使わない手はなかろう」

陳宮は背中にびっしょりと冷や汗をかきながら、身じろぎもせずに聞いていた。光武帝劉秀《りゅうしゅう》は租税と賦役《ふえき》を正しく課すため、州郡に対して耕地面積と戸籍を調査するよう詔勅を下した。しかし、一部の豪族は自分たちの田畑を守るため正確な広さを申告せず、でたらめな数字を上げて、密かに広大な敷地を占拠し続けた。当時、大司徒《だいしと》の官にあった欧陽歙は、『尚書《しょうしょ》』をその家学として修め、後漢開国の功臣でもあったが、度田に際して不正を働いたために投獄された。欧陽歙の門人と数多くの役人が次々と上書して罪の減免を訴えたが、光武帝は度田の徹底と豪族の力を押さえつけるため、それらには一切耳を貸さず、見せしめのため欧陽歙に死を賜ったのである。そしていま、曹操がその例を持ち出したということは、自分も兗州の豪族に対して手を打つことを明言したに等しい。

「使君、租税のことはひとまず措《お》いて、いまは官吏の風紀に関して相談することとしましょう」荀彧も内心穏やかならぬものを感じ取り、すぐさま話題を転じた。「公台殿の申すこともわかります。いま兗州で登用されている官吏の多くは土地の豪族出身です。その首を軽率にすげ替えては、きっと誰しもが浮き足立つことでしょう。いわんや県令などの職は本来朝廷より任命されるもの。われわれが勝手に手を下せば朝廷の規則に反することとなり、他人につけいる口実を与えかねません」

曹操の怒りはやや収まったものの、不満たらたらに答えた。「しかし、毛孝先は天子を奉戴して逆臣を討ち、耕作を奨励して軍需を蓄えよと進言した。役人を代え、豪族の力を抑えねば、耕作の奨励もままならん。ましてやそれを軍需に充てるなどできぬ相談だ。いつも丁斐《ていひ》のように私財を投げ出してくれる者に頼ることはできん……」そこで曹操は、ふと袁紹の配下たちが言い争いをしていた光景を思い出した——審配《しんぱい》らが袁紹の前でも強く出られたのは、ひとえに兵を擁して糧秣を蓄えていた当地の豪族だったからだ。この曹操にもほかに取る手立てはないというのか……そんなやつらのご機嫌を伺うしかないのか……

案の定、そこで荀彧が建議してきた。「卑見によりますれば、かりに使君が高官たちを更迭するにしましても、やはり名家の者を登用すべきでしょう。名望と節義を備え、民の材を脅《おびや》かさない者を選び出し、郡県の官職につけて模範とさせるのです。そうすればきっと、ここ兗州の気風も改善されることでしょう。鉅野《きょや》［山東省南西部］の李一族などは、近ごろ目覚ましいものがあります。李乾《りけん》は使君が黄巾を平らげるのに尽力しましたし、同族の若い者たちもずいぶん真面目にしている様子。こういった者らを登用してはいかがでしょうか」

「大国を治むるは小鮮を烹《に》るが若《ごと》し［大国を統治するには、小魚を煮るようにかき回しすぎてはならない］」。荀彧の提案は稚拙に見えて、やはり国を治めるための次善の策ではある。曹操もそれは認めざるをえず、陳宮に尋ねた。「公台、兗州にはほかにも人前に出せるほどの優れた者はいるか」

人前に出せるとは……曹操の物言いに陳宮もへそを曲げたが、笑みを浮かべて答えた。「おりますとも。陳留《ちんりゅう》の浚儀《しゅんぎ》県［河南省東部］には、名声赫々《かくかく》たる辺文礼《へんぶんれい》殿がおります」

辺譲《へんじょう》だと？　曹操の目つきが鋭くなった。辺譲とのあいだには少なからぬわだかまりがあった。辺譲は桓邵《かんしょう》、袁忠《えんちゅう》と深い付き合いがある。桓邵はいまでは曹家と仇敵と言っていい間柄であり、袁忠もかつて朝廷への再出仕に際して曹操を辱めたことがある。朱に交われば赤くなる。そうして辺譲も何かにつけて曹操のあらを探すようになり、宦官の血筋だとか人を殺したことがあるといった過去を持ち出してきてねちねちと曹操をなじり、さらには何進《かしん》が大《だい》将軍だったころ、衆目の面前で曹操を辱めたことまであった。いま、その辺譲に仕事を頼めとは、自分から辱めを受けにいくようなものではないか。ただ、その一方で、辺譲の名声は孔融《こうゆう》と肩を並べるほど高く、わけても辺譲が著した「章華《しょうか》賦《ふ》」の一篇はまさに入神の技で、いまの文壇の大御所であると言ってよい。その才能に関しては文句のつけようがなく、もし本当に辺譲を動かすことができれば、疑うことなく豪族たちの態度にも影響を及ぼすであろう。曹操は心の迷いを気取られぬように、ひとまず相槌を打った。「……おお、辺譲殿か」

陳宮は曹操の気持ちなど露知らず、熱心に推挙した。「辺文礼殿は抜群の才能と非凡なる英気を備えたお方。もし使君が本州の高官として迎えたならば、大いに士人《しじん》らの心を安んじることができましょう」

「いまは長安《ちょうあん》にいるのではなかったか」

「先ごろ九江太守の周昂《しゅうこう》が袁術に敗れ、周昂は里へと逃げ帰りました。そこで朝廷は文礼殿を新たに九江太守に任命したのですが、どうしておいそれと赴きましょうか。やはり郷里へと身を隠したのでございます。わたしと文礼殿は古くからの知り合いでございます。役所へ招いて、使君に引き合わせとう存じます」陳宮は、曹操と辺譲もまた古くからの知り合いであることを知らなかった。

「しかし、無理強いするのもな……」曹操は辺譲を招きたくもあり、また憎む気持ちもあり、曖昧な答えを漏らした。陳宮はそれを、自分には辺譲を呼び出せないと曹操に思われたと誤解して説明を加えた。「これは決して無理を強いるものではありません。実を申しますと、文礼殿は陳留へ戻られてから門を閉ざして客を断っております。そもそも親しくしていなければ、文礼殿がこちらへ帰ってきたことさえ知りませんでした。それに、伝え聞くところでは、二人のご友人を連れて難を逃れてきたとか。一人はかつて沛国《はい》の相《しょう》を務めた袁忠殿、名臣として名高い袁敞《えんしょう》のご子孫です。もう一人は桓邵殿といって沛国の方とのこと。使君とは同郷ですし、すでにご面識があるかとは存じますが……」

曹操は心臓が飛び出しそうなほど驚いた。桓邵、袁忠、辺譲、この三人の仇敵にはずいぶんと煮え湯を飲まされてきたが、あろうことか、揃《そろ》いも揃って目と鼻の先に隠れていたとは、客を謝絶するのも当然と言えよう。いまや曹操は兗州の主《あるじ》である。ちょっと指を動かせば、この三人の命をひねりつぶすことなど造作もない。曹操はこらえきれず、天を仰いで大笑した。「はっはっは、知っている、もちろん知っているとも。みな旧知の仲だ」

陳宮は要領を得なかった。「みなさん使君のご友人ということでしたら、なおのこと手厚くもてなすべきでしょう」

「そうだ、手厚くもてなさねばならん。十分に手厚くもてなすようにな」曹操はなんとかそう絞り出したが、その拳は爪が食い込むほど強く握り込まれていた。

「では、わたしはすぐにでもお三方を迎えに上がり、濮陽に呼び出して使君と面会する手はずを整えましょう。力を合わせてともに大事を図ることで、兗州の士人も心服するはずです」

「こちらから迎えを遣って招くまでもない……公台、一つ頼まれてくれぬか」

「何なりとお申しつけを」陳宮は喜びに堪えないといった様子で答えた。

「では、いまから行って、その三人を始末してきてくれ」

陳宮は驚き呆気にとられ、ようやくしどろもどろに問い返した。「し、しかし、先ほどはご友人だと……」

曹操は横目で冷やかな視線を送った。「ああ、もちろん友人だ。それももっとも親しい友人と言っていい。あの桓邵はかねてより傲慢でな、桓家の使用人頭が女子《おなご》をさらおうとし、その挙げ句に夏侯《かこう》妙才《みょうさい》が牢獄につながれたこともある。いま俺が養子として面倒を見ている曹真《そうしん》だが、あれが両親を失って孤児になったのもこの親友のおかげだ！　袁正甫《せいほ》と辺文礼は分別もなく幾度か俺を辱めてくれた。洛陽の士人の面前で、口々に俺のことを腐れ官者《かんじゃ》の筋だとな。こんな親友たちだ、生かしておいて何になる？」最後には、とうとうその拳を思い切り卓に叩きつけて怒りをぶちまけた。陳宮が曹操の冷たく刺すような眼差しを見たのは、これが三度目である。その恐ろしげな表情は、いつも誰かの命を奪うときに現れた。陳宮はうなだれて、答えるべき言葉を探した。

そのとき、傍らにいた荀彧が拱手《きょうしゅ》して口を挟んだ。「どうか使君、わたしの話をお聞きください」

「どうせやつらを許せと言うのであろう！」曹操は怒りを煮えたぎらせ、荀彧のほうには目もくれなかった。

「そうではありません。すべては使君のためを思ってのこと」荀彧はそこで深々と一礼した。「一つお伺いしたいことがございます。使君とお三方のあいだの遺恨は、公私いずれに属することでしょうか」

「公憤なら何だ？　私怨ならそれがどうしたというのだ？」曹操は即座に噛みついた。

「これが公憤ならば、誅殺するにもお上の規則があり、使君が上奏せずに手を下すことはなりません。これが私怨だと仰るならば、むやみに賢人を害するのは君子のすべきことではありません。使君の名に泥を塗るだけです」

曹操の怒りは一向に収まらない。「文若《ぶんじゃく》、いつもなら耳を傾けるところだが、このことにだけは口を挟まんでよい！」

それでも荀彧は落ち着き払ったままで跪《ひざまず》いた。「使君はかつて逆賊董卓《とうたく》のもとにおり、その虎口から脱出されましたゆえ、董卓が皇甫嵩《こうほすう》を跪かせたことはご存じかどうか。かつて董仲穎《ちゅうえい》と皇甫義真《ぎしん》はともに涼《りょう》州に陣取っておりましたが、二人の不和はまるで水と油でした。皇甫嵩は董卓の罪を上奏し、董卓は陳倉《ちんそう》の戦いで皇甫嵩の手柄を横取りしました。のちに董卓は長安へと遷都し、幼き天子を意のままに操るようになると、詔書と偽って皇甫嵩を召し出しました。董卓は皇甫嵩を処刑するに違いない、誰もがそう思ったものです。ところが、董卓は皇甫嵩を御史中丞《ぎょしちゅうじょう》に任命し、拝命のため跪かせるにとどめたのです。これよりのち、董卓はそれまでの怨みを水に流し、皇甫嵩に厳しく当たることはしませんでした。たしかに董卓は朝廷の綱紀を乱し、横暴の限りを尽くし、皇帝を廃立し、国都に火を放ちました。人はみな董賊と呼んで、王莽《おうもう》になぞらえたものです。しかるに、この国賊でさえ一時は仁心《じんしん》を持ち合わせ、旧怨を水に流したのです。使君に至っては天下を治めることを己の任とし、漢室の再興を日ごろより志しておられます。その使君であればこそ、天下に比肩する者なき寛大なる度量をお示しになるべきでございましょう。国賊になど、万に一つも及ばぬところがあってはなりませぬ」そこまでひと息に言うと、荀彧はちらりと目を上げて曹操の様子を窺った。

　曹操の顔色は目まぐるしく変わったが、ついには怒りを鎮めて大きく息をついた。「まあ袁忠と辺譲はそれでもよかろう。ただ、秦邵《しんしょう》を殺した桓邵だけは許すわけにはいかん」

「桓邵がかつて譙《しょう》［安徽《あんき》省北西部］の県令だったとき、かたや使君は官を捨てて逃げました。桓邵は朝廷の役人でしたから、朝命によって使君は捕らえられても文句は言えぬところだったのです」荀彧は話の途中で曹操の顔を盗み見ると、にわかにまた顔をしかめはじめたので、すぐさま言い直した。

「恩徳をもって怨恨に報いることこそ君子の行い。それをもし使君自らがお示しになり、桓邵の昔日の罪を許されるならば、天下の者もこぞって使君に倣《なら》い、兗州の士人も心を安んずることができましょう」

「わかったから、もうよい」曹操は眉をしかめたまま荀彧の話を遮った。「ひとまず命は預けてやる」

荀彧がこっそりと陳宮の袖を引くと、陳宮もその意図を察して話を合わせた。「使君、わたしと辺文礼とは旧知の仲、自ら出向いて利害を説き、後日、三人を使君の前に引き出して罪を認めさせ、必ずや使君の名分を正す所存でございます。兗州の士人もそれを聞けば、使君の恩徳に感じ入り、千古に語り継がれる美談となるでしょう」

曹操も褒め言葉には弱い。聞こえのよい言葉を並べられると、つい気を許してしまう。二人にずいぶんと持ち上げられて、さっきまでの怒りもあらかた吹き飛んだ。そして卓に目を落としながら伝えた。「もちろん度量では人後に落ちぬつもりだ。ただこの三人は刑に処されても非を認めない堅物だと思っていたのでな。生かしておけば、いっそうつけ上がるかも知れんと案じてのことだ……まあ、この件はひとまず措いておこう。公台、戻って毛玠に伝えよ。本官はいまのやり方を支持する。使うに堪えない者はどんどん首にしろ。ただし、才能があれば、それは名家の出身であろうと差し支えないとな」

「承知しました」陳宮は冷や汗のかき通しだったが、ようやく落ち着き、すぐに幕舎を出ていった。

「ところで文若、一つわたくしごとで頼まれてほしいことがある」陳宮が去ったのを確認してから、曹操は荀彧に切り出した。

「わたくしごとでございますか」曹操が自分に私的な頼みごととは、さすがに荀彧も計りかねた。

「袁術を破ったことで、ようやく兗州の支配を確固たるものにしたと言えよう。いまこそ父をここに迎えて孝行を尽くそうかと思う。もうずいぶん歳だからな、家族団欒《だんらん》の楽しみを十分に味わってもらいたいのだ。長寿は喜ばしい限りだが、そろそろ今後のことも頭に入れておかねばならん。生まれて間もない植《しょく》はおろか、彰《しょう》の顔もまだ見ておらん。いまは弟の徳《とく》と一緒に徐《じょ》州の琅《ろう》邪《や》郡で隠居しているのだが、過日、二人に転居を促す書簡をしたためておいた」曹操はいかにも感慨無量といった顔つきである。「文若、そなたは泰山《たいざん》太守の応劭《おうしょう》に宛てて一筆書いてほしい。徐州の近辺まで出迎え、わが父と弟に護送をつけて濮陽まで送り届けてほしいとな。応仲遠《ちゅうえん》は能文の士だ。文面は念を入れて整えてくれ。くれぐれもこの曹操が文才がないと笑われることのないようにな」

「承知いたしました。喜んで力を尽くしましょう」あまりにも面子《めんつ》を重んじる曹操が、荀彧にはおかしく感じられた。

ところが、曹操は卓を一つ叩くとおもむろに付け足した。「『春秋左氏伝《しゅんじゅうさしでん》』には、『朝《あした》に済《わた》りて夕《ゆうべ》に版《はん》を設《もう》く［晋《しん》の恵《けい》公は、秦《しん》の支援を得て亡命先から戻ったが、その際に通行した土地を秦に譲ると約束した。ところが、朝のうちにそこを通り過ぎると、夕方には秦に対する防塁を作り上げた］』とある……」つまり家族さえ引き取ればすぐに掌《たなごころ》を返すということである。荀彧は驚き、にわかに考えをめぐらした――なるほど、先ごろ袁紹と手を結んだ一戦で、使君は徐州の戦力を見切ったのだ。お父上を呼び寄せるのは徐州を攻めるための準備で、すぐにでも徐州に兵を進めるおつもりか。たしかに、陛下を助けるために西へ向かおうとすれば、まずは後顧の憂いを断たねばならず、早晩、徐州の陶謙《とうけん》を攻め滅ぼす必要がある。そういえば、泰山郡の応仲遠は陶謙と昔なじみではなかったか。そうか、いまわたしに筆を執らせるのはただ出迎えを頼むためのみにあらず、応仲遠に利害を説いて、陶謙と手を切らせよということか……

荀彧はそこまで思い至ると、恭《うやうや》しく拝礼した。「断つべきは断つ。使君のお考え、しかと承りました」

曹操は満足げに微笑んだ。「戯志才《ぎしさい》殿が病で伏せっているいま、軍務の面では文若と程立《ていりつ》が頼りだ。それから、文若も兵馬を率いて鄄《けん》県［山東省南西部］に駐屯してくれ。袁術の動きにも目を光らせておかねばな」

「ははっ」荀彧は返事をすると、続けて口を開いた。「わたしにも申し上げたき儀がございますが、よろしいでしょうか」

「文若、われらのあいだでそんな遠慮はよいぞ」曹操はこのところ日増しに傲慢になっており、感情の起伏がますます激しくなっていた。いまは荀彧が自分の意図を汲んで書簡を用意すると聞いて、すっかり気持ちが和らいでいた。

「使君は袁紹からの詔書を得て兗州刺史となられましたが、畢竟《ひっきょう》これは間に合わせのものに過ぎません。先だっては、金尚《きんしょう》が長安の命《めい》を受けて赴任してきました。これはすでに放逐したとはいえ、また別の者を送り込んでくることも十分に考えられます」荀彧は曹操の顔色を探りながら続けた。「ならばいっそ、こちらから朝廷に人を遣り、堂々と名分を求めるのはいかがでしょう。そうすれば誰にとやかく言われることもありません」

「それはいい……すぐに手を打ってくれ」そう言うと、曹操は立ち上がって大声で呼んだ。「王必《おうひつ》！」

王必は鋭利な剣を佩《は》いて曹操の幕舎の護衛に立っていたが、呼び声を聞くと直ちに答えて入ってきた。「将軍、いかなるご用でしょう」

しかし、曹操は王必の顔を見るなり小難しい顔をした。「危険な使者の役目があるのだが、無理なら断ってもいいぞ」

「それがしが気後れするとでも」王必は勇み立った。「将軍のご命令であれば、たとえ火のなか水のなかでも厭《いと》いません」

「よかろう」曹操は小さくうなずいた。「では、お前を主簿《しゅぼ》［庶務を統轄する属官］に任命する」

「えっ？」王必は耳を疑った。「それがしのような者が……」

「話は最後まで聞け」曹操は王必の言葉を遮ると、おもむろに用件を伝えた。「この曹操の主簿として長安まで上奏文を届けてほしい。お前のもとの主君である劉公《りゅうこう》［劉邈《りゅうばく》］が長安にいるはずだ。その伝手《つて》を考えれば、この役目においてお前よりふさわしい者はいない。それに、俺ももう長らくのあいだお前を見てきた。書にも触れ、なかなか弁も立つ。つまらぬ護衛などにとどまっていることもない。もしこの役目を見事に果たせたら、必ずやさらに抜擢するぞ。お前の前途は無限大だ」

「将軍のお引き立てに感謝いたします」王必は跪いて叩頭した。

曹操はそこでひと息ついて続けた。「他人の領地を抜けて行かねばならんからな、生半可な危険ではないぞ。細心の注意を払って進むのだ。長安に着いたら上奏文を出すだけでなく、劉公に労を取っていただいて、陛下の前でよしなに伝えてもらうよう頼む。それから、長安には丁沖《ていちゅう》という友人がいてな、いまは議郎《ぎろう》の職についているそうだ。この丁沖ともよくよく相談し、何とかして朝廷から兗州刺史の勅書を引き出し、持って帰ってこい」

「必ずや将軍のご期待に添い、兗州刺史の辞令を携えて速《すみ》やかに戻りましょうぞ」

曹操は卓を回って王必の前に出てくると、手ずから王必を支え起こした。「ただな、うまくいかなくても気にするな。またの機会を待てばいいことだ。お前が無事に帰って来さえすればそれでよい」

王必はその言葉を聞くと、飛びのくようにしてまた跪いた。「何を仰いますか。それがしは劉公のお引き回しでようやく将軍の護衛をさせてもらっている身でございますのに、先ほどはそのそれがしを主簿に任じてくださいました。このご恩は一生涯忘れることはありません。この王必、ここに誓いを立てましょう。この命に代えてでも、必ずや勅書を得て将軍の前に戻ってまいります！」

「その意気だ！」曹操は髭をしごきながら笑みを浮かべた。

荀彧はそのやり取りをそばでじっと眺めていた――まずは言葉で焚きつけ、次に温かい言葉でいたわり、最後にはとうとう命を投げ出させるまでにしてしまった。この曹孟徳は、こういった武人の心根をすべて見透かしているようだ。忠か奸《かん》か……いまはこだわる必要はあるまい。人を使うこの能力だけは、たしかに認めざるをえん……

突然の訃報

陳宮《ちんきゅう》は口を酸っぱくして辺譲《へんじょう》に利害を説いた。そうしてついに袁忠《えんちゅう》と桓邵《かんしょう》を連れて州の役所に出向き、曹操と面会するように説得したのである。これは一つには、曹操とのあいだにわだかまっている過去の怨みを水に流すこと、二つには、曹操が三人のような人材を任用してくれるのを期待してのことであった。

辺譲と袁忠がともに才能を鼻にかける人物だということは、陳宮もよく知っていた。そのため、役所へと向かう道すがら何度も繰り返し気をつけるように言い含めたが、二人は曹操の姿を目にするなり、やはり本心が勝《まさ》ってしまった――辺譲らはその気性をいかんなく発揮したのである。

その日、曹操は大きな不安に頭を悩ませていた。袁術《えんじゅつ》が新たな動きを見せたのである。曹操に敗れてからというもの、袁術は豫《よ》州北部の支配をあきらめ、その矛先を九江《きゅうこう》に転じた。そして長江以北の揚《よう》州の地に攻め込むと、わずか数か月のうちに周昕《しゅうきん》ら兄弟を完膚なきまでに打ち破り、さらには曹操の親友であった揚州刺史《しし》の陳温《ちんおん》をもその手にかけた。袁術は部下の呉景《ごけい》を丹陽《たんよう》郡、陳紀《ちんき》を九江郡の太《たい》守《しゅ》に任命し、さらには孫堅《そんけん》の息子である孫策《そんさく》を派遣して盧江《ろこう》郡を攻めさせた。こうして袁術の勢力がまた息を吹き返し、猛威を振るいはじめた。曹操にとってもっとも我慢ならなかったのは、袁術が自らを揚州刺史に任ずると同時に、徐州伯《じょしゅうはく》を名乗ったことであった。これは、徐州の地を視野に入れる曹操に対して挑戦状を突きつけたに等しい。

南の情勢が望ましくないのはまだよいとしても、より厄介な問題が北で噴出した。公孫瓚《こうそんさん》が劉虞《りゅうぐ》を破って軟禁し、のちに朝廷からの命令を偽って劉虞を殺したのである。これにより、幽《ゆう》州はすべて公孫瓚の手に落ち、河北《かほく》の膠着状態も予断を許さない状況となった。

しかも、この緊迫した状況のなかで、袁紹《えんしょう》が鄴《ぎょう》城を不在にした隙《すき》を見逃さず、黒山《こくざん》賊の将である于《う》毒《どく》が賊軍十万あまりを率いて魏《ぎ》郡を急襲した。これが功を奏して于毒は鄴城を攻め落とし、魏郡太守の栗成《りっせい》を殺害した。曹操が徐州攻略の計画を練っていたとき、ちょうど袁紹はその対応に大わらわで、曹操のもとには部下の朱霊《しゅれい》にわずか三隊を率いさせて、加勢に向かわせただけであった。

曹操にとってはこれらのことだけでも十分悩ましいのに、攻め込む先の徐州でも面倒が起きた。闕《けつ》宣《せん》という匪賊が数千人を引き連れて下邳《かひ》で反乱を起こし、あろうことか自ら天子を名乗ったのである。この乱は陶謙《とうけん》によって蹴散らされたが、なんと闕宣は残った部下とともに兗《えん》州になだれ込み、何憚ることなく泰山《たいざん》、任城《じんじょう》の両郡で略奪を働いた。敵の領地に攻め込む前から、その相手に追い払われた賊によって出ばなをくじかれたのである。曹操ははらわたが煮えくり返っていた。

たとえそのような状況であっても、今日という日は礼を尽くして賢人を歓迎するふりをせねばならない。役人たちには一人残らず広間に集まり、自分に会いに来た三人の仇敵を手厚く迎えるよう命じた。鄄《けん》県に向かった荀彧《じゅんいく》を除けば、病に伏していた戯志才《ぎしさい》さえも姿を現した。

陳宮は注意深く気遣いながら、辺讓ら三人を広間へと通した。先に曹操が怒りを押し殺して拝礼すると、三人はそれに恭《うやうや》しく応え、そのまま広間に集まった一同にもひと通り挨拶をした。曹操に対して、辺讓は余裕の笑みを浮かべて見せ、袁忠は驕り高ぶるわけではないが堂々と相対し、桓邵に至ってもは目を合わせようとさえしなかった。曹操はいちいち腹を立てたが、いまはこの三人の名声を借りることが先決である。

桓邵は、自分が曹操に恨まれていることをよく知っていたので、もとより望んで来たわけではなかった。豫州が騒乱状態に陥ったので、袁忠ともども難を避けるために、やむをえず家族を連れて辺讓の郷里へと身を寄せていたのである。しかし、他人の軒下を借りるからには下手に出るしかない。今後も兗州で落ち着くつもりなら、ここでこれ以上曹操の反感を買うわけにはいかないのが現実である。桓邵はそう意を決して訪れたのだが、いざ州の役所の門をくぐるとびくびくと怯《おび》えだし、いま曹操のうわべだけの礼を目の当たりにすると、居ても立ってもいられず自分からかつてのことに触れた。「曹使君《しくん》、当時は無礼を働きましたこと、何とぞお許しください。とりわけ秦伯南《しんはくなん》を誤って害したことは……その、まことに……」秦邵《しんしょう》の息子は、いま曹操の養子になっている。それを知りながら詫びを入れることほど気まずいことはない。桓邵は言葉に詰まった。

仇を目の前にして憎悪の念がますますこみ上げてきたが、曹操は殴り飛ばしたいのを必死でこらえ、怒りに声を震わせながら答えた。「これまでのことはもうよいでしょう。ただ、秦伯南を殺したからには、桓先生にはお情けをかけてもらえればそれでよい。その子らまで手にかけることがないように」

これは痛烈な皮肉である。桓邵は恥じて顔を真っ赤にし、口ごもりながら答えた。「そ、それはもう……もちろんでございます」

ついで曹操は視線を袁忠に移し、その姿を見据えた。かつて出仕の際に自分を辱めたことがまざまざと思い出され、口を尖らせて袁忠を咎めた。「たしか袁国相《こくしょう》はわたしに、役人となって柳下恵《りゅうかけい》［春秋時代の魯《ろ》の政治家］の真似事はできても、隠者の許由《きょゆう》［三皇五帝時代の隠者］にはなれぬと申しましたな。ところがいまや時勢は移り変わり、もともとは柳下恵になろうとしていた先生が、いまでは許由の真似事をすることになろうとは」曹操が譙《しょう》県に戻っていた当時の沛《はい》国の相が袁忠であった。朝廷は曹操を典軍校尉《てんぐんこうい》としてまた召し出そうとしたが、そのとき曹操は隠居を決め込んで、いったんは朝命を断った。しかし、結局は孤独に耐えられず意を翻したのであるが、再び都入りするためにはその旨の文書を出してもらう必要があった。そのために曹操は袁忠のもとを訪れたのだが、その際には袁忠に大いに辱められた。いわく、所詮、曹操は隠者となる徳など持ち合わせておらず、出世にあくせくするだけだと。それが今日では袁忠のほうが立場を失い、ここ兗州へと逃げ込んできた。曹操はそのとき袁忠に言われた言葉でもって、今度は袁忠を痛烈に皮肉ったのである。

ところが、袁忠は桓邵のように下手には出ず、拱手《きょうしゅ》すると、ただ『論衡《ろんこう》』の冒頭を諳《そら》んじて返事とした。「才高く行い潔《きよ》きも、以て必ず尊貴なるを保つべからず。能薄く操濁るも、以て必ず卑賤なるを保つべからず［才能に溢《あふ》れ行為に汚れなくとも、必ず貴顕の身になるとは請け合えない。才能が足らず不正な行為をしていても、身分の低い者になるとも限らない］」この期に及んでも袁忠はなお辛辣な言葉を返したのである。自分を高潔の士と称するにとどまらず、目の前の曹操を才能もなく不正の輩であると当てこすったのである。さらに言えば、百歩譲ってそのような指弾には目をつむったとしても、袁忠はここで「操濁る」と、口に出してはいけない曹操の実の名を口に上《のぼ》せてきた。これはこのうえない侮辱である。ただ、この字はもとより原典にあるため、他人の実の名を直接口にしたと非難することはできない。学問を積んだ者ともなれば、大勢の前でぼやかして誰かを罵ることも堂に入ったものである。

袁忠のその腕前については、曹操自身すでに身をもって知っていたこともあり、このたびはあえて言い争うようなことは避け、辺譲のほうに目を向けて会釈した。「わたくしごとき腐れ宦者《かんじゃ》の筋が先生にご足労を願うなど、先生の御名に瑕《きず》をつけてしまいました。何とぞご寛恕のほどを」

辺譲は手を振ってそれを否定した。「いやいや、自分から瑕をつけに来たのであって、使君が謝ることではない」その意味するところは、自ら望んで来たのであり、曹操ごときには自分の名を汚す資格さえないというのである。

袁忠と辺譲、何という鼻持ちならないやつらだ。しかし、どうやって手を下せばいい？　始末するのは簡単だが、それでは俺の沽券《こけん》に関わる。罪を憎んで人を憎まずとも言う……ええい、やむをえん！　曹操はそう思い至ると大きくため息をつき、桓邵も含めた三人に向き直ってはっきりと告げた。

「すべてはもう過ぎたこと……今日お三方に足を運んでもらったのは、この曹操が漢室再興という大業をなすためにお力を貸してもらいたいのです。いまやいたるところに天下を窺う虎狼《ころう》が跋扈《ばっこ》しております。わたしは天子が蔑《ないがし》ろにされ、民が塗炭の苦しみにあえぐことを決して望みません。旧怨はすべて水に流し、ともに力を合わせて大事を成し遂げようではありませんか。四海の内の戦火を鎮め、長安まで天子をお迎えにあがるのです……」

「義兄《にい》さん！」そこへ卞秉《べんへい》が息せき切って転がり込んできた。

衆目の面前で義兄さんとは何だ！　曹操は思いきり気分を害して卞秉を睨みつけたが、その焦りでゆがんだ顔を見て、すぐに何か一大事が出来《しゅったい》したと悟った。「どうした？　何か起こったのか」

卞秉は即座に跪《ひざまず》くと、しどろもどろになりながら答えはじめた。「お、落ち着いて……義兄さん……と、とにかく落ち着いて聞いてください……」

「だから何を落ち着けというのだ？」そこで曹操はふと広間の入り口を見た。そこにはなんと、ここにいるはずのない呂昭《りょしょう》がわんわんと泣きながら立っていた。しかも面立ちはすっかりやつれ、髪はざんばら、おまけに顔は砂ぼこりで真っ黒に汚れている。曹操の脳裏を不吉な予感がかすめた。曹操は恐る恐る、しかし思い切って聞いてみた。「呂昭、どうした？　ま、まさか父上の身に何かあったのか」

呂昭はわっと泣き崩れると、大声で泣きながら曹操の目の前まで這《は》いずるように近寄ってきた。

「お、大旦那さまが……若旦那さまも……女の人も使用人も、みんな殺されました……ううっ……」

その場にいた者はみな耳を疑い、しばし呆然と立ち尽くした。曹操の父、曹嵩《そうすう》が一家もろともに殺されたというのだ。

曹操は瞬時にして頭に全身の血が上っていくのを感じ、呂昭の襟首を乱暴につかんだ。「詳しく話せ、いったい何があったんだ？」

呂昭は涙ながらに訴えた。「大旦那さまと若旦那さまはみんなを連れて琅邪《ろうや》を離れ、泰山《たいざん》へと向かいました。その途中で陶謙のところを通ったのですが、陶謙が言うには、最近闕宣とかいう男が賊を率いて出没するから危険だと。それで部下の張闓《ちょうがい》の一隊を護送につけてくれました……ところが、その張闓が金目の物に目がくらんで、徐州を出ようかというところで突然兵卒に命令して襲いかかってきたのです。大旦那さまはみんなに応戦するよう命じたのですが……やつらに……とにかくもう無茶苦茶で、僕もどうしようもなくって……なんとか安民《あんみん》さまだけを抱いて泰山のほうに逃げて、応劭《おうしょう》さまに匿《かくま》われたんです。応劭さまはすぐに駆け戻っていきましたが……もう手遅れで……みんな死んでしまいました……」

「応仲遠《ちゅうえん》は何をしていた？　どうして州境まで迎えに行かなかったんだ？」曹操は悔しがった。「それで、ほかにここまで来た者は？」卞秉が呂昭の後ろから恐る恐る答えた。「それが……応劭はみなの遺体を棺に収めさせると、大切な依頼を果たせず、このまま兗州にいて義兄さんに合わせる顔がないと言って、印綬と書簡を残し、河北の袁紹のもとに落ちていったそうです」

「ふふっ、逃げて正解だな……さもなくば俺が始末していたところだ」曹操は全身が怒りで小刻みに震えていた。「父上、徳《とく》よ、俺が敵を討ってやる……必ず討ってやるからな！」

その場にいた者は誰もが俯《うつむ》き押し黙った。曹操は一人ぶつくさ言いながら広間をぐるぐると歩き回っている。「虎兕《こじ》柙《こう》より出《い》で、亀玉《きぎょく》櫝中《とくちゅう》に毀《こわ》るれば、是《こ》れ誰《たれ》の過《あやま》ちぞ、誰の過ちぞ……」「虎や犀《さい》のような猛獣が檻から出たり、占い用の亀の甲や宝玉が箱のなかで壊れたならば、それはいったい誰の過ちか……」そこでふと立ち止まると、曹操は思いきり卓の脚を蹴り飛ばして叫んだ。「陶謙か！　あの腐れ外道め！　この恨み晴らさでおくべきか！」

卞秉が即座に曹操を諌めた。「このたびのこと、決して陶謙の指図ではございません。部下の張闓が勝手にやったことでございます。やつめは殺し回って金目の物を奪うと、闕宣の仲間に入るため逃げ去っていったのです」

「何？」曹操の怒りはすでに頂点に達していた。曹操は卞秉の横っ面《つら》をひっぱたいた。「やつの指図ではないだと？　陶謙がろくでもないやつを使うからこんなことになったんだろうが！　陶謙と闕宣がぐるになって俺の一族を殺したんだ、そうに違いない」濡れ衣を着せるとは、まさにこのことである。「ならばこっちは陶謙の一族郎党を皆殺しにしてやる……いや、徐州に住むやつは一人残らずあの世行きだ！　ねずみ一匹残しはせん！」曹操は力の限り足を踏みならしながら悪態をつき、完全に我を失っていた。

「使君、どうか落ち着かれますよう」一同はこぞって跪いた。

曹操は目もくれなかった。「阿秉《あへい》、命令だ！　いますぐ軍を揃《そろ》えろ！　徐州に攻め込む……おのれ、徐州のやつは誰一人として生かしておかんぞ！」

周りの者もじきに落ち着きを取り戻すだろうと考えていたが、曹操が本気だと知るや、にわかに慌てはじめた。しかし、曹操の性格を知っている者はあえて誰も口を挟まず、ただ時間とともに曹操の怒りが収まるのをじっと待った。ところが、この日はあいにくそういった機微をわきまえない者が来ていたのである。辺讓は憚ることなく言い放った。「使君、決して兵を出してはなりません。罪は張闓にあり、陶謙は無実です。ましてや徐州の民は言うまでもありません」

「父を殺した不倶戴天の敵だぞ。わが身を切られたも同然、許せるわけなかろうが！」曹操は辺讓の鼻先に指を突き立てた。「そなたは自分の家族が皆殺しにされても許せるのか！」

そもそも辺讓も嫌々ながらここへ来ていたので、いま曹操が自分の家族を引き合いに出したことで腹を立てて言い返した。「無辜《むこ》の民を殺すまでして何が孝だ！　他人の土地を奪ってまでして何が忠だ！」

「何だと？　もういっぺん言ってみろ！　俺にお前が斬れぬとでも思っているのか！」曹操がそう言って腰に佩《は》いた剣を引き抜き辺讓に斬りかかろうとしたところで、卞秉と呂昭が慌てて止めに入った。辺讓のほうも堂々としたもので、それを見てぱっと立ち上がった。「この辺讓、死など恐れぬぞ！　曹孟徳《もうとく》、お前は不孝不忠にして不仁不義の輩だ！　この腐れ宦者の筋め。貴様の親父もろくでなしの耄碌《もうろく》じじいだ。法を無視して賂《まいない》をむさぼり、宦者にだけは必死で尻尾を振る。長生きしすぎたぐらいだ！　行列を作って不義の財を見せびらかすとは自業自得だ、ざまあみろ！」

「こ、殺せ、殺すんだ！」曹操の怒りが爆発した。「いますぐこいつを表に引っ立てて斬り捨てろ！」

その叫び声が上がるや否や、辺譲に跪くよう言い聞かせる者、曹操の前に立って遮る者など、その場は一斉に混乱を来《きた》した。そこへ、曹操の護衛兵を率いて入り口に立っていた楼異《ろうい》が、兵とともに脇目も振らず広間に踏み込んできた。そして有無を言わせず、辺譲を引きずって外へと出ていった。

「全員黙れ！　辺譲をかばうやつは誰であろうと斬り捨てる！」曹操の態度は父の訃報に接する前とすっかり変わっていた。「自分の才を鼻にかけて他人を見下すあんな堅物、生かしておいても無駄だ」目の前で親友が処刑のために連れ出されたのを見て、袁忠は心も張り裂けんばかりであった。そして冷やかな笑みを浮かべると、拱手して声を上げた。「曹使君、わたしは辺文礼《ぶんれい》とともに来たからには、死をもともにいたしましょう。目障りがまた一つ消えて、使君にとっても都合よいでしょうな」

「上等だ」曹操は袁忠にも辛辣に当たった。「自分は袁紹の親戚だから大丈夫だとでも思っているんだろう。いいことを教えてやる。袁本初《ほんしょ》はな、お前たちの血筋のほうは、飢えて死に絶えてしかるべきだと言っていたんだぞ。俺がここで始末して、望みどおりにしてくれる」

曹操の言葉は袁忠の自尊心を深く傷つけた。袁忠はたしかに袁紹と同じく袁安《えんあん》の血を引くが、袁逢《えんほう》と袁隗《えんかい》の兄弟が富貴を恃《たの》みに傲慢なのを嫌って、自身は清貧を心がけ、彼らとの付き合いを絶っていた。士大夫《したいふ》たるもの命よりも名節を重んじる。死を覚悟した袁忠に対して、曹操はなおもその点をついて責め立ててきた。これは袁忠の命を奪うばかりか、その名を傷つけることでもある。袁忠の胸に悲しみが湧き起こり、なんと袁忠はさめざめと泣きはじめた。

「ほう、泣くのか」曹操は冷たく言い放った。「いまごろ泣いても遅いわ！　もはや許由にはなれんぞ。商容《しょうよう》［殷《いん》時代の政治家］にでも比干《ひかん》［殷時代の王族］にでもなるがいい！」

袁忠は涙をぬぐい、蔑《さげす》むような視線で曹操に一瞥をくれると、刑を受けるために身を翻して広間を出ていった。

罵るよりも蔑むほうが相手の怒りを買う。曹操は袁忠の目を見て怒髪天を衝《つ》くほどにいきり立った。そこでふと視線を落とすと、ちょうど桓邵の姿が目に入った。風に揺れる木の葉のように、全身をがたがたと震わせている。曹操は薄ら笑いを浮かべた。「なんだ、怖いのか」

桓邵はろくに舌も回らない。「し、使君……ど、どうか命だけは……」

「命乞いすれば助けてもらえるとでも？」曹操はかっと目を見開いた。「さっきの二人ならまだ助けてやったが、桓邵……お前など論外だ！　さあ、とっととこいつを連れて行って始末しろ！」

「助けてくれ……わたしが悪かった……お情けを、頼む……」桓邵は死に際の豚のごとく泣き喚《わめ》き、ひたすら許しを乞うたが、結局は仕置き場へと連れて行かれた。

一同は扼腕《やくわん》してため息を漏らした。強く出ても下手に出ても結果は変わらず、なんと一日のうちに三人もの賢人が誅殺されたのである。そのとき突然、万潜《ばんせん》が進み出たかと思うと、かぶっていた冠を床に投げ捨てた。「使君の補佐はもうできません。何なりとお好きになさるがよい」そう捨て台詞を残すと、万潜は大手を振って出ていった。官職を放棄したのである。

曹操はその後ろ姿を見送りながら無念を嚙み締めた。有能な人材を失ったためであるが、いまさら悔やんだところで仕方がない。曹操は顔を上げて大声で言った。「ほかに去りたい者は？　去りたい者はいますぐ去るがいい！」李封《りほう》と薛蘭《せつらん》はずっとこの日を待ち望んでいた。二人はなおざりに挨拶すると、さっさと広間を出て行った。

しばらくすると、血を滴らせた三人の首が広間の入り口に並べられた。曹操は歩み寄り、首級《しるし》を睨みながらその周りをぐるりと回ったが、一向に怒りは収まらなかった。三人の首がいまも自分をあざ笑い、蔑み、罵っているかのように思えたのである。曹操はまた大声を上げた。「そうだ……こっちは父が死に、弟が死に、その家族もみな殺されてしまった。自分が死んだからといって、それで済むと思うなよ……楼異、こいつらの一族郎党を皆殺しにしてこい！」

「それは……」これにはさすがの楼異も度が過ぎているとしか思えなかった。

「殺せんのなら……お前が死ぬぞ」

「しょ、承知しました」楼異はやむをえず広間を出た。すると今度は毛玠《もうかい》と畢諶《ひつしん》が曹操を諫めようとしたが、曹操は声を荒らげて機先を制した。「俺の腹はもう決まった。これ以上口出しするな！阿秉、何をぐずぐずしている！　さっさと軍を揃えてこい。全軍出撃だ！　徐州を血の海にしてくれる」

「お待ちを！」そこへ夏侯惇《かこうとん》が駆け込んできて、卞秉を遮った。「軍を出してはなりませぬ」

「なぜ軍を出してはならん？」曹操は夏侯惇を一瞥して問うた。

「誰のせいかはともかく、青州兵の調練がまだ不十分です……」

「ごまかすな！　行きたくないなら元譲《げんじょう》は来んでいい！」いまの曹操は夏侯惇の言うことにさえ耳を貸さなかった。ついで、端に控えて成り行きを見守っていた戯志才が、咳をこらえながら進言した。

「使君、どうか怒りをお鎮めください。『呂氏春秋《りょししゅんじゅう》』にも、『凡《およ》そ兵を用うるは、利に用い、義に用う

〔およそ軍を動かすときは、利と義とを考えて用いるべきである〕』とあり、このたびの使君の……」

「黙れ！　呂不韋《りょふい》は嬴政《えいせい》の一家を保護して秦に帰らせた。命など奪わなかったではないか。出陣だ！　俺が自ら出陣するぞ！」曹操は足元の首級を蹴り飛ばすと、さっさと広間を出て行こうとしたが、出口のところでふと振り返って夏侯惇に告げた。「元譲、お前は来なくてもいい。だがな、お前にとっても叔父と従弟だというなら、二人の亡骸を持って帰ってきて葬ってやってくれんか」

曹操の言葉に夏侯惇は胸を打たれた。むろん同姓ではないが、たしかに曹嵩は実の叔父で、曹徳も自分にとっては従弟に当たる。夏侯惇は小さくうなずいた。「そのことなら任せてくれ。孟徳、どうしても徐州を攻めるのか……いや、もうよそう。さあ行くなら行ってくれ……」

夏侯惇の言葉を最後に、曹操は完全に意を決した。再び出口のほうに向き直ると、なおも怒りをたぎらせたまま闊歩して広間を出ていった。

「ううっ……」そのとき、戯志才が口から血を吐いて倒れ込んだ。「ごほっ、ごほっ……」

「おお、志才殿！」夏侯惇も徐佗《じょた》も、畢諶も毛玠も、すぐに戯志才の身を案じて周りに駆け寄り、広間の一角に人だかりができた。

ただ一人、陳宮だけはその場から一歩も動けなかった。目の前で繰り広げられた一幕に茫然自失となっていたのである。恐怖と悲痛が胸中に激しく湧き起こり、見るともなく足元に転がる首級に目を落とした――自分の連れてきた友人が、そのせいで命を落としてしまった……そのうえ曹孟徳は徐州に攻め込むという。もっと多くの無辜の民までが殺されてしまうのだ……自分の見る目がなかった

ばかりに、飢えた狼を養ってしまったのだ……いずれわたし自身にも牙をむくに違いない……

そのとき、傍らに跪いていた程立《ていりつ》が、さらに耳を疑うような言葉を吐いた。「殺してしまったものは仕方がない。大事を成すには犠牲はつきもの。それに、こっちの好意を踏みにじるこんなやつらは死んで当然さ」

「そうだ、そのとおりだ。ふんぞり返った豪族どもなど死んで当然よ」酷吏《こくり》の薛悌《せってい》がそれに同調した。「ろくに食べ物もないこのご時世、豪族どもの財産を取り分けたってかまうものか。それでこそ、金持ちが民を救うってやつだ」

憐れみを宿していた陳宮の眼差しに、しだいに怒りの色が浮かんできた――飢えた狼め、お前たちはみな狼だ……いつまでもこの兗州に居座っておれると思うなよ……

内紛

徐州牧《じょしゅうぼく》の陶謙《とうけん》は字《あざな》を恭祖《きょうそ》といい、揚《よう》州丹陽《たんよう》郡の出身である。若くして軍功で名を揚げ、西涼《せいりょう》の反乱軍討伐の際には張温《ちょうおん》の参軍《さんぐん》を務めた。黄巾の乱が起こると、陶謙は徐州の刺史《しし》として赴任することになった。その後、董卓《とうたく》が都に乗り込むと、各地の刺史や太守《たいしゅ》は積極的に戦《いくさ》の準備を進めた。しかし陶謙は、その行動が失敗に終わるであろうことを見越して、部下の趙昱《ちょういく》を都に送り込み、かえって董卓から安東《あんとう》将軍と徐州牧の位を贈られていた。ただ、徐州は黄巾の乱による損害が大きく、そのうえ豪族の臧覇《ぞうは》も兵馬を擁して割拠していたので、陶謙の力は決して強固なものではなかった。群雄が各地で争いをはじめても、陶謙には打って出る心づもりは毛頭なかったのである。強いて言えば、公孫瓚《こうそんさん》の暴威に巻き込まれて、一度だけ袁紹《えんしょう》の軍を包囲したこともあったが、それも曹操に撃退されて終わった。

それ以降、陶謙はひたすら堅守に努めたが、たとえ家に引きこもっていても禍《わざわい》は天から降ってくるものである。下邳《かひ》で暴れ出した匪賊の闕宣《けっせん》を鎮めるために兵を出し、これを泰山《たいざん》郡まで追い散らした際に、曹操の父である曹嵩《そうすう》の一行が道を行くのにちょうど出くわした。陶謙は曹嵩らが金銀財宝を見せびらかすように進むのを見て不用心だと思い、好意から部下を護衛につけてやった。しかし、これが裏目に出た。部下の張闓《ちょうがい》が悪心を起こし、曹嵩一行を殺害して財物を奪った挙げ句、闕宣のもとに身を投じたのである。陶謙は抜き差しならない状況に陥ったことを知り、すぐさま闕宣らを掃討するための兵を出した。その一方で、曹操にはきわめてへりくだった文辞で書簡を送ったが、曹操が起こした大軍の進行を止めることはできなかった。

初平《しょへい》四年（西暦一九三年）秋、曹操軍が徐州に侵攻した。曹操は、復讐の念と領地拡大の思惑が綯《な》い交《ま》ぜになった気持ちに衝《つ》き動かされ、完全に自制心を失っていた。

曹操軍は破竹の勢いでどんどん進み、半年のうちに徐州の十あまりの県を次々と攻め、ついには州の治所《ちしょ》である彭城《ほうじょう》［江蘇《こうそ》省北西部］をも攻め落とした。曹操軍は行く先々で誰彼かまわず血祭りに上げていった。とりわけ取慮《しゅうろ》［安徽《あんき》省北東部］、睢陵《すいりょう》［江蘇省西部］、夏丘《かきゅう》［安徽省北東部］などにおける被害は甚大で、曹操軍に殺された無辜《むこ》の民は数十万人にも及び、死体があたり一面を埋め尽くし、そのため泗水《しすい》の流れも止まるというありさまであった。曹操軍のゆくところはまさに死屍累々、三輔《さんぽ》

［長安《ちょうあん》周辺の京兆尹《けいちょういん》、左馮翊《さひょうよく》、右扶風《ゆうふふう》］から難を逃れて徐州まで逃げ落ちてきた流民までが、曹操軍によってことごとく殺された。陶謙にはそれを迎え撃つ勇気もなく、ひたすら逃走を続けて、最後は東海《とうかい》郡の郯《たん》県［山東省南東部］に逃げ込んだ。一方の曹操は自ら兵馬を指揮して縦横無尽に暴れ回り、徐州の領内で殺戮《さつりく》と略奪をほしいままにした。兗《えん》州へは一通また一通と勝利の知らせが届けられたが、兗州の士人《しじん》らに勝ち戦を喜ぶ雰囲気は一向に起こらず、ただいたずらに不安をかき立てられただけであった。

曹操軍が東海郡に攻め込んだとの知らせが入った日の夜、三騎の早馬が闇夜に紛れて陳留《ちんりゅう》城に駆け込んだ……

陳留郡太守の張邈《ちょうばく》は、陳宮《ちんきゅう》と李封《りほう》、そして薛蘭《せつらん》が来たことに驚きはしなかったが、なんとなく胸騒ぎを覚えた。張邈は三人を書斎に通して人払いした。

ほのかな灯火《ともしび》の向こうには、ひどく顔をゆがめた陳宮の姿が浮かんでいる。「張太守、徐州で曹操が何をやっているかはご存じでしょう」張邈はかすかにうなずいた。「ああ、勝ち戦だそうだな」

張邈はわざと曹操による虐殺に触れるのを避けている。陳宮は薄く笑みを浮かべた。「太守も兗州のお人だったと記憶しています」

張邈は何も答えない。

「曹孟徳《もうとく》が兗州に乗り込んできてからは、自分の息のかかった者だけを引き立て、郡県を壟断《ろうだん》し、あまつさえ夏侯惇《かこうとん》を勝手に東郡《とうぐん》太守に任命しました。かような曹操の振る舞いは、太守もよくご存じのはずです」張邈がやはり何も答えないのを見て、陳宮は続けた。「一日のうちに辺譲《へんじょう》、袁忠《えんちゅう》、桓邵《かんしょう》という三人の賢人を誅殺し、その一族まで残らず命を奪いました。辺文礼《ぶんれい》はわれわれと同じ兗州の人士……」

　李封があとを受けて口を開いた。「そのとおりです。曹操は兗州の名家や豪族をつぶし、兵馬と糧秣《りょうまつ》を奪おうという魂胆です。このままでは、われわれ兗州の士人の被害が大きくなるばかりか、いずれは一人残らず始末されるでしょう」李封は曹操によって李家の勢力が分断されたことをずっと根に持っていた。もともと鉅野《きょや》の李氏は一族の力で県城を占めていたが、李乾《りけん》と李進《りしん》が進んで曹操に従うようになってからというもの、李封は、曹操は自分たち一族を利用するだけ利用して、用が済んだら邪魔者扱いするのではと、ずっと不安に思っていた。そのため、李封も意を決して曹操に盾突くことを選んだのである。

「これは李氏一族だけの問題ではありません。すなわち民にとっても大きな問題なのです」薛蘭もためらうことなく進言した。「このたびの徐州の戦ではあまたの民が被害に遭い、その死体で泗水の流れが止まったとか！　明日はわれらが兗州の番かも知れません。天下の民草のためというのに、力を尽くそうとはお思いにならないのですか」口では仁義を唱えているが、実は薛蘭にも自分に関わる心配事があった。息子の薛永《せつえい》がいまも陶謙のところにいるのである。曹操軍を引き返させるように仕向けなければ、万が一にも郯県を落とされたら、息子が命を落とすことは想像に難くない。

　張邈は目の前にいる三人のことをよく知っており、それぞれが私利を隠していることも見透かしていた。その一方で、曹操に対して自分が取るべき態度を決めることも、もはや避けては通れない問題だと感じていた。張邈は大きくため息をついた。「そなたらの来意はわかっておる……しかしな……」

「いまや悠長に考えている場合ではないのです。他人のためでなく、張太守も自分のために決断する必要があるのです」陳宮は思わず大きな声で訴えた。「いまや群雄が並び立ち、天下は乱れております。太守は広大な土地の民を率い、どこにでも打って出られるこの兗州にいるのです。剣の柄《つか》に手をかけてあたりに威を払えば十分に人の上に立つことができますのに、かえって人に抑え込まれておりますす。不甲斐ないとは思わないのですか！」

張邈は慌てて手振りで声を落とすように示すと、その場逃れの返答をした。「わしには軍を率いる才などない。そんな大それたことはできんよ。すまんな、どうかほかを当たってくれ」

陳宮はかすかに笑った。そのような答えは当然織り込み済みである。「張太守、あなたは現状を正しく見定めなければなりません。太守の首は、いまはまだかろうじてつながっておりますが、いずれ曹操に落とされることになるでしょう。袁紹が曹操に太守を殺せと命じた、違いますか」

張邈は驚きのあまりぶるっと身震いし、覚えず知らず自分の首に手を当てた。「どうしてそれを知っておる？」

「袁紹の使いが曹操に知らせにきたとき、わたしはそのそばにいたのです」

「しかし、孟徳は断った。あいつがわしを殺すなどありえん」その言葉とは裏腹に、張邈の顔は恐怖で引きつっていた。そのとき、陳宮が突然くつくつと笑いだした。張邈は背筋に寒気が走るのを感じた。「な、何がおかしい？」

「太守はまったくわかっていない、わたしはそれがおかしいのです。曹操が袁紹の使者になんと言って断ったか、わたしは一言一句違《たが》わずに覚えております。なんなら、ここでお聞かせいたしましょうか」陳宮は一つ咳払いをすると、曹操の傲慢な話ぶりを真似て言った。「孟卓《もうたく》はわが親友、その是非はひとまず措《お》いておこう。いま天下は乱れているのに、自分から内輪もめを起こすのはよくない」

張邈はうなずいた。「つまり、孟徳はわしを守ると決意したのではないか」

「決意したですと？」陳宮はまた笑った。「たしか張太守は東平《とうへい》の名家の出で経書にも通じておいでのはず。それがどうして、この含むところには気づかないのです？　曹操は『是非はひとまず措いておこう』と言いました。これはすなわち、ひとまず太守の功罪は論じないということ。そして、『いま天下は乱れているのに、自分から内輪もめを起こすのはよくない』と言ったのです。では、天下が定まればどうするつもりなのでしょうな」

張邈は力なくうなだれた。「信じられぬ。孟徳はずっとよくしてくれた。先ごろ戦に出るときも、家族をわしに託していったのだぞ」

「人がいいにもほどがあります」李封はしきりにかぶりを振った。「張太守は曹操に利用されているのです。やつは兗州に入ってまだ日が浅い。だから太守を使って兗州の士人を落ち着かせようとしているのです」

そこに薛蘭も割って入った。「そしてもし、やつが徐州を手に入れたなら、こちらの事情も変わってくるということです。ですから、やつが鄄城を落とすようなことがあってはならないのです」やはり薛蘭が案じているのは自分の息子のことである。

「駄目だ、わしにはできん」張邈は強くかぶりを振って断った。「そなたらは自分のことばかり

「……」

「この満天下に、自分のことを考えない者がおりましょうや！」陳宮が張邈の言葉を遮った。「孟卓殿、人は乱世にあっては利をもって結び、利が尽きれば離れるもの。韓馥《かんふく》のことを知らぬとは言わせませんぞ。韓馥がどんな最期を迎えたかは、太守が一番よくご存じのはず」張邈は韓馥のことを思い出すと震えが止まらなかった。

韓馥は冀州牧《きしゅうぼく》であったが、その地盤を袁紹に譲った。袁紹も表向きは韓馥を厚くもてなしていたが、実際は密かにあの手この手で韓馥を苦しめていった。韓馥は心中安らかならず、ついには一人で河北《かほく》を離れ、陳留の張邈のもとへ身を寄せたのである。

ところが、韓馥が陳留に着くと、そのすぐあとには袁紹からの使者が姿を現し、張邈に韓馥を殺すよう迫った。その当時、張邈はまだ袁紹と良好な関係にあったが、かといって、名のある者の殺害に加担することも憚られ、その使者には適当に話を合わせて答えていた。しかし、韓馥は内心の不安に押しつぶされ、張邈が使者と接見しているあいだに首を吊《つ》って死んでしまった。

張邈の目に恐怖の色が浮かんでいることに、陳宮は早くから気づいていた。「あのとき、太守には韓馥を殺すつもりなどなかった。しかし、やはり韓馥は太守のせいで死んだのです。そしていま、太守にお鉢が回ってきたというわけです……わたしから改めてお教えしましょう。袁紹は韓馥に死を迫り、曹操は王匡《おうきょう》を殺しました。あの二人は同じ穴の狢《むじな》なのです」

張邈はもう何が何だかわからなくなり、必死で手を振って抗《あらが》った。「わしはそなたらを信じぬぞ！そなたらはむやみにかき乱し、わしと孟徳の仲を割こうとする。孟徳がわしを殺すことなどありえん。

数年来、兄弟同様に付き合ってきたのだぞ」

そのとき突然、戸の向こうから叫び声が聞こえてきた。「あんたが兄弟と思っても、向こうがそう思っているとは限らんではないか！」

四人は飛び上がらんばかりに驚き、すぐに剣を抜いて構えた。そうして戸がゆっくりと開いたとき、薄暗がりのなかに微笑む顔が浮かび上がった――張超《ちょうちょう》である。

「兄上、本当に兄上の兄弟と言えるのは俺だけだ！」張超は戸を閉めた。「さっきからの話はここで聞かせてもらった。俺たちでやってやろう！」

「そうです！　やはり張孟高《もうこう》殿は敢然たる正義の士だ」陳宮ら三人は張超を褒めそやした。

「孟高、余計な口を挟まんでよい」張邈は弟を睨みつけた。「ろくに将兵もいないのに、自ら死地に赴くことなどできん」

張超は兄の肩をぽんと叩いた。「兄上は事に当たってずいぶん迷っているようだが、そもそも袁紹はなぜ兄上を殺そうとしたのか。その問題を引き起こしたやつにその責任を取らせるべきだろう？」

そこで張超は、袁紹が張邈に殺意を持つに至った経緯を話しはじめた。長安が李傕《りかく》らの手に落ちたあと、呂布《りょふ》は董卓《とうたく》の首級《しるし》を手に、残った并《へい》州の兵を率いて南陽《なんよう》の袁術《えんじゅつ》のもとに身を寄せた。呂布自身は、董卓を誅したことは袁家にとっても仇を討ったことになるので、袁術は自分を受け入れてくれるに違いないと考えたが、袁術は叛服《はんぷく》を繰り返す呂布を嫌って受け入れなかった。そのため呂布は、袁術といがみ合っていた袁紹のもとにまっすぐ駆け込んだ。

袁紹は快く呂布を迎え入れ、黒山《こくざん》の賊軍を攻めるときにも同行させた。呂布の武勇は尋常ではなく、数度の戦ではすべて勝利を収め、目覚ましい働きを見せた。しかし、勝ち戦を重ねると同時に、呂布の態度はしだいに尊大になっていった。ひっきりなしに兵糧を求めてくるばかりか、軍の拡充をも袁紹に要求してきたのである。しかも、董卓のもとにいた呂布の率いる并州軍は、冀州においても平然と略奪や殺戮といった悪事を働いた。そのため、袁紹も日増しに呂布を疎《うと》ましく思うようになっていった。

呂布のほうもそれに気がつき、袁紹のもとを離れようと考えた。袁紹は、呂布を生かしておけば必ずやのちの禍になると思い、密かに刺客を放った。幸い呂布は刺客の手から逃れ、すぐに河北から脱出すると、河内《かだい》郡にいる同郷の張楊《ちょうよう》のもとへと奔《はし》った。冀州から河内へと向かう途中に陳留がある。張邈は後漢の八厨《はっちゅう》［清流派の党人における格づけの一つ］の一人に数えられ、人士との交わりを好む人物である。呂布が董卓を誅殺したと聞き、張邈は陳留を通りがかった呂布を手厚くもてなした。そればかりか、呂布が出立する際には自ら見送った。しかし、このことが袁紹の不興を買い、袁紹は曹操に張邈を殺すよう命じたのである。

ひとくさり話し終えると、張邈も弟の言わんとすることがようやく飲み込めた。「なるほど、お前は呂布を兗州に引き込めというのだな？」

「そのとおり」張超は鼻息も荒く返事をした。「曹操がなんだというのです。袁紹の脛にかじりついているだけで、あんな男に先はありません。呂布の勇猛果敢さは曹操をはるかに凌駕しています。呂布さえ来てくれればこちらのもの」

「それはいい考えです」陳宮は拱手《きょうしゅ》し、改めて張邈に訴えた。「いま曹操は軍を率いて徐州におり、兗州は留守になっています。呂布は歴戦の勇士、もしこれを引き込んでともに兗州を治め、天下の形勢と風向きの変化を読んでその時を待てば、一気に名を揚げることができましょう！」

「しかし、そんなにうまくいくだろうか」張邈はためらって決断を渋った。

「兄上は自分で一旗揚げようって気持ちはないのか。俺たち兄弟が出世する番じゃないか！」張超は張邈の腕をとって発破をかけた。

「張太守、ご心配には及びません。許汜《きょし》と王楷《おうかい》は早くから曹操に対して不満を抱いており、もうすでに毛暉《もうき》、徐翕《じょきゅう》、呉資《ごし》と連絡を取るために向かっています。いまや兗州のすべての者が曹操に背を向けているのです。これで曹操も一巻の終わりです」陳宮は冷たい笑みを浮かべた。

李封が高らかに宣言した。「この反旗は兗州の士人のために！」

「同時にまた兗州の民を苦しみから救うために！」薛蘭がそれに付け加えた。張邈はまた震えだしたが、額を伝う冷や汗をぬぐうと、ようやく言葉を絞り出した。「そ、そうだな……では、やってみるか……」

第十四章　反乱と流亡の危機

劉備《りゅうび》の襲来

陶謙《とうけん》は守りに徹し、一度たりとも城を出て戦うことはなかった。そのため、威勢よく攻め込んだ曹操軍ではあったが、さすがに東海《とうかい》郡の県城をすべて抜くことはできず、その攻勢も陶謙が逃げ込んだ郯《たん》城［山東省南東部］にまでは及ばなかった。そうしていたずらに時間を費やしているうちに、兵士たちの士気もしだいに低下していった。

曹操はこの局面を打開するため、ゆっくりと兗《えん》州へ撤退するよう軍令を出した。ただ、その一方で、密かに敵の動向を探ることは怠らなかった。

果たして、曹操軍が東海郡の境界から撤退したと知るや、陶謙は防備を緩め、民らも城を出て農地に戻った。曹操はこの機会を逃さずすぐに軍を取って返し、再び東海郡に攻め入った。電光石火の侵攻で立て続けに五つの県城を抜き、先手《さきて》の軍は陶謙の大本営である郯城に向かって刻一刻と近づいていった。陶謙はやむにやまれず、自分からもっとも近くにいる、公孫瓚《こうそんさん》が任命した青《せい》州刺史《しし》の田楷《でんかい》に救援を求めた。田楷は援軍を出すには出してきたが、なんと曹操軍の威勢に恐れをなし、遠く東海郡の境界あたりに陣を構えて声を上げるばかりで、まったく援軍の役目を果たさなかった。郯城はいよいよ絶体絶命、徐州《じょ》の陶謙もこれで一巻の終わりかと思われた。

しかし、そこで曹操にとっては思いも寄らないことが起こった。郯城をはるか遠く視界に捉えはじめたころ、突然一隊の敵の援軍が駆けつけてきたのである。一万にも足りない雑兵《ぞうひょう》の軍ではあったが、大胆にも大通りの真ん中に陣を布《し》き、堂々と怯《ひる》むことなく曹操軍の東進を遮った。これは自ら死地に飛び込んできたに等しい。

その一隊を率いる者は、これといった印象もない小物――平原《へいげん》の相《しょう》の劉備《りゅうび》であった。

「よくもぬけぬけと……これは戦《いくさ》だ。私的な復讐などでは断じてない！」曹操は劉備から届いた宣戦布告の文書を引き裂いた。「劉備だと……どこの馬の骨とも知れん小物がよくもこんなものを送りつけおって。身の程知らずにもほどがある！」

曹操は怒りも露わに諸将をぐるりと見回した。「平原の相……何が平原の相だ。誰かこの劉備とかいうやつを知る者はいないか」

諸将は互いに顔を見合わせてかぶりを振った。そして最後には、西側の上座に座っていた朱霊《しゅれい》が口を開いた。「将軍に申し上げます。それがし、いささか存じております」

朱霊が西側の上座に座っているのは、地位が高く、指揮する兵馬が多いためではない。それは朱霊が曹操軍の陣営の者ではなく、曹操の徐州攻めに当たって袁紹《えんしょう》が遣わしてきた将だったからである。袁紹は朱霊に二人の副将と三隊の兵馬を与えて加勢によこしたのだが、実際はうまい汁を吸おうという魂胆に過ぎない。

この半年来、曹操は冷静にこの朱霊という男を見てきた。一千あまりの兵馬を率いてきただけだが、軍の指揮にかけては曹仁《そうじん》や于禁《うきん》にも劣らず、いざ戦場に出て武勇を振るえば楽進《がくしん》や夏侯淵《かこうえん》にも引けを取らない。まさに良将と呼ぶにふさわしい。いかんせん、朱霊は袁紹の配下の将である。よく言えば友軍ではあるが、その実態は袁紹が曹操のもとに送り込んできた目付役と言ってよい。そのため、心の底からは朱霊を信頼することができず、曹操の話し方もおのずと丁寧にならざるをえなかった。「文博《ぶんはく》殿はこの劉備を知っておいでか。では、みなに聞かせてはやってくれぬか」

朱霊はあごがしゃくれ、その目はいつも大きく引んむかれているので、何を話しても他人には傲慢に映ってしまう。「この劉備、字《あざな》は玄徳《げんとく》といって、涿《たく》県［河北省中部］の出身です。公孫瓚が平原の相に任命して、青州で刺史を騙《かた》る田楷の指揮下に入っております。それがしは河北《かほく》で劉備と一戦交えたことがあります」

青州の情勢は北方の各州のなかでも、もっとも混乱を極めている。袁紹が臧洪《ぞうこう》を暫時の青州刺史に任命すると、公孫瓚も部下の田楷を刺史に任命し、双方が青州の地を分けあっている。そのほかにも、北海《ほっかい》郡の太守《たいしゅ》を務める孔融《こうゆう》は長安《ちょうあん》の朝廷を尊奉《そんぽう》し、青州に跋扈《ばっこ》する黄巾《こうきん》賊も依然として一部の県城を占拠している。さらには徐州の豪族である臧覇《ぞうは》も沿海の数県を占領しているので、それぞれが互いに牽制し合い、まさに入り乱れた様相を呈している。

「くそったれ、何様のつもりだ。ただの紛《まが》いもんじゃねえか」楽進が声を張り上げた。「田楷は怖気づいたから、代わりに部下を送り込んだに違いない。劉備ってやつも、よくものこのこと出て来たもんだ。とんだ命知らずだな」

「文謙《ぶんけん》殿、それは違うな」朱霊が笑いながら異を唱えた。「それがしの見るところでは、この劉備という男、田楷ごときは言うまでもなく、その深謀遠慮は公孫瓚の上をいくぞ」

「これはまたずいぶん持ち上げますな。さすがにそれは言い過ぎじゃありませんか」楽進も高らかに笑った。「まさかご自身で身をもって知っているとか」曹操軍の諸将は朱霊に対して敵意がある。楽進の台詞にはいくぶんかの皮肉が込められていた。

「劉備は負けてばかりの将、それがしが敗れるなどありえん」朱霊は自分の頭をとんとんと指さした。「この男が武勇に長けているというのではない。頭がよく回るのだ」

「ほう?」それには曹操が興味を示した。「なぜわかるのだ?」

「聞くところでは、はじめこの劉玄徳は筵《むしろ》を編んだり草鞋《わらじ》を売っていたそうです。その後、郷里を離れて公孫瓚と一緒に盧植《ろしょく》のもとで『尚書《しょうしょ》』を学んだとか……」

楽進が手を揉みながら口を挟んだ。「たかが草鞋売りが何を読んだですと?」

朱霊はかぶりを振った。「文謙殿は書を読まぬゆえ、その効用を知らぬのです。それに劉備は本気で『尚書』なんぞ学ぶつもりはさらさらなかった。ただ盧植の弟子という名声が狙いだったのです。そうした経歴があったればこそ、郷里に帰っては大いに名声を揚げ、黄巾の乱のときには中山《ちゅうざん》を通りがかった大商人の張世平《ちょうせいへい》と蘇双《そそう》から援助を引き出せたのです。そして旗揚げすると、官軍に加勢して幾度か黄巾と戦い、のちには朝廷から中山郡安喜《あんき》県［河北省中部］の県尉《けんい》に任命されました」

「安喜県の県尉?」曹操の目がきらりと光った。「かつて済南《さいなん》の相《しょう》をしていたころ、先々帝は十常侍《じゅうじょうじ》の意のままに軍功のあった者を罷免した。しかし、安喜の県尉が朝廷の命《めい》を不服とし、督郵《とくゆう》を木に吊《つ》るし上げて百以上も鞭打った挙げ句、官を捨てて逃げていったと聞くが……」

朱霊が膝を打って答えた。「間違いありません。それこそが劉備です」

「はっはっは……」それまでの怒りもどこへやら、曹操は途端に相好《そうごう》を崩した。「どうやらその劉玄徳とやらは、筋金入りの大胆なやつだな。なかなかやるのう」

さらに朱霊が続けた。「劉備は官を捨ててあちこちを転々とし、ちょうど何進《かしん》が募兵のために丹陽《たんよう》に派遣していた都尉《とい》の毌丘毅《かんきゅうき》に出くわしたのです」当時、何進は宦官の力を恐れて各地の兵馬に都入りするよう通達していた。毌丘毅もその一人である。「劉備は毌丘毅を奇貨居《きかお》くべしと考え、ずっと付き従っていきました。そして北上する途中、下邳《かひ》で黄巾賊の残党に出くわし、一戦を交えました。勝ちを得たものの時間がかかりすぎ、そのときにはすでに董卓《とうたく》が都入りしていました。毌丘毅は加勢してくれた劉備に感謝し、劉備を官職につけるよう上奏しました。そして下密《かみつ》［山東省東部］の県丞《けんじょう》となり、また高唐《こうとう》［山東省北西部］の県尉に移ったのです」

そこでまた楽進が割り込んできた。「県尉や県丞なんざたいした官でもないでしょうに。俺なんてひと声かけただけで千人も集めたんですから。そいつよりすげえでしょう？」

朱霊は楽進を見遣って笑いかけた。「文謙殿、それも違うな。官と匪とは同じ一つの文字といえど、その違いは天と地ほどの差がある。そなたが何の名分もなく一旗揚げてもそれはただの匪賊だ。朝廷はそなたを掃討することができる。一方で、大なり小なり官職にある者が旗揚げすれば、それはお上の義勇軍だ。反乱を起こさない限り、誰にも手出しはできない。この差は大きいと思わんかね？」

「そうだ。もしわたしが同じ立場なら、やはりそうしただろう」曹操が髭をしごきながら同意した。

「そして天下が大いに乱れると、劉備は昔の伝手《つて》で公孫瓚を頼り、配下に加わって別部司馬《べつぶしば》となりました……」

そこでまた楽進が口を挟んで朱霊の話を遮った。「あっちにもこっちにも尻尾を振って、節操のない恥知らずですな」

曹操は何かがおかしいと感づいた。朱霊が二言三言話すたびに楽進がいちいち割って入り、話の腰を折っている。楽進はわざと朱霊の邪魔をしているに違いない。そこで曹操はほかの者に目を向けた。すると、夏侯淵も曹洪《そうこう》も何やら楽進に目配せしている。なるほど、ここらが悪巧みをして愚直な楽進をそそのかし、一緒になって朱霊に難癖をつけているのか。

曹操は、いずれ自軍のなかで派閥抗争が起きるのではと密かに案じて、すぐに叱責した。「その口を閉じろ。人の話をちゃんと聞け！」

そこで朱霊がまた話しはじめた。「劉備は公孫瓚のために何度か戦いましたが、結局は敗北のほうが多かったのです。その後、公孫瓚が黄河付近で黄巾賊を破り、黄河を渡って青州にまで入ると、劉備は田楷の配下へと入れられました。そして田楷が偽の青州刺史に任じられたとき、劉備も平原の仮の県令に昇進し、またしばらくして平原の相についたというわけです」

そこで朱霊は、誰も口を挟んでこないのがかえって落ち着かないかのように、いったん楽進の様子を窺ってから続けた。「ただ、これは公孫瓚がうわべを飾ろうとして官職を与えたに過ぎません。実際には平原国のいくつかの県を手に入れただけで、ぬけぬけと平原の相などと名乗っているのです」

「ふっ、公孫瓚め、愚かなやつよ。そんなつまらぬ名誉のために有名無実の官職を乱発すれば、わざわざ他人の怨みを買うことになるだけだ」曹操は冷たい笑みを浮かべた。「劉玄徳も高が知れている。見識もない凡庸な人物だな。公孫瓚などのもとに身を寄せていては先も知れているだろうに」しかし部下の手前、曹操はある思いについては胸のうちにしまい込んだ。劉備という男は学問を借りて名声を上げ、名声を借りて挙兵を図り、挙兵によって功名を立て、功名を立てて他人に取り入った。そうしてとうとう平原の相にまでなったのである。しがない草鞋売りが、とくに優れているわけでもないのに、いまの地位にまでのし上がったのは尋常なことではない。自軍の諸将を見渡してみても、劉備より下賤《げせん》の出の者がいるだろうか。それなのに、劉備より身分の高い者などおりはしない。ただ、そのようなことは自分だけがわかっていればいい。下手に部下に聞かせて、何かよからぬ考えでも起こさせてはかえって面倒なことになる。

楽進の短気も筋金入りである。口を挟むなと命じられていたのに、居ても立ってもいられずに劉備を罵った。「将軍の仰るとおりです。劉備なんてたいしたことありません。力があるなら戦場で一丁勝負してやる。俺さまにも歯が立たねえくせに何が宣戦布告だ、ふざけやがって！」

曹操は、小さな体をひょこひょこと懸命に動かして文句を言うその様に思わずおかしみを覚えたが、楽進にはそれ以上かまわず、たったいま引き裂いたばかりの竹簡を拾い集めた。「だが……劉備が一万の雑兵で勇敢にも立ち向かってくるというのなら、こちらとしても受けて立ち、きちんと返書を出してやらねばなるまい。向こうが一万なら、こっちも一万の兵を出そう。これなら相手の顔も立つ。明日にも対陣だ。誰か劉備を捕らえてやろうという者はいるか」

「お任せください！」楽進と夏侯淵が、朱霊に先陣を奪われまいと一斉に立ち上がった。

「よかろう。では、二人に任せる。劉備を捕らえた者には十分な褒賞をつかわすぞ」曹操は筆を執って返書をしたためながら独りごちた。「劉備か……一度会ってみたいものだな」
朱霊はかすかに笑みを浮かべ、内心でつぶやいた――劉備を捕らえるだと？　そんなことは考えるだけ無駄だ。ひとたび戦がはじまれば、劉備の逃げ足は脱兎のごとく、いや、それ以上だということを知らんのだ――

あくる日の早朝、曹操軍と劉備軍は正面切って陣を構えた。曹操は夏侯淵と楽進に精兵一万を率いて出陣させ、自身は戦局を俯瞰するために、青州兵の本隊とともにほど近い小山に陣取った。曹操軍の将兵は正面の敵兵を見ていきなりやる気を削がれた。敵も一万とはいえみすぼらしいにもほどがある。陶謙が揃《そろ》えた丹陽《たんよう》の兵、公孫瓚のところから来た幽《ゆう》州の騎兵、ひと目でそれとわかる烏丸《うがん》の兵などが混ざっているばかりか、さらにその大部分を占めるのは、長柄の矛をまともに持ち上げられないような痩せこけた民百姓なのである。

このような寄せ集めの軍では戦うことはおろか、軍令さえ守られればよしとせねばなるまい。そんな烏合の衆が横暴の限りを尽くす曹操軍の前に立ちはだかったのである。これでは自らの命をもてあそぶに等しい。

楽進は恐れおののく敵兵を見るにつけ、ますます頭に血が上ってきた。そして、名乗りを上げることさえせずに、自身が指揮する五千の兵馬を従えて突っ込んだ。夏侯淵も一番手柄は譲らんとばかりに、すぐさま自分の兵馬に突撃を命じた。敵もその様子を見て慌てて応戦したが、双方の軍がぶつかるや否や、劉備軍の陣形はもろくも崩れた。丹陽兵は揚《よう》州の者ばかりで、これは明らかに陶謙が地元の伝手《つて》を頼ってかき集めた兵である。もとより徐州のために己の命をかけるつもりは毛頭なく、前進するより後退する者のほうが多いようなありさまだった。その一方で、幽州の鉄騎兵と烏丸の兵士らはさすがによく戦ったが、いかんせん圧倒的に数が少ない。当地の民百姓らに至っては、土地を守る意気込みだけはあるものの、やはり調練が足りないため戦力にはならず、一人また一人と突っ込んでは散っていった。

しばらくすると、劉備軍のうち、丹陽兵はそのほとんどが戦線を離脱した。残った者はあきらめずに曹操軍と力戦したが、衆寡敵せず、しかも精兵と雑兵の差は一目瞭然で、防ぎ止めるのが精いっぱいであった。楽進は戦端が開かれてからずっと先頭を駆け続けていた。手にした画戟《がげき》を風車のように回しては、何人もの敵兵を一気になぎ払い、劉備を生け捕りにするために、腹心の兵士らとともにひたすら中軍の大旆《たいはい》を目指して突っ込んだ。夏侯淵も負けてはいない。大軍の兵士を指揮して白兵戦を繰り広げ、戦場では途絶えることなく鬨《とき》の声が沸き起こった。

ただ、曹操だけは釈然としない気持ちがぬぐえなかった。あばらの浮き出た徐州の民は蟷螂《とうろう》の斧と知りながら、次々に命を奪われても一切後退する様子を見せないのである。誰もが必死で槍を繰り出し、死の間際には徐州の平和を願って声を上げていた——どうやら城を落とした先々で皆殺しにしてきたせいのようだな。やつらは恐れのあまり、そして怒りのあまり、本気でこの曹操とやり合うつもりだ——

曹操の心に葛藤が生じはじめた。復讐のためとはいえ、こんなに多く殺す必要があるのか。徐州全土を更地にしたとしても、父と弟はもう帰ってこない。もし俺が復讐される側になったとして、兗州の民が虐殺されたら、俺はいったいどうするだろうか……どんどん殺せばみな恐れてひれ伏すだろうが、かえって人徳を落とすだけだ……それに闕宣《けっせん》と張闓《ちょうがい》の二人はすでに陶謙が始末した。ならば、あとは陶謙を討つだけではないか！　だが、ここまでやった以上もうあとには引けぬ。このまま殺し尽くして郯城を落とし、陶謙の一族を血祭りに上げたら終わりだ……陶謙は死なず、徐州も平定できずでは、俺にとっては永遠に悩みの種になる……殺すんだ……殺し尽くせ……すべてが灰燼《かいじん》に帰してこそ、すべてが生まれ変わるんだ……

ちょうど曹操が思いにふけっていたそのとき、山の裏手から騒ぎ声が聞こえてきた。十数人の幽州の騎兵が密かに裏手に回り、無謀にも曹操の命を狙って山を駆け上がってきたのだった。むろん曹操軍は兵士が幾重にもなって曹操を守っている。これっぽっちの数では、どれほど果敢に挑んだところで焼け石に水である。このたびの戦は曹操軍にとって何も死戦というわけではない。しかし、曹操にとっては、これまでに経験したことのない不思議な戦でもあった。というのも、これまでにも黄巾を平らげ、董卓を討ち、袁術《えんじゅつ》と戦い、そして徐州を蹂躙《じゅうりん》してきたが、この十数人の騎兵のように自ら進んで命を捨てる相手とは戦ったことがなかった。曹操はどこか滑稽味すら覚え、腰掛けの上に立つと、振り向いてそのわずかな「奇兵」を望み見た。

その十数人は一人ひとりが武勇を発揮し、敵の大軍を前にしても一向に怯まず、破竹の勢いで軍馬を駆って、どんどん突き進んできた。先頭に立つのはどうやら部隊長のようで、とりわけ人目を引く容貌をしている。身の丈はゆうに九尺［約二メートル七センチ］はあり、鎧兜の上にはもえぎ色の戦《せん》袍《ぽう》を羽織っている。腰から下にも色を揃えた草摺《くさずり》を垂らし、脛当《すねあて》に虎頭《ことう》の軍靴《ぐんか》、そして雪のように白い軍馬に跨がっている。その顔は赤みがかって額は広く、切れ長の目に臥蚕眉《がさんび》［湾曲した太く濃い眉］、唇は紅を塗ったかのようで、見るからに河北の人間ではなく、関西《かんせい》［函谷関以西の地《かんこくかん》］の偉丈夫《いじょうふ》といった顔つきである。二十そこらの歳に見合わず、左右の頬と口の左右、そしてあごから一尺［約二十三センチ］あまりも髭が垂れ下がり、その一挙一動は飄々として華麗、まるで天界から武神が降り立ったかのごとくである。手には長さ一丈［約二・三メートル］ばかりある大刀、その切っ先は半月のごとく、鋭く冷たい光を放っている。人間業とは思えぬほどの武勇を発揮し、その偃月刀《えんげつとう》を舞わせるごとに血飛沫が噴き上がる。曹操軍の兵士の頭部が次々と空に打ち上げられ、腕や脚を切りつけられた者は大声で悲鳴を上げていた。

この男が連れる十数人の勇士も、誰もが無我夢中になって絶えず前へと突き進み、麦でも刈るかのように敵をなぎ払ってはどんどんと山を駆け上がってくる。気がつけば、一人の負傷者を出すこともなく、とうとう山の中腹まで登ってきた。

曹操はこれほどの猛将を見たことがなかった。目は釘づけになり、倒されているのが自分の兵であることも忘れるほどに見とれていた。曹操が座ったままでいたならば、たいしたことにはならなかったかもしれない。しかし、曹操は腰掛けの上に立ってすっかり目を奪われていた。そのうえそばには纛旗《とうき》［総帥の大旆《たいはい》］が突き立てられており、赤い房のついた兜までかぶっていては、自分の居場所を自ら教えているようなものである。

「来ました！　将軍、早くお逃げください！」楼異《ろうい》は裏返った声で叫びながら刀を横たえ、ぼんやりと突っ立っている曹操の前に仁王立ちした。

たった十数人が、思いも寄らず山上まで駆け上がって来たのである。曹操軍の将兵たちは騒然となってそれぞれが刀を振り出し、剣を抜き、槍を構えた。曹洪、于禁、朱霊といった将も馬の用意が間に合わず、得物《えもの》を手にして続々と曹操の前に集まって来た。

そのとき、鋭い馬の嘶《いなな》きが虚空を切り裂いた。赤ら顔の大男が切れ長の目をかっと見開いている。ついに曹操を視界に捉えたのである。悪鬼《あっき》のごとき形相で大刀を振りかざして突っ込んで来た。曹操軍の兵士らはまるで何かに憑かれたかのように、刀も槍も剣も戟もすべて出して受け止めた――がしゃがしゃん！　何種類もの武器が一つになって火花を飛び散らせた。耳をつんざく甲高い音が響き渡った。こうして力を合わせ、敵の渾身の一撃をみなで食い止めた。

「矢だ、矢を放て！　さっさと矢で仕留めるんだ！」曹洪が大慌てで刀を振り上げながら命じた。総帥を守るためには敵味方などとかまっている場合ではなかった。虎豹騎《こひょうき》［曹操の親衛騎兵］の衛兵らは一斉に矢を射かけた。頭上を飛んで空気を切り裂く音が聞こえたかと思うと、飛蝗《ばった》の群れのように空を埋め尽くす矢が飛んでいった。すると瞬く間に、敵兵のうち四人が馬から転げ落ちたが、最前線で食い止めていた味方の兵も犠牲になり、曹洪までが背中に二本の矢を受けた。

その大男は光り輝く大刀を満月を描くように操って、降りかかる矢を次々に落とし、かすり傷一つ負わなかった。曹操軍は衛士も将兵も一緒になって命を投げ出し、得物を振りかざして敵を押し込んでいった。文字どおり人垣を作って曹操を守った。ひゅんひゅんと鳴る矢の下で、曹操は呆然と立ち尽くしていた。

二の矢三の矢と放つうちに、さすがの敵兵もほとんどが矢傷を負った。その大男もとうとう持ちこたえられず、大刀を横ざまに振り払って詰め寄せてきた兵卒をなぎ倒すと、馬首を回《めぐ》らして山を駆け下りていった。曹操軍の将兵らは、追いかけるよりも先に曹操のもとに集まり、曹操の安否を気遣った。虎豹騎の衛兵は最後まで矢を射かけたが、大男は一分の隙《すき》もなく大刀を舞わせ、前は道を塞《ふさ》ぐ兵を打ち倒し、後ろは飛んでくる矢を防いで、あっという間に囲みを解いて山を下り、残った三騎を連れて颯爽と去っていった。

「くそったれ！」曹洪はいきりたちながら鎧に刺さった矢を抜き、口を極めて罵った。「お前らどこに目をつけてるんだ！　むざむざと逃がしやがって！」

その男が遠くまで逃げ去ったのを見ると、曹操は誰の落ち度か突き止めようともせず、ただ、胸いっぱいに溜まっていた息を大きく吐き出して緊張を解いた。曹操はぐったりと腰掛けに腰を下ろすと、額にびっしょり浮かんだ冷や汗をぬぐった。「危なかったな……」

曹操を取り囲む諸将は一様に暗い顔つきをしている。これだけの将兵がいながら、たった十数人の敵に眼前まで攻め込まれたのである。堂々としていられるわけがない。于禁は落ち着きを取り戻すと、戦場を振り返って訝《いぶか》りの声を上げた。「みんな、見てくれ！」

于禁の示すほうに顔を向けると、劉備の軍隊は必死で逃走を続け、その陣営にはほとんど誰も残っていなかった。ただ、幽州の小さな騎馬部隊だけがなおも曹操軍に食い下がっている。そのなかでひときわ目を引くのが、武器をめちゃくちゃに振り回して暴れている、黒い戦袍を羽織った若年の将である。得物で曹操軍の兵士を叩き切り、突き刺し、なぎ払い、打ちつけるその戦い方は、どんな武芸の法則にも当て嵌《は》まらない。見ている者まで目がくらむほどの凄まじさで、実際、その若い将が何を操っているのかわからなかった。その将と数十人の奮戦ぶりは、実に百倍する自軍の兵が攻めあぐねるほどであり、戦いながらもじわりじわりと退いていった。そして最後には蜘蛛の子を散らすように逃げ出して、なんと一人も生け捕ることができなかった。その黒い戦袍の将は、得物を繰り出す手を止めて戦場を離れていった。その将が手に握っていたのは長柄の矛だった。その男は駿馬を駆けさせ、回り道をしながら郯城のほうに向かい、瞬く間に影も形も見えなくなった。

「あの黒の戦袍を着たのが劉玄徳か」曹操は答えを知りたがる子供のように朱霊に尋ねた。

朱霊はかぶりを振ると、意味ありげに答えた。「ありえません……劉備なら、おそらく丹陽の兵に紛れて早々に雲隠れしているでしょう」

曹操は残念がることしきりであった――あの赤ら顔の大男、それにいまの黒い戦袍を羽織った若い将、どちらも万夫不当《ばんぷふとう》の猛者ではないか！　楽文謙や夏侯妙才《みょうさい》でも、やつらの武勇には歯が立たないだろう。なぜあれほどの者を配下にできなかったのだ？　しかも、よりによって草鞋売りの劉備のもとにいるとは、腹立たしいやら羨ましいやら……もしやつらが兵馬を調練し、再び敵として相まみえたなら、きっと厄介な相手になるに違いない――そこで曹操はすっくと立ち上がり、すぐさま軍令を伝えた。「いますぐに軍を進めて劉備の本陣を叩きつぶせ！　やつらが二度と戻って集まれぬようにするのだ！」

軍令が出されるや、戦場にいた兵も小山に陣取っていた兵も黒山の人だかりとなって東になだれ込み、曹操軍は当たるべからざる勢いで劉備の本陣に攻め込んだ。

しかし、そこではもう戦にならなかった。劉備は早々に部下の将兵をまとめて逃げ出しており、敗残兵が戻ってくることもなかった。兵糧や武器もみなそのまま放り出されており、すべて曹操軍が自分たちのものとした。曹操は悔しくもあり、おかしくもあった。これほど無茶苦茶な戦い方はいままで見たことがない。とはいえ、曹操にとってはありがたいことである。劉備の本陣を利用すれば、それだけ自軍の手間が省ける。もう郯城は目と鼻の先にある。陶謙の顔を拝むまで、あとはあの頑丈な城壁を残すのみであった。

曹操は前方のほど近くにある郯城を望みやった。城壁の高さは二丈［約四・六メートル］ほど、その上には軍の兵士と民兵がひしめいている。ふんだんに用意された弓矢、積み上げられた丸太、死んでも城を守り抜くという覚悟は十分のようである。父と弟を殺された恨みを晴らすため、そして西のかた河南尹《かなんいん》を目指す際の後顧の憂いを除くため、ここで徹底的に方《かた》をつけなければならない。見るも大きな郯城はそう易々と落ちそうもない。しかし、たとえどれだけの日数がかかっても陶謙を捕らえ、その勢力を根絶やしにする必要がある。

曹操が郯城を包囲せよとの軍令を発しようとしたちょうどそのとき、背後から笑い声が聞こえてきた——卞秉《べんへい》である。卞秉が兗州からやって来て、いま、楽進らと楽しげに語らいながら近づいてきた。

曹操は訝《いぶか》った。「ここへ何をしに来た？」

卞秉はにこにこと笑いながら答えた。「荀《じゅん》先生から軍を慰労するように言付かってきたのです」

「何が軍の慰労だ」曹操はまた振り返って郯城を見据えた。「この戦は難しいものになる。こちらも相当な覚悟をせねばなるまい」

卞秉は笑顔を崩さず、みなに訴えた。「さあさあ、みんな持ち場に戻ってくれ。俺はちょっと内輪のことで義兄《にい》さんに話があるんだ」

卞秉にそう言われると、みなもわきまえて離れていった。すると卞秉は曹操の耳元に口を寄せてささやいた。「人払いしたのは将兵の気持ちを考えてのこと。この戦はもうやめです」

「なんだと？」曹操は思わず聞き返した。

「兗州で反乱が起きたのです。兵を連れて知らせに来ましたが、わたしもあやうく捕らえられるところでした」

曹操は大きくため息を漏らした。「なんと……半年かけて戦った挙げ句、その功績をすべて捨てねばならず、父の仇も討てないというのか……で、反乱したのはどこの郡だ？」

卞秉は鼻の頭をかきながら、あくまで冷静に答えた。「張邈《ちょうばく》と陳宮《ちんきゅう》の二人が反旗を翻し、呂布《りょふ》まで引き込みました。いまでは兗州のすべてがわれらに背き……残すは三つの県城のみ……」

曹操はまるで胸を何かで貫かれ、五臓六腑をえぐり出されたかと思うほどの衝撃を受けた。しかし、堂々とした態度は崩さずに振り返った。「楼異！」

「はっ、ここに」楼異が近づいてきて曹操に包拳《ほうけん》の礼を取った。

「郯県の城壁は高く、敵も死に物狂いだ。にわかには攻め落とせぬゆえ、全軍引き上げを命じる――凱歌をうたいながら景気よく兗州に戻るよう軍令を伝えよ」曹操は楼異にそう命じると、深く沈んでいた心がなんとなく軽くなったような気さえした。徐州は手に入れられず、たちまちにして兗州まで失ってしまった。

これでまたすべてが仕切り直しである……

内心の焦りは尋常ではなかった。しかし、軍を急《せ》かして兗《えん》州に戻らせるわけにはいかない。自分たちの帰る場所がなくなったと兵士たちが知った日には、どんな変事が待ち受けているかわかったものではない。もし一人が軍を抜けて逃げ出せば、瞬く間に一千人が倣《なら》うだろう。とりわけ青《せい》州兵は、兗州の地に何か思い入れがあるわけでもない。ひとたび浮き足立てば一斉に去っていくに違いない。それどころか、なかには曹操の首を手土産にして呂布《りょふ》や陳宮《ちんきゅう》のもとへ駆け込む者さえ現れるかもしれないのだ。

道すがら、曹操は幾度も軍議を開き、時間をかけて兗州の情勢を諸将に知らせていった。むろんその際は、実際の状況よりも事態を軽く伝えた。そして諸将も、自分の指揮下の部隊長にはさらに曖昧にして伝えたので、情報が下へと伝わって兵士らの耳に届いたときには、兗州で匪賊がちょっとした騒動を起こしたことになっていた。曹操軍は意気揚々と凱歌をうたいながら、徐《じょ》州で鹵獲《ろかく》した輜重《しちょう》を運びつつ兗州へと引き上げていった。しかもその途上では、徐州から追って来た曹豹《そうひょう》をいともたやすく破るという戦果も上げた。

ほかの者はともかく、一族の者まで欺いて隠し通すわけにはいかない。真実を聞き、曹家の男たちは一様に色を失った。待ち受けているのは兗州全土による反乱である。曹操の胸中を占めるのは焦りだけではなく、いまや悲しみと恐れとが綯《な》い交《ま》ぜになっていた。反乱の先頭に立つのは、長年にわたり友として付き合ってきた張邈《ちょうばく》であり、兗州入りにあたってもっとも信を置いていた陳宮である。まさに「成るもまた蕭何《しょうか》、破るるもまた蕭何」、その悲しみはひとしおであった。そして恐ろしいのは、張邈らが引き込んだ、曹操のもっとも忌み嫌う男――呂布である。

洛陽で董卓《とうたく》の顔色を窺っていたころを思い出すたびに、曹操の脳裏には、恐るべき殺気を身にまとって酒を注《つ》ぐ呂布の姿がありありと浮かぶのであった。あの鈍く光る眼《まなこ》、冷たく光る方天画戟《ほうてんがげき》、悪夢にうなされたのも一度や二度ではない。そのたびに曹操は冷や汗をぐっしょりとかいて目を覚ました。ただ、いまはそのことをあまり考えないように努めた。意気軒昂として凱旋する自軍の隊列を見やると、少し心が落ち着いた。「阿秉《あへい》、張邈と陳宮のほかに反乱したのは誰だ？」

卞秉《べんへい》は曹操の横に馬をぴたりと寄せてささやいた。「張邈、徐翕《じょきゅう》、毛暉《もうき》、呉資《ごし》の四人が郡を挙げて反旗を翻し、陳宮は東《とう》郡を急襲しました。夏侯元譲《かこうげんじょう》［夏侯惇《かこうとん》］はかろうじて自軍を引き連れ脱出したのですが、その後、投降を装って近づいてきた兵卒らにも襲われました。幸い棗祇《そうし》の奮戦により難を逃れ、いまは将軍のご家族を連れて鄄《けん》城［山東省南西部］に入っております。許汜《きょし》と王楷《おうかい》は軍を挙げて呂布を迎え、向こうでは李封《りほう》と薛蘭《せつらん》がそれぞれ兗州治中《ちちゅう》と別駕《べつが》になっています」

「程立《ていりつ》と毛玠《もうかい》はどうだ？」曹操は続けて尋ねた。

「程立は機転を利かせて、薛悌《せってい》とともに東阿《とうあ》県［山東省中西部］を守り、さらに范《はん》県［山東省西部］の県令《けんれい》である靳允《きんいん》を説き伏せて味方につけました。毛玠は張京《ちょうけい》や劉延《りゅうえん》らを連れて、すでに鄄城を死守しております。徐佗《じょた》も逃げおおせたようです。それと、袁紹《えんしょう》が任命した豫《よ》州刺史《しし》の郭貢《かくこう》ですが、どさくさに紛れて略奪を働こうとしたところ、荀文若《じゅんぶんじゃく》が単身乗り込んで説得してくれたおかげで事なきを得ました。ただ、戯《ぎ》先生は……」

「戯志才《しさい》殿がどうした？」曹操は緊張で体をこわばらせた。

「戯先生は張超《ちょうちょう》らの手で連れ去られました。幸か不幸か、病重篤のため殺されてはいないようですが……」

「必ずや志才殿を助け出さねばならん……」そこで曹操は、現在のいかんともしがたい状況を改めて考えた。「先だって、もし荀彧《じゅんいく》を鄄城に向かわせていなかったら、本当に帰るところもなかったな。ただ、これで誰が忠臣かはっきりした。まだついてきてくれる者も多いようだな……そういえば魏种《ぎちゅう》は？　あれは俺が自ら孝廉《こうれん》に推挙した男だ。あいつは反乱に加わっておらんだろう」

「それが……魏种も陳宮らのほうに……」卞秉は最後まで言うのが憚られた。

「お、おのれ、よくも！　あいつもただの恩知らずだったか」曹操は恥ずかしさから顔を真っ赤にして怒りだした。「魏种め、いい度胸だ。南は山越《さんえつ》の地か、北は胡族の地にでも逃げないかぎり、絶対に貴様を捨て置かぬぞ！」曹操は思わず声を大にして罵った。総帥が突然怒りだしたので、周囲の兵士らは驚きたまげて、いったい何があったのかと訝《いぶか》った。

曹操は周りに気づかれるのを恐れて慌てて怒りを鎮めると、声を落としてさらに卞秉に尋ねた。「呂布の兵馬はいまどこにいる？」

「鄄城に攻め込んだものの落とせずに、いまは濮陽《ぼくよう》［河南省北東部］に駐屯しています」

「泰山《たいざん》への道は抑えられているのか」

「いえ、呂布の兵力もそんなに余裕はありません。張邈も完全に心を許しているわけではありませんし、多くの県はしばし静観といったところです。おそらくは、呂布を捕らえさえすれば、あとのこともそう難しくはないかと」

曹操は一つうなずいて笑った。「呂布がいったん兗州を手に入れても、東平国《とうへい》を保つことはできんだろうな。亢父《こうほ》県と泰山への道を抑えて勝負をかけてくればこちらも危うかったものを、濮陽に駐屯するとは。やつの才気もたかが知れたものよ」そう言うと、曹操は笑い声を上げて強がった。しかし、内心では十分に承知していた。呂布の作戦はこちらを深く誘い込むことにある。こちらの疲れを待ちながら英気を養い、曹操軍の到来を待って一気に方《かた》をつける算段に違いない。だが、いまの曹操にとっては、自分で自分を慰めることしかできなかった。

曹操の率いる大軍は遠路はるばる帰ってきた。幸いにして徐州では大量の兵糧と秣《まぐさ》を手に入れ、道中を遮られたり戦《いくさ》をしたりすることもなく、軍はまっすぐに濮陽を目指した。かたや呂布も、城外の西四十里［約十七キロメートル］のところに本営を置き、手ぐすね引いて曹操軍を待ち受けていた。曹操は一戦必勝で兗州の奪還を狙っており、すぐさま軍令を伝えて兵馬を調えると、濮陽の西で両者は対陣した。

呂布の兵馬は決して多くはない。弁《へい》州兵は半数を占めるのみで、残りは陳宮、王楷、許汜とともに背いた兗州の兵と、呂布が張楊《ちょうよう》のもとに身を寄せていたときに従えた河内《かだい》の兵である。兵力では曹操にはるかに及ばないが、弁州の騎兵は天下にその名を知られた勇猛な軍で、なかには匈奴《きょうど》や屠各《とかく》［匈奴の一部族］などの異民族も混じっており、決して軽視することはできない。呂布軍の陣形は弁州兵と河内兵を先頭に配し、兗州の兵を後ろに置いて、全体としては先頭から徐々に広がっていく、まさに突撃に適した陣形を取っていた。

曹操は敵の強さをよくわかっていた。ここは数に頼むしかない。言葉は悪いが、人間を敷き並べる以外に勝ちを得る方法はないと考えた。そこで数の優位を生かし、平野を選んで大軍を四つに分けた。自身は長年従ってきた直属の部隊と曹純《そうじゅん》が指揮する虎豹騎《こひょうき》、および河北《かほく》から加勢に来た朱霊《しゅれい》の三隊で中軍を作った。左翼には曹仁《そうじん》、于禁《うきん》、李乾《りけん》が率いる兗州の兵、右翼には曹洪《そうこう》、卞秉《べんぺい》、丁斐《ていひ》の率いる青州兵を配置した。そして最前線に位置するのは、曹操軍の猛将楽進《がくしん》と夏侯淵《かこうえん》が率いる精鋭の騎馬部隊である。曹操の見立てでは、この騎馬部隊なら幷州の騎兵とも十分に渡り合えるだろうと踏んでいた。敵の先鋒を食い止めさえすれば、あとは両翼から包み込み、中軍が押し込んでいくことで、敵を包囲して壊滅的な打撃を与えることができる。

両軍が対峙し終えると、楽進と夏侯淵が騎兵で攻め込み、戦端は開かれた。それを見て曹操は即座に全軍前進の命を出し、黒山の人だかりが敵軍に向かって進みはじめた。呂布軍も部隊は一つながら決して怯《ひる》むことなく、果敢に前進して正面から敵を迎え撃った。

いまにも両軍がぶつかろうとしたまさにそのとき、呂布軍が突然陣形を変えた。先頭の幷州騎兵が急に馬首を北に向け、右翼の青州兵に突っ込んでいったのである。そしてその後ろにいきなり現れたのは、手に手に矢をつがえて狙いすます兗州の反乱軍であった。曹操は冷や汗が噴き出した——しまった！

その瞬間、曹操は自分の思い違いに気がついた。もし相手が呂布だけなら、いくらでも打つ手はある。しかし、いまの呂布軍には、互いに手の内を知り尽くした陳宮がついているのである。陳宮にはいつも胸襟を開いて話してきた。青州兵の弱点も当然熟知している。呂布軍の方向転換は自軍にとって致命的だった。なんとなれば、青州兵はみな投降してきた黄巾賊《こうきん》で、士気もまだ固まっておらず、調練も足りていない。それが弁州の騎兵を相手にして敵うわけがない。さらに、心血を注いで組織してきた自軍の騎馬部隊は、いまや敵軍の弓兵の前にその身をさらし、格好の的になってしまっている。前軍と右翼の軍の混乱は一気に中軍と左翼にまで波及し、曹操軍は右往左往の混乱に陥った。

やむをえん、すべてがあまりに急だった……曹操は一刻を争うように軍令用の小旗を高く掲げた。

「軍令、全軍南へ！」

「南へ……南へ……」いきなり陣形を変えるのは、むろん容易ではない。このときばかりは伝令官だけでなく、誰しもが口々に軍令を叫んで広めた。

それでも四隊もの将兵に伝令を行き渡らせるのは、とくに敵が目の前に迫っている状況では至難の業である。弁州の騎兵は羊の群れに飛び込む虎のごとく、青州兵に向かって突き進んでいった。果たして、百姓上がりの青州兵らは敵の鉄騎兵とぶつかるや、あっという間に瓦解し、武器から防具からみな捨てて四散しはじめ、喚《わめ》き叫びながら大混乱をきたした。曹操は知らなかった。敵の先鋒を務める鉄騎兵は精鋭中の精鋭、高順《こうじゅん》率いる「陥陣営《かんじんえい》」［敵陣を陥落させる部隊の意］だったのである。その名に違《たが》わず、いずれも一騎当千の強者揃《つわものぞろ》いの部隊であり、しっかと握った長柄の槍を目にも見えぬ早さで繰り出してきた。混乱した敵兵をまるで蛙でも串刺しするかのように次々と刺し殺し、いったん右翼の曹操軍を突き抜けていったかと思うと、そのまま反転してまた突っ込んできた。まさに無人の野を駆けるがごとく、陥陣営が往復する間に刺された兵士は数知れず、そのため青州兵はまるで目隠しをされたかのように統制を失った。

このとき、曹操軍の前軍も危機的な状況に陥っていた。陳宮が間髪入れずに矢を放つよう命令を下したのである。大雨のごとく激しく降り注ぐ矢が突如として打ち込まれた。前方の騎兵はまさに突撃の最中で馬を止めることもできず、みすみす人馬もろともに針ねずみとなった。先頭の馬が倒れると、次列の馬までが将棋倒しになり、兵士らは地面に落ちたが最後、その体には無数の矢が突き立てられた。一斉に突撃していたため、立て続けに何列もの兵馬が射倒され、さながら壁を作るかのようにその死体が積み上がっていった。楽進と夏侯淵も矢を受けたが、死体の壁に隠れて残りの兵とともに方向を転じ、かろうじて半数は矢の雨から逃れることができた。

幸い曹操が全軍南へ動けと即座に軍令を出していたので、すでに全体としては少しずつ動き出していた。もしそうでなかったら、全軍が混乱に陥って押し合いへし合いとなり、全滅する可能性さえあっただろう。それでも、逃げ惑う青州兵の狼狽ぶりは、いくらか中軍にまで波及していた。兗州の反乱軍は矢を射終えると、時を移さず正面から突っ込んできた。并州の騎兵隊も曹操軍の右翼を崩すや、北側から中軍に迫ってきた。両面からの挟み撃ちに、曹操軍の気勢は大いにそがれた。しかし、曹操軍の諸将も兵士を指揮して奮戦した。中軍の長槍部隊は隙間なく切っ先を並べて構え、敵の馬首に狙いを定めて槍を繰り出した。二度、三度と、敵の突撃を跳ね返し、ここに至ってようやく曹操軍も勢いを盛り返してきた。曹操はすかさず弓兵を集め、長槍部隊の向こうにいる敵兵に向けて反撃を開始した。

こうして両軍は半刻［一時間］あまり渡り合ったが、最後はやはり数で劣る呂布軍が先に撤退した。

しかし、曹操軍の死傷者は数知れず、士気も著しく低下し、将のほとんども手傷を負っていた。呂布軍を追い討ちする余力はなく、曹操もそのまま本陣への引き上げを命じざるをえなかった。

被害がもっとも大きかったのは青州兵で、本陣に戻って確認すると、その数は半分にまで減っていた。長柄の槍で突き殺され、鉄騎に踏みつぶされ、誤って同士討ちで死んだ者もいたが、その多くは戦場から逃げ出し離散していた。恐れのあまり、とにかく戦場を離れて遠くに逃げ去ったのである。また戻って戦場に駆り出されるぐらいなら、流民としてその日暮らしをするほうがまだましだとばかりに、二度と曹操軍の陣営に戻ってくることはなかった。

見渡す限り果てしなく広がる田野のいたるところに、曹操軍の兵士の屍《しかばね》が転がっていた。血だまりのなかで雑魚寝しているように見えるものもあれば、血みどろになった肉片と化したもの、なかには槍で突き刺された衝撃のあまり立ったまま息絶えた者もいる。ほかにも、針ねずみのごとく刺さった矢で倒れることさえ許されない者、そして極めつけは高々と積み上がった死人の壁である。そのすぐそばでは、息も絶え絶えになった軍馬が足を引きつらせながら、苦痛に呻《うめ》きつつかすかな鳴き声を上げていた……

眼前に広がる凄惨な光景を目の当たりにして、曹操はようやくただならぬ事態に陥っていることを実感しはじめた。

かつては自分のものだったこの土地が、いまや自分とはまったく無関係のものになったのである。もしこのまま鄄城に撤退すれば、それは負けを認めたにほかならない。そうすれば、天秤にかけて成り行きを見守っている郡県も、一気に呂布と陳宮の側につくだろう。幸い徐州で奪った糧秣《りょうまつ》は十分に足りている。このまま対峙し続けても何の差し支えもない。それが何か月になろうとも、戦うよりほかに選択肢はない。

ただ、そのためにはよくよく作戦を練る必要がある。そして、この不利な局面を打開するには、曹操には奇襲を仕掛けるしかなかった。

相次ぐ危機

静寂に包まれた夜、雲の端には白く輝く三日月がかかっていた。暗闇に沈む濮陽《ぼくよう》城では、歩哨《ほしょう》の掲げる松明《たいまつ》の火だけが、まばらな赤い輝きを放っている。人の胸にも届くほど生い茂った草むらのなか、人は枚《ばい》を銜《ふく》み、馬は鈴を外《はず》して、曹操軍は城の東に身を潜めていた。曹操の背後には楽進《がくしん》と夏侯淵《かこうえん》の率いる三千の精鋭が息を殺している。夜の闇と生い茂る雑草に隠れ、曹操たちは東門の城楼から上がるはずの合図をじっと待っていた。

曹操と呂布《りょふ》の睨み合いはすでに一月《ひとつき》にも及んでいた。双方とも幾度か兵を繰り出しての小競り合いはあったが、大きく局面を動かすほどではなかった。ところが三日前の夜半、濮陽城を抜け出して曹操の陣営に駆けつけた者がいた。いわく、濮陽の名族である田《でん》氏の家の下僕だという。

その者によれば、呂布は濮陽に入って以来、城中の素封《そほう》家には食糧を無理やり納めさせ、規律のない弁《へい》州軍はいたるところで財物を巻き上げるため、民らがみな不満を抱いている。そこで田氏の一族は、呂布の横暴が過ぎるのを憂えて曹操軍に内応することに決めた。城の守備兵にはすでに十分な賂《まいない》を贈っており、夜更けに城門を開けさせて曹操軍を迎え入れる手はずになっているという。はじめは曹操も疑いを持っていたが、何度か書簡のやり取りをするうちに、これは最良の一手だと信じるようになった。いまや持久戦の様相を呈し、自軍の士気も下がりつつある。ついに曹操はこの内応の計略に乗る決断を下した。

このような作戦は危険を伴う。本来なら曹操自身が先頭に立つべきではないが、曹操は士気の乱れを案じ、将兵を鼓舞するため自ら攻城戦に乗り込んだ。さらに、敵の目をごまかして身の安全を確保するため、曹操は事前に鎧兜を一般の将のものに替えると、兵士らには入城してから灯《あか》りを取るための火打ち金と火打ち石を備えるよう命じた。

すでに夜も深まって二更《にこう》のころおい［午後十時ごろ］、曹操軍が草むらのなかに身を潜めてからすでに一刻［一時間］ばかりが経っていた。片時でも気を抜く者は一人としておらず、手にはしっかりと刀や槍を握ったまま、息を殺して様子を窺っていた。虫のかさこそと動く音だけがいやに耳につく。すでに約束の刻限は過ぎていたが、城は相も変わらずひっそりと静まり返っている。曹操はじりじりと焦りを覚えはじめていた。田氏の一族とは深い交際があるわけではない。万一、段取りが狂っていたら、あるいは開門に失敗したのなら、即座に本陣への撤退を命じる必要がある。

そのとき、東門の上についていた灯りが突然消え、暗がりのなかにうっすらと浮かび上がる一面の白旗が見えた——待ちに待った合図である！

ぎぎいっと門の開かれる音が漆黒の荒野にまで響いてくると、曹操はすかさず城内に攻め入るよう軍令を出した。自身も馬に跨がるなり、楽進、夏侯淵とともに先頭を切って城門を目指し、兵卒らもはやる心を抑えて駆け足で濮陽城に突き進んでいった。城の櫓《やぐら》からも行く手を阻む矢はまったく飛んでこない。

瞬く間に城門にたどり着くと、三千人が門を入りざまに次々と火種を四方八方に投げかけていった。十人足らずの城門の守兵が跪《ひざまず》いているほかは、城内はまだ夜のしじまに包まれている。

「財に目がくらむやつなど無用、こいつらを斬れ！」命令一下、城を差し出した門衛らは斬罪《ざんざい》に処された。

楽進は兵士を率いてどんどん奥に突っ込もうとしたが、曹操はそれを遮って指示を出した。「まずは軍令を聞け。狙うは陳宮《ちんきゅう》だ！　州の役所に乗り込んで陳宮のやつさえ斬り殺せば、この城はもう落ちたも同然だ！」

「万一の退却に備え、一部の兵をこの東門の守りに残してはどうでしょう」楼異《ろうい》が馬の轡《くつわ》を牽《ひ》きながら進言した。

曹操はそれを笑って聞き流した。「ここまで来た以上、この城を落として呂布への補給を断つのだ！もはや伸《の》るか反《そ》るか、撤退など断じてない！　東門を焼き尽くせ！」その号令が上がるや、十数本の松明が城門に向かって投げつけられ、将兵たちはその覚悟を感じて奮い立った。

楽進は高々と叫び声を上げながら、兵士らの先頭に立って突っ込んでいった。この作戦に選ばれたのはすべて兗州の兵士たちであり、城内の作りにも明るい。陳宮を殺せと叫びながら、一目散に州の役所を目指して進んでいった。そして道半ばまで来たころ、どこからか自軍を上回るほど迫力のある鬨《とき》の声が響いてきた。それと同時に、建物の隙間という隙間から無数の敵兵が突如として湧き出してきたのである。「曹操の野郎を捕まえろ！」

「おのれ田氏め、謀《たばか》ったな！　これは罠だ！」曹操はぞっとしてすぐに馬を止めたが、兵士らは戸惑ってなす術もなく、先頭を駆ける楽進はすでに敵兵と斬り結んでいた。

敵兵はその後も続々と姿を現し、松明と槍を高く掲げながら突っ込んできた。そのため曹操軍は完全に寸断され、あちらこちらで乱戦になっていた。

このままではじきに全滅する。曹操はついさっき広げたばかりの大風呂敷をすぐに撤回し、腕を振って大声で叫んだ。「撤収！　撤収だ！」

鬨の声、得物《えもの》のぶつかりあう音、馬の嘶《いなな》きが綯《な》い交《ま》ぜになり、誰もが必死で目の前の敵と命がけで戦っている。曹操の叫びも虚しく響くばかりであった。そこへ夏侯淵が、立て続けに何人かの敵を斬りつけながら駆けつけた。「総帥を失うわけにはいかん。さあ、俺に続け。いますぐ脱出するんだ！」

言うが早いか、夏侯淵は数人の護衛とともに城外へ向かって駆け出した。この状況では曹操にも打つ手はない。血路を開く夏侯淵の後ろにつくと、すぐそばで得物を振り回して敵を打ち払う楼異に守られながら駆け出した。

そのとき、夜空を赤く照らす炎のもとに黒山の人だかりが見えた。すでに敵の伏兵が進路を阻むように待ち構えている。夏侯淵が無我夢中で人混みのなかに突っ込むと、伏兵は夏侯淵とその護衛を囲み込もうと広がった。楼異は突破できないと見て取るや、西の方角を指さして大声で叫んだ。「曹操の野郎はあっちだ！」

敵は楼異の術中に嵌《は》まった。夜も更けており、炎の明かりだけであたりは朦朧としている。敵か味方かも判然としないなかで、敵兵はその声をまったく疑わなかった。手柄にはやる気持ちを抑えきれず、ほとんどの敵兵が先を争ってばたばたと西に駆け出していった。

夏侯淵の護衛は全員が討ち取られ、夏侯淵自身もまだ数人をまとめて相手にしていた。曹操は加勢しようとしたが、楼異が曹操の手綱をぐっと引き止めた。「自力で脱出するのに賭けましょう。こっちは先を急ぐのです。さもなくば、われわれまで手遅れになります」二人は敵味方が入り乱れる合間を縫って、東のほうへと駆け出した。このときすでに二人の周りにも護衛はいなかった。

そうして東門に駆けつけたとき、曹操は自分の失敗に気がついた――門が炎に覆われている！濮陽城に乗り込むとき、曹操は不退転の決意を示すため東門に火を放たせた。それがいま、東からの風にあおられて、勢いも激しく燃え盛っていたのである。火は東門の近くに積まれた飼い葉や民家にも燃え移り、風の力を借りて瞬く間に延焼していた。そしていまや通りのほとんどを塞《ふさ》ぐまでに火が回っている。火の手があちこちの民家から燃え上がり、ぱちぱちと木材の爆《は》ぜる音が絶え間なく耳につく。なかにはがらがらと燃え落ちる家もあった。

曹操は、汴水《べんすい》［河南省中部］の戦いで大宛《だいえん》の千里馬［汗血馬］を失ったあと、曹洪《そうこう》に譲ってもらった名馬白鵠《はくこく》に乗っていた。この馬は高い山でも深い谷でも難なく駆け抜けたが、いかんせんこれほどの大火を目の前にしたのは、このときがはじめてであった。ぶるるっと嘶くと白鵠は急に立ち止まり、勢いよく両の前足を高々と上げた。一刻一秒を争うこのときに、なんと曹操は馬から振り落とされてしまった。楼異は慌てて助け起こそうとしたが、なんと折り悪しく、そこへ我先に逃げようとする曹操軍の兵士らが怒濤のごとく押し寄せてきた。

生死を分ける間際にあっては将軍も一兵卒も関係ない。楼異も逃げ惑う兵卒の波にあっという間に飲み込まれた。曹操はもんどり打ちながら全身に痛みを感じた。かと思うと、這《は》いつくばった目の前をまた何本もの足が駆け抜けていく。自分の頭を跨いでいく者までおり、巻き上げられた砂ぼこりが目に飛び込んできた。曹操はなんとか渾身の力で這い起きると、転がるようにして道端まで逃れ出た。押し寄せる兵士らは城を出て生き延びるため、炎に包まれているかなど問題ではないとでも言うように、城門をめがけて一目散に走っていった。そうして無事に脱出した者もいれば、崩れ落ちた民家の下敷きになった者や、燃え盛る炎のなかに味方に押し出されて全身丸焦げになり、のたうち回って息絶えた者までいた。

激しい炎とともにもくもくと黒煙が湧き起こった。煙は東風に乗って人々に襲いかかり、あちこちからむせて咳き込む声が聞こえてくる。曹操はもはや身動き一つできなかった。そのとき、朦朧とした意識のなかで、視界に数人の兵を連れた夏侯淵と楽進の姿を認めた。「妙才《みょうさい》……文謙《ぶんけん》……ごほっごほっ……」その名を呼んだ瞬間、煙に喉を焼かれた。

夏侯淵と楽進の二人は曹操を逃がすため最後まで奮戦し、曹操はとっくに城を出たものだと思い込んでいた。ましてやこの大混乱である。弱々しく絞り出された曹操の声など聞こえるはずもなかった。二人はひたすら馬に鞭をくれ、一面を埋める兵士らの屍《しかばね》と焼け落ちた民家の残骸を飛び越えつつ、東門を抜け出ていった。

巻き起こる黒煙と砂塵、さらには逃げ惑う兵士の波に飲み込まれ、曹操の戦袍《せんぽう》はずたずたに裂け、顔は真っ黒に汚れていた。加えて、一般の将の軍装に着替えていたため、曹操に注意を向ける者など誰もいなかった。曹操はやっとのことで立ち上がった。赤く燃える炎はなお激しく、黒煙があたりをすっかり覆い尽くしている。炎の勢いはやむことを知らず、曹操の顔もやけどで赤く腫れ上がっていた。敵の城のなかで一人立ち尽くし、まさに絶体絶命の危機である。そのとき、西のほうから馬の鈴の音が近づいてきた。それは追い討ちをかける数多くの并州の騎兵であった。その先頭に立つ将は、見るも立派な赤い毛をした馬に跨がっている。曹操はその姿をひと目見て肝をつぶした。

　身の丈は九尺、厳《いか》つい肩に虎のような背と熊のような腰、頭には三つに分けて束ねた髪に紫磨金《しまごん》の冠、身には獣面《じゅうめん》紋様の連環《れんかん》の金の鎧、その上に羽織るのは百花《ひゃっか》紋様の蜀錦《しょっきん》の赤い戦袍、肩には朱雀《すざく》を描いた金蒔絵《きんまきえ》の弓を掛け、腰には玲瓏獅蛮《れいろうしばん》［獅子と蛮族の王の図案］の帯を締め、太ももから膝は銀糸の膝甲《ひざよろい》、足には虎頭《ことう》の軍靴《ぐんか》を履いている。手には一丈あまりもある方天画戟《ほうてんがげき》、跨ぐは風に嘶く赤兎《せきと》馬《ば》。眉目秀麗で玉のように白い顔、高い鼻筋に鮮やかな唇、やや茶色がかった黒い髪、立ち上る紅蓮《ぐれん》の炎が青みがかった瞳に映っている。自信に満ち溢《あふ》れたその表情——呂布がとうとう現れた！

　この最大の危機に、よりにもよってあの呂布が自分に向かって近づいてくるとは、まさに地獄からの使者が迎えに来たと言ってよい。しかし、曹操は逃げることもままならず、そのまま座り込んでしまった。不敵な笑みを浮かべながら近づく呂布、地面を踏みしめる赤兎馬の蹄《ひづめ》が目の前で止まった。振りかぶった方天画戟の切っ先が冷たく輝き、真上から狙いを定めて振り下ろされた。曹操はぎゅっと目をつぶった——万事休す！

　ところが、高く掲げた方天画戟はゆっくりと振り下ろされ、曹操の兜をこつこつと叩いた。呂布はあざ笑いながら尋ねた。「曹操はどこへ逃げた？」

——何だと？

曹操はすぐに察した。自分と呂布とはそれほど知った仲ではない。呂布は自分の顔をはっきりとは覚えていないのだ。それに今日の軍装、おまけに顔も煤《すす》で真っ黒になっている——呂布は俺に気づいていない！

「白状すれば命だけは助けてやる」呂布が脅迫する。

曹操はとっさに指し示して声を振り絞った。「この火を抜けられず、南門へと向かいました。黄色い馬に乗り、黄色の戦袍を羽織っているのがそうです」

これですぐにも追いかけに行くはずだ。ところが呂布は体をかしげ、ゆっくりと馬上で伏せると、青みがかった目でじろじろと曹操をのぞき込んできた。

ばれたか？　曹操は顔を隠すように俯《うつむ》いた。心臓がいまにも破裂しそうである。

呂布はしばし曹操を見据えると、途端に笑顔を弾けさせた。「南門と言ったな。しかしそっちは北ではないか」

——うまく騙《だま》しおおせたと思ったのに、なんというへまを——しかし、曹操は機転を利かせ、跪いて間違いを押し通した。「将軍の威風におののき、方角も間違えるほど取り乱してしまったのです……たしかに南門に向かうと言っておりました」

「はっはっは……」呂布は天を仰いで大笑いした。「こんな臆病者まで将にするとは、曹孟徳《もうとく》もたかが知れたものよ。貴様の命は預けておいてやる……者ども、ついて来い！　曹操を追うぞ！　はっはっは……」呂布は不気味な笑い声を残しながら、幷州の騎兵を従えて瞬く間に走り去っていった。

曹操は大きく安堵のため息をつくと、その場にへたり込んでしまった。しかしまだ危険を脱したわけではない。曹操はそのことに改めて思い至ると、慌てて這い起きた。そしてふらふらと足を進めているうちに、馬を牽きながら煙のなかを手探りで進む者がいるのに気がついた。「楼異……お前か？」

「わたしです、楼異です！」楼異はほとんど泣き出さんばかりに喜んだ。その顔には大きな切り傷があり、いまもどくどくと血が流れていた。

「その傷はどうした？」

「将軍の馬を奪おうとして近づいて来たやつを、残らず斬り捨ててやったのです」楼異はべっとりと血のりのついた刀をなでた。「とにかく無事で何よりです。さあ、早くお乗りください。いますぐ逃げるのです！」そう言うと、足元もおぼつかない曹操を白鵠の背に押し上げた。

火の手はますます勢いづき、すでに濮陽の南側のほとんどにまで燃え広がっていた。焼け落ちた民家が通りを塞いでいたが、かろうじて人ひとり、馬一頭が通れる隙間が残っている。もとより曹操に選択肢はない。城外に出て生き延びるためには、ここを通り抜けて進むしかない。曹操は馬をなでて落ち着かせながらも駆け、刀を提《さ》げた楼異がその後ろを必死の形相で追いかけた。

そのとき、頭上で突然がらがらっとすさまじい音がした。焼けた家屋が崩れ落ちてきたのである！二人がまさに下敷きになりかけたそのとき、楼異はとっさに刀を前に伸ばし、白鵠の尻を突き刺した。馬は痛さと驚きとで一気に駆け出し、焼けて崩れた材木が曹操の後頭部をかすめて落ちた。

「楼異！　楼異！」すんでのところで躱《かわ》した曹操は、暴れる馬の背に揺られながらも振り向いた──すでに背後は一面が火の海である。楼異が生きて抜け出ることなど望むべくもなかった。

白鵠は完全に度を失っており、御することは不可能であった。それに、いまは悲しみに暮れている場合ではない。やむをえず曹操は残る力を振り絞って手綱を握り、その背に身を伏せて、白鵠が業火の海を渡るに任せた。曹操がたった一騎で濮陽の東門を抜け出したとき、戦袍はすっかり燃え尽き、あごに蓄えていた髭までが焦げてきれいになくなっていた……

第十五章　飛蝗《ばった》の助け

局面を動かす

曹操がほうほうの体《てい》でようやく本陣に帰り着いたのは、三更《さんこう》のころ［午前零時ごろ］になってからであった。

無事に逃げ戻ってきた将兵らは、人心地ついてから、やっと曹操がまだ帰陣していないことに気がついた。曹洪《そうこう》は烈火のごとく怒り、敗軍の将に当たり散らした。楽進《がくしん》も負けじと言い返し、二人は互いの襟首をつかんで顔を血まみれにしながら殴り合った。曹仁《そうじん》も二人を制止することができず、何度も騎兵を斥候《せっこう》に出した。その間、曹操軍の本陣は上を下への大騒ぎであった。

そこへ曹操が帰って来たのである。みなはその姿を認めるなり胸をなで下ろしたが、驚きは隠せなかった――煤《すす》で真っ黒に汚れた顔、大きなあざの残る額、もともと豊かではなかったあご髭も焦げてなくなり、貧相な口髭を残すだけになっている。戦袍《せんぽう》は焼け焦げて跡形もなく、手には怪我まで負っている。この格好であの場に取り残されていたのなら、誰だってせいぜい戦《いくさ》に巻き込まれた運の悪い炊事係としか思わないだろう。

曹操は幕舎《ばくしゃ》の前に倒れるように座り込むと、すっかり寂しくなった下あごをさすりながら、あえて笑みを浮かべた。「今回は匹夫にいっぱい食わされたな。だが、必ずやり返してやる！」

軍中でも目ざといのは卞秉《べんぺい》である。ずっと楼異《ろうい》の姿が見当たらないことを気にしていた。「あの大男は？」

「楼異か……楼異は……楼異は城内で死んでしまった……」

誰もが悲しみに打ち震えた。松明《たいまつ》が照らす薄暗がりのなか、曹操は本陣まで生きて帰ってきた将兵らを見回した。傷ついて呻《うめ》き声を上げる者、うなだれてため息を漏らす者、心ここに在らずといった様子で逃げ出したそうにしている者さえいる……二度の相次ぐ敗戦でこのまま受け身に回っていては、呂布《りょふ》が打って出てくる前に兵士たちが離散するかもしれない。さすがに曹操も胸の内で膨らむ不安を抑え切れなかった。ふと顔を上げると、内輪喧嘩で顔を赤く腫らした楽進と曹洪の姿が目に入った。曹操は眉をきつくしかめた。「お前たちがそんなことでどうする？　勝てる戦も勝てやせんぞ。二人とも少しは落ち着け！」

卞秉が口を挟んだ。「将軍、まずは顔を洗って、ひと休みしてください。話はまた明日にしましょう」

「明日だと？」そのとき、方天画戟《ほうてんがげき》で自分の兜を叩きながら臆病者と罵る呂布の姿が脳裏に蘇り、曹操の怒りに火が点《つ》いた。曹操は兵士たちのほうに向き直って怒鳴った。「お前たち、考えたことがあるか？　もともと兗州《えん》は俺たちのものなのに、なぜ呂布になどくれてやらねばならん！　たしかに戦に負けはしたが、このままやつらが兗州でふんぞり返っているのを、指をくわえて黙って見ているのか！」

曹操は大声で焚きつけたが梨の礫《つぶて》だった。そこでふと、「重賞《じゅうしょう》の下《もと》には必ず勇夫あり」という言葉を思い出し、声音を変えて問いかけた。「この二度の負け戦で多くの者が命を落とした。そのなかにお前たちの兄弟や従兄弟《いとこ》はいないのか」

兵士たちは座り込んだままだったが、そのなかで何人かがうなずいた。

反応ありと見て、曹操は一席ぶった。「もともとは徐《じょ》州から戻ったら十分に恩賞を出すつもりだった。しばらく戦は起こさず、手に入れた金目の物をみなで平等に分けるつもりだったのだ……」

金目の物を分けると聞いて、しおれてぼんやりとしていた兵士たちの目に光が戻った。

「しかし、いまや反乱軍はますます勢いづき、われらは立錐の余地さえないほどに追い込まれている。これでどうして富貴を楽しむことなどできよう」そう言いながら、曹操は纛旗《とうき》［総帥の大旆《たいはい》］の旗竿を挟んで止めている大きな石の上に立ち上がった。「二度までわれらが敗れたのは、呂布が無敵だからというのではない。それは陳宮《ちんきゅう》のやつがわれらを裏切り、呂布のために策を授けたからだ。そしてお前たちは兄弟を失い、俺は片腕の楼異をあの城で失った。つまりだ、呂布と陳宮はいまやただの敵ではない。俺たちみんなの仇なんだ！　やつらこそ、われらから兄弟を奪い、故郷を奪った、不倶戴天の敵にほかならない！　まさかお前らは、死んでいった兄弟たちの仇を討つ気がないとでもいうのか！　死をも恐れぬ不屈の男は、いまここで立ち上がれ！」

曹操の檄《げき》に応えて、何人もの兵士が本当に立ち上がった。

「なるほど、見上げた男たちだ。いま立ち上がった者には褒美を与えてつかわす」

立てば褒美がもらえると聞くと、兵士らはぞろぞろと全員が立ち上がった。

兵士らが口車に乗ってきたのを見ると、曹操は話にならないとばかりに手を振って続けた。「なんだこれは？　褒美が出ると聞いた途端に立ち上がるとはな。駄目だ、駄目だ。あとから立った者はいますぐ座れ！」

軍営には数多くの兵士がいる。この暗がりのなかでは、誰が最初の段階で立ったかなど覚えていられるはずもない。しかも、褒美が出るとあっては誰が正直に座るというのだ。みなは口々に言い合いながら、互いに相手を座らせようと引っ張りはじめた。

諸将は呆気にとられてその様子を眺めていた――曹将軍は火事で煙を吸いすぎて気が触れてしまったのか。自軍の兵士に内輪もめを起こさせるようなことをして、こんな夜更けにいったい何を考えているんだ？

「喧嘩をやめろ！」そのとき、曹操が大きく手を振って一喝した。「みんなよく聞け！　その昔、慶忌《けいき》［春秋時代の呉《ご》の公子］や樊噲《はんかい》［前漢の武将］という無類の勇士がいた。俺もそんな男を探しているのだ。褒美ならたっぷりと弾んでやる。どうだ、俺と一緒に呂布の本陣に攻め込もうという猛者《もさ》はいないか！」

本陣に攻め込む？　諸将もようやく曹操の狙いを理解したが、卞秉が真っ先に立ち上がって口を挟んだ。「将軍、いまから敵の本陣に攻め込むのが時宜に適うとは思えません」

「わかっておらんな」曹操は声を落として卞秉にささやいた。「今日俺たちは敵の罠に嵌《は》められたが、濮陽《ぼくよう》［河南省北東部］の火は鎮まっておらず、呂布もまだ城内にいるに違いない。つまりやつの本陣はがら空きだ。しかも勝ち戦のあとで気が緩んでいるはず。ならば、いまこそ敵の本陣を奪う絶好の機会ではないか」

「なるほど、これは出すぎた真似を」卞秉も納得した。

そのとき、曹操は突然足元が揺れるのを感じた。纛旗を挟んでいる石組みが崩れ、高さ二丈［約四・六メートル］あまりもある纛旗が倒れはじめたのである。

途端に大騒ぎになった。曹操は危うくひっくり返って落ちそうになり、兵士らも驚き慌てて飛びのいた。と、そのとき、一人の巨漢が飛び出してきて、倒れてくる纛旗の真下に入って叫んだ。「さあ、来い！」腰を落として構えると、肩からぶつかっていった。

「どすっ」という鈍く大きな音があたりに響き渡った。このまま纛旗に押しつぶされる、誰もがそう思った次の瞬間、なんとその巨漢は身一つで纛旗を受け止めた。雄牛さながらに頭を下げ、両足でしっかりと地を踏みしめ、大きく息を整えた。かと思うと、いきなり大声を出して気合いを入れ、旗竿を握る右手にぐっと力を込め、ふらつきながらもまた纛旗を立てにかかった。

受け止めるだけでも尋常ではないのに、片腕でそれをまた立てるとは、とんでもない怪力である。曹操や兵士らはもとより、腕に覚えのある楽進や夏侯淵でさえ、ただ呆気にとられて見入っていた。

「なんという馬鹿力だ！」兵士たちはしきりに感嘆の声を上げた。それに応えるようにその巨漢が振り向くと、今度はその容貌にみな驚いた。身の丈は九尺［約二メートル七センチ］、腹はでっぷりと突き出し、丸太のような腕と隆々とした太い足。一兵卒に与えられた服など入るはずもなく、身には雑役や炊事係が着るようなぼろ布を巻くだけで、露わになった胸には黒々と立派な胸毛がのぞいている。顔の造作《ぞうさく》はもっと人目を引く。大きな顔は地が黒くやや赤みがかっており、ひときわ大きな目とあぐら鼻、菱の実を思わせる口、ぼさぼさの髪は黒い布で縛っている。二重あごに広い頬、そこにはほとんど髭もなく、たっぷりとした肉が大きな冬瓜《とうがん》のようにぶら下がっている。

「将軍、ご無事のようですな」あまりの巨体に比べれば、その野太い声もか細く聞こえるほどである。

「ああ、大丈夫だ」曹操は土ぼこりを払いながら立ち上がった。「壮士よ、そちの名は？」

「わしは典韋《てんい》と申します」そこで旗竿を離すと、十数人からが慌てて集まり、それをなんとか支えた。

曹操は目を輝かせた。「俺と一緒に敵陣に乗り込むか。貴重な宝物をくれてやるぞ」

「宝物になど興味ありません。腹いっぱい食わせてやると請け合ってほしいのです」典韋は大きな口を開けて笑った。「前は張邈《ちょうばく》のところにいましたが、あそこじゃ約束はしてくれなかった。だからここに来たのです」

俗にも、「募兵の旗の立つところ飯あり」という。戦乱の時代、民百姓が自力で生きていくことは難しい。多くの者は飯にありつくため軍に身を投じるのである。曹操は典韋の突き出た腹に目を遣ると、その率直な物言いに好感を持ち、笑顔で応じた。「よいよい、俺が請け合ってやる。食いたいだけ食わしてやるぞ！」

「決まりです。ではお供いたしましょう」典韋は手についた土ぼこりを叩いて払った。

曹操は兵士らのほうに向き直って叫んだ。「俺とこの壮士と一緒に来る者はほかにいないか！」

「よし、俺も行くぞ！」兵士というものは、一人が動けばみな動き出す。いま、怪力を誇る典韋が立ち上がったことで、腕を振るってやろうと勇み立つ者が次々に名乗りを上げた。

つい先ほどまで沈み込んでいた軍の士気がにわかに盛り上がってきた。曹操は五百人の決死隊を組織すると、おのおの鎧を二重にし、盾は持たず両手に長戟《ちょうげき》を持たせてこれを先鋒とした。さらに、楽進と夏侯淵に精鋭三千を率いさせて後詰めとした。曹操は髪を梳《す》き直し、総帥の鎧と赤い房のついた兜を身につけると、自ら決死隊を率い、真っ向から呂布の陣営に向かって出発した。

曹操軍が呂布の本陣の前に着いたときには、まもなく夜明けを迎えようとしていた。敵陣を奇襲する時刻として理想的とは言いがたい。ただ、呂布軍は大きな勝利を収めたばかりで、三日は曹操軍も態勢を立て直せないだろうと踏んでいた。まさか夜戦のあとの明け方に本陣に攻め込んでくるとは露ほども考えておらず、そこに隙《すき》があったばかりか、呂布が城からまだ戻っていないため陣内では軍紀も緩みはじめていた。曹操軍が呂布の本陣に近づくと、数人の見張りが気づいて矢を射かけてきた。しかし、曹操軍の決死隊は二重に鎧を着込んでいたためそれをものともせず、全速力で攻め込んだ。

「突っ込め！」典韋ら五百人の勇士は一斉に鬨《とき》の声を上げながら、両手に持った長戟を突き出して突っ込み、あっという間に敵の軍門を打ち破った。呂布軍の兵はみなを起こすために慌てて陣太鼓を打ち、角笛《つのぶえ》を吹き鳴らしたが、それより先に曹操軍の鬨の声がその役割を果たした。呂布軍の兵士らも次々に飛び起きてきたが、ほとんどは得物《えもの》を手に取る間もなく曹操軍の餌食となり、天幕ごと滅茶苦茶に突き殺された兵士も数多くいた。決死隊は隊列を守ったまま敵を蹴散らしてどんどん進み、最後には中軍の軍営にまで突っ込んだ。纛旗を引き倒し、輜重《しちょう》車を次々にひっくり返し、敵の軍馬にも容赦なく斬りつけ、すべての軍営を荒らし回った。敵兵のなかには臆病風に吹かれて、陣の柵を乗り越えて逃げ出す者もいたが、その先にも死が待っている点では違いはなかった。そこには曹操軍の後詰め三千人が手ぐすね引いて待ち構えていたからである。

このたびの奇襲は敵を打ち滅ぼすことより、敵軍を攪乱することが目的であった。しかし、その結果討ち取った敵はかなりの数に上っていた。気がつけば、東の空には日が昇っていた。陽光のもとに照らし出された呂布の本陣は、見るも無残なありさまであった。曹操はすぐに撤収を下知すると、混乱に陥っている敵兵を尻目に、意気揚々と引き上げていった。

ところが、まだいくらも行かないうちに、後方から大地を震わす軍勢の雄叫びが聞こえてきた。振り返ると、猛《たけ》り狂った敵兵が三方向から囲い込むように追撃してくる——呂布の本隊である。

昨晩、呂布は濮陽城で埋伏《まいふく》の計を仕掛けたが、曹操がいきなり火を放つことまでは予想していなかった。火の手は呂布にとって追い風となり、一千にも上る敵兵を討ち取る結果につながったのだが、濮陽の守備を再び固めるために時間を取られることにもなった。俘虜《ふりょ》にした者らを逐一調べ上げ、そのなかに曹操の姿がないことを確かめると、呂布は即座に、民家を取り壊して焼け落ちた城門の修復に充てるよう指示を出した。もう日が昇ろうかというころになって、ようやくその目処がついた。曹操が兵法に長けていることは呂布もよく知っている。このまま城にぐずぐずと留まっているわけにはいかない。そこで慌てて軍馬を調え、本陣に戻ってきたのである。しかし、時すでに遅く、その途上で本陣が襲われたとの知らせを受けた。呂布は歯ぎしりして悔しがり、その場で軍を三隊に分けると、張遼《ちょうりょう》と高順《こうじゅん》にそれぞれ一隊を率いさせ、曹操軍を三方から追い討ちした。

曹操にとっても、呂布がこれほど早く戻ってくるとは計算外であった。行軍の競争になれば幷《へい》州の騎兵には及ぶべくもない。しかも、こちらは敵陣を奇襲する前でもわずか三千五百のみ、かたや敵は、混乱に陥ったとはいえ本陣の兵もすぐさま駆けつけるに違いない。曹操はやむをえず、まずはここで敵を食い止めることに決め、一方で即刻援軍を出すよう本隊に早馬を差し向けた。そうして曹操軍はその場で回れ右をすると、呂布軍が追いついてくるのを待ち構えた。無数の蹄《ひづめ》が大地を震わせる。そこへ幷州の騎兵が一団となり、砂ぼこりを巻き上げながらみるみる近づいてきた。曹操軍は将兵ともに怯《ひる》んだ。曹操は兵士たちの心を落ち着かせるために、最後尾から軍の真ん中にまで駒を進め、誰からもその姿が見える位置に身を移した。敵の騎兵がいよいよ迫り、ついに矢が雨あられと降ってきた。曹操は護衛の兵が軍旗や得物でそれを打ち落とすのを信じて、自らは身じろぎもせずに前方を見据えた。総帥が勇ましく立ち向かえば、おのずと兵卒も勇気づけられる。

いま最前線にあるのは五百人の決死隊である。そのとき、典韋が人混みを押しのけて一番前に出てきた。さながら賊の頭目といった趣である。「全員しゃがめ！」典韋はそう叫んで真っ先にしゃがみ込むと、鎧兜に覆われていない顔を守るため、首を縮めて俯《うつむ》き、上目遣いに敵を睨みつけた。すると、ほかの兵卒らもその指示に従って同じ姿勢を取り、顔以外に飛んでくる矢は当たるに任せた。

「敵が十歩［約十四メートル］に入ったら合図しろ！」典韋が低く響く声で叫んだ。

後ろに控える三千の兵は矢をつがえたままで、敵兵はとうとう眼前にまで迫って来た。曹操は喉も裂けよとばかりに兵士と一緒になって叫んだ。「十歩！」

「五歩［約七メートル］でもう一度！」典韋も応えて叫んだ。

曹操の我慢もほとんど限界に達していた。心なしか、白鵠《はくこく》も少し震えているような気がする。曹操が歯を食いしばり、手綱を握る手に力を込めたそのとき、そばの者が叫んだ。「五歩だ！」もう遅い、近すぎる。こちらは矢を放つ機会を逸し、長柄の槍で狙いを定めた敵兵が襲いくる。しかもその向こうには、百花《ひゃっか》紋様の戦袍に方天画戟を握りしめた呂布の姿がかすかに見えた。曹操は居ても立ってもいられず大声を上げた。「敵が来たぞ！」

その刹那、曹操はこれまでに見たこともない情景を目の当たりにした――典韋は突然がばっと立ち上がると、いつの間にかかき集めていた十本あまりの鋭利な長戟を脇の下に挟んで広げ持ち、敵兵の馬首に狙いをつけたのである。その姿はまるで凶悪な蜘蛛だった。

次の瞬間、あたりに悲鳴と嘶《いなな》きとがこだましたかと思うと、五、六騎の敵兵が地面に転がっていた。決死隊の面々は典韋を真似て次々に跳ね起き、両手の長戟を敵の馬首に向かって突き出した。これまで無類の強さを誇ってきた并州の鉄騎兵であったが、その第一列が典韋らの決死の攻撃でついに倒されたのである。第一列が倒れると、そのすぐ後ろに続いていた馬も足を取られてばたばたと倒れ、無敵の一隊がにわかに混乱に陥った。

こうして正面の軍はうまく敵に一撃を食らわせたが、左右の部隊は十分な装備もなかったために苦戦を強いられた。楽進と夏侯淵も先頭に立って自ら敵兵と切り結んでいる。両軍の争いはまさにがっぷり四つであった。一方は本陣を襲われた仇討ちとばかりに攻め、また一方は生き延びるため必死に抵抗し、討ちつ討たれつのせめぎ合いが続いた。そのとき、四方八方からあたりを包み込む鬨の声が上がった――奇襲を受けた呂布の本陣から態勢を立て直した軍が追いつき、曹操の本隊からも加勢が駆けつけて来たのである。

呂布が率いた一隊による追撃は、こうして双方が全軍をつぎ込む大戦《おおいくさ》にまで発展した。戦いは早朝から正午まで続き、両軍とも千人以上の死傷者を出すという、言語に絶する激しい戦いが繰り広げられたのである。誰かが何か合図を出したわけでもないのに、双方の将兵らはこの戦の流れを感じ取っていた。しばらく必死で奮戦したあと、しばし手を休めてまた戦い、さらに得物を振り上げて互いに死力を尽くして張り合うと、最後には双方とも潮が引くように自然と離れていった。

曹操は自陣へ帰り着くと、連戦の疲れに押しつぶされ、鎧兜も脱がずに軍営のなかで倒れ込んだ。曹操は喉の渇きを覚えて呼びつけた。「楼異、水をくれ！」二度、三度と声をかけたところで、ようやく思い出した。自分の世話を焼いてくれるあの大男はもういないのである。大雪のなかで自分を助けてくれた、黄巾賊と血まみれになってともに戦った、あの大切な相棒は、濮陽の大火に飲み込まれたのだった……曹操は感傷的にならないように気持ちを落ち着かせて、もう一度呼んだ。「王必《おうひつ》……」また自分の声だけが虚しく響いた。もう一人の巨漢も長安へ使いに出されたきり、かれこれ一年は音沙汰がない。もう生きて帰ってくることはないのだろう。曹操は無性に腹が立ってきた。楼異と王必、大事な両腕を失ったというのに、ほかの護衛はみなどこへ行ったのだ？

曹操は体を引きずるようにして起き上がると、誰に告げるでもなく自ら水を汲むために幕舎を出た。すると、ほど近いところで輪になって楽しげに騒ぐ兵士たちの姿が目に入ってきた。人垣をかき分けてのぞき見ると、曹操もこらえ切れず一緒になって笑い声を上げた――輪の真ん中では典韋があぐらをかき、両手に胡麻つきの餅子《ビンズ》［粟《あわ》粉などを焼いた常食物］と干し肉をしっかりとつかみながら、その大口に次から次へと放り込んでいたのだった。すぐそばには空いた食器がうず高く積み上げられている。

懐に手を突っ込んで笑いながら様子を見ていた炊事係が曹操に気づいた。すると、その男はさもうれしそうに曹操に泣き言を言った。「将軍、一度ぐらいなら腹いっぱい食わせてやるのは問題ありません。でも、わたしら数人であいつに給仕したって、ちっとも間に合わんのですよ。なんせ典韋の食べる量は六人分です。それもひっきりなしにかき込んでいくんですから」

曹操は笑いを噛み殺し、水の入った壺を手に取って典韋の前に差し出した。「ゆっくり食え。まだまだあるからな」

「ふむ」典韋は話をしている場合ではないとばかりに、口を動かしながらうなずいた。

「食い終わったら、もう自分の天幕に戻らんでいい。いまここでお前を都尉《とい》に任命する。楼異の代わりに、この俺を守ってくれ」

典韋は水をぐびぐび飲み干すと、ぼろの袖でぐいっと口元をぬぐって答えた。「将軍のお引き立てに感謝します」

曹操はやはり吹き出してしまった。「おい誰か、典都尉のためにぴったり合う服を仕立ててやってくれ。これからはもう少しましな格好をしてもらわんとな」そう言うと、曹操は水の入った壺を提《さ》げて自分の幕舎に戻っていった。

濮陽の戦いは、まず呂布が埋伏の計で先手を取り、あわや曹操を捕らえるまでに追い詰めた。しかし、一方の曹操も呂布の本陣を突くという奇襲に打って出て、呂布軍にひと泡吹かせた。そして最後は両軍の本隊が真っ向からぶつかり合い、痛み分けとなったのである。曹操軍の被害は大きく、呂布軍も再び城外に陣を構えるほどの余力はなかった。こうして再び濮陽の城壁を挟んでの膠着状態となった。

剣が峰に立つ

曹操と呂布《りょふ》、濮陽《ぼくよう》における二人の戦いは、かたや城を攻め落とせず、かたや包囲を打ち破れず、いよいよ膠着状態に陥り、両軍いずれもが決定打を欠いた。そうして百日あまりも経ったころ、誰も予想しなかったような事態が発生した。

興平《こうへい》元年（西暦一九四年）秋、兗《えん》州を突如として飛蝗《ばった》の大群が襲ったのである。飛蝗の群れは空一面に立ち込める暗雲のごとく日を遮った。飛蝗が通り過ぎたあとには無残な荒れ地が残るのみで、麦などの食糧になるものは根こそぎ食い荒らされた。これにより、両軍は兵糧をどうするかで同時に頭を悩ませることとなった。曹操軍は徐《じょ》州で鹵獲《ろかく》した食糧をほとんど食い尽くしており、近辺で刈り入れる算段だったが、それも飛蝗のせいで当てが外れた。いまや戦《いくさ》どころではなくなったため、曹操はやむをえず荀彧《じゅんいく》が守る鄄《けん》城［山東省南西部］への撤退を指示した。

呂布軍の状況はいっそう惨めであった。濮陽城内に閉じ込められたままで、食糧はとうに底をついていた。ようやく曹操軍が撤退して包囲は解かれたが、食糧の問題については何の手立てもなかった。呂布は飢えのためにどことなく凄みを増した目つきで、残りの兵を連れてこの城を捨てることを決意した。人間同士の大規模な争いが、飛蝗によって水を差され、双方が敗者となったのである。民草らは九死に一生を求めて、すでにあてどなく流浪の旅に出ていた。あばらの浮いた屍《しかばね》、焼け落ちた家屋、崩れ落ちた城壁、そして荒れ果てた田野……かつて曹操が州の治所《ちしょ》としていた濮陽は、もはや見る影もなかった。その様子はまるで曹操自身が徹底的に破壊した徐州の県城さながらで、ひとすじの炊煙も上らない無人の城と化したのである……

曹操軍が鄄城へと移る道中でも、状況は刻一刻と悪化していった。青州兵《せい》の大半が姿を消したばかりでなく、兗州の兵士らも次々に故郷へと帰り、飯にありついたが最後、二度と軍に戻って来ることはなかった。

事ここに至っては、兵乱が起きるのを未然に防ぐため、いったん軍を解散するほかない。鄄城にたどり着いたとき、残ったのはわずか一万というありさまであった。

このたびの兗州の反乱で、曹操の勢力は絶頂から一気に谷底にまで転がり落ちた。兗州八郡八十県のうち、いまも勢力下にあるのは鄄城、范《はん》〔山東省西部〕、東阿《とうあ》〔山東省中西部〕のたった三県。荀彧が鄄城を、程立《ていりつ》と薛悌《せってい》がそれぞれ范と東阿を守り抜いてくれたからよかったものの、そうでなければ、文字どおり帰るべき城がないという事態に陥るところであった。

鄄城に帰り着いたとき、曹操は心身ともにすっかり参っていた。自らが連れていた兵も飢えと疲労にあえいでいたが、城内の状況も似たり寄ったりであった。鄄城の兵糧も残りはすでに少なく、呂布軍の侵攻を防ぐために数多くの兵士と民が犠牲になったばかりか、曹操のためにこの城を守り抜いた腹心の属官たちも一様に生気のない顔をしていた。夏侯惇《かこうとん》や荀彧、畢諶《ひつしん》や毛玠《もうかい》といった面々が、ぼさぼさの頭に垢《あか》じみた顔で広間に立っていたが、心なしか足元がおぼつかないようである。夏侯惇らの疲労もすでに限界に達していることは明らかだった。

「このたび兗州が背いたのは、不義の輩が起こしたことではある。しかし、その原因を突き詰めれば、やはり俺があまたの無辜《むこ》の民をこの手にかけたため、天の怒りを買ったのだ。みなにまで苦労をかけて済まない」曹操は自らの不徳を恥じ入り、ぐるりと包拳《ほうけん》の礼をして詫びた。

周囲の者がばたばたと跪《ひざまず》き、平身低頭した。「兗州の主《あるじ》は使君《しくん》［刺史《しし》の敬称］のみ、卑屈になることはございません」

使君？　曹操は恥ずかしさのあまり顔が火照ってくるのを感じた。たった三県を残すのみで使君とは、滑稽にもほどがある。曹操が赤面したまま一人ひとりの手を取って助け起こすと、誰もが慰めの言葉を口にした。だが、別駕《べつが》の畢諶は立ち上がろうとしなかった。

「使君、あなたは兗州に入って以来、わたしにたいへんよくしてくれました。それゆえ謀めも、みなと心を一つにしてこの城を守り、使君のご帰還を待ちわびていたのです」そこで畢諶は額を床につけて拝礼した。

「畢公、ご苦労であった。おかげでこうして無事に戻れたのだ。さあ、立ち上がって何なりと話してくれ」

畢諶は曹操を仰ぎ見ると、逡巡の末にようやく切り出した。「わたくしが使君のもとを離れることを、どうかお許しください」

「なんと？」曹操は鄄城にたどり着くなりそんな言葉を耳にするとは思ってもみなかった。「畢公は、この孟徳が天下を鎮めるのをもう補佐したくないと申すのか」

畢諶はまた額を床に打ちつけた。「とんでもございません。ただ……東平《とうへい》にある拙宅で、老母が反乱軍に脅されているのでございます。これを見捨てることはできませぬ」

曹操は背筋に冷たいものを感じた。いま自分の周りにいる者を見回せば、半分は兗州の出身である。もし、これらの者がみな敵に人質を取られたら、もはや手の打ちようがない。しかし、孝という徳目の前では何が言えるだろうか。曹操は畢諶に手を添えて、もう一度助け起こそうとした。「古来より、忠孝並び立たずという。畢公は、かの自ら田を耕した舜《しゅん》や、父のために筵《むしろ》を暖めた黄香《こうこう》［後漢中期の政治家］に倣《なら》おうというのだ。それを無理に引き止めることはできぬ」

「使君のご厚恩は山よりも重とうございます。わたくしめはただ母のために去るのみ。断じて反乱軍に手を貸すような真似はいたしません」畢諶は三たび額を打ちつけた。「老母が敵の手に落ちてから、心配のあまり食事は喉を通らず、眠ることもままなりませんでした。どうしても捨て置けないのです。では、これにて失礼いたします」そう言い置くと、畢諶はようやく立ち上がり、一堂の者に深々とお辞儀をしてから足早に広間を去っていった。

「待つのだ！」それを曹操が呼び止めた。

畢諶はびくりと体を震わせた。もしや曹操の気が変わったのでは……畢諶は探るように振り向いて尋ねた。「使君、まだ何か」

曹操はため息を漏らした。「徐州から持ち帰った財貨が山ほどある。それを自由に持っていくといい。どうかご母堂によろしく伝えてくれ」

畢諶は顔を赤らめて答えた。「主君を置いて出ていく者が、どうして財貨など受け取れましょう。わたくしにその資格はありませぬ。それでは、これにて」曹操の最後のひと言に、畢諶は身の引き締まる思いがした。そして、重々しい足取りで出ていった。

治中《ちちゅう》と別駕は、刺史が政務を執る際の両腕にも等しい。先だっては治中についていた万潜《ばんせん》が怒りを露わにして去り、このたびは畢諶までが官職を捨てて曹操のもとを離れていった。これで完全に名ばかりの刺史になってしまった。曹操は振り返ると、まだほかに畢諶と同じ考えを持っている者はいないかと見回した。しかし、それを問いただすことはできなかった。口に出してしまえば、誰もが口々に難儀を訴えて去っていくかもしれない。

そのとき、突然兵卒が報告に入ってきた。「将軍に申し上げます。車騎《しゃき》将軍の使者がお見えになりました」

「そうか。すぐにお通しせよ」曹操の目に生気が戻った。ここで袁紹《えんしょう》の支援を得られたら、兗州の反乱を鎮めるのもたやすい。

ほどなくして袁紹の使者が通されてきた。その後ろには、朱霊《しゅれい》ら三人の河北《かほく》の将が控えている。使者は重々しい態度で曹操に向き合うと、深々と頭を下げた。「われらが袁将軍が、曹使君によろしくとのことでございます」

何がよろしくだ！　曹操は内心とは裏腹に、丁寧に返礼した。「こちらからも、くれぐれもよろしくお伝えくだされ」

「河北は戦況がいよいよ逼迫してまいりました。袁将軍は昼夜を分かたず執務に当たられ、正直に申しますと、こちらにまで手が回らない状況でございます」その使者はしっかりと準備してきたのであろう。曹操が兵と食糧を貸してくれと言い出す前に、よどみなく伝えて先手を打った。

曹操は苦々しく思ったがそれを押し殺し、なおも折り目正しく答えた。「なるほど。それで、使者殿がこちらへ見えたのはいかなる要件でしょうか」使者は頭を下げて切り出した。「東《とう》郡は黄河の要衝ですが、近ごろまた天災に襲われました。袁将軍は民らが塗炭の苦しみにあえいでいることに胸を痛め、臧洪《ぞうこう》を派遣して一時的に東郡を治めさせることに決めました。そのことを使君に知らせるため、袁将軍はわたくしを遣わしたのでございます」

曹操はそれを聞いて頭にきた。このようなときに、袁紹は兗州に口を挟んできたのである。この機会に地盤を拡大しようとしているのは誰の目にも明らかで、しかも、河北に移った臧洪が、もとは張《ちょう》超《ちょう》の配下だったことも周知の事実である。その臧洪を東郡の太守につけるということは、堂々と両天秤にかけることにほかならない。つまり、いつでも曹操を見限って、張邈《ちょうばく》兄弟の側に回る段取りをつけようというのである。先ごろは張邈を殺せと曹操にけしかけたくせに、今度はその弟とよしみのある者を利用しようとは、まったく義理人情を欠く男である。しかし、いまの曹操は兗州の反乱を鎮めることに必死で、袁紹の差し出口にかまっている暇はない。曹操は冷やかな笑みで答えた。「民を思うこと子を思うがごとしとはまさにこのこと、まったく頭が下がる思いです。ただ、東郡の太守にはわたしの配下の夏侯元譲《かこうげんじょう》がついています。袁将軍が臧子源《しげん》殿を代わりに立てるならば、元譲はどこに充てればよいのです？」

「こちらが袁将軍直筆の書簡でございます。何とぞご理解のほどを」使者は曹操をちらりと見て、夏侯惇にも視線を遣ると、二人が不満そうなことに気がつき、ばつの悪そうな顔を浮かべながら付け加えた。「臧子源はあくまで代行です。この件は兗州が平定されてからまた相談するということで」

これ以上、何を相談することがあるのだ。これでは袁紹が東郡を奪ったのと同じではないか。袁紹の狙いは明らかだったが、いまの曹操には耐え忍ぶ以外に取るべき道はない。「いいでしょう。では、東郡はひとまず袁将軍にお預けすることとして、いずれまた相談いたしましょう」

「使君、ありがとうございます」使者はいま一度頭を下げた。「実は袁将軍からもう一つ提案がございます。いま兗州は災害に兵乱こもごも起こり、難しい状況に陥っております。そこで、河南《かなん》の兵と民とを連れて河北に参られてはいかがでしょう。ひとまず袁将軍と一所《ひとところ》に集まり、天の時を待って、再びこの地に捲土重来《けんどちょうらい》されればよいのです」

やっと尻尾を出したな。要するに、俺に掣肘《せいちゅう》を加えるのが狙いか。曹操は眉をしかめた。苦心の末に河北を脱してようやくこの広大な大地に打って出たのに、俺がつまずいたと見るや、袁紹はまた俺を指揮下に置こうというのか。ここで提案を飲めばまた居候の身に逆戻りだ。それではこれまでの努力がすべて無駄になる。しかも袁紹は俺の才能に嫉妬している。二度と俺を自由にすることはないだろう。

その使者は追い討ちとばかりに脅しをかけてきた。「先ごろ使君が徐州の征討に向かわれた際、袁将軍は三部隊を加勢に派遣しましたが、いまは河北でも黒山《こくざん》の賊が暴れており、魏《ぎ》郡での戦も予断を許しません。よって朱霊《しゅれい》らの部隊を場合によっては引き返させる必要があります」曹操の首筋を冷や汗が伝った。袁紹からの援軍が来てからというもの、曹操はたとえ兵糧が足らずとも袁紹軍には優先的に配り、下にも置かずもてなしてきた。それをいま、いつでも撤退の準備があるという。そうなれば兵力の大幅な低下は免れず、目の前の敵とも戦い続けることはできない。

固唾を呑む曹操を見て、使者はまた語気を和らげた。「使君の心中お察しいたします。かつて兗州には多くの黄巾賊《こうきん》がはびこっておりました。使君のお力がなければ、これを掃討することは難しかったでしょう。さらに南は袁術《えんじゅつ》を防ぎ、東は陶謙《とうけん》を討ち、まことこの地の民に多大なる恩徳を施されました。ただ、奸邪《かんじゃ》の者による悪事もまた恐るべきもの。使君は死をも恐れず強敵に立ち向かってこられましたが、よもやご家族にまで辛酸をなめさせるおつもりはございますまい」そこで使者は条件を一つ提示した。「どうでしょう、ご家族だけでも河北に避難させるというのは？　さすれば使君ご自身がおらずとも、兗州を守るという使君の決意に袁将軍も心を動かされるかもしれません。そのときは、使君がこの地の反乱を鎮めるため、袁将軍からも援軍を差し向けるよう、わたくしめが口をききましょう。それでこそ双方にとって理想的というものです」

使者は聞こえの良い言葉を並べ立てたが、その実は人質を出せということである。人質を差し出せば、曹操は袁紹の言に従わざるをえなくなる。それでは袁紹の指揮下に入ることと何ら変わりはない。曹操は同意ともとれるようにうなずきながら、微笑んで答えた。「では、こうしましょう。使者殿はひとまずお休みください。この件については配下の者とも相談せねばなりませんので」

「よいお返事をお待ちしております」使者は拱手《きょうしゅ》して広間を退《さ》がっていった。

曹操は一同を見回すと、水を向けてみた。「ひとまず家族を河北に移そうと思うのだが、みなはどう思う？」

夏侯惇が真っ先に立ち上がって反対の声を上げた。「孟徳《もうとく》、前に河北にいたときも、家族は陳留《ちんりゅう》に残していったはず。それをなぜ今日は羊の群れを虎のところに追いやるようなことをするのだ。断じてならんぞ！」

夏侯惇が反対するのは織り込み済みだが、一族の者の意見をもって総意とするわけにはいかない。曹操は顔色一つ変えず言い返した。「あのときはあのとき、いまはいまだ。離れ去った人心をまたまとめるのは難しい。いまは当面取るべき道を探るべきだ」曹操はわざと人心などという重い言葉を使って、みなを焚きつけた。

すると、毛玠が立ち上がった。「わたしの家族はまだ郷里におりますが、反乱軍が襲ってきたなどとは絶えて聞きません。強敵をも恐れぬわれらでございますのに、使君はなにゆえそのようなお考えを……社稷《しゃしょく》のためではなく、己《おの》が身のために趨《はし》った者で、天下を取った者はかつておりませぬ！」なかなか辛辣な言葉ではあるが、いまの曹操は激しい言葉ほど歓迎した。曹操は両手を広げて苦り切った表情を浮かべた。「たしかに孝先《こうせん》の言も一理ある」

曹操の性格をよく知っている荀彧は、ただのひと言も発しなかった。曹操はあえてこのような態度を取っているに過ぎず、そう易々と他人の支配下に入ることなどありえない。それゆえ荀彧は、いまは真に受けて答える必要はないと考えていた。曹操がちらりと荀彧を見ると、二人は視線を交わすだけで互いの意思を確認し合った。張京《ちょうけい》や劉延《りゅうえん》、武周《ぶしゅう》らは短く言葉を交わすと、声を張り上げた。「使君、われらの家族は青州《せい》におり、何も案じることはありません。こうして使君のもとに駆けつけたのも、一つにはかつてのよしみを思ってのこと、二つには、社稷を安んじたいという使君の意気に感じてのことでございます。もし自立をあきらめ他人の傘下に入ると仰るなら、われわれは使君のために働くことはできません」これはいっそう断固たる決意の表れである。曹操は内心大いに喜んだ。ただ、徐佗《じょた》以下の下級役人は、なおも態度を決めかねていた。やはり安易に決着を見るような問題ではない。

ちょうどそのとき、広間の緊張した雰囲気にはふさわしくない、高々と笑う声がしだいに近づいてきた――程立が東阿県から駆けつけてきたのである。程立は取り次ぎにも声をかけず、大手を振って堂々と入ると、曹操に一礼した。「使君のご帰還と聞き及び、ご挨拶に参りました」

曹操は手を上げてそれに応えた。「仲徳《ちゅうとく》、東阿と范を守ってくれたそうだな……ところで、何がおかしいのだ？」程立はさもうれしそうにそのわけを話しはじめた。「夢を見ました。泰山《たいざん》の頂に立ち、手には東の空に上る日を載せていました。これは天下泰平の世をもたらすために賢人を補佐せよと、天がわたしにお命じになったに違いありません」

一同は互いに顔を寄せ、嘘かまことかとささやき合った。そこで口を開いたのは意外にも荀彧であった。「泰山の頂に立って日を捧げもつ。『立』の上に『日』、これすなわち『昱《いく》』。昱、すなわち明亮。これは吉兆でございます」

程立はそれを聞いていっそう喜んだ。「文若《ぶんじゃく》ほどの才学の持ち主が言うならば、これはやはり吉兆。ならばこの程立、これよりのちは程昱《ていいく》と名を改め、使君の功業を全力で支持いたしましょう！」実にせっかちなことに、程立はためらいもせずに名を改めた。そこですかさず荀彧が口を挟んだ。「いや、少し遅すぎたようです。たったいま使君は家族を河北へ人質に出すと仰ったのです。この点、いかがお考えでしょう」

「ん？」程昱は目を丸くすると、曹操に向き直って跪いた。「使君、わたしはある古人のことを思い出したのですが、お話ししてもようございますか」

「よかろう」曹操は程昱に弁舌を振るう機会を与えた。

程昱はよく通る声で話しはじめた。「その昔、斉《せい》の王族に田横《でんおう》という者がおりました。兄弟三人が王位につき、広大な斉の地と百万の衆を擁して、一時は諸侯と同じく君主として南面《なんめん》しました。しかし、高祖《こうそ》が天下を得ると、田横は降伏を迫られました。このときの田横の心たるや、いかばかりだったでしょうか」

曹操は笑って応えた。「そうだ。社稷を人に明け渡すとは、これほどの屈辱はなかろう。田横が自《じ》刎《ふん》したのも不思議ではない」

程昱は再び拝礼した。「わたくしめは愚か者ゆえ使君の胸中は計りかねますが、思うに使君の志は田横にも劣りますまい。田横は斉の一壮士として、高祖の臣となることを恥じたのです。聞けばいま、使君はご家族を鄴《ぎょう》に送り届け、北面《ほくめん》して袁紹に仕えるおつもりだとか。使君ほどの聡明さと武勇がありながら、かえって袁紹ごときに膝を屈するとは、憚りながら、使君はこれを恥じるべきでございます」

「はっはっは……しかし、これは窮余の一策だ。人心もすでに離散してしまったからな」曹操は笑いながら、特にその点を念押しした。

程昱も一を聞いて十を知る人物である。曹操の答えに感づいて立ち上がると、話の中身は曹操に向けつつも、一同の前を行きつ戻りつしながら話しはじめた。

「袁紹は古《いにしえ》の燕《えん》と趙《ちょう》の地を占めて天下を窺っておりますが、その智ではこれは不可能。それなのに使君は、自ら袁紹の下につくことをお考えなのでしょうか。使君は竜虎《りゅうこ》の威風をもって韓信《かんしん》や彭越《ほうえつ》［ともに漢の劉邦《りゅうほう》の建国に貢献した武将］のごとき勲功を立てるべきではありませんか。いま、兗州は寂《さび》れたとは申せ、なお三つの県城を有しております。さらに歴戦の強者《つわもの》は一万を下りませぬ。使君の優れた武略に、文若《ぶんじゃく》や昱らの力を合わせれば、覇を唱える大業も夢ではありません。使君、どうかご再考くだされ」程昱の力強い言葉に、それまで躊躇《ちゅうちょ》していた者らもいくらか自信を取り戻し、自然と全員が跪いて声を揃《そろ》えた。「どうかご再考を！」

曹操は弾む気持ちをやっとのことで抑えつつ、髭をしごきながらおもむろに答えた。「わかった、わかった。袁紹の下にはつかん。家族もやらん。ここで今後の策を協議して、反乱軍と徹底的に戦おう！　この旨、速《すみ》やかに河北の使者に伝えよ」

ところが、その必要はなかった。袁紹の使者は広間の外でそれをはっきりと聞いていたのである。後ろに三人の河北の将を従えて足早に入ってくると、あからさまに憮然とした表情でお辞儀をした。「使君のお気持ちがそうと決まったからには長居は無用です。この三将を連れて河北へ帰らせてもらいます」

「ではお気をつけて」曹操はすげない返事で切り返した。

その使者は苛立ちを隠すこともなく、振り返って三人の将に声をかけた。するとそのとき、朱霊が一歩進み出て高々と宣言した。「それがしは戻らぬぞ！」

寝耳に水とはまさにこのことである。この場には、朱霊の身の上をよく知る者はいなかった。朱霊は清河《せいが》国の出身で、袁紹が冀《き》州に入って以来付き従い、忠義の将として数々の戦功を立ててきた。かつて清河の鄃《ゆ》県［山東省中西部］の県令である季雍《きよう》が城を挙げて袁紹に背き、公孫瓚《こうそんさん》側に寝返った。袁紹が朱霊を清河に差し向けると、季雍は恐れおののき、卑怯にも朱霊の一族を城壁の上に引きずり出して朱霊を脅迫した。情に厚くも剛直な朱霊は涙ながらに叫んだ。「大丈夫たるもの、ひとたび世に出て主君に仕えれば、二度と家族を顧みることはない！」人質にかまわず城を攻めよと朱霊は軍令を下し、最後には季雍を生け捕りにした。しかし、すでに家族は一人残らず殺されており、こうして朱霊は天涯孤独の身となったのである。これ以降、朱霊は人質を取って相手を脅迫するやり方を心底憎むようになった。そして今日、袁紹が曹操の家族を人質に取ろうとしていると聞き及び、当時のことを思い出しては血も出んばかりに歯がみしていたのである。自分が仕えてきた主君に落胆し、そしてこの場で曹操のもとに残ることを決めたのだった。

使者は驚きのあまり言葉を失った。「文博《ぶんはく》、そ、そなた……」

朱霊は強情そうな顔を上げて言い放った。「それがしも多くの人を見てきたが、曹公に及ぶ者はこれまでおらなんだ。この方こそ真に仕えるべき明君である。これぞ奇縁というもの、もはや動かせぬ」

「よかろう、そこまで言うなら勝手にするがいい。ただし、そなたの兵はわたしが連れて帰るからな」

「ほう？」朱霊が目をむいた。「それがしの兵を一人でも連れて行けば、貴様ただではおかんぞ！」朱霊の見開かれた本気の目に使者は恐れをなし、やむをえず拱手した。「で、では、そなたの好きにするがいい」そう言い残すと、二人の将とともに去っていった。曹操にしてみれば、これで河北の三営の援軍を失ったと思っていたところ、はからずも一人が自ら進んでとどまってくれたのである。曹操はことのほか喜び、すぐさま立ち上がって感謝を述べた。そのとき、入り口のほうから楽しげに笑う二人の声が聞こえてきた。李乾《りけん》が万潜を連れて戻ってきたのである。

「万殿、これはいったい……」

万潜がにこやかに答えた。「曹使君のもとに戻ってまいりました」

曹操はかつてのことを思い出して赤面した。「しかし、わたしはかつて辺譲《へんじょう》ら三人を刑に処しました。万公、あなたは……」

万潜は手を振って曹操の言葉を遮ると、事の次第を話しはじめた。「過去のことはもうよいではございませぬか。たしかに使君は何人かの士人《しじん》の命を奪いました。しかし、われらが兗州の民をむやみに手にかけたことはございません。それどころか、そのなかから官吏を選び、民を慈しんでおられます。ところが、あの呂布が連れてきた幷《へい》州の輩どもときたら、やたらと税をかけ、金目のものを見ては奪っていく始末。使君とは実に雲泥の差でございます。それゆえ、使君がこの内乱を平定するお手伝いをしに戻った次第。戦に参加することはかないませんが、兗州では少しは顔も知られておりますからな、いくつかの県ぐらいは説得できましょう」

さらに李乾も続いた。「われら李氏は乗氏《じょうし》県［山東省南西部］に糧秣《りょうまつ》を蓄えて駐屯しております。わたしも自ら赴いて、一族が将軍になびくように説得してまいりましょう」

「それは素晴らしい、ありがたいことだ！」曹操は進み出て二人の手を取った。「お二人の手助けがあれば、この兗州の反乱も必ずや鎮めることができましょう」そこで程昱が口を挟んだ。「使君、とにかくここには食糧がありません。わたしは兵馬を養うための糧秣を東阿で確保しております。速《すみ》やかに東阿県へと向かうのがよいでしょう」

程昱の提案に一部の者たちは凍りついた。なぜなら、東阿ではすでに糧秣が足りなくなったため、程昱が無慈悲にも、城内で殺した反乱軍の兵士を切り刻んでその肉を干し、兵糧に充てているという噂を耳にしていたからである。人肉を食うなどと想像しただけで、噂を聞き知っていた者は一様に色を失った。しかし、このことを知らなかった曹操の腹はすでに決まっていた。これも兵力を保ったまま戦を続けるためである。この点に触れようとする者は誰もいなかった。

曹操が苦境に陥っていたことは疑いようがない。しかし、曹操自身も気づかぬうちに、勝利を示す天秤は大きく曹操のほうに傾きはじめていたのである。風雲を巻き起こし飛将軍《ひしょうぐん》と呼ばれる呂布であったが、天はいま一度曹操に手を貸し、呂布を暗渠に引きずり込もうとしていた……

呂布《りょふ》の挫折

呂布と陳宮《ちんきゅう》の陣営の悲惨さは、曹操軍とは比べるべくもなかった。

民は食をもって天となす。どんなに強大な軍であっても、食糧がなければ兵士らをつなぎとめておくことはできない。濮陽《ぼくよう》を離れてからというもの、兵糧が底をつきかけたことで兵士らは離散しはじめた。陳宮の率いる兗《えん》州の兵士が次々と逃げ出しただけでなく、これまでずっと呂布と生死をともにしてきた幷《へい》州の兵士らでさえ、とうとう離反しだしたのである。河内《かだい》の兵に至っては、何の断りもなく張楊《ちょうよう》のもとへと帰っていった。もはやいかなる軍法や刑罰も効果はなく、いつ兵乱が起きてもおかしくなかった。

呂布は残った兵を連れ、あてどなくさまよった。道行くところ、荒れ果てた田野が広がるばかりで、あちこちに飢え死にした屍《しかばね》が転がっていた。兵士らは樹皮を剝ぎ、草の根をほじくり出し、泥団子さえも口にする始末で、果てはとうとう死体にまで手をつけた。どんなにわずかでも、腹の足しになるものがあれば刃傷沙汰《にんじょうざた》がはじまった。より深刻な問題は、この災難が東《とう》郡でのみ起こっているわけではなく、兗州の東部全域に飢えと死をもたらしていることである。

進む先々で見かける県城は、人気なく朽ち果てているか、あるいは固く城門を閉ざしているかで、呂布たちの来訪を拒絶していた。自らを食わせることもできないのに、なけなしの食糧をみすみす奪わせる者などいるはずもない。そんななか、李封《りほう》が提案してきた。李氏一族の根拠地である乗氏《じょうし》県に行けば、あるいは食糧を調達できるかもしれないというのだ。呂布はその案を容れると、李封と薛蘭《せつらん》に騎兵一隊をつけて先に行かせ、自身は残りの兵馬を率いてあとに続いた。

考えることはみな同じである。呂布のもとを離れてしばらくすると、二人は曹操が兵糧の調達に差し向けた李乾《りけん》と出くわした。李乾はわずか十数人しか連れていなかったため、幷州の騎兵はなんなくこれを追い払い、逃げ遅れた李乾はひと槍で馬から突き落とされて、李封と薛蘭の前に引き出された。

李封と李乾は同じ李氏一族の者であるが、その関係は険悪だった。とりわけ曹操が兗州に入って以降、李乾は曹操に付き従って黄巾《こうきん》を討伐し、袁術を打ち破り、徐州に攻め込んだが、李封はというと、一族の有する義勇兵を曹操の指揮下に入れることに極力反対してきた。こうして二人の溝はますます深まり、濮陽での戦いに至っては、とうとう敵味方に分かれたのである。

しかし、縄についた李乾をいま目の前にしても、李封はなかなか罪に問うことができなかった。なぜなら、一族における李乾の声望が自分をはるかに上回っていることを、李封もよく知っていたからである。翻って、もしここで李乾をこちらに引き込めれば、乗氏、鉅野《きょや》、離狐《りこ》［いずれも山東省南西部］

といった、いまも中立を守る県城を得るに等しい。しかもそれは、いまの食糧難が一気に解決することをも意味する。李封は、李乾の太ももの傷から溢《あふ》れ出る血を見ると、すぐさま自分の袖を裂き、その傷口を縛ってやった。

「やめろ!」李乾は怒りも露わに蹴りつけた。「誰のためにそんな善人を気取っている」

李封は笑顔を作ってなだめた。「俺たちは親戚じゃないか。ゆっくり話すこともできないってのかい?」

「それぞれ違う主《あるじ》に仕えているのに、何を話すことがある?」

それでも李封は腹を立てることなく、ゆっくりと李乾に話しかけた。「兄貴、馬鹿なこと言うなよ……乗氏県などには兵もいれば食糧もある。なぜこれをみすみす曹孟徳《もうとく》に譲ってやる必要があるんだ? 劉岱《りゅうたい》が兗州の刺史《しし》だったときには、俺たちをこき使ったことなんかなかったぜ。曹操は兄貴を利用しているんだよ」李乾が顔を背けると、李封はまたすぐ正面に回って説得を続けた。「呂奉先《ほうせん》につくべきだ。ここで兄弟仲直りといかないか? 呂将軍は約束してくれたぜ。兗州の平定を手助けすれば、済陰《さいいん》郡の南部の六つの県を俺たち一族に与えてくれるってよ。そうすれば李氏はますます羽振りが良くなって、末代まで富貴を楽しめるってもんだ!」

「お前は目先のことしか考えておらんのだな……」李乾はかぶりを振ると、白い目で李封を流し見た。「いくつかの郡や県を占めただけでお前は富貴を楽しめるのか。座して天下が平定されるのを待つとでもいうのか! 俺が家族を連れて曹使君《しくん》に身を寄せたのは、使君が戦火を鎮めて天下を平定するのを手助けするためだ! そのときこそ家族は栄光に包まれ、子々孫々まで高位高官が約束される。これこそ李氏の取るべき計にして、天下泰平への道ではないか！」

はたでやり取りを見ていた薛蘭はとうとう我慢ならず、李乾を怒鳴りつけた。「李乾、意地を張るな！　曹操がいったい何だというのだ！　やつはこの地の士人《しじん》を殺し、徐州の民百姓を虐殺した。その悪行と犯した罪は数え上げればきりがないほどだ。もう一度その目でよく見てみろ、兗州をやつに差し出した挙げ句、いまどうなっているかをな！」

李乾は薛蘭の文句を一笑に付した。「兗州の民を苦しめているのは、ほかでもない、お前らではないか。お前らがあの虎狼《ころう》のごとき呂布を引き込まなかったら、双方が戦《いくさ》に明け暮れて田畑が荒れるようなこともなかったはずだ。お前らも一度は曹使君に仕えた身、もとの主に対して立てる義理もないのか。気が合うならとどまって力を尽くし、合わないなら去る、それでこそ立派な男だろう。それをお前らはわざわざ盗人を招き入れ、何の意味もないのに戦端を開いた。どれほど多くの民が犠牲になったか、その責はすべて貴様らのような卑怯者にある！　さあ、殺すなら殺せ。御託を並べることもあるまい」

李封はこのままでは埒《らち》が明かないと考え、攻め方を変えて説得を試みた。「曹孟徳が何様だというのだ。腐れきった宦者《かんじゃ》の筋じゃないか。朝廷からの詔勅もなし、一族の名望もなし、ここの刺史も勝手に名乗っているだけだろう。かたや呂奉先は董卓《とうたく》を誅殺したお上の功臣、温侯《おんこう》に封ぜられ、その名は天下に轟いている。呂奉先についてこそ、兄貴の言う天下泰平への近道だとは思わないか」

李乾の怒りは収まらなかった。「ぺっ、お前の目は節穴か！　呂布ごとき小物、金に目がくらんで丁原《ていげん》を殺し、董卓を父と称しながらまたこれを裏切った。そんな信義にもとる男を助けて天下を鎮めるだと？　冗談もほどほどにするんだな！」

李乾の決意は固かったが、かといって李封と薛蘭も李乾を殺すことは憚られた。そうして逡巡していると、砂ぼこりを巻き上げながら呂布の兵馬が追いついてきた。二人は李乾を呂布の面前に引き出すように命じた。李乾は遠目に呂布の姿を認めるなり、大声で罵った。「呂布めが、この兗州を荒らしおって！　お前を切り刻んで、兗州の民に差し出してやれんのが残念だ！」

「ほう、ずいぶん威勢のいいやつがいるじゃないか」呂布は怒りをふつふつとたぎらせた。

呂布は気が短い。李封は慌てて前に出て拝礼した。「あれはわが一族の者で、かつて曹操についておりました。いまちょうど将軍に帰順するよう、説き伏せていたところでございます」

「あれこれ長々と話すこともない。連れてこい！」呂布は方天画戟《ほうてんがげき》の切っ先を李乾の喉元に突きつけた。「言え、降るのか」

李乾は筋金入りの強情な男で、この状態でも呂布を罵り続けた。「信義にもとる不孝不忠の輩め。人を欺いても、天はすべてお見通し。誰がお前になど降る……」

呂布はそこで戟を突き出すと、方天画戟の切っ先を李乾の喉に深々と突き刺した。

「将軍……」李封は慌てふためいた。「この男を殺しては……」

「殺してはいかんかったと言うのか。この俺を罵ったというのにか？」呂布のひと睨みで李封はすくみ上がり、それ以上何も言えなかった。

「お前らには先に乗氏県に入っておけと言ったはずだ。それをたかが俘虜《ふりょ》一人のためにここまで遅れおって。さっさと行かんか！」このところ何もかもがうまくいかないとあって、呂布の機嫌はすこぶる悪かった。李封と薛蘭はすっかり顔をつぶされたが、こうなれば呂布と一緒に行ったほうがいいと考えた。李乾を殺したからには、乗氏に入っても吉と出るか凶と出るかわからないのだが……

呂布は引き続き軍を率いて乗氏に向かったが、飢えに苦しむ兵士らの行軍は遅々として進まなかった。乗氏県に着いたころにはとっぷりと日も暮れており、薄暗がりのなかに、大きく門を開いた県城がようやく浮かんできた。ここは小さな県で城壁も決して高くはないが、城外三里［約一・二キロメートル］四方には一軒の民家もなく、土塁があちらこちらに作られている。その上では弓矢を背負った義勇兵が一定の距離ごとに見張り台に立っており、入念に備えを固めていた――自分たちの土地を守ろうという、官軍にも勝る李氏一族の意気込みが伝わってくる。

幸い李封の顔は一族みなが知っていた。その李封を前にして、土塁の上に立つ義勇兵らは丁寧に包《ほう》拳《けん》の礼を取ると、そのなかの一人が声を上げた。「喜んで呂将軍の到来をお迎えします。必要な食糧はすでに用意してありますので、そのまま城内に入ってお休みください」

呂布の率いてきた兵士らはあまりに腹が空きすぎて、すっかり目を回していたが、食糧があると聞くや、歓喜の声を上げて駆け出した。李封も胸をなで下ろし、大隊の兵馬は速《すみ》やかに県城の北側へと回っていった。そしていまにも先頭の兵卒が城門をくぐろうというところで、突然大きな音が鳴り響き、城門がすべて固く閉ざされた。そして城楼の上に大きな鉈《なた》を手にした義勇兵たちがずらりと姿を現した。その中心に立つのは一族の李進《りしん》である。李封はほっとしたのもつかの間、一気に絶望に突き落とされたが、自らをしっかり落ち着けて馬を進めると、李進に向かって呼びかけた。「賢弟、これはどういうことだ？」

李進は憎々しげな顔を浮かべ、目を見開いて叫んだ。「叔節《しゅくせつ》、兄貴はどこだ?」

李封はとっさに知らないと答えようとした。しかし、李乾の逃げ延びた部下がすでにここにたどり着き、自分たちが李乾を捕らえたことを報告しているだろうと考え、それは思いとどまった。と同時に、李進はまだ李乾が殺されたことを知らないはずだと気づき、李封は慌てて言い繕《つくろ》った。「兄上なら軍中におる。呂将軍と轡《くつわ》を並べて談笑しているぞ。さあさあ、速やかに城門を開けて俺たちを入れてくれ。兄上ともすぐに会える」

「でたらめ言うな!」李進が叫んだ。「兄貴はお前の部下に太ももを槍で刺されたはずだ。馬に乗れるわけがなかろう。さあ、早く呼んでこい。兄貴の顔を見せてくれたら、こちらも相談に乗ってやってもかまわん。それがかなわねば、麦の一粒たりとも持って帰れると思うなよ!」

それを聞いて李封はうろたえた——まったく呂布はなんて能なしだ。李乾を殺さずに縛ってここで差し出せば、食糧と交換できたかもしれねえのに。それをあっさりと殺しやがって、どうしろって言うんだ?

李封が答えに窮するのを見て、李進は事態を察し、涙ながらに叫んだ。「兄貴は一本気な男だった……おおかたお前らに殺されたんだろう……叔節、お前は李一族の恥さらしだ!」そこで顔を上げると、こちらに近づいてくる大軍に気がついた。赤兎馬《せきとば》に跨がって先頭に立つのは呂布に違いない。恨みと憎しみとが腹の底から湧き上がり、李進は大声で宣言した。「呂奉先! よくも兄貴を殺してくれたな! たったいまからお前らは、われら李氏にとって不倶戴天の仇敵だ!」そこで李進が腕をさっと振り上げると、一面の軍令旗が立てられた。

李封はその旗の恐ろしさを知っていたので、見るなり尻尾を巻いて兵士らのなかに逃げ隠れた。果たして、旗が掲げられるや、あたり一帯が騒然となった。実はすでに東西の両門から、呂布軍の目を盗んで義勇兵たちが出てきていた。東からは李乾の息子である李整《りせい》を先頭に三百人、西からは李乾の甥である李典《りてん》が率いるやはり三百人が攻め込んできた。時を移さず城壁の上からは丸太や岩が投げ落とされた。さらに、先ほどは恭《うやうや》しく呂布軍を通した土塁の上の義勇兵らも、いまは矢をつがえて狙いを定めていた。

呂布は怒り狂った。世に打って出て以来、丁原《ていげん》、董卓、袁紹《えんしょう》のもとで多くの戦を経験してきた。人並み優れた武略を有する曹操でさえ、己の前では思いどおりにさせなかった。それが今日は李氏とかいう地元の豪族風情にひと泡吹かされたのである。呂布は思わず怒鳴った。「殺せ！　城を落とせ！」しかし、部下の将兵はそれどころではなかった。右へ左へと敵の攻撃から逃げ惑い、すっかり混乱に陥っていたのである。李一族の義勇兵も所詮は素人であり、一人ひとりの力はそれほどでもなかったが、四方八方からの総攻撃とあっては、いかに勇壮な軍隊といえども持ちこたえるのは難しい。選《よ》り抜きの幷州の騎兵もいまや格好の標的である。転がり落ちてくる岩石をよけ、飛んでくる矢を躱《かわ》し、馬の足元で振り回される大きな鉈にも気をつけなければならない。護衛兵に守られながら、陳宮がなんとか呂布の面前までたどり着いた。「将軍、退きましょう！　ここは危険です。このままでは全滅してしまいます」

呂布は怒りを通り越して泣きたい気分だった。しかし、いまとなっては手の打ちようもない。赤兎馬を駆けさせると、方天画戟を振り回して矢を払い落としながら敵の囲みを突き抜けていった。ほかの兵士らも必死でそのあとを追ったが、散々に打ちのめされ、乗氏県城の周りには数多くの死体が積み上げられた。結局、呂布軍にしてみれば、食糧は手に入らず、数百もの兵馬を失ったうえに、数え切れないほどの負傷者を出しただけであった。

この戦いを境に、乗氏県は呂布に対する恨みを晴らすため、全面的に曹操の側についた。かたや呂布の陣営はこのたびの失策により、戦略を練り直す必要に迫られた。呂布は李封と薛蘭に一部の兵馬を与えると、引き続き鉅野を死守して曹操の動きを牽制するように命じた。一方で、自身は本隊を率いて兗州の東部に落ちて行き、食糧を工面するために山陽《さんよう》郡を目指した。その道中も飢えは耐え忍びがたく、兵士らの離散に歯止めをかけることはできなかった。これ以降、呂布軍の勢力は振るわず、兗州をめぐる曹操との主導権争いから完全に脱落していくこととなる……

第十六章　兗《えん》州奪還と起死回生の方策

東進を諮る

思いも寄らなかった蝗害《こうがい》で、膠着していた戦況が一変した。曹操は荀彧《じゅんいく》らが守り抜いた三県をしっかりと固め、さらに李《り》氏一族の帰順を受け入れたことで、兵糧の問題から解放された。それに伴い、一度は軍を離れた兵士らもしだいにまた集まってきた。一方、呂布《りょふ》の陣営は兗州の東部へと落ちていったが、乗氏県《じょうしけん》［山東省南西部］での失策などにより、兵士は疲労困憊し、戦線も間延びしていった。そのような状況のもと、双方はともに引きこもることなく、用兵の才能と土地の人望とを引っ提げてぶつかり合い、ほどなくして決着を見た。

興平《こうへい》二年（西暦一九五年）春、曹操は定陶《ていとう》県［山東省南西部］へと軍を向け、反乱に加わった山陽《さんよう》郡太守《たいしゅ》の呉資《ごし》を攻める構えを見せた。呂布の兵馬は休息も準備もままならぬうちに慌てて救援に駆けつけたが、その結果、待ち構えていた曹操軍に散々に打ち破られた。そのため呂布は再び東へと逃げ落ちるほかなく、東緡《とうびん》県［山東省南西部］に至ってようやく敗残の兵をまとめ直した。

曹操はこの機を逃さず、すぐさま軍を返して、李封《りほう》と薛蘭《せつらん》が守る鉅野《きょや》［山東省南西部］に攻め込んだ。呂布は救援に向かおうにもすでに間に合わず、曹操軍はわずか数日のうちに鉅野を攻め落とした。

きつく縛り上げられた李封と薛蘭の姿を目の前にして、曹操は冷笑を浮かべながら当てこすった。

「お二方、昇進おめでとう。かつては従事《じゅうじ》として仕えてくれたが、それがいまでは呂布のもとで治中《ちちゅう》と別駕《べつが》を務めているとか。すっかり州の高官に出世したではないか」

薛蘭はがたがたと震え上がった。「将軍、命だけは……」

曹操は横目で万潜《ばんせん》を見て、笑顔で問いかけた。「万殿、官を辞めるときは一緒だったが、いまあなたはここに戻ってきた。そして呂布もこの二人に万殿と同じ官職を与えた。どうでしょう、許すべきですかな？」

万潜はかぶりを振った。「この二人には命をもって償わせねば、死んでいった将兵や兗州の民に顔向けできません」

李封はなおも強がった。「恥知らずの万潜め！　曹操は兗州の士人《しじん》を殺したというのに、それでも肩を持つのか！」

そこで万潜は曹操を見た。「曹使君《しくん》にも至らぬ点はまだまだあります。今後は感情に走って無辜《むこ》の民を害されませぬよう」そう諫めると、また李封に向き直った。「だがな李叔節《しゅくせつ》、お前には教えを垂れる資格などない。このたびの兗州の騒乱は、すべてお前たちのようなつまらぬ人間が引き起こしたのではないか。兗州に呂布を引き込んだのは民のためか、それとも私利私欲のためか。たしかに曹使君は辺譲《へんじょう》を殺《あや》め、多くの徐《じょ》州の民の命を奪った。しかし、われら兗州の人間に対していったい何をしたというのだ？　お前が唱える道理などあくまで大地主や豪族の言い分であって、兗州の民にとっては正論とはいえぬ。曹使君はたった三県を領するのみになったというのに、速《すみ》やかに食糧の問題を解決できた。それに引き換え、お前の担ぐ呂布はどうだ！　兗州の民の心がどちらを向いているか、これでもわからんのか！」

李封はまだ何か言い返そうとしたが、そのとき、いきなり後ろから蹴りつけられた。振り返ると、そこには李進《りしん》、李整《りせい》、それに李典《りてん》の三人が立っていた。いまにも襲いかかりそうな迫力で、六つの眼《まなこ》が睨んでいる。李封は驚きと恐れから後ずさりし、おとなしく黙り込んだ。

曹操が軽く手を上げて締め括《くく》った。「李氏の者よ、この二人はそなたらに委ねよう」

「ありがたい！」李進と李整が一人ずつ外へと引きずっていった。これで李封と薛蘭が、李乾《りけん》の仇として切り刻まれるのも時間の問題かと思われた。

「李封を殺してはなりません！」そのとき突然、李典が二人を制止した。

李進は驚きを隠せなかった。「曼成《まんせい》、なぜ止める？」

「この男が憎いのはわたしも同じです。しかし、この男は一族の者を殺したことで恨みを買いました。いまここでこの男をお二人が殺せば、それはやはり一族の者を手にかけたと同じことではありませんか。そうして禍根を残せば、今度は李封の子や孫がまたお二人を恨むことになります。そんなことをしていては、一族のなかで際限なく争い続けることになります」李進らは、思わず李典の話に聞き入った。李典はそこで曹操に向き直って拝礼した。「李封の謀反ですが、われら李一族の内輪もめを止めるためにも、これは使君が法をもって刑に処してください」

曹操は珍しいものでも見るかのように、目の前の若者をじっと見つめた。李典は土豪の家に生まれてようやく十六になったばかりで、顔にはまだあどけなさが残る。だが、すでに戦場を経験し、優れた洞察力を持っていた。実に優れた人材である。曹操は何度もうなずいた。「年のころはうちの昂《こう》とそう変わらんが、なかなか見所があるぞ。よかろう。李封と薛蘭はこちらで処断する」

「ありがとうございます、将軍」李典はそこでもう一度深くお辞儀した。

「よし、李封と薛蘭を捕らえたからには、これで兗州の東部は鎮まったも同然だ。そなたらにも民心の慰撫には十分意を尽くしてもらいたい。万殿には役所の蔵を検《あらた》めてもらいましょう。では、みな退《さ》がってくれ」次々と辞去の礼をして去っていく者を見送りながら、曹操は荀彧と程昱《ていいく》の二人を呼び止めた。「荀文若《ぶんじゃく》と程仲徳《ちゅうとく》はここに残るように」

てきぱきと指示を出した曹操だが、その実、内心では別の案件に気を取られていた。それは、つい先ほど入ってきたばかりの徐州からの面白くない知らせだった。兗州における反乱を教訓に、曹操は安易に自分の考えを周りに漏らすのをやめていた。そして荀彧と程昱だけになったのを見計らって、ようやく胸のつかえを吐き出した。「そなたらの耳にも入っていると思うが、陶謙《とうけん》が病を得て死んだそうだ。わが父を殺した元凶とまでは言えないが、平穏な最期を迎えたというのなら、まあそれでもよい。しかしだ、臨終に際して、やつは徐州を劉備《りゅうび》に譲ったというではないか」曹操は話しているうちに、だんだんと腹が立ってきた。「少し前、陶謙は劉備を豫《よ》州刺史《しし》につけるよう、長安《ちょうあん》に使者を出して上奏した。そして今度は勝手に徐州刺史についたのだぞ！　いったい劉備がなんだと言うんだ！　一介の名ばかりの平原《へいげん》の相《しょう》が、いきなり二州の刺史になるとは、まったく忌々《いまいま》しい！　こちらははるばる行軍して徐州を討ったというのに、それを筵《むしろ》を編んだり草鞋《わらじ》を売っていた無頼の徒が隙《すき》をついて刺史の座に収まったのだ。これでは誰のために苦労したのかわかったものではない！」

罪もない者たちをさんざん殺したのはいったい誰でしたかな？　徐州をみすみす劉備にくれてやったのは、ほかでもないあなた自身でしょうに！　そう思うと程昱はおかしかったが、そんなことはおくびにも出さず、慰めの言葉をかけた。「将軍、まずはお怒りをお鎮めください。劉玄徳《げんとく》など所詮は名ばかりの豫州刺史。豫州の北部はわれらが押さえ、同じく南には袁術《えんじゅつ》がおります。いったいどこに劉備の取り分があるのです。これは陶謙の奸計《かんけい》でございます。劉備を豫州の刺史に祭り上げて、劉備、袁術、そしてわれわれがつぶし合うのを狙ったのでしょう。劉備に守らせて徐州の安泰を図ったつもりでしょうが、あれこれ策をめぐらしたところで、自分の命が尽きることにまでは頭が回らなかったようです。おおかた将軍の存在に恐れをなして病に伏せ、劉備を駒として動かすまで体が持たず、ご臨終と相成ったわけです」程昱は最後にわざと曹操を持ち上げるようなことを言い、曹操がこの話題を切り上げるように仕向けた。

ところが、曹操のほうはどうしても頭から離れないようである。「いや、これはやはり捨て置けぬ。徐州は肥沃な土地、袁術も狙っているはずだ。もしいまここを取らねば、袁術が北上して奪うに違いない。呂布はすでに虫の息、二度とこちらを邪魔立てしてくることはなかろう。だからこそ、もう一度徐州を攻めるのだ。劉備が豫州の人心をつかむ前に速やかに討つというのはどうだ」

「それは断じてなりません」曹操が熱くなってきたのを見て取ると、荀彧はすかさず諫めた。「昔、高祖《こうそ》［劉邦《りゅうほう》］は関中《かんちゅう》［函谷関《かんこくかん》以西の渭水《いすい》盆地一帯］に、世祖《せいそ》［劉秀《りゅうしゅう》］は河内《かだい》に拠《よ》って立ち、十分に足元を固めて天下を窺いました。それゆえにこそ軍を進めては勝ち、退いては固く守ることができ、苦境を乗り越えて天下統一の大業を果たしえたのです。将軍は兗州に拠って立ち上がり、山東《さんとう》［北中国の東部」を鎮定したことで、民はみな心服しております。しかも兗州は黄河と済水《せいすい》が流れる天下の要衝。このたびの反乱でいささか損失を蒙りましたが、それでも根拠地とするに足ります。つまり、兗州こそ将軍にとっての関中であり、河内なのです。まずここを完璧に安定させないわけにはまいりません。いますでに李封と薛蘭を破りました。もしここで軍を分けて呂布と陳宮に向けるならば、敵は恐れおののいて縮こまるはず。われわれはその隙に、あたり一帯の熟した麦を刈り入れるのです。兵が強壮で糧《かて》が十分ならば、呂布を一気に破ることもできるでしょう。呂布を破ったあとは揚《よう》州の劉繇《りゅうよう》と手を結び、ともに袁術を討って淮《わい》水と泗《し》水の一帯を収めるのです」

ここで荀彧はさらに声を大きくし、あたかも曹操を脅すかのように強く注意を促した。「かりに呂布を捨ておいて徐州へ向かうとしましょう。多くの兵を残していけば攻め手が足りません。かといって、多くの兵を連れて行けば民が城の守りに回ることになり、耕作の人手が足りなくなります。しかも、呂布がその隙をついて攻め込んできたら、民の気持ちはますます動揺し、鄄《けん》城［山東省南西部］、范《はん》［山東省西部］、古《いにしえ》の衛《えい》の地［濮陽《ぼくよう》、河南省北東部］以外は、将軍のものではなくなるでしょう。これは兗州を失うということ。そこでもし徐州が落とせなかったとき、将軍はいったいどこに帰るおつもりですか？」

曹操はぎゅっと眉をしかめた。「文若の言はもっともだが、しかしこの好機を見逃せというのか。劉備をこのまま徐州に居座らせるのか」曹操自身もなぜかはわからないが、この顔もよく知らない劉備という男が、近ごろはずっと脳裏から離れなかった。

「卑見によれば、これは決して好機とは申せません」荀彧はかぶりを振った。「陶謙が世を去ったとはいえ、徐州はそう易々と落とせないでしょう。民らはかつてのことをまだはっきりと覚えているはずです。たとえ劉備が刺史になったばかりとはいえ、全身全霊をもってこれを支えるに違いありません。東方の麦はすべて刈り取られ、堅壁清野《けんぺきせいや》［城内の守りを固め、城外は焦土化する戦法］で将軍を待ち受けることでしょう。攻めても落とせず、当地で何も手に入らないとなれば、十日もせずに、ろくに戦わずして窮地に陥るのは自明です。先だって徐州を攻めたとき、あまりにも手厳しくやりすぎました。若い者たちは父兄の恨みを晴らそうと必ずや抵抗し、決して降ることはないでしょう。たとえ打ち破れたとしても、それを保つことは不可能です」

曹操はにわかに顔を真っ赤にした――荀文若のやつ、ずいぶん遠回しだが、結局は俺が殺しすぎたことを責めているな。たしかに劉備とて徐州の民の心をつかんでいるわけではないが、俺がわざわざお膳立てしてやったということか……

「そもそも天下のことには取捨があるものです。大を小と引き換えるのはかまいません。安全を危険に引き換えることも必要でしょう。さらに、勢いに任せて根本の不安定さを顧みずに突き進むのも時にはよろしいでしょう。ただ、いまこの三つの点で、われらにはいずれも取るべき利点がありません。将軍、どうかご熟慮のほどを」言い終わると、荀彧は深々と頭を下げた。

「よし！」曹操は歯がみしながらも荀彧の意見を取り入れた。「劉備ごときねずみ一匹、ひとまずは放っておこう。兗州を完全に回復してから、やつを成敗してくれる」

曹操が落ち着きを取り戻したのを見て、程昱もほっと息をついた。「将軍、慌てる必要はありません。呂布を破る策なら、この程昱の胸にありますぞ。こたびの戦《いくさ》で呂布を徹底的に兗州から締め出し、この狼をして劉備を襲わせるのです」

「ほう、どんな策か早く聞かせてくれ」

「まずはこの県城を落ち着かせることが先決です。それから定陶へと軍を進めましょう。その方策は、道すがらぼちぼちお聞かせいたします」そう言うと、程昱は不敵な笑みを浮かべた。

飛将軍、翼を失う

両軍の兵が入り乱れての白兵戦でこそ、呂布《りょふ》の本領が発揮される。しかし、いったん戦線が延びて敵と距離が空き、知恵を絞っての勝負となれば、途端に呂布の分は悪くなる。参謀を務める陳宮《ちんきゅう》は頭の切れる男だが、百戦錬磨の曹操と比べれば、やはり大きく引けを取る。乗氏《じょうし》県から追い払われて以来、呂布軍はひたすら敗戦を重ねた。それもすべては兵糧の調達で後れを取ったことが原因で、呂布軍はしだいに追い詰められていった。反乱に加担した城を曹操が包囲するたびに、呂布は援軍に駆けつけようとしたが、結局は待ち伏せにあって蹴散らされるか、到着する前に城が落とされているのが落ちであった。呂布軍は兗《えん》州の領内を東へ西へと駆けずり回り、人も馬もすっかり疲れ果てていた。それに追い打ちをかけるように、ともに曹操に対して反旗を翻したはずのいくつかの県が日和見を決め込んだ。しかも、何人かの県令《けんれい》は曹操のほうに分があると見極め、あろうことか再び曹操側に寝返ったのである。さらに呂布の頭を悩ませたのが、幷《へい》州の兵と兗州の兵の不和である。内輪での諍《いさか》いは三日にあげず繰り返された。

そうこうしているうちに鉅野《きょや》が落とされ、李封《りほう》と薛蘭《せつらん》が殺されると、陳宮は呂布に対して、今後は軍を動かさず東緡《とうびん》県に腰を据え、散り散りになっている敗残兵を呼び集め、軍容を再び整えるように提案した。そのため、曹操が定陶《ていとう》に打って出たときも、すぐに救援に赴くことはなかった。しかし何日か過ぎて、曹操がこのあたりの麦を刈り取っているとの知らせを耳にすると、居ても立ってもいられなかった。兗州を襲った蝗害《こうがい》により、食糧はわずかのあいだに激減した。そのなかから、ちょうどいまも兵士らに充分な量を食わせたところであり、今後の糧秣《りょうまつ》のことも充分に考慮する必要がある。そしていま、ようやく収穫の秋までしのいできたのに、曹操が東のほうまで麦を刈りに来ているという。これでは自分たちの食糧を奪われたのと同じである。やむをえず呂布は休息も不十分な兵士らを率い、曹操に対抗するため東緡を出た。これまでとは異なり、呂布は定陶県に入ってすぐに陣を布《し》くと、血気にはやって戦《いくさ》を仕掛けることはせず、まずは斥候《せっこう》を放って曹操軍の動向を詳しく探らせた。このところ呂布は立て続けに敗れていたので、いまではこの沛国《はいこく》譙県《しょうけん》［安徽《あんき》省北西部］の小柄な男にいくぶんかの恐れを抱くようになっていたのである。

数人の斥候による報告はすべて一致していた。曹操軍はあちらこちらに分散して麦を刈り入れており、本営の守備はいたって手薄でせいぜい千人程度、なかには多くの農民や婦女までが武器を持って守っているという。そして本営の西側には、高い土手が築かれているとのことだった。

呂布はそれらの知らせを聞いても半信半疑で、自ら判断を下すこともせず、ともかく陳宮の顔を窺った。呂布陣営のなかでも弁州と兗州の者同士では対立がある。何でもまずは陳宮に聞くという呂布の態度に弁州出身の将らは大いに不満を覚え、一方、兗州の出身者らは得意満面であった。

そんな雰囲気に陳宮は気づくこともなく、相変わらず能面のごとき無表情を貫いていた。血の気のない真っ白な顔に、切れ長の目をいっそう細めて、じっと軍幕の外を見据えている。その顔つきからはどんな感情も読み取れない。実はこの数日、陳宮は曹操に対して反乱したことを後悔しはじめていた。当初は自ら呂布を招き入れたのだが、一年ほど行動をともにしてみて、自分はただ噂に聞く賛美の言葉に踊らされていたのだと気づいたのである。なんのことはない、蓋を開ければ呂布はただの匹夫に過ぎなかった。たしかに軍馬に跨がれば万夫不当《ばんぷふとう》の勇を発揮する。しかし、馬を下りればこの男の底の浅さがすぐに露呈した。確固とした自分の考えはなく、容易に甘言に惑わされ、虚栄を追い求めて小利をむさぼる……陳宮には理解できなかった。他人の命をいとも簡単に奪うような男が、なぜかくも惰弱で優柔不断なのか。深謀遠慮など持ち合わせず、民政の才能などまるでない。いざというときの決断力は、曹操とは比べ物にならない。しかも、部下をしっかりと束ねることさえできていない。そうは言っても、すべては自らまいた種である。一時の感情に任せて曹操に反旗を翻したのは、ほかならぬ自分ではないか。事ここに及んでは先が真っ暗とはいえ、もはや呂布と一蓮托生するしかない！

陳宮が黙り込んだままなのを見て、呂布は痺れを切らした。「公台《こうだい》、どう思う？」

「わが軍など眼中にないかのごとく曹操は振る舞っていますが、必ずや備えをしているはず。おそらくその土手の向こうには兵を隠しているのでしょう」

「では、どうする？」

「こちらは様子を見ながら少しずつ陣を進めていきましょう。曹操の本営まで近づけば、伏兵の有無はおのずと明らかになります。もし伏兵がいなければ、一気に本営を襲うまで」

「よし！」呂布はすぐに軍令を下した。「ここを引き払い、曹操軍から十里［約四キロメートル］のところに陣を布く」陳宮の進言に従い、呂布は本営を曹操軍の南方十里に移したが、これでは近づきすぎである。ただ斥候がひっきりなしに行き来したおかげで、やはり土手の向こうには五千の曹操軍が潜んでいると明らかになった。

「いますぐに曹操軍を蹴散らしてやろう！」呂布は勢い込んで訴えた。

「いえ、もうしばらく様子を見るべきです」読みが当たったとはいえ、陳宮は決して楽観視していなかった。

弁州の将らは陳宮のことをずっと面白く思っておらず、呂布がその理由を尋ねる前に、侯成《こうせい》が立ち上がって口火を切った。「様子見だと？　曹操から兵糧を奪い返すためにここにいるのではないのか！　これ以上のんびりしていたら、ここらの麦を全部曹操に持っていかれてしまうぞ！」

これには兗州出身の王楷《おうかい》が反論した。「いや、公台の言はやはり理に適っている。いま出陣して、もし伏兵に遭ったらどうするつもりだ？」

「曹操の兵は麦刈りの真っ最中で、本営を守るのは女ばかり。土手の向こうに伏せているのもたった五千ではないか。これこそ絶好の機会、これを見逃すなど馬鹿者のすることよ！」宋憲《そうけん》は呵々《かか》と笑いながら王楷を白い目で見た。むろん宋憲も弁州の将である。

「誰が馬鹿者だと！」今度は許汜《きょし》が猛然と立ち上がった。

こうして瞬く間に兗州派と弁州派の激しい言い争いがはじまり、小隊長までが怒鳴り合いに加わると、場は険悪な雰囲気に包まれた。呂布がいくら大声で制止しても誰も見向きもしなかった。呂布がとうとう腰に帯びた剣を抜き、憎々しげに卓を切りつけると、諸将はようやくおとなしくなった。

一方では侯成と宋憲が落ち着きなく周りを見回し、もう一方では王楷と許汜がそっぽを向いて口を固く閉ざしている。呂布はその様子を目の当たりにしながら、かといってそれ以上は何もできず、昔からの仲間も新たな同志も咎めることはできなかった。

そのとき、東側の一番奥に並んでいた男が突然話しはじめた。「みなさん、まずは落ち着いてください。ちょうど折衷案があるのですが、お聞きになりますか」それはなんと秦宜禄《しんぎろく》であった。

曹操のもとを離れてから、秦宜禄は仕えるべき相手に恵まれなかった。はじめは何苗《かびょう》のもとに身を寄せたが、董卓《とうたく》が洛陽に乗り込んでくると、わずか数日で董卓に乗り換えた。さらに今度は呂布に付き従い、董卓の暗殺が計画されていたときには、王允《おういん》とのあいだを何度となく駆けずり回った。ただ、王允は幾度か秦宜禄を見ただけで、私利をむさぼるだけの小物だと見切り、呂布が人を見る目がないことを深く恨んだ。そこで秦宜禄が機密を漏らさないようにするため、王允は屋敷で使っていた貂蟬冠《ちょうせんかん》［貂《てん》の尾と蟬の紋様で飾られた冠］を捧げ持っていた美貌の召使いを妻として与えた。十分な恩恵を施すことで秦宜禄を飼いならしたのである。ところが、好色の呂布がこれを見過ごすはずはなかった。董卓の侍女と密通しただけでは飽き足らず、今度はこの秦宜禄の妻にまで手を出したのである。秦宜禄も秦宜禄である。それを根に持つこともなく、むしろそのおかげで配下の将に取り立てられたことをよしとしたのだった。

「宜禄よ、何かいい手立てがあるのか」

秦宜禄は双方に目を遣ると、唾を飲み込んで語りはじめた。「いずれにしましても、曹操軍は少数です。こちらも半分を出陣させ、半分を残せば良いのです。并州の各将軍らは兵を率いて呂将軍とともに打って出る。兗州のお方らはここを守る。それで何も問題ないのでは？」これはいたって単純な折衷案である。

しかし、その場にいる誰もが口をつぐんだままだった。そこで呂布が陳宮に尋ねた。「公台、この分け方はどう思う？」陳宮は心底うんざりしていた。ふんっと鼻を鳴らすと、呂布には目もくれず、我関せずとばかりに軍務を放り出して本営を出ていった。

気まずい軍議が終わったあと、結局は秦宜禄の案を採用することになった。兗州の兵を守備に残し、呂布は并州の騎兵を率いて出陣すると、土手の向こうに潜んでいる曹操軍にこちらから攻撃を仕掛けることにした。

肌を刺すような厳しい陽射しが照りつける。曹操軍の五千の兵馬はちょうど土手の前で整列していたが、戦う前からすでに暑気に当てられて息が上がっていた。呂布は長々と続く山道を抜けて近づき、ずいぶん前から曹操軍の様子をその目で確かめていた。敵の士気がたるみ切っているのを見て取ると、呂布は大喜びすると同時に、疑り深い陳宮に内心で毒づいていた。精鋭で固められた并州の騎兵をもってすれば、こんな弱兵ごとき打ち破れないわけがない。

先手必勝である。呂布はすぐさま突撃の命《めい》を下した。并州の騎兵は待っていましたとばかり、隊列をきちんと整えたまま弓から放たれた矢のごとく、曹操軍に突っ込んでいった。

案の定、曹操軍にそれを跳ね返すほどの力はなかった。戦端が開かれるや、兵士らは鎧兜も脱ぎ捨てて、蜘蛛の子を散らすようにして逃げはじめた。なかには馬や武器さえ放り出して逃げている者もいる。弁州軍は見事な戦いぶりを十分に見せつけると、本営に戻ったら兗州のやつらに見せつけて鼻を明かしてやるつもりで、散り散りになって敵が捨てた武器を拾い集めた。

するとそのとき、突然陣太鼓が鳴り響き、鬨《とき》の声が上がったかと思うと、さらに奥のほうから大地を埋め尽くすほどの大軍が現れた。と同時に、さっきまで逃げ惑っていた兵士らも再び向きを変えて攻めかかってきた。こうなると呂布のほうが後手《ごて》に回らざるをえなかった。騎兵の突撃が最大の力を発揮するのは、十分な速度と一糸乱れぬ隊列による。それでこそ敵は手も足も出ない。

しかし、いまは敵の輜重《しちょう》を分捕るために各自が散らばっており、馬を下りている者さえいて、騎兵の優位が完全に失われていた。そのときに曹操軍の反攻を受けたため、呂布軍はすっかり分断され、一人ひとりが奮戦するよりほかなかった。

いまや呂布の身辺を守る護衛の兵はわずか数十人のみであった。しかも、曹操軍の兵士らは赤兎馬《せきとば》を目印にして波のように次々と押し寄せてくる。呂布は方天画戟《ほうてんがげき》を一心不乱に振り回した。さすがは無類の武勇を誇る呂布である。奮戦して何人もの敵兵を血祭りに上げたが、護衛の兵はすでに数人にまで減っていた。呂布は敵の攻撃の手の合い間を縫って、すばやく戦場を見回した。ざっと見て味方の大半は死んだか逃げたかである。呂布は我を失った。土手のそばに「曹」と大書された一面の大旆《たいはい》を見つけると、まっしぐらに赤兎馬を走らせた。その武勇たるや、やはり天下無双と称するに足る。百人以上の敵兵が前に立ち塞《ふさ》がったが、それを物ともせず、戟を繰り出し、馬で踏みつぶして進んでいった。瞬く間に呂布の周りは阿鼻叫喚の地獄絵図と化し、まるで呂布の前後にだけ、もとから道が用意されていたかのようであった。

その大旆のもとには曹操がいた。曹操はこの一戦に当たり、呂布をおびき出す計略を二重に仕掛けていた。まず婦女に本営を守らせて、さらにはわざと伏兵の半分だけ姿を見せて呂布をおびき出したのである。その意図は幷州の騎兵の隊列を乱して分断し、個別に殲滅することにあった。呂布を仕留めるためのこの計はたしかに当たったが、しかし、呂布の勇猛さは曹操の想像をはるかに超えていた。土手のそばから戦況を見守っていた曹操だったが、こちらに向かって驀進してくる呂布の姿にはやはり驚きと焦りを禁じえず、全身から冷や汗が噴き出した。典韋《てんい》は呂布が近づいてくるのを見ると、地面に突き立てていた一対の鉄戟を抜いた――典韋を取り立てたあと、曹操は典韋のためにとくに一対の鉄戟を作らせていた。一本の重さは四十斤［約九キロ］にも及び、兵士らは密かに、「典君こそは幕下の武神、双戟あわせて八十斤」と囃《はや》し立てたという。それほどの得物《えもの》であるから戦場で常に持ち歩くわけにもいかず、典韋はいつも地面に突き立てて下命を待っていたのである。

呂布がまっすぐに突っ込んでくると、典韋は双戟を手に赤兎馬の正面に躍り出て、人馬もろとも思い切り双戟を打ちつけた。呂布はこれほど無鉄砲に挑んでくる者がいるとは思ってもみなかった。この間合いではもはや避けようがない。それに方天画戟がいかに丈夫であったとしても、あの相手の得物とまともに打ち合わせれば刃が欠けるかもしれない。すかさず呂布は方天画戟をぐるりと回して逆さに持ち替えると、両手でしっかりと握り直し、全力を込めて敵の攻撃を打ち払った。

「がちゃん！」と耳をつんざく音が響いた。かと思うと、典韋の手から双戟が空に舞い、典韋自身は勢いよく尻もちをついた。方天画戟も高く跳ね上げられ、危うく手から離れそうになったが、呂布はかろうじてそれをこらえると、間髪入れず切っ先を敵に向けて持ち直し、再び突撃の構えを見せた。するとそのとき、呂布の右腕に一本の矢が命中した。しかし、いまは痛がっている場合ではない。呂布はちらりと矢の飛んできた方向に目を遣った。視線のずっと先にいたのは、自分たちが乗氏県に入るのを拒んだ李進《りしん》である。その後ろには李整《りせい》と李典《りてん》も控えていた。半分は戦に加勢するため、半分は李乾《りけん》の仇を討つために、李氏の一族は戦がはじまってからずっと呂布の姿を血眼になって探していたのである。そしていま、李進の放った矢が命中したと見るや、三人はおのおの得物を振り上げて呂布にかかっていった。そのすぐ後ろからは李氏の抱える義勇兵たちが、やはり得物を高く掲げて一緒になってなだれ込んでくる。

周りにいた護衛はすでに一人もいない。李氏の一団の狙いが自分にあることは明らかである。しかも目の前では、尻餅をついた大男もふらりと立ち上がってきた。このまま相手をし続けるのでは分が悪い。呂布はそう判断すると、迷わず馬首を回《めぐ》らせた。しかし、攻め込むのは容易でも、退くとなると途端に難しくなるのが戦の常である。見回せば、敵兵がすでに水も漏らさぬほど幾重にも取り囲んでいる。呂布は右腕に刺さった矢もそのままに、必死で画戟を振り回して血路を開こうとしたが、どうしても逃げ道を切り開けない。そのとき、呂布は背後に風の動く気配を感じた。先ほどの大男がまた戟を振り上げたに違いない。呂布は力任せに赤兎馬を蹴った。赤兎馬もただならぬ殺気を感じたのか、高々と前脚を掲げて目の前にいた兵士を二人まとめて踏み倒すと、すぐに駆け出した。典韋の双戟はその尻尾をかすめて地面に叩きつけられた。かと思うと、息つく暇もなく今度は李氏の三本の槍が呂布に襲いかかってきた。

しかし、さすがは呂布である。紫磨金《しまごん》の冠こそ落とされたものの、この絶体絶命の危機にしっかと足を踏ん張りつつ、髪を振り乱しながら素早い身のこなしで敵の槍を躱《かわ》し切った。

この三本の槍がもう一度襲ってきていたら、呂布といえども危なかったかもしれない。幸いこの窮地に一隊の并州騎兵が救援に駆けつけた。先頭に立つ将は黄色くくすんだ顔に大きな額、まっすぐ通った鼻と大きな口に十能《じゅうのう》のようにしゃくれたあご、手に大刀を引っ提げたその姿はこのうえなく勇ましい。

「早く助けに来てくれ！」人に膝を屈することなど絶えてなかった呂布が、このときばかりはついに自ら助けを求めた。

その将はまさに破竹の勢いで、とうとう呂布のすぐそばまで来ると、馬を並べてともに血路を切り開こうと駆け出した。李氏の三人も仇敵を討つこの好機を逃すまいと、すぐにそのあとを追いかけた。そしていよいよ追いついたと思ったその矢先、その将が振り向きざまに大刀を一閃《いっせん》した。そのひと振りは見事に李進の肩を打ち、李進は呻《うめ》き声とともに馬から転げ落ちた。

「おじ上！」李典と李整は驚き慌て、急いで李進を拾い上げた。呂布の方天画戟、突如救援に現れた将の大刀、そして二人を守る十数人の并州の騎兵、たったこれだけの手勢の行く手を阻むことができず、とうとう呂布らは囲みを破って逃げ延びていった。

「張遼《ちょうりょう》だ……」曹操はその将とかつて洛陽で会っていた。「これだけの布陣で逃げられたのだ。これも天意と思うしかあるまい」

一方、呂布はなんとか逃げおおせ、散り散りになっていた兵もしだいに合流してきたが、目の前に近づいてきた本営はもう使いものにならなかった。たしかに陳宮は呂布と比べればはるかに頭が切れる。しかし、すべてに周到というわけではない。両陣営の距離はわずか十里である。これではいったん戦局に変化があったとき、対応して守り切れるはずもない。軍門から味方を通したときには曹操軍の兵士も一緒になだれ込んできた。しかも、陳宮が指揮する兗州兵にしてみれば、曹操軍の兵士らはみな同郷の者ばかりである。その場で曹操軍に寝返る者さえ現れた。

　戦に敗れただけでなく、本営まで落とされた呂布と陳宮は、武器や糧秣を捨てて逃げ出すほかなかった。根拠地としていた東緡県さえも守り通せず、ただひたすら東へと向かい、徐《じょ》州のあたりまで落ちていった。

　いよいよ兗州から徐州に入ろうかというとき、陳宮は故郷を振り返り、さめざめと泣いた——曹操、お前の勝ちだ。女たちでさえ命を投げ打って陣を守ろうとしたのだからな。辺譲《へんじょう》や袁忠《えんちゅう》といった名士を殺したかと思えば、程立《ていりつ》や薛悌《せってい》のような下っ端役人を登用したというのに……いや、そうか、そういうことだったのか。寒門の者や民百姓が力を合わせれば、名門の士人《しじん》たちの勢力をはるかに上回る。そして曹操、お前にとっては御しやすい相手というわけだ……この陳宮としたことが、気づくのが遅すぎたようだ。だが、いまさら悔やんだところでしかたがない。事ここに至っては、ひたすら突き進むのみよ。もはや選択の余地はないのだ。この故郷に帰って来ることも、もう二度とあるまい……

　ところが、呂布のほうは自分が故郷の并州からますます遠ざかったことなど、なんとも思っていなかった。呂布は急《せ》き立てるように陳宮に尋ねた。「公台、これからどこへ行く？」陳宮はため息が漏れるのをこらえ切れなかった。「徐州まで来たのですから、劉備のもとに身を寄せましょう」

呂布は眉を吊《つ》り上げて反論した。「あんなどこの馬の骨ともわからんやつに助けてもらうのか。恥さらしもいいところではないか！」

陳宮は冷たい一瞥を投げかけた。「では、曹操のもとへ戻ったらどうです？」

呂布は思わず身震いすると、李進から受けた矢傷をさすり、おとなしく馬を進めた。こうして呂布の一団は、さらに東へと落ちていった……

東を捨てて西へ

呂布《りょふ》が敗戦を重ねるのと歩調を合わせるかのように、兗州《えん》における反乱の狼煙はしだいに収束していった。呉資《ごし》や徐翕《じょきゅう》、毛暉《もうき》らは結局その巻き添えを食うこととなり、支配地域は曹操自らの手で奪い返されていった。呉資らの配下に入っていた県も相次いで曹操側に寝返り、そして最後には、自分たちの根拠地までもが曹操の攻撃で落とされた。呉資らは情け容赦のない曹操に恐れをなし、呂布を追って東へと落ちていき、流浪の役人となった。

興平《こうへい》二年（西暦一九五年）十二月、兗州の反乱はいよいよ最後の拠点——陳留《ちんりゅう》郡雍丘《ようきゅう》県［河南省東部］を残すのみとなった。ここで頑なに抵抗しているのは、ほかでもない張邈《ちょうばく》の弟張超《ちょうちょう》である。そもそも用兵の才に欠ける張邈は曹操の敵ではなく、あちらこちらへと逃げ惑い、最後の拠点を弟に守らせたまま行方知れずとなっていた。かたや張超は自らの武勇を恃《たの》みとしたが、やはり才略に乏しく、たった一度の交戦で曹操にすっかり兵力を削られた。すでに曹操軍に四か月近く包囲され、座して死を待つばかりとなっていた。

「こんなに長いあいだ包囲されているんだ。人心はすっかり離れ、食糧もまもなく底をつくだろう。いまなら難なく雍丘を攻め落とせるのではないか」夏侯惇《かこうとん》が曹操に提案した。

曹操は本営の軍門に立ち、激しく損壊した姿を目の前にさらす雍丘城を見ながら、意味ありげにかぶりを振った。「この城を攻め落とすつもりはない。こうして包囲していれば、いずれ張孟高《もうこう》が自ら投降してくるだろう。弟が捕らえられたとなれば、張孟卓《もうたく》も戻ってくるはずだ」

「張邈をここに戻って来させてどうするつもりだ？」夏侯惇は理解に苦しんで聞き返した。

曹操は夏侯惇の顔をちらりと見た。実は曹操自身にもそれがよくわからないのである――そうだ、張邈を呼び戻してどうする？……跪《ひざまず》かせて過ちを認めさせるのか。いや、そんな必要などない。この乱世、君臣の関係も法もあったものではないのだ。誰でも権力を手にすれば野心を抱くだろう……では、刑に処すのか。いや、そんなことはできるはずもない。一番最初に俺を受け入れ、ともに戦ってくれたのは孟卓ではないか。しかも家族の世話まで見てくれたこともある。そのおかげでいまがあるのに、この手で斬り捨てることなど……ならば、もう一度友情を結ぶのはどうだ？　いや、駄目だ。この溝を埋めるのはもはや永遠に不可能だろう。かつての親友を、俺は完全に失ってしまったのだ……いったい誰のせいなんだ？

「義兄《にい》……さんじゃなくて、将軍！」曹操がもの思いにふけっていると、卞秉《べんへい》が喜び勇んで駆けつけてきた。「吉報、吉報だ！」

「何がそんなにめでたいんだ？」曹操は俯《うつむ》いたまま尋ねた。

卞秉は満面の笑みである。「なんでも、張邈は当てがなくなって袁術《えんじゅつ》のところに兵を借りに行こうとしたんだけど、途中で部下に寝首をかかれたそうで、首級《しるし》がたったいま届いたんだ。早く中軍の幕《ばく》舎《しゃ》に行ってみなよ」

その瞬間、曹操はある種の喪失感に襲われて目眩《めまい》を覚えた。しかし、曹操は心を落ち着けて考え直した。張邈の最期に自ら手を下さずに済んだのは、見方を変えれば結局はよかったのではないか。そう思うと、曹操は何かしら重責から解放されたような気分になった。そこで卞秉には手を振りながら断った。「見とうない……もういい……兵卒に命じよ。首級を竿にかけて城下から叫べ。張超に投降するよう促すんだ」

兵卒は長柄の矛先に首級をかけて掲げると、主君の張邈が死んだことを伝え、城門を開いて投降するように呼びかけた。しかし、張超は最後まで降伏しなかった。そして、およそ半刻［一時間］ほど経ったころ、城内からどす黒い煙が勢いよく上がった——張超が自ら火を放ったのである。

その黒煙が流れて消えると同時に、およそ二年にも及ぶ兗州の反乱も終わりを告げた。張超の部下が城門を開いて降伏してきたが、曹操は張超の死体を検《あらた》めるつもりもなかった。夏侯惇に一部の兵馬を率いて城に入るよう命じただけで、自身は本営のなかをそぞろに見て回った。午《うま》の刻［午後零時］が過ぎたころ、全軍が飯の支度に取りかかった。あちらこちらで炊煙がゆらゆらと立ち上っている。まるで飢えに苦しんだ一年前の日々などすっかり忘れてしまったかのようである。曹操の姿を見かけると、誰もが立ち上がって恭《うやうや》しく拝礼し、なかには食事を持ってきて先に勧める者もいた。

曹操はそれを断ると、振り向いて背後にぴたりと寄り添っている典韋《てんい》に尋ねた。「お前は腹が減っていないのか」

「たとえどんなに腹が減っていたとしても、将軍より先に食べるわけにはまいりません」典韋は大きな頭を下げて答えた。

「はっはっは……」曹操は典韋の二の腕を叩きながら言った。「じゃあ、俺たちも戻って飯にするか」

中軍の幕舎に戻ると、飯が出てくる前に、なんと袁紹《えんしょう》の使者がやって来たとの知らせが入った。曹操は取るものも取りあえず招き入れた。その使者は幕舎に入ると、曹操に深々と拝礼してから切り出した。「兗州の乱を鎮定されたこと、わが将軍もことのほかお喜びでございます。それから、東郡太《とうぐんたい》守《しゅ》の臧洪《ぞうこう》はわが将軍の命に従わず、張超を支援して使君《しくん》に敵対しようとしました。よって、わが将軍はすでにこれを大軍で包囲しており、日ならずして攻め落とすことができるでしょう」

曹操が連戦連勝し、ほどなくして反乱を鎮圧するだろうと聞くに及んで、袁紹はどちらの肩を持つか決めた。いま一度、曹操が支配するのを支え、しかも袁紹を捨てて曹操についた朱霊《しゅれい》のことまで不問に付したのである。ただ、臧洪も一人の義士といっていい人物である。当初、酸棗《さんそう》の会盟では、董《とう》卓《たく》討伐連合軍の盟主としてこれを導き、いまも親友の張超のために命を捨てる覚悟だという。東武《とうぶ》陽《よう》［山東省西部］の千人程度の兵では、たとえ運よくここ雍丘に駆けつけられたとしても、張超とともに葬られるのが関の山だというのに……曹操は内心その裏表のない性格を賞賛し、自分のために命を捨てた鮑信《ほうしん》のことを思い起こすと、覚えずため息を漏らした。「この曹操にもかつて鮑信という男がいた。そして張超には臧洪がいる。どちらも情義を重んじる男だ。どうか車騎《しゃき》将軍に伝えてほしい。この乱世に身を置けば、城が落ちたそのときも、過剰に臧子源《しげん》の責任を問わないでやってもらいたい。

友人と思っていた相手が、殺し合いには至らずとも利を争う相手となり、互いに己の選んだ道を邁進するなど、よくあること。橋瑁《きょうぼう》、劉岱《りゅうたい》、張邈、張超、いずれも同盟の誓いを立てた仲間だったが、結局は互いに矛を向け、最後には『此の盟に渝《そむ》くもの有らば、其の命をして墜《お》とさしめん「誓いに背く者は粛清する」』という誓いの言葉どおりとなった。これでは忠義を貫いたとは断じて言えぬ。しかし、鮑信や臧洪はどうだ。こんな世の中で、知己のために命をかける二人のような好漢と出会えるとは、それがどれほどありがたいことか……」

　感慨にふけりながらこんこんと説く曹操を前にして、使者はどう振る舞えばいいかわからず、ただ決まり悪そうにお茶を濁した。「ええ……まあ、それは使君の仰るとおりです」

　曹操は使者の困り切った顔を見て自分の失言に気づき、慌てて手を振った。「いや、これは愚にもつかぬことを……どうか聞き流してほしい。実際のところ、河北《かほく》のことに関しては、わたしが口を挟むべきではない。近ごろはこちらもいたるところで兵乱が起きて、その処理に躍起になっているところ。袁将軍のほうの戦況はいかがかな？」

「万事順調です。先だっては黒山《こくざん》の賊どもの拠点を叩き、于毒《うどく》のみならず、長安から任命された偽の冀州牧《きしゅうぼく》である壺寿《こじゅ》も誅殺いたしました。かたや公孫瓚《こうそんさん》は劉虞《りゅうぐ》を殺したために、利を得るどころか、抜き差しならない状況に陥っています。閻柔《えんじゅう》、鮮于輔《せんうほ》、鮮于銀《せんうぎん》といった劉虞のもとの部下らが兵馬を集めて反攻に出たのです。しかも、烏丸《うがん》にも援軍を要請しているとか」使者は話すほどに興奮してきた。「現在、劉虞の子の劉和《りゅうか》はわが将軍のもとに身を寄せております。これまではこちらが二方面から敵の掣肘《せいちゅう》を受ける形でしたが、いまでは公孫瓚のほうが二方面に敵を抱えています。それから、青《せい》州の田楷《でんかい》もほとんどこちらの圧力に屈しており、遅かれ早かれ青州を手放すでしょう。また、わが将軍は高幹《こうかん》を并州《へい》に派遣して、一帯に流浪している賊軍の敗残兵を集めさせており、そのほとんどが白旗を上げてわが軍に入りました。冀州に青州、并州が、遠からずしてわが将軍のものとなりましょう」

「それはそれは、袁将軍に祝いの言葉の一つも申し上げねばならんな」曹操は笑みをたたえてそう口にしたが、内心では嫉妬が渦巻いていた。そして、無辜《むこ》の民を虐殺したことに端を発する兗州の反乱と、袁紹が嬉々として自分の目の前に差し出してきたあの玉璽《ぎょくじ》を思い出した。将来、もしかすると袁紹こそが自分の最大の敵になるのかもしれない。ただ、いまの曹操の脳裏を占めているのは、やはり東へと進路を取り、劉備《りゅうび》と呂布という禍《わざわい》の種を完全に取り除いておくことだった。

「道を開けよ、通せ、通せ!」幕舎の外で大きな声がしたかと思うと、荀彧《じゅんいく》、程昱《ていいく》、万潜《ばんせん》、李典《りてん》、毛玠《もうかい》、薛悌《せってい》、張京《ちょうけい》、劉延《りゅうえん》、徐佗《じょた》、侯声《こうせい》、武周《ぶしゅう》といった面々が、勢揃《ぞろ》いして幕舎に入ってきた。彼らが慌ただしく運び入れた寝台の上には、気息奄々《きそくえんえん》とした様子の戯志才《ぎしさい》が横になっていた。

「おお、戯先生……」曹操は慌ただしく席を立って近寄った。「そっと置け、そっとだぞ……張超め、先生にこんな仕打ちをしおって!」

「ち、違います……これは病のせい……」その姿は目を疑うほどだった。ずいぶん長いあいだ病魔と闘い続けてきたせいで、ふっくらとしていた大きな顔はすっかり痩せこけて血の気がなく、豊かだった黒髪も艶がなくなり、抜け落ちてまばらになっている。炯々《けいけい》としていた目はもはや光を宿さず、厚く赤かった唇も青白くひび割れてしまっている。そのうえ指は朽ちて枯れた細い枝のようで、全身を見回してもほとんど骨と皮だけといった衰えようである。戯志才がもう長くないことは誰の目にも明らかであった。

立錐の地を得るために自分を補佐してくれた智謀の士が、いま目の前でこの世を去ろうとしている。曹操は目に涙を溜めながらその手を引き寄せると、悔恨の情に駆られた。「この曹操、先生の期待を裏切って、兗州の民に塗炭の苦しみを味わわせてしまいました。今後は必ずや悔い改めます。だから、これからも末永く見守ってもらいたい」

戯志才はかろうじて笑顔らしきものを浮かべた。もはや微笑むのさえたいへんな苦労を伴うようである。戯志才はか細く震える声で応えた。「『呂氏春秋《りょししゅんじゅう》』には、『至乱《しらん》の化、君臣相賊《そこ》ない、長少《ちょうしょう》相殺し、父子相忍び、弟兄《ていけい》相誣《し》い、知交《ちこう》相倒し、夫妻相冒《ねた》む［混乱の極まった世の中では、主君と臣下が互いを害し、年長者と若者が互いを殺し、父と子が互いに我慢を強いられ、兄と弟が互いを謗《そし》り、友人同士が互いに足を引っ張り、夫婦が互いを妬《ねた》む］』……」まだ続きを言いたそうだったが、気力が途切れたのか、途中で『呂氏春秋』を引くのをやめて、ぼそぼそとつぶやいた。「将軍、早く……早くこの乱世を鎮めてくだされ……」

そのとき突然、幕舎の外で典韋の怒鳴り声が轟いた。「何者だ！　ここは通さん！」

「将軍、王必《おうひつ》でございます！　戻って参りました！」

曹操は大いに驚き、慌てて幕舎を出た。見れば、典韋が鉄戟《てつげき》を横たえて、なかに入ろうとする王必を押しとどめている。

「将軍、ただいま帰りました！」王必は曹操の姿を見るなり、飛び上がって喜んだ。「お役目を果たして帰りましたぞ！」

いま目の前にいる王必は、刀を引っ提げたかつての厳《いか》めしい武人ではなく、曹操の陣営を発ったときとはおよそ似ても似つかない。頭上には進賢冠《しんけんかん》［文官の冠］を戴き、立派な深衣《しんい》［上流階級の衣服］を玉帯で留めて、髭も綺麗に整えられている。そして、その手には詔書がしっかりと握られていた。

「将軍、朝廷は将軍を兗州牧に任命いたしました。刺史《しし》ではありません、州牧でございますぞ！」刺史と州牧とは単に呼び方が変わるだけでなく、実質的な地位も大きく異なる。もともと刺史は秩《ちつ》六百石《せき》の小官で、任地の監察と治安を担当していたが、世が乱れるにつれてしだいに一地方の軍事長官を兼ねるようになったに過ぎない。かたや州牧ともなると、任じられただけで秩二千石という高官である。その権限は軍事、財政、官吏の監督、さらに司法までを一手に握る。たしかに長安の朝廷からすれば、統治が及ばないので曹操に恩を売っただけのことかもしれない。しかし、この名目こそが大きくものを言うのである。

二年以上、王必からは何の音沙汰もなかった。そのため曹操は、王必は道中で命を落としたのだろうとあきらめていた。それがいま、使命を果たして帰ってきたというのである。胸の高ぶりをかろうじて抑え、詔書よりも先にその手を強く握り締めた。「まったく、帰ってきてくれただけでいいんだ！まる二年だぞ、さぞやたいへんな目に遭っただろう」

「将軍のご恩を思えば何のこれしき！」王必はこみ上げる喜びを抑え切れなかった。「河内《かだい》に着いたところで何か月ものあいだ張楊《ちょうよう》に拘束されたのですが、配下の董昭《とうしょう》という方がずいぶん骨を折ってくれたのです。わたしを行かせるように張楊を説得してくれたのみならず、将軍の名義で、李傕《りかく》や郭汜《かくし》などに宛てた体《てい》のよい書簡を用意してくれました。長安に着いて上表文を奉《たてまつ》ると、たいそう歓迎されました。その後、劉邈大人《りゅうばくたいじん》が陛下の前で将軍のことを称賛され、丁沖《ていちゅう》殿も群臣たちに将軍のことを紹介されました。それから、黄門侍郎《こうもんじろう》の鍾繇《しょうよう》と申す者が李傕の前でとくに何度も将軍のことを褒めそやし、この兗州牧の地位を引き出してくれたのでございます。こちらへ戻ってくるときには、張楊も邪魔をするどころか護衛までつけてくれました。曰く、今後はいつでも自由に通ってよいとのこと。さらには、遠からず使者をこちらに遣わして、将軍とお近づきになりたいとのことでございます」

「董昭と、それに鍾繇だな……いずれ二人に会ったときには十分に感謝せねば……」曹操は記憶に刻むようにつぶやいたが、そのときふと死の瀬戸際にいる戯志才のことを思い出し、王必の手から詔書をひったくると幕舎に駆け込んだ。

「お待ちください、もう一通書簡が……」王必も慌ててあとを追った。

典韋はぽかんと一部始終を眺めていたが、ふと我に返って王必を遮った。「あんたはいったい誰だ？」

「ふふっ、かつてはそなたと同じく、将軍の護衛をしていた者だ」王必は典韋の肩をぽんぽんと叩きながら答えた。「兄弟よ、しっかりやるんだぞ。将軍の護衛を務めていれば、きっとそなたもいつか日の目を見るはずだ！」そう言い残すと、呆気にとられている典韋を押しのけて、王必も幕舎に入っていった。

曹操は詔書を開くと、しゃがみ込んで戯志才の目の前に持っていった。しかし、戯志才はすでに虫の息で、二、三度瞬きをしてつぶやいた。「よかった、本当に……」

「将軍、こちらもご覧ください」王必は懐から一通の帛書《はくしょ》を取り出した。「こちらは丁沖殿から預かったものです」

そこに記されていたのはたった一行だった。

足下《そっか》、平生《へいぜい》常に喟然《きぜん》として匡佐《きょうさ》の志有り、今其の時なり。

「どういう意味だ?」

王必が説明を加えた。「わたしが長安を出るころ、李傕と郭汜が内輪もめを起こし、ともに兵馬を率いての戦《いくさ》になりました。このいざこざに乗じて、楊奉《ようほう》のほか、董承《とうしょう》や楊定《ようてい》などが陛下を連れて長安を離れたのでございます。白波《はくは》賊の頭領である韓暹《かんせん》や李楽《りらく》、胡才《こさい》といった者たちも駆けつけ、匈奴《きょうど》の右賢王去卑《ゆうけんおうきょひ》までが合流し、みなで力を合わせて西涼《せいりょう》軍を大いに打ち破ったのです。現在、張楊は陛下のために宮殿の修繕を急いでおります。丁沖殿は、洛陽《らくよう》に帰還なさろうとしている陛下を速《すみ》やかにお出迎えせよと仰っているのです!」

曹操は日ごろから、漢の皇帝が洛陽へと戻るのをお迎えするのだと公言してきた。しかしいま、いざそのときとなると、途端にためらいが生じた。それは決して口に出せるようなことではなかった――もし陛下を迎え入れたら、今後の行動に差し障りが出るのではないか。やはり、まずは劉備と呂布を仕留めてから陛下を迎えるべきか……

いまわの際《きわ》にあっても戯志才は曹操の胸中をはっきりと見抜き、かろうじて言葉を絞り出した。「善きかな……宝を異《こと》にす……宝を異にす……」

「宝を異にす」とは何だ？　一同は顔を見合わせた。

　そのとき、李典がその意味に思い当たった。「『呂氏春秋』の「異宝篇《いほう》」……」そう言いながら、李典は戯志才の懐を探りはじめ、懐にしまってあった『呂氏春秋』を取り出すとすぐにひもといた。学を積んだ者ばかりが居並ぶなか、豪族の若者がみなを差し置いて戯志才の意図に気づいたのである。

「宝を異にす……百金《ひゃくきん》と摶黍《たんしょ》とを以て、以て児子《じし》に示さば、児子必ず摶黍を取らん。和氏《かし》の璧《へき》と百金とを以て、以て鄙人《ひじん》に示さば、鄙人必ず百金を取らん。和氏の璧、道徳の至言とを以て、以て賢者に示さば、賢者必ず至言を取らん。其の知弥《いよいよ》精《くわ》しければ、其の取る所弥精《せい》ならん。其の知弥粗《あら》ければ、其の取る所弥粗《そ》ならん「宝は人それぞれ異なる……大金と黍《きび》の握り飯を子供に見せれば、子供は必ず握り飯を取るだろう。和氏の璧と大金を卑しい者に見せれば、卑しい者は必ず大金を取るだろう。和氏の璧と道徳の至言を賢人に示せば、賢人は必ず道徳の至言を選ぶだろう。その知恵が深いほど素晴らしいものを選び、その知恵が浅いほどつまらないものを取る」……」李典はいかにももったいをつけて読み上げると、その竹簡を曹操に渡して説明した。「将軍、戯先生は小利を捨てて大業を謀れと仰っているのです！」

　戯志才はほんのかすかな笑みを浮かべ、ほとんどわからないほどにうなずいた。曹操はその一節に目を落とし、また一同を見回した。みな髭をしごきながらしきりに首肯《しゅこう》している。毛玠が拱手《きょうしゅ》して進み出た。「将軍はかつて覇業の策をわたしにご下問されました。天子を奉戴して逆臣を討つ、いまがまさにそのときです！」

「戯先生！　戯先生！」李典が取り乱して声をかけたときには、戯志才の両の眼《まなこ》はすでに閉じられ、二度と開くことはなかった。曹操はしゃがんで戯志才の懐に『呂氏春秋』を戻したが、ついにこらえ切れず涙がこぼれ落ちた。「我を知る者は志才殿よ……当代きっての智謀の士が忽然と世を去ってしまった。この曹操、これより先は誰に戒めてもらえばいいのか」その場にいる誰もが感極まり、曹操の涙にもらい泣きした。

荀彧は進み出ると、そっと曹操の体を支え起こした。「将軍、あまりに嘆き悲しまれてはお体に障ります。まだまだやらねばならぬことがあるのです。才ある人物は天下に数多くおります。将軍が広く進言を求め、虚心に賢人を求めるならば、必ずやまた智謀の士が将軍を補佐してくれることでしょう」

「ああ……わが軍は策を講じてくれる仲間を失ってしまった……」曹操はため息をつくと、袖で涙をぬぐった。

荀彧は曹操の手をやさしく叩きながら進言した。「将軍、いま一度将軍に推挙いたしましょう。潁《えい》川《せん》の郭奉孝《かくほうこう》でございます」

「聞き覚えのある名だが……」曹操はしばし考え込むと、突然目を輝かせた。かつて袁紹のもとに剣を落として群臣を驚かせた若者がいた……「袁紹の幕下で下っ端をしていたあの郭嘉《かくか》か！」

「袁紹はまったく人を見る目がありません。郭奉孝の才能が、下級の官職などでどうして発揮されましょうか。すでに書簡を出しておきましたから、将軍をお助けするために、早晩河北を捨てて兗州にやって来るでしょう」そこで荀彧は俯き、戯志才の亡骸に目を遣った。「将軍、どうかこれ以上悲しまれませぬよう。志才殿の亡骸は速やかに納棺しましょう。志才殿はもと商家の出で、ご家族もおられないと聞きます。日を改めて、わたしが自ら亡骸を潁川へと送り届け、手厚く埋葬いたします。

もしご家族に行き当たれば、十分にお礼をしておきます」

曹操は沈痛な面持ちでうなずいた。毛玠はその様子を見るとすぐに進み出て、曹操のもう片方の手を取った。「その昔、周公旦《しゅうこうたん》は賢人が訪れたと知るや、水浴びを三度も中断し、食事中なら口に含んだ物を三度まで吐き出して賢人に会ったといいます。賢人を愛する心は将軍も決して負けてはおらぬはずです。実を言いますと、わたしもすでに兗州の治政に役立つ人材を何人か見つけております。陳宮や張邈の反乱がなければ、もっと早くに召し出してもらう算段だったのですが……山陽《さんよう》の満寵《まんちょう》、任城《じんじょう》の呂虔《りょけん》、泰山《たいざん》の王思《おうし》らです。いま、二心《ふたごころ》を抱く輩はみな呂布について行きました。将軍、ここは大胆に新たな人材を起用するべきです」

二人の進言に耳を傾けるうちに、曹操の嗚咽も収まった。曹操は最後に手ずから戯志才の衣を整えてやると、運び出すように手を振って示した。ところが、誰も兵卒を呼ぼうとはしなかった。戯志才に対する恭敬《きょうけい》の念を禁じえず、程昱や薛悌らが自らそっと運び出していった。

曹操はあまりの重苦しい雰囲気に耐え切れず、なんとはなしに一度幕舎を出た。身を切るような厳冬の冷たい空気を胸いっぱいに吸い込むと、先ほどまで胸に満ちていた憂いや悲しみが心なしか薄まったような気がした。そのとき曹操はふと懐が膨らんでいることに気がついた。懐を探ると、それは王必が持ってきた詔書であった。無造作に懐にしまっていた詔書を改めて開き、すみずみまで仔細に眺めた。たしかにえも言われぬ重みを感じるが、同時にまたおかしくもあった。このようなたった一枚の詔書が、薄っぺらい名ばかりのこの紙が、これほど多くの者の心を動かすとは……この詔書のために兗州刺史の金尚《きんしょう》は放逐され、名士の辺譲《へんじょう》は命を落とし、友人同士が反目し、部下は反乱を起こした。それもこれも、すべては年若い皇帝とその取り巻きが深く考えもせずに発布したこの紙のためなのである。いま、一人になって冷静に考えてみて、曹操は漢の皇帝の重要性に改めて気がついた。皇帝を身辺に置いておきさえすれば、自分にとっては些細なことを口から出まかせに言うだけで、多くの人間の考えを動かし、果てはその生死までをも左右することができる。人を殺すには道理だけでなく、名分も必要なのだ。

あれこれ考えているうちに、曹操は袁氏兄弟の滑稽さに思い至った。たかが玉璽という印章一つで天下に号令をかけられるとでも思っているのだろうか。玉璽もつまるところはただの石の塊に過ぎない。それがものを言うのは武力があるからだけでなく、道徳を備え、人心をつかんでこそではないか。大漢王朝の人心は高祖《こうそ》皇帝のときにその基礎が固められた。その後は文《ぶん》帝と景《けい》帝によって安定と回復が図られ、武《ぶ》帝は勇猛果敢な気魄《きはく》で民を導き、宣《せん》帝による必死の挽回を経て、光武《こうぶ》帝による善政の督励へと続いた。さらに、明《めい》帝と章《しょう》帝は民をわが子のごとく愛し、順《じゅん》帝は渇きを癒すがごとく賢人を求めた……こうして数百年にわたり積み上げられてきた人々の心が、武力のみによってそう易々と打ち破られるわけがない。

曹操は詔書をもう一度懐のなかにしまい込んだ。そして東のほうをはるかに望みやると、いまは亡き父曹嵩《そうすう》と弟曹徳《そうとく》のことを思い出した。闕宣《けつせん》と張闓《ちょうがい》は陶謙《とうけん》の手で刑に処された。いまではその陶謙もかろうじて天寿を全うした。曹操が恨みを晴らすべき相手はもういない。曹操にできることと言えば、父と弟の亡骸を故郷に葬り安らかに眠らせてやること、それに曹徳の子の曹安民《そうあんみん》を立派に育て上げることぐらいである。孔子は四十にして惑わずと言ったが、曹操はもう四十一になっていた。幼いころに母親と別れ、父と弟も二度と帰ってくることはない。四十を過ぎて、ようやく志を実現するための道筋を見つけたばかりである。この道の先にはいったいどれほどの苦難が待ち受けているのだろうか。そのさらに向こうにある理想を、はたして自分の目で見届けることができるのだろうか……

そのようなことを思うほどに胸の奥から悲哀の情が湧き起こり、曹操は即興で「善哉行《ぜんざいこう》」一首を歌いはじめた。

自ら惜しむ 身は祐《さいわ》い薄く、夙《つと》に賤しく孤苦《こく》に罹《かか》るを。
既に三徙《さんし》の教え無く、過庭《かてい》の語を聞かず。
其の窮すること抽《ひ》き裂かるるが如く、自ずから以て怙《たよ》る所を思う。
一介の志を懐《いだ》くと雖《いえど》も、是《こ》の時 其れ能《よ》くせんか。
窮を守る者は貧賤たり、惋嘆《わんたん》して泪《なみだ》は雨の如し。
涕《なみだ》を泣《なが》す 於《ああ》 悲しいかな、活を乞うも安《いず》くんぞ能く睹《み》んや。
我 天窮《てんきゅう》に願う、琅邪《ろうや》 左に傾側《けいそく》せり。
雖《た》だ忠誠を竭《つ》くさんと欲し、公《こう》の其の楚《そ》に帰るを欣《よろこ》ぶ。
人を快《よろこ》ばすも由《な》お嘆を為す、情を抱くも叙するを得ず。
顕行 天人に教うるも、誰か知らん 緒《はじ》まらざる莫《な》きを。
我が願いは何《いず》れの時にか随《したが》う、此の嘆も亦《ま》た処し難し。
今 我 何を将《もっ》てか光曜《こうよう》に照らされん、銜《ふく》みを釈《と》くは雨に如かず。

［哀れなことに生まれついてより幸薄く、卑しい身の上で孤独を味わう。

孟子の母は子のために三たび居を移し、孔子は庭を走る子を窘《たしな》めたというが、慈母や厳父のそんな教えを受けたこともない。

思い悩むこと肝胆《かんたん》を引き裂かれるようにつらく、おのずと父のことが思い出される。

胸に小さな志を抱くも、このときにあってはどうして実現できようか。

窮するに甘んじていては貧賤たるを抜けえず、ただ涙を流して悲嘆に暮れるのみ。

涙を流して悲しむばかりでは、活路を見いだすことさえできぬ。

東の地では琅邪山が倒れ父が天に召された。天に向かってこの痛恨を訴えん。

ただ天子に忠誠を尽くさんと、天子が東のかた洛陽へと帰るのを喜ぶ。

喜ばしきも嘆息やまぬ所以《ゆえん》は、胸に秘めたる思いを直に伝えられぬゆえ。

天子が立派な行いを人々に教え広めても、すべてがこれよりはじまることに誰も気づかぬ。

わが願いはいつになれば叶うのか、この嘆息はまたいかんともしがたい。

いまのわたしがどうして輝きに照らされよう。解けぬ胸の結《むす》ぼれはいつか止む雨にも及ばぬ］

詠み終わると、曹操は東に向かって深々と一礼を捧げた。これよりのちは東を捨てて西へ向かう。洛陽へと戻る陛下をお迎えするのだ。そうはいっても、胸の不安がすべて消え去ったわけではなかった。筵《むしろ》を編んだり草鞋を売っていた劉備という男は、いずれ自分の前に立ちはだかるのではないか。それに、劉備に付き従っていたあの赤ら顔の大男、あれは何といったか……曹操自身にもなぜかはわからないが、そんな思いがいつまでも気になって、頭の隅からぬぐい去ることができなかった。そしてもちろん、方天画戟《ほうてんがげき》で自分の兜をこつこつと叩いた呂布がいる。あれは曹操も覚悟を決めた、人生最大の危機であった。

「劉備に呂布か……首を洗って待っていろ。この曹操が必ずや始末してくれる」曹操はそうつぶやくと、西のほうを振り向いた。ようやく危地を脱した若き皇帝がこのはるか向こうにいる。これより進路を西へと取る。そして……生まれ育った豫《よ》州へと返った暁には、まったく新しい朝廷をこの俺の手で開いてやる！

主な登場人物　（　）内は字《あざな》

曹操《そうそう》（孟徳《もうとく》）　幼名は阿瞞《あまん》。典軍校尉《てんぐんこうい》など歴任
董卓《とうたく》（仲穎《ちゅうえい》）　幷州牧《へいしゅうぼく》など歴任
董旻《とうびん》（叔穎《しゅくえい》）　奉車都尉《ほうしゃとい》など歴任
田儀《でんぎ》（不詳）　董卓の腹心。主簿《しゅぼ》など歴任
周毖《しゅうひ》（仲遠《ちゅうえん》）　尚書《しょうしょ》など歴任
丁原《ていげん》（建陽《けんよう》）　執金吾《しつきんご》など歴任
呂布《りょふ》（奉先《ほうせん》）　丁原の主簿から董卓の配下へ
陳宮《ちんきゅう》（公台《こうだい》）　東《とう》郡の属官など歴任
劉岱《りゅうたい》（公山《こうざん》）　兗《えん》州刺史《しし》など歴任
橋瑁《きょうぼう》（元偉《げんい》）　東郡太守《たいしゅ》など歴任
応劭《おうしょう》（仲瑗《ちゅうえん》）　泰山《たいざん》郡太守など歴任
韓馥《かんふく》（文節《ぶんせつ》）　幽《ゆう》州牧など歴任
鮑信《ほうしん》（不詳）　騎都尉《きとい》など歴任
曹洪《そうこう》（子廉《しれん》）　蘄春県長《きしゅんけんちょう》など歴任
曹仁《そうじん》（子孝《しこう》）　淮河《わいが》と泗水《しすい》のあたりで一千人を率いる

曹純《そうじゅん》（子和《しわ》）　曹仁《そうじん》の弟。黄門侍郎《こうもんじろう》など歴任
夏侯惇《かこうとん》（元譲《げんじょう》）　曹操と血のつながった従兄弟《いとこ》
夏侯淵《かこうえん》（妙才《みょうさい》）　曹操と血のつながった従弟《いとこ》
丁沖《ていちゅう》（幼陽《ようよう》）　曹操の正妻丁《てい》氏の一族。議郎《ぎろう》など歴任
丁斐《ていひ》（文侯《ぶんこう》）　曹操の正妻丁氏の一族
任峻《じんしゅん》（伯達《はくたつ》）　中牟《ちゅうぼう》県の主簿《しゅぼ》など歴任
楼異《ろうい》（不詳）　曹操の護衛
戯志才《ぎしさい》（不詳）　商家の出。曹操の幕僚
荀彧《じゅんいく》（文若《ぶんじゃく》）　守宮令《しゅきゅうれい》など歴任
　袁紹《えんしょう》の配下から曹操の幕僚へ
郭嘉《かくか》（奉孝《ほうこう》）　一時河北《かほく》にいたが、その後、曹操の幕僚へ
万潜《ばんせん》（不詳）　兗州の治中従事《ちちゅうじゅうじ》など歴任
程立《ていりつ》（仲徳《ちゅうとく》）　東阿《とうあ》県の功曹《こうそう》など歴任
　のち程昱《ていいく》と改名

朱霊《しゅれい》（文博《ぶんはく》）　袁紹の配下
楽進《がくしん》（文謙《ぶんけん》）　衛国《えいこく》の出で曹操の配下へ
張邈《ちょうばく》（孟卓《もうたく》）　陳留《ちんりゅう》郡太守など歴任
張超《ちょうちょう》（孟高《もうこう》）　張邈の弟。広陵《こうりょう》郡太守など歴任
臧洪《ぞうこう》（子源《しげん》）　広陵郡の功曹《こうそう》など歴任
衛茲《えいじ》（子許《しきょ》）　張邈の配下
袁紹《えんしょう》（本初《ほんしょ》）　司隷《しれい》校尉など歴任
袁術《えんじゅつ》（公路《こうろ》）　虎賁中郎将《こほんちゅうろうしょう》など歴任
袁隗《えんかい》（次陽《じよう》）　司徒《しと》や太傅《たいふ》など歴任
何顒《かぎょう》（伯求《はくきゅう》）　大《だい》将軍府の掾属《えんぞく》〔補佐官〕など歴任
沮授《そじゅ》（不詳）　冀《き》州の別駕従事《べつがじゅうじ》など歴任
韓馥の幕僚から袁紹の幕僚へ
郭図《かくと》（公則《こうそく》）　潁川《えいせん》郡の計吏《けいり》など歴任
袁紹の幕僚へ
劉勲《りゅうくん》（子璜《しこう》）　中軍《ちゅうぐん》の司馬《しば》など歴任
田豊《でんほう》（元皓《げんこう》）　大将軍府の掾属など歴任
袁紹の幕僚へ
許攸《きょゆう》（子遠《しえん》）　袁紹の幕僚

逢紀《ほうき》（元図《げんと》）　大将軍府の掾属など歴任
袁紹の幕僚へ
馮芳《ふうほう》（不詳）　助軍右校尉《じょぐんゆうこうい》など歴任
孫堅《そんけん》（文台《ぶんだい》）　長沙《ちょうさ》郡太守など歴任
盧植《ろしょく》（子幹《しかん》）　尚書《しょうしょ》など歴任
王允《おういん》（子師《しし》）　河南尹《かなんいん》など歴任
劉表《りゅうひょう》（景升《けいしょう》）　北軍中候《ほくぐんちゅうこう》など歴任
賈詡《かく》（文和《ぶんわ》）　都尉《とい》など歴任
劉虞《りゅうぐ》（伯安《はくあん》）　幽州牧、大司馬《だいしば》など歴任
公孫瓚《こうそんさん》（伯珪《はくけい》）　奮武《ふんぶ》将軍など歴任
陳温《ちんおん》（元悌《げんてい》）　揚《よう》州刺史など歴任
馬日磾《ばじつてい》（翁叔《おうしゅく》）　太尉《たいい》など歴任
皇甫嵩《こうほすう》（義真《ぎしん》）　左《さ》将軍など歴任
少《しょう》帝　劉弁《りゅうべん》　皇帝〔西暦一八九年在位〕。弘農《こうのう》王へ
献《けん》帝　劉協《りゅうきょう》　勃海《ぼっかい》王から陳留《ちんりゅう》王を経て即位。
西暦一八九～二二〇年在位
荀爽《じゅんそう》（慈明《じめい》）　司空《しくう》など歴任
桓邵《かんしょう》（不詳）　譙県令《しょうけんれい》など歴任

辺譲《へんじょう》（文礼《ぶんれい》）　九江太守《きゅうこう》となるも陳留郡の郷里で隠棲
袁忠《えんちゅう》（正甫《せいほ》）　沛国《はい》の相《しょう》など歴任
李乾《りけん》（不詳）　鉅野《きょや》の豪族
李封《りほう》（叔節《しゅくせつ》）　兗州の従事など歴任
李典《りてん》（曼成《まんせい》）　李乾の甥
卞氏《べん》　曹操の側室
卞秉《べんへい》（不詳）　卞氏の弟

丁氏《てい》　曹操の正妻
曹嵩《そうすう》（巨高《きょこう》）　曹操の父。太尉などを歴任し、すでに致仕《ちし》
曹徳《そうとく》（子疾《ししつ》）　曹操の弟
秦宜禄《しんぎろく》（不詳）　曹操のもと従者で、何苗《かびょう》の使用人から董卓《とうたく》の使用人へ
秦邵《しんしょう》（伯南《はくなん》）　譙県《しょう》の民

主な官職

中央官

相国《しょうこく》　非常設の宰相職
太傅《たいふ》　皇帝を善導する非常設の名誉職
大将軍《だい》　非常設の最高位の将軍

三公《さんこう》
太尉《たいい》　軍事の最高責任者で、三公の筆頭
司徒《しと》　民生全般の最高責任者

司空《しくう》　土木造営などの最高責任者

九卿《きゅうけい》
太常《たいじょう》　祭祀などを取り仕切る
郎中令《ろうちゅうれい》（光禄勲《こうろくくん》）　皇帝を護衛し、宮殿禁門のことを司る
　左中郎将《さ》　平時は左署郎《さしょろう》を率いて宮殿の門を守る
　虎賁中郎将《こほん》　皇宮《こうぐう》に宿衛《しゅくえい》する虎賁を率いる
　騎都尉《きとい》　もとは羽林の騎兵を監督、のち叛逆者の討伐に当たる
　奉車都尉《ほうしゃとい》　皇帝の車馬を司る
　光禄大夫《こうろくたいふ》　皇帝の諮詢《しじゅん》に対して意見を述べる
　議郎《ぎろう》　皇帝の諮詢に対して意見を述べる
衛尉《えいい》　宮門の警衛《けいえい》などを司る
太僕《たいぼく》　皇帝の車馬や牧場などを司る
廷尉《ていい》　裁判などを司る
大鴻臚《だいこうろ》　諸侯王と帰服した周辺民族を管轄する
宗正《そうせい》　帝室と宗室《そうしつ》の事務、および領地を与えて諸侯王に封ずることを司る
大司農《だいしのう》　租税と国家財政を司る
少府《しょうふ》　帝室の財政、御物などを司る

執金吾《しつきんご》　近衛兵を率いて皇宮《こうぐう》と都を警備する
侍中《じちゅう》　皇帝のそばに仕え、諮詢に対して意見を述べる
　黄門侍郎《こうもんじろう》　皇帝のそばに仕え、尚書の事務を司る士人《しじん》
録尚書事《ろくしょうしょじ》　尚書《しょうしょ》を束ねて万機《ばんき》を統《す》べる。国政の最高責任者が兼務する
尚書令《しょうしょれい》　尚書台の長官
　尚書《しょうしょ》　上奏の取り扱い、詔書の作成から官吏の任免まで、行政の実務を担う
将作大匠《しょうさくたいしょう》　宮殿や宗廟《そうびょう》、陵墓などの土木建築を司る
城門校尉《じょうもん》　城門を守備する武官
御史中丞《ぎょしちゅうじょう》　官吏の監察、弾劾を司る
　侍御史《じぎょし》　官吏を監察、弾劾する

武官

驃騎将軍《ひょうき》　大将軍に次ぐ将軍位
車騎将軍《しゃき》　驃騎将軍に次ぐ将軍位
前《ぜん》将軍　衛《えい》将軍に次ぐ将軍位
後《こう》将軍　衛将軍に次ぐ将軍位
左《さ》将軍　衛将軍に次ぐ将軍位
北軍中侯《ほくぐんちゅうこう》　北軍《ほくぐん》の五営《ごえい》を監督する

越騎校尉《えっきこうい》　北軍《ほくぐん》の五営《ごえい》の一つ。越騎を指揮する
別部司馬《べつぶしば》　非主力部隊である別部の指揮官
司馬《しば》　将軍の属官

地方官

司隷校尉《しれいこうい》　京畿地方の治安維持、同地方と中央の百官を監察する
州牧《しゅうぼく》　州の長官。郡県官吏の監察はもとより、軍事、財政、司法の権限も有する
刺史《しし》　州の長官。もとは郡県官吏の監察官
従事《じゅうじ》　刺史の属官
河南尹《かなんいん》　洛陽《らくよう》を含む郡の長官
国相《こくしょう》　諸侯王の国における実務責任者
太守《たいしゅ》　郡の長官。郡守ともいわれる
督郵《とくゆう》　郡の長官の属官で、各県を巡視する
都尉《とい》　属国《ぞっこく》などの治安維持を司る武官
県令《けんれい》　県の長官
県長《けんちょう》　一万戸以下の小県の長官
功曹《こうそう》　郡や県の属官で、郡吏や県吏の任免賞罰などを司る
県尉《けんい》　県の治安維持を司る武官

の地図

烏桓
鮮　卑
玄菟
遼東属国
遼東
遼西
幽
州
楽浪
上谷
漁陽
五原
代郡
右北平
雲中
朔方
定襄
広陽
涿郡
黄
河
雁門
幷
州
冀
州
上郡
太原
青州
涼
州
武威
北地
西河
上党
司
隷
兗州
金城
安定
徐
州
洛陽
隴西
渭水
漢陽
長安
豫州
武都
九江
宛県
呉郡
淮河
漢中
広漢属国
南陽
荊
州
丹陽
盧江
江夏
会稽
広漢
益
州
蜀郡
南郡
長江
揚
州
犍為
巴郡
蜀郡属国
武陵
豫章
長沙
越巂
犍為属国
牂柯
零陵
桂陽
夷
洲
益州
交
州
蒼梧
南海
鬱林
合浦
交趾
朱崖洲
九真
0km
630km
日南

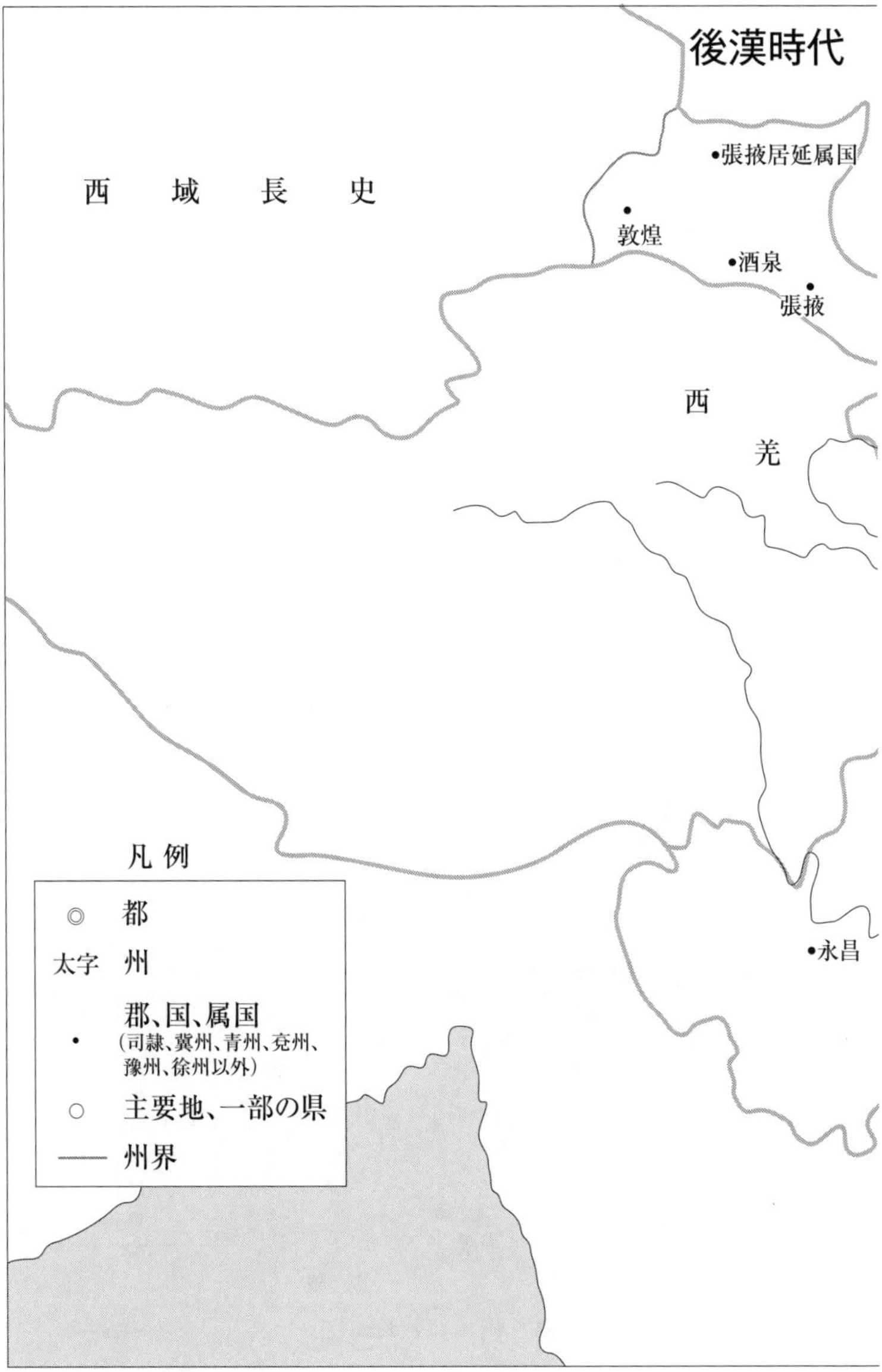

後漢時代
張掖居延属国
西　域　長　史
敦煌
酒泉
張掖
西
羌
永昌
凡例
◎　都
太字　州
•　郡、国、属国
(司隷、冀州、青州、兗州、豫州、徐州以外)
○　主要地、一部の県
——　州界

後漢時代の司隷《しれい》の地図

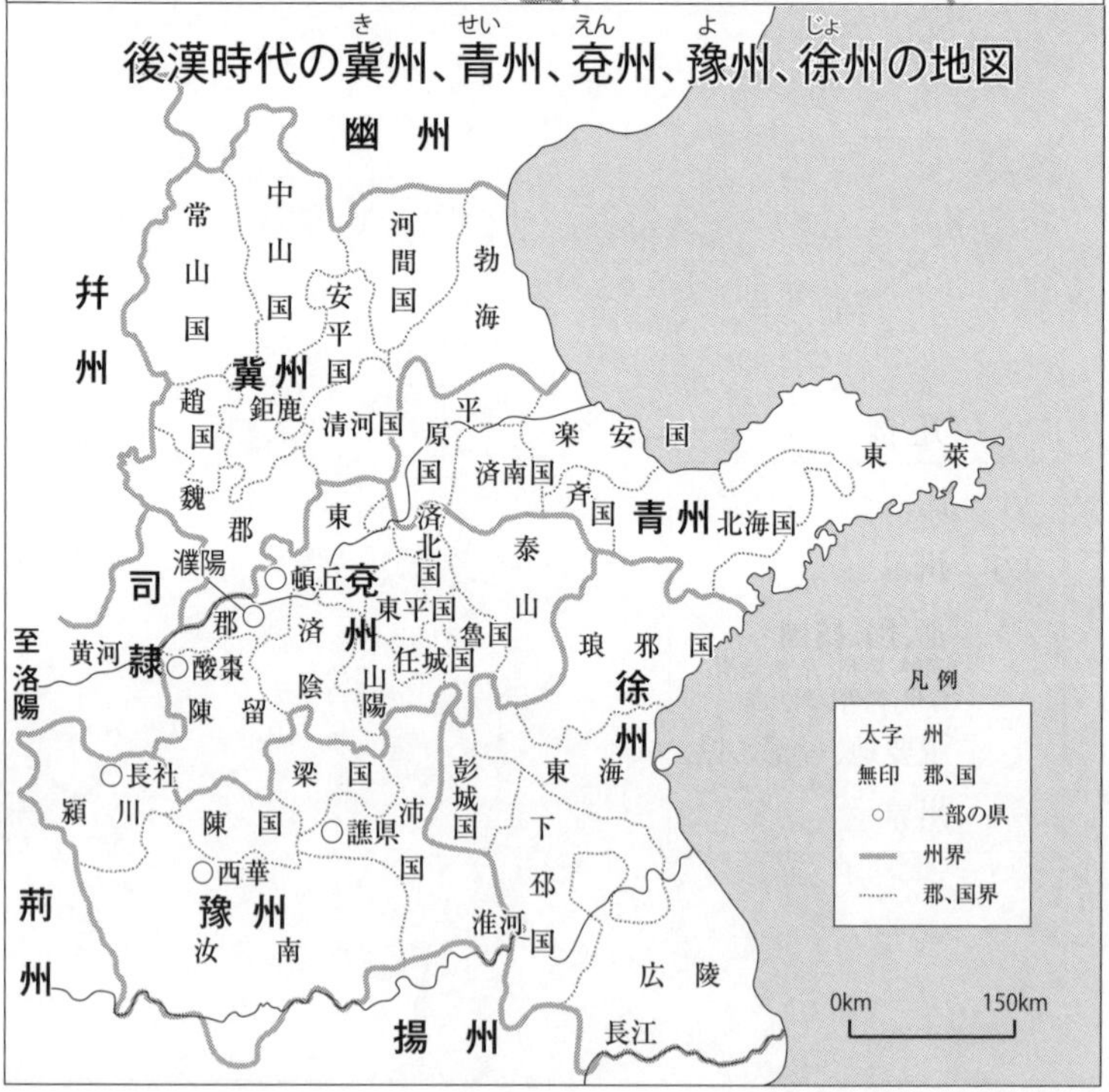

後漢時代の冀《き》州、青《せい》州、兗《えん》州、豫《よ》州、徐《じょ》州の地図

●著者

王 暁磊（おう ぎょうらい）

歴史作家。中国在住。『後漢書』、『正史 三国志』、『資治通鑑』はもちろんのこと、曹操に関するあらゆる史料を10年以上にわたり、まさに眼光紙背《がんこうしはい》に徹するまで読み込み、本書を完成させた。曹操の21世紀の代弁者を自任する。著書にはほかに『武則天』（全6巻）などがある。

●監訳者、訳者

後藤 裕也（ごとう ゆうや）

1974年生まれ。関西大学大学院文学研究科中国文学専攻博士課程後期課程修了。博士（文学）。現在、関西大学非常勤講師。専門は中国近世白話文学。著書に『語り物「三国志」の研究』（汲古書院、2013年）、『武将で読む 三国志演義読本』（共著、勉誠出版、2014年）、訳書に『中国古典名劇選Ⅱ』（共編訳、東方書店、2019年）、『中国古典名劇選』（共編訳、東方書店、2016年）、『中国文学史新著（増訂本）中巻』（共訳、関西大学出版部、2013年）などがある。

●訳者

東條 智恵（とうじょう ちえ）

1986年生まれ。関西大学大学院文学研究科総合人文学専攻博士課程後期課程単位取得後退学。現在、近畿大学非常勤講師。専門は中国近世白話文学。共編訳書に『中国古典名劇選Ⅱ』（東方書店、2019年）、論文に「元雑劇「魔合羅」演変考」（『関西大学中国文学会紀要』第37号、2016年）などがある。

曹操 卑劣なる聖人 第三巻

2020年 3月31日 初版第1刷 発行

著者 王 暁磊
監訳者、訳者 後藤 裕也
訳者 東條 智恵
装丁者 大谷 昌稔
装画者 菊馳 さしみ
地図作成 閏月社
発行者 大戸 毅
発行所 合同会社 曹操社
〒344－0016 埼玉県春日部市本田町2－155
電話048（716）5493 FAX048（716）6359
発売所 株式会社 はる書房
〒101－0051 東京都千代田区神田神保町1－44 駿河台ビル
電話03（3293）8549 FAX03（3293）8558
印刷・製本 中央精版印刷株式会社

ISBN 978-4-910112-02-2